韶光艳·上

SHAOGUANGYAN·SHANG

笑佳人／著

时代出版 TIME PUBLISHING
时代出版传媒股份有限公司
安徽文艺出版社

图书在版编目（CIP）数据

韶光艳：上、下/笑佳人著. —合肥：安徽文艺出版社，2023.5
ISBN 978-7-5396-7584-8

Ⅰ．①韶… Ⅱ．①笑… Ⅲ．①言情小说—中国—当代
Ⅳ．①I247.5

中国版本图书馆 CIP 数据核字(2022)第 201696 号

出 版 人：姚 巍　　　　责任编辑：柯 谐
特邀策划：号 号　李姣姣　　　　装帧设计：南大古　张 强

出版发行：安徽文艺出版社　www.awpub.com
地　　址：合肥市翡翠路 1118 号　邮政编码：230071
营 销 部：(0551)63533889
印　　制：北京盛通印刷股份有限公司 (010)67887676

开本：880×1230　1/32　印张：21.25　字数：660 千字
版次：2023 年 5 月第 1 版
印次：2023 年 5 月第 1 次印刷
定价：75.00 元(全两册)

目录

第一章 虞宁初进京

清明时节，接连几日都淅淅沥沥地下着小雨。

如雾的雨幕中，两辆马车沿着不太平整的山路，晃晃荡荡地驶进了扬州城北的一片山林之间。虞宁初的母亲沈氏便葬在这里。

马车进山不久，因为路窄，再也无法前进，车夫便跳下马车，摆好踩脚凳。

丫鬟杏花先探出头。风吹了一丝雨过来，清清凉凉的，很舒服。这种毛毛细雨，短时间内也不用担心湿了衣衫。

下了车，杏花撑开青色的油纸伞，这才挑起半边帘子，唤道："姑娘，下车吧。"

虞宁初点点头。来祭奠母亲，她穿了一套白色的衫裙，乌黑的发间只别了一根白玉簪，除此之外再无任何首饰。即便如此，守在一旁的车夫再次看到这位深居简出的虞家大姑娘，仍然目光发痴，想象不出该是怎样精致的饮食，才能养出如此粉雕玉琢般的美人。

虞宁初由杏花扶着站到地上，脚下是被雨水冲刷得干干净净的山石台阶，倒也不会脏了鞋袜。她抬起头，只见前面那辆马车里，继母陈氏与孩子们也下了车。

这样的天气，陈氏还亲自带着孩子们来祭奠夫君的原配，传出去肯定又要赢得一片“贤妇”的赞誉。

五岁的双胞胎很贪玩，看山看草都觉得稀奇。陈氏让丫鬟看好孩子，回头朝虞宁初柔声唤道：“阿芜过来，路滑，我牵着你走。”

虞宁初笑了笑，乖乖地走过去，任由陈氏温柔地挽住自己的胳膊。小心翼翼地走了一刻钟，一行人来到沈氏的墓前。下人在墓前摆了三个蒲团，虞宁初带着双胞胎一起跪了下去。

沈氏死了七年，墓碑年年有人打理，如新的一样，只是棺椁里的美人，大概早已化为一具白骨。

明明是自己的母亲，虞宁初却没有什么伤心的感觉。因为从记事起，母亲就没有朝她笑过，总是一副怨天尤人的模样。小时候虞宁初不懂，后来大了，才终于从下人们口中听说了母亲的旧事。

母亲的出身还算尊贵，是京城平西侯府的千金，虽然是庶出，但因为十分貌美，平日很得老侯爷宠爱，将她视为掌上明珠，因此母亲便被宠出了心高气傲的娇纵脾气，事事都要与嫡出姐姐争个先后。到了谈婚论嫁时，母亲更是妄图攀附不该高攀的男人，自知走明路无法成事，竟然意图勾引对方，结果事情败露，沦为京城笑柄，最终母亲不但没能如愿高嫁，还被老侯爷、嫡母处罚，随便配了一个寒门进士嫁了出去，也就是虞宁初的父亲——虞尚。

婚事匆匆，母亲开始跟随父亲外放。

父亲容貌端正，也称得上美男子，只是家世贫寒。母亲从侯府小姐沦落为七品县令之妻，心里有一万个不如意。看不上父亲，连带着对亲生女儿也爱答不理，终日沉浸在自怜自伤的情绪中，导致身体渐渐衰败下去。

沈氏死的时候，虞宁初才七岁。不疼她的母亲去了，不喜她的父亲续娶了陈氏。父亲与陈氏夫妻恩爱，喜得双胞胎，一家四口其乐融融，虞宁初倒像一个外人。

清明过后，天气晴朗起来。

陈氏开始带着虞宁初出门走动。虞宁初知道，父亲与陈氏准备将她嫁出去。

虞宁初也想早点出嫁，眼前这个家根本不像她的家，与其赖在虞宅碍旁人的眼，不如嫁人组建自己的新家。

有了母亲的前车之鉴，虞宁初并不想高攀什么名门，她只希望父亲看在血缘的分上，能给她找一个才学品行都可靠的端正男子，穷些富些都无所谓，只要人好，婚后的日子就有盼头。

端午前，有人来虞家提亲。媒人走后，陈氏高兴地来见虞宁初，握着虞宁初的手，眼中满是欣慰："阿芜，你这样的美貌，我跟你爹爹都舍不得让你低嫁。只是你爹官职不高，我们挑了又挑，一直也找不到太合适的人家。如今好了，咱们扬州府的参将曹奎曹将军看中了你的美貌，托了媒人来提亲。等你嫁过去，便是正四品的将军夫人，娘再见你都得给你行礼呢。"

虞宁初知道陈氏要来说提亲的事，从陈氏开口，她便羞涩地低垂眼帘，只是随着陈氏道明提亲人的身份，虞宁初的血便不受控制地冷了下去。

她出门再少，也听过扬州府参将曹奎的名号。

曹奎，扬州府的战神，多次击退来袭的倭寇，百姓们都感激他的功德。曹奎无疑是个英雄，可他今年已经快五十了，比父亲年纪还大，而且曹奎娶过三任妻子，每一任都死得蹊跷，表面的理由说是突染恶疾，却有曹府下人传出消息，说曹奎有虐待妻子的恶习，特别是酒后，动辄就对妻子拳脚相加。

陈氏虚伪，虞宁初从未期待过她会真心待自己，但自己从未找过陈氏任何麻烦，陈氏怎么能将她往火坑里推？

"父亲，父亲知道了吗？"抱着一丝希望，虞宁初低声问。

陈氏笑道："等他回来我就告诉他，相信他也会替你高兴的。"

虞宁初浑身发冷，后母面慈心狠，亲爹对她则是无情淡漠。

果不其然，晚饭时，虞尚对这门婚事也是一副乐见其成的态度。

虞宁初彻底死了心。她又算什么女儿？她对虞尚唯一的用处，就是嫁入高门，替虞尚结交人脉。

"阿芜，这毕竟是你的婚事，你到底怎么想的？"陈氏一边给虞宁初夹菜一边问，仿佛虞宁初反对，她这个继母就会听似的。

虞宁初低着头，半晌才道："婚姻大事，全凭爹爹母亲做主，只是我舍不得家里，能否等我明年及笄再正式议亲？"

陈氏看向虞尚。

虞尚沉吟道："你也不小了，再说咱们都在扬州，你嫁过去了也可以经常回来，没什么不舍的。"

曹奎都来提亲了，自家反正都是要答应的，何必拖延一年让曹奎白惦记那么久，反倒心生不快？

虞宁初的手搭在膝盖上，在宽大袖子的遮掩下，她的指甲重重地掐着腿。疼痛比心寒更容易催出眼泪，她抬起头，泪眼模糊地看向虞尚："爹爹，好歹再等两个月，等过了今年我娘的忌日，行吗？"

提到沈氏，虞尚不悦地皱起眉头。当年沈氏做了什么丢人现眼的事，他一清二楚，只是平西侯乃京城权贵，他希望搭上侯府的人脉，所以才假装糊涂，高高兴兴地应了婚事。谁承想，侯府彻底厌弃沈氏，不但没有帮助他留京做官，反而将他外放到千里之外的江南。他写过几封信试图与侯府拉关系，却没有得到任何回应，就连沈氏病故，侯府也只是派了管事前来吊唁。

虞尚再也不指望依靠侯府，对沈氏及沈氏生出来的女儿也毫无情分可言。虞宁初的眼泪打动不了他，只让他觉得厌烦。

陈氏见了，忽然道："老爷，阿芜说得也有道理，不如先与曹将军打声招呼，就说等夫人的忌日过了再正式议亲？"

虞尚意外地看向陈氏。陈氏递给他一个晚上细谈的眼神。

虞尚相信陈氏，这才勉强同意。

待用过晚饭，虞宁初走了，陈氏便对虞尚说出了自己的理由："咱们太痛快答应曹奎，他轻轻松松得到阿芜，未必会珍惜，不如吊他一段时间，等他先给了咱们好处，咱们再同意这门婚事。"

曹奎在京城有亲戚，说不定他一句话，明年丈夫就可以进京做官了。

虞尚笑着将陈氏搂到怀里，满意道："果然还是你最贤惠。"

不像沈氏，美虽美，却从未正眼看过他。

虞宁初彻夜未眠。天将明时，她从床上下来，唤醒守夜的杏花，让她准备纸笔。

杏花的眼圈也哭肿了，若是姑娘真嫁到曹家，这纤细娇弱的身板，能在曹奎手里活几年？她一边研墨一边看着姑娘下笔，看到“舅父”二字，又惊又喜：“是啊，还有三爷呢，他是姑娘的亲舅舅，老爷这么狠心，三爷知道了，一定会替姑娘做主的！”

虞宁初低着头，只管给那素未谋面的舅舅写信。

求助京城侯府，这是如今她唯一能想到的办法。只是舅舅会不会来帮她，虞宁初并没有信心。母亲去世后，她整理母亲的遗物，发现了几封舅舅写来的家书。想来是母亲先给舅舅写信抱怨婚后生活的不幸，舅舅回信劝解母亲安心与父亲过日子，再有便是询问她的近况，并送来一些礼物。

信件不多，可能是母亲发现诉苦无用就不再写了，舅舅与母亲也没有什么话说。

想起那些书信，虞宁初竟有些羡慕母亲。无论如何，母亲享受过外祖父的宠爱，也有一个希望她好好生活的哥哥。反观虞宁初，她的父母眼里没有她，也没有兄弟姐妹互帮互助，就像一个来到这世上多余的人。

眼泪滴落，虞宁初下意识地往后退，让那对泪珠滴在了衣襟上。看着渐渐扩散的水渍，虞宁初长睫微动，身体前移，故意在信纸上留下了两团泪迹。

或许在旁人眼里她是多余的，连生母都随随便便给她起了一个寓意青草的“芜”字做乳名，可她知道自己有血有肉，怕冷怕疼，她不想嫁给一个年近五十的凶狠武将，也不求大富大贵，她只想平平安安地活下去。

舅父在上，快来救救阿芜吧！

信写好了，只有一页内容。虞宁初让杏花偷偷将这封信交给了李管事。

李管事乃母亲身边的老人，祖籍京城，跟随母亲陪嫁过来后，李管事一直在替母亲打理嫁妆产业。虞宁初还让杏花交代李管事一句话，说只要李管事尽快将这封信送到沈三爷手中，她就可以带李管事回京。

沈氏看不上寒门出身的虞尚，李管事心里也是看不上的，所以沈氏死后，李管事便只听虞宁初的话，虞尚夫妻俩几次想从李管事手里抢走沈氏的铺子，都被李管事巧妙地化解危机。这样的忠仆，再加上回京见亲人的诱惑，虞宁初相信李管事会竭尽全力帮自己。

过了两日，李管事打着给虞宁初请安的名号进了虞府，悄悄告诉虞宁初，信已经送出去了，走的官路，不出意外，一个月肯定能送到沈三爷手中。

剩下的，就看侯府的态度了。虞宁初只能耐心地等。

沈氏的忌日是七月初十。

这样的日子，虞尚的嘴角却一直挂着一丝笑，不知是在高兴曾经处处瞧不起他的妻子如今只能孤零零地长眠地下，还是在高兴不久之后沈氏的女儿就要嫁给曹参将，他不费吹灰之力就得到了一个得力的好女婿。

虞宁初的表现与平时无异，像一株不起眼的青草幽居在自己的小院。只有杏花知道，姑娘吃得越来越少了，本就纤细单薄的身子明显消瘦下来，常常坐在窗边对着院子里的桂树发呆，像一只被囚养在笼子里的金丝雀。

初十刚过没两日，曹家的媒人又来登门了。由陈氏做主，两家开始正式议亲。

这一日，陈氏送走媒人，过来告诉虞宁初，说家里已经将虞宁初的庚帖交给媒人，等媒人去寺里问了吉凶，若是大吉，月底两家便正式定亲。

虞宁初连强颜欢笑都不屑伪装了，只平静地看着陈氏："母亲贤惠多年，如今却要把我嫁给那种人，难道母亲不怕外人唾骂你心狠？"

陈氏笑了笑，目光慈爱地看着虞宁初，说："曹将军英明神武，多少闺秀想嫁他都没有门路，唯独我撮合了你们，外人只会夸我待你视如己出，怎么会骂我呢？阿芜莫要替母亲担心，安心待嫁吧，瞧你瘦的，趁出嫁前赶紧多吃点，养足了力气，将来才好伺候将军。"

虞宁初拐着弯骂她，陈氏便暗里讽刺回来。这种心狠又厚颜无耻的人，虞宁初不想再浪费力气与她多说，陈氏便得意地走了。

刚回到正院，门房突然派人来通传，说京城平西侯府的三夫人来了，身边还跟着两位年轻的公子。

陈氏心里一咯噔，三夫人，那岂不是虞宁初的亲舅母？三夫人怎么来了，而且还是在这个节骨眼？无论如何，贵客登门，陈氏不能给三夫人吃闭门羹，连忙让丫鬟帮忙整理了一番珠钗，赶紧朝正门走去。

到了门口，就见门外停了两辆青盖马车，车帘垂落，遮掩了里面的情形，车外有两匹黑马并立，马背上分别坐着一位玉树临风的男子，均是锦袍华贵，器宇轩昂。其中那位穿紫色锦袍的男子约莫双十年华，神色冷峻威严，穿青袍的男子则温润如玉，只是一见到她，眼中便浮现出厉色。

陈氏心中惴惴不安，勉强撑出笑容来，站到马车前，对着车厢里迎道："是舅夫人吗？哎，舅夫人与公子们远道而来，怎么也没提前打声招呼？我与老爷好出城相迎啊。"

车前伺候的宋嬷嬷瞥她一眼，转身去替主子挑帘子。

陈氏下意识地探首往里望——帘子被挑起，露出里面的一对主仆，丫鬟暂且不提，那三夫人不愧是京城里的官夫人，才三十出头的年纪却已流露出贵妇人的雍容华贵，非真正的名门闺秀绝对养不出这种气度。陈氏嫁给虞尚后，好歹也做了几年官夫人，然而此刻见了三夫人，顿觉自惭形秽，被三夫人淡淡一瞥，便下意识地垂下眼帘，手都不知道该往哪里摆了。

宋嬷嬷与丫鬟扶着三夫人下车，与此同时，沈琢、沈逸兄弟俩也跳下马，恭敬地站到三夫人左右。

三夫人上下打量陈氏一眼，淡淡地笑道："你便是要将阿芜嫁给曹老将军的陈氏？"

这话一听就是来兴师问罪的。陈氏面色一白，心中震惊，这门婚事，京城侯府如何会得到消息？而且沈氏死后，侯府都没怎么来信关心过虞宁初，便是知道虞宁初要嫁给曹奎了，三夫人怎么还亲自跑来干涉？

不等陈氏回答，三夫人径自道："带我去见阿芜。"那颐指气使的态度，分明是把陈氏当丫鬟看了。陈氏暗暗咬牙，却不敢表现出不满。

虞宁初的亲舅舅沈三爷虽然是侯府庶子，可他仪表堂堂，才华横溢，曾经连中三元，被皇上钦点状元时，沈三爷又被吏部尚书看中，将爱女许配给了沈三爷。也就是说，眼前的三夫人既是侯府儿媳，也是尚书府的姑奶奶，随便哪个身份都能碾压她。

"阿芜住在后院，舅夫人与公子们先去厅堂歇息，我派人去叫阿芜过来。"陈氏赔笑道。

三夫人勉强认可了。陈氏马上叫丫鬟去请虞宁初，然后一边给三夫人带路，一边好奇地看向沈家的两位公子。可惜，三夫人并没有给她介绍的打算。

到了厅堂，陈氏请三夫人上座。三夫人面无表情地坐下，沈琢、沈逸并肩站在她左侧。

陈氏知道，三夫人膝下只有一儿一女，她暗暗打量这两个少年的模样，猜测年轻些的应该是三夫人的儿子沈逸。至于另一位，看年纪，只有平西侯府世子沈琢能对上，可是，沈家三房的事，堂堂世子爷来掺和什么？

三位京城来客没有与她寒暄的意思，陈氏攥了攥手中的帕子，脑海里不禁思绪万千。

过了一刻钟，虞宁初还没有出现。三夫人皱眉问陈氏："我看你们这宅子也就三进，怎么请个人去了这么久？"

陈氏也不知道虞宁初在搞什么，被三夫人一催，便叫身边的另一个丫鬟去看看。

那丫鬟刚跨出厅堂，抬头一瞧，回头朝陈氏道："太太，大姑娘来了。"

陈氏先是松了口气，转而又担心起来，虞宁初那死丫头，心里肯定恨着她，等会儿见了三夫人会不会趁机告状？思忖间，外面的脚步声近了。陈氏带着一丝探究看向门口，纳闷虞宁初为何耽搁了这么久。

三夫人也有些紧张。她知道丈夫沈三爷从未忘记远在江南的小姑，只是小姑当年犯下的错太严重，三爷没办法替小姑求情，只能不断地劝说小姑珍惜婚后生活，别再惦记荣华富贵。小姑脾气执拗，厌烦这些劝说，最后干脆断了书信往来。

小姑去世时，赶上三爷外放做官，官务繁忙，再加上距离太远，三爷没法亲自赶来，而自己那时刚刚小产，动不得身，最后只能派管事过来看看。

小姑死了，留下一个女儿虞宁初。三爷认为，外甥女是虞尚的亲女儿，虞尚怎么都不可能苛待亲生骨肉，而侯府一直没有接济过虞尚，虞尚想必早已心有怨言，他若这时写信关心外甥女，只会增加虞尚对外甥女的厌恶，还不如保持距离。

隔了一千里，他们以为虞宁初至少拥有父亲的疼爱，谁承想，六月里竟然收到了外甥女悲恸欲绝的求救信，虞尚这狼心狗肺的父亲，竟然要把女儿嫁给那种人！

三爷人在官场走不开，那就由她这个舅母来！小姑已经为她年轻时的错误付出了惨重的代价，三爷为了侯府的体面又从未开口要求过虞尚什么，如今外甥女都快被虞家逼死了，她说什么也要把外甥女接回京城。

光线一暗，门口多了一道纤细的身影，一袭碧色罗裙，衬得来人面如春雪。当虞宁初抬眸看来，露出一张清瘦却明艳的脸时，三夫人不禁一怔。

三夫人与小姑是同龄人，曾见过少女时期的小姑，沈氏之美，凡是她出现的地方，其他女子都只能沦为绿叶，哪怕是皇宫里的公主、王府里的郡主，也难与沈氏争艳。

眼前的虞宁初，容貌与沈氏酷似，却比沈氏更美。但虞宁初的美与沈氏又完全不同，沈氏艳丽得似花王牡丹，骄傲睥睨，目中无人；虞宁初更像一朵悄悄在水中孕育的娇荷，低调得不为人知，直到一场风雨来袭，震开密布周围的层层绿叶，才终于窥见她的仙姿玉骨。同为女子，三夫人都不禁惊艳，世上怎么会有如此美好的女子？

她正欣赏着小人儿的美貌，却见美人脸上突然滑落两行清泪，接着便泣不成声。

“舅母。”虞宁初哽咽着跨进来，扑跪到三夫人面前，眼泪很快便打湿了三夫人的裙摆。

其实她该高兴的。知道与曹家交换庚帖后，虞宁初都已经死心了，可就在她倒在床上苦苦盘算是否还有生机时，三夫人来了。京城与江南相隔这么远，舅母岂会白走一趟？一定是来给她撑腰的。有人给她撑腰，她就不用嫁给曹奎了，多好啊。

过来的路上，虞宁初不断告诫自己，要在舅母面前好好表现，知书达礼，多讨舅母喜欢。只是才来到正院，还没看到那位要给自己撑腰的舅母，虞宁初便忍不住哭了一场。一个人无依无靠地过了这么久，终于有人愿意护着她了。

虞宁初与舅母团聚，陈氏识趣地离开，给她们说体己话的时间。沈琢、沈逸也退到了院子中。

虞宁初没有哭太久，因为她忽然发现三夫人的衫摆湿了好大一圈，哪怕是夏天，衣裳湿了也不舒服，舅母身份尊贵，会不会因此厌恶她？

她连忙跪正，拿出帕子轻轻地贴在那片洇湿的地方，不安地道歉："对不起，舅母，我……"

三夫人瞧着她眼圈红红却还担心这种小事的胆怯模样，心酸极了，想当年沈氏何其骄傲，如今女儿却谨小慎微，这就是有人疼和没人疼的区别。虞尚好狠的心，这样娇滴滴的一个姑娘，便是路上捡来的孤儿也舍不得让她吃苦，虞尚竟然如此苛待亲生女儿。

"没事没事，舅母疼你还来不及，怎会介意这个？阿芜快起来，坐在舅母身边，让舅母好好瞧瞧。"三夫人握住虞宁初的手，将她拉到身旁。

红木太师椅很宽，两人身形都小，并肩坐着绰绰有余。

虞宁初脸上还挂着泪珠，三夫人一手轻抬她的下巴，一手拿着帕子为她拭泪。挨得这么近，三夫人将虞宁初的雪肌玉肤看得更清楚，也看见了小美人的消瘦与憔悴。

"舅母来迟了，阿芜是不是担惊受怕了很久？"三夫人歉疚道，"其实我们收到你的信的第二天就启程了，只是夏季多雨，路上耽误了几日。对了阿芜，你与曹家的亲事如何了？之前你说能拖到你娘的忌日，他们没提前吧？"

虞宁初急道："舅母来之前，曹家的媒人刚来拿过庚帖，要去庆云寺请保善大师求签问吉。"

三夫人神色一凛："你确定是庆云寺？"

虞宁初点头，陈氏故意刺激她，将一应细节说得很清楚，还说保善大师经常为姻缘解签，经手的很多夫妻都婚事美满。

三夫人拍拍她的手，扬声对门外道："琢哥儿，你进来。"

沈琢闻言推门而入，身形修长挺拔的世子爷，俊美华贵，为虞家这小小的厅堂增添了几分光辉。

虞宁初刚刚一心拜见舅母，此刻才看清此人的样貌，只是自己半个身子仍然陷在泥潭之中，沈琢是俊是丑她也无心欣赏，只守礼地站起来点头行礼。

三夫人介绍道："这是咱们侯府世子，你叫大表哥的。前些时日他在江南当差，都要回京了，在渡口遇上我们，便跟过来帮你撑场面。"

在虞家眼中，沈琢这个世子爷的身份更重。虞宁初知道，沈琢来此是出于他与舅舅、舅母的情分，但她也确实受了好处，便诚心拜谢道："阿芜谢过大表哥。"

沈琢虚扶她起来，道："都是自家亲戚，表妹无须多礼。"说完他直接看向三夫人。

事不宜迟，三夫人低声交代道："阿芜说曹家的媒人刚刚拿着庚帖去本地的庆云寺找保善大师测吉凶了，逸哥儿年少未经事，还得你替婶母跑一趟，务必让那个保善解个凶出来，就说江南风水克阿芜，阿芜不能嫁在本地。"

沈琢懂了，告辞道："婶母放心，我马上去办。"说罢便转身离开，身形如风。

三夫人又安慰虞宁初道："你大表哥都替皇上当差了，这事定能办妥，阿芜等着好消息就是。"

短短一会儿工夫，虞宁初已经见识到了舅母的厉害，从庚帖占卜下手，这门婚便断得非常体面，曹奎虽然娶不了她，自身名声却毫无损害，只要曹奎没有强横到非要与侯府对着干，便会同意这个占卜结果。

一个地方大员，不至于为了一个女子与京城权贵结仇。

"多亏有您，不然我只能嫁了。"虞宁初低声庆幸。

三夫人摸摸她的头，感慨道："阿芜，舅舅、舅母这么多年没有联系你，是以为你在生父身边过得很好，我们贸然写信给你，你爹可能会不高兴。那些陈年旧事，你应该听说过吧？"

虞宁初理解舅舅、舅母的顾虑，父亲对侯府一直颇有怨言，肯定不高兴她与侯府有来往。

“我知道，所以我也不敢给舅舅、舅母写信，这次实在是没办法了……”

“傻丫头，你就该早点写，我们若知道你在这边过得跟没有爹一样，舅母早把你接去京城了，你爹不疼你，我们疼。”

虞宁初眼中再次浮现水雾。她也没料到父亲会那么狠心，她以为自己安分守己地住在家里，不给父亲和继母添乱，父亲便会给她挑选一门合适的婚事，哪知道那点骨血亲情在父亲眼里根本就毫无意义。

她低着头不说话，三夫人稍微一想就懂了，一个无依无靠的小姑娘，不被逼急了，哪敢擅自联系京城侯府？

“阿芜别哭，舅母这次来就是要接你去京城的，往后你跟这边再也没有关系了，万事舅舅、舅母替你做主。你舅舅公务缠身，无法亲自赶过来，但他比我还急着见你呢。等你见了他就知道了，这些年他没少牵挂你。”

虞宁初听到这话，心里暖乎乎的，她本就想离开扬州，既然舅舅、舅母有心接她，也就不用她开口相求了。

“就怕我爹不肯让我进京。”

嫁不了曹奎，父亲还可以安排她嫁给别人，说到底她是虞家的女儿，父亲铁了心不放手，舅舅、舅母又能如何？

三夫人冷哼一声，摸着虞宁初的头道：“莫怕，舅母自有办法对付他。”

虞宁初回房洗脸的工夫，虞尚闻讯赶回来了，夫妻俩坐在一侧，看向三夫人母子二人。

虞尚装糊涂道：“嫂子远道而来，不知所为何事？”

三夫人直言道：“自然是为了阿芜的婚事。那曹参将比妹婿还年长几岁，妹婿一心要阿芜嫁过去，图什么？图你想给自己找一个年龄相近的好女婿，想听年长之人喊你一声岳父？”

虞尚白净的脸被她讽刺得发红。

陈氏及时替丈夫分忧解围，笑着道："嫂子是京城人，该比我们有见识，择婿择才，只要男方有本事，年龄便不重要。曹将军抗击倭寇有功，是大家公认的英雄，这门婚事就是传到京城，也不会有人认为咱们阿芜嫁差了。"

三夫人："你倒是好口才，按理说，你如此贤惠，早该辅佐妹婿步步高升了，为何妹婿娶了你七八年，却一直在六品的官位上转悠？"

陈氏讪讪道："我只是一介妇人，顶多相夫教子，谈何本事协助老爷升官？不像嫂子，出身吏部尚书府，遇事能在老尚书面前说说情。"

三夫人："朝廷大事，妇人岂能干涉？不过我虽然没求过家父什么，但过来之前特意向家父打听了一些事。原来六年前妹婿有过一次升迁的机会，因为有人参了妹婿一本，说妹婿姑息妻弟欺凌民女，虽然当事人花钱私了了，但依然影响了妹婿的口碑，致使他升迁无望。"

虞尚闻言脸色大变："有人参我，我怎不知？"

三夫人笑道："人家参你，只管上报朝廷，知会你做什么？还是说妹婿完全被人冤枉了，根本没有这种事？"

虞尚阴森森地瞪向陈氏。

六年前，正是他与陈氏新婚宴尔的时候，陈氏的弟弟仗着有他这个六品通判做姐夫，酒后欺辱了一个美貌农女。农女寻死觅活，事情被捅到了官府，陈氏求他帮忙解决，虞尚只能替小舅子出了一笔银子，买通农女的父母撤销了诉状。他以为事情已经结束了，但有人居然为此参过他，耽误了他的升迁。

六年前陈氏在他眼里貌美如花，可六年后的今天，当初的新鲜早就没了，此时得知陈氏姐弟害了他一把，虞尚如何不气？

陈氏哪肯轻易被三夫人挑拨夫妻关系，立即质疑道："空口无凭，嫂子有何证据？"

三夫人自然有备而来，拿出一份文书，对虞尚道："你过来看，仔细别弄坏了，我还要带回京城。"

虞尚、陈氏都离席凑了过来，虞尚快了一步，展开文书，赫然是当年对方参他的折子。

陈氏面白如纸。虞尚颤抖着将文书还给三夫人，再看陈氏目光闪躲的心虚模样，握了握拳头，终于还是没忍住，一巴掌扇了过去："你个蠢妇！当年花言巧语蛊惑我替你那不成器的弟弟出头，如今又来哄我将女儿嫁去曹家，我真是眼瞎了才错把你当贤妻！"

陈氏捂着脸低着头，不敢在丈夫的气头上出声反驳。

"还不滚！"虞尚怒喝道。

陈氏哭着离去。

虞尚坐回椅子上，深深地吸了几口气，对三夫人道："是我治家不严，让嫂子看笑话了。"

三夫人瞥一眼院子，幽幽道："亡羊补牢，犹未为晚。妹婿为官多年，兢兢业业，没有功劳也有苦劳，按资历早该升一升了。只是有陈氏在，妹婿当年姑息妻弟之事便难以揭过去。"

虞尚听懂了三夫人的意思，毫不迟疑道："明日我便写一封休书给她。"

他想升官，只要能升，一个陈氏算什么？

小姑都没能让虞尚见色忘利，三夫人并不诧异他对陈氏的无情，闲聊道："她能有那种弟弟，说明陈家家风不严，留这种妇人在身边，迟早还要出事。阿芜已经大了，双生子正是启蒙的关键时候，妹婿当娶个真正的贤妻好好教导，家和万事兴，以妹婿的本事，想必明年就会有好消息。"

虞尚心头一热，三夫人分明是暗示他只要配合侯府，明年就能往上升一级！

他痛快应道："嫂子明鉴，我一定给孩子们找个明辨是非的好母亲。"

三夫人才不关心他的新欢旧爱，转了转手腕上的玉镯，道："说起来，自打阿芜出生，她舅舅还没见过她一面，日思夜想，都快成疾了。我离京之前，三爷千叮咛万嘱咐，要我接阿芜去侯府住几年，不知妹婿意下如何？"

虞尚笑道："应该的，就怕阿芜不懂事，给兄嫂添麻烦。"

三夫人："我看阿芜挺好的，模样好，性情也好，若京城有合适的人家，我跟三爷就替她做主了。妹婿只管为朝廷效力，争取早日进京与阿芜团聚。"

虞尚喜道："我真能入京为官？"

三夫人："那要看妹婿的政绩了，政绩到了，看在阿芜的面子上，三爷也会替你张罗一二。"

小姑活着，虞尚便不可能进京，但如今小姑去世多年，虞尚入不入京，对侯府已无太大影响。打断骨头连着筋，为了外甥女，他们也不会报复虞尚，但那个陈氏，休想在算计了外甥女之后还能若无其事地享受侯府的照拂。

三夫人行事果断，毫不拖泥带水，与虞尚商量好外甥女的去留，便直言准备明日启程回京，顺利的话还能赶得及与家人共度中秋。

中秋可是一年里非常重要的节日，举家团圆，三爷盼望妻儿早日带回外甥女，侯府的其他人也都盼着世子爷沈琢速速归家。

虞尚的官途掌握在三夫人手中，自然不会再阻拦，只惋惜三夫人不能在扬州多待，多给他巴结奉承的机会。

"那好，妹婿处理家事吧，我帮阿芜去收拾行囊。对了，既然阿芜要在京城出嫁，她娘的嫁妆我顺便也带过去吧，免得将来还要折腾。"

提到沈氏的嫁妆，虞尚心中一疼。沈氏当年败坏了侯府的名声，但她毕竟是老侯爷宠爱的女儿，又要远嫁，老侯爷心中不舍，便给沈氏准备了一份异常丰厚的嫁妆。有钱人才有闲情逸致欣赏明珠美玉，虞尚一直都是个注重实惠的人，他不贪图沈氏的美色，只想分享沈氏的财富。可惜沈氏看不起他，夫妻除了几次同房几乎没有别的交流，他无法开口讨要钱财，沈氏也不会主动给他。

沈氏骄奢惯了，离京后更是挥金如土，靠花钱来弥补心中的不满。虞尚只能眼睁睁地看着沈氏不断置办一些华而不实的东西。终于，沈氏死了，虞尚名正言顺地接手了沈氏的库房，然而库房里已经没剩什么真金白银了，那些值钱的大件都被沈氏刻下了她的印章，若是虞尚拿去贩卖，传出去丢的是他的脸，所以虞尚只能眼睁睁地看着一堆好东西在那里积尘蒙灰，却一点都用不上。除了库房里的东西，沈氏还在扬州置办了良田、房产，但那些都由李管事负责。李管事就是一只成了精的老狐狸，虞尚与陈氏联手多年，谋划种种，都没能将李管事拿下。

三夫人提出要带走沈氏的嫁妆，虞尚舍不得，但为官多年，虞尚也积攒了一些身家，他现在缺的是晋升的门路。权衡之下，虞尚更想要官。

“理当如此，还是嫂子考虑周全，阿芜她娘的嫁妆一直都是温嬷嬷看着，我叫她过来与嫂子交接。”

三夫人知道温嬷嬷，那是三爷的生母苏姨娘身边的忠仆，小姑出嫁时苏姨娘便将温嬷嬷派给了小姑。等三夫人来到虞宁初的院子，温嬷嬷也过来了。

温嬷嬷五十来岁，头发花白。沈氏死后，她既没有到虞宁初身边伺候，也没有告老还乡，而是默默地守着沈氏的库房。她只是拿着钥匙，虞尚要进库房，她并不阻拦，虞尚拿走所剩不多的金银，她也是一副理所应当的样子，因此，虞尚没有由头撵走温嬷嬷或者安排她去做别的差事。说到底，温嬷嬷算是侯府老人，在没有利益冲突的情况下，虞尚犯不着对付她。

三夫人与虞宁初并排坐着，温嬷嬷瞥一眼虞宁初，将一份嫁妆单子与一本账册递给三夫人，解释道：“这是夫人出嫁后的一应花销，凡是超过十两的账目，老奴都记下来了。”

三夫人先看了嫁妆单子，除了器物、田地、房产，单子上还记载了一笔一万两银子的陪嫁。小姑只是庶女，又犯了错，侯府仍然给她这么多的陪嫁，钱财上的确没有亏待小姑。

温嬷嬷道：“京城那部分的田地产业都没有动，一直由可靠的掌柜打理，夫人在扬州置办的产业则由李管事负责，您要见见李管事吗？”

三夫人点头：“让他过来吧。”

小丫鬟便去传话。

三夫人看完嫁妆单子，再看账本。温嬷嬷记账非常清楚，小姑哪年哪月哪日花了哪些钱，历历在目——胭脂水粉、绫罗绸缎、珠宝首饰、珊瑚翡翠，再加上田地、房产，那一万两银子流水似的花了出去。虽然田地、房产每年都有进项，但到手的银子马上又被花了，直到沈氏病故。再后面，便全是田地、房产的进项了。

温嬷嬷道：“夫人生前糊涂，临去时还算通透，命几个掌柜将以后的进项都以姑娘的名义存入京城的钱庄，将银票寄过来。因为是姑娘的名字，只能姑娘亲自去钱庄兑换，所以老爷想动也动不了。”

虞尚在外地做官，无法亲自带女儿去京城钱庄换钱，派人去又不放心，只能眼馋。

三夫人了解了，问虞宁初："那些银票，阿芜可都收好了？"

虞宁初点头："都收着呢。"

母亲在京城、扬州都有田地、房产，只是田地产出有限，房产也都是租出去收租金，合起来平均一年大概有千两银子的进项，七年下来，虞宁初从母亲的这些产业里一共攒了七千五百两的银票。

三夫人对虞宁初道："京城的产业继续留着，扬州这边离得远，不如让李管事操持着卖了，换成银子交给你，或是存起来拿利钱，或是在京城置办新的产业，全由你做主。你娘就你这么一个孩子，她留下来的东西都是你的。"

虞宁初忐忑道："舅母，我年纪还小，不知道如何经营产业，能否请您与舅舅替我打理？"

三夫人笑了，看着她道："你也不小了，阿芜不要担心，回京后舅母会教你如何管账，你用心学，这事并不难。"

虞宁初在舅母的眼中看到了一片豁达与温柔，仿佛舅母已经看穿了她的小心思，却并不在意，反而温柔地包容她，并安慰她不用顾虑太多。

虞宁初脸红了，愧疚自己的小人之心，竟然担心舅母会惦记自己手里的这点产业。其实虞宁初也没有别的意思，她只是太怕了，脱离了父亲，舅舅、舅母将是她仅有的依靠，她不想因财与舅舅、舅母互生嫌隙，如果舅母想替她打理产业，虞宁初便愿意放手。她刚刚那么说，不是要试探舅母，只是想表达自己的诚意。她低下头，不知该如何解释。

三夫人笑着拍了拍她的手："没事没事，舅母都懂的，你这些年过得不容易，自然比那些父母娇养的孩子懂事，但舅舅、舅母不需要你这么懂事，往后咱们就是同居一处的一家人，舅母希望阿芜放开些、任性些，像你明岚表姐一样，只想着如何吃喝玩乐，赏花听戏，那些人情世故啊，等你们出嫁了再考虑也来得及。"

虞宁初又惭愧又感动，抬起头时，眼中泪光盈盈，想哭又不好意思掉眼泪。

三夫人伸手用帕子帮她擦掉泪水，轻叹道："舅母是真后悔，如果你娘去世的时候我身子利落，怎么也会过来的，那时候把你接过去，也不至于让你做了七年的小可怜。”

因为有个与虞宁初年龄相近的女儿，三夫人试着将自家女儿代入虞宁初的处境，七岁时死了娘，亲爹与继母一家其乐融融，小姑娘只能巴巴地看着亲爹与旁人欢笑，冷了病了都无人问津，与天生地养的野草有何区别？

三夫人身边的宋嬷嬷替主子解释道：“姑娘有所不知，姑太太去世时，咱们夫人才小产，所以不能过来。”

虞宁初第一次听说这事，忙安慰三夫人：“舅母千万不要自责，其实我过得挺好的，他们只是不疼我，但也没有苛待过我。您别看我现在瘦，那是这阵子因为婚事牵肠挂肚，舅母若早三个月来扬州，定会嫌弃我长得胖，不似淑女。”

三夫人扑哧笑了，捏了捏虞宁初的脸颊：“你这小嘴倒是会说。”然后又问杏花，“你家姑娘真有那么胖吗？”

杏花瞥一眼自家姑娘，怜惜道：“太胖也没有，但确实比现在丰满些。”

这两个月姑娘被曹奎这事吓得茶饭不思，生生瘦了一圈。

三夫人道：“好说好说，回京路上舅母让人给你做好吃的，养一个月，保管让你舅舅见到一个珠圆玉润的外甥女。”

这么一插科打诨，刚刚因旧事而起的低落氛围便被笑声一扫而空。没多久，李管事来了。

三夫人道：“我们急着回京过节，你且在扬州多留一段时日，妥当处置了姑太太的产业再回京。”

能够回京，李管事已经十分高兴了，笑道：“夫人、姑娘放心，我保证高价卖了，不让姑娘吃亏。”

如今扬州房产、田地的行情，可比七年前好多了。

虞宁初给李管事端了一碗茶，真心感谢道：“多亏李叔从中帮忙，我才能顺利见到舅母。”

李管事不敢当，接过茶碗放回桌上，躬身道：“那都是我的分内之事，姑娘不用客气。既然姑娘明日就要随夫人动身，想必还有许多杂事要处理，我就先告退了，明早再来恭送。”说完，李管事便退下了。

三夫人又带着虞宁初去了沈氏的库房。虞宁初也是第一次来这里，只见里面摆放着诸多名木家具、大件的珊瑚摆设，甚至还有一橱架栩栩如生的骏马雕刻，或是寿山石，或是灵璧石，每匹马的形态都不一样，或鬃毛飞扬，呈奔驰之态，或马首低垂，好似饮水。

若非亲眼所见，虞宁初都不知道母亲还有这种喜好。她新奇地打量着这些石马。

三夫人从别处看了一圈，绕过来，突然见到这些石马，脸色微变，瞥向温嬷嬷。

温嬷嬷低声道：“她日子苦，这是她唯一的一点乐子了。”

沈氏花容月貌，京城一众翩翩公子，她只看上了那人，也只爱慕那人。那人爱马，沈氏便花钱搜罗了这些石马，日日都要亲手把玩一遍，也只有在面对这些石马时，沈氏眼中才会恢复一些少女时期的光彩。

三夫人能想象出沈氏的痴情。

“毁了吧，这种东西，不用带回京城。”三夫人低声吩咐温嬷嬷，随即走过去将懵懂无知的虞宁初拉走了。

小姑着了情魔，红颜薄命，她绝不会再让外甥女重蹈覆辙。一个男人罢了，还不如钱财来得重要。

三夫人一行是清早到的扬州，看似处理了很多事，其实到清点完沈氏的嫁妆，也才晌午而已。世子爷沈琢跑了一趟庆云寺，回来时正赶上虞尚休妻的大戏。

陈氏的娘家在扬州府下的一个小县城，虞尚写完休书，命人备好马车，安排仆人把陈氏送回去。陈氏当然不甘心就这么沦为弃妇，一手牵着一个孩子跪在虞尚面前，哭求虞尚看在过去的情分、看在孩子的分上不要休她。然而虞尚心中只有功利，三夫人已经许诺了他前程，岂会因为陈氏小有姿色便手下留情？

“来人，把少爷、姑娘带回房间，不许出来。”

孩子们被带走了，虞尚看看伏跪在脚下的陈氏，从手里拿出一个荷包，道：“这里有百两银子，再加上你自己的私房，足够你下半生衣食无忧了。你也不要怪我，要怪就怪你那个不成器的弟弟。休了你，待我升官，孩子们也能跟着享福，否则咱们一家只能受你牵连，终生止步于此。”

陈氏泪如雨下，如果虞尚休了她，就算虞尚封侯拜相，又与她有什么关系？

“老爷，让大姑娘嫁给曹家是咱俩的主意，三爷夫妻因此恨我，心中肯定也会恨你，怎么可能还替你张罗升迁？他们分明是要报复你我，老爷你不要上了她的当！”

虞尚冷笑一声，三爷确实有理由恨他，但有虞宁初在，三爷的报复便只会到此为止。注意到沈琢回来，虞尚将荷包丢给陈氏，朝两个小厮使了个眼色。那二人便各掐住陈氏的一条胳膊，堵住她的嘴，硬生生将人带出虞宅，塞上马车。

“弃妇不肯归家，让世子见笑了。”虞尚快步迎到沈琢面前，面带愧色道。

沈琢扫一眼虞宅，问:“我婶母何在？”

虞尚解释道:“三夫人与阿芜在一起，逸公子在客房……”

话还没说完，就见沈逸从跨院那边过来，朝沈琢挥挥手:“大哥，今夜咱们留宿一晚，明早动身回京。”

沈琢颔首，径自随沈逸去了客院。

虞尚负手而立，看着两个侯府公子并肩离去，既恼火于小辈无礼，又深深地羡慕起来，不知自己是否也有光宗耀祖、扬眉吐气的那一日。

沈琢都回来了，说明庆云寺的庚帖已经测好，结果自然是凶。媒人战战兢兢地先回曹奎那边复命。先前有陈氏撮合，曹奎偷偷见过虞宁初一面，年近五十的武将依然好色，一眼就被虞宁初的美貌吸引，所以才有了后面的提亲。不过，听说虞宁初的母族来了人，侯府世子甚至还帮忙搅黄了八字测算，曹奎便知道这门婚事要难了。

他喜欢美人，但还没到色令智昏的地步，现任平西侯镇守边疆有功，在圣上心中的地位自己一介参将望尘莫及，还是不要与侯府结怨的好。思索片刻，曹奎让媒人去知会虞尚，就按照大师的说法，既然虞宁初不适合嫁在江南，为了美人着想，两家的婚事便就此作罢。曹奎痛快收手，虞尚松了口气，备了一份薄礼让媒人送给曹奎。

打发走媒人，虞尚亲自去了后院，将这个好消息传达给三夫人和虞宁初。意料之中的事，三夫人神色一派淡然。

虞尚殷勤道："晚上我命厨房做一桌扬州美食，算是替嫂子与两位贤侄接风洗尘。"

三夫人想到什么，笑道："那就有劳妹婿了。"

三夫人也是个美妇人，但此时此刻在虞尚心里，三夫人就是天上的禄星下凡，掌握的是他的官途，因此三夫人笑了，那就是禄星笑了。虞尚欣然地让女儿好好招待舅母，自去筹备晚上的宴席。

虞尚走后，三夫人悄声问虞宁初："你爹虽然官职不高，但江南富庶，他在扬州一带为官多年，想来也攒下了一笔家产？"

虞宁初对这方面还真不太了解，平时她大门不出二门不迈，更不会去打探父亲手里有多少钱。

三夫人看向温嬷嬷。温嬷嬷为人低调，实则眼观六路耳听八方，低声道："陈氏进门后，一年光衣裳首饰便要花去百两银子，以老爷节省敛财的性情，每年的进项至少有五百两。"

光靠六品官的俸禄，可拿不到这么多，三夫人心里有数了。

到了黄昏，三夫人携着虞宁初一起来到前院。虞尚、沈琢、沈逸已经到了，怕小孩子哭闹，坏了气氛，虞尚并没有叫五岁的双胞胎过来。

沈琢、沈逸兄弟俩朝三夫人行礼，虞宁初则给表哥们行礼。客气之后，大家入席落座。厅堂中间摆了两张案席，虞尚单独一席，虞宁初与三夫人同席。

虞尚拍拍手，丫鬟们开始上菜。全是地道的扬州美食，精致的面点小吃、美味的菜肴羹汤，将桌案摆得满满当当。

虞宁初轻声给舅母介绍这些美食。

见三夫人有女儿招待，虞尚便笑着问沈琢、沈逸："两位贤侄可否好饮？扬州城的云液酒醇烈香浓，回味悠长，我已提前命人备好几壶，现在让人端上来，如何？”

沈逸知道沈琢好酒，客气道：“那就多谢姑父了。”

总算听到沈逸叫了自己一声姑父，虞尚笑眯眯地派人去取酒。

丫鬟端来一壶酒，分别替沈琢、沈逸斟上。

三夫人抬眸看来，笑道：“明日还要动身，你们莫要贪杯。”

沈琢颔首，端起酒碗尝了一口。

虞尚：“味道如何？”

沈琢似乎吝于言辞，只道：“不负盛名。”

虞尚笑道：“既然贤侄喜欢，我叫人多备几坛，带回京城给侯爷也尝尝。”沈琢不置可否。

三夫人若有所思道：“是啊，阿芜初次进京，是该给长辈们准备一份礼物，不能失了礼数，只是我们初来乍到，对本地特产不甚熟悉，匆忙之间……”

虞尚马上接话道：“不劳嫂子费心，阿芜进京叨扰，这些本该我这个父亲替她筹备。”

三夫人：“那就劳烦妹婿了，我们就多耽搁半日，明天中午再动身。逸哥儿，明早你陪你姑父走一趟，咱们府里人多，别落下谁的礼物，回头闹得不好看。”

沈逸：“嗯，我晚上列个单子，保证谁的也不落下。”

三夫人又体贴地对虞尚道：“随便挑些扬州特产就行，不用买太贵重的。”

虞尚表面应和，心中却想，侯府里个个养尊处优，他送太差的东西，不是让人笑话？关系到自己的前程，这笔钱虞尚不心疼。

有三夫人笑着主导气氛，这场晚宴宾主尽欢。

散席前，三夫人拍拍虞宁初的手，看着虞尚道：“明天就要分别了，去陪你爹爹好好说说话吧，你第一次离家这么远，你爹爹肯定不舍。”

虞尚满脑子都是讨好三夫人，压根就没想过什么父女分别，只是此刻不好露出端倪，眼看虞宁初带着一丝怯意与生疏朝他望来，虞尚登时露出慈父般的笑容，伸手道：“阿芜过来，父亲有事要交代你。”

虞宁初便跟着这位熟悉而又陌生的父亲去了书房。夜幕已然降临，书房里烛光昏黄。

看着虞尚在书桌前坐下，在对方看过来时，虞宁初下意识地垂下眼帘回避。

她不习惯这样的父女相处。从记事起，母亲便不喜欢她，从不主动叫她到跟前亲近，父亲早出晚归，忙碌公务，更是少有时间理会她。小时候的虞宁初以为父母与子女之间都是这样的，她就该乖乖的，不去打扰父母。直到陈氏嫁过来，她亲眼看见双生子在虞尚怀里撒娇嬉戏，虞宁初才真正明白自己的处境。她是一个从出生起就不被爹娘待见的孩子。

虞尚抬起头，看到的是拘束安静的女儿。这个女儿，容貌与沈氏有七分相似，剩下三分，依稀能看出自己的影子。虞尚有太多的事要操心，平时根本没管过长女，如果不是今晚要表演一个好父亲给三夫人看，虞尚可能都没有细细打量这个女儿的闲心。

无疑，长女很美，融合了父母优点的她，姿色还要胜过沈氏。曹奎能看上女儿，待女儿进了京城，又有三爷夫妻撑腰，或许能结一门比这更好的婚事？

虞尚开口了，声音有些严厉："你命好，在京城有个居于侯府的舅舅，三夫人又如此护着你，说明三爷很看重你这个外甥女。只要你在侯府安分守己，三爷肯定会给你找个好夫君。你可千万别学你娘，行事轻浮，丢人现眼，害了自己，也坏了家里的名声。"

虞宁初悄悄咬紧了牙关。她知道母亲有诸多不好，但毕竟是生了她的母亲，临终前将所有产业都留给她的娘，别人可以看不起母亲，虞尚明明占了母亲的便宜，有什么资格这么说？虞宁初眼里有恨，却不想让虞尚看见，只默默地点点头。

虞尚对女儿的木头性子有所了解，没指望她吭声，便继续嘱咐起来。总之就是要女儿听话，别在侯府闯祸，别给他找麻烦。

虞宁初不时点头，算是回应。

虞尚事无巨细地交代了两刻钟，觉得差不多了，就想送虞宁初回去，当然，这也是做样子给三夫人看的。虞宁初见他站起来，便从袖子里拿出一双下午新缝制的男式袜子，拘谨地递给虞尚："爹爹，女儿愚笨，您操持这个家这么辛苦，女儿竟从未想过要孝敬爹爹什么，还是舅母提醒我，说您今晚肯定会送我程仪。

爹爹疼我，女儿别无长物，便亲手绣了这双袜子，还望爹爹不要嫌弃。”

虞尚一怔。程仪？是啊，孩子远行，做父母的都会送一笔银子给子女傍身吧？等女儿回去，三夫人或许会问一问他给了多少，如果女儿说他分文未送，那三夫人会怎么想？

“好孩子，难得你一片孝心。”虞尚接过那双看起来普普通通的袜子，一脸欣慰道。

虞宁初继续按照舅母的指示扮演孝女：“爹爹去试试吧，如果不合适，我今晚还能改。”

虞尚点头，带着女儿去了卧室。虞宁初在外面等着，虞尚一进内室，直接将袜子丢到一边，去翻箱笼。

臭丫头手里有沈氏的遗产，只会比他有钱，哪里需要他给？虞尚是真不想花这笔银子，却又担心三夫人盘问。再三权衡，虞尚取了二百两的银票，心中肉疼而面上慈爱地送给了虞宁初。

演演戏就能从薄情父亲这里换二百两银子，虞宁初心里舒服多了，跟着虞尚回了后院。

都给女儿钱了，对即将替他抚养女儿的三夫人，虞尚当然也要有所表示，而且要更大方。虞尚直接拿出一个信封，双手递给三夫人：“今后阿芜就叨扰兄嫂了，女孩娇贵，吃穿打扮都比男孩费心，后面更是有嫁妆筹备。这是我作为父亲的一点心意，还请嫂子收下，以后阿芜需要什么花销，都从这里拿吧。”

三夫人皱眉道：“妹婿这就太见外了，阿芜是我们的外甥女，我们既然要接她进京，那自然养得起她，这个你拿走，休要再提。”

虞尚：“我知道嫂子疼阿芜，可我做父亲的，不能一点都不管她。”

两人来回推了几次，最后三夫人似是被虞尚的慈父之心打动，终于收下了。

等虞尚走了，三夫人当着虞宁初的面打开信封，发现里面是十张百两的银票，全国各地都有钱庄可以兑换。

“一千两，聊胜于无，阿芜你收好，回头该花就花，这是你应得的。”三夫人转身将信封塞给了外甥女。

虞宁初其实更希望舅母收着，正如父亲所说，她在京城的吃穿用度也是一笔开销。

三夫人笑着点她的鼻子："傻丫头，还怕舅母养不起你？这钱舅母就是替你要的，不然岂不是白喊他这么多年爹了？想到他现在正为这笔钱心疼，我心里才痛快。你要记住，骂得再狠都是虚的，不疼不痒，真要想对方难受，就从他在乎的地方下手。"

虞宁初看着舅母神采飞扬的脸，忽地笑了。舅母真好，她喜欢。

翌日一早，三夫人带着虞宁初去给沈氏上香，虞尚带着沈逸去挑选礼物，沈琢则留在虞府，监督下人运送沈氏的嫁妆上车。等上完香回来，虞尚给京城准备的礼物也置办好了，女眷送扬州有名的织锦、小吃，男眷送扬州特产的美酒、茶叶，分门别类地将一辆马车装得满满当当。

三夫人看向沈逸，沈逸悄悄朝母亲伸出五根手指头。侯府勋贵，自然不在乎这点礼物，只是喜欢看虞尚明明吝啬却不得不打肿脸充胖子的滑稽场面。三夫人心想，她来扬州两日，虞尚前后花了快两千两银子，够他心疼一段时间了。

"妹婿，我们赶着回去过节，就不多耽搁了，来日你进京为官，我们再好好招待。"站在马车前，三夫人微笑着与虞尚寒暄道。

虞尚巴不得他们快点走，再多住两日，他可能还得再花一笔银子。

双方虚与委蛇地表达了一番不舍，三夫人便带着虞宁初上了同一辆马车。

虞尚亲自将他们送到扬州渡口。沈琢安排了两条商船，一条坐人，一条专门放沈氏的嫁妆。随从已经盯着下人搬好了嫁妆，只等主子们登船，便可扬帆北上。

"妹婿，后会有期。"站在船头，三夫人朝虞尚点点头。

虞尚很会演戏，竟然扯着袖子擦了擦眼角。虞宁初看着这样的父亲，只觉得荒唐可笑，等舅母转身，她也毫无留恋地随舅母进了船舱。

这艘商船分南北两个客舱，沈琢、沈逸住在南舱，虞宁初与舅母住在北舱。北舱又分内外间，三夫人检查了一遍，便叫虞宁初在外间坐下。丫鬟已经提前挑起竹帘，将近中午，七月明晃晃的阳光在河面洒下一片波光粼粼，照得舱内明朗敞亮，甚至有丝热意。

船还没有行远，码头上的一切清晰可见，有百姓排着队等待登船，有赤裸着上身的工人来来回回地扛运货物。虞尚还没有走，一身官袍立在堤岸前方，风吹拂着他的衣摆，四十不惑的男人容貌俊秀儒雅，好一副道貌岸然的模样。

虞宁初的目光只在父亲脸上停留了一瞬，便落到了更远处的扬州城。

父亲外放十几年，无论官职高低，一直在扬州一带转悠，她与母亲也一直住在扬州城中。父亲怨恨侯府不肯提携他，可如果不是舅舅暗中操持，父亲怎么可能一直留在扬州这个富庶之地？同是七品县令、六品通判，在富庶之地与偏远之地任职，其中的差距可谓天差地别。

"阿芜是不是舍不得扬州？"三夫人见外甥女对着扬州城的方向出神，便关心地问。

虞宁初笑了笑，道："还好，其实我也没怎么逛过扬州城，只是在这里长大，现在要走了，便忍不住多看看。"

三夫人皱眉道："你很少出门吗？"

虞宁初垂眸低声道："娘还活着时，乳母和丫鬟会带我去街上玩，后来娘去世了，陈氏进门，乳母不敢再擅自做主，也不想看陈氏的脸色，我们便只在后院生活。"

出了孝，她已经十岁，很明白自己在家里的地位，所以陈氏带着弟弟妹妹去踏青看庙会，她都安安分分地待在家里。或许她撒撒娇或强烈坚持，陈氏也会带她一起去，可去了也是看别人母慈子孝，又有什么意思？虞宁初习惯了无人理睬的日子，也没觉得这样的生活有多难熬。

三夫人听得心酸，这哪是一个官家小姐该过的日子？寺里清修的姑子至少身边还有几个伴。她安慰外甥女："没事，等咱们到了京城，让你明岚表姐带你多出去逛逛。扬州虽然富庶，但也比不上京城繁华，好吃的好玩的应有尽有，有时候还能在街上看到黄头发绿眼睛的番邦人，那种照得特别清楚的西洋镜就是番人带过来的。"

虞宁初："嗯，我娘送过我一面小西洋镜，我第一次见的时候特别稀奇。"

那是她才四五岁的时候，有次娘亲病了，她去请安，看见床边放着一个从没见过的玩意儿，玉质的手柄上嵌着一个巴掌大的圆形，周围镶着蓝、黄、红等颜色的细碎宝石，漂亮极了。

见母亲还睡着，虞宁初好奇地拿起来，等转过来的时候，镜面里突然映出了她的脸。虞宁初还是第一次看得那么清楚，吓了一跳，把镜子丢到了床上。

确定那只是一件死物，虞宁初又拿了起来，新奇地看着里面的自己。她玩得太专注，直到母亲发出一声咳嗽，才发现母亲已经醒了，正目光复杂地看着自己。虞宁初怕母亲，赶紧放下镜子，做出乖乖的模样。

母亲一如既往地话少，听她笨拙地询问了两句病情，便不太耐烦了，将那面精致的小西洋镜塞到她手里，让她回房自己玩。

幼时不懂事，现在回忆起来，母亲其实并不是很讨厌她吧。

“舅母，我娘真的很坏吗？”

父亲与陈氏只会说母亲的坏话，可信的下人又不会非议母亲，虞宁初忽然想从舅母口中知道自己的母亲究竟是一个什么样的人。

小姑娘眼里转着泪，声音都是哽咽的，敢问，却不敢抬头看长辈。三夫人轻叹一声，示意丫鬟们退下。

等只剩她们两个，三夫人拿出帕子，一边帮虞宁初擦泪，一边低声道：“你娘已经过世了，那些陈年旧事，本不该跟你说，可我不说，你这次进京，可能也会从别人口中听到一些闲言碎语，那还是由舅母告诉你吧。外人最喜欢添油加醋，实不可信。”

虞宁初接过帕子，静静地看着舅母。三夫人看着这张酷似小姑的脸，心中也有些疑惑，那人真的对小姑毫无感情？

“你娘在你这个年纪的时候，是咱们京城最美的姑娘，有你外祖父疼爱，你娘就像一只骄傲的小凤凰，什么嫡出庶出，根本不在意，她明艳大方，从不认为自己哪里不如人。

“咱们祖上是靠战功封侯的，沈家的枪法亦是一绝，你大舅舅武艺出众，与当时还是王府世子的晋王交好，晋王便经常来侯府走动，一来二去，便认识了你娘。如果说你娘是京城最美的姑娘，晋王就是京城最俊的公子，仪表气度，无人能出其右，不知多少闺秀想嫁他，其中就包括你娘。

“阿芜啊，有些事除非参与其中，不然根本说不明白你娘与晋王之间到底发生过什么，别说我，连你舅舅都不清楚。我们只知道有一日，有人撞见你娘衣衫不整地与晋王拉拉扯扯，事情败露，晋王拂袖离去，接着便传出你娘意图攀龙附凤的污名。侯府又怎么能容得下这种事？为了侯府的体面，你娘万万不可再留在京城，于是就有了你娘与你父亲的婚事。”

虞宁初：“当日的情况，我娘没有澄清过吗？”

三夫人摇摇头：“问她什么她都不说，大家就认为是她理亏，无话可辩，让她嫁人她也不闹，失魂落魄的，像变了个人一样。”

虞宁初：“晋王那边有没有什么说法？”

三夫人：“他能说什么？否认你娘勾引，就证明他也不干净，与你娘有私情，不否认，就等于承认。”

虞宁初眉头紧锁，或许是人都有私心，她总觉得骄傲如母亲，再喜欢一个人，也不至于做出那种自轻自贱之事。

“晋王，真有那么好吗？”虞宁初难掩执拗地问。

三夫人幽幽地叹了口气，似是回忆起什么，苦涩道：“天上的神仙也不过如此，若非他是皇族，公主都要争着嫁他。你娘对他的痴情没有半分掺假，你在库房不是见到一橱柜的石马吗？就是因为那人爱马如命，你娘才用马睹物思人。”

虞宁初无法再质疑什么，沉默半晌，问：“我娘离京了，他后来如何？”

三夫人：“你娘出嫁当年，晋王也大婚了，娶的是名门嫡女，婚后不久便跟着老王爷去了太原城的封地。后来老王爷病逝，晋王继位，他就继续留在封地，除非皇帝召见，再也没有踏足京城。京城这边也很少听说他的消息，只知道他立过数次战功，与王妃感情笃厚，从未纳妾。”

从未纳妾，一个王爷能做到这种地步，显然是十分宠爱那位王妃。虞宁初低着头，心里一片苦涩，难道当初真的是母亲妄图高攀？

“阿芜，旧事便是如此。因为你娘，京城里有些人可能不喜欢你，如果他们故意拿你娘的事诋毁你，你不要信他们的，更不用自惭，你娘只是年少冲动犯了一些错，她也为此受到了惩罚，绝不是什么大恶之人。”

三夫人不想外甥女钻牛角尖，为此自卑自艾。虞宁初自然明白，也不会以自己的母亲为耻。

“舅母，你们接我进京，太夫人、大舅舅、二舅舅那边是什么态度？”

平西侯府分为三房，大舅舅平西侯、二舅舅沈二爷都是太夫人的嫡子，只有她的亲舅舅沈三爷是庶出。

三夫人笑道：“咱们三房关系一直都很好，你大舅舅、二舅舅都是心胸豁达之人，都支持我们接你过来。太夫人嘛，年纪大了信佛，不至于跟小辈计较，尤其是老侯爷、姨娘去世后，太夫人看你舅舅都顺眼多了。”

老一辈的争风吃醋，人死了也就消停了。虞宁初莞尔，舅母真是什么话都敢对她说。

三夫人继续道：“你大舅母最讲究礼法，只要你不冲撞她，她喜不喜欢你都会做好面子活儿。你二舅母……出身晋王府，是晋王的亲妹妹，为人爽朗，跟我走得很近，不过舅母也摸不准她对你会是什么态度，但阿芜不用怕，万事都有舅母替你撑腰，他们就算不给你舅舅面子，也得给舅母面子。”

因为舅母是尚书府出来的，连太夫人都不会在她面前摆恶婆婆的谱。

知道二舅母的身份，虞宁初本来还有很多顾虑，可看着舅母一副谁都不怕的样子，虞宁初也真就不怕了。

“舅母，我一定乖乖的，尽量不给你添麻烦。”虞宁初绕到舅母面前，跪下保证道。

三夫人一把将她扶起来，怜惜道：“舅母不稀罕你乖，舅母只想你开开心心的，做你这个年纪的小姑娘该做的事，与其柔顺被人欺负，舅母宁可你学你娘的骄傲张扬，自有舅舅、舅母给你做靠山。”

论身份，侯府的姑娘纵然尊贵，可她作为尚书府的姑奶奶也没比谁差多少，三夫人可不想外甥女到了京城后继续做一个小可怜。她如此美貌，就该争奇斗艳，活得恣意盎然。

秋高气爽，风平浪静。两艘商船在运河上稳稳地前行，因为有侯府的表哥们同船，虞宁初很少离开北舱，喜欢坐在窗边，看岸边的风景变化。

江南的白墙灰瓦她已经见惯了，不知何时起，那些熟悉的景色不见了，界限分明的水田变成了大片大片的旱地，低矮连绵的青山竹林变成了冷峻雄伟的山岳峰峦，连迎面吹来的风也越来越凉，提醒着她在书中见过的北方秋冬的寒凛。

前面要经过一座县城，远远可以看见码头旁摆了各种小摊，方便客船临时停靠，置办些生活用品。

“母亲，靠近渡头了，要停吗？”沈逸清越的声音从帘子外传来。

三夫人笑道：“停两刻钟吧。”

沈逸便去吩咐船夫。

三夫人这边开始准备下船，她与虞宁初戴上面纱，只露出眼睛。渡口鱼龙混杂，三夫人可不想随便叫什么人看了去。

“下去走走吧，接下来的几天咱们就都在船上了，直到抵达通州。”三夫人笑着对外甥女道，心里很是高兴，这次北上一直都是晴天，没有被雨耽搁，完全能赶得上回京过中秋。

虞宁初见舅母心情好，便没有推辞，待船靠岸，一手扶着舅母的手臂，娘俩并肩走出船舱。

沈琢、沈逸已经站在外边等候，要陪她们一起登岸。宋嬷嬷、温嬷嬷分别提着篮子，要去采购新鲜的食材。三夫人出门也很讲究，特意带了擅长烹饪的宋嬷嬷，以防船上的饮食不合胃口。

“阿芜爱吃五花肉，你多买点。”三夫人捏捏外甥女白嫩纤细的小手，特意嘱咐宋嬷嬷道。

“舅母。”当着两个表哥的面，被舅母点出自己嘴馋，虞宁初耳垂发热，低声嘟囔着。

三夫人笑道：“无碍无碍，都是自家表哥，他们不会笑话你的。”

虞宁初仍觉得讪讪，目光悄悄投向旁边的两个表哥。沈逸笑得温润，沈琢面容清冷，看着岸边，似乎没有注意到她们在说什么。虞宁初微微松了口气，不过宋嬷嬷烧的五花肉肥而不腻，入口即化，确实很好吃。

上了岸，嬷嬷们去挑菜，虞宁初扶着舅母专门去看卖饰品、绣活儿的一些小摊子。摆摊的多是些上了年纪的妇人，长年累月地暴晒在烈日下，肤色变得黝黑，脸上的皱纹深刻层叠，贩卖的物件也都手工粗糙，无论是三夫人还是虞宁初，都是一眼扫过，毫无兴趣。

“姑娘买个风筝吧，河上风大，风筝飞得可高啦。”前面竟然有个风筝摊，见虞宁初一行人打扮富贵，摊主拿起一只花花绿绿的风筝热情地吆喝道。

三夫人来了点兴致，问虞宁初：“阿芜放过风筝吗？”

虞宁初其实有七八年没玩过风筝了，怕说出来舅母心疼，便撒谎道：“每年春天都放的。”

三夫人：“那就挑一只吧，整日拘在船上我都闷了。”

小姑娘，就该玩玩闹闹，像蝴蝶一样开心地飞来飞去。虞宁初有心哄舅母，便在各种各样的风筝里挑了一只还算素雅的蝴蝶风筝。

沈逸付了二十五文钱。其实这种随便糊制的风筝根本不值这个价，只是没人计较罢了。

买了风筝，又沿岸边逛了逛，见宋嬷嬷、温嬷嬷都满载而归，三夫人一行人便也上了船。

商船继续出发，离渡头远了，两岸再无闲人，三夫人就让沈逸带虞宁初去船头放风筝，也是给表兄妹俩培养感情的机会。

三夫人一早就看出来了，外甥女不擅长与人相处，在自己面前都有些紧张，登了船后更是尽量避免与表哥们见面。可这怎么行呢？如果外甥女连亲表哥都不敢亲近，到了侯府如何与其他表亲来往？三夫人想给外甥女一个家，而不只是一个栖身之处。

沈逸知道母亲的意思，对新认识的表妹守礼又温柔。

“阿芜，咱们是血亲，在我眼里你就是我的妹妹，小时候咱们离得远，表哥无法照顾你，以后你有什么事尽管跟表哥说，不用觉得不好意思。”沈逸一边调整风筝转轴，一边笑着对虞宁初道。

十七岁的少年，比虞宁初高了快一头，确实很有兄长的气势。

虞宁初笑了笑，很快就移开了视线，她连同龄的闺秀都没怎么接触过，面对沈逸明亮的黑眸，虽是表哥却才刚刚熟悉，暂且还做不到坦然自若地与其对视。这样的小表妹，反而更让沈逸心生怜意。感情要慢慢培养，不急于一时片刻，沈逸示意虞宁初举高风筝，自己拿着转轴跑开几步，风吹来，他笑道："阿芜放手。"

虞宁初一松手，蝴蝶风筝便飞了起来，短暂的摇晃后，稳住了。

沈逸调整好高度，将转轴交到虞宁初手里。握住转轴的一瞬，虞宁初只觉得一股蛮力要将她拉上去，太久没体会过的牵引感让她不由自主地跟着往前走了两步。沈逸看见了，及时按住了她的肩膀。虞宁初身体一僵，不习惯这样的触碰。

沈逸并未察觉有何不妥，等虞宁初适应了风筝线的力道，这才松开手，戏谑道："表妹太瘦了，晌午让宋嬷嬷多给你做点五花肉。"

虞宁初脸颊通红，只是玩笑过后，表兄妹间的距离终于拉近了一些。

船往前开，风筝往南飞，看似飞得很高，前方却忽然出现一队大雁，不知比风筝高出多少。恰在此时，沈琢从船舱里走了出来。

沈逸提议道："大哥好久没练箭了，给我们露一手如何？"

沈琢看一眼并肩而立的表兄妹俩，再看看即将飞近的雁队，去船舱拿弓箭了。

沈逸趁机给虞宁初介绍道："大哥自幼习武，枪法箭法双绝，连皇上都夸大哥'青出于蓝而胜于蓝'。"

虞宁初有点担心，谨慎道："这么高，能射到吗？不然我先进去吧。"

万一射空了，她自然不会笑话沈琢，就怕沈琢失了颜面，恼火被她瞧见。

沈逸拦住她："不用，大哥从不做没有把握之事。"

说话间，沈琢又出现了，一身深色锦袍，剑眉星目，英武内敛，在上四军当差的他，气质与沈逸这种少年已经截然不同。沈琢来到船头。大雁离这边还有些距离，只有虞宁初那只风筝在风中猎猎作响。沈琢收回视线，见虞宁初双手握着转轴，神色不太自然地准备走开，似是想去船尾。沈琢看向沈逸。沈逸面露无奈，小表妹连他都生疏，更何况是隔了一层的大表哥。

两人谁也没出声，虞宁初成功来到船尾，中间隔着船篷，阻绝了彼此的视线。

“姑娘是怕世子爷吗？”杏花凑过来问。

虞宁初摇摇头，没有解释自己只是担心沈琢的颜面问题。她故意背对着沈琢二人，专心地调整风筝。

杏花走到船角，正好能看到沈琢正在搭弓瞄准。她紧张地仰着头，看着那群大雁飞近商船的正上空，眼看着就要飞过去了。

“嗖”的一声，就在杏花疑惑世子爷为何还不出手时，一阵离弦之声响起，紧接着，利箭以眼睛难以捕捉的速度凌空而上，下一刻，就见一只大雁直直地从半空坠落下来，离他们越来越近，“砰”的一声，落在了后面那艘商船附近的水面上。

“姑娘快看，世子爷射中了！”杏花激动地扒着船舷，指着大雁落水的地方让虞宁初看。

虞宁初看见了，大雁突然坠落的那一刻，惊得她手一松，风筝拉着转轴瞬间脱手。

一只风筝而已，没什么惋惜的，让虞宁初震惊的是沈琢的武艺。她再抬头，雁群散了又聚，那么高，沈琢竟然真的射中了。

后面的船夫去找鱼兜捞大雁，沈逸、沈琢也走到船尾观看。

“大表哥好箭法，传说中的百步穿杨便是如此吧？”出于礼数，虞宁初轻声恭维道。

沈琢自谦道：“也是今天运气好。”

沈逸问：“阿芜，你的风筝怎么丢了？”

虞宁初不好意思说，杏花嬉笑道：“姑娘不知道世子爷射中了大雁，大雁掉下来的时候就惊到了。”

沈琢闻言，瞥一眼远去的风筝，对虞宁初道：“回头我再寻一只风筝给表妹。”

虞宁初连忙道：“不用不用，本就是买来临时解闷的，大表哥千万不要放在心上。”

沈琢只“嗯”了一声，也不知道是什么意思。

风筝没了，虞宁初没有理由再在外面逗留，便告辞去了舱内，陪舅母下棋。

接下来的几日，她都没有再出来。

船上的生活无疑是枯燥的，南舱里，沈逸抱着一卷书靠窗而坐，看了几页便放下来，揉着眉心道:“幸好明早就能到通州，不然我都要闲得长草了。”

沈琢坐在他对面，手里拿着一本兵书，闻言只是抬头看了堂弟一眼。

沈逸见他不搭话，遗憾道:“我们出发时，明岚也想来，我娘不让，早知道行船这么闷，真该带上明岚，阿芜表妹哪里都好，就是性子太静，想找她说说话都怕打扰了她。”

沈琢看着书上的字，脑海里浮现出虞宁初对他们避之不及的画面。是过于胆小与安静了。不过，与嘴巴仿佛停不下来的两个妹妹相比，沈琢更欣赏虞宁初的静。

第二章　表公子宋池

夜色如墨般笼罩着周围，虞宁初小心翼翼地翻了个身，还是睡不着。明早就要到京城了。虽然有舅母爱护她，但未知的侯府生活仍让虞宁初紧张茫然，难以入眠。

隔壁床上，舅母睡得很香，呼吸均匀。窗外，是运河连续不断的流水声，哗啦哗啦的，越发让她静不下心。枕头好像变硬了，越躺越不舒服，虞宁初忍了又忍，终于还是悄悄坐了起来。她得出去透透气，继续翻来覆去地躺着，迟早要把舅母扰醒。

担心来自江南的她怕冷，舅母早就给她准备好了夹棉的斗篷，虞宁初穿好衣裳，披上斗篷，兜帽一戴，一头长发便全部拢进了斗篷中。

她悄悄打开内间的门，外间睡着宋嬷嬷与杏花，宋嬷嬷竟然还打着一点小呼噜。流动的水声替虞宁初做了遮掩，她顺利地拨开外间的门闩，悄然闪了出去。

船夫睡在船尾，虞宁初放轻脚步，来到船头。半空一轮明月微缺，皎洁的月光洒满河面，连岸边的树木花草都照得清清楚楚。

虞宁初扶着护栏，仰望星空。北方的天似乎比江南要低一些，星星也更加璀璨。

清冽的晚风吹走心头的浮躁，虞宁初就这么仰着头，不知看了多久的星星，久到脖子都酸了。虞宁初笑了笑，见旁边摆着一张垂钓用的小凳子，便搓搓手，坐到凳子上，背靠护栏，看对岸的夜景。

余光中突然多了一道身影，虞宁初惊得站了起来。

“是我。”

沈琢从南舱一侧的阴影中走出来，月色之中，他眉眼冷而沉静，探究地看向虞宁初——宽大的斗篷将她纤细的身体遮了大半，只露出一张清水芙蓉般的脸。

离开那样的家，又多了亲人的关心，此时的她明显比一个月前丰盈了些，虽然还是偏瘦，却不再那么可怜，清眸如水，紧张地望着他。

“表妹睡不着吗？”沈琢走到她旁边的位置，眺望着夜色，刻意压低的声音显得比白日里要温柔几分。

虞宁初都打算走了，听他问话，只好应道：“嗯，怕翻身吵到舅母，便出来待一会儿，让大表哥见笑了。”

小姑娘说话句句客气，其实大可不必如此。

沈琢侧转过来，看着她问：“因为明天要进侯府了，紧张？”

心事被猜中，虞宁初别开脸，不知要不要找个借口搪塞。她这么偏着头，兜帽挡住了她的脸，只露出纤长的睫毛与秀挺可爱的鼻尖，月下美人，更添灵韵。

沈琢微怔，旋即反应过来这样的窥视是失礼的，于是换了个站姿，低声开解道：“姑母是沈家的姑娘，表妹体内也流着沈家的血，往后侯府就是你的家，你不必担心什么。长辈们自会关照你，若是哪个表哥表姐顽劣欺负人，你大可告诉我，大表哥替你做主。”

虞宁初没想到看起来冷冰冰的沈琢会说出这么一番话，受宠若惊地看过去。

沈琢微微笑了笑：“我是长兄，他们都怕我。”

或许是习武的原因，他身上有股刀剑般的锐气，即便笑着，也让人难以忽视他的威严。

虞宁初相信他在侯府小辈中的威望，尽量轻松道："多谢大表哥，大表哥放心，我会好好与大家相处的。"

沈琢颔首，瞥一眼她身上的斗篷，道："河上湿气重，表妹还是早点进去吧，仔细着凉。"

虞宁初点点头，乖乖地转身走了，走出几步，又犹豫了下，还是回头再次向不远处的身影道谢。无论沈琢那些话是出自真心还是客气，在这样的夜里，虞宁初都从中汲取到了温暖。

沈琢只是笑了笑。

虞宁初悄悄地回到内间。透过气后，她的心情也开朗了几分，在船身熟悉规律的晃荡中，很快就睡着了。

八月十四，官员们有持续三日的中秋假。前两日，沈三爷接到妻子的消息，说他们十四一早就将抵达通州码头，所以这天，天不亮沈三爷就起来了，城门刚开，他就带着随从赶着马车浩浩荡荡地朝通州去了。女儿明岚本也想跟着一起去的，只是败给了温暖的被窝。

沈家的车队抵达码头时，已经日上三竿。沈三爷很担心自己来迟了，站在码头四处张望，再派小厮去打听，确定今早还没有扬州过来的商船，这才放了心，只管朝河面眺望。

"看，那个就是你舅舅。"

船还在排队等着停泊，三夫人悠哉地坐在窗边，看见丈夫探头探脑的傻样子，笑着指给外甥女看。

虞宁初眼里的舅舅，看起来比父亲要年轻几岁，穿一身石青色的长袍，面容俊逸，留着一缕短须，面露焦急，显然一副仙风道骨的好相貌。再看舅母，嘴里嫌弃舅舅不够稳重，其实眼中全是思念与眷恋。

虞宁初想到了母亲。母亲与舅舅是一母同胞的兄妹，母亲那般美艳，舅舅当然也不会逊色。嫡庶有别，舅舅以庶子的身份被老尚书看中，挑去做了女婿，除了才华，肯定也得了这张脸的好处。

"舅舅真好看。"虞宁初悄悄对舅母道。

三夫人不以为意:"是吗？许是我看惯了，瞧着也就普普通通。"

刚说完，娘俩互视一眼，都笑了起来。

船停了，虞宁初扶着舅母走出船舱。沈三爷看见儿子、侄子后，便巴巴地盯着另一间船舱，等妻子一出来，目光立即落到了旁边的小姑娘身上。

虞宁初腼腆地朝舅舅笑了。正值豆蔻年华的姑娘，半是青涩，半是明艳，如一朵含苞待放的花，一出现就吸引了附近商旅的视线。

旁人是惊艳，沈三爷却在外甥女身上看到了十几年前的妹妹。他唯一的亲妹妹，一起长大的妹妹，自从十六岁匆匆出嫁，兄妹俩就再也没见过。尚有书信来往时，他明知妹妹心有所属，仍屡次要她收心好好与虞尚过日子，妹妹气得不再写信给他，过了两三年，扬州再来信，却是虞尚所书，告诉他妹妹去了。才二十五岁，就那么没了，一个人凄凉地客死他乡。

连句话都没来得及跟外甥女说，沈三爷猛地转身，大步走开，只有后面等着搬运行李的沈家奴仆看见三爷清俊的脸上泪如雨下。虞宁初诧异地看着舅舅的背影。

三夫人太了解丈夫了，外甥女来信那晚，他几乎整晚没睡，她听到了好几次压抑的抽咽声。

"他是想你娘了，咱们先上去吧。"三夫人轻声道。

虞宁初再看舅舅，果然瞥见舅舅飞快抬手擦泪的动作。

沈三爷需要时间，察觉妻子和外甥女走近了，他就继续往前走。就这么走走停停的，一直到沈家马车停放的地方，沈三爷才收拾好情绪，对着天空使劲眨眨眼睛，微笑地转过身来。第一眼看见的，仍是外甥女。

沈三爷一步跨上马车，先进去了。沈逸看傻了，这还是他熟悉的那个严父吗？沈琢神色如常，只当没看见三叔的失态。

三夫人无奈道:"你们两个骑马吧，我们去车里说话。"

沈逸点头，先后扶母亲和表妹上去，再与沈琢骑马随行。

车内，沈三爷一看到虞宁初上车，便将她拉到怀里抱住，也只有如此，才能保留他身为舅舅的一丝体面。三夫人瞪了他一眼，体贴地将帕子塞给他。

沈三爷一边擦眼泪一边对怀里的外甥女道："阿芫，都是舅舅不好，没有早点接你们回来。"

早知妹妹的心结那么重，他宁可让妹妹和离归家，也不想她红颜早逝。虞宁初听出了舅舅的意思，渐渐哽咽。舅甥俩一个想妹妹，一个想娘，拥着哭了很久很久。

三夫人怕丈夫哭肿眼睛，想方设法地开解，总算把沈三爷的眼泪劝住了，又让虞宁初坐在中间，细心地帮她整理被丈夫弄乱的头发。

沈三爷换到侧座坐着，目不转睛地端详着外甥女。虞宁初可不敢与爱哭的舅舅对视了，安静地垂着眼。

沈三爷深深地叹了口气："阿芫长得像你娘，但比你娘更好看，性子也娴静，你娘只有生气或对镜自赏的时候，才会这么安静。"

虞宁初对母亲的记忆却完全不同，她眼中的母亲，最喜欢发呆。

"好了，过去的事都过去了，别再提了，不然又要被你勾出眼泪了。"三夫人瞪着眼提醒丈夫。

沈三爷连连点头，努力转移话题："京城天凉，阿芫可还习惯？"

虞宁初："还好，早晚冷一点，白天与扬州差不多。"

沈三爷："那是还没入冬，等到冬天你就知道了，往地上泼点水，一会儿就结成了冰。"

虞宁初露出惊讶的表情。

提到冰，沈三爷拉开车里小橱柜的一层抽屉，变戏法似的拿出一个长长的油纸包，里面竟是一串糖葫芦。

"扬州那边有吗？"沈三爷哄小孩子似的问。

虞宁初笑道："有的，不过我吃过的都没有舅舅的这串大。"

沈三爷马上把糖葫芦塞到外甥女手里："快吃吧，挺甜的。"

虞宁初就在舅舅、舅母的注视下，小口小口地吃了起来。

三夫人终于有空跟丈夫打听这段时日京城里的情况。

沈三爷道:“一切如常,没出什么事,哦,上个月岳父咳嗽了两日,皇上让御医看过了,吃了两服药后好了。”

三夫人:“我不在家,明岚有没有胡闹?”

沈三爷:“没有,你叫她负责收拾阿芜的屋子,她收拾得很尽心,昨天还说要来接你们,早上我看她睡得香,就没叫她。”

三夫人很满意,对虞宁初道:“你表姐最喜欢热闹,比我们还盼着你过来呢。”

虞宁初咽下口中酸酸甜甜的糖葫芦,也很期待见到明岚表姐。

沈三爷没在车中逗留太久,眼圈不红了,便也去外面骑马。

“今日风沙有些大,父亲是不是被沙子迷了眼?”沈逸瞥了几眼父亲,还是决定不放过这个千载难逢的机会,调侃了一番。

沈三爷摸了一把短须,目光扫过路边静止的树梢、紧实的硬土官路,神色平和地对儿子道:“扬州之行,你耽误了两个多月没有读书,等假后方先生回来,我会让他多给你布置课业,尽快将落下的进度补上。”

方先生是侯府替几位公子请的教书先生,平时便很严厉,若是专门给哪个公子补课……沈逸的笑容僵在了嘴角。

见儿子老实了,沈三爷看向沈琢,见大侄子一如既往的沉稳内敛,满意地点点头,询问沈琢南下的差事。

叔侄俩低声交谈起来。车厢中,三夫人特意卷起另一侧的帘子,方便外甥女欣赏京城的风土人情,从通州到京城还要走两个时辰,一路闷坐着多无趣。

虞宁初看了一路,发现北地的男子体形要高大一些,不过最大的差别还是南北两地的口音,京城的百姓说的是正经官话,而扬州那边,大多数百姓私下都用本地的吴侬软语交流,比如虞府中的一些仆妇,只有在主子面前回话时才改用官话。

前面就是京城了,可以看见一些打扮富贵的男子骑马出行,似是要去郊外赏秋。三夫人终于将帘子放了下来。虞宁初端坐在舅母身边,不再好奇外面的情形。

三夫人笑道:“别急,今晚阿芜好好睡一觉,明晚就可以跟表哥表姐们一块去街上赏灯了,咱们京城的中秋灯会可是一绝,舅母小时候每年都要出去看灯。”

虞宁初都听舅母的安排。

马车穿过热闹的东大街，拐几个弯，周围便渐渐安静下来。平西侯府位于靠近皇城的清平巷，巷子里住的都是勋贵人家，有其他侯爷、伯爷，也有书香世家和祖上出过阁老的名门望族。

马车驶过一户人家，三夫人就给外甥女介绍一遍。虞宁初算是开了眼界，在扬州，知府、参将都算顶尖的大官了，然而在京城，只是这条巷子里的住户便个个都比扬州知府来得尊贵。

终于，侯府到了。侯府众人已经得到消息，长辈们在厅堂等着，小辈们都来到门口迎接。

马车停稳，三夫人刚要下车，沈明岚已经凑到车前，笑盈盈地朝里张望。及笄之年的三房嫡女，柳眉桃腮，嘴边带着两个梨涡，像极了三夫人。

虞宁初知道，这是自己的亲表姐，便微微起身，笑着唤道："表姐。"

沈明岚还在惊讶表妹的美貌，被母亲轻轻戳了一下，才反应过来，朝虞宁初眨眨眼睛，先扶母亲下车，再热情地来扶虞宁初："表妹你可算来了，从母亲出发去接你开始，我就天天盼着你快点来，做梦都梦见你好几回了。"

虞宁初一手被表姐扶着，一手提着裙摆，站稳了，才放心地与表姐说话："我也盼着与表姐见面呢，听舅舅说表姐一直在费心替我收拾屋子，辛苦表姐了。"

沈明岚连连摆手："你不要跟我客气，咱们就当亲姐妹相处吧。"

虞宁初笑着点点头，被表姐拉着手，朝前方看去。那里有两个俊秀少年、一个明媚少女正在给三夫人行礼。

沈明岚依次介绍道："那是你明漪表姐，这两个是你牧表哥、阔表哥，阿芜也可以叫他们二表哥、四表哥，我哥排行老三。"

说话间，三人朝虞宁初看过来。虞宁初在路上已经记熟了侯府三房的情况，沈琢、沈明漪都是大房所出，二房没有姑娘，只有沈牧、沈阔两个公子，三房的舅舅、舅母同大房一样，儿女双全。三个舅舅都没有纳妾，便也没有其他庶出的表哥表姐了。

"明漪表姐、二表哥、四表哥。"虞宁初笑着行礼。

沈明漪上下看她一眼，露出一个不算热情但也得体的微笑："表妹可算来了，我们都盼你很久了。"

沈牧、沈阔分别唤了一声表妹，没说什么客套话，但看向虞宁初的眼神里都带着笑，显然很是欢迎。

沈明漪很快就站到了沈琢身边，与三房的表妹相比，她更想念出差半年的亲哥哥。

沈牧、沈阔自发地凑到沈逸身边，目光不时瞥向虞宁初。这么漂亮的表妹，很难不勾起少年郎们的兴趣，有纯粹的欣赏，也有对新客本能的好奇。

"好了，咱们进去说话吧。"沈三爷和三夫人做主，带着小辈们朝厅堂走去。

虞宁初本来很紧张，可沈明岚一直挽着她的手，亲昵热情，毫不掩饰对她的喜欢，虞宁初便没有那么慌了，视线落在前方舅舅、舅母的衣摆上，显得很是从容。

厅堂中，太夫人坐在主位，平西侯与韩氏两夫妻坐在她的一侧，沈二爷与宋氏夫妻俩的座位在左下首，对面空着两把椅子，显然是给沈三爷和三夫人留的。

"母亲，儿媳回来了。"三夫人先朝太夫人跪下，恭声请安。

太夫人点点头，关心地打量她："瞧着瘦了点，舟车劳顿的，回来了好好养养。"

三夫人笑着道谢，站起来，与两对兄嫂寒暄过后，同沈三爷一起落座。接下来是沈琢给长辈们请安。

他是侯府的嫡长孙，太夫人眼中的宝贝疙瘩，一去半年，太夫人早已望眼欲穿，此时不免将人叫到身边，捏手看脸的，问了好多话。

沈明岚就拉着虞宁初先站到了父母身边，免得在中间站着又没有时机拜见，显得尴尬。虞宁初规规矩矩地垂着眼，但能感觉到有几道视线先后从她身上掠过。

过了一刻钟，太夫人总算说够了话，放开了沈琢，沈琢站到了平西侯夫妻背后。

太夫人喝了口茶，朝虞宁初这边看来。

三夫人拍拍虞宁初的手，温柔道："阿芜，快去给外祖母磕头。"

太夫人是沈三爷的嫡母，自然也就是虞宁初的嫡外祖母。

丫鬟摆好蒲团，虞宁初跪到上面，恭恭敬敬地叩首道：“阿芜拜见外祖母。”

小姑娘穿了一件浅桃色的绣花褙子，乌黑浓密的头发梳成少女常见的双髻，一边髻上插着梨花钿，一边插着银质的蝴蝶发钿，清秀灵动。她打了耳洞，此时却没有佩戴耳饰，露出微粉的耳垂与一片莹白如玉的脖颈，声音清甜带着一丝怯意，轻灵好听。

“阿芜是吧？抬起头给我瞧瞧。”

虞宁初便配合地抬起头。

太夫人上了年纪，刚刚虞宁初又站得远，所以看得不是很真切，此时虞宁初就跪在面前，太夫人又微微前倾着身子，所以当虞宁初露出正脸的一刹那，太夫人猛地一怔，难以置信般朝椅背靠了过去，似是受了什么惊吓。

虞宁初已经从舅舅、舅母的反应中知道自己很像母亲了，但见太夫人这般，仿佛母亲是什么洪水猛兽，心中不禁一阵酸楚，长长的睫毛轻颤着，极力不让情绪流露出来。

太夫人死死地盯着那张脸——雪腮香肤，光是这张皮囊便令人垂涎三尺，偏那眉形纤长，尾部轻挑，天生带出艳丽，眸子潋滟似水，欲语还休。

十几年前，太夫人在一双同样的眼里看到过挑衅、不屑与憎恨，如今，这双眼睛再次出现在她面前……

“阿芜不错，像咱们沈家的姑娘。”离太夫人最近的平西侯突然笑着出声，打破了刚刚的沉默。

虞宁初的手是凉的，她看向平西侯，见这位一家之主正目光温和地看着自己。平西侯是武将，气质刚毅，可此时此刻，他只是一个舅父，对初次见面的外甥女充满了喜爱与包容。虞宁初瞬间想起了那个晚上，沈琢也给了她保证，说他会替她做主。

“大舅舅，大舅母。”

“二舅舅，二舅母。”

虞宁初不再去看太夫人，转身朝两房长辈叩首。

“是个守礼的好孩子，真招人疼。”

有了这段缓冲，太夫人也冷静下来，一个孩子的容貌不是随父就是肖母，那个让她烦心的庶女已经死了多年，眼前的小姑娘不过是沈氏的女儿罢了，父族不显，母亲的品德又有瑕疵，料她进京后也不敢掀起什么风浪。

“来，这个给你，算是外祖母给你的见面礼。”太夫人褪下手腕上的翡翠镯子，语气慈祥。

长者赐，虞宁初便没有推辞，笑着道谢。平西侯夫人韩氏给虞宁初准备的是一支玉簪，簪头是粉碧玺雕刻的樱花，娇艳剔透。韩氏将簪子直接插入虞宁初的发中，那粉嫩的颜色更衬小姑娘的美貌。

轮到二夫人宋氏。

虞宁初不太敢看这位舅母。宋氏出身王府，是位郡主，打扮得最为华贵明丽，眉眼中也带着皇族的矜贵，一眼看去给人一种难以接近的距离感。虞宁初想，宋氏可能会比太夫人对自己更冷淡吧。

让她意外的是，宋氏竟然握住了她的手，温热细腻的触感惊得虞宁初抬起了眼眸。

“阿芜可真漂亮，舅母给你准备的面霜都快用不上了。”说完，她身后的丫鬟便笑着递过来一个精美的礼盒。

宋氏打开礼盒，里面整整齐齐地摆着八个颜色不同的圆形粉彩小瓷盒。

“听说江南气候湿润，咱们京城天干物燥，特别是秋冬，不涂面霜根本出不了门。阿芜初来乍到，我想着太夫人他们会送你首饰，就给你准备了这套面霜，你先用着，如果喜欢，回头舅母再送你几盒。”

虞宁初看看礼物，再看看宋氏，心中百转千回，最后只化成一句拜谢之词。

三夫人怕外甥女不懂这份礼物的珍贵，笑着解释道：“阿芜，你二舅母手里有间脂粉铺子，咱们京城最好的胭脂水粉都出自那里，常年供不应求，多少贵女结交你两位表姐就是为了抢一份你二舅母的胭脂呢。”

沈明岚也道：“是啊，而且二伯母小气得很，我们想要都得先讨她欢心才行。”

宋氏扬眉，瞪着她道：“行，凭你这句话，今冬你的份例取消了。”

沈明岚立即跑过去，给她揉肩捏背地撒娇。

宋氏看着虞宁初笑道："舅母喜欢嘴甜的姑娘，阿芜千万别学你表姐。"

虞宁初感觉到这位二舅母似乎并不讨厌自己，是因为二舅母性情爽朗，与舅母交好，爱屋及乌才关照自己，还是说二舅母心胸豁达，并不介意当年母亲勾引其兄长的旧事？

无论如何，初入侯府这一关，总算过了。

虞宁初与诸位长辈都见过礼后，太夫人就让三房先回去休息，晚上大家再一起吃席。

平西侯府是前宅后园的布局，前宅又分东、中、西三路，沈三爷一家住在西路。虞宁初跟着舅母一家不知道绕了多少扇门，脚都走酸了，在扬州的时候，她每日都缩在自己的小院，何尝走过这么多路？

咕噜一声，肚子竟然也叫唤起来，虞宁初尴尬地看向身边的沈明岚。他们早上到了码头，接下来又坐了两个时辰的马车，午饭还没有吃，如今红日已经开始偏西，早过了正常的午饭时间。

沈明岚离得近，听见了，见表妹羞得脸颊微红，就没有声张，只悄声让虞宁初再忍忍。虞宁初感激表姐的细心。

终于到了西院，沈明岚笑着对母亲道："娘，你们还没吃午饭吧，我让厨房热着呢，现在就端上来？"

三夫人："不错，明岚会照顾人了。"

沈明岚就让丫鬟芳草去传话，芳草俏皮道："姑娘还要跟着老爷、夫人一起再吃点吗？"

沈明岚想了想，道："吃不吃的，都给我先准备一套碗筷。"

芳草笑着离去。

另有丫鬟端水过来，伺候远道归来的主子们擦脸。擦过脸，厨房也将饭菜摆到了桌子上，十分丰盛。

沈三爷、三夫人、沈逸分别坐在方桌一侧，沈明岚挨着虞宁初坐下，热情地帮虞宁初夹菜。

如此盛情，虞宁初想客气都不行，吃得饱饱的。

“娘，你们聊，我带表妹去看房间。”吃过饭，沈明岚拉着虞宁初站了起来。

三夫人温声道：“嗯，玩一会儿泡个澡，下午就好好休息吧，睡醒了再过来。”

在运河上漂了一个月，她都觉得累，何况外甥女是第一次出远门，更加消受不了。

沈明岚住在西院的清辉堂，清辉堂后面紧挨着碧梧堂，也就是虞宁初接下来要居住的院子。

碧梧堂西侧的院墙外种着一排梧桐树，此时树叶仍然翠绿，反射着秋日明媚的阳光。

“真好看。”虞宁初赞叹道。

沈明岚笑道：“花园的景色更好，下午再带你去逛。”

碧梧堂内，温嬷嬷、杏花已经提前安顿好了，除了她们，还有三夫人挑选的几个丫鬟、仆妇。院子里打扫得干干净净，花坛里秋海棠开得灿烂鲜艳，显得生机勃勃，仿佛这院子一直有人居住似的，毫无空置多年的冷清。厅堂里窗明几净，桌椅用料讲究，字画摆设雅致，处处可见用心。

沈明岚挽着虞宁初的胳膊，笑道：“咱们侯府少爷多，姑娘少，之前就我跟沈明漪两个。人家自诩是正房所出，平时并不怎么待见我，我跟她也就维持表面的和气罢了，现在好了，我有你了，阿芜，以后你就把我当亲姐姐吧？”

虞宁初担心自己配不上这样的好，小声道：“我自然喜欢表姐，就怕表姐熟悉我后，不喜欢我的脾气。”

沈明岚牵着她去了次间，表姐妹俩坐在临窗的暖榻上说话，阳光透过琉璃窗照进来，暖融融的。

“阿芜你说说，你是什么脾气？”沈明岚一本正经地问。

虞宁初微怔。沈明岚料她回答不出来，便将杏花叫了进来：“当局者迷，旁观者清。你来给我讲讲，你家姑娘是什么脾气，好的坏的都说，一样也不可隐瞒。”

这是什么意思？杏花疑惑地看向自家主子。

虞宁初笑道：“不用紧张，想到什么就说什么吧，我与表姐交心而已。”

杏花隐约明白了，要说这世上谁最熟悉虞宁初，还真非她莫属，她可是四岁就被沈氏买去，小时候给虞宁初当玩伴，长大了就开始伺候虞宁初。

“表姑娘，我们姑娘没什么脾气的，几乎可以称得上无欲无求，丫鬟们犯了错，她也不恼，只叫我们改正，不犯错嘛，她就随便丫鬟做什么，自己除了看书就是练字。那陈氏不喜欢带姑娘出门，姑娘也不争，就像……就像一棵树，太静了。哦，我们姑娘做过的最大胆的事，就是因为那桩婚事，哭着给三爷写信求助。”

虞宁初默默听着，她平时的确是这样，只是听杏花这么说出来，怎么觉得自己非常无趣？表姐那么活泼，会喜欢她吗？

虞宁初看向沈明岚。沈明岚竟然哭了，一对泪疙瘩掉下来，她背过身去擦，再转过来时，眼圈泛红，拉着虞宁初的手道：“以前你不爱出门，是没人愿意带你去，非你不想。阿芜，以后表姐去哪儿都带着你，京城那么好玩，表姐带你玩个遍。”

虞宁初笑了：“好，我都听表姐的。”

被人喜欢，她也喜欢。

两人参观了一会儿碧梧堂，温嬷嬷来了，称厨房烧好了热水，问虞宁初要不要沐浴。船上烧水不便，虞宁初有几日没洗澡了，就盼着能痛痛快快泡个澡呢。

“你洗吧，下半晌我再过来。”沈明岚笑着回前面的清辉堂了。

虞宁初将她送到门口，直接去了浴房。平时都是杏花伺候她，这次温嬷嬷叫杏花在外面守着，亲自服侍虞宁初。

虞宁初虽然与温嬷嬷在扬州同住一宅，但实则两人并不熟。母亲活着时，不喜欢她在身边，也不喜欢温嬷嬷，因此两人基本没有机会碰面。

“嬷嬷吃过了吗？”气氛过于安静，虞宁初主动问道。

温嬷嬷站在她面前帮她脱衣裳，垂着眼道：“吃过了。姑娘初入侯府，感觉如何？”

虞宁初看向窗外，轻声道：“侯府富贵，远非虞家可比。”

衣裳脱掉，只着小衣的虞宁初抖了抖，幸好此时是晌午，晚些洗澡，肯定更凉。

浴房里有根柱子，柱子下面有圈底座，积水可以从这里渗下去，是专门供主子们站着擦身用的。

温嬷嬷让虞宁初扶着柱子站好，打湿巾子，从上到下将小姑娘淋湿一遍，温热的水便驱散了微微凉意。

第一次让温嬷嬷擦身，虞宁初有些害羞，欺霜赛雪的肌肤透出一抹粉色。

温嬷嬷似乎知道她的羞涩，低声回忆道："姑娘瞧见了，明漪、明岚两位小姐虽然称得上貌美，却远远不如姑娘来得娇艳动人，其实姑娘与夫人都随了老姨娘。沈家的男人一直都没有纳妾的作风，只有老侯爷，当年对老姨娘一见倾心，权衡再三还是将老姨娘纳进了府里。"

虞宁初听了不少母亲的闲话，还是头一回有人在她面前提起亲外祖母。

"老姨娘出身不高，到了侯府，就像姑娘在虞家一样，本本分分地住在自己的小院里，被人欺负了，就默默地忍着，得了老侯爷的宠爱，也不会跑出去耀武扬威，老老实实的，日子说不上好，也说不上坏。夫人就不一样了，长得有多美，就有多骄傲，出嫁前过得率性恣意，的确叫人羡慕忌妒了好些年，不承想一朝出事，坏了名声，只好随随便便嫁了个男人，自此离开京城，再无从前的风光。"

"姑娘，你想过哪种日子？"温嬷嬷一边擦拭，一边闲谈似的问。

虞宁初顿了顿，问："嬷嬷觉得我该怎么过？"

温嬷嬷沉默了很久，忽地叹了口气："我也不知道，夫人跟老姨娘各有各的苦，姑娘若能走出一条既洒脱又安稳的路，那就最圆满了。"

擦好身体，虞宁初坐到浴桶中，温嬷嬷往水里兑了花露，淡淡的清香四散开来。温嬷嬷搬来椅子坐在虞宁初身后，帮她洗头发。虞宁初能看见温嬷嬷发梢的白发，夹杂在黑发中，偶尔看过来时，目光带着岁月的沉静。

"嬷嬷，当年老姨娘派你去照顾母亲，母亲却冷落你不用，你怨她吗？"

"不怨，说到底，你娘当年也是个小姑娘，年轻人遇事容易想不开，心其实不坏。"

"嬷嬷，我年少不知事，以后还请你多替我费心，若我哪里做得不对，嬷嬷千万记得提醒我。"

舅父、舅母对她很好，但长辈们还有自己的事，只有温嬷嬷能够全心全意地守着她。虞宁初信任温嬷嬷，也希望温嬷嬷对自己尽心。

温嬷嬷笑着点点头。

虞宁初撩了撩水，垂眸道："刚刚嬷嬷提到我娘跟老姨娘，其实她们的苦，根源都在于婚嫁。老姨娘给人做妾，纵得宠爱亦身不由己；我娘心有所属，却嫁给他人，心中不甘。嬷嬷，我没有我娘那么挑，舅父、舅母疼我，应该会给我找个门当户对的良人，到时候我安心嫁了就是。"

温嬷嬷没想到小姑娘的心思如此通透，可惜事情哪有那么简单，婚嫁容易定，感情可不是想喜欢谁就能喜欢谁的，有的人样样都好，但就是无法对其动心；有的人明明风流滥情、冷血自私，反而叫人日日夜夜地惦记。

不过，温嬷嬷将这些话咽了回去，只夸道："姑娘这么想就对了，长辈们经历得多，更知道女孩子适合什么样的人家。以后姑娘只管与明岚小姐玩耍，若有年轻公子接近，姑娘尽了礼数便可，不必多加理睬。"

"嬷嬷放心，我都懂的。"

有母亲的前车之鉴，虞宁初绝不会跟哪个男子走得太近。

舟车劳顿，又泡了个舒舒服服的热水澡，头发干了后，虞宁初在床上躺了一会儿就睡着了。等睡醒，惊觉已是黄昏，虞宁初赶紧坐了起来。

杏花、微雨两个丫鬟端着水进来服侍。杏花是虞宁初身边的老人，微雨是三夫人拨给她的，原来在三夫人身边做二等丫鬟，今年十六岁，眉目清秀，瞧着就有一股大户人家的稳重劲。

"姑娘可醒了，岚姑娘来过两三趟了，见您睡得香，没让我们喊您。"杏花俏皮道。

虞宁初很是惭愧，初来乍到，居然睡了个懒觉："下次你们记得叫我。"

微雨笑道："姑娘不必着急，岚姑娘喜欢您才来得这么勤，并非有什么事。"

虞宁初点点头。

微雨打开衣柜，一手拿出一件蜜粉色绣牡丹花的褙子，一手拿出一条水红色的长裙，抬头对虞宁初道："今晚府里有宴席，姑娘穿喜庆一点吧，这身如何？这是夫人动身去扬州前，叫府里的绣娘照着岚姑娘的尺寸给姑娘做的几套秋装，看姑娘的身形，应该合身。”

虞宁初：“舅母费心了，拿过来我试试吧。”

杏花、微雨一起伺候她穿衣。

虞宁初与沈明岚身高相仿，只是更纤细些，这套衣裳穿在身上略显宽松，不过并不明显。

微雨绕着虞宁初转了一圈，掐掐腰，思量道：“等会儿姑娘出发了，我便将剩下的几套送去绣房，只需要微改，明天傍晚就能送过来。”

“嗯，这事就交给你了。”虞宁初去装零钱的钱匣子里抓了几颗银瓜子，交给微雨，“明日过节，还要绣娘们赶工，到时候一人发一颗瓜子，多少是个心意。”

一颗银瓜子值二十个铜板，既好看又不贵重，对于虞宁初表姑娘的身份来说，送这个最合适了。微雨收好银瓜子，待虞宁初更加敬重，伺候的主子明理懂事，她们这些做丫鬟的就容易当差。若是遇到那种刁蛮不讲理的，管了，主子不爱听，不管，万一出了事丫鬟第一个被连累，那才是有苦难言。

虞宁初打扮完毕，沈明岚又来了，时候不早了，表姐妹俩便约好明日再去逛花园，此时携手去见沈三爷夫妻。隔了一下午不见，虞宁初发现舅母气色红润，眼眸明亮，宛如一朵被雨水滋润的鲜花，更加姣美动人，与仙风道骨的舅舅并肩坐在一起，十分相配。

“阿芜休息得如何，碧梧堂住着可还习惯？”三夫人笑着问。

虞宁初面颊微红：“习惯，床很舒服，不瞒舅母，我刚刚才睡醒呢。”

三夫人：“正常，咱们赶了一路，太累了，舅母下午也睡过头了。”

沈三爷不知道想到了什么，低头去端茶。

三夫人余光注意着丈夫的动作，见丈夫放下茶碗，便站了起来：“走吧，今晚宴席摆在荣安堂。”

荣安堂，是太夫人的院子。于是虞宁初又见识了一遍平西侯府的重重宅院。

前面就是荣安堂了，沈明岚悄悄地与虞宁初咬耳朵：“咱们侯府还住着两位表亲，我娘跟你说过吗？”

虞宁初睫毛微动，点了点头。舅母说过，二夫人宋氏的一对侄子侄女也住在侯府。

老晋王一共有三个孩子，都是同母所出，长兄便是母亲痴恋的晋王殿下，跟着便是宋二爷、二夫人宋氏。

且不提晋王，那位宋二爷是本朝有名的痴情种，据说他少时某次出游，在郊外邂逅了殷氏。殷老爷是当地的一个员外，家境还算富裕，膝下只有殷氏这个独女，便宠爱非常，养得殷氏活泼开朗、明艳大方。

宋二爷对殷氏一见钟情，在老王爷、老王妃面前苦苦哀求，求了一年，终于得到父母的支持，将殷氏娶回了家，比兄长还率先成亲生子。晋王文武双全，如明珠璀璨夺目，宋二爷却胸无大志，文不成武不就，更喜欢吃喝玩乐，成亲后就日日与殷氏黏在一起，生了一对漂亮的儿女，恩爱羡煞旁人。然而命运弄人，婚后第十年，年纪轻轻的殷氏突然暴毙，宋二爷痛失爱妻，悲恸之下落发为僧，自断红尘。宋二爷出家不久，年仅九岁的长子宋池携妹妹宋湘离开太原城的晋王府，前来京城投奔姑母宋氏，自此长住平西侯府。

关于此事，京城议论纷纷，猜疑宋二爷的惨剧是否与晋王夫妻有关，可惜没有证据，也就没有定论。

“白日他们兄妹进宫了，下午已经回府，应该也会参加今晚的晚宴。”沈明岚解释道。因为姑母与晋王府有恩怨，她怕表妹见到宋池兄妹心里不舒服，所以特意提醒一番。

虞宁初明白表姐的好心，笑了笑，表示无碍。母亲死于郁结重重，难以开解，她连迁怒晋王都没有资格，更不会迁怒宋二爷的子女。

进了荣安堂，虞宁初发现大房、二房的人已经到齐，长辈们在一起说话，小辈们分成男女两桌。男桌那边，除了沈琢堂兄弟四人，多了一道玉白锦袍的身影，面容被沈琢挡住了。虞宁初也无意窥探，视线一转，就见沈明漪旁边有一位丹凤眼、桃花腮的美人，与自己差不多年纪，笑容甜美，正好奇地看过来。

“阿芜，这是阿湘，你腊月生辰，阿湘五月生辰，比你大一点。”沈明岚牵着虞宁初走过去，代为引荐道。

“湘表姐。”虞宁初轻声唤道。

宋湘见虞宁初生得纤细玲珑，秋水眸，樱桃唇，比画上的仙子还要美丽灵动，很是喜欢，亲昵地将旁边的位置让给虞宁初，让她坐下说话。

沈明漪扫了一眼一身新衣的虞宁初，不经意般朝男桌那边看去，见宋池只管与哥哥们说话，并没有留意虞宁初，才稍稍放了心。

明日才是中秋，今晚平西侯府的宴席已经带上了节日的喜庆气氛。太夫人问过虞宁初一些扬州见闻后，便不再特别理会她，虞宁初有热情的表姐、天真的宋湘陪着，或是吃菜，或是轻声闲聊，一刻也没有被冷落的生疏感。

隔壁桌就是沈琢等年轻公子。沈阔十五，在兄弟中排行老四，性子最为跳脱，吃到一半，他歪过来朝四个妹妹眨眼睛："今晚灯会就开始了，你们要去逛吗？我带你们去。"

沈明岚看向虞宁初："阿芜累不累？你要是没休息够，咱们明晚再去。"

虞宁初笑道："我都可以的，表姐决定吧。"

沈明岚想到表妹睡了整整一下午，肯定睡够了，体力充足，出去逛逛也好，便做主同意了。沈阔又问沈明漪和宋湘。沈明漪见宋湘开开心心地应了，便也要去。因为有五个文武兼修的兄长陪同，长辈们并没有反对孩子们的这场赏灯之行。

夜晚比较冷，丫鬟们分别去给各自的主子取了斗篷。出发时，虞宁初等四个姑娘坐马车，沈琢等五人骑马。

虞宁初从来没有在夜里出门玩过，小时候都是乳母白天带她去街上逛逛，晚上怕出事，乳母从来不敢擅自带她出去。

沈明岚挑起帘子，马车沿着清平巷驶过，可见一些府邸里人影攒动，想来也是要出去赏灯。

"扬州的灯会好看吗？"沈明漪突然问道，看虞宁初的眼神却带着一丝不屑。

六月扬州来信，三婶要去接人，离京多年的沈氏便重新出现在下人们的窃窃私语当中。沈明漪去问母亲，得知了沈氏做过的好事。沈明漪将沈氏视为侯府的耻辱，既然沈氏品德败坏，又能养出什么好女儿？

沈明漪不屑与虞宁初为伍，可看着她若无其事地与沈明岚、宋湘说笑交流，毫无卑怯之心，沈明漪更气了，仿佛虞宁初就该夹着尾巴做人，别说出门玩耍了，连正常的交谈她都不配。

“好看的，扬州城里有很多河道，乘船赏灯，灯光、月色同时投映到水中，相映生辉，很是迷人。”面对沈明漪不怀善意的审视，虞宁初浅笑答道，仿佛真的逛过扬州的灯会。她的过往或许可怜，但虞宁初不会傻到在外人面前自揭短处。

沈明漪轻笑道：“扬州那么美，表妹来了京城，会不会想家？”

虞宁初感受到了沈明漪的挑衅，这个问题根本就是坑，她若回答不想，父亲还在扬州，做女儿的不思念父亲便是不孝。她若回答想，沈明漪定会追问，既然想家，为何还要离开故土，然后自然地将话题引到那门未成的婚事上。待嫁女子都羞于提到婚事，何况一门赖婚？

“想又如何？我喜欢表妹，就要表妹留在京城。”沈明岚忽然抱住虞宁初，一副谁也不能跟她抢表妹的模样。

虞宁初偏头，对上沈明岚笑嘻嘻的眼睛，于是也笑了。

沈明漪只觉得沈明岚像个傻子，虞宁初这种人，稍微懂点自爱的大家闺秀都该离她远点。莫非沈明岚还不知道那位姑母做的好事？沈明漪决定找机会提醒堂妹一下。至于宋湘，毕竟是外府人，她不好多说。

马车拐过几个路口，前面就是东大街，京城最为繁华的街道。

“到了，下车吧。”

沈琢下马，走到车前，今晚他们都没有带下人，他来扶妹妹们下车。

沈明漪第一个钻了出去，接着是宋湘、沈明岚。

轮到虞宁初，见表姐正朝主街的方向张望，而沈琢的手已经伸到自己面前，虞宁初只好将手放到沈琢宽大的手掌中。

短暂的交握后，她站到了地上。

“多谢大表哥。”虞宁初一边道谢，一边自然而然地缩回手。

沈琢点头，见沈逸、沈阔凑过来一左一右地围住女孩们，便自发地走在了后面。沈牧、宋池与他并肩走在一起。

沈明漪瞥一眼宋池，走过来亲昵地挽住沈琢的胳膊。

沈琢问她："怎么不去跟明岚、阿芜玩？"

沈明漪："大哥难得放假，我想多跟你在一起。"

沈琢不置可否。

二公子沈牧调侃道："明漪可要抓紧时间了，等明年大哥成亲，大嫂进了门，大哥就更没有时间陪你玩了。"

沈明漪想到大哥的婚事，反而很高兴，未来大嫂是出了名的温婉贤淑，真正与她性情相投："大嫂快点进门才好呢，我好多个人说话。"

虞宁初走在前面，听到了后面的谈话。原来沈琢已经定了婚事，这样的表哥，她更要注意与其相处的分寸了。

京城的灯会非常热闹，明明是晚上，街道两侧竟然摆了各种各样的摊子。

"阿芜，前面有套圈的，你喜欢玩吗？"沈阔指着前方，跃跃欲试道。

虞宁初还没回答，沈明岚就拉着她往那边走："玩，今晚咱们把各种好玩的都玩一遍。"

宋湘回头招呼沈明漪一块去。沈明漪不想看堂哥们讨好虞宁初，与宋湘商量着去对面的灯铺买花灯。她暗暗地想，只要拐着宋湘同行，宋池自然也会跟过来。然而宋湘对那种手提的花灯没有兴趣，更想去套圈。

沈明漪正想违心同意，就听沈琢忽然对沈牧道："二弟在这边看着大家不要走散，我陪明漪去买灯。"

沈牧笑得有些幸灾乐祸，等沈琢领着嘟着嘴的沈明漪走了，转身递给宋池一个心照不宣的眼神。宋池只是笑了笑，眼看妹妹挤到沈明岚与那位虞姑娘中间，自己默默地站到了她们后面。

沈阔买了五十个圈，自己留了十个，剩下的分给沈逸、虞宁初、沈明岚和宋湘。

姑娘们先扔。

沈明岚有心给表妹示范，看上了一只瓷兔摆设，手里的圈哗啦啦砸过去，一口气砸了十个圈，只有一个圈歪打正着，套中了瓷兔旁边的瓷猪。尽管如此，沈明岚还是高兴地在原地跳了几下。

虞宁初知道怎么玩了，她也喜欢那一套瓷制的十二生肖，一手拿圈，一手瞄准。前面的六个都套空了，第七个砸到地面上竟然立了起来，在各种摆件间转了几转，最后往旁边一歪，套中了倒数第二排的一只小银猪。

“哇，阿芜你真厉害！”

虞宁初还愣着，沈明岚激动地抱住她叫道。这一抱太用力，晃得虞宁初一下车就戴起来的兜帽脱落下来，露出一张皎洁如月的脸。

宋池的目光自然而然地投过来。月色如水，那位表姑娘马上从沈明岚怀里抽出手，快速将兜帽戴好，唯恐被人瞧见似的。

“哥哥，”宋湘拿着圈来到他身边，指着一串红玛瑙手串道，“我喜欢那个。”

宋池微笑道：“等阿芜表妹投完，我再帮你。”

大家离得近，虞宁初没看见宋池的脸，先听到了他的声音，清越如泉水潺潺，好听是好听，只是没想到两人连照面都没打，他唤“阿芜表妹”居然那么自然。

收了收心，虞宁初攥紧手里的三个圈，继续对准心仪的小瓷龙。那小龙的身子圆圆胖胖的，龙头龙尾翘起来，憨态可掬，没有想象中神龙的威武庄严，反而像只贪吃的龙崽。可惜她技艺不佳，没有套中。

“我来试试。”沈阔抢着表现道。然而越是急着表现，越容易发挥失常，也是他运气不佳，不仅想要的没投中，连歪打正着的都没有。

轮到沈逸，他先套了五次瓷兔，兔是沈明岚的属相，失败后去套瓷龙，仍是一无所获。

“你们平时的箭法都白练了？”沈牧对弟弟们的表现非常失望。

沈阔回头哼道：“你行你上！”

虞宁初侧身让出位置，没看到二表哥沈牧，先看到了离她更近的宋池，一身玉色锦袍披了月光，皎皎如芝兰玉树，任谁从旁走过，都会情不自禁地看过来。

虞宁初只瞧了一眼便下意识地垂下眼帘，避免更多的目光交流。她从来没见过如此昳丽的男子，其容貌之艳，连今晚的月光都在他面前黯然失色。大胆之人或许敢堂堂正正地欣赏，但虞宁初不敢。男人过于出众，会引起闺秀争相欲嫁，她连看都不看，便杜绝了瓜田李下。

“上就上，你们看仔细了，以后好好练武，不可再偷懒耍滑。”沈牧胸有成竹道，然后从宋池手里分了五个圈。

宋湘嘟嘴道：“你再去买嘛，把我们的拿走了，我们还玩什么？”

沈牧笑道：“放心，哪怕只剩一个圈，你哥哥也能帮你套中。”

宋池拍拍妹妹的肩膀，示意她不用急。

沈牧上前，站在摊主画的红线外，他已经知道沈明岚和虞宁初想要什么了，先是瞄准了堂妹心仪的瓷兔，刚要轻轻一掷，沈阔突然大喝一声，沈牧手一抖，没套中。沈阔、沈逸互视一眼，默契地啧啧起来。

沈牧懒得理会他们，继续瞄准。沈阔、沈逸继续捣乱，沈牧无可奈何，眼看四个圈都没中，他拿起最后一个圈就奔着亲弟弟沈阔去了，按着沈阔要把圈套到他的脖子上。这一幕可比套圈有趣多了，矜持如虞宁初，也笑得眉眼弯弯。

还剩最后五个圈，握在宋池手中。恰在此时，沈琢、沈明漪买灯回来了。

沈牧对宋池道：“你分我大哥三个吧。”

宋池欣然应允，取了三个递给沈琢。

沈牧告诉了沈琢妹妹们各自喜欢什么，沈琢记下了，动手之前，问沈明漪有没有想要的。

沈明漪看着摊面上摆的东西，眸光转动，迟疑道：“我想要那把木梳，还有右边的银簪。”

沈琢皱眉，他只有三个圈，如果亲妹妹占了两个，那堂妹、表妹怎么办？

他刚要让沈阔再去买圈，一个圈突然从旁飞出，准确无比地落在了小胖龙上。

沈琢意外地看向宋池。

宋池面带遗憾，对宋湘道：“差一点。”

原来宋湘心仪的红玛瑙手串就摆在小胖龙后面。

“阿芜喜欢小胖龙，这个送给阿芜吧，哥哥你继续帮我套手串。”宋湘朝虞宁初笑了笑，指挥亲哥。

宋池目不斜视，重新瞄准，顺利套中。如此，沈琢那三个圈便够用了。

店主把套中的几个物件都取了出来，沈明漪、沈明岚、宋湘分别去拿了各自想要的，最后只剩下一只银质小猪和一只瓷制的小胖龙。虞宁初拿了自己套中的小银猪，没有碰那只小胖龙。

宋湘道："阿芜，你不是很喜欢这个吗？"

虞宁初笑道："湘表姐也属龙，还是给你吧，我信缘分，我套了它几次都不中，说明我们无缘。"

套个圈竟然还扯出缘分来了，宋湘觉得虞宁初说得有些深奥，只是虞宁初既然坚持不要，她便将小胖龙装进了自己的荷包。宋池站在妹妹身边，只在虞宁初开口说话时同其他人一样看了她几眼，等虞宁初转身与沈明岚说话，他也就收回了视线。

众人再次出发。

东大街后面的巷子里有一座观音庙，乃京城香火最旺盛的寺庙，朝廷一直都有拨款修缮。观音庙里有一座五层的高楼，名曰朝月楼，每逢月圆之时，京城的百姓便蜂拥而来，登楼赏月。到了中秋节，朝月楼不但可以赏月，站在五楼，还能清清楚楚地看见皇城内燃放的烟火，引得香客们更加向往。

这么好玩的地方，沈明岚当然要带表妹过来见识见识。

进观音庙本不必缴香火钱，但朝月楼位于观音庙的后院，这三晚若是想上朝月楼，香客需先给五文钱才能入场。交钱时，僧人会在每个香客的手背上盖下红泥印，内容为一行诗句，等所有香客都到齐，住持会抽一首诗，持有诗中所含诗句者，便可登楼赏月。如此，既可避免达官贵人们一掷千金包场，又给了普通百姓登楼的机会，非常公平。

佛祖面前，众生平等。

之前套圈是沈阔出的钱，这次来朝月楼，宋池去交了众人的香火钱。

虞宁初跟在沈明岚后面，微提袖口，露出白皙的手背，让小僧人盖了一个戳。

"你的是什么诗？"沈明岚凑过来问。

虞宁初抬高手，灯光照过来，是一句"秋风吹不尽"。

沈明岚道："秋风吹不尽，总是玉关情。是诗仙的《子夜吴歌》之《秋歌》。"

虞宁初问她："你的是什么？"

沈明岚的是欧阳修的“月上柳梢头”。

入口处的香客络绎不绝，大家走到一处僻静的地方，互相对起诗句来，最后发现只有虞宁初和宋池抽到的是同一首诗的句子，其余人的都凑不到一起。更巧的是，宋池手背上的，正是虞宁初的下句——“总是玉关情”。

听沈牧念出来时，虞宁初微微皱眉——跟谁对上不好，怎么偏偏是他？

他们来得有些晚，等了一刻钟左右，后院便不再接纳新的香客，住持一身僧袍穿过人群，站到朝月楼一楼的入口处，说了一些贺词就开始抽可以进入一楼的香客。

每层楼都悬挂着精致的宫灯，猜中灯谜还可以获得高僧开过光的小礼物，所以即便一楼、二楼视线不好，大家也高兴能够进去一游。每层楼只有十八个席位，共抽九人，抽中者可携带一名亲友。

一楼，一行人无人被抽中。

二楼，沈明岚中了。

三楼，沈牧中了。

四楼，沈琢中了。

五楼，虞宁初、宋池中了。

沈明岚虽然想跟着虞宁初去五楼，但又舍不得浪费自己的名额，于是挑了堂哥沈阔同去二楼。虞宁初毫不犹豫地点了亲表哥沈逸，沈琢与沈明漪一队，去了四楼，沈牧单独去三楼，宋池与宋湘同去五楼。

未能被抽中的香客们陆续离开，朝月楼里灯火辉煌，因为限制了人数，显得非常安静。

宋湘挽着虞宁初的胳膊一起爬楼梯，每层有二十多级，等爬到三楼时，虞宁初便再难掩饰喘息。

“阿芜先脱了斗篷吧，我帮你拿着。”沈逸体贴道。这种夹棉的长斗篷，暖和归暖和，还是挺有分量的。

虞宁初自知体力不佳，再加上楼里并不冷，便解了斗篷，转身交给了表哥。沈逸见她小脸通红，心道阿芜表妹还真是娇弱无力。

宋池接过妹妹递过来的斗篷，目光自虞宁初脸上扫过，还没看清楚她就已经转过去了，只露出薄粉如桃瓣的侧颜。

四楼、五楼，终于站到了顶楼，虞宁初的双腿在裙摆的掩饰下微微发颤。有风迎面吹来，高处不胜寒。沈逸立即替她披上斗篷，垂眸为她系兜帽的绳带。

虞宁初整个人都被少年的影子笼罩着，或许是亲疏有别，沈琢扶她下车时她觉得很不自在，此时换成亲表哥照顾她，虞宁初就觉得很温暖。

“谢谢表哥。”她小声道。

沈逸笑了，一手摸了摸她的头：“自家兄妹，不必客气。”说着他转过身看向里面。

花灯的光重新照过来，虞宁初正要欣赏一番顶楼的风景，一抬眼，突然撞上了斜对面宋池的目光。虞宁初马上移开眼，寸步不离地跟着表哥往前走。

“哥哥，阿芜表妹真好看，我在京城都没见过比她更美的姑娘。”双方拉开距离，直到此时，宋湘才有机会向哥哥发表自己的感慨。

宋池：“你很喜欢她？”

宋湘点头，说来也奇怪，都说男人喜欢美人，怎么她也喜欢看阿芜表妹？宋池没有打击妹妹的热情，只是旁观下来，他发现这位虞姑娘似乎并不是很想亲近他们兄妹。

站在朝月楼的顶楼，整个京城仿佛就在脚下。明月刚从东方升起，呈现出一种绚丽的金红色，月身有斑驳阴影，不知是巍峨的月宫，还是月宫外连片的桂树。

“那边是皇城。”沈逸指着西北方向的重叠宫殿道。

天下百姓，谁不想瞻仰皇宫？虞宁初定定地望着那边。

“其实皇宫里一点都不好玩。”宋湘走过来，靠着及腰的护栏，低声对虞宁初道，“皇宫里规矩可多了，御花园也小小的，如果不是宫里召见，我都不想进宫。”

沈逸道：“你是身在福中不知福，似我等平民，想进宫都没有机会。”

宋湘：“你堂堂侯府公子，假装什么平民？”

沈逸笑道：“总之不如郡主尊贵。”

宋湘笑了笑，仰头看上面悬挂的花灯。

虞宁初也仰起头，这样的动作，风再一吹，兜帽就滑落下来，她下意识地想戴上。

宋湘按住她的手，道："不戴了，说话都不方便，这边又没有外人。"

除了他们四个，同在顶楼的都是一些普通百姓，早在上楼时便自发地将这片最适合观景的地方让了出来，除了两个小孩，大人们都谨慎地不往这边窥视。

虞宁初回头瞧了瞧，果然如此。

"烟花还没开始，咱们猜猜这个灯谜吧。"宋湘指着头顶的花灯道。

灯身是一幅画，重峦叠嶂，一行大雁在云间穿梭，灯谜如景，乃是"风里去又来，峰前雁行斜"，猜一物。

宋湘摸着下巴，看看字再看看画，毫无头绪。虞宁初见她这样，便继续做思索状。

"你们谁猜到了？"过了一会儿，宋湘放弃了，环顾三人道。

虞宁初遗憾地摇摇头。

沈逸看向宋池，宋池便知道他已经有了答案，指着山间一丛毫不起眼的凤仙花道："谜底在此。"

"凤仙花？"宋湘喃喃道，再一联系题目，终于明白了，一脸转过弯来的高兴。

宋池笑道："这么简单的题，也就你不喜欢读书才猜不出来。"

虞宁初长睫微动，不知宋池只是揶揄妹妹，还是真的看出自己在装傻。可她忌惮宋池的容貌，怕自己无心一眼也要被人质疑别有居心，所以纵使被宋池的话勾起了一丝波澜，仍是当作没听见一般，径直问沈逸："表哥，表姐说猜中楼上的灯谜会有彩头，就是猜这个吗？"

沈逸笑道："当然不是，等皇城放过烟花，会有僧人提着一盏花灯上来，那才是真正的谜题。难度从一楼到顶楼逐步增加，据说顶楼的灯谜最难，并非每年都会有人猜出来，无人猜中，彩头便会积到下一年，与新的彩头一起发给猜中者。"

虞宁初明白了。

宋湘好奇道："不知道去年的情况如何。"

沈逸也不知晓，观音庙准备的礼物不会太贵重，富贵人家并不会特意关注这个。

护栏下面就是长椅，宋湘拉着虞宁初坐下，笑着聊起天来:“阿芜，你这次进京会住多久？其实京城的秋冬太冷了，到处都是光秃秃的，春夏景色才好呢。”

虞宁初看一眼表哥，道:“可能会住一段时间，具体要看舅舅、舅母的意思。”

沈逸配合道:“我娘不惜亲自去扬州接你过来，少说也要让你在京城住个一年半载。”

被父亲和继母逼嫁一位年近五十的老男人，这事并不光彩，如果可以，沈逸并不想告诉旁人表妹进京的真正理由，不仅是他，整个侯府都会对外隐瞒此事，包括二姑母当年所为，除非有人太蠢，才会对外张扬，揭侯府的短。

宋湘显然也不好奇虞宁初为何来京，只高兴她可以在京城住很久:“这样好啊，以后咱们住在一起，就有伴了。”

看着宋湘澄净的眼睛，虞宁初松了口气，被人喜欢总比被人厌恶好。

宋池面朝外站在宋湘身边，俊如谪仙，遗世独立，不知在想什么。

朝月楼的活动是根据皇城放烟花的时间来的，没过多久，第一朵烟花呼啸着飞入空中，点亮了周围的夜色。虞宁初站起来，只见朵朵烟花争相绽放，有的如流星点点，四处散开;有的聚合成龙、凤、虎、马等瑞兽的形状。这边的刚刚熄灭，那边的又亮了起来，在黑暗中耀眼极了，最终又沉寂于黑暗，数次轮回。

风好像都不冷了，虞宁初无意识地扶住护栏，痴痴地看着从未见过的盛景。最初，她只是震撼于烟花的美，不知道为什么，看着看着忽然想到了母亲。

母亲小时候，是不是经常看皇城的烟花？母亲十四五岁的时候，是不是也有一众兄弟姐妹围在身边，在京城繁华的街道穿梭玩闹？虞宁初不怀念扬州，因为扬州从来没有给过她家的感觉，可母亲呢？京城有她的家，有疼她的母亲苏姨娘，有爱护她的哥哥，被迫随一个不爱的男人离京时，母亲是什么样的心情？病入膏肓撒手人寰前，母亲有没有想念京城？是不是想再回来看一次这样的烟花？

想又如何，母亲再也没有机会了。人人都夸赞母亲的美貌，可是再美，也像那些烟花一样，倏然而逝。

虞宁初戴上兜帽，指尖悄悄抹过眼角。

烟花持续了两刻钟左右，璀璨闪耀的光芒终于停止，半空只剩下一团团白雾，被晚风逐渐吹散。

“好美啊，明天还会放吗？”

“会，不过咱们未必还能被抽中了。”

同楼的香客开始交谈，沈逸笑着问虞宁初：“明晚还要来吗？”

虞宁初摇摇头：“看一次就够了，明晚我想陪舅母一起听戏。”

中秋过节，侯府请了戏班唱戏。

这时，楼下传来一阵骚动，没多久，两个僧人一人提灯一人端着一个蒙着纱布的托盘走了上来——最受香客期待的猜灯谜环节开始了。僧人先揭开纱布，只见竹制的托盘上摆着一金一玉两个麒麟雕件，麒麟并不大，掌心可握，但雕工精湛，惟妙惟肖，堪称精品。

提灯的僧人道：“这座金麒麟是去年顶楼的彩头，可惜没有施主猜中灯谜，今年本寺又准备了一只玉麒麟，希望今晚两只麒麟能遇到有缘人。”

金玉都是贵重之物，在场的十几位百姓眼里都冒出光芒来。

僧人将花灯挂在顶楼中央，花灯有八面，每面都绘了同样的画与谜题。

虞宁初目力很好，没有上前也看清了谜面。

“方池之内有圆塘，塘内有水清又凉，忽然黑牛来洗澡，眨眼清波变黑浆”，猜一物。配图便是一幅惟妙惟肖的老牛入水图。

虞宁初刚想着这题目是不是太简单了，忽然注意到那些百姓一个个眉头紧皱，随即反应过来，这些被随机抽中的百姓香客中读过书的已经是凤毛麟角，有的甚至都不识字，自然很难猜中。

有位布衣妇人牵着一个五六岁的女童，渴望地盯着金玉麒麟，却又因为没有头绪而急得额头冒汗。女童并不懂母亲的焦急，天真烂漫地歪着头朝皇城的方向看，期待那边会继续放烟花。

虞宁初心里突然涌起一股冲动，朝两个僧人道：“是砚台。”

“砚台！”

虞宁初刚说出“砚台”二字，几乎同一时刻，有个男人也大声喊出，声音之大，完全压下了虞宁初的声音，仿佛虞宁初要与他争抢彩头。那人恶狠狠地朝虞宁初看来，大有威胁之意。

虞宁初本能地靠近表哥。沈逸护住表妹，冷眼看过去，他容貌俊雅，不似对方凶神恶煞，但凛冽不容侵犯的气势却将对方压了下去。

那男人二十五六的年纪，一身布衣，旁边跟着一个少妇打扮的女子。

看出沈逸等人有些来历，男人稍稍收敛神色，走向僧人道：“我先猜中的，彩头都归我。”

僧人公允道：“两位施主同时出声，两份彩头理应均分。”

沈逸看向表妹，虞宁初点点头，两只麒麟，哪一只都够那对母女改善生活了。

然而男人并不想跟虞宁初平分，作势要抢。就在他粗大的手指即将碰到托盘上的两只麒麟时，咚的一声，有什么东西突然击中了他的手腕。男人疼得缩回手，半条手臂都麻了，惊吓得忘了生气，见鬼般朝沈逸看来。

沈逸同样茫然。

虞宁初注意到落在地上的是一颗红亮亮的糖炒栗子，之前逛街时，宋湘买了一包。她疑惑地看向宋湘，却见宋池朝她温润一笑：“表妹去挑一样吧。”

月色似水，他黑眸如星。

“啊，哥哥你什么时候从我这里偷的栗子！”宋湘后知后觉地反应过来，难以置信地喊着。自己买了糖炒栗子问哥哥要不要吃，哥哥当时一脸嫌弃，怎么这时候又偷拿她的栗子？

宋池只是笑着，拿出帕子擦拭手指，那栗子上沾了糖，有点黏。

虞宁初顺势收回视线，跟着沈逸去挑彩头。她不想惹事，便将价值更高的金麒麟留给了那个凶巴巴的男人。男人在宋池这里吃了亏，此时见虞宁初没有挑他最惦记的金麒麟，便咽下了这口气。

烟花看过了，灯谜也猜过了，香客们开始下楼。

宋池兄妹不想去人挤人，一行四人便决定在顶楼逗留片刻再离开。

虞宁初悄悄朝那个女童招招手。女童并不怕生，挣开母亲的手，好奇地跑了过来。

虞宁初将早就准备好的香囊递给她："我看你投缘，送你一包糖炒栗子，不过要等回家了才能打开，你能做到吗？"

女童捏了捏香囊，乖乖地点点头。

女童的母亲闻声赶了过来，得知女儿收了人家一小袋糖炒栗子，连忙感激地道谢，牵着女儿下楼去了，丈夫还在下面等着她们呢。

见人走了，宋湘奇道："阿芜，你哪儿来的栗子？"

虞宁初撒谎道："岚表姐分给我的。"

宋湘就信了。

宋池却看见虞宁初偷偷将玉麒麟连同她套中的小银猪都塞进了那个香囊。

"都送给别人了，你今晚岂不是空手而归？"沈逸当然也看见了，与表妹走开几步，低声问道。

虞宁初笑道："我这是借花献佛，套圈是四表哥花的钱，玉麒麟是寺里提供的彩头。"

沈逸想了想，道："明晚我再出来逛逛，试试看能不能帮你套中一只小胖龙，这三晚，摆摊的摊主应该都在。"

表妹有钱，小银猪、玉麒麟都不算什么，只有那只小胖龙真正入了表妹的眼。

"那我先谢过表哥了。"虞宁初确实喜欢小胖龙，便没有客气。

表兄妹俩言笑晏晏地走在前面，宋池看着虞宁初被兜帽遮掩了大半的侧脸，忽然冒出一个念头：也许她这番善举，其实是为了得到沈逸的夸赞？

京城贵女多，吸引男子的路数也多，似虞宁初这种表现，不足为奇。

离开观音庙，时候已经不早了，众人打道回府。

逛了这么久，虞宁初有些困，上车后悄悄打了两次哈欠，远行的劳顿又岂是一次午觉就能消除的？她困，宋湘不知为何更困，直接倚着沈明漪睡着了。

"阿芜，你觉得池表哥如何？"沈明漪看了虞宁初好几次，终于还是问了出来，声音压得极低。

虞宁初正好又打了个哈欠，放下手后，露出一双水色盈盈的眸子，如梨花带露，越发惹人爱怜。

沈明漪攥紧袖子里的手，暗骂了一声狐狸精。对上沈明漪因为恼怒而过分明亮的眼睛，虞宁初并不掩饰自己的困倦，兴致缺缺地问："什么如何？"

沈明漪咬牙道："自然是相貌、气度，别的你能看出什么？"

虞宁初"哦"了一声，似是认真回想了片刻，然后道："不知道，我初来京城，池公子在我眼里只是一个外男，我守着礼节不曾多看，也就没注意他长得如何。"

沈明岚扑哧笑了，揶揄沈明漪道："阿芜胆小，连咱们自家哥哥都不敢多看，何况王府里的亲戚，不像姐姐，每次见了池表哥眼睛就好像不是自己的了。"

平时沈明岚与沈明漪就不是很合得来，只维持表面的和气罢了，毕竟也没有太大的争执与分歧，如今沈明漪屡次对虞宁初出言不逊，虞宁初碍于身份不好明着反击，沈明岚就不客气了，都是侯府小姐，谁怕谁？

见心思被堂妹挑明，沈明漪的脸涨得通红，先看宋湘，确定宋湘没醒，再去看虞宁初。然而虞宁初只是再次拿起帕子掩住脸，似乎对她倾慕宋池的事毫不在意。

"你胡说什么？我只是把池表哥当亲戚看罢了。"沈明漪低声狡辩道。

沈明岚哼道："只当亲戚，你关心阿芜怎么看他做什么？"

听到这个问题，沈明漪忽然有了底气，瞥一眼虞宁初，说道："二姑母做过什么好事，旁人不知，咱们姐妹心知肚明，我不过是担心阿芜表妹重蹈二姑母的覆辙而已。"

沈明岚大怒，正要发作，虞宁初按住表姐的手，抬眸直视沈明漪道："我娘犯过错，我当然知道，并且牢记在心，引以为鉴。只是我娘姓沈，漪表姐也姓沈，如果漪表姐一直把我娘的旧事挂在嘴边，一旦传出去，漪表姐更容易被人质疑品行。既然漪表姐担心我犯错，那以后出门，我也会时时刻刻盯紧漪表姐，咱们姐妹互相监督吧。"

沈明漪见虞宁初敢教训自己，气到想笑，道："二姑母是三房庶女，我乃长房嫡出……"

虞宁初突然挑开旁边的帘子。沈琢、宋池离这边最近，只因挑帘的是虞宁初，宋池便将靠近的机会让给了沈琢。

车厢里点着灯，正好让沈琢看清了亲妹妹愤怒且自傲的模样，以及虞宁初眼中的委屈隐忍。

“出了何事？”沈琢问。

虞宁初垂眸道：“大表哥，漪表姐辱我母亲。”

沈明漪万万没想到虞宁初竟然敢告状，眼看最为威严的兄长目光冰冷地朝自己看来，沈明漪心中一颤，下意识地想要否认。恰在此时，沈明岚冷冷地道：“二姑母的确是庶出，我爹也是庶出，这么论来，以后出门，姐姐还是自己坐一辆马车吧，免得被我们折辱了身份。”

她们的声音都很轻，保证只有沈琢能听见。

三言两语，沈琢便明白胞妹说了什么话。自家妹妹，沈琢还是了解她的性格的，他冷声命令沈明漪：“向明岚、阿芜道歉。”

宋池朝这边瞥了一眼，看到的是虞宁初长睫低垂，白皙的脸上神色难辨。但从结果看，她这次告状很成功，沈琢站在了她那边。

沈明漪恼羞成怒，一脸不甘。

“道歉。”沈琢又催了一遍，目光更冷。

沈明漪不得不低头，别着脸对虞宁初、沈明岚道：“是我失言，你们不要放在心上。”

虞宁初点点头，看一眼沈琢，将帘子放了下来。沈明漪恨恨地瞪了她们一眼，没再挑衅什么。

回到侯府，兄妹几个各回各院。

沈琢将沈明漪叫到一旁，审问她为何说那样的话。

沈明漪振振有词：“二姑母与晋王有过牵扯，池表哥的风采不输晋王年轻时，我怕阿芜步了二姑母的后尘，好心提醒她两句，谁想到她脾气那么大，竟然找你告状！”

沈琢的脑海里浮现出进京前的那个夜晚，虞宁初紧张到难眠的画面。表妹如今的情形与孤女无异，寄人篱下本就容易心思敏感，被妹妹这么一闹，表妹在侯府便更难有归属感了。

“二姑母是二姑母，阿芜是阿芜，你不要混为一谈。”沈琢警告妹妹道。

沈明漪不服，小声嘀咕道：“她长成那样，哥哥就不担心她与池表哥会有牵扯吗？”

沈琢看着妹妹难掩忌妒的脸，不再客气：“我更担心你对宋池别有心思。”

“你……我不理你了！”心事被戳破，沈明漪怕露出痕迹被兄长看出来，假装负气而去。

沈琢看着妹妹的背影，眉头深深皱起。

宋池……同为男子，沈琢也不得不承认宋池那张脸已经到了近乎妖艳的地步，却没有女子的阴柔，更像四月天空的暖阳，勾得少女们春怀荡漾，都想打扮得花枝招展地去见他。

今晚的灯会，沈琢可以确定虞宁初一直在刻意回避与宋池撞面，反倒是宋池扔出的那个圈，似乎并不是巧合那么简单。

侯府二房。

宋池、宋湘、沈牧、沈阔回到正院，沈二爷、二夫人宋氏也刚刚游园回来。

沈二爷是文官，年轻时风度翩翩，如今人到中年，宋氏依然美丽，沈二爷却开始发福，养得富态圆润，平时站在平西侯与沈三爷中间，显得很是特别，仿佛他更像是庶出的那个。为此，宋氏不知数落过丈夫多少回。

“姑父，看我带了什么回来？”宋湘撒娇地跑到沈二爷身边，献上自己吃剩下的半包糖炒栗子。

沈二爷没有女儿，对宋湘非常疼爱，笑眯眯地夸了一通，当即捏破一颗就要送到嘴里。

宋氏嗔他：“吃吃吃，都快胖成猪了。”

沈二爷讪讪，乖乖地将剥好的栗子送给妻子。

宋氏毫不客气地吃了，喝一口茶，问侄女：“今晚玩得开心吗？”

宋湘笑道:“嗯，我们抽中了朝月楼顶楼的签，在高处看烟花就是好看。对了，我与阿芜表妹也很亲密了。姑母，阿芜表妹长得真漂亮，我以前还觉得自己够美了，见到阿芜才知道什么叫仙女下凡。”

宋氏听了，似是陷入了回忆，半晌才喃喃道:“那人的女儿，自然是美的。”

沈二爷低头喝茶，隐藏了眼中的情绪。

宋湘眨眨眼睛，好奇道:“姑母见过阿芜的母亲？”

宋氏:“是啊，可惜红颜薄命，人已经去了。阿湘，阿芜的母亲与你大伯父、大伯母有一点点小过节，你与阿芜交好可以，但日后见了大伯父、大伯母或是平时的书信来往，切记不要在他们面前主动提起阿芜，记住了吗？”

宋湘不解道:“大伯父、大伯母远在太原，他们与阿芜的母亲能有什么过节？”

沈二爷咳了咳，道:“不是什么大过节，年轻时的一点争风吃醋罢了，你们小孩子玩你们的，不用想太多，王爷王妃没那么小肚鸡肠。”

宋氏不爱听了:“你的意思是，我小肚鸡肠、杞人忧天了？”

沈二爷忙道:“不是，我只是告诉阿湘别想太多。”

眼看夫妻俩又要拌嘴，小辈们识趣地告退了。

“哥哥，你送我回房。”虽然月色如水，但宋湘还是有点怕，不敢自己走夜路。

宋池:“累了，不想送。”

宋湘:“就这几步，能有多累？”

宋池朝妹妹伸出手:“求人办事，得有报酬。”

宋湘咬牙解下荷包，里面除了一些碎银，还有今晚套圈所得的一头小胖龙，至于那串心仪的红玛瑙手镯，已经戴在她的手腕上了。银子有用，这头小胖龙却是可有可无，宋湘便笑着将小胖龙放到了兄长的手心。

宋池皱眉，似是十分嫌弃，转着把玩了两下，勉强收进袖子，这才送妹妹回房。

千里之外的太原城，今夜与京城共赏一轮明月。

这样美好的节日，晋王却宿在兵营，城里的王府中只有晋王妃独守空房。

一更天，世子宋澈与妹妹宋沁赏灯归来。

宋澈请过安就退下了，宋沁想与母亲多说会儿话。

“娘，父亲就那么忙吗，连过节都不回来？”宋沁嘟着嘴问。

晋王妃是观音相，长眉细目，肤色白皙，很是雍容。她笑了笑，柔声道:“明天就回来了，让你给父王准备礼物，准备好了吗？”

宋沁点头。

晋王妃:“那就好，早点睡去吧，明早还要迎接你父王呢。”

宋沁这才辞别母亲，回房睡了。

夜色渐深，晋王妃梳洗完毕，躺在床上，闭着眼睛仿佛睡着了，然而不知过了多久，她突然双手紧紧攥住被褥，攥到手背青筋暴起，迟迟没有松开。

第三章　宋池送药

“姑娘，该起了，今天过节，大家都要去荣安堂用早饭。”

有人轻轻推她，虞宁初勉强睁开眼，看到杏花、微雨都守在床边，南边的窗户虽然关着，但能看出天亮了。

过节……对了，今日是八月十五，中秋。

虞宁初撑着床坐了起来。

微雨仔细打量她的神色，有些担心:“姑娘是不是哪里不舒服？”

虞宁初想到昨晚登朝月楼时出的汗，还有到楼顶时迎面吹来的晚风，身体现在绵软无力，怕是着凉了。

“没事，就是没睡够。”虞宁初笑了笑，让杏花倒碗温水来。

今日侯府上下都喜气洋洋，若为了她去请郎中，就太过晦气，虞宁初不想给谁心里添堵，有一点着凉而已，多喝点温水，兴许就把病气压下去了。

杏花端了水来，虞宁初小口小口地喝着，连喝了大半碗，果然恢复了些力气。

梳头时，虞宁初特意让微雨打开二夫人送的面霜，分别是桂花、茉莉、樱花、玫瑰香的，每种香型又分两盒，一盒有保湿效用，一盒含有胭脂成分，能够提升气色。虞宁初看着镜中自己略显苍白的脸，挑了桂花香的胭脂款。

淡淡的红晕在脸颊上抹开，娇艳明媚，虞宁初很满意，与表姐沈明岚会合。

吃了早饭，表姐妹俩携手去逛侯府花园。沈明漪显然还在为昨晚的事生气，没有与她们一起，倒是沈牧、沈阔、沈逸和宋湘中途加入，大家一起在凉亭坐下，吃着茶点聊天，人多热闹，一上午很快就过去了。中午又是一顿丰盛的午宴，虞宁初身子不适，没什么胃口，强吃了七分饱。

终于回到碧梧堂，虞宁初擦了脸便叫丫鬟们退下，连喝两碗温水，倒在床上沉沉入睡。这一觉又差点睡到黄昏，醒来时头昏脑涨，手贴上额头，微微发烫。虞宁初很愁，什么时候生病不好，偏偏赶在这个时候，就算要请郎中，也得熬过今晚。

趁丫鬟们还没进来，虞宁初下床慢慢在室内转了两圈，习惯了那股惫懒，感觉也还好。等微雨进来，虞宁初用被窝太热这个理由，成功掩饰了微红的脸色。

晚宴摆在正院。今晚桌上有一道铜锅涮肉，炭火在下面持续炙烤，热气腾腾的，沈明漪、沈明岚、宋湘的脸蛋都红扑扑的，反倒衬得虞宁初脸上的病态潮红也成了自然，等大家吃得尽兴离开厅堂前往花园准备听戏，在夜色的掩饰下，谁也看不出虞宁初的异样。

戏台子搭在府内湖边的水榭中，里面桌案座椅都摆好了，长辈们坐第一排，小辈们坐后面，因为都是一家人，索性男女同席，没有再摆屏风隔开。

水榭离得远，还要走一段距离，太夫人问二夫人宋氏："怎么没见子渊？"

子渊是宋池的字。

宋氏道："他一直不太爱听这个。"

太夫人"嗯"了一声，朝小辈这边瞧了一眼，发现少了两个孙子，又问道："逸哥儿、阔哥儿去哪儿了？"

沈琢道："三弟、四弟昨晚没尽兴，又去逛灯会了。"

太夫人没再追问。

虞宁初心中一动，昨晚表哥说要重新去为她套小胖龙，今晚出门，该不会专门为了此事吧？

一行人慢慢悠悠地走了一会儿，水榭到了。主子们分别落座，跟来的丫鬟们在后边的小杌子上坐着，主子有吩咐她们就上前伺候，若无事，她们也可以听听戏。

虞宁初等几个女孩坐在中间，前面是长辈们，后面是沈琢、沈牧。

虞宁初吃饭时觉得热，这会儿又开始冷了。湖边有风轻轻吹拂，其实很舒服，只是虞宁初病了，吃不消，坐下不久便把兜帽戴起来了。

“阿芜冷吗？”沈牧关心道。

虞宁初摇摇头：“不冷，就是怕着凉。”

沈牧体贴地挪动椅子，坐在虞宁初左侧，利用自己的身体替柔弱的小表妹挡风。沈琢顿了顿，也挪到了沈牧旁边。

戏开场不久，虞宁初便有些坐不住，只想躺在床上大睡一场。

第一场落幕，休息一会儿，第二场又开始了，珠圆玉润的唱腔，落在虞宁初耳中却是一句句折磨，她真的坚持不下去了。

“表姐，我想先回房了。”虞宁初靠近沈明岚道。

沈明岚：“阿芜不喜欢听吗？”

虞宁初的声音更低了：“不是，肚子不太舒服，可能涮肉吃多了。”

沈明岚懂了，表妹要回去如厕：“这边也有净房，我陪你去吧？”

“不用，我等会儿就直接睡了。”

沈明岚遂不再坚持。

虞宁初与旁边的沈牧、沈琢打了声招呼，便悄然离席，没有惊动前排听戏的长辈们。

微雨迎了上来。

沈琢回头，对微雨道：“好好伺候姑娘。”

微雨行礼，一手提灯一手扶着虞宁初离去。沈明漪皱着眉头目送她，总觉得虞宁初是因为宋池不在才对听戏没了兴趣。虞宁初却只想快点回房，甚至都没有注意到宋池不在水榭。

强撑了那么久，头晕的感觉越来越厉害，离开水榭不久，虞宁初便晃了一下。

微雨吓坏了，急忙扶住她，这一扶，虞宁初却直接朝她倒来。

“姑娘，姑娘你怎么了？”微雨也只有十六岁，虽然抱稳了虞宁初，脚步却不稳。

“没事，不要惊动旁人，扶我回房吧，我想睡觉。”虞宁初虚汗淋漓，更冷了。

微雨终于发现了不对，去摸主子的额头，烫得吓人。

“出了何事？”

一道身影忽然从前面的花树后转过来，虞宁初强撑着力气去看，发现竟然是宋池。月色皎洁，他穿了一件深色的锦袍，颀长而立，比戏台上的才子还风流倜傥。

虞宁初示意微雨不要理他，快点走。

微雨很慌，主子病成这样，怎么能不请郎中？

“池公子，我们姑娘发烧了，我走不开，您帮我们去跟三夫人说一声，行吗？”微雨焦急道。

宋池已经走近，只见虞宁初像根被风摧残的藤蔓，无力地靠在微雨肩头，兜帽遮下来，几乎完全挡住了她的脸。

不等他应承，兜帽下传来虚弱却倔强的声音：“不要惊动舅母，我睡一觉就好了。”

微雨伺候了虞宁初几日，明白她的顾虑，心酸道：“身子要紧，姑娘就别客气了，三夫人疼您，绝不愿看到您如此见外。”

虞宁初摇头，有气无力道：“明早再说。”

微雨求助地看向宋池。宋池蹙眉，走到主仆面前，忽然道：“事急从权，唐突了。”

虞宁初昏昏沉沉的，还没明白他的意思，头上的兜帽突然被人掀开，视野亮了起来。她无力地抬眼，看到月光下宋池俊美的脸，看到他抬手……

清凉如玉的触感，落到她的额头。她本能地想发作，右手又被他拉起，宋池五指灵活地推开袖口，掐上她的腕。

愤怒让她瞪大了眼睛，宋池无视她的怒火，号了脉，松开手，一边放下兜帽挡住她潮红浓艳的脸，一边古井无波道："从这里去三房至少要走两刻钟，你们主仆慢慢腾挪，定会惊动旁人。表妹不介意的话，我可以送你回去；若你不愿让我送，我马上去告知三夫人，早些请医替你诊治。"

虞宁初哪个都不选："不劳公子，公子只当没见过我们便可。"她用力掐住自己的手心，混沌的脑海恢复一丝清明，拉着微雨便往前走。

微雨无奈，只好加快脚步。

宋池还在回味小姑娘对他的称呼，公子？沈家兄妹在场时，她还会客客气气地唤自己池表哥，现在左右无人，她竟然直接叫他公子。昨晚初遇他便察觉这姑娘不喜自己，今晚再见，马上就得到了证实。宋池不知自己哪里招惹了她，只是她病成这样，又过于执拗，他无法真的坐视不管。

"等等。"

微雨下意识地回头。

宋池四下一扫，指着不远处最高的一棵花树道："戏散之前，你来这里取药，小心行事，不会有人知晓。"

微雨记住了："多谢池公子。"

接下来，她一会儿扶着虞宁初，一会儿背着，总算在不引人怀疑的情况下回到了碧梧堂。温嬷嬷还没睡，瞧见虞宁初病成这个样子，心疼不已。

虞宁初看一眼微雨，撒谎道："我回来时撞见大表哥，他体谅我的处境，会悄悄买药送来。"

母亲与宋家人纠缠不清，她不想温嬷嬷担心她重蹈覆辙。

温嬷嬷叹道："既然惊动了大公子，这次就算了，以后再有不舒服，不可硬撑。"

虞宁初躺在床上，乖乖点头。

微雨听着水榭那边的动静，估摸时间差不多了，以虞宁初遗失了帕子为由去花园寻找。戏还未散，她并没有撞见什么仆人，忐忑不安地找到那棵花树下，果然看见一包药，被一些落叶巧妙地遮住。微雨快速收起药包，匆匆返回碧梧堂。

温嬷嬷假称这是从江南带过来的备用药材，亲自去厨房煎药。

一碗热乎乎的苦涩汤药下肚，虞宁初慢慢陷入沉睡。温嬷嬷守了她一夜。

药方灵验，次日清晨，虞宁初虽然还是乏力，但额头已经不烧了。

“幸亏有大公子，不然真烧一晚，姑娘还不烧傻了？”温嬷嬷心有余悸。

虞宁初垂眸，眼前晃过宋池的脸，此时再回忆昨晚的偶遇，竟如梦般毫不真实。

沈明岚早上来找虞宁初，发现表妹病了，不顾虞宁初的反对，叫丫鬟知会了母亲。没过多久，沈三爷、三夫人都来了。

“许是昨晚听戏着凉了，舅舅、舅母不用担心，温嬷嬷备了治风寒的药，我喝了一碗，已经好多了。”虞宁初靠在床头，笑容乖巧地解释道。

三夫人皱眉道：“药岂是随便吃的？便是风寒也有不同的症状。我已派人去请郎中，往后再遇到这种事，不可擅作主张，第一时间就要告诉我。”

这话是对温嬷嬷说的，有些严厉。都是出于对姑娘的关心，温嬷嬷并不在意，恭声应了。

虞宁初朝温嬷嬷投去歉然的目光，好在顺利拖到今早才请的郎中，可以假托是昨晚听戏着的凉，否则大家肯定会猜到她是前晚逛灯会在外面染了病气，显得她太贪玩，连自己的身子都不爱惜。

郎中来了后，先观察虞宁初的脸色，再为虞宁初号脉。

虞宁初垂着眼帘，看着郎中的手。这位郎中五旬年纪，手背上布满了皱纹与一些褐色的斑点，指腹搭在她的手腕上，动作轻柔，不似昨晚，宋池掐得很用力，带着一种不容拒绝的霸道。

当时虞宁初怨他无礼，只是吃人嘴软，宋池给她配的药居然真的很管用，不然她高烧不退，且不论身体如何，若是让舅母发现她病得这么厉害，身边的下人却都守口如瓶，温嬷嬷年纪大了可能挨两句训斥就好，杏花、微雨怕是要挨板子。

便是不想承认，她也欠了宋池一次恩情。归根结底，还是怪自己的身子太虚。

她刚这么想，郎中竟然说了同样的话，道她这次只是偶感风寒，但平日疏于锻炼，元气不足，若不想办法弥补，往后很容易病邪侵体。

沈三爷急道："如何弥补？可是要用药？"

郎中摇摇头："无须吃药，早晚饭后去花园走几圈，天气好的时候去登山望远，循序渐进，劳逸结合，如此一年左右便可恢复元气。"

三夫人听明白了，外甥女就是在扬州时常年拘在小院里，致使筋骨无力。

送走郎中，三夫人笑着对虞宁初道："听见了没？郎中都要你多走走，这几日阿芜先养病，等病好了，休想再像以前那样惫懒，每天去花园绕圈便是我布置给你的功课。"

虞宁初脸红道："我都听舅母的。"

算是小病一场，沈三爷、三夫人放心离去。

三房这边请了郎中，大房、二房包括荣安堂都派人过来询问是怎么回事。

得知虞宁初染了风寒，太夫人讽刺地对身边的老人道："有其母必有其子，她娘就不是个安生的，她这刚来，就有法子引人注意了。"

"是啊，生个病还能惹人怜惜，苏姨娘年轻的时候就喜欢玩这套。"

太夫人："你叫人仔细盯着，府里哥儿多，年轻冲动，仔细别叫她勾了去。"

"是，您放心吧。"

碧梧堂，大房的沈琢、沈明漪兄妹，二房的沈牧、沈阔哥儿俩及宋湘都过来探望虞宁初了。府里的年轻小辈中，只有宋池没来，毕竟不是有血缘关系的表哥，要更在意避嫌。

虞宁初早就从内室转移到了次间的暖榻上，穿一件白底绣桃花的褙子，发间戴一朵粉色绢花，脸犹带三分潮红，既有病中的楚楚可怜，又有豆蔻少女的娇美灵动。

别人都好说，虞宁初有点担心沈琢，好在温嬷嬷也知道要隐瞒"沈琢送药"的事，并没有表现出什么，只留下杏花、微雨伺候，就去后面处理碧梧堂的杂务了。

"昨晚都没什么风，表妹竟然也能着凉，当真是娇弱。"眼看兄长们都对虞宁初呵护备至，沈明漪忍不住轻轻刺了一句。沈琢第一个瞪了过去。

沈明漪过来就是应付礼仪，被亲哥一瞪，便顺势告辞道："既然表妹病了，那我就不打扰表妹休养了，等表妹康复了咱们再一起玩。”说完，转身便往外走。

沈琢朝虞宁初点点头，嘱咐丫鬟好好伺候，跟着妹妹走了。

虞宁初想送送他们，被二公子沈牧虚拦住，他笑道：“这么客气做什么？就在榻上好好待着吧，大哥不会计较这点虚礼。”

沈阔拿出一个小盒子，递给虞宁初：“昨晚我跟三哥去套圈，可惜摊主只有两套瓷制生肖，小瓷龙都被套走了。我又逛了好多摊子，找到一只还算精致的小龙木雕，阿芜看看喜欢吗？”

这份心意已经很让虞宁初心内熨帖了，她笑着接过盒子，打开一看，是一只和小胖龙差不多大的木雕，只是这条龙雕得更威风，少了小胖龙的憨态，也就没有那么可爱了。她露出非常喜欢的样子，端详了好久才向沈阔道谢。

沈阔得意地看向沈逸，昨晚他要买这只木雕，三哥还说太丑，表妹不会喜欢的，这不是很喜欢吗？

沈逸笑而不语。

聊了会儿天，得知虞宁初生病的根源在于缺乏锻炼，沈牧提议道：“香山的秋景更好，二十那日如果表妹已经康复，咱们一起去登高赏秋吧。”

沈明岚：“我正有此意，你们都有空吗？”

沈牧、沈阔、宋湘都有空，沈逸与好友有约，答应下次再陪妹妹们出门。

他们兴致勃勃地商量着，作为严重缺乏锻炼的小表妹，虞宁初根本没有拒绝的权利。当然，她也很想出去走一走，看看京城的风光。

从碧梧堂出来，宋湘跟着两个表哥回了二房。

寄居平西侯府，宋池兄妹都住在二房的墨香堂，一个住前院，一个住后院。

宋湘带着丫鬟跨进墨香堂，就见书房的窗户开着，哥哥站在书桌前，正对着院中的枫树作画。秋风渐冷，枫叶片片转红，一阵风吹过，叶动如红浪。

宋湘叫丫鬟先回去，自己凑到窗边，探头进去看哥哥作画。

“怎么去了这么久？”宋池垂眸勾勒着枫叶的轮廓，漫不经心般问道。

宋湘托着下巴道：“很久吗？我还嫌待的时间短呢，在那边还有人陪我说话，回来只能自己玩。”

宋池没应声。

哥哥就是这脾气，看起来温润如玉，其实没有什么事能让他上心。宋湘等了一会儿，继续找话题：“阿芜病了，哥哥你都不关心一下吗？”

宋池：“三房不是请了郎中为她诊治？”

宋湘：“郎中是郎中，大家好歹也是表哥表妹的关系。”

宋池妥协地停下画笔，看着妹妹问：“好吧，她病得如何？”

宋湘哼道：“还行吧，听说昨晚发烧得很厉害，今早已经不烧了。对了哥哥，阿芜好像很喜欢那只小瓷龙，三表哥和四表哥昨晚专门去套，可惜仅剩的一只也被人套走了。你把我那只还我吧，我去送给阿芜。”

宋池：“前晚你好心送她，她坚持不要，既然无缘，何必强求？”

宋湘低声质疑哥哥：“阿芜表妹那么漂亮那么讨人喜欢，你都如此冷情冷血漠不关心，真不知道以后你会给我找个什么样的嫂子。”

宋池只是继续画枫叶。

宋湘无趣地走了，都快绕过走廊了，又折了回来，颐指气使道：“我们约好了二十那日去香山赏秋，哥哥要不要去？”

宋池头也不抬地问：“你想我去吗？”

宋湘思索片刻，笑道：“去吧，如果我走不动了，还可以让你背我。”

宋池失笑，算是默许了妹妹的安排。

转眼就到了八月二十，虞宁初的病已经好了，吃过早饭，她辞别舅母，与沈明岚并肩往侯府门口走去。

到了前院，看见沈明漪和侯夫人韩氏也要出门。

“你们要去哪里玩啊？”韩氏瞥一眼已经等在外面的沈牧兄弟和宋池兄妹，笑着问沈明岚。

沈明岚道：“去香山赏秋，大伯母呢？”

韩氏道：“下个月你们筝表姐出嫁，我带明漪去挑两件首饰，有喜欢的也给你们买两件。”

沈明岚大方道：“那就多谢大伯母啦。”

韩氏携着沈明漪先走了。

沈明岚低声对虞宁初解释道：“大伯母的娘家可不一般，是当朝国舅府，皇后娘娘是大伯母的亲姐姐呢。沈明漪为什么那么嚣张？就是因为人家有位皇后娘娘做姨母，身份确实比其他官家小姐尊贵。”

虞宁初暗暗吃惊，这么看来，平西侯府的姻亲家世都很显赫，大舅舅娶的是皇后的亲妹妹，二舅舅娶的是晋王爷的亲妹妹，亲舅舅娶的是吏部尚书家的爱女。同是长房所出的嫡女的大姑母嫁了一位外地郡王，同辈兄妹五人，只有她的母亲嫁入了寒门。

“大哥的未婚妻就是韩家二姑娘，韩锦竺，等咱们去韩家喝喜酒时我指给你看，长得还挺漂亮的，以前经常来侯府玩，跟大哥定亲后才没来了。”

虞宁初这才知道，沈琢要娶的是他母族的表妹。虞宁初不由得想到侯府里的几位表哥，不管表哥们如何想，她都要掌握好分寸，避免与他们有超过兄妹情分的举止。她不想被人揣测有心高攀，也不想高攀，于她而言，随便哪个表哥，门第都太高了，并不适合她。

母亲嫌弃寒门学子，虞宁初反而想嫁个家境普通的进士或官员，届时她既有丰厚的嫁妆，又有能起到震慑作用的舅舅，夫家人谁敢给她脸色看？

侯府门外，沈明漪跟着母亲上了马车，忍不住挑开一点帘子，目不转睛地看着宋池。

“出发吧。”韩氏吩咐车夫道。

直到再也看不到宋池的身影，沈明漪才恋恋不舍地坐正。

韩氏见不得女儿这副魂不守舍的样子，低声道：“就那么喜欢他？”

别人问这话，沈明漪肯定要跳脚否认，换成亲娘，沈明漪红了一会儿脸，羞涩地靠到韩氏怀里，手拉着母亲的袖子，撒娇道：“娘，你能帮我做主吗？”

韩氏并不愿意做这个主，试着说服女儿改变心意：“除了容貌气度，他有什么值得你如此这般？晋王府是晋王当家，宋池九岁时便带着妹妹搬来京城，这么多年与晋王一家形同陌路，以后估计也不会再回王府，只能靠自己赚前程，还不如其他爵位之家的世子。”

沈明漪垂着眼，替心上人辩解道：“再怎么说他也是皇族血脉，虽然与晋王爷不和，却很得皇上赏识，经常叫他伴随左右，这份殊荣，除了太子、二皇子，谁有？等他将来立了功劳，少不得要封个郡王。”

韩氏：“郡王又如何？你与其惦记他，还不如想想二皇子，他早晚都会封亲王，你若嫁了二皇子，将来稳坐王妃之位。”

提到二皇子，沈明漪立即撇嘴。太子与二皇子都是她的皇后姨母所出，正宫嫡子，但两人的容貌像极了老皇帝，方脸厚唇，勉强能夸一句容貌周正，与“俊美”二字毫不沾边。兄弟俩单独站着还好，若是将宋池放进去，论样貌，太子、二皇子简直给宋池当仆人都不配。

沈明漪宁可不当王妃，也要嫁给宋池。

少年爱美人，美人爱英杰，韩氏能理解女儿的执着，可作为母亲，她定要给女儿安排一门更好的婚事。

韩氏母女抵达首饰铺子时，虞宁初一行人也出了京城的南城门。

京城就像一座笼子，大家闺秀要恪守礼仪，出了笼子便自由多了，沈明岚卷起窗帘，陶醉地吸了一口秋日微凉的空气。

宋湘挨着另一边窗户，虞宁初被两人夹在中间。往左看，窗外的宋池近在眼前，一袭月白锦袍，整个人仿佛会发光；往右看，沈阔骑马，离窗更近，且目光灼灼地朝她看来，心思难掩。虞宁初只好规规矩矩地坐正，哪边都不张望。

“你们快来看，那边好有意思。”宋湘忽然笑着招呼道。

沈明岚立即离开座椅靠了过去，虞宁初难掩好奇，也朝这边探头。

宋池体贴地驱马往前走，免得挡了女孩们的视线。

只见不远处的土路上，有个农夫挑着一根扁担，后面的筐子里放着四五只绑在一起的鸡鸭，前面的筐子里坐着一个两三岁的男娃娃。那男娃娃很乖，老老实实一动不动的，只眨着一双大眼睛东瞧西看。

“好像挺舒服的，我都想坐一坐了。”扁担筐子轻轻晃悠，沈明岚看得津津有味。

沈阔嬉笑道：“这个简单，回头我让人做两个大筐，明岚坐前面，阿芜坐后头，我挑你们。”

虞宁初莞尔。

沈明岚回头哼道：“你有那么大的力气吗？”

沈阔：“我好歹也学了八年武，你别瞧不起人。”

他嘴上与沈明岚说着话，眼睛却不停往虞宁初那边瞄。今日小表妹穿得非常素雅，青色的褙子，白色的长裙，水灵灵的像朵兰花。沈明岚注意到他的目光，故意捣乱，回到座椅上，啪地放下挡帘。

沈阔怅然若失，仍然紧紧跟在窗旁，期待没一会儿妹妹会重新挑起帘子。

“阿芜，四表哥好像很喜欢你呢。”宋湘挨着虞宁初，轻声笑道。

虞宁初忙做了一个噤声的手势，瞥一眼窗外只露背影的宋池，诚恳地看着宋湘：“好表姐，这话你可千万别对旁人说，特别是明漪表姐，我怕传出闲言碎语。”

宋湘忙道：“我当然懂得利害，这不是只有咱们仨嘛，若连悄悄话都不能说，多没意思。”

说完，她谨慎地把自己这边的帘子也放下了。

虞宁初松了口气。

既然宋湘挑明此事，沈明岚便也轻轻地撞了撞虞宁初的肩膀：“你觉得四哥怎么样？”

闻言，宋湘同样巴巴地看着虞宁初。女孩子们私底下最喜欢聊儿女情长，如果肯坦露心事，说明大家是真姐妹，自然与旁人不同。

两人都等着她的回答，虞宁初想了想，趁机交心道：“哪个表哥都很好，但我只把他们当哥哥，绝无旁念。待我及笄，如果舅舅、舅母愿意帮我操持婚事，我希望嫁给一个门第与虞家相当甚至略有不足的人。”

沈明岚意外道：“这是为何？”

虞宁初装羞地低下头："这样未来婆婆就不敢在我面前摆威风了，我也不用担心哪里做得不好惹长辈不满。"

沈明岚惊愕道："你比我还小呢，想得竟如此长远。"

虞宁初失笑，看着她道："舅母去扬州接我，我就知道我多半会嫁在京城了，在运河上漂了一个月，左右没什么事可做，我便翻来覆去想了很多，表姐可千万别笑我。"

沈明岚不笑，反而有点心疼："表妹何必顾虑那么多？你有这般好相貌，低嫁太可惜了。"

宋湘："就是就是，好好的为何要低嫁？必须找个配得上你的如意郎君。"

碍于宋湘在场，虞宁初无法说得太深，声音平和道："人各有命，我姓虞，门第远不如诸位表姐，婚事上我只求'安稳'二字，所谓美貌，如果能让未来夫君倾心于我，似舅舅舅母那般恩爱，便是锦上添花了。"

沈明岚听出其中的深意，沉默了。

宋湘只觉得虞宁初的想法过于复杂，嫁人嫁人，第一考虑的不该是自己喜不喜欢对方吗？

"算了，不提了，你眼下最要紧的是养好身体，及笄了再考虑婚事也不迟。"沈明岚主动结束了这个话题。

宋湘心思单纯，抓住虞宁初的手试着捏了捏，感慨道："好软啊，柔若无骨，胳膊也软软的。"

虞宁初见她居然羡慕这个，忙道："软是因为没有力气，这样可不好，像上次登朝月楼，若不是你一直扶着我，靠我自己不知道要爬多久。"

宋湘点点头："对，咱们女孩子力气本来就不如男子，越是这样越要好好锻炼，强身健体，将来遇到坏人欺负才有力气反抗。"

沈明岚疑道："什么坏人欺负，你从哪儿听来的这些？"

宋湘指指右窗，悄声道："四表哥的书房有好多戏本，我翻了几本，上面多是一些英雄救美的故事，也不管英雄是什么出身，只要被他救了，那些娇滴滴的小姐就甘愿以身相许。我看了特别纳闷，那些粗鲁野人，换作是我，宁可给他金山银山也不想委屈自己。当然，最可恨的是欺负人的恶霸，我就想如果我也习武，练好了功夫，我自己就能保护自己，才不需要什么英雄大侠。”

虞宁初诧异于宋湘的奇思妙想，看着无忧无虑、乖巧可人的王府郡主竟然会偷看戏本，而且还得出这么一番见地。

沈明岚给宋湘泼冷水：“练武很辛苦的，你能受得了？”

宋湘得意道：“受得了啊，我哥哥已经开始教我了，等我学好基本功，他就继续教我骑马射箭。”

沈明岚对习武没有兴趣，虞宁初倒觉得宋湘这番话很有道理，倘若自己会功夫，那么即便将来再被迫嫁给曹奎那种恶人，也未必没有自保之力。

“湘表姐，我想跟你学功夫，可以吗？”虞宁初期待地问。

宋湘很高兴能多个伙伴，立即应允：“当然可以，以后每天早上你都来墨香堂，咱们一起跟我哥哥学。”

虞宁初只想学武健身，可不敢跑去墨香堂接近宋池，便与宋湘商量道：“我有点怕池表哥，可以劳烦表姐来碧梧堂教我吗？或是咱们去花园也行，我不求武艺精湛，能学会一些皮毛，治了我体弱的毛病就满足了。”

宋湘不太明白：“你为何怕我哥哥？”

沈明岚笑道：“阿芜那不是怕，是认生，咱们女孩子容易玩到一起，哥哥们又不一样。”

宋湘恍然大悟，痛快地答应以后去碧梧堂教虞宁初。

香山位于京城西郊，离得并不远，马车走了半个多时辰便顺利抵达香山脚下。

大家出发得早，此时太阳刚刚爬上树梢，秋风习习、暖阳融融，正适合登山赏秋、舒展筋骨。有了车上的交心，虞宁初与宋湘的关系更加亲密起来，一下车，三个姑娘便有说有笑地朝山路走去，寸步不离，宛如亲姐妹。

山路用石阶砌成，常被秋风吹拂，台面干干净净，两侧绿树成荫，间或夹杂着几棵枫树。此时枫叶已红，翠绿与枫红互相掩映，色彩斑斓，宛如泼墨而成的画作。

这还只是山脚，若站到高处纵目远眺，不知会看到何等壮阔的风景。虞宁初仰望山巅，心中充满了向往。

沈明岚还以为表妹嫌弃山路太长，笑着解释道："香山这一带有好几个峰头，最高的是主峰香炉峰，你看，就是那座，其实也不算太高。咱们现在爬的听泉岭只有香炉峰的一半高，走得快点，两刻钟就能登顶。"

沈阔拆台道："两刻钟是我们的脚速。上次来这边，也不知道是谁，爬了一半就嚷嚷着不行，如今倒在阿芜面前充起了高人。"

沈明岚作势要打他。沈阔步伐敏捷地往上跑，沈明岚提着裙摆去追。

"表姐慢点，仔细摔了。"虞宁初担心地嘱咐道。

沈明岚一边追沈阔一边朝后面摆手："我们去前面的亭子等你们。"

宋湘牵着虞宁初并肩往前走。

宋池瞥一眼两人握在一起的手，视线不禁上移——这边几乎没有其他游人，虞宁初仍然戴了面纱，似是要防他与沈牧、沈阔。就在宋池准备看向别处时，一阵山风突然吹来，白色的面纱被风吹起，露出一张染了薄红的明艳脸庞，秀鼻樱唇，仿佛连绵绿树间独红的一片枫叶，鲜艳夺目。

她本人却并不知情，心无旁骛地往上走着。

宋池怔了一瞬，收心时，瞥见身旁的沈牧竟然也在看虞宁初，显然也被面纱下的美摄了魂。

宋池忽然意识到，她戴面纱，也并非多此一举，就是不知如果沈逸在此，她会不会取下面纱。

香山乃京郊第一的登高好去处，达官贵人也常来这一带，为了方便游客，官府特意拨款修缮了各峰主路的台阶及路旁供人休憩的凉亭。虞宁初体力不济，每到一处凉亭，必然要休息一刻钟左右。

大家本来就是出来赏景的，速度并不重要，便都耐心地陪着她。虞宁初还是不太好意思，也知道他们不会丢下自己，所以没再说什么客气话。

山风清凉，从半山腰往远处看，只见漫山遍野的红枫，都是红色却又深浅不同，与其他树木的翠绿交相辉映。

忽然，一道轻快悦耳的鸟叫从附近的树梢传过来。这叫声太动听，几人都抬头去找。沈牧最先发现了，是一只棕色羽毛的画眉，距离这边有两丈远。

他看向宋池："能活捉吗？"

三个表兄弟都背了箭囊。

画眉还不知道危险将近，在枝丫间轻轻地跳跃着，始终都在同一棵树上。

宋池朝画眉所在的方向瞥了一眼，又重新望向远方的枫林，淡笑道："这种野生的画眉，捉回去也难养，不如留它在林子里自在啼叫，供有缘人解闷。"

虞宁初听见这话，不由得朝他看去。

凉亭三面都有长椅，宋池坐在临崖的那一边，背靠红漆亭柱侧坐，一条腿搭在长椅上，一条腿放在外面。那么危险的位置，他竟毫不在意，眉目淡泊，恍如谪仙，随时都可能乘风而去。

"哥哥什么时候这么信缘分了？"宋湘出口揶揄道。

虞宁初蓦地记起自己拒绝那只小胖龙的借口，心虚地赏枫去了。

宋池看一眼妹妹，目光自那位小表妹的面纱上扫过，笑而未答。

休息够了，大家继续登山。

又攀登了一段距离，前面出现一片平坦地带，中间建了一座寺院，名为碧云寺。女孩子们都打算去寺里进香。虞宁初从僧人手里接过三支香，拜佛时，求了自己与亲人无病无灾，顺便也求了姻缘顺遂。

上香完毕，几人结伴朝碧云寺入口走去，就要跨出去时，外面突然走进来一行人，乃是两位华服公子与各自的随从。

"子渊，你怎么在这儿？"其中一位方脸厚唇的华服公子惊喜地问宋池。

宋池笑道："今日不用读书，我们兄妹出来赏秋。"

他们打招呼时，沈明岚悄悄告诉虞宁初："刚刚说话的这位是二皇子，旁边那个是国舅府的韩宗延，大伯母的亲侄子。"

虞宁初记下了，与沈家兄妹同时给二皇子见礼。

二皇子笑着让四人免礼，多看了沈明岚两眼，随后目光落到沈明岚旁边的少女身上。虽然戴着面纱，可露出来的眼眸盈盈似水，肌肤更是白皙娇嫩，必然是个美人。

“这位是……”二皇子不掩兴趣地问。

虞宁初暗暗紧张起来。

沈牧恭声答道:“她是我表妹，先前一直随二姑父住在扬州，节前才接来京城，礼仪不周到之处，还请殿下海涵。”

二皇子面露疑惑。韩宗延靠近他，低声耳语了一番。二皇子这才想起平西侯府还有一位庶出的姑娘，不过他对虞宁初的父母并不关心，只想瞧瞧她到底长什么样。

韩宗延经常与二皇子厮混，比二皇子肚子里的蛔虫更明白二皇子的所思所想，笑着对虞宁初道:“原来是新来的表妹，怪不得我以前去侯府探望姑母时都没见过，不过今日无风无沙，表妹为何戴着面纱？”

沈明岚抢着道:“她水土不服，脸上长了疹子。”

这样的借口，韩宗延只能放弃迫使虞宁初取下面纱的念头。

“殿下要去寺中进香吗？”宋池问。

二皇子长了一副憨厚的容貌，目光却很轻佻，在虞宁初身上转了一圈，笑道:“随便逛逛，既然遇上你们，咱们便同行吧。”

宋池很是欢迎:“正好我们要去狩猎，还请殿下为我们评判。”

二皇子惊道:“狩猎？”

沈牧:“是啊，妹妹们喜静，随便挑个凉亭看看枫叶就能待半天，我们可受不了。”

宋池:“走吧，趁现在还早，等会儿游人多了，猎物都躲到深山老林不肯出来了。”

就这样，宋池三人以狩猎为由，顺理成章地带走了二皇子与韩宗延。他们走了，自有随从保护妹妹们。

沈明岚瞪了一眼韩宗延的背影，低声提醒虞宁初:“韩宗延是国舅府的独苗，从小被家里长辈宠爱，养得他无法无天，别的不提，这人非常好色，表妹若遇到他，千万离他远点。”

宋湘补充道：“二皇子也是个风流好色的，这就叫臭味相投。”

不过她们一个是郡主，一个是侯府千金，两人暂时还不敢打她们的主意。

虞宁初最怕因为容貌沾惹这些，当即对沈明岚道：“下个月国舅府的喜宴，我就不去了。”

韩家与侯府大房是直接姻亲，三房去吃席只是随礼，舅舅、舅母不去或许会让人问一问原因，她初来乍到，很多人根本不知道这件事，更不会关心她是否出席。沈明岚想了想，同意了，若是因为去一趟国舅府让韩宗延盯上表妹，简直比苍蝇落在身上还恶心。

三女结伴往山下走，沈牧离开前打过招呼，让她们先回侯府。

到了侯府，休息休息也该吃午饭了。

虞宁初才洗了脸，沈明岚就抱着一个匣子过来了，原来是大夫人韩氏在首饰铺子看中了一套梅兰丹菊的发钿，觉得刚好适合府里的四个姑娘。

沈明漪一直都喜欢兰花，便挑了兰花钿。宋湘选了梅花钿，剩下牡丹、菊花两朵，牡丹白中带粉，菊花金中带红，都很好看，价格自然不菲。

若论贵气雍容，菊花钿金红的颜色更盛三分，牡丹虽有花王之称，但粉色始终不如金红端庄。

“表姐喜欢哪个？”虞宁初问道。

沈明岚笑道：“如果我跟你客气，该把菊花让给你，可我知道你不习惯这么贵气的颜色，正好我喜欢，咱们姐妹就别见外了。”说着，她将粉嘟嘟的牡丹钿插入虞宁初发间，自己戴上了那朵菊花的。

虞宁初照照镜子，迟疑道：“大舅母送了这么贵重的礼物给咱们，咱们是不是该去当面道谢？”

沈明岚：“嗯，吃过饭再去吧，先去找阿湘。”

用饭时，姐妹俩都戴着新发钿，三夫人瞧着喜欢，可惜道：“这应该是百珍楼新出的式样，早知道我先去买两套了，你们一人一套，平时四朵换着戴。”

沈明岚道：“不用，这样挺好的，我们各自戴自己喜欢的。”

三夫人点点头，女儿和外甥女收了大夫人的礼物，回头她也得给沈明漪补上一份价值相当的。这就是妯娌之间的人情往来。饭后，姐妹俩先去二房找宋湘。

墨香堂中，因为宋池住在前院，反而是他先见到了两个表妹。

在侯府走动，虞宁初不可能还戴着面纱，本就是明艳之姿，此时再戴一朵粉嫩娇艳的在阳光下泛着玉色光泽的牡丹钿，真是步步生辉。

宋池站在廊檐下，看着二女走近。

“池表哥，阿湘呢？”沈明岚笑着问。

宋池道：“我才回府不久，阿湘在姑母那边用饭，可能还在陪姑母说话。你们找她何事？”

沈明岚指指头上，俏皮道：“大伯母赏了我们一人一朵发钿，我们准备去道谢，想叫阿湘一起。”

宋池自然而然地看向她们的头顶。虞宁初微微低头，长睫垂落，似一朵不愿供人观赏的幽谷羞花。

下一刻，就听宋池赞道：“侯夫人好眼光。你们先进来坐吧，阿湘应该也快过来了。”

虞宁初看向沈明岚，沈明岚大大方方道：“那就打扰表哥休息了。”

宋池笑了笑，带着两人进了厅堂。

虞宁初眼观鼻鼻观心，挨着表姐坐在远离宋池的客位。有人走进来，她抬眸看了看，是个十六七岁的小厮，唇红齿白，自带笑相。

“姑娘们请用茶。”阿谨稳稳地摆好茶碗，温声说完，随即退了出去。

虞宁初想着原来宋池这边端茶倒水的都是小厮，大多数人家都是安排丫鬟当此差事。

茶香沁人，虞宁初端起茶碗。

表妹安静，宋池也不多话，沈明岚只好挑起话题：“表哥你们去狩猎，可打到什么好东西？”

宋池笑道：“没去深山，只猎到两只野兔，叫人送去厨房了，你们可吃得惯兔肉？”

虞宁初马上摇摇头。

沈明岚道:“我吃不来，我娘爱吃麻辣兔肉。”

宋池道:“那好，等会儿我吩咐下人送一只给三夫人。”

说话间，宋湘终于来了。得知姐妹们的来意，宋湘马上叫丫鬟取来她的梅花钿，在厅堂里戴好。

“好看吗？”宋湘问哥哥。

宋池颔首:“好看。”

宋湘嘟嘴道:“你都没仔细看，一点都不诚心。”

宋池无奈地笑了。

宋湘招呼虞宁初二人:“不理他了，咱们走吧。”

终于不必继续与宋池同处一室，虞宁初如释重负。到了大夫人韩氏这边，沈琢、沈明漪居然都在。

韩氏免不得要夸赞三个姑娘一番，沈琢垂眸听着，脑海里全是虞宁初刚刚进门时的画面，牡丹花钿娇艳逼真，却远远不如花下之人。

在船上时她眉眼间笼着清愁，让人忽略了她的艳，现在安顿下来，便如一朵当季盛放的牡丹，国色难掩。

登山当天，虞宁初除了累并没有其他感觉，结果睡了一晚，早上起来两条腿微微肿了，下个床都得让杏花、微雨扶着才行。这就是疏于锻炼的症状。

三夫人来看过，知道这种情况好好养两日就能缓解，便让虞宁初安心休养，早晚不必去向自己请安。虞宁初留在碧梧堂，出不了门，沈明岚和宋湘过来陪她，沈明漪也来了。

沈明漪本不想过来，可她要接近宋湘，只能委屈自己一下。待到离开时，沈明漪总算与宋湘有了单独相处的机会。

“你说阿芜怎么如此娇气？听个戏便染了风寒，爬个山腿都动不了了，真是奇怪。”沈明漪故作好奇地问道。

宋湘从沈明岚那里听过一些事，怜惜道:“阿芜的母亲早早去世，她爹娶了个后母，那后母面慈心狠，平时都不许阿芜出门，阿芜常年幽居内宅，难免体弱。”

沈明漪一听，知道自己无法再诱导什么，便做出担忧的模样：“也不知道阿芜还能不能养好，不然婚事可能都要艰难些。”

宋湘笑道：“肯定能养好啊，等她腿恢复了，我便教她一些基本功，只要坚持锻炼，很快就生龙活虎了。”

沈明漪心中一动，忙道：“我也想学，阿湘你也教教我吧。”

宋湘：“好啊，你别怕辛苦就行。”

沈明漪一想到可以借着学武的借口光明正大地去墨香堂走动，平白多了见宋池的机会，高兴还来不及，怎么会怕苦？

过了两日，宋湘去碧梧堂，得知虞宁初的腿已经不酸了，便叫丫鬟瓶儿去大房请沈明漪。沈明漪叫瓶儿稍等，自己去内室精心打扮了一番，头上还特意戴了母亲新买给她的兰花发钿，光彩照人。

瓶儿在外面站了快两刻钟，等沈明漪出来，见她发间首饰琳琅满目，戴了满满一头，看得直发愣。

“快走吧，别让你们姑娘等久了。”沈明漪心情愉悦道。

瓶儿咽下疑惑，在前面带路。

走了一会儿，沈明漪奇道：“怎么要去西院？”

瓶儿驻足，解释道：“我们姑娘在碧梧堂呢，要同时教您与虞姑娘。”

沈明漪的好心情不翼而飞，将这股不满都记在了虞宁初头上。

到了碧梧堂，虞宁初与宋湘已经站在院子里，两人都穿着一套白色的练功服，头上几乎没有任何首饰，越发显得沈明漪的扮相滑稽可笑。

“表妹好大的架子，求阿湘教你练武，自己不去墨香堂，竟然还要阿湘大老远地过来找你。”沈明漪先发制人，将碧梧堂主仆的注意力从自己头上转移走了。

虞宁初确实为此事感到惭愧，尴尬地看向宋湘。

宋湘却满不在乎，朝她笑了笑：“在哪里都可以，今天刚开始，就在碧梧堂，明天咱们去花园吧，早饭前一起晨练半个时辰，后面的时间根据身体情况练基本功就好了。”

虞宁初:“嗯，这样好，不然从东院到这边确实要走很久，太辛苦表姐了。”

宋湘摆摆手:“咱们就不要这么客气了，既然漪表姐来了，那咱们开始吧。”

早晨的阳光温暖和煦，宋湘给虞宁初、沈明漪安排好位置，走到两人的正前方，煞有介事道:“练武需要全身各部位的配合，光练手或光练腿都不行，哥哥教我的基本功，分为肩功、腿功、腰功，等这三套功夫练得纯熟了，就可以学习练剑了。”

沈明漪惊道:“阿湘你还会剑法吗？”

宋湘遗憾道:“还没呢，我也才学了两个月的基本功，再有一个月哥哥才会教我剑法。”

提到宋池，沈明漪的目光都柔了三分:“池表哥真是文武双全，我见过他练枪射箭，想必剑法也是一流。”

沈明岚不学武，坐在廊檐下看热闹，见沈明漪又痴恋宋池，故意咳了三声。

沈明漪轻轻瞪了她一眼。

宋湘开始教两人第一招——腿功。她让虞宁初、沈明漪分别抬起右腿，与地面平行，脚底抵住前面的桂花树。光是这个动作就让虞宁初皱起了眉头，沈明漪则稍微好一些。

到了往前压腿的时候，虞宁初只觉得自己的腿筋都要断掉了，沈明漪也娇气地呼起疼来，又因为头上珠宝太多，连着几次低头后，突然有一根发钿掉了下来。

沈明岚毫不客气道:“姐姐打扮得这么花枝招展，我还以为是要去逛铺子呢。”

压腿本就辛苦，又被堂妹一番讽刺，还根本没见到宋池，沈明漪一赌气，跑了。

宋湘见她的扮相就猜到沈明漪的心思不在习武，对她的半途而废也并不失望，又见虞宁初虽然柔弱却咬牙坚持，便越发喜欢虞宁初了。

三套基本功，一共十八个动作，宋湘今日就是要让虞宁初记住这一套动作的要领。虞宁初虽然体弱，但腰肢柔韧，第一次学，十八个动作竟然都能做到，只是坚持不了多久。等一整套动作都记下来，虞宁初再也坚持不住，趴到次间的榻上躺着了。

温嬷嬷牢记姑娘上次登山的教训，指挥杏花、微雨跪在两侧，分别给虞宁初按揉肩膀和双腿。

宋湘坐在椅子上，看着虞宁初狼狈的模样，仿佛看到了自己初练武时的辛苦，如今自己小有所成，以过来人的身份欣赏虞宁初的狼狈，便有一种特别的成就感，又并非单纯的幸灾乐祸。

欣赏够了，宋湘对虞宁初道："其实你底子比我好，那个下腰的动作我一开始都弯不下去。"

虞宁初根本没力气说话，闭着眼睛轻喘着。

沈明岚忽然好奇起一件事，问宋湘："难道这些都是池表哥教你的？他也会下腰？"

刚刚表妹往后下腰时，真是面如芙蓉腰如细柳，将女子姿态的柔美展现得淋漓尽致，她实在难以想象宋池做出这种动作。

宋湘笑道："哥哥会不会我不知道，他请了个女先生教我基本功，等将来学剑，他再亲自传授我剑法。"

这时，温嬷嬷进来，说浴室那边准备好了。宋湘也出了一身汗，决定跟虞宁初一起洗。丫鬟们帮主子擦过身子就出去了，两个姑娘进了浴桶，舒舒服服地泡着。

"阿芜，你真白。"宋湘挪到虞宁初身边，用手戳了戳她雪一般的胳膊。

虞宁初垂眸看去，虽然宋湘也很白，但两人并肩坐在一块，仍然显出差别来。

"表姐的线条更美。"虞宁初真心实意道。

不同于自己，宋湘的肌肤很紧致，瘦却有种力量感。宋湘也为自己的身体骄傲，突然将一条腿搭上浴桶，那腿修长匀称，比手臂更好看。

想到宋湘爬山时的轻松，虞宁初越发坚定了要学武的决心。

洗过澡，宋湘换上常服，要回墨香堂了。虞宁初一直将她送到东院才带着丫鬟回去，并没有靠近墨香堂。

"哥哥，我回来了。"宋湘熟门熟路地进了兄长的书房。

宋池正在看书，见妹妹神采奕奕，放下书道："今日武先生当得如何？"

早上妹妹出发前，说了她要去碧梧堂教虞宁初基本功。

宋湘喝了一口茶，笑道：“阿芜妹妹看着娇弱，其实是个练武的好苗子，第一次下腰就能下到底，更难得的是她并不怕吃苦，不像明漪表姐，压腿都没学完就跑了。”

宋池难以想象能下腰的虞姑娘，对于她的“不怕吃苦”，倒是信了。中秋夜，她烧得那么严重，却因寄人篱下而忍了下来。

“练武讲究循序渐进，你要注意分寸，不可操之过急，反而伤了她。”宋池不太放心道。

宋湘哼道：“因材施教嘛，我当然知道。”

次日，宋池晨起练剑，刚行完一个剑招，就见妹妹身穿练功服从走廊绕了过来，瓶儿打着哈欠跟在后面。宋池收起剑，看着妹妹。

宋湘道：“我与阿芜约好去花园晨练，半个时辰就回来。”

宋池便继续练剑。

宋湘主仆二人一路来到侯府花园的入口，见虞宁初和微雨已经等在这里了。

“走吧，咱们先绕着花园慢跑一圈。”

虞宁初此时还并不明白跑一圈意味着什么。她们从中间出发，朝花园东边跑去，才跑完一段路，虞宁初就不行了，扶着一棵树气喘吁吁。

“走一会儿吧。”宋湘是个宽和的师父，牵着虞宁初慢走起来。

就这样，两人走一会儿跑一会儿，总算将整个花园都逛了一圈。最后，虞宁初又被宋湘拖到了莲花池边的凉亭中。虞宁初一进亭子便瘫软到美人靠上，一张脸比涂了胭脂还红。宋湘眺望东方，此时早霞初红，沈明漪、沈明岚可能还在睡觉呢。

微雨端着茶水送到虞宁初面前，虞宁初咕咚咕咚连喝两碗。休息得差不多了，宋湘开始指导虞宁初练基本功，及时纠正她一些错误的小动作。这一次，虞宁初感觉到了自己的进步。昨天初学时，每个动作都让她的筋骨叫嚣，今日可能是刚刚的晨跑舒展了筋骨，再做这些动作，就没有那么难受了，虽然同样得咬牙忍着。

“不错不错，今天就到这里吧，明早咱们继续。”有人能够坚持陪自己练武，宋湘真的很高兴。

两人并肩朝花园入口走去，绕过一片花树，忽见前方月亮门旁的翠竹下，站着一道修长挺拔的身影。

“哥哥，你怎么来了？”宋湘惊喜道。

宋池笑道：“你久久不归，我来接你。”

哥哥这么关心自己，宋湘心里暖暖的。

虞宁初却只想找条地缝钻进去，虽然没有照镜子，但经过这一早上的折腾，她也能想象出此时的自己有多狼狈。

“池表哥。”离得近了，虞宁初垂眸朝宋池行礼。

宋池眼中的她，与妹妹一样穿着一身白色的练功服，为了不干扰动作，将乌黑的长发全部绾起，像男子的发髻，露出修长的脖颈。练了这么久，她的发髻没有散，额前的刘海与耳侧难以梳拢的碎发被汗水打湿，贴在潮红的肌肤上。阳光透过枝丫照过来，她脸颊酡红，仿佛一朵碧绿草丛中新开的打碗花，粉嫩的花瓣上挂着晶莹剔透的露珠。

“习武容易伤身，阿湘也是初学，表妹身体可有不适？”宋池目光温和地问。

虞宁初摇摇头，只想快点离开：“舅母还在等我回去，我先走了。”

说完，虞宁初朝宋湘道别，带着微雨快步离去。宋湘见了，露出一个果然如此的笑容。

“笑什么？”宋池收回视线问她。

“我笑阿芜太怕生了，见到哥哥恨不得躲着走。”

宋池心道，她哪里是怕生，明明是不待见。

从花园回到碧梧堂，虞宁初沐浴净身，温热的水纾解了浑身的酸乏，她舒服得想睡觉。洗了澡，她穿着中衣躺到床上，杏花、微雨一个坐在床边一个跪在里侧，熟练地开始替她揉胳膊捏腿，于是虞宁初真就睡着了，补了一觉，两刻钟后被杏花叫醒，梳妆打扮，去前面陪三夫人用饭。

今日有早朝，沈三爷天不亮就进宫了，饭桌上只有三夫人、虞宁初及沈逸兄妹。三夫人见外甥女气色红润，胃口也不错，吃了一块煎肉饼似乎仍意犹未尽，便从碟子里又给虞宁初夹了一块。虞宁初确实还想吃，就是担心自己一个姑娘家吃这么多，会不会显得很不得体。

三夫人笑道："你最近在练身体，饭量肯定大的，像你表哥，哪一顿不得吃三四块？中午更是两碗米饭打底。"

沈逸正拿着筷子去碟子里夹饼，被母亲一打趣，朝虞宁初笑了笑："阿芜不要客气，不然表哥都不好意思再多吃了。"

他相貌俊雅，文武兼修，又是长个子的年纪，饭量自然不同于普通的书生。

"哎，被你们说的，我也想再吃点了。"沈明岚突然插了一嘴。

三夫人也给女儿夹了一块。

在这样温馨的氛围中，虞宁初吃了两块煎肉饼、一碗鸡丝粥。

饭后沈逸去侯府的学堂读书，三夫人安排姐妹俩留在自己身边，接下来的半个时辰，她要处理三房的日常俗务，她与各处嬷嬷、管事议事的过程，便是给姐妹俩上的管家课。这个世道，男主外女主内，姑娘家不能抛头露面，若连内宅事务都处理不好，便真的只能以色侍人了，如何长久？

虞宁初与沈明岚并肩坐着，时而眼神交流，时而悄声交谈，就像两个乖巧的学生。等三夫人的晨议一结束，沈明岚就拉着虞宁初去花园里玩了。

"这边的天真蓝。"

虞宁初抵达京城也有十来日了，几乎每天都是碧空万里、阳光明媚的好天气。

沈明岚看惯了，倒是没觉得稀奇："现在还是秋天，再过一阵子风变冷了，阳光也会变得惨淡，那时候你就恨不得一整天都待在屋子里不出门了，所以咱们要珍惜最近的好太阳，多晒晒，走，去荡秋千吧。"

秋千架位于花园东侧的牡丹园旁，此时并非花季，只有一片碧绿的植株。两个秋千架，姐妹俩一人坐一个，丫鬟们不时帮忙推高。

阳光照在身上，虞宁初惬意地闭上眼睛。

"好啊，你们两个在这里逍遥，都不去找我，亏我还特意跑去西院寻你们。"宋湘嘟着嘴转过来，一副生气要人哄的样子。

沈明岚只是笑，虞宁初忙用脚尖点地，将自己的秋千让给宋湘。

宋湘坐在秋千上，一边轻轻晃一边问她："早上那么累，身体酸不酸？"

虞宁初笑道："当时难受，洗个澡睡一会儿就舒服多了。"

宋湘马上跳下来，说："那咱们去玩捉迷藏吧，晃秋千没什么意思。"

三对主仆六个人，够数了。宋湘主动要做第一个找人的鬼，后面谁要是第一个被找到，就来当新一轮的鬼。

牡丹园这边视野过于开阔，没什么可藏的地方，大家移步来到假山附近。宋湘面朝一棵花树站好，闭上眼睛开始数数。沈明岚和芳草主仆俩最先朝假山跑去，宋湘的丫鬟瓶儿不敢离主子太远，就躲到了附近的一棵树后。

虞宁初相中了斜对面的梅峰，虽然起名为峰，其实只是一片小山坡，上面种了很多梅树，山顶有座梅雪亭。微雨跟着她一起往那边跑去。

宋湘数到"十"时，主仆俩才到梅峰脚下，为了不被同时抓住，微雨去了梅林，虞宁初则继续沿着石阶往上跑。才爬了三分之一，就听宋湘已经数到"十八"了，虞宁初便离开石阶，跨过一片花草，躲到了旁边的一块山石后。

当初工匠造梅峰时，引活水上山再从一侧流下形成飞瀑，虞宁初现在藏身的地方，往下可以看到宋湘所在的位置，往上可以仰观瀑布顺着平整的巨石哗哗落下。

刚藏好时，虞宁初的心还因为方才的快跑而怦怦直跳，等呼吸恢复正常，她这才好奇地往上望去——瀑布自然是美的，可虞宁初第一眼看见的，却是坐在她后面一处山石上的宋池。他所在的位置比她的藏身之处要高很多，有山峰耸立一侧，阻隔了视线，所以虞宁初往上跑的时候并没有看见他。

石头表面平整，宛如佛祖讲经的高台，宋池一袭天青色锦袍，席地而坐，侧脸俊美出尘。他面前摆着画架，白色的画纸上已经有了碧树飞瀑，证明他已经在这里逗留多时，虞宁初才是后来的。

懊恼让虞宁初涨红了脸，她知道自己跑到这边只是想找个好地方藏起来，可这种巧合的相遇，会不会让宋池误会什么？

见宋池专心作画，似乎没注意到自己，虞宁初便想挪个地方。

"捉迷藏的规矩，一旦找人者数数完毕，躲藏的人便禁止更换位置，表妹是想犯规吗？”

刚刚抬起一只脚，头顶便响起宋池揶揄的声音，虞宁初半抬的脚不得不重新放了下去。

她紧紧贴着旁边的山石，既躲了山下的宋湘，同时也尽量背对着上方，不让宋池看见她的脸：“我过来时并不知道表哥在此，怕打扰表哥雅兴才想离开。”

宋池继续作画，声音平和：“我知道，表妹放心，你扰不到我。”

虞宁初抿唇，还是想不明白：“表哥怎么没去学堂读书？”

按照常规，此时此刻，他根本不该出现在这里。

宋池笑了笑：“我无须走科举之路，方先生便不曾严格约束我。”

虞宁初懂了，不再说话。

宋池却主动与她聊了起来：“方才见表妹登山时步履从容，看来这两日的练习颇有成效。”

虞宁初想到自己提着裙子跨过花草，靠着石壁喘气的样子，何来从容？他明明看见了，还说这种话，分明是调侃自己。

虞宁初就当没听见。

宋池放下画笔，看着下方单薄的背影道：“表妹似乎对我心怀不满。”

虞宁初皱眉，低声否认：“没有。”

宋池：“那我与你说话，你为何不回？”

虞宁初顿了顿，眼看宋湘从假山那边捉了表姐主仆出来，随口道：“我怕阿湘表姐听见。”

离得这么远，明显是在找借口。

宋池自言自语道：“莫非表妹是在怪我那晚的唐突？”

虞宁初蓦地记起覆上她额头的那只手，以及强扣她手腕的霸道。确实唐突，可最后她却欠了他人情。虞宁初只能道：“表哥为我诊治、赠药，我对表哥只有感激。”

“是吗？我记得当时你瞪我瞪得很凶。”

“夜色朦胧，表哥看错了。”

“那你称我公子，我总没听错？”

“表哥身份尊贵，私下我不敢与你攀亲，这几日与阿湘表姐熟悉了，才少了拘束。”

宋池忽然发现，这个小表妹看起来乖巧，其实伶牙俐齿、能言善辩。

“如此就好，我还以为我不经意间得罪了表妹。”

“怎么会？表哥多虑了。”

谈话告一段落，唯有清凉的秋风穿过梅树，吹起虞宁初碧色的裙摆，吹动她发间的粉色绢花。宋池闻到了一丝桂花香。

山下，宋湘朝梅峰这边走来。虞宁初突然不知道该不该盼着宋湘快点找到自己，找到了，她就可以离开，只是她又不想被人撞见自己与宋池离得这么近。

“阿湘要上来了。”宋池似乎很好心地提醒道。

他一出声，虞宁初就心情烦躁，根本不想与他有什么多余的交流。

“要我帮你吗？”

虞宁初马上道：“不用，我不想坏了公平。”

宋池笑了笑，拿起画笔继续作画。

为了让宋湘发现自己，虞宁初从山石后面稍稍探出头。

宋湘已经找到了微雨，猜到虞宁初大概藏在上面，便沿着石阶往上走来。

从宋池的角度，看不到妹妹，却能看见虞宁初急于离开的样子。

“啊，看见你了！”事遂人愿，宋湘发现了探头探脑的虞宁初。

不等宋湘往这边走，虞宁初立即跑了出来。

宋湘又笑又奇：“你怎么不多藏一会儿？”

虞宁初假装害怕道：“那边水多，我藏好了才担心有蛇。”

宋湘懂了，牵起她的手一起下去了。

再藏的时候，虞宁初刻意避开梅峰，专挑宋池看不见的地方藏。

因为这个位置已经暴露，也没有其他姑娘过来，宋池若无其事地作画，偶尔往下瞥一眼，等姑娘们玩够捉迷藏离开了，宋池才停下画笔。

纸上赫然是一幅《梅峰飞瀑图》，连虞宁初藏身的那处山石也画进去了，只是画中没有美人，只有一只面壁而卧的白猫，猫的后脑圆圆的，两只尖尖的耳朵警惕地竖起来，既像在提防什么，又像在生谁的气，不肯回头。

虞宁初与宋湘一起晨练的第四日，在花园里撞见了沈阔。她们正慢悠悠地跑着，沈阔一边东张西望一边从一条小路上跑过来，看到她们，眼睛一亮，靠近道："原来你们在这里，我找了好久。"

宋湘："四表哥找我们做什么？"

沈阔瞥一眼专心跑步的虞宁初，笑道："武师傅嫌我基本功不够扎实，叫我每天早上多练练，一个人跑多没意思，跟你们在一起还能说说话。"

宋湘看得出沈阔的心意，只是表哥这么热情，她一时也找不到借口撵他走，而且，相处时间长了，或许虞宁初会喜欢上他呢？

宋湘默许了沈阔的陪伴，沈阔就凑到虞宁初一侧跑去了。

虞宁初全身都别扭，看宋湘鬓发微乱，脸颊泛红，就能猜到自己现在也是这模样，都是姑娘家还好，怎能让一个男子见到自己仪态如此不雅？尤其是沈阔对她的热情远远超过了正常的表兄妹情谊。

又跑了一段距离，虞宁初突然摸摸腰侧，放慢速度道："四表哥，湘表姐，你们先往前跑吧，我的荷包掉了，我倒回去找找。"

沈阔马上道："我帮你找。"

虞宁初笑道："不用了，应该就在刚刚跑过的路上，很好找的，不耽误表哥晨练。"

沈阔还想再说什么，宋湘配合虞宁初道："好了，让阿芜自己去吧，四表哥别想又找借口偷懒。"

就这样，沈阔被宋湘拉走了，虞宁初便沿原路返回。

沈阔很想帮虞宁初，想了想，对宋湘道："你们已经跑了大半圈了，阿芜的荷包不定落在什么地方，这样，我跑快点，从另一头找过去，再与阿芜会合，保证能找到。"

说完，也不等宋湘说什么，沈阔猛地加快速度，如风般消失在了花园石径的尽头。宋湘自认追不上他，摇摇头，不管了。虞宁初只当撇开了沈阔，保持平时的速度往回跑，准备在花园入口与宋湘会合，然后互相道别就可以回碧梧堂了。

微雨在入口处等她，此时只有自己，周围一片安静，偶尔能听见早起的雀鸟在树梢叽叽喳喳，虞宁初边跑边欣赏花园清幽的秋景，心中很是恬静。直到前面又传来一阵脚步声，很快，一听就是男的。虞宁初忽然心慌起来，正好前面有片翠竹，便立即放轻脚步藏了过去。

脚步声越来越近，透过竹叶的空隙，虞宁初看到了沈阔，因为跑了太久，少年郎俊秀的脸泛起红晕，他一边跑着，一边看着路面与两侧的花草，显然是在为她找荷包。

虞宁初愧疚起来，她只是想躲开他罢了，沈阔竟然信以为真。她低下头，正犹豫着要不要出去澄清一下，忽见一条黑色的爬虫从翠竹根部的枯叶中爬了出来。虞宁初心中一紧，下一刻已经跑了出去。

“阿芜？”沈阔惊喜地看过来，“你去那边做什么？”

虞宁初心有余悸，口不择言道：“找、找荷包，怕被风吹到里面去了。”

沈阔皱眉道：“还没找到吗？咱们加起来都找了一圈了，难道被哪个清扫花园的下人捡走了？”

虞宁初忙道：“没见有下人，多半是被风吹远了，算了，也不是什么要紧东西，回头再让丫鬟缝一个就是。时候不早了，咱们回去吧！”

沈阔虽然很想跟她多待一会儿，可是表妹跑到那种隐蔽的地方去找荷包，足以证明这只荷包对表妹的重要性，便撒谎道：“你先回吧，我再多跑两圈，这点步数可达不到武师傅的要求。”

虞宁初信了，与他道别。

回到碧梧堂，虞宁初便将此事抛到了脑后。

早上她与沈明岚旁观三夫人处理俗务时，宋池去了侯府花园。

秋光绚烂，花园里有好几处适合作画的地点。今日宋池选的是假山，假山山顶也建了凉亭，宋池拾级而上，进了凉亭，选好一处适合入画的视野，正要动笔，忽听下方有脚步声。宋池低头，看到表弟沈阔满头大汗地走在假山间狭窄的小路上，好像在找什么东西。

宋池咳了咳。

沈阔仰起头，见是他，呼了口气，随即问道："表哥何时过来的，路上可有见到遗失的荷包？"

宋池居高临下道："不曾见，你荷包丢了？"

沈阔失望道："不是我，是阿芜表妹，早上她与阿湘在这边晨跑，不小心掉了荷包。"

"她丢了荷包，你如何知道？"

沈阔摸摸头，因为是一起长大的表哥，就说了实话。

宋池听后，目光微凉，虞宁初说她掉了荷包，分明是找借口避开表弟，只是表弟太傻，看不出来罢了。

"你寻了多久？"宋池冷声问，"从清晨一直找到现在？"

沈阔默认。

宋池斥道："回去用饭，兴许还赶得上早课。"

作为表哥，宋池平时表现都很温和，此时一严厉起来，不怒自威，沈阔不敢不听，只是离开时，眼睛还在四处瞟。

宋池负手站在亭中，看着表弟这副痴态，脸色愈冷。

墨香堂。

宋湘在碧梧堂玩到快晌午才回来，今天姑娘们凑局打牌，时间过得特别快。

"哥哥，我今天手气不错，四个人就我一个赢了。"进了厅堂，宋湘将腰间的荷包取下来，里面多了半袋银瓜子。

宋池笑了笑，看着妹妹道："天天都往外跑，以后咱们搬出去，你可受得了？"

宋湘惊道："哥哥在外面买宅子了？"

"嗯。"

宋湘心情复杂，既想有一个属于他们兄妹的家，又舍不得侯府里的姐妹，耷拉着嘴角问："哥哥打算何时搬？"

宋池道:“明年吧，我会向皇上求个差事，有事做了，姑母便不好继续留咱们了。”

其实他早就想搬出去了，提了一次后，姑母竟然落泪，宋池便搁置了此事。

宋湘趴在桌子上，手里捏着荷包，心不在焉。

宋池安慰妹妹:“便是咱们不搬出去，这两年明漪、明岚她们也会相继出嫁，不可能一直陪你。”

宋湘嘟嘴道:“还有阿芜呢，她与我一般大。”

“她明年也到年纪了，或许会定亲。”

宋湘突然冒出一个念头，如果虞宁初能够嫁给沈阔，便不用离开侯府了。可惜啊，虞宁初对嫁给任何一个表哥都没有兴趣。

“早上我在花园遇见你四表哥，说是在帮阿芜表妹找荷包，这是怎么回事？”宋池主动问道。

宋湘便解释了一遍当时的情况。

“那她到底有没有丢荷包？”

“没有，晨跑又用不上荷包，阿芜根本没有带。”

“所以她便放任你四表哥白白替她寻找？”

“我们又不知道四表哥会一直找，阿芜与四表哥分开时，四表哥也没说要继续找荷包啊，不然阿芜能不劝他？”

宋池抿唇，妹妹与表弟都是傻的，虞宁初想什么，他们哪里知道。

“都怪四表哥，我们姑娘家晨跑，他去凑什么热闹？这下好了，阿芜说她以后都不去花园晨跑了，就在碧梧堂、清辉堂外面跑圈。”提到晨跑，宋湘突然抱怨道。

宋池毫不意外虞宁初的这个决定，她对表弟无意，又足够谨慎，岂会继续给表弟单独接近她的机会，徒惹闲话?

“她不去花园，你怎么办？”

“还能怎么办？就在咱们这边练吧，那套基本功阿芜已经记牢了，不需要我在旁边盯着。”

九月初十，吃过早饭，沈明岚叫上虞宁初，随沈逸一同前往侯府的练武场。

平西侯很重视家中子侄的武艺，定期会亲自检阅孩子们的本领，今日他休沐，特意安排了金秋的试练。

“哥哥，这次是你们兄弟几个比试，还是要与大伯父过招？”沈明岚幸灾乐祸地问。

沈逸苦笑道：“不知道，等会儿看大伯父如何安排。”

见虞宁初一直在旁边安静地听着，沈逸先给自己找台阶：“阿芜，表哥虽然更喜欢习武，但天分有限，目前也只有信心赢四弟，若我被二哥、池表哥甚至大伯父教训得太惨，你可千万别笑我。”

虞宁初笑道：“二表哥、池表哥都比表哥年长，略胜一筹也是自然，表哥全力以赴就是，自家兄弟切磋，输赢不重要的。”

听着她清泉般动听的声音，沈逸很是慰藉，夸道：“还是阿芜会说话，不像明岚，只会看热闹。”

沈明岚刚要反驳，就见宋池兄妹、沈牧兄弟从前面的路口转过来，大家互相见礼。

察觉到沈阔朝自己看来，虞宁初不着痕迹地走到了沈逸的背后。

宋湘跑过来找她，三个姑娘便自发走在后面。

到了比武场，就见平西侯、沈琢都在，且穿的都是劲装，沈明漪盛装站在一旁。

沈牧道：“不会吧，大哥也要上场？”

宋池温和，不会让他们输得太难看，可沈琢不一样，下手毫不留情，沈牧、沈逸与沈阔的表情登时都变得不对劲了。

第四章　宋池扬名，册封郡王

平西侯今年四十岁，正值壮年，作为本朝最负盛名的武将，他身材健硕魁梧，沈琢乃是几个堂兄弟中最为高大的，然而站到平西侯身边，仍然显得稚嫩，犹如崖顶苍松下的一棵新生青松，尚未经历多少风霜。

"大伯父好英武。"比武场北侧有个小观武台，四个姑娘看戏似的坐在这里，沈明岚看着平西侯的方向，充满仰慕地说道。

虞宁初、宋湘都点了点头。

沈明漪与有荣焉，不过从挑选未来夫婿的角度看，她觉得父亲这样的体形过于壮硕，她还是喜欢清瘦一些的，像大哥，像宋池。

明亮温和的晨光照遍整个练武场，宋池一身白色练武服站在沈家兄弟一侧，无论是容貌之俊逸还是气度之雍容，都胜过沈家兄弟一筹。

沈明漪目不转睛地看着，怎么也看不够似的。

宋池目不斜视，神色从容地看着正逐个儿打量他们的平西侯。

平西侯从左边的沈琢一直看到右边的宋池，一边活动手腕一边道："有一阵子没检查你们的功课了，先绕着比武场跑五圈，跑完挨个儿跟我过招。”

沈牧道：“伯父，您看您好不容易休息一天，不如让我们两两切磋吧，您就别动手了。”

平西侯道：“我今天手痒，就想动手。”

沈逸道：“那不如让大哥和子渊陪您练？我们仨学艺不精，三两招败下来，都不够让您尽兴的。”

平西侯道：“无碍，我会让你们尽兴。”说完，他看向最小的侄子沈阔，仿佛示意他有什么油嘴滑舌的话也赶快说。

沈阔眼睛一转，高兴道：“太好了，我一直盼着伯父亲自指点我呢，伯父是咱们大周朝的第一武将，多少习武之人做梦都想得到伯父的指点，我能生在沈家，从小被伯父教导，简直是三生修来的福气。”

这么明显的马屁，沈牧、沈逸投来鄙夷的眼神。

平西侯笑了，走过来拍了拍沈阔的肩膀：“很好，等会儿伯父会特意多关照你的。”

沈阔肩膀坚硬，紧张地咽了咽口水。特意关照，是他理解的那种关照吗？

“开始吧。”平西侯退后几步，看向沈琢，沈琢就带着四个兄弟朝前跑去。

练武场很大，跑五圈估计要用一刻钟，平西侯便朝观武台走来。

姑娘们立即都站了起来。

平西侯每日早出晚归，教导子侄武艺都要特意抽出时间，更没有闲暇与几个小姑娘亲近。沈明漪是他的女儿，用饭时还能在他面前撒撒娇，至于宋湘、沈明岚，十天里能见到两面都算多的，更别提才来没多久的虞宁初了。

“阿芜在家里住得还习惯吗？”平西侯笑着问她，收敛了教训子侄时的威严，显得平易近人。

虞宁初笑道：“习惯的，舅母们都很照顾我，表姐们也常陪我玩，您看我都胖了一圈。”

柔和的阳光下，小姑娘眼眸似水，面颊娇嫩，不说胖不胖的，气色倒是真的很好。

过于相似的面容，忽然让平西侯的记忆回到了很多年前，他与那人在练武场切磋，二妹也似侄女们这般站在这边，俏皮地给他打气，希望他赢了那人。

平西侯不知道二妹是真的希望他赢还是故意刺激那人，因为二妹越是向着他，那人就打得越勇。

“爹爹，今日你怎么打算试练哥哥们？”

沈明漪的提问让平西侯从回忆中走了出来，他若无其事道：“我先挨个儿与他们切磋，再让他们互相切磋。”

沈明漪：“那爹爹觉得谁能在你手下坚持最久？”

平西侯扫一眼跑了半圈的年轻人，道：“不是你们大哥就是子渊。”

宋湘惊讶道：“我哥哥还能跟大表哥比？”

不是她扫自家哥哥的威风，哥哥虽然个头跟大表哥差不多，可看起来并没有大表哥健硕。

平西侯笑道：“那要看子渊是否肯出全力了。”

这些孩子都是他看着长大的，宋池入京后一直住在侯府，也跟着他学习沈家枪法，可宋池过于懂事，每次他安排孩子们互相切磋，宋池总是点到为止，会赢其他三人，却从不在沈琢面前全力以赴。

他比自己儿子小，输了仿佛也合情合理，但只有平西侯看得出来，宋池仍有余力。

“对了，我听说阿芜也在学武？”平西侯又看向外甥女。

虞宁初羞道：“谈不上学武，我身子弱，为了强身健体就跟湘表姐学了一套基本功。”

平西侯：“什么基本功？练给舅舅瞧瞧。”

练武可没有那么简单，他怕外甥女动作不对，伤了身体。

当着这么多人的面练，虞宁初有点放不开，宋湘主动道：“咱们一起。”

有人做伴，虞宁初就自在多了，与宋湘并肩走到观武台下。

两个姑娘年龄相当，身高也相似，一个穿红裙，一个穿白裙，在宋湘轻声的口令下，两人动作一致，压腿、抬腿，舒缓而放松，站立时如枝头梅花迎风而动，突然一个横叉贴于地面，又似两朵滟滟出水的芙蓉。

天蓝如洗，虞宁初听着宋湘的口令，专注于每个动作是否精准，直到宋湘说“下腰”，她整个人朝后倒去，纤腰如弓，面朝练武场，才突然发现跑步的五位兄长不知何时停了下来，正注视着这边。

虞宁初忙收了动作，幸好后面的动作幅度都没那么大。一套练完，虞宁初微微喘息，面如蜜桃。

平西侯赞许地点点头：“不错，你们倒都是练武的好苗子，等明年春暖花开，你们的基础应该也打扎实了，到时候我教你们一套简单的枪法。”

虞宁初和宋湘对视一眼，欢喜道谢。

沈明漪有点吃味：“爹爹怎么不教我？”

平西侯道：“你若也会阿芜她们的功夫，我就教你，包括明岚。”

沈明岚才不想辛苦，表妹的一整套动作做下来的确好看，然而好看的背后是一日一日坚持不断地苦练，她可见过表妹瘫在床上捏哪儿哪儿酸的可怜样子。

沈明漪却另有想法：“爹爹，我不想学功夫，你让我娘请个舞艺师父教我跳舞吧。”

跳舞也能强身健体，且比练武的动作更好看。

平西侯脸色一沉：“好好的姑娘家，学什么跳舞？”

歌舞，那是乐坊歌姬学来伺候主子的，正经人家谁会安排姑娘学舞？除非一早就准备送女儿入宫或是给权贵人家做妾。教训完女儿，平西侯去盯着侄子们跑步了。

沈明漪气鼓鼓地绷着脸，沈明岚、宋湘、虞宁初先回椅子上坐着，大家都知道沈明漪脾气不好，劝了反而要挨冷眼。沈明漪自己站了一会儿也回来了，此时宋池跑得近了，看着这么一张俊脸，沈明漪的心情又好起来了，提议道：“咱们赌个彩头吧，就赌我大哥与池表哥谁能在我爹手下坚持得更久。”

宋湘：“那有什么意思，肯定是大表哥更厉害。”

沈明岚连连点头。

沈明漪见虞宁初没有表态，挑衅道：“阿芜押谁？”

一个沈琢，一个宋池，虞宁初哪个都不押："我没见过大表哥与池表哥的身手，不想贸然下注。"

沈明漪顺势道："那好，阿湘、明岚押大哥，我就押池表哥吧，彩头……"

宋湘笑道："我们赢了，那就让哥哥分别给我们作画一幅。若你赢了，就让大表哥送你一样想要的礼物，如何？"

沈明漪才不想要亲哥哥的礼物，她也想要宋池为她作画，只是她押了宋池赢，就与宋池站在了一边，怎么都轮不到宋池送她彩头。

没等她反对，沈明岚笑道："就这么定了！"

沈明漪气得暗暗跺脚。

比武场上，五人跑完步，按照长幼顺序接下来分别与平西侯切磋。

平西侯手持先帝御赐的龙头枪，笑着看向沈琢。沈琢同样用枪，且尽得父亲真传，父子之间的区别，便在于力量与对敌经验。

沈琢有实力，平西侯与儿子过招亦不会轻敌，父子俩你来我往，一直打了五十回合。忽然，平西侯在与沈琢擦肩而过时反手将枪身往后一刺，换枪尾为枪头，准确地打在沈琢的手腕上，沈琢手腕一麻，武器脱手，败。

"伯父威武！"沈明岚激动地拍手。

宋湘想到了自己的亲姑父沈二爷，明明与平西侯是亲兄弟，年轻时也要得一手好枪，却因为这几年疏于练武，越来越胖。有平西侯珠玉在侧，难怪姑母总是嫌弃姑父，所以说，男人保持仪容同样重要。像平西侯都四十岁了，风采依然不输年轻人，令无数妙龄少女倾心。还有沈三爷，更是俊雅到极点，与平西侯并称侯府文武双星，根本没有姑父什么事。

沈琢退下后，轮到宋池，他与沈牧同岁，生辰稍早一些。

宋池走向武器架，平西侯见他要挑枪，笑道："你的枪法我见多了，这次用剑试试。"

沈家枪法一流，晋王剑法称绝，宋池入京之前一直跟着晋王学剑，这些年也没有放下。

说着，平西侯也去换了剑。宋池便改拿了一把剑。

古人道，枪是百兵之王，剑是百兵之君。威武霸气如平西侯，换上长剑后通身也多了一丝文雅的气度。而宋池本就是谪仙容貌，一剑在手，泠泠如幽谷青竹，静观风来云往。

沈明漪双手握在胸前，都快看痴了。虞宁初也暂且忘了那些顾虑，只想好好看一场高手对决。

平西侯先动了，同样的长剑在他手里仿佛变得更重，每一招都裹挟着千钧之力。面对这样的攻势，宋池选择以防守为主，身姿敏捷地在平西侯周围闪躲，避而不战，时而反攻，竟有两次让平西侯临时变招放手，险险避过了危机。

宋湘低声计数，沈琢坚持了五十回合，如果宋池能超过五十，便胜了。

然而就在她数到四十五时，宋池突然被平西侯斜刺出来的剑拦在脖颈前。

宋池苦笑："侯爷好剑法。"

平西侯叹道："你这孩子。"

多的倒也没说。

宋池放好剑，走到沈琢身边。接下来就是沈牧、沈逸、沈阔，前面两场的比试看得虞宁初等人心弦紧绷，唯恐有人受伤，轮到这三人，却变成了平西侯对他们的无情碾压与调教，三人想故意认输都不行，被平西侯一杆长枪灵活地敲打了一遍，肩膀、小腿都没放过，看得姑娘们忍俊不禁。

"伯父你偏心，你怎么不打大哥、子渊？"终于结束，沈牧揉着酸痛的肩膀道。

平西侯没理会他的油腔滑调，继续安排道："老二，你跟你大哥打，能坚持到十个回合便算你赢，输的人绕着练武场跑二十圈。老三跟子渊打，还是十个回合定胜负。老四跟我打，五个回合定胜负。"

刚说完，沈阔就惨叫一声，认栽道："我可以直接去跑二十圈吗？"

平西侯："不可以。"

沈阔悲愤欲绝，却不得不硬着头皮去跟平西侯过招，结果才三招就被平西侯挑飞了枪。

平西侯指点完沈阔，就去看沈琢与宋池。

沈琢继承了平西侯的威严，在第五招打败了沈牧。宋池就温柔多了，一直陪沈逸练了九招，在沈逸燃起希望拼命想把跑圈的机会留给表哥时，一枪点中他的肩膀。

沈阔哈哈大笑："你还真以为自己能赢啊？"

沈逸敲了他一个爆栗，乖乖去跑圈了。

沈阔马上笑不出来了，同沈牧一起跟了上去。

平西侯分别嘱咐了沈琢、宋池几句，便离开了练武场。

沈琢要监督弟弟们跑圈，宋池正要离开，见妹妹朝他招手，就走了过去。

宋湘嬉笑道："哥哥，我们刚刚打赌……如今明漪表姐输了，你得替她送我们彩头。"

宋池显出很好说话的样子："愿赌服输，你们要什么彩头？"

宋湘道："给我跟明岚表姐分别画一幅画。"

宋池意外地看向虞宁初，难道她也押自己赢？

沈明漪误会了，解释道："阿芜谁也没押，池表哥只帮阿湘、明岚画就好。"

宋池微笑道："都是姐妹，怎能厚此薄彼，承蒙你们看得起，我便帮你们都画一幅好了。"

沈明漪大喜："真的吗？谢谢池表哥！"

虞宁初谢绝道："我就不用了……"

"阿芜是怕我画得不好吗？"宋池温和地看过来。

虞宁初："不是……"

宋池便道："那就不要客气了，我回房更衣，你们先去花园挑选地点吧。"

宋池走了，姑娘们雀跃地前往花园物色地点。虞宁初见大家这么期待，自己推三阻四反倒显得心虚，只能同行。

路上沈明岚给虞宁初解释道："池表哥才华横溢，凡是他想学的，几乎无所不精，骑马射箭枪法剑术如此，吟诗作画亦如此。举例来说，同一篇文章，咱们可能要背两三天才能记熟，池表哥看两遍就会了，堪称过目不忘。他十二岁那年，皇上亲口赞他'龙章凤姿，乃同辈楷模'。"

虞宁初见过宋池作画，只是没看仔细，无法品评他的画技。然而中秋之夜，宋池为她号脉对症下药，可见他医术不俗，表姐也所言非虚。

“这样的人物，也不知道谁能嫁给他。”沈明岚故意瞅着沈明漪道。

沈明漪反击道：“你将池表哥夸得这么厉害，莫非是已经对池表哥动了心？”

沈明岚大大方方道：“池表哥若是向我提亲，我自然答应，不过我有自知之明，知道池表哥只把我当表妹，因此不曾痴心妄想。”

眼看两个表姐要为哥哥起争执，宋湘打圆场道：“其实你们都把我哥哥想得太好了，他那个人，的确有很多值得夸赞的地方，可他丝毫不懂得怜香惜玉，再美的姑娘站在他面前都不会多看一眼，大概学了我爹，一心向佛吧。”

母亲去世、父亲出家时，宋湘还是个四五岁的小姑娘，当时哭了一阵，后来也就忘了那些悲伤。跟着哥哥搬到平西侯府之后，大家都小心翼翼地避免谈到晋王府的事，但宋湘并不很在意，这不，她自己都拿父亲打趣亲哥了。

沈明漪心中一突，想起来每逢佳节，哥哥们都会浅饮几杯，唯独宋池，滴酒不沾，难不成宋二爷的向佛之心真的影响了宋池？等等，宋池吃荤……

沈明漪又松了口气。

虞宁初垂着眼，想的是前几日捉迷藏时宋池的几番搭讪，便觉得宋池离佛还远得很。

平西侯府的花园很大，沈明漪相中了莲花池畔的凉亭，要以此为景。宋湘无所谓在哪里，沈明岚也不想再换地方折腾宋池，便商量好大家都在莲花池这边。沈明漪嘟了嘟嘴，如此，她的画便显不出特殊了。

“那你们在这边，我去桥上。”沈明漪挑剔道。

沈明岚：“去吧去吧，要不要再让丫鬟给你拿把伞？”

这番打趣，又招来沈明漪一瞪。

等了两刻钟左右，宋池来了，着一袭浅青色绣兰叶纹锦袍，翩然出尘，长随阿默抱着画架等物跟在后面。

虞宁初刚要从长椅上站起来，余光瞥见沈明岚、宋湘都没动，顿了顿，也没起来。换成沈家哪个表哥，虞宁初都要见礼，宋池不太守礼，她又何必对他客气。

“你们哪个先来？”宋池走进凉亭，笑得如春风般和煦。

沈明岚和宋湘不约而同地看向面带羞赧的沈明漪。

宋池见了，做主道：“那就按照长幼顺序吧。”

沈明漪柔声道：“多谢表哥，我去桥上站着，表哥觉得如何？”

宋池看一眼桥面，指着拱桥桥心道：“就站在那里吧，姿态随你定。”

说完，开始固定画架，做画前准备，心无旁骛。

沈明漪走出凉亭，很快就出现在拱桥上，她已经想好了姿势，人看着仿佛要往前走，却听见亭中有人唤她，于是回眸看来，巧笑嫣然。

沈明岚递给虞宁初一个看戏的眼神，虞宁初抿唇一笑。

宋池似乎并不知道女孩子间的明潮暗涌，坐在石凳上，对着沈明漪专心画了起来。

虞宁初跟着沈明岚、宋湘绕到他身后，看着他作画。宋池画得很从容，笔如游龙，很快就勾勒出美人立于拱桥的画面，画好了人，再着手远近景致。

虞宁初看看桥上的沈明漪，再看看画中的女子，容貌自然难画出十分相似，却很好地刻画出了沈明漪一颦一笑，衬着周围清丽的景色，显得比真人更有灵韵。

画好了，宋池开始题字，注明他因某年某月某日比武输给了沈琢，特赠四位妹妹一人一幅画，作为彩头。如此，即便四个姑娘珍藏了此画，他日被别人看见，也能解释得清清楚楚，不会传出什么闲言碎语、儿女私情来。

虞宁初看着宋池飘逸的题字，心想这人还挺懂得如何避嫌。

沈明漪充满期待地回到亭子，看到画中的自己，喜笑颜开，待看清楚旁边的题字，她的笑容就僵硬了几分，暗恼宋池将关系撇得太分明。

接下来该沈明岚了，沈明岚没跑那么远，姿态随意地坐在宋池对面的美人靠上。

宋池对着她看了一会儿，示意沈明岚装作低头看鱼的样子，他来画侧影。

因为是近景，沈明岚的这幅比沈明漪那幅清楚多了，宋池甚至将她的每一样头饰都画得清清楚楚。

“谢谢池表哥，我很喜欢。”沈明岚爱不释手地捧着自己的画，坐到一旁认真欣赏起来。

轮到宋湘，她竟然翻出凉亭，躲在亭柱后，俏皮地探出头来。

宋池的眼中多了笑意，因为少了很多服饰描绘，这张他画得更快。

“怎么把我的眼睛画得这么小？”作为亲妹妹，宋湘毫不客气地挑剔道。

宋池：“是你笑得太开心。”

宋湘哼了哼。

沈明岚扭头对虞宁初说：“阿芜，你选个地方吧。”

虞宁初很喜欢表姐的那个姿势，避免了与宋池面对面，可如果模仿表姐，会让表姐的画少了那份特别。

“阿芜，你去那棵木芙蓉下站着，假装在赏花。”宋湘替她出主意道。

通往凉亭的青石路，路口两侧分别种着一棵木芙蓉，粉色的重瓣芙蓉花在暖阳下争相斗艳。

“嗯，这位置不错，不远不近刚刚好。”沈明岚也赞成，知道表妹害羞，便与宋湘一起将虞宁初拉了过去，还帮忙摆姿势。

等她们走开，出现在宋池视野中的虞宁初，羞红的脸竟比那木芙蓉还要明艳。她面朝凉亭，但半个身子隐在花树后，露出一抹莲红色的褙子与雪白的裙摆，乌黑的发间被姐姐们插了一朵芙蓉花，平添几分娇羞。

因为要作赏花状，她一手捏着花枝靠近鼻端，长睫低垂。宋池想，就算让她看着自己，她大概也不敢，或是不愿。

确定了构景，宋池开始作画。

沈明漪难掩忌妒地看着花下的虞宁初，她再鄙夷虞宁初的父亲出身低微、生母不知检点，都无法在虞宁初的容貌上挑出半分错。她承认虞宁初的美，越承认越担心宋池会被虞宁初诱惑。

她想在宋池的画上找出端倪，如果宋池喜欢虞宁初，肯定会将虞宁初画得更用心。

宋池开始细画虞宁初人比花娇的脸。突然，他微微低头，小心地打了一个喷嚏，结果带动笔尖一歪，宋池皱眉，手都伸出去了，仿佛要撤掉这张画纸重新来，又看了看空中，怕是觉得会耽误太久，于是放弃重画，身体前倾，小心翼翼地在败笔之处尽量弥补。

沈明漪看在眼里，嘴角翘了起来。

宋湘不太高兴，希望哥哥重新给虞宁初画一张。宋池一边动笔勾勒，一边低声道："让阿芜先看看，如果她不喜欢，我再重来。"

虞宁初听不到他们的交谈，只觉得已经过去了很久，捏着花枝的手都忍不住要抖了。

"好了。"终于，凉亭里响起宋池的声音。

虞宁初松了口气，第一次有人为她作画，难免抱了几分期待。她走进凉亭，在表姐欲言又止的目光下看向画纸，乍一看，花好人也好，可仔细一瞧，便发现宋池将她的眉画成了粗粗的两条，说不上太丑，但绝对不好看。本来她的脸就被花挡了一部分，眉毛一画粗，再美也看不出来了。

"画到眉时手抖了一下，略有瑕疵，阿芜若不喜欢，我重新替你画一幅。"宋池歉然道。

虞宁初笑着摇摇头，收起画道："挺好看的，我很喜欢，多谢池表哥。"

宋池静静地看着她。虞宁初垂下眼帘回避，努力维持并非真心的笑。她原本不是很在意这幅画，不画都没关系，但宋池将表姐们画得那么好看，偏把她画丑了，白白辛苦她站了那么久，虞宁初怎么可能毫无芥蒂？

"好啦，池表哥快回去歇会儿吧，我们先走了。"沈明漪对这个结果非常满意，笑盈盈道。

姑娘们携手走出凉亭。

人多的时候沈明岚一直忍着没说，等姐妹俩单独往西院走时，才解释道："阿芜你别误会，池表哥不是故意失手的，他画到你时，忍着打了个喷嚏，想来练武出了很多汗，又马上去沐浴，着凉了。"

虞宁初没在表姐面前装大方，看着手中的画卷，低声道："我没生池表哥的气，就是有点失望。"

其实也有点生气，可她又有什么资格埋怨一位皇族子弟？

“算了，咱们不求池表哥，下午让爹爹给咱们画，池表哥的画还是跟我爹学的呢。”沈明岚安慰妹妹。

虞宁初点点头。

今日沈三爷休沐，午饭时听说了此事，让女儿、外甥女把画拿过来给他看看。

他点评沈明岚的那幅：“嗯，子渊的画技又精湛了。”待打开虞宁初的这幅，沈三爷立即皱起眉头，“画成这样，子渊怎么好意思拿出来送人？”

说着，沈三爷便不客气地将画撕了。

三夫人瞪大了眼睛：“收起来就是，何必撕了？人家好歹是位皇亲。”

沈三爷道：“皇亲又如何？他跟我学的画，我身为师长，看不得学生拿出这种作品。”

反正画已经毁了，三夫人干脆不管了。

虞宁初面上乖巧，心中却莫名解气，要知道，她刚看清楚那幅画时就想撕了，碍着场面才忍着没有发作，现在好了，舅舅替她撕了，传出去也没什么。

吃过午饭，沈三爷在西院找到一处好风景，给女儿和外甥女分别画了一张，又画了一张姐妹双人像。

虞宁初总算拥有了一张自己的画像，喜欢得不得了，等三夫人请人装裱了，虞宁初便将这幅画挂在了碧梧堂的书房。

转眼到了九月二十，国舅府韩家要嫁长女，平西侯府都要过去吃席。

三夫人提前问过虞宁初想不想去。她的顾虑是，国舅府上下都眼高于顶，外甥女若去了，可能会被人排挤，倘若是家风和善之家，她就直接带外甥女出门走动了，也无须多问。

虞宁初悄悄对舅母道：“我们去香山时撞见过二殿下、韩公子，韩公子其人，感觉不太好相处。”

三夫人懂了，笑道：“那你就留在家里，太夫人她们若是问起，我就说你月事来了。”

吃过早饭没多久，侯府众人就出发了。

虞宁初习惯了每日要去花园走两圈，今日也不例外。她才坚持锻炼了一个月，身体便感觉轻松了很多，初到京城时，她走到太夫人的荣安堂都觉得累，如今沿着花园跑一圈，中途都不需要停歇。

整个花园，虞宁初最喜欢的是牡丹园的秋千架。扬州的虞家没有搭秋千，虞宁初到了京城才知道荡秋千有多舒服，可表姐与宋湘都玩够了，不爱来这边，今日就她自己，虞宁初总算可以做主，想荡多久就荡多久。

“你也荡吧。”虞宁初占了一个，示意微雨去玩另一个。

杏花不如微雨熟悉侯府的规矩，所以每次离开碧梧堂，虞宁初都会带微雨同行。

“姑娘玩，我在这边做针线。”微雨也是有备而来，拿着针线笸坐到树下去了。

秋光融融，吹过来的风更凉，昭示着寒冬即将来临。虞宁初闭着眼睛，难得什么都不用想，优哉游哉地晃着。

“哎，我少拿了一种线，姑娘先玩，我去去就回。”微雨要给主子缝帕子，绣样自然不能马虎。

虞宁初都快睡着了，含糊地应了一声，睫毛微抬，看着微雨快步离开。

不知过了多久，有脚步声靠近。虞宁初睁开眼睛，看到宋池已经走到对面，与她隔了十来步的距离。

睡意瞬间消散，虞宁初脚尖点地，停了秋千，蹙眉问道：“表哥没去国舅府吃席吗？”

宋池淡笑道：“我与韩家非亲非故，为何要去？”

虞宁初道：“湘表姐去了。”所以她才误以为今日在花园不可能撞见任何不想见的人。

宋池走到另一边的秋千架旁，伸手晃了晃绳索，狭长的凤眸始终看着虞宁初：“阿湘好热闹，让表妹见笑了。”

虞宁初抿唇故意问道：“表哥也来荡秋千？”

宋池笑道：“只是随便走走，见表妹在此，过来打声招呼。”

虞宁初并不认为两人是什么需要打招呼的交情，而需要避嫌才是。

这个宋池，送她们画都知道如何避嫌，为何此时就不知道了？仔细想来，宋池在沈明漪与表姐面前都很守礼，唯独对她，总有些轻佻。

见色起意，还是看不起自己的身份？哪个猜测都让虞宁初心头发堵。

“表哥继续逛吧，我玩够了，先回去了。”虞宁初下了秋千，走到树下收拾微雨放在这边的针线筐。

宋池的声音从斜后方传来：“听说表妹撕了我送你的画？”

虞宁初低着头道：“不是我撕的，舅舅看了，认为那幅画有失表哥的水平，不宜留着，所以撕了。”

宋池：“说来说去，都是我那日失手，没能画出表妹的花容月貌。”

虞宁初眉头紧锁，“花容月貌”四个字从宋池口中说出来，已经是明显的戏弄了。她不想再理他，抱着针线筐就要离开。

“对了，表妹遗失在花园里的荷包，可曾找到？”

虞宁初停下脚步，背对着他问：“什么荷包？”

宋池：“有一日四表弟陪你们晨跑，你遗失的那个，后来四表弟找了很久，连早饭都没吃，可惜无迹可寻。”

虞宁初早已忘了此事，那日沈阔竟然找了很久吗？

“我常来花园作画，偶然间拾到一个，表妹看看，可是你的？”

闻言，虞宁初微微偏头，见宋池从袖袋里取出一个浅碧色绣白莲的荷包，马上否认道：“没见过，应该是别人的。”

“可里面有表妹的东西。”

虞宁初疑惑地看向他，宋池便将荷包抛了过来。

他扔得很准，荷包轻轻落到虞宁初抱着的针线筐中。

出于强烈的困惑，虞宁初放下针线筐，打开荷包，里面竟然有一张小小的画轴。虞宁初隐约猜到什么，又不敢相信。她打开画轴，画纸只有手掌大小，上面赫然是一张美人赏花图，而那美人，衣着首饰与她那日的一模一样，眉眼……

虞宁初涨红了脸，恼怒地瞪向宋池。宋池却收敛了之前的轻佻笑意，正色道：“那幅画折辱了表妹，我特意重画一幅，算作赔礼。”

虞宁初若是收了这样的礼，一旦传出什么闲话，她跳进黄河也洗不清了！

“不需要，还望池公子自重。”

什么神仙公子，什么有心向佛，什么同辈楷模，都是假的，宋池此人，就是个道貌岸然的登徒子，从沈明漪到表姐乃至他的亲妹妹，都被他的好皮囊骗了！

当着宋池的面，虞宁初将那幅小画撕了个稀巴烂，将碎纸装进自己的荷包，再将宋池的那个荷包丢回他脚边，怒容满面地离去。

秋千架旁，宋池捡起地上的荷包，看着负气离去的小表妹，眼中满是笑意。

宋池言语调戏她的事，虞宁初没有告诉任何人，包括最亲近的表姐与舅舅、舅母，她怕自己说了，舅舅怀疑是她先做了什么撩拨宋池。说到底，宋池是沈明漪心心念念却求而不得的人物，为何放着一个侯府嫡女不要，来主动接近她？

夜深人静，虞宁初重新审视了一遍进京后自己的言行举止，思来想去，一切都是从中秋夜的那包药开始的，当时烧得头昏脑涨，只觉得自己欠了宋池一次恩情，如今细想，那包药也算是她与宋池私相授受，难道就因为这个，宋池误会她是那种可以随意轻薄的人？

心里厌恶，做梦竟也梦到了他，所言所行比白日越发变本加厉，虞宁初不知道该如何了断与宋池的牵扯，唯一的办法，就是不再给宋池单独接近自己的机会，时间长了，宋池可能也就失去了对她的兴趣。

进入十月，京城突然变冷了很多，明媚温暖的阳光变得惨淡起来，寒风呼啸着吹落枝头的黄叶。碧梧堂的西侧种了一片梧桐树，寒风一吹，常有宽大的梧桐叶离开枝头，飞过墙头落到院子中，叶子稍多，两个小丫鬟就抱着扫帚跑过去清理，很是勤快。

初五这日，宋湘拉着沈明漪过来，四个表姐妹坐在清辉堂的暖阁里打牌。虞宁初是初学者，玩了一个多月总算记住了所有和牌的规则，赢的次数也渐渐多起来。当然，姑娘们玩这个主要是为了打发时间，输赢并不是很重要。

宋湘：“你们知道吧，再有几日就是皇上的六十岁寿辰了。”

沈明岚和沈明漪都点点头，皇上过六十整寿，大臣们都要准备礼物，长辈们偶尔议论此事，她们便也知道了。

毕竟虞宁初在舅舅、舅母身边的时间没有表姐多，今日倒是头一次听说，不过她更在意的是二皇子那么年轻，当今圣上竟然已经六十高龄了？

看出她的困惑，宋湘解释道："先帝高寿，当今圣上与我祖父都是先帝之子，我要叫皇上伯祖父的，还有太子、二皇子，别看他们与我们兄妹年龄相当，却是我们的叔辈。"

虞宁初懂了，同龄人差了辈分，原因在于皇上子嗣单薄，老年才得子，老晋王年纪轻轻就得了三个孩子。

宋湘继续道："咱们大周朝国运昌盛，皇上过寿，周围几国也都派了使臣来京拜贺，如今各国使臣都已抵达京城。那几个小国的使臣都还好，匈奴的使臣却非常嚣张，竟然在街头搭了比武擂台，说什么仰慕咱们中原功夫，想要以武会友。"

沈明岚第一次听说此事，追问道："有人上去与他比吗？"

宋湘脸色很差："听四表哥说，匈奴使臣已经摆了三日擂台，一共有两个匈奴侍卫、一个匈奴王子，这种场面，本朝将军不屑登场，只有一些练家子与将族子弟登台。那两个匈奴侍卫都有败绩，那位匈奴王子却天生神力，至今未曾一败。"

沈明漪恨声道："什么匈奴王子，要不是哥哥离京，第一天就打得他们自拆擂台。"

上个月月底登州官员有奏折，称在山林中发现一只瑞兽，可惜遍寻不得，皇上神往瑞兽，派沈琢带人前去捉拿，只算往返路程，最快也要腊月才能回来。

沈琢不行，还有宋池啊。沈明岚将虞宁初心里的疑惑问了出来。

宋湘道："我去问哥哥了，哥哥却回答什么习武是为了强身健体，无意与人争锋。"

虞宁初心想，宋池大概是怕了那位匈奴王子，所以找借口推托。

沈明漪则替宋池找了一个理由："池表哥修身养性，淡泊名利，哪像那些匈奴蛮人，会点功夫恨不得让全天下都知道。"

宋湘心情复杂，她既希望哥哥出手赢了那匈奴王子，扬大周威风，又担心哥哥不敌匈奴王子，当众落败被人耻笑。

沈明岚忽然道:“走，咱们先去看看那位匈奴王子到底有什么本事。”

早知道有比武擂台，她肯定早就去了，都怪自家哥哥沈逸嘴严，没对她说这些。宋湘、沈明漪都有此意，虞宁初便也随了大流。

比武台前鱼龙混杂，大家商量好都穿男装。

今日沈逸、沈牧、沈阔在学堂读书，宋池身份不同，待遇也不同，府里的文武先生对他都极为宽容，宋池来听课，他们尽心教导，宋池不来，他们也不会去管教约束。

天气寒冷，墨香堂院子里的枫叶已经红透。宋湘走进院子，就见哥哥姿态悠闲地坐在枫树下，静止如画。宋湘没理会快要成佛的哥哥，直接去了后院。宋池看了妹妹一眼，继续赏枫。

过了一会儿，走廊那边又传来脚步声，宋池偏头，发现妹妹换了一身男装，长发高束，露出一张白皙娇艳的脸，那模样一看就是女子，只能糊弄一些过于单纯的老实人罢了。

“穿成这样，要去哪里？”宋池坐正了问。

宋湘道:“匈奴人搭了比武擂台，我们去看看热闹。”

宋池:“擂台比赛，武器甚至武者都有可能跌落下来，你们注意距离。”

宋湘心不在焉地“哦”了一声，脚步轻快地走了。

“公子，您不跟着去看看？”小厮阿谨凑过来问。

宋池瞥他一眼，这才吩咐阿默备马。

侯府门口，虞宁初、沈明岚换好男装就过来了。

虞宁初的男装是跟沈明岚借的，本来略显宽大，不过她怕冷，里面穿得多，如此就变得合身起来，也掩饰了少女窈窕的体形。从后面看，她的身形与同龄的单薄少年相仿，就算绕到正面，虞宁初戴了一顶狐毛镶边的皮帽，挡住了秀气的额头，精致的五官竟亦男亦女，说她是个俊秀的公子哥儿，也能令人信服。

沈明岚淘气一点，在唇边粘了两撇假胡须，右眼下面还粘了一颗黑痣。

沈明漪过来时，看到沈明岚的打扮，佯装佩服道："妹妹真是冰雪聪明，我差点都认不出你了。"

沈明岚立即从荷包里捏出一个备用的假黑痣："姐姐要吗？我给你也准备了一个。"

沈明漪嫌弃地先上了马车。沈明岚嘿嘿一笑，十分珍爱地收起了她的假黑痣。

又等了一会儿，内院出现了宋湘、宋池兄妹的身影。虞宁初下意识地蹙起眉。

沈明岚很高兴，迎上去道："池表哥也要登台比武吗？"因为没见过匈奴王子的厉害，她还是相信只要宋池出手，就一定能赢。

宋池微笑道："我是怕你们闯祸。"

沈明岚难掩失望。

宋池看向虞宁初，虞宁初转身就去登车了。宋池笑着移开视线。

马车出发，宋池骑马跟在一旁，沈明岚挑开帘子与他说话："池表哥看过匈奴人的擂台吗？"

宋池："不曾，近日天寒，一直在府里修身养性。"

宋湘凑到虞宁初耳边嘀咕道："我就说吧，给我哥哥几本佛经，他就能立地成佛。"

虞宁初笑了笑，忍着没告诉宋湘，宋池那样子都是装出来的。

马车拐了几个弯，来到大街上。

人多，车不好走，四个姑娘下了车，远远地便看到前面的一处空地上搭了一个高高的擂台，几个身穿匈奴服饰的壮汉坐北朝南，擂台中央，一个匈奴壮汉与一个中原汉子正在切磋，下面时不时爆发出一阵喝彩声。

沈明岚牵着虞宁初的手快步朝擂台走去。宋池与阿默不紧不慢地跟着。跟随的沈府家丁则保持一定距离守护左右。

擂台前人山人海，沈明岚仗着体形娇小，硬是拉着虞宁初挤到了前面，虞宁初的帽子都被挤歪了好几次，有她们开路，沈明漪和宋湘，包括宋池、阿默也算顺利进去了。几人刚站好，擂台上的匈奴大汉突然发出一声吼叫，虞宁初抬头，惊见那匈奴人竟然将对面的中原汉子高高举起来，一边吼一边原地转了一圈，在看客们遗憾、痛惜、愤怒、担忧的目光中，狠狠地将中原汉子丢到擂台上。

那中原汉子艰难地撑起胳膊，突然口吐鲜血，未能起来。

虞宁初不禁偏头，不忍再看。

沈明岚怒道："赢就赢了，作何还要摔他？简直欺人太甚。"

怒骂的人多了，她的声音瞬间被老少爷们的声音淹没，台上的匈奴汉子更是听不见，或许也根本听不懂，只朝人群拍拍健硕的胸膛，用蹩脚的中原话道："他不行，还有谁来？"

虞宁初与其他人一样，看向左右，目光无意间撞上宋池，马上移开。

后面突然传来一阵议论，人群自发地分开，虞宁初回头，看到一个双十年华的锦袍男子。她不认得，周围好像也无人认得，纷纷猜测来人是谁。

沈明岚向沈明漪打听起来："你认得吗？"

沈明漪摇头，京城中门第高的大家闺秀她几乎都能叫上名字，公子见过的却不多。

这时，阿默开口给四位姑娘解释道："这是宁国公府的二公子曹坚，听闻曹二公子幼年体弱，被送往武当山习武，今年才回的京城。"

沈明漪一听是宁国公府，眼中的期待便换成了不屑。宁国公府是京城勋贵里的老牌世家，祖上出过数名战功赫赫的大将军，只是已经没落两代了，如今的宁国公更是一个大胖子，骑马都要人扶，谈何上阵杀敌，宁国公世子也是一个酒囊饭袋，没什么出息。

沈明岚目不转睛地看着人群中的曹坚，却觉得此人器宇轩昂、神态沉着。

眼看对方即将登台，沈明岚忍不住为他鼓劲："二公子别客气，狠狠揍他！"

声音清脆又带着一股咬牙切齿的泼辣劲，曹坚好奇地看过来。

沈明岚还在为他摇旗呐喊，曹坚笑了笑，走到台上，朝匈奴壮汉抱拳道："在下曹坚，请赐教。"

擂台上的匈奴壮汉身高九尺有余，肩膀宽阔健硕，曹坚站在对面，宛如秀才遇到兵。

"这位公子，你到底行不行啊？不行赶紧下来，这人下手太狠，何必白白去找罪受。”

“可以用武器的，你去挑样武器，别与他拼力气！”

围观人群当中，有人不看好曹坚，有人则大声帮曹坚出主意。曹坚只是脱了外袍交给随从，将白衫的袖子卷到肘部，露出一双结实有力的小臂。这就是要比拳脚功夫了。

匈奴壮汉瞥一眼曹坚的拳头，轻蔑一笑，大吼一声，如泰山般冲向曹坚，蒲扇般的巨大手掌直奔曹坚的肩膀，竟是想故伎重施，像刚刚那样将曹坚凌空抓起再重重摔在地上。

普通人用这招自然很难成功，一个成年男子岂是那么容易就被举起来的，可这个匈奴壮汉力大无穷，用这招反而非常顺手。在曹坚之前，他已经连续摔伤了三个中原汉子，锐气难当。

曹坚不闪不躲，任由对方抓住他的肩膀。

匈奴壮汉眼睛一亮，便要将他举起来，然而曹坚岿然不动，匈奴壮汉脸色大变，震惊地看向曹坚的脸，就在此时，曹坚突然出拳，一拳击中了对方的小腹。

匈奴壮汉发出痛苦的闷哼，整个人倒退数步，抬头时，嘴角竟有鲜血蜿蜒而下。曹坚收拳，泰然自若。

人群里爆发出最热烈的喝彩声，擂台北侧的观武席上，几个匈奴人皱起眉头。

匈奴壮汉领教了曹坚的实力，知道这个中原人看似单薄的身体里蕴藏着强大的力量，不敢再轻敌，挥拳朝曹坚攻来。曹坚拳法与身法相结合，凭借敏捷的身姿，让匈奴壮汉的拳头每每落空，而在巧妙的闪避间，他的拳头一次次地击中匈奴壮汉的腰腹和后背。战况反转得太快，之前还把中原人当羔羊欺凌的匈奴壮汉，在曹坚面前只能不停地挨打，仿佛一头瞎了眼只会蛮扑的灰熊。

终于，伴随着曹坚的又一重拳，匈奴壮汉扑倒在擂台上，再也没能起来。两个匈奴侍卫黑着脸将同伴拖了下去。

沈明岚高兴得连连拍手，曹坚恰好看到了这一幕。

“好好好，公子好拳法。”一直默默观赛的匈奴使臣离席而起，笑着赞道，“看公子锦衣华服，不知是京城哪个府上的公子？”

曹坚收回视线，坦然道："家父宁国公。"

匈奴使臣虽然不记得宁国公是哪位重要人物，但还是恭维道："久仰久仰，早就听闻中原人杰地灵，英雄好汉无数，今日见了公子，果然名不虚传。"

曹坚只是听着，不卑不亢。

就在此时，一个体形健硕的匈奴壮汉走过来，不耐烦地道："休要啰唆，该我了！"

此人一开口，台下的百姓立即议论起来，原来这人便是天生神力的匈奴四王子——呼延屠。他力大无穷，擅用两条铁鞭，前两日有几位年轻的将族子弟打败了两个匈奴侍卫，却没能在呼延屠手下坚持多久。

要说年纪，呼延屠今年才二十岁，京城纵使有平西侯等大将，谁又好意思来跟一个小辈动手？匈奴人的擂台搭了三日，今日是第四日，上至皇上皇后下到平民百姓，都知道匈奴人在此挑衅，皇上不是不想派人来挫挫呼延屠的锐气，奈何大将都是长辈，年轻的将族子弟又没一个顶事的，或许其他州县藏龙卧虎，却远水解不了近渴。

呼延屠从侍卫手里接过两条铁鞭，虎目沉沉地朝曹坚瞪来。

匈奴使臣简单介绍道："这是我们的四王子，痴迷武学，还请曹公子赐教。"

曹坚看一眼呼延屠，再看向台下的随从。随从双手高举，递上主子的佩剑。

眼看新一轮比武即将开始，关乎生死荣誉，绝非侯府自家兄弟间的切磋，沈明岚紧张得心扑通扑通直跳，扭头问宋池："池表哥，你说曹公子有胜算吗？"

宋池望着台上，低声道："我也是今日初识曹公子，不好评判。"

沈明漪问道："若换成我大哥呢？"

宋池："等我看过四王子的身手，才好断言。"

虞宁初暗暗撇嘴，这番话说了不是等于白说？还不如阿默，至少能讲出曹公子的来历。

台上比武已经开始。呼延屠看似莽夫，实则精明，知道曹坚身法了得，便仗着手中的两条铁鞭，不给曹坚近身的机会。曹坚用单剑，且剑身不及铁鞭长，武器上处于劣势，好在他身姿敏捷，转眼十几个回合下来，也没让呼延屠占到什么便宜。

宋池看到这里，面露遗憾，呼延屠在草原也是百年难遇的将才，曹坚是个好苗子，可惜与呼延屠相比，略逊一筹。

周围的百姓则对曹坚充满希望。

“二十回合了，曹公子看着清瘦，没想到竟然能在匈奴王子手下坚持这么久。”

“是啊，之前威远将军府家的公子都输给了匈奴王子。”

“何止威远将军府，平西侯府的沈公子也输了。”

“哪个沈公子？”

“好像是二公子。”

宋湘听了一耳朵，不快道：“二表哥能打败刚刚那个侍卫已经很厉害了，亏就亏在体形上，这些匈奴人也不知道天天吃什么，一个比一个壮。”

虞宁初想到了沈牧被平西侯追着打的狼狈，原来二表哥只是在家里显得弱，其实同样功夫了得。沈明岚并没有听大家在说什么，目不转睛地看着台上。

蓦地一声锐响，竟是曹坚的长剑被呼延屠的一条铁鞭撞飞，直直地朝人群掷来，宛如利箭。

虞宁初还愣着，突然有人拉住她的手臂往后一扯，虞宁初毫无反抗之力，撞进一个宽阔的怀抱，没等她反应过来，那人马上又推开她，速度之快，仿佛一切都没有发生过。

虞宁初呆呆地看着宋池。

“池表哥！”沈明漪惊叫道，比宋湘先跑过来，拿出帕子要为宋池包扎。

虞宁初这才发现宋池手里握着一柄长剑，长剑飞来时剑刃在前，宋池要截住长剑，只能去握剑刃。虞宁初难以置信地看着宋池的手指，慢慢有鲜红的血顺着剑刃蜿蜒而下。

“无碍。”宋池手腕一动，长剑在他手心翻转，被他握住剑柄，同时也避开了沈明漪的手。

“哥哥，你流血了！”宋湘赶过来，眼中已含了泪水。

宋池朝妹妹笑了笑：“我说过，观赛危险，你们还偏喜欢往前挤。”

宋湘的眼泪吧嗒落下，什么时候了，哥哥还在教训她？她硬拉起哥哥的手，只见掌心多了一道狭长的口子，正呼呼地往外流血。宋湘赶紧用帕子压住伤口。

沈明漪帮不上忙，忽然瞪向虞宁初："都怪你，你若站在我们后面，池表哥也不用去帮你拦剑。"

虞宁初哪里见过这么多的血，早就吓呆了，被沈明漪一瞪，害怕与惭愧同时袭来，不受控制地红了眼圈。

"与阿芜无关，换成旁人，我也会出手。"宋池温声道，随即让阿默守着几个姑娘，自己隐在阿默身后，低头处理伤口。

"你怪阿芜做什么？你不也挤在前面？是匈奴王子故意把剑往台下打，有本事你骂他去！"沈明岚将虞宁初护在身后，回瞪沈明漪。

宋湘一边心疼哥哥一边打圆场："好了好了，意外而已，你们不要吵了。"

见虞宁初情绪低落，宋湘又来宽慰虞宁初不要将此事放在心上。虞宁初强撑着精神，继续观赛，然而脑海里全是宋池手心的血。

曹坚没了武器，躲闪得更加狼狈，有一次倒是被他抓住机会攥住了一条铁鞭，只是呼延屠力气太大，他根本抢不过来。不知过去了多久，曹坚一拳打在呼延屠的脸上，却被呼延屠一鞭扫中肩膀，踉跄几步，跌下擂台。

沈明岚下意识地冲了过去。

曹坚半边肩膀都麻了，由长随扶着站了起来，一抬头，对上了沈明岚关切的脸。虽然穿着男装，还粘了两撇假胡子，但曹坚岂会看不出她是女子？

"曹某惭愧，没能打败匈奴王子。"曹坚垂眸，面带憾色。

沈明岚瞥一眼台上耀武扬威的匈奴王子，对曹坚道："胜败乃兵家常事，公子输了这次，日后继续苦练，下次或许就赢了，无须气馁。"

曹坚笑了，一个小姑娘都有如此心胸，自己又怎能输不起？这时，他想起自己的剑，比武时无暇旁顾……

宋池单手持剑朝他走来。

曹坚担心道："刚刚剑落，可有伤及无辜？"

宋池笑道："虚惊一场，公子不必介怀。"

曹坚松了口气，双手接过剑，看一眼沈明岚，朝宋池拱手道:“在下曹坚，不知公子如何称呼？”

宋池回礼道:“宋池，师从平西侯。”

言罢，纵身一跃，上了擂台，一袭玉色锦袍，风流倜傥，俊秀的面容更是让四周的百姓不约而同地止住议论，齐齐沉浸在翩翩公子的风采当中。

“哥哥，你都受伤了，还比什么比？”宋湘跑到擂台旁，仰头劝哥哥下来。

宋池看了看右手，笑道:“一点皮外伤，不用担心。阿默，回府取我的枪来。”

阿默领命，转身朝人群外挤去。

“你是何人？”有曹坚在前，呼延屠不再以貌取人，上下打量着宋池。

“宋池。”

姓宋？呼延屠看向自己的臣子，使臣在入京之前，曾将京城中值得注意的达官贵人都背了一遍。

匈奴使臣没有辜负王子的期待，惊讶道:“公子的伯父，可是驻守太原的晋王爷？”

宋池漠然道:“我没有伯父。”

使臣了然，晋王之弟出家为僧，晋王之侄不知为何投奔京城，此事连匈奴王族都知晓，对其中的缘由也设想过各种可能，总之大家公认的结果，便是晋王一家害得二房家破人亡，伯父与侄子不说反目成仇，至少也形同陌路。他走到呼延屠身边，快速耳语了一阵。

呼延屠再看宋池，突然放声大笑:“好好好，我还以为大周朝的皇族都是文人，终于出来了一个习武的，怎么，你要空手与我打吗？”

宋池:“我用枪，已派随从去取，四王子正好趁这段时间恢复体力。”

呼延屠满不在乎:“我有的是力气，不用休息。”

宋池:“可我不想胜之不武。”

言罢，他径直走到观武席属于呼延屠的那个位置，主人般坐了下去。

呼延屠瞪着眼睛:“你……”

匈奴使臣忙拍了拍他的胸口，道:“王子无须休息，宋池手上好像有伤，分明是在故意拖延时间，王子等他片刻又何妨？”

呼延屠哼道：“给他拿药。”

匈奴使臣想到刚刚看见的那一幕，宋池敢赤手去抓一把飞剑，肯定是一个狠人：“此人非同一般，王子等会儿千万不可轻敌。”

“啰唆！”呼延屠不客气地推开使臣，走到宋池旁边，占了使臣的座位。

擂台前人头攒动，呼延屠看了一眼台下，目光落到宋池身上，见他肤色如玉，五官俊丽，像个白玉捏成的人，精致却不经摔打，呼延屠又鄙夷起来：“一个大男人长成这样，真会有女子喜欢你吗？”

在草原上，受女人追捧的永远都是他这样的，而宋池或曹坚那样的，只会被女子嫌弃瘦弱不顶用。

宋池笑了笑，看向擂台下。虞宁初站在沈明岚身边，一脸苍白，显然还没有从那场意外中缓过来。借着桌案掩饰，宋池摸了摸包扎在右手上的白布。

其实，他可以用手臂将那柄飞剑震开的，只是临时改了主意。

同一样武器，因用材、锻造工艺不同，性能便也出现了优劣之分。

擂台上，匈奴人虽然准备了十八般武器供武者选用，但这些武器只是寻常货色，像呼延屠上场，就只用自备的两条铁鞭。那铁鞭乃是匈奴王庭命能工巧匠专门锻造而成，主体分为六棱，在惨淡的阳光下寒光凛凛，绝非一般，如果宋池随便挑一杆木制长枪，可能一击之下就被铁鞭打断枪身。如今他派人去取枪，似乎也说明他并非专门来打擂台，而是临时起意。

“宋公子枪法如何？”等待的时候，曹坚站在沈明岚一侧，低声问道。

沈明岚回想起这些年宋池在自家比武场的表现，有些担忧道：“池表哥的枪法，比我二哥强很多，但又略逊我大哥，与我大伯父交手，大概能坚持四十多个回合。”

曹坚虽然初回京城，可早就听闻平西侯的英名，乃大周第一猛将，之前与晋王一同镇守太原西北边疆，后来韩国舅掌权，不知为何将平西侯调回京城，换了旁人。

宋池能在平西侯手下坚持四十多个回合，已然堪比一方守城大将，曹坚对接下来的比试有了些信心。

沈明岚与他说完话，转身一看，发现虞宁初躲在后面，下意识地就想将表妹拉回自己身边。

虞宁初不敢再与表姐们并肩站在前排，小声道："我就在这里，也能看见的。"

沈明漪轻哼道："现在躲有什么用，池表哥的手若是因此出了差池，你难辞其咎。"

沈明岚怒道："你有完没完？池表哥都不在意，你凭什么一直替池表哥打抱不平？不知道的还以为你……"当着外人的面，沈明岚将后面的话咽了下去。

沈明漪见她什么都敢说，瞥一眼曹坚，恼羞成怒，扭开了头。

宋湘小声对虞宁初道："别想太多，你看我哥还敢登台，说明他伤得不重。再说了，刚刚咱们都站在前面，那把剑突然飞下来，巧合才落到你这边，与你无关。"

虞宁初知道这只是意外，可如果没有宋池出手，或是他无意出手，那把剑应该就刺到自己身上了。如果说当初送药是小恩惠，这次她是欠了宋池救命之恩。

透过两位表姐中间的空隙，虞宁初看向台上，宋池好像在与呼延屠聊着什么，神态平和，丝毫不像即将比武之人。

忽的，宋池朝她看来，虞宁初本能地躲到表姐身后，避开了他的视线。她很后悔，一开始自己就该站在这里的，可那样，险些受伤的人不就变成表姐或旁人了？

"换成旁人，我也会出手。"

宋池温和的声音再次响在耳畔，虞宁初回忆着他当时的语气，相信这句话是真的，如此看来，他还有一副侠义心肠。

虞宁初又想到了那短暂的一抱，但凡宋池抱她的时间再长一些，就会被沈明漪或他人看出端倪。一时间，虞宁初不知道是该恼怒宋池私下的失礼，还是感谢宋池对分寸的把握，在人前总是足够君子，不曾让她陷入声誉危机。

阿默去众人停车的地方解了马，骑马往返平西侯府，并没有耽误太久。百姓们听到宋池自报师从平西侯，连匈奴王子也对他很是客气，都对这场比试充满期待，甘愿等着。

人群自动散开，阿默持枪登上擂台，恭敬地将长枪交给宋池。

众人的目光落到那杆枪上。百姓们都知道平西侯有一杆先帝御赐的龙头枪，而宋池这杆枪，乃十八岁生辰时，平西侯特意送给他的生辰礼。枪长九尺有余，由精钢与金石混铸而成，呈现出一种内敛的暗金色，一龙一蛇盘旋枪身，龙头、蛇首一起吐出寒铁铸造的枪头，锋利得削木如泥。

呼延屠的目光落在此枪上，久久难以移开。他的亲哥三王子也用枪，如果他赢了这杆枪带回草原，哥哥定会大喜。

眼看宋池用一只修长白皙的手接过这杆枪，呼延屠暗道暴殄天物，嘴上挑衅道："你我比试，定个彩头如何？如果我赢了，你这枪送我，如果你赢了，我把这双铁鞭送你。"

宋池瞥一眼他的铁鞭，露出嫌弃之色，道："铁鞭不够，还要加上二十四上等战马。"

呼延屠怒道："二十四战马，你好大的口气！"

宋池："怎么，四王子怕输？"

呼延屠反应过来，一拍胸膛道："我怕雪灾怕瘟灾，唯独不怕输，废话少说，来吧！"

攥着两条铁鞭，呼延屠率先站到擂台中间。宋池长枪一转，走到他对面。此时此刻，擂台下的所有百姓都屏住呼吸，宋湘更是双手握在胸口，提心吊胆地盯着台上的兄长。

呼延屠挥舞着铁鞭朝宋池扫去，宋池举枪来刺，铁鞭前端的铁链卷上他的枪头，呼延屠一喜，收臂要将宋池的枪扯过来，就在此时，宋池竟然顺着他的力道凌空腾起，铁链与枪头因为力道放松而分开，宋池在空中侧转，恢复自由的长枪朝呼延屠的腰侧刺去。

呼延屠及时在地上打了一个滚，险险避开。而宋池刚刚落地，不等呼延屠站起来，长枪一挑，反钩来他的一条铁鞭。

"接着。"宋池将铁鞭丢向曹坚。

曹坚一个纵身，接住铁鞭，好似报了之前被呼延屠击落长剑的仇。

百姓高声喝彩。

呼延屠眼中凶光毕露，才一个回合就被宋池收走了一条铁鞭，他还有什么颜面？

大吼一声，呼延屠再次冲向宋池。宋池仍是持枪迎击，在呼延屠的铁鞭扫来时，腰身倏然后仰，铁链贴着他的脸扫过，他的枪却准确击中了呼延屠的右手手腕。剧痛之下，呼延屠再次松手，宋池一手握枪，一手抓住即将掉落的铁鞭，退后几步，站直身体。

“承让。”他朝呼延屠微微一笑，再次将铁鞭扔到台下。

阿默接住了。

呼延屠脸色铁青，不顾右手手腕还在流血，攥起拳头对宋池道：“我还没输，靠这双拳头也能打败你！”

草原的英雄，从小就练拳脚功夫，丢了武器也不怕。呼延屠再次冲向宋池，眼睛紧紧锁定宋池的枪，宋池若敢挥枪，他受伤也要把那杆枪抢过来，到时候变为肉搏，他会怕宋池？

虽然没了武器，呼延屠仍然对胜利充满信心。

宋池又岂会与呼延屠拼蛮力，他侧身避开呼延屠飞来横石般的冲撞，长枪在手中灵活一低，斜刺向呼延屠的右腿膝盖。呼延屠扑空后余光瞄过来，见此情景，及时高抬右腿，姿势笨拙却成功避开了这一刺。宋池唇角上扬，枪头马上又去刺呼延屠的左腿。

他的招式变得太快，呼延屠躲避不及，左腿膝盖一疼，小山似的身体猛地朝宋池跪了下去。

宋池一手持枪，一手来扶他：“你我以武会友，四王子不必行此大礼。”

这话比枪头还狠，呼延屠实难咽下，忽地攥住宋池左手手腕，要将他扯下来按在地上。

宋池本是弯腰来扶他，如今被呼延屠拉住，力量悬殊之下，怎么可能逃过狼狈倒地的下场？

百姓们都吸了一口冷气。

宋池右手握紧枪身，枪尾抵地，被呼延屠紧紧钳制的左臂继续往上扶他，脸上仍然带着笑容。

台下的人看不清楚，观武席前的匈奴使臣却见自家王子的脸都憋红了，却仍然拉不下宋池，只是让他握枪的右手渗出了更多的鲜血，让死死抵住木质台面的枪尾往下陷了一个坑。

呼延屠已经输了，就算用这种方式真的将宋池扯倒，也有失风度，传出去令人笑话。

“好了，胜负已分，王子快起来吧。”匈奴使臣跑过来，一手抓住呼延屠的肩膀，将人往上扶。

呼延屠完全是被宋池的羞辱气到失去理智，此时被使臣一抓，猛地清醒过来，再看宋池的右手流了那么多血仍然不肯让他得逞，明明看起来像个文人，气节却好比翱翔长空的苍鹰，呼延屠一时竟然看他顺眼起来。

“你很厉害，我输了。”呼延屠松开宋池，忍着膝盖的痛苦，站直身体。

宋池笑道：“输给沈家枪，四王子虽败犹荣。”

想到平西侯，呼延屠心中一凛。

宋池只是寄居平西侯府却尽得平西侯真传，平西侯的长子沈琢肯定也是个人物，中原人才辈出，草原上似自己这等猛将却屈指可数，最可恨的是，自己在草原无人能及，而中原的同龄人中，至少宋池、沈琢能与自己平分秋色。

与宋池约好改日一起吃酒后，呼延屠命手下拆了擂台，走了。在百姓的欢呼喝彩声中，宋池走下来，回到四个姑娘身边。

阿默除了回侯府取枪，还带了纱布与伤药。宋湘一边掉眼泪一边低头替哥哥包扎，上台前还只是一条细长的剑伤，如今那伤口撕裂得更宽，血流了不知多少。

其他人至少还敢看，虞宁初连看都不敢看，白着脸躲在沈明岚身后。

与沈明岚、沈明漪、宋湘泪水涟涟的样子相比，她这样就显得冷情了。

“好了，养几日就没事了，何至于一个个伤心落泪。”包扎好，宋池笑着调侃道，趁着三个姑娘擦泪，别有深意地看向虞宁初。

唯一没哭的虞宁初尴尬地看向别处。

“哥哥这样还能骑马吗？随我们坐马车回去吧。”宋湘道。

宋池：“不必，我可以单手握缰。”

宋湘不放心，等阿默牵了马来，亲眼看着哥哥顺利上马，始终没碰到右手，才肯乖乖上马车。

窗帘垂落，挡住路人的视线，却隔绝不了那此起彼伏的议论。

“原来是晋王殿下的侄子，皇上的亲侄孙，皇族血脉，难怪能打败匈奴王子。”

“嘘，宋公子与晋王不和，刚刚在擂台上扬言他没有伯父，你还敢大声吆喝？”

“为何不和啊？”

“听说……”

宋湘只关心哥哥的伤，没有在意这些闲话。沈明岚怕她难受，主动说起呼延屠最后的卑鄙举动，姑娘们顿时同仇敌忾，将呼延屠唾骂了数十遍。

被匈奴人在京城摆擂台肆意挑衅了三日，众人早憋了一口闷气，如今宋池只用三招便将目中无人的匈奴王子打跪下了，连擅长使用的武器也输了，他们回头还要再送来二十匹上等战马，百姓们觉得心里痛快，遇到熟人必然要宣传一遍此事。

一传十十传百，很快宋池与沈家枪的威名就传遍了大街小巷，连孩童们玩耍都要找来棍子充当长枪，模仿擂台上的英雄，自以为十分威风。

宫中的正德帝自然也听说了。宋池是皇族子弟，由他打败匈奴王子，比将族子弟更长皇室的脸面。虽然太子、二皇子只专注文道，但他还有习武的侄孙。

宋池啊……正德帝想到了老晋王。

先帝在时，他是正宫嫡子，老晋王是贵妃独子，贵妃美艳，老晋王也生得俊美不俗，凭借那张脸深得先帝宠爱，几度威胁他的太子之位。幸好先帝临终前幡然醒悟，一纸诏书将老晋王安排到了西北太原。

老晋王死后，其文武双全的长子宋玦继承王位，很受太原百姓爱戴。

新晋王势头正盛，自己的两个皇子却还稚嫩，正德帝便将晋王看成了眼中钉。

幸好，晋王府内乱，二房的宋池含恨进京，自此与晋王断了往来。

虽然宋池继承了老晋王的仪表，俊如美玉，将正德帝的两个皇子比成了黑土，但因为宋池恨晋王，所以正德帝就喜欢他。如今宋池为皇族长脸，正德帝决定要好好嘉奖这位弃暗投明的侄孙。各国使臣在场时，正德帝只在寿宴上轻描淡写地夸了宋池，仿佛他的表现在大周朝算不上什么，这样的人才中原应有尽有。等寿宴结束，各国使臣陆续离京，正德帝便在早朝上颁布了一道圣旨，称赞宋池文武双全，擂台获胜耀我国威，特封为武英郡王，赐郡王府。

按照惯例，只有亲王死后，该支的子嗣才会继承爵位或新封郡王，有的庶子或无能嫡子连郡王都没得封，如今晋王宋玦正值英年，正德帝就封了晋王的侄子为郡王，简直就是公然给晋王添堵。可正德帝从来都不是明君，贪享乐，宠奸佞，平时任意妄为，只要不太过分，没有伤及国本，大臣们都睁一只眼闭一只眼，纵容不管，晋王心塞就心塞吧，谁让他留不住自己的亲侄子。

宋池虽然获封郡王，可正德帝也没办法直接送一套崭新的郡王府给他，于是从国库没收的房产中挑了一套地段合适的宅子，命工部着人按照郡王府的规制重新修建，但考虑到木材石料运输、花树移栽等工程，且眼下寒冬临近，得明年春暖才能动土，郡王府大概要等到明年十月才能入住，因此宋池兄妹还要在平西侯府再住一年。

这么多年都住下来了，也不怕再多一年，宋池索性连自己已经买了一套宅子的事都没告诉姑母宋氏。他平时除了进宫面圣，大多数时间都待在平西侯府，未曾结交其他名门子弟，是以封了郡王后，除了太子、二皇子请他吃席，宋池的生活与平时并没有什么不同。

正德帝的寿辰过后不久，京城下了一场大雪，是今冬的第一场雪。

扬州的冬天偶尔也下雪，但雪落到地面很快就会化成水，很难积存，因此虞宁初着实被这场雪惊艳了，披着斗篷坐在廊檐下，只是静静地坐着赏雪就能赏上半日。

次日雪停，沈明岚邀她去花园赏景。那些看惯了的假山池水，覆上白雪，就成了新景，别有一番韵味。

“阿芜，岚表姐！”走到梅峰附近，宋湘的声音突然从山顶传过来。

姐妹俩一抬头，就看见宋湘站在山顶的梅雪亭前，正笑着朝她们招手。

沈明岚笑道:“阿湘倒是好雅兴，早早来了这边。”

虞宁初见亭中空空，除了宋湘的丫鬟并没有旁人，就放心地跟着沈明岚朝上走去。

石阶上的积雪早已被仆人清扫干净，空气冷冽又令人神清气爽，路旁的梅树枝被一指多厚的白雪压得低垂，沈明岚轻轻碰了碰离得近的枝头，雪便簌簌落下去，亮晶晶地反射着阳光。

快到山顶时，虞宁初忽然听到一道熟悉的男声，仰头一看，就见宋池不知何时出现在梅雪亭中。所以，他一直都在这边？

虞宁初心有点乱。

那日比武结束，众人回到平西侯府，宋池虽然叮嘱不要提及他的伤，却不知谁说漏了嘴，傍晚太夫人就把她与表姐们叫了过去，严厉地训斥了一番，罚她们闭门七日抄写《女戒》。虞宁初跪在表姐身边，泪水涌上来，又强忍下去。

虽然太夫人表面好像一视同仁，可她非常清楚，太夫人那些话都是冲着她骂的，倘若没有她，太夫人绝不会这样对待两个沈家表姐。她难受，更为连累沈明岚也挨罚而自责，如果不是表姐坚持要带她出来赏景，虞宁初恨不得永远待在西院，再也不出来碍任何人的眼。

宋池坐在亭中，看着垂眸跟在沈明岚身后的虞宁初。

太夫人的惩罚前日才结束，昨日妹妹去过碧梧堂，回来闲聊提到虞宁初瘦了——的确瘦了，又披着狐毛镶边的斗篷，脸躲在里面，都快看不见了。

“池表哥也在啊，你的手怎么样了？”进了亭子，沈明岚关心地问道。

宋池伸出手，笑道:“说了只是皮外伤，早养好了。”

因为这伤与自己有关，虞宁初也抬眸看去。宋池肤色如玉，五指修长，手形很是秀雅，掌心平滑润泽，丝毫看不出受伤的痕迹。

虞宁初不解，好得这么快吗？念头一起，她突然意识到，宋池伸出来的是左手。她不由得看向他的脸。

宋池笑了笑，对她们道："一点小伤，连累两位表妹禁足多日，实在惭愧。"

沈明岚震惊于他伤势的恢复速度，宋池如此一说，便忘了细究，一边拉着虞宁初坐下一边笑道："禁足而已，没什么的，最近天冷，我还不想出门呢，只可惜错过了府里为庆祝池表哥册封郡王所摆的酒席。"

宋池目光温润道："不急，等明年我们迁居郡王府，专门设席宴请几位表妹。"

沈明岚喜道："这话我可记住了，池表哥不许赖账。"

宋湘："放心吧，我会替哥哥记着的。"

几人说着话，只有虞宁初始终安静地坐在一旁。

宋池看向亭外，有麻雀飞来，落在一棵梅树的树梢，小小的爪子碰落几点碎雪。石桌上摆着宋湘爱吃的零嘴，其中有一盘话梅。宋池捏了一颗话梅，这种腌制的果子，只有一层薄薄的果肉，里面包着一颗大核。

宋池起身，在几人好奇的目光中，朝那只胖麻雀弹去。深色的话梅速度奇快，射中了麻雀的脑袋，可怜的麻雀自枝头栽落，掉进树下的积雪中，生死未明。

"敲昏了，谁捡到归谁。"宋池转身对三个小姑娘道。

宋湘与沈明岚都是贪玩好动之人，闻言争先恐后地跑出凉亭，去捡麻雀了。

宋池重新回到石桌前。

虞宁初习惯性地想要回避，却瞥见宋池用右手去端茶碗，便压下离开的冲动，低声问："你的手到底如何了？"

宋池笑了，伸出左手给她看："刚刚表妹没看清楚吗？"

他又调侃人，虞宁初恼道："你伤的明明是右手。"

宋池收回左手，换了右手。

美玉一般的掌心赫然多了一条长长的伤口，结痂尚未完全脱落，看得虞宁初心惊肉跳。她低下头道："表哥救命之恩，我不知该如何报答。"

宋池："挟恩图报，非君子所为，何况你我表兄妹一场，何必如此见外。"

虞宁初攥着袖口，坚持道："总之我欠了你一……两次恩情，表哥若有差遣，只要不违礼法，我一定尽力。"

宋池放下茶碗，仔细品味她的话："不违礼法？为何我觉得表妹这话意有所指，难道表妹以为我会让你做一些有违礼法的事？我与表妹相识时间尚短，还请表妹明示，我究竟做了什么招致表妹如此质疑？”

虞宁初脸色微红。他戏言她花容月貌，又意图私赠她荷包画像，哪样符合礼法了？

“好，就算我误会你了。”虞宁初别开脸，亭外的梅林里，表姐和宋湘还在弯腰寻找那只被宋池击昏的麻雀。

宋池也扫了一眼亭外，确定两个小姑娘短时间内不会回来，将一碟牛肉干推到虞宁初那边，道：“表妹清瘦了，多吃点。”

这句话说得声音低沉，仿佛多了一丝暧昧，虞宁初难以置信地看过去。

宋池无奈道：“表妹因我挨罚，我关心一下难道也错了？”

虞宁初反击道：“既然无错，人前你怎么不这么待我？”

宋池正色道：“人前也可以，只怕表妹不喜。”

虞宁初就知道他是故意的，咬牙道：“人前不喜，人后也不喜，你以后都不要这样说了。”

言罢，她深深地吸了口气，调整好情绪，也去林子里帮忙找麻雀了。

她离开不久，山下，沈明漪带着丫鬟寻过来。宋池默默地将那碟牛肉干放回原位。待沈明漪气喘吁吁地爬上山顶，宋池与小姑娘们打了声招呼，径自离去。

沈明漪失望地望着他的背影。

待这场雪化了，陆续有人登门求见二夫人宋氏，想替宋池说亲。

宋池入京快十年，官员们始终猜不透皇上对这个侄孙到底是什么态度，如今宋池一鸣惊人，武艺超群，又年纪轻轻被册封为武英郡王，眼看局势明朗，有人就想把女儿嫁给他。

宋氏叫来侄子，笑道：“子渊也十八了，既已封了郡王，现在定下婚事，明年迁居后正好完婚，府里也有个女主人帮忙打理家事。来，你如实告诉姑母，想娶一个什么样的闺秀。”

“不瞒姑母，我暂且无意娶妻，侄子还年轻，只盼着皇上安排一份差事给我，我便尽心当差，真正对得起皇上的厚爱。若早早娶妻，被家事分心耽误正事，反而不妥。”

“你只娶个妻子，能分什么心？”

宋池看向窗外：“侄子怕妻子与阿湘相处不洽，让阿湘受委屈。姑母，我与阿湘投奔侯府，虽承蒙姑父、姑母与两房长辈照拂，并无任何不周之处，可终不及自己有个家。待明年迁居，我想多留阿湘两年，免得她都嫁人了，却从没真正享受过住在自己家里的惬意。”

宋氏被侄子说得眼圈都红了，盯着侄子道：“你跟姑母说句实话，你娘到底怎么死的？”

先有二嫂的死，才有二哥的出家，再有侄子带着妹妹投奔于她。十年过去，近日京城又起了晋王府的闲言碎语，宋氏也想知道真相。

宋池垂眸，淡淡道：“姑母真想知道，可以写信问晋王。”

宋氏早就写过信了，可长兄的回信没给她任何解答，只让她好好照顾两个孩子。

“行，你们就都瞒着我吧，没事，我总有死的那一日，到时候我问你娘去。”宋氏恨恨地说起气话。

宋池笑道：“姑母心善，定能长命百岁。”

宋氏看着侄子的那张俊脸，还能再说什么：“真不想成亲？”

“不想，还劳姑母替我谢绝各路媒人。”

不断有媒人来向宋池提亲，消息也传到了大房、三房。

牌桌上，沈明漪忍不住向宋湘打听进展。

宋湘一边看牌一边道：“我哥哥对成亲才没兴趣，我早说过了，他一心向佛。”

沈明漪不信：“池表哥亲口说的吗？可能他眼光高，只是对眼前这几家没兴趣，再来一个名门闺秀，他就想娶了。”

沈明岚故意刺她：“论名门闺秀，谁还比得过你？说不定啊，池表哥就是看姐姐看多了，眼光才高了。”

沈明漪又怒又羞，万一、万一宋池真的喜欢她呢？论美貌，她不及虞宁初，可论身份，她是权贵侯爷唯一的掌上明珠、当朝皇后宠爱的外甥女，放眼京城，除了国舅府的两个表姐，谁能比她尊贵？而她的那两个表姐，一个已经出嫁，一个与哥哥订了婚，都不可能再与宋池有关系。

她红着脸，眸中藏了得意与期许，心不在焉地打了一张牌。

“和了。”虞宁初笑着推倒牌。

四个姑娘打牌，三个都在聊天，只有她一心一意玩牌，毕竟宋池娶妻，对她来说是八竿子也打不着的事。

除了宋池，平西侯府的几位公子、小姐也都到了议亲的年纪，这两年陆续有媒人登门。二房这边，宋氏想等两个儿子考取功名后再准备婚事，便早早婉拒了。三房这边，三夫人暂且没有考虑沈逸的婚事，却一直在留意有没有合适的女婿人选，不过大房的沈明漪都还没有定下，三夫人便也不着急，放在手心里疼了十几年的女儿，何必太早嫁人，多留两年也无妨。而大夫人韩氏心里早已有了女婿人选，只是在等待时机罢了。

这一日，皇后邀请韩氏母女进宫赏菊。沈明漪身材高挑，明眸皓齿，乃京城排得上名号的美人，只因虞宁初姿色过艳，才显得沈明漪、沈明岚如月边的星星，光芒黯淡。

太子妃叫沈明漪一块去赏花，皇后便趁机与韩氏交心道：“妹妹，昨晚皇上对我说，既已封了子渊郡王，便准备年前把瑁哥儿的亲王也封了，皇上的意思是如果我有合适的儿媳人选，那便好事成双，封王、赐婚一道下旨。”

二皇子，名宋瑁。

韩氏心中一喜，亲王可比郡王的爵位高，将来太子登基，二皇子乃新皇的弟弟，恩宠自然非同一般。她明知故问道：“这是好事啊，姐姐可有人选了？”

皇后朝花边的沈明漪扬了扬下巴：“我把明漪从小当女儿疼，就是不知明漪愿不愿意嫁给瑁哥儿。”

韩氏马上道：“愿意愿意，他们从小青梅竹马，婚事真成了，我也放心了，千娇百宠的女儿，若是嫁给外人免不得要牵肠挂肚。”

皇后道：“皇上那边都听我的，却不知侯爷怎么想，妹妹还是回去跟侯爷商量商量，若侯爷也同意，妹妹便早些回我，我好告诉皇上。”

韩氏欣然应允。

只是出宫路上，韩氏的喜悦被两重担心压了下去。第一重，自然是女儿本人。小姑娘年少不懂事，被宋池的皮囊迷得神魂颠倒，怕是要闹一闹的。第二重则是丈夫平西侯。韩氏怕英武的丈夫瞧不上平平无奇的二皇子。

思来想去，韩氏决定先从女儿下手。

内室，韩氏才起了个话头，沈明漪就跳了起来：“我不嫁！娘，你明明知道我喜欢谁！”

韩氏早有准备，心平气和道：“是，我知道你喜欢谁，可那人不喜欢你，他不怕耽误，可你错过二皇子这家，你还能嫁给谁？嫁给谁能比做亲王妃还尊贵？你别忘了，宋池就是封了郡王，也是旁支，将来肯定不如二皇子更被太子倚重。”

论身份，宋池的确比不上二皇子，沈明漪扭着头，嫌弃道：“二皇子不好看。”

方长脸就罢了，嘴唇还那么厚，沈明漪无法想象被二皇子亲的感觉。

韩氏不知想到什么，面上露出一丝自嘲：“你爹爹好看，可好看又怎么样？一对夫妻，也就刚成亲那两年腻歪，等生了孩子，两人就是躺在一张床上也没有别的心思了。还有你二叔、二婶，你二叔婚前多俊，现在还不是变成了胖子？你怎知宋池以后不会变胖？男女都一样，年纪大了姿色就差了，到头来重要的还是荣华富贵。”

二叔的确是个糟糕的例子。

“可二皇子好色，娘应该也听过一些闲话。”脑海里浮现出宋池俊美无双的脸，沈明漪继续挑二皇子的毛病。

韩氏道：“还是那句话，色衰爱弛，再美也就新鲜几年，就说二皇子身边的宫女，从来没有一个能常占他的宠爱。再说了，将来你身为王妃，看谁不顺眼打发了就是，谁能越过你？”

道理沈明漪都懂，可她只想嫁宋池。

韩氏一针见血道："你想嫁，也要他愿意娶，这么多年了，娘看得清楚，他眼里根本没有你。"

沈明漪不信："娘不是他，怎么知道他心里想什么？"

韩氏道："那咱们打个赌，我去托你二婶试探他的心意，他要是愿意娶你，娘就替你做主；他若不愿，你就听娘的，乖乖嫁给二皇子做王妃，好不好？"

沈明漪想，如果宋池真的不肯娶她，那她嫁给谁都一样，做个王妃好歹也比宋池未来的妻子尊贵。

"好，但娘要尽心撮合我与池表哥，不可耍赖。"

韩氏宠溺道："一辈子的大事，娘也希望你嫁给真心喜欢的人，怎么会骗你。"

沈明漪心跳加快，已经开始紧张。

宫里还在等消息，事不宜迟，韩氏与女儿商量好就去了东院。

宋氏恰好叫了宋湘过来，看着绣娘给宋湘量尺寸做新衣。

"大姑母。"宋湘笑着向韩氏行礼。

宋池一直称呼韩氏与三夫人为夫人，宋湘是姑娘家，嘴甜一些。

韩氏骨子里看不起宋湘，她的生母是个低贱的农女，全凭姿色才嫁给了宋二爷。

"阿湘是不是又长高了？"韩氏坐到宋氏身边，目光慈爱道。

大家聊了一会儿日常，宋氏猜到韩氏有事，等绣娘记下尺寸，就打发宋湘出去玩了。

毕竟是相处了二十年的妯娌，韩氏也没有绕弯子，对宋氏道："明漪的年纪不能再拖下去了，我为她的婚事快操碎了心，左挑右挑，还是觉得子渊最好，又是一起看着长大的，知根知底，唯独担心子渊对明漪无意。"

宋氏倒没有惊讶，沈明漪看侄子的眼神，早就泄露了小姑娘的心思。她看不出的，是侄子对沈明漪的想法。

按照侄子所说，他担心日后的妻子与妹妹相处不来，若换成沈明漪，那就完全不用顾虑这点。

“那我去找他问问？”宋氏道。

韩氏笑了：“这样最好，若是成了，咱们都省心了，若是不成，这事你知我知子渊知，就不要告诉旁人了，免得日后两个孩子见了平添尴尬，尤其是小姑娘家，脸皮最薄，我都是瞒着明漪来的。”

宋氏看破不说破，答应下午给她消息。

韩氏走后，宋氏以给侄子量裁新衣为由，派人将宋池请了过来。

距离上次姑侄俩讨论婚事才过去没多久，宋池进门，见姑母露出熟悉的笑容，不禁苦笑道：“又有人来向姑母说亲了吗？”

宋氏：“算你聪明，你猜猜是谁？”

宋池不知，也不想猜，径自落座。

宋氏早将丫鬟打发出去了，低声调侃道：“你跟姑母说实话，家里这么多表妹，个个花容月貌，你有没有心动的？”

宋池刚端起茶碗，闻言仍是先品了一口茶，才笑道：“无论哪个表妹，在我心里都是妹妹，若是姑母想撮合我与某位表妹，我劝姑母还是不要说出对方的名字，如此将来见面，我仍能坦然待之。”

宋氏愁道：“你真不好奇是谁？”

宋池摇头，起身道：“姑母没有别的事，我就先告退了。”

下午，宋氏将姑侄间这场简短的交谈一字不差地转告了韩氏。韩氏第一次真心欣赏起宋池来，没有暴露沈明漪的名字，将来他们与宋池见面，也就不用避讳什么。

她谢过宋氏，将此事告诉了女儿。

沈明漪却丝毫不感激宋池的体贴，甚至觉得，正是因为宋池不知道要说亲的是她，才怕得知名字后再拒绝会引起尴尬，索性连问都不问便一口气都拒绝了，如果二夫人先道明是她，宋池可能就答应了。

“你这是自欺欺人，他但凡对你们中的任何一个有心，都会请你二婶明示。”韩氏毫不留情地戳破了女儿的期望。

沈明漪不听，趴到床上呜呜地哭了起来。韩氏劝了半天也不管用，没有耐心了，站在床边道："娘娘还在等我的回信，娘给你一天的时间好好冷静冷静，明天傍晚你爹爹回府之前，你若还不死心，娘就再也不会管你的婚事，将来你嫁不了宋池，也做不成王妃，到了什么都不是的时候，别反过来怪娘没有尽心帮你。"说完，韩氏绷着脸离开了。

沈明漪心里难受，连晚饭都没吃。第二天早上，她还躺在床上发呆。

一边是宋池，一边是二皇子，她想要尊贵的身份，如果宋池真的不喜欢她，那她愿意嫁给二皇子做王妃，她本来也不喜欢二皇子，好不好色的，只要威胁不到她的地位，那都无所谓，妾室们再怎么争宠，王妃也只有她一个。关键就在于宋池。

沈明漪起床，乖乖吃了早饭，没有带丫鬟，自己去了花园。她想赌一赌自己与宋池的缘分，如果能在花园相遇，或许就是天意。

今日阳光还好，虞宁初被沈明岚拉到花园散步，丫鬟们都在忙着晒被子，没有跟来。

"太夫人出门了，你不用担心撞见她。"

因为上次太夫人的严训，虞宁初越发不爱离开西院了，这件事沈明岚与三夫人都看在眼里。

虞宁初的确不想面对太夫人，同时，她也不想见到常在花园作画的宋池。

虽是冬日，侯府花园却依然景色秀丽，阳光一会儿被头顶的树枝挡住，一会儿又暖融融地照到身上。

虞宁初走在小路内侧，沈明岚走在她旁边，脚步要快一些。

前面有个路口，沈明岚已经转过去了，虞宁初正要跟上，忽然听到沈阔惊喜的声音："明岚，阿芜呢？"

虞宁初心一缩，下意识地止住脚步，朝沈明岚摇摇头。

沈明岚知道沈阔喜欢虞宁初，既然表妹不想应付沈阔的热情，便配合道："阿芜偷懒，没有跟我过来。"

沈阔很失望，但还是朝这边走来。

虞宁初偷偷躲到旁边的翠竹丛后，朝沈明岚递个眼色，示意她带沈阔走，等会儿自己回去。沈明岚应了，叫沈阔去莲花池那边玩冰，上次的那场大雪让莲花池结了一层厚厚的冰。等两人走远了，虞宁初才从竹丛后绕出来，沿着原路返回。

穿过一道月亮门，虞宁初又远远地瞥见了宋池的身影，她暗道倒霉，趁宋池没瞧见自己，提着裙摆藏到了旁边的假山后。

这片假山紧挨着墙壁，除非宋池爬上去，否则怎么都发现不了她。

石中有洞，虞宁初透过一个核桃大小的洞看向外面。

只见宋池离假山越来越近，他朝这边看了看，似是欣赏风景，脚步却没有停留。

眼看宋池就要跨过月亮门了，虞宁初刚要松一口气，忽听有人轻唤道："池表哥。"

虞宁初重新看向小洞，只见沈明漪沿着宋池走过的路追了过来，娇美的脸上神色复杂，有喜有忧，更多的，是一片痴慕。

第五章　虞宁初更想嫁个文人

平西侯府的花园很大，为防打扰主子们的雅兴，下人们都是清晨打扫花园，白日里很少在花园走动，又因眼下并非游园的好时节，前来花园的人并不多，整个花园都很幽静。虞宁初躲在假山后，能听见风从头顶槐树枝间穿过的声音。

月亮门前，宋池停下脚步，从虞宁初的位置只能瞥见他的衣摆，倒是将沈明漪看得十分清楚。

沈明漪的神色不太对，前后左右地张望着。

虞宁初心虚，不敢再透过小洞窥视，整个人缩在一块毫无空隙的假山石后。

"表妹也来花园赏景吗？"她听到宋池温润的声音响起。

沈明漪有些喘，确定周围无人后，看着近在眼前的宋池，呼吸慢慢平复下来，眼中却浮起泪珠。

宋池皱眉道："表妹可是受了什么委屈？"

话是关心，可他并未靠近沈明漪半步，仍然保持着三五步的距离。

沈明漪有很多委屈，有母亲催她嫁给二皇子的委屈，有宋池不给她任何回应的委屈。昨日她哭了很久，恨不得马上找宋池问个清楚，哪怕死心，至少也不用继续煎熬，可如今真的见到宋池，沈明漪却潸然泪下，怎么都没有勇气问了。

宋池只是默默地看着她，目光偶尔瞥向左右。

终于，沈明漪擦掉眼泪，低着头道："池表哥，我娘在操持我的婚事了。"

宋池笑了："恭喜表妹，表妹德才兼备，定能嫁一个如意郎君。"

这是吉祥话，落到沈明漪耳中，却如匈奴王子挥过来的拳头，一拳将她的心捶成了七八块。

她不敢相信地抬起头，是真心话吗？也许宋池只是强颜欢笑？可站在月亮门下的宋池，目光温和，笑容淡泊，是真的不在意她要嫁给旁人了。

突如其来的失望与酸涩让沈明漪失去了理智，她眼里含泪，红唇紧抿，透出几分倔强来。

"我喜欢池表哥，池表哥真的看不出来吗？"沈明漪上前一步，盯着宋池问。

假山后，虞宁初震惊地偏过头。她们几个常在一起玩，谁都看得出沈明漪喜欢宋池，沈明岚更是常拿这件事堵沈明漪的嘴，可沈明漪竟然敢直接对宋池吐露情意！

宋池温和的声音传过来："抱歉，我对表妹从来只有兄妹之情。"

沈明漪已经豁出去了，追问道："现在呢？我都说清楚了，如果我想嫁给你，你愿意娶我吗？"

她是平西侯之女，有一位做皇后的姨母，当朝太子是她的亲表哥，长得也很美，她这样的条件，还不能打动宋池的心？

沈明漪倔强又骄傲地看着宋池。

宋池垂眸，拒绝得干脆简练："不愿。"

沈明漪顿时泪如雨下："为什么？我哪里配不上你？是我的出身不配，是我不够温婉端庄，还是我长得不够美？"

"表妹哪里都好，只是自小我就把你当妹妹，做哥哥的，又怎会对妹妹动心？"

沈明漪不信这种借口，她知道，她的身份、性情都没的挑，唯一输给旁人的，就是美貌，虞宁初没来时还好，有了虞宁初，哪个男人还会再看她？

“表哥不喜欢我，那阿芜呢？如果站在这里的是阿芜，表哥还会狠心拒绝吗？”沈明漪擦掉眼泪，不无讽刺地问。

虞宁初万万没料到沈明漪会在这个时候提到自己，惊愕之余只觉得她荒唐可笑，沈明漪喜欢宋池就罢了，居然还以为旁人也都喜欢宋池。

“你也好，阿芜也好，在我眼里，都只是妹妹，并无差别。”宋池的语气如常，“表妹对我，也未必是男女之情。你我同住侯府，经常见面，表妹又甚少接触外男，便觉得我有特别之处，然则等表妹真正嫁人，与命定之人交心时，自然而然会忘了出阁前的懵懂。”

命定之人？沈明漪苦笑，就二皇子那样的，能让她忘了宋池？

“不喜欢就不喜欢，扯什么理由？”沈明漪最后看一眼宋池，伤心离去。

宋池在原地站了片刻，抬脚跨过了月亮门。

直到听不见他的脚步声，虞宁初才长长地松了口气。怕沈明漪还没走远，虞宁初暂且不敢出去，背靠假山、面朝院墙坐在一块小石头上，脚下是枯黄的草丛，前倾身子便可摸到院墙，墙上结的蛛网早已被寒风吹散，往上看，墙外的两棵老槐树高高耸立，繁密的枝条仿佛在头顶撑了一把伞。

这样偏僻的角落，景色都显得寂寥起来。

沈明漪的勇敢没有得到宋池的回应，当年母亲想嫁给晋王，是不是也像沈明漪这样大胆，却比她更偏执，不惜自解罗裙投怀送抱？因为母亲可能做过更过分的事，所以虞宁初对沈明漪没有任何鄙夷或幸灾乐祸的情绪，只是好奇那到底是一种什么样的感情，能让人忘了礼法。如果是她，没有任何男人能让她做到沈明漪这个地步，不喜欢就不喜欢，没什么大不了的。

不知坐了多久，虞宁初重新凑到那个小洞前，确定附近无人后才悄悄站起来，拍拍裙摆上沾的浮土，弯着腰挨着假山一侧朝外走去。

跨出去之前，虞宁初警惕地抬起头，于是一眼就看到了站在月亮门另一侧墙壁后的宋池。

虞宁初吓得直往后退，脚却被一块凸起的石头绊住，等反应过来时，人已经歪倒在那片枯黄的草丛中。幸好这里有片草地，不然直接倒在地上，可能要受伤。

回了回神，虞宁初试图坐起来，发间传来一股拉扯感，头皮的疼痛让她不得不停下，回头一看，竟是蝴蝶发钿被密集的草丛卡住，一缕长长的发丝落在中间。

虞宁初捡起发钿，将发丝取下来。

“摔疼了吗？”

熟悉的声音自背后响起，虞宁初偏头，发现宋池居然来到了假山后。

“还请表哥避嫌。”虞宁初全身僵硬地道。

宋池不但没有离开，反而绕到虞宁初对面，学着她之前的样子坐下。他看了看山石，很快找到了虞宁初用来偷窥的那个小洞。

“刚刚的事，你都听见了？”宋池低声问道，神色难辨。

虞宁初确定外面路过的人发现不了，才低着头一边拆开散乱的发髻准备重新梳理，一边解释道：“我没想偷听，只是我若出来，明漪表姐可能会误会什么。”

她躲到这边，是为了避开宋池。也幸好她躲了，不然以宋池之前的作为，两人撞到一起，宋池肯定会戏弄她两句，若是被追上来的沈明漪撞见，免不了要给她安一个意图勾引宋池的污名。

比武擂台，宋池因为救她而受伤，虞宁初一直怀疑是沈明漪告的状，其他人绝不会跑到太夫人面前多嘴。

“刚开始只有我，表妹为何要躲？”宋池又问。

彼此心知肚明的事，他非要问，虞宁初便敷衍道：“我怕你。”

宋池：“怕我什么？”

虞宁初：“任何不熟悉的男子我都怕，没有为什么。”

“歪了。”宋池突然说，伸手取下虞宁初刚刚戴好的蝴蝶发钿。

“给我。”虞宁初冷着脸要抢回来。

宋池却将手指放在唇前，示意她噤声。

虞宁初比他更怕被人撞见，不禁往前挪了挪，身体紧紧地贴着假山。

“是不是老四惹明漪哭了？”

这是沈牧的声音。

沈逸道：“也可能是明岚，她们在一起经常拌嘴。”

两个少年郎显然撞见了方才伤心离去的沈明漪，正在互相猜测着。他们从假山边经过，跨过月亮门，估计是去寻沈阔与沈明岚了。

虞宁初心如擂鼓，侧耳倾听着两位表哥离去的脚步声，头上传来异样，她咬着唇，没有动。宋池替她戴好蝴蝶发钿，目光顺着微乱的刘海往下移，看见她紧张得脸颊泛红，他们已经走远，虞宁初才有了工夫恼他，樱唇暗咬。

“今天的事，你别对任何人说。”他严肃道。

虞宁初立刻保证：“我就是死了，也不会告诉任何人。”

宋池：“小小年纪，谈何生死。”

虞宁初不想多说，低声安排道：“等会儿你先走，去花园，我后走，回西院。”

宋池并不急着走，问：“你怎么一个人，没与明岚表妹在一起？”

虞宁初见他不配合，便想自己先离开。

宋池看着她小心翼翼往外挪的背影，笑道：“表妹不必怕我，我若想欺负你，这里正合适。”

虞宁初身体一僵，宋池或许只是随口调侃，她却想起了曾经做过的一个梦，梦里宋池就是在梅峰那边的飞瀑下，将她压在山石上轻薄，明明宋湘都找过来了，随时可能撞见他们，宋池却依然霸道地攥着她的手腕。

宋池能说出这种话，是不是证明他刚刚冒出过这种念头？虞宁初越发不敢耽搁，趁前后无人，跳下假山外围的石阶，头也不回地走了。

沈明漪被宋池拒绝，回到房间又痛哭了一场。

韩氏坐在床边，很是心疼：“你是不是去找他了？你个傻丫头，话不说开还好，现在说开了，以后怎么见面？”

沈明漪哽咽道：“见什么见，我再也不要见他了，娘去回姨母吧，我愿意嫁给二皇子，越快越好。”

女儿能想得开，韩氏十分欣慰，递了湿帕子让女儿擦脸：“这就对了，不久之后你就是王妃，全京城除了皇后与太子妃，你便是身份最尊贵的女人，到时候宋池还得叫你一声王婶呢，长者为尊，你都可以使唤他了。”

二皇子封了王爷，辈分上就是宋池的王叔，女儿可不就是王婶了？

王婶？

沈明漪本来在擦脸，听到这个称呼，又号啕起来。婶什么婶啊，还不如宋池喊她表妹好听！

哭归哭，沈明漪终归还是同意了这桩婚事，嫁不了京城最俊美的男人，那就嫁给最尊贵的王爷！

见女儿终于点头，等傍晚平西侯回来，韩氏高兴地提了此事。

平西侯皱紧眉头：容貌上，太子与二皇子都像极了皇上，平平无奇；文武才干上，太子还有点见识，二皇子简直一无是处。

赶在丈夫反对之前，韩氏道："娘娘疼爱明漪，婚后肯定不会给明漪脸色看。明漪呢，也同意了，一心准备当王妃呢。"

皇后做媒，即便是平西侯，没有合适的理由也很难不伤和气地拒绝这门婚事。他原指望女儿看不上二皇子，拒绝嫁给他，好让妻子以此为由回绝皇后，可女儿竟然同意了。平西侯干脆亲自去问女儿。

沈明漪既已得不到宋池，便不肯再失去王妃之位，坚持自己心仪的就是二皇子，非他不嫁。

平西侯不想女儿成为皇后拉拢、牵制他的棋子，奈何妻子、女儿都愿意，他劝说无效，只好应了。

儿子娶了韩氏女，女儿嫁了二皇子，这下帝后总不该疑他与晋王勾结了吧？

平西侯毕生所愿，唯披挂上阵，保家卫国而已。

宋池是正德帝的侄孙，二皇子是正德帝仅有的两个儿子之一，两人在正德帝那里得到的待遇自然不同，更何况二皇子还有一位宠冠后宫的皇后母亲，就算正德帝耽于享乐，忘了二皇子，皇后也会精心替幺子打算。

早在几年前，正德帝就在皇后的耳旁风下挑了一栋宅子，命工部按照王府的规制扩建改造。朝廷官员心里都清楚，这处府邸是给二皇子准备的，于是工部、户部配合，要银子给银子，要能工巧匠出能工巧匠，几年下来，王府早已建得富丽堂皇，只等主人入住。

韩氏给了皇后准信后，十一月底，正德帝下旨封二皇子为安王，同时赐婚平西侯嫡女沈明漪，令明年四月大婚。

旨意一下，宋湘来找虞宁初与沈明岚:“漪表姐要做王妃了，咱们一块去给她道喜吧。”

沈明岚道:“就怕她不高兴，当咱们看她的笑话。”

沈明漪痴恋宋池，这是小姐妹们都清楚的，虞宁初更是想到了沈明漪向宋池哭诉衷肠的那些话。

宋湘叹道:“虽然如此，但大家相处了这么多年，她被赐了婚事咱们却毫无表示，怎么都说不过去吧。而且漪表姐既然答应了这门婚事，说明她已经忘了我哥哥，一心一意准备做王妃了。”

宋湘的想法非常简单，哥哥闲云野鹤一心向佛，沈明漪一直都是单相思，从未得到过哥哥的任何回应，感情又能深到哪里去？如今有王妃的尊荣等着她，或许现在沈明漪心里只有高兴，早把哥哥抛到脑后了。

沈明岚做主道:“行吧，咱们一起去，她若不领情，咱们也没办法。”

三个姑娘便一起去了大房。

沈明漪那儿非常热闹，宫里派了尚衣坊的女官过来给沈明漪量尺寸，缝制王妃嫁衣。沈明漪强颜欢笑地伸着胳膊，心底还是憋了一股怨气。

宋池初来侯府时，她才七岁，当时就觉得这位表哥长得真好。接下来的几年，宋池渐渐从一个半大少年长成了一个俊美无双的男子，放眼京城，没人比得上他，包括自己的亲哥哥。

沈明漪的倾慕之心越发强烈，从她初懂男女情怀开始，就没想过要嫁给别人，偏偏宋池那么无情地拒绝了她。

沈明漪垂眸看着脚下，借此掩饰自己的怨恨与不甘。

“夫人，二姑娘她们过来了。”丫鬟进来禀报道。

沈明漪耳朵一动，压下心事，露出身为准王妃的骄傲与喜意。

三个姑娘依次走进来，沈明漪的目光从沈明岚、宋湘脸上扫过，落到虞宁初身上。算起来，虞宁初进京已有两个半月，明明是寄人篱下，倒心宽体胖，个子长高了一些，脸养得白里透粉。冬日她穿得厚，看不出体态，只是那张脸那双眼，怎么看怎么勾人，就像一池青莲中，偏她开成了艳丽的红色。

沈明漪羡慕这张脸，也忌妒这张脸，为何老天爷不再偏心一些，将这样的美色也给她？倘若她尊贵与美色并存，宋池能不喜欢她？

小姑娘们先给韩氏行礼。

女儿的婚事顺利，韩氏心情很好，连对虞宁初都很和颜悦色。

等尚衣坊的女官量好尺寸，韩氏也跟着一起走了，让小姑娘们单独说话。

“恭喜姐姐喜结良缘，明年姐姐做了王妃，我们再见你就要行大礼了。”沈明岚专拣沈明漪爱听的话说。

沈明漪确实爱听，二皇子丑归丑，却给了她其他人这辈子都得不到的尊贵。

“都是自家姐妹，嫁了人也不必拘礼。”沈明漪坐到主位上，言谈举止已经有了几分王妃的高贵。

“漪表姐的婚期比大表哥还要早一个月，真叫人不舍。”宋湘感慨道，“往后我们打牌都不够数了。”

沈明漪笑道：“你们可以去王府找我嘛，王府那么大，王爷白日当差，我一个人住着也无趣。”

宋湘想到二皇子，打心里抗拒去安王府。

“你们也不用舍不得，明年明岚应该也会定下来，阿湘嘛，身份尊贵，登门提亲的人络绎不绝，最迟后年也会嫁了，只是阿芜可能要晚点。”沈明漪别有深意地道。

四女之间，唯独虞宁初身份最低，纵使长得美，京城的勋贵圈子，谁家娶妻又是只看女子姿色的？再加上虞宁初的母亲臭名远扬，恐怕最后她也只能像她娘一样，嫁个寒门进士。

虞宁初只当没听懂沈明漪的言外之意，淡淡地笑着。

沈明岚不高兴了，起身道：“姐姐这边忙，我们就不打扰了，改日得空再来。”

沈明漪并未挽留，因为沈明岚与宋湘都更亲近虞宁初，她现在看哪个都不顺眼。

“娘，阿芜美，还是我那位不知羞耻的二姑母美？”沈明漪来到母亲这边，打发丫鬟离开，好奇地问道。

韩氏惊讶地看向女儿：“怎么突然问起这个？”

沈明漪哼了哼：“就是想问，娘你给我讲讲嘛。”

韩氏回忆片刻，道：“都很美，只是一个过于自傲，等闲男人不敢主动亲近，一个过于柔弱……”

沈明漪：“那到底哪个更美？”

韩氏无奈道：“各花入各眼，有人喜欢艳丽的，有人喜欢娇柔的。”

沈明漪悄悄道：“这么说，晋王爷不喜欢艳丽的，所以没中二姑母的套？”

二姑母私下勾引晋王爷，如果晋王爷有心，自然会配合遮掩，而不是拉拉扯扯被人瞧见。

韩氏不想跟女儿多谈此事，点了点头。

沈明漪忽然就满意了，看来再美的人也未必招所有男人喜欢，晋王爷看不上虞宁初的母亲，或许宋池也看不上虞宁初，毕竟宋池龙章凤姿，又岂会如普通男人那般轻易被美色所惑？只有癞蛤蟆才会惦记天鹅肉，换一条龙来，怎么也要同样尊贵的凤才配得起。她等着看，宋池会去哪里找那只凤，便是他找到了，她也要让对方变成一只落汤鸡，让宋池后悔当日的选择。

宋湘要去东院，虞宁初便与沈明岚并肩往回走。

沈明岚道：“她那人自诩身份高贵，骄傲惯了，阿芜不要理她。”

虞宁初笑道：“我的心意表姐都知道，我并不在乎这个，倒是不知道舅舅、舅母会给表姐挑个什么样的夫婿。”

沈明岚哼道：“光他们挑并不算数，还要我自己看得上眼才行，太黑太丑的不要，过于文弱的也不行，最好像大伯父那样，仪表堂堂，功夫了得。”

沈明岚喜欢武将。

虞宁初差点嫁给一个残暴待妻的老参将，哪怕脱离危险，仍然对武将存着畏惧之心，于是接话道："我更想嫁个文人……"

话音未落，宋池与沈逸并肩从旁边的路口走过来。

虞宁初马上闭嘴，不知道二人有没有听见，脸先红了。

沈逸其实听见了，本想调侃两句，见表妹羞红了脸，便体贴道："我们刚刚上完早课，你们去哪儿玩了？"

现在大家所处的位置，是通向西院的必经之路。

沈明岚道："宫里赐婚，我们去向姐姐道喜了。"

沈逸："嗯，一起回去吧。"

沈明岚看一眼宋池。宋池笑着解释道："之前从三爷那里借了一本书，我来还书，顺便借下册。"

沈明岚道："这种小事，池表哥安排阿默跑腿就是，何必亲自跑一趟？"

宋池道："还书也就罢了，借书岂可假托他人？"

见他一副彬彬有礼的君子模样，虞宁初若是没有被他调戏过，都要忍不住赞一声"君子如玉"了。她微微偏着头，不想看他虚伪的模样。宋池瞥向她的头顶，今日她戴了朵浅粉的绢花，不见那支蝴蝶发钿。或许，以后都不会再戴了吧。

四人同往西院走去。

到了西院，三夫人坐在厅堂里，面前站着一个好像在回话的管事。虞宁初没有多想，准备跟表姐先去清辉堂坐坐，等管事走了再过来，不料三夫人却笑着朝他们招了招手。那管事也回过头来，居然是虞宁初母亲的陪嫁李管事！

先前虞宁初随舅母来了京城，李管事留在扬州处理母亲置办的产业，一晃两个多月过去，李管事定是打点好了一切。于是虞宁初和沈明岚去了厅堂，沈逸带着宋池去父亲的书房取书。宋池没有多问，关系到表妹家里的恩怨，沈逸也没有多说。

"李叔，您何时回的京城？"一进厅堂，虞宁初高兴地问道。

在她走过来的时候，李管事已经打量过了，见她气色红润，瞧着比在扬州时开朗了颇多，很是欣慰，弓着腰答道："昨日黄昏随商船进的京，先回家休整了一番，不想早上起迟了，现在才来给姑娘请安。"说着他从怀里拿出一个包裹严密的匣子，对虞宁初道，“夫人在扬州的产业都卖了，上等良田六两一亩卖的，两个铺面都卖了四百两，五处房产统共卖了一千五百两，都换成了银票，账目也在里面，请姑娘核对。”

虞宁初看向舅母，三夫人点点头，虞宁初便坐到椅子上看账本，沈明岚笑着来帮她数银票，田产、房产所得，共计三千一百两。

“没看出来啊，阿芜你居然这么有钱！”沈明岚虽然没有短过吃穿，却也没有经手过这么多银票。

虞宁初面带笑容，心里酸酸的，她宁可分文也无，换得母亲长命百岁。

三夫人叫丫鬟包了一个红包给李管事，让他回家休息两日再来侯府听差。李管事拜谢告辞。

三夫人对外甥女道：“之前的银子都放在钱庄，留着应急，这笔银子回头让李管事重新物色一下京郊的良田产业，以钱生钱才是长久之道。近日天气晴朗，你也可以跟着李管事出去瞧瞧钱是怎么花的，心里好有个底，免得被人糊弄了。”

虞宁初：“嗯，这两天我准备准备。”

沈明岚挽着她的手道：“我陪你一起去，你若是不知道该怎么花钱，表姐帮你花。”

虞宁初笑了。

三夫人又怎么放心两个姑娘单独出门，除了李管事、温嬷嬷要跟着，还安排儿子沈逸骑马陪同，算是让三人都见见世面，了解田产买卖等行情。宋湘虽然知道此事，但因为涉及钱财，识趣地没有去凑热闹。

“今天怎么没出去玩？”宋池在墨香堂的小花园里发现了无聊至极的妹妹。

宋湘懒懒道：“漪表姐要嫁人了，我不想去打扰她备嫁。阿芜他们出去置办产业了，我也不好跟着。”

宋池笑着敲敲她的头：“走吧，哥哥带你去下馆子。”

宋湘立即来了精神，一跃而起。

今日出门，虞宁初与沈明岚都穿了男装。

沈氏当初的嫁妆，除了那一万两白银，还有位于京城的一座宅子、两个铺面、百亩良田。这样的组合，使得出嫁的女儿既有宅屋存银，又有粮食租金，哪怕夫家无用，女儿凭嫁妆也能衣食无忧。沈氏远嫁扬州，京城的房产便都租了出去，按年收取租金。

李管事先让车夫前往那栋宅子，好歹让虞宁初知道一下地点。

这是一座三进的宅子，位于城东，周边的几条巷子居住的多是京城小富人家，也有外地来京的官商在此安居，或是花钱买下宅子，或是赁了旁人的。现在的租户，是一位翰林院的寒门学士，官职低微，俸禄微薄，被授予京官几年，还未攒够买房钱。

马车只在院墙外停留片刻，几人看了看宅子的保养情况，并未进去打扰。

另外的两处铺面也是如此。

京城有三条街都很繁华，排在第一的是东大街，跟着是长庆街、德胜街。沈氏的两个铺子都在长庆街，一个铺子被人赁去开了古玩店，一个被人赁去开了面馆。古玩店是雅致的地方，每日生意不多，但单单都是大生意。面馆也生意红火，此时不是饭点，里面却坐满了人。

沈明岚提议道："晌午咱们过来吃面吧，闻着真香。"

大家就这么决定了。

看过房产后，一行人前往牙行。

牙商是个留着两撇小胡子的中年男人，四十来岁，体形富态，见虞宁初三兄妹气度不凡，李管事、温嬷嬷又都是老练的人物，便热情地招待了众人。

"最近可有好的房产、田产生意？"李管事开门见山道。

牙商笑道："你们来对了，这冬三月是田产交易最活跃的时候，自打秋收结束，我这儿有大大小小加起来快五百亩的田地要托付。不知几位想买多少田地？什么品质的？"

李管事道："自然是上等良田，两三百亩，地与地最好离得近点。"

牙商这里有一张京郊田地分布图，两三百亩的整片田产他没有，于是摸着胡子算了算，勾画出六片区域："这些能凑够两百五十亩，剩下的都是五亩、十亩的小田，零零散散的，你们要是不介意，我再给你们好好凑凑。”

李管事觉得两百五十亩差不多了，看向虞宁初，虞宁初点点头。

有了目标，由牙商带着他们去看地，见见卖家就行，李管事继续问京城的房产买卖。牙商自然也有此类托付，住宅、铺面、园子，全看虞宁初想要什么。

虞宁初最想买一栋宅子，如果她将来的夫君出身寒门，又在京城为官，她有了宅子，就不用租地方住了。这些她跟温嬷嬷提前说过，就由温嬷嬷向牙商列条件，比如治安要好，街坊邻居都得是体面人家，房子要五进，最好有个花园，又不能离皇城太近。皇城附近都是达官贵人，如果官职不够而是靠着钱住进去，那就太过张扬。

牙商的脑袋就是一张京城活舆图，随着温嬷嬷一样样列出条件来，牙商迅速确定了三栋符合的宅子，看着温嬷嬷与虞宁初道：“这三栋宅子，东家或是经商失败，或是丢了官职，都准备搬回老家，因为宅子好，要价都不低，最便宜的一座也要七百两银子。”

温嬷嬷倨傲道：“我们先看宅子如何，看过再商量价钱。”

牙商懂了，这家不差钱。谈得差不多之后，趁时间还早，牙商带领一行人出了城，去看那几片田地。

出城时，李管事看向路边，见到一张熟面孔，朝对方招了招手，再对马车里的虞宁初道：“姑娘，这位就是替您打理良田的赵庄头，他为人忠厚老实，那三处房产都是他代收租金，年年都准时存入钱庄。他是伺候庄稼的老把式，一眼就能看出一块地的问题，所以我叫他跟咱们一块去。”

虞宁初知道赵庄头，每年赵庄头送银票去扬州，都会送上一些土产，是个很淳朴的人。

到了郊外，他们最先去看的是一片百亩良田。牙商提前跟虞宁初等人交代过卖家的情况，说是一位员外，五十多岁，膝下只有一个儿子，名叫张兴。张兴这人从小就野心勃勃，总想着做生意壮大家里的产业，结果干一行亏一行，却还不死心，去年背着家里跟人借了五百两银子去做海上生意，结果商船遇到风暴，满船的货物都被海浪卷走了。

张员外的老妻直接被儿子气病了，张兴的媳妇更是带着孩子回了娘家，短时间内都不会回来。债主频繁来催，张员外无奈，只得卖掉家产。有人看上了张员外的地，却欺他急着用钱一直压价，这才被虞宁初捡了漏。

赵庄头检查过，的的确确是百亩上等良田。虞宁初没有压价，当场签了契书。张员外按完手印，眼圈通红，眼泪止不住地往下掉。

“老人家攒了一辈子的家业，都被混账儿子毁了。”上了马车，沈明岚感慨道。

虞宁初回想起张员外的泪，忽然意识到，她轻轻松松从母亲那里继承的银子和那些一直收藏着却从未想过要用的银票，其实能够保一家人几代衣食无忧。

但凡要卖地，都是家里出了事，虞宁初几人连着买了五次地，也连着听了五段家世兴衰。到了这会儿，还剩最后一家。

牙商道：“这个卖主是个寡妇，姓梁。梁氏的男人死了，独自带着一儿一女，村里总有人说她的闲话，梁氏便想卖了一半田地，一共四十亩，带着孩子们搬去城里。”

沈明岚好奇道：“说她什么闲话？”

牙商早就看出她们是姑娘了，哪能讲村人口中那些捕风捉影的污言秽语，含糊道：“怪她克夫什么的。”

沈明岚直替梁氏打抱不平，虞宁初也想象着一个整日缅怀亡夫却还要面对流言蜚语的可怜女人的样子。

马车停到梁氏要卖的田地前。虞宁初几人分别下车，见地头停着一辆平板骡车，车上有一对母女面对面坐着，正在嗑瓜子。那妇人三十出头的年纪，面容白净，柳眉杏眼，颇有几分姿色；女儿才五六岁，好奇地打量着虞宁初等人，看起来天真无邪。

牙商在出发前派人快马通知梁氏有人要来看地，要她提前在此等着。看到牙商，梁氏将手里的瓜子交给女儿，笑盈盈地跳下车：“邓哥，这几位小公子就是买家吧？”

“是啊，算你运气好，刚托付我没多久就遇到了大主顾。”

梁氏多看了沈明岚和虞宁初两眼，开始夸起自家的地来：“我男人活着的时候，对这些地比他儿子闺女都好，年年都要施两遍肥，伺候得一亩地比别人家的要多收几十斤粮食，要不是他短命先走了，我都舍不得卖。”

沈明岚呆呆的，按照牙商所说，梁氏的男人才死半年，她竟然好像没事人一样？

牙商陪着李管事和赵庄头去看地，沈逸因为被梁氏瞄了好几眼，也跟着去了地里。

梁氏回车上抓了一把瓜子，分给沈明岚和虞宁初：“吃吧，这是我自己炒的瓜子，比铺子里卖的好吃多了。”

沈明岚可是侯府贵女，瞥一眼骡车上装瓜子的农家瓷碗，客客气气地拒绝了。

虞宁初推辞得慢了点，被梁氏抓着手塞了一把：“姑娘尝尝，我保证你吃了一颗还要吃。”

盛情难却，虞宁初将瓜子交给温嬷嬷，拿了一颗捏开，将瓜子仁放到嘴里，干干脆脆，咸香恰到好处，确实是虞宁初吃过的最好吃的瓜子。她赞道：“您这手艺，可以去开铺子了。”

梁氏见她平易近人些，便站在她旁边，笑道：“开铺子要本钱啊，我去京城买房还得卖地，剩下的地得留着养活我们娘仨，哪儿还有余钱做生意？也就在自己院里种几棵葵花，收了瓜子解解馋罢了。”

沈明岚假装不解地问道：“为何要搬去城里？城里什么都贵。”

梁氏指指远处的村子，哼道：“那些村人，见不得我日子过得逍遥，背后指桑骂槐的，我是不介意，但怕孩子们受委屈，干脆搬到京城去，我日子过得越好，他们越眼红呢。”说完，见沈明岚一副很吃惊的样子，梁氏心思一转，笑道，“你们也奇怪我为何没了男人，还能有说有笑是不是？唉，一看你们就是大户人家的小姐，没尝过人间疾苦。这村户人家，最愁的不是没有爹娘，没有男人，而是没有钱。只要有钱，饿了可以买肉，病了可以买药，看不惯周围的人还可以搬家。跟那些天天下地干活伺候丈夫还要受婆婆妯娌气的媳妇比，我有什么好愁的？”

沈明岚愣愣的：“那、那你丈夫去世，你不伤心吗？”

梁氏叹道：“伤心是伤心的，他刚走那会儿，我白天哭，夜里也哭，后来习惯了也就淡了，日子总要继续过下去。还是那句话，村户人家，吃饱喝足第一大，日子过得舒服了，有没有男人也就无所谓了，哪像那些话本唱的，动不动就伤春悲秋、相思成疾……”

“闭嘴吧你！”温嬷嬷听她越说越扯，突然训斥道，“姑娘面前，你懂点规矩。”

沈氏就是因为心病才红颜早逝的，温嬷嬷怕虞宁初联想起来难过。

虞宁初完全被梁氏眼中的神采吸引，被温嬷嬷打断才反应过来温嬷嬷在顾忌什么。她朝温嬷嬷摇了摇头。尽管如此，梁氏还是讪讪地闭嘴了，等温嬷嬷看向地里，才偷偷对两人道：“总之你们记住，有钱就什么都不怕，我知道你们大户人家讲究多，可再讲究，也得把过得舒服放在第一位，不然光讲究给别人看了，自己心里窝火，那多不值！”

“你又在讲什么歪理？”温嬷嬷风似的快步走过来，隔开这个农妇。

梁氏赔笑道：“我问姑娘们要不要从我这里买点瓜子，家里还有十几斤呢。”

温嬷嬷拿眼睛瞪着她。

虞宁初看向地里，脑海里全是梁氏眉飞色舞的样子。如果母亲也如梁氏这般想，手握嫁妆开怀度日，是不是就不会郁郁寡欢早早病逝了？

大户人家讲究多，可频频嘲讽母亲轻浮的沈明漪，还不是偷偷去找宋池诉情？而她处处谨慎守礼也没有被太夫人与沈明漪接纳，反而总是被抓住机会狠狠奚落，所以，讲究真的有那么重要吗？

梁氏的四十亩田很不错，虞宁初决定买了，一行人去梁氏家里签契书。

梁氏还有一个十四五岁的儿子，刚从私塾回来，见家里有事，便牵着妹妹去后院玩了，并没有探头探脑地窥视，很是懂礼。

梁氏家里共有八十亩田，在村里算是数一数二的了。梁氏还买了两个小丫鬟，将院里院外打扫得干干净净。南院种了一棵柿子树，树上还挂着一颗颗火红的大柿子。梁氏见虞宁初和沈明岚都在看柿子，进屋前便吩咐小丫鬟去摘一篮柿子。

进了屋，牙商拿出自带的文房四宝，写好契书，双方看过确定无误后，分别签字画押。

“你们搬去京城，村里的房子要卖吗？”虞宁初问。

梁氏笑道：“不卖不卖，我儿子还在读书，如果他读不出什么名堂，就让他娶个媳妇回来继续种地。”

虞宁初在梁氏身上感受到了一股蓬勃的生气，仿佛无论发生什么，她都能笑着面对。

等待墨迹干透的工夫，梁氏问虞宁初：“姑娘喜欢吃我家的瓜子吗？”

虞宁初点点头。

梁氏道：“那姑娘把帕子给我，我给您包点。您是金贵人，我就不用自家的粗碟粗碗了。”

虞宁初喜欢梁氏，便拿出帕子递给她。

梁氏见沈明岚没有要吃瓜子的意思，便没有多嘴，转身去西屋给虞宁初装瓜子。很快，梁氏装好瓜子回来，将虞宁初的帕子塞得像个圆球，再多一颗可能就要漏出来。

虞宁初将表姐、表哥、李管事和温嬷嬷叫到院子里单独说话。她打开帕子，先给每人分了一点：“你们尝尝，确实挺好吃的。”

沈明岚见她这么喜欢，试着吃了一颗，这一吃就停不下来了：“早知道这么好吃，我刚刚也该让她帮我装一包。”

沈逸笑她：“谁让你大小姐脾气，嫌弃人家。”

温嬷嬷道：“我这里还有一大把，在地头她塞给我的，都给姑娘吧。”

沈明岚立即拿出帕子，将这一大把瓜子接了过去。

阳光温暖，几人津津有味地吃着瓜子，看着虞宁初，猜到她肯定有其他事要说。虞宁初没有卖关子，低声道：“梁氏有这份手艺，我想买个小铺面专门卖炒货，我给她提供瓜子等原料，她在家里炒出来，我再拿去铺子里卖，如此她既能赚钱又不用抛头露面，你们觉得如何？”

买铺子只能收租金，进项有限，还不如自己做生意。炒瓜子这些零嘴，一年到头女眷们都喜欢吃，到了逢年过节、婚宴嫁娶的时候，但凡有点余钱的人家更是要备上一些招待客人。可以说，只要东西好吃，炒货铺子绝对有的赚。

沈逸看着沉静自信的小表妹，惊喜道："母亲叫咱们出来见世面，果然有用，阿芜一下子就想到赚钱的点子了。"

虞宁初微微脸红道："那也是因为遇到了梁氏，没有她，我也想不到做炒货生意。"

李管事笑道："姑娘这主意不错，正好我现在也没有什么事干，可以帮姑娘看铺子。只是还要问问梁氏的意思，我看她很有主意，说不定被咱们提醒，她自己就买铺子卖炒货了。"

虞宁初："我等会儿问问她，如果她不愿意，这事就算了。"

归根结底，是她要仰仗梁氏的手艺。

几人重新回屋，李管事对梁氏提了此事。梁氏在心里算了一笔账，同意了。她也想做生意，但她一个寡妇，做生意哪有那么容易？亏本了不提，若是赚了，可能会被其他炒货铺子排挤，寡妇门前是非多，旁人随便说两句就能坏了她的名声，她自己倒是没关系，但还有儿子女儿呢。她搬去京城就是为了躲是非图清净，可不敢再招惹什么。而且，做生意需要铺子，需要进货的本钱，这些她统统没有。虞姑娘背靠平西侯府，有钱不说，还能在贵人圈里拉拢客源，她给虞姑娘供货，赚的钱可能比自己辛辛苦苦操持一切还要多，还免了生意亏本的担忧。

"行，我跟姑娘干。我从小嘴馋，喜欢吃这个，经常跑去卖炒货的摊子看人家怎么弄，后来自己试着捣鼓，捣鼓多了就有了诀窍。除了瓜子，我还会炒核桃、栗子、蚕豆、花生、豆子，不管炒什么，窍门都差不多。等我进京安顿下来，我一口气炒几样送给姑娘尝尝，行了咱们就开铺子，不行也没什么损失。"

见梁氏非常痛快，大家就约好等梁氏送来第一批炒货后，再具体商量后面的事，包括供货契书。

这时候，小丫鬟也摘好了柿子，小小的一个篮子里装了七八个比拳头还大的柿子。

"姑娘带回去尝尝，特别甜。"谈了生意，关系就更近了，梁氏直接把篮子交给了温嬷嬷。

虞宁初见梁氏的女儿朝这边张望，便朝小丫头招招手。

女孩子跑过来，虞宁初荷包里装了一些碎银与银瓜子，她捏了一小把银瓜子，放到女孩子胖乎乎的小手里："拿去玩吧。"

女孩子高高兴兴地跑了。

梁氏笑道："姑娘真是活菩萨，我们家这是要过年了。"

虞宁初也说不清为什么，就喜欢这些无忧无虑的小女孩，想哄她们开心。

又寒暄了几句，虞宁初等人坐上马车，离开了这座村子。车厢里，虞宁初与沈明岚挨着坐，沈逸坐在另一侧。

"阿芜要开铺子，我怎么也这么兴奋，好像是我自己要赚钱了一样。"第一次参与开铺子的事，沈明岚很是激动。

虞宁初还算平静，笑道："表姐光想着能赚钱了，肯定高兴，可咱们第一次做生意，也许会亏本，都说不准的。"

沈明岚道："亏了也不怕，先开一年，如果生意不好，就把铺子租出去收租金，咱们又不是那种亏不起的人。"

虞宁初也是这么想的，说起来卖炒货只算小本生意，只要一年的进项比租金多，就值了。

买了六块田，兜兜转转地，等马车驶进城门，正是吃午饭的时候。牙商有事先离开了，约好明日再带虞宁初等人去看宅子和铺面。

小主子们要去下馆子，温嬷嬷和李管事一个回了侯府，一个回了家，没有跟着凑热闹。沈明岚还惦记着长庆街的那家面馆，让车夫赶车过去。

肚子"咕噜"了一声，沈明岚嘿嘿笑着，在亲哥与亲表妹面前，没什么好尴尬的："先吃瓜子垫垫肚子吧。"

虞宁初一路都在盘算开铺子的事，竟然没觉得饿。

马车来到长庆街，长庆街比东大街要狭窄，车夫停在街头，去路边的包子铺买了两个包子，在此等候主子们。虞宁初几人并肩往前走。街道两侧都是铺面，炒菜、蒸菜的香气从不同的饭馆飘出来，沈明岚捂着肚子，口水都要流出来了。

"三表哥！"

楼上忽然传来熟悉的声音。

三人齐齐抬头，看到旁边一家酒楼的二楼，一间雅间的窗前正坐着宋池、宋湘兄妹。

“我们刚刚点好菜，你们上来一起吃吧。”宋湘热情地招呼着。

沈逸笑了笑，问沈明岚：“还要去吃面吗？”

沈明岚迫不及待地想跟好姐妹分享他们今日外出的成果，拉着虞宁初就往酒楼里走。虞宁初并没有理由拒绝，而且今日表哥也在身边，宋池最会装君子了，不可能做什么。踩上深色的木板，三人跟着伙计上了二楼，宋湘正站在雅间门口等着。

“你们的事都忙完了吗？”几人落座后，宋湘主动打听起来。要知道，她这半日一直在惋惜没能与虞宁初等人同行，与只会给她买东西却不擅长聊天的哥哥相比，宋湘更想跟姐妹们玩。

虞宁初矜持地点点头。

沈明岚抢着介绍起来，光那六块地的卖主家里的兴衰史都够她讲上许久了。

宋池对沈逸道：“再点几个菜吧，今日我做东。”

沈逸：“那我们就不客气了。”

雅间自有一份菜单，每道菜都写在一片竹简上，所有竹简都挂在一个造型别致的架子上，不用的时候放在角落，像个摆设。伙计提着架子过来，沈逸叫表妹一起选，亲妹妹正忙着与宋湘说话，索性不管她了。

冬日的招牌菜就是铜锅涮菜，宋池已经点了铜锅，大家再多加配菜就可以了。虞宁初点了她与表姐都喜欢的配菜。沈逸除了配菜，还点了三道菜肴，其中一份是酸菜扣肉。

铜锅最先端上来，配菜摆在宋池、沈逸这边，炒菜也陆续好了。沈逸从伙计手里接过那盘酸菜扣肉，摆在虞宁初那边，笑道：“这是北地的吃法，表妹尝尝味道如何。”

虞宁初点头，夹了一片肥瘦相间的扣肉，轻咬一口，肥而不腻，带着爽口的酸味，很是开胃。

“挺好吃的。”她点评道。

沈逸道："喜欢就好，回头让家里的厨子也做做这个，之前都是江南的做法，怕你吃腻了。"

虞宁初用帕子擦擦嘴角，朝对面的表哥笑了笑。

这时，宋池也从盘子里夹了一片扣肉，抬起来的时候，肉片刚好挡住了虞宁初的视线，她顿了顿，扭头去看聊得热闹的沈明岚和宋湘。

沈明岚抓了一小把瓜子给宋湘："你尝尝，幸好阿芜爱吃瓜子，收了梁氏的赠礼，不然我都要错过这种美味了。"

宋湘吃了一颗，连连点头。

沈明岚说："我们还收了一篮柿子，现摘的，温嬷嬷带走了，等会儿回府，你跟我们一起去尝尝。"

宋湘越发后悔早上没跟着一起去了，或许还能亲自上树摘柿子玩。

这时，宋池忽然看着虞宁初道："托阿芜表妹的福，阿湘今天算是解馋了。"

虞宁初扯扯嘴角，算是回应，始终没有看他。

宋池看了看她面前的酸菜扣肉，余光瞥向沈逸，沈逸恰好从铜锅里捞了煮好的菜，放到虞宁初的碟子里。两人相视一眼，一个温柔体贴，一个眸光似水。

有沈明岚和宋湘在，雅间里的欢声笑语几乎没有停过，虞宁初吃得也很开心，只有宋池偶尔瞥过来的视线让她微微警惕。

饭席将近尾声，街上忽然传来急促的马蹄声与妇人惊慌失措的尖叫声。

宋湘的座位紧挨着窗户，马上往外看去。沈明岚直接站了起来，一手撑着桌面，一手扶着宋湘的肩膀。桌子对面，宋池坐着看向窗口，沈逸走到了他身后。

虞宁初也想看外面到底发生了什么，若是换成遇到梁氏之前，虞宁初就是再心痒难耐也会忍着，恪守姑娘家的礼仪，如今她想开了很多，再加上宋湘、沈明岚都在看，于是她也离开席位，走到宋湘身后。

与这边隔了三四个铺面的街上，有七个官兵打扮的人将两个男人围在中间，男人手里都有刀，背靠背抵抗着官兵，其中一人手里还抱着一个一两岁的孩童。

"是锦衣卫。"宋湘神色凝重地道。

虞宁初心中一惊，她久居深闺，但也听说过锦衣卫的威名，他们主要是奉皇上之命巡查缉捕，无论审理什么案子，锦衣卫都直接向皇上复命，其他官府衙门无权干涉，甚至锦衣卫监察、缉捕的目标就是官员。

那七个锦衣卫刀法娴熟，招招狠辣，大有直接取两人性命的意思。被困的二人虽然处于劣势，却个个悍勇无畏。刀光闪烁，众人看得眼花缭乱，突然有长袖伸过来，一起挡住了三个姑娘的视线。

宋池神色冷清道："有人掉了脑袋。"

虞宁初猛地打了个哆嗦，不等宋池再说什么，白着脸坐回了椅子上。

沈明岚与宋湘再胆大，也不敢看那画面，都乖乖坐好了。

宋池关上窗户，对沈逸道："你留在这里保护她们，我下去看看。"

沈逸担忧道："锦衣卫办案，表哥还是别管了。"

正德帝是个昏君，韩国舅为虎作伥，掌管锦衣卫后，残害了一批忠臣，底下那两位壮士保护的，可能是某位忠臣的遗孤。如果宋池帮助锦衣卫抓人，会坏了名声，但如果宋池帮助两位壮士脱逃，则会引火上身。

宋池："刀剑无眼，我怕他们伤及无辜。"

这个理由，沈逸无法再反对。

"哥哥！"宋湘紧张道。

宋池朝妹妹笑了笑，转身时视线扫过虞宁初。

虞宁初目睹了下面的危险，心慌意乱，对上宋池的视线，下意识道："池表哥小心。"

再怎么说大家都住在平西侯府，多少有些交情，遇到这种情况，都该关心一下。宋池看着她不似说场面话的眸子，微微颔首，转身离去。

他这一走，雅间里的四人都担心起来。沈逸让妹妹们坐着，走到另一扇窗前观察下方的情况。

短短的工夫，七个锦衣卫死了三个，负伤倒地两个，被困的二人，其中一个也死了，另一个手臂挨了一刀，全身是血，抱着幼童抢过一匹马，朝前奔去。

仅存的两个锦衣卫继续追杀。

逃跑的男人猛地弯腰，从旁边的绸缎摊上扯来一条长布，将孩童裹起来绑在身上,然后一手攥紧缰绳,一手从腰间取下一把匕首,回头对准一个锦衣卫掷去。

匕首扎在锦衣卫的眼睛上，那人惨叫一声，跌下马来。

沈逸暗暗松了一口气。然而就在此时，宋池突然冲入街中，一手抓过那匹狂奔的骏马的缰绳，翻身而上。锦衣卫的骏马上都配备了箭囊，宋池一边纵马疾驰，一边拉弓搭箭。

骏马的速度太快,沈逸不得不将半个身子探出窗外,只见宋池的箭飞速射出,从另一个锦衣卫的肩侧擦过，准确地射中逃跑男人的后心。利箭的去势将男人带下马来，尽管如此，在跌落之前，男人仍然紧紧护住怀里的孩子。

宋池勒马，没有再继续前进。另一队锦衣卫从前面的巷口奔驰而来，领头人看一眼宋池，拱手道谢，随即命令手下将男人与孩子都带走了。

沈逸慢慢关上窗户，手隐隐发抖。他不敢想象，平时光风霁月、与世无争的宋池，为何要与锦衣卫同流合污。

“三表哥，外面怎么样了？”宋湘急切地问，要不是怕看到砍头的一幕，她早就推开窗户了。

沈逸强自镇定道:“犯人已经被抓，池表哥无事，马上就回来。”

宋湘长长地松了口气。

虞宁初觉得表哥的神色不太对，小声地问:“可有百姓受伤？”

沈逸摇摇头:“可能损坏了一些财物。”

这样，百姓也只能自认倒霉，锦衣卫不会管的，百姓们也不敢去找锦衣卫索赔。

等了一盏茶的工夫，宋池回来，一身锦袍不见任何凌乱，仿佛只是去下面走了一趟。

不用担心他的安全了，沈明岚开始询问锦衣卫抓人的经过。宋池简单道:“寡不敌众，锦衣卫前后包抄，他们插翅难飞。”

宋湘想到那个可怜的孩子:“也不知道他家里犯了什么事……”

“锦衣卫办案，我等休要打听，免得祸从口出。”宋池提醒三个小姑娘。

大家便不问了，只是也没有了胃口再吃下去。沈逸留意着街上，等尸体、残血都被人清扫干净，兄妹几个便坐车回府了。

事不关己，三个姑娘都将街上所遇抛到脑后，携手去西院吃柿子。

沈逸目光复杂地看着宋池。宋池仿佛看不懂他的深意，笑道："走吧，我也去讨个柿子。"到底不是亲表兄弟，宋池刻意回避，沈逸只好将话咽了回去。

次日，虞宁初三人又出了府，跟着牙商去看宅子。

昨日明明说好有三处合适的宅子，今日牙商却只带他们看了两处，低声道："本来还要带你们去看高家的宅子，可谁知道昨天出了大事，高家的左邻住着一位姓孟的前御史，就在昨日，锦衣卫抄了孟宅，到现在还有官兵把守着，咱们还是别去为妙。"

沈明岚心中一动，问道："昨日晌午我们在酒楼吃席，撞见街上锦衣卫抓人，莫非抓的就是孟家人？"

牙商消息灵通，点头道："可不是，别说孟家的少爷公子，就是猫猫狗狗，都别想活着逃出京城。"

沈明岚还想再多打听一些，沈逸劝阻了妹妹。

宅子不是一两日就能定好的，牙商继续带着他们去看铺面。街道繁华，一些闲言碎语落到耳中，百姓们都很小心，没骂皇帝，也没夸孟御史，只说孟御史因刺杀韩国舅而获罪。

韩国舅是本朝公认的奸臣，敢刺杀奸臣的，多半就是忠臣了。虞宁初忽然想到沈琢与韩家的婚事。平西侯当年娶韩氏时，韩家还没有掌权，也没有什么污名，现在可不一样了。那么，是那位韩锦竺姑娘实在太好，平西侯不惜坏了名声也要与奸臣韩国舅结亲，娶个好姑娘做宗亲，还是说，这门亲事，涉及一些利益关系？原来侯府富贵，却也暗流汹涌。

同一时刻，韩国舅进宫，向正德帝禀报刚刚办妥的孟家一案。

"皇上，前御史孟究不满当年被皇上罢免官职，一直心怀怨恨，他自知皇宫守卫森严，所以安排刺客意图刺杀臣，折了皇上的左膀右臂。昨日臣得到密报，立刻派锦衣卫去搜查孟府，果然搜到了孟究的罪证，不但如此，那孟究居然还利用巫蛊之术，诅咒皇上与太子。”

正德帝大怒：“岂有此理！三年前孟究在朝堂上公然辱骂朕，朕便想要他的命，是你替他求情，结果呢？他不但不知悔改，反而连你也要刺杀！”

韩国舅跪下，悔恨道：“都怪臣一时心软，差点酿成大祸，臣死不足惜，若他的巫蛊之术得逞，害了皇上，臣便是千古罪人啊！”

正德帝怀着愤恨的心情看完韩国舅查获的证据，便叫人下旨，灭孟究九族。

宫人去传旨，韩国舅又想起一事，笑着对正德帝道：“皇上，孟家有死士，昨日差点被两个死士带走孟究的幺子，幸好锦衣卫抓人时遇到了武英郡王，眼看那死士就要逃走，武英郡王飞身上马，一箭将那人射落马下。”

正德帝诧异宋池竟也参与了此事，随即笑着赞许道：“子渊跟着平西侯学了一身好功夫，捉拿一个死士自然不在话下。”

韩国舅也跟着夸了两句，道：“郡王文武双全，如今也大了，皇上要不要给他安排一份差事？免得埋没了郡王的才干。”

正德帝靠着椅背，沉吟起来。宋池的年纪是可以当差了，只是自己对老晋王芥蒂颇深，宋池又是老晋王的亲孙子，自己可以赏他爵位，封官的话，却难免有些疑虑。

韩国舅上前一步，低声道：“皇上，依臣之见，可封郡王为北镇抚司副使。郡王尚且年轻，初次封官便是正五品的官职，足见皇恩浩荡，对郡王的器重。而北镇抚司副使这个职位，并无办案之权，全听镇抚使的差遣，如此也避免了郡王年轻气盛，当差时出现差池，等他历练几年，能独当一面了，再把官职升上去。”

正德帝的心思快速转起来。北镇抚司乃锦衣卫的下属官署，专门负责侦缉刑事，宋池领个北镇抚司副使，也就是替他跑腿抄家抓人，他让宋池去抓谁，宋池就得去抓谁，不可擅自行动。

正德帝知道自己在民间的名声并不好，替他尽忠的锦衣卫更是被百姓唾骂，将宋池弄到锦衣卫来，若他不好好当差，不肯抓捕意图谋害的官员，便说明宋池暗藏二心，万万不可留用。倘若宋池忠心耿耿，对那些官员毫不手软，自己也就能放心用他了，再者，以宋池的本事，抓起人来事半功倍，是把好刀。

正德帝看向韩国舅，韩国舅一脸谄媚地笑道：“皇上意下如何？”

正德帝非常满意：“就按你说的办吧，明日朕便赐官给他，你替朕好好盯着。”

虞宁初跟着牙商看了一天，多少了解了其中的门道，后面的事就交给李管事，等李管事从十几个铺子里确定好最合适的几处，她再做最终挑选。至于房产，虞宁初决定买两套三进的宅子收租金，自住的暂且不买。

她还不知道将来会嫁个什么样的人，现在早早买了，万一将来用不上怎么办？又或者左邻右舍万一出了什么事，那宅子不适合住了怎么办？孟御史的惨案，多少还是影响了虞宁初的想法，京城脚下，变故太多，如今田产、房产、铺子她都有了，剩下的银子就都存在钱庄里吧，银票在手，心中安稳。

这日早上，太夫人突然派丫鬟过来，叫她与沈明岚去荣安堂打牌。天气寒冷，姐妹俩披着厚厚的斗篷，手里各自捧着一个小巧的暖炉。

到了荣安堂，见沈明漪、宋湘都在，沈明漪正在解斗篷，显然是刚到。

“阿芜也来了啊，那你们四个小姐妹打吧，我在旁边瞧着。”太夫人笑容慈爱道。虞宁初垂下眼帘。

沈明岚皱眉看向去西院传话的小丫鬟，小丫鬟说的是太夫人请她与表妹两人，怎么太夫人这话说得竟像表妹非要跟过来一样？

小丫鬟低着头，好像做错事又不敢承认似的。

“外祖母，我牌技不精，跟过来凑凑热闹，还是您上场吧。”虞宁初悄悄扯扯表姐的袖子，笑着对太夫人道。

沈明漪很高兴看虞宁初闹笑话，拉着太夫人道：“祖母叫我们过来打牌，您怎能不玩，我就盼着从您这里赢钱呢。”

宋湘虽然同情虞宁初，但她是外人，这个时候也不好说什么。就这样，太夫人带着三个小姑娘打牌，虞宁初坐在沈明岚旁边，当个看客。打了一圈，太夫人看一眼虞宁初，问：“听下人说，前几日你带着李管事频繁出门，做什么去了？”

虞宁初来时的路上已经猜到了几分，坦然道："母亲当年的陪嫁，有三套房产、一些田产在京城，我叫李管事带我去看看，多少有个了解。"

太夫人"嗯"了一声，垂着眼看牌，漫不经心道："你娘是咱们侯府嫁出去的姑娘，虽然是庶出，嫁妆上我跟你外祖父也没有亏待她，你娘那人是个大手大脚的，扬州又是富贵地，她享乐惯了，除了京城这边的产业她动用不了，其他嫁妆，留了你多少？"

沈明漪、沈明岚、宋湘都默默地摸牌打牌，神色各有不同。

虞宁初想，太夫人这话也是个坑，若她反驳太夫人对母亲大手大脚的点评，说母亲留了一万多两银子，谁知道太夫人会不会想办法把这些银子要过去，但不反驳的话，就是在三个表姐与丫鬟面前承认母亲是个乱花钱的人。

"具体有多少我也不知道，在扬州时都是我父亲打理母亲的嫁妆，舅母带我进京后，父亲就托舅舅、舅母替我管着。"虞宁初目光清澈道，仿佛只是一个不问俗务的天真姑娘。

沈明岚笑了，表妹真聪明，这么一说，太夫人若想再打听，只能去找母亲问，可太夫人好意思问吗？亲舅舅、舅母替外甥女打理嫁妆，可比一个没有血缘关系的外祖母合情合理多了。

太夫人被虞宁初将了一军，皮笑肉不笑道："你命好，遇到了一个心善的舅母，不然就你母亲那脾气……"

"嗯，我听母亲说过，她出阁前十分娇纵，不过这也是外祖母宠爱、视母亲如己出的缘故。我小时候，母亲常在我面前回忆外祖母的好，我来了京城，才知道母亲所言非虚，外祖母果然是非常慈爱的人。"虞宁初笑着接了太夫人的话。

太夫人捏着牌的手猛地收紧，嘴角带笑，看虞宁初的目光却混杂了错愕与犀利。

虞宁初神色恬静，藏在袖子里的手其实在微微发抖。她不想跟太夫人硬碰硬，可她受不了太夫人句句话都在讽刺母亲。如果侯府的其他姑娘处处守礼，只出了母亲一个例外，那太夫人怎么批判母亲虞宁初也认了，可沈明漪就坐在对面，太夫人最宠爱的孙女都胆敢跑去找男人诉说情意，太夫人又有什么资格如此说？

沈明漪见虞宁初连太夫人都敢戗，刚要说什么，一个丫鬟忽然从外面走进来，凑到太夫人耳边说了什么。虞宁初听见了“池公子”三个字。

宋湘也听见了，等丫鬟说完，马上问：“太夫人，我哥哥怎么了？”

太夫人笑道：“没什么，皇上想你哥哥了，宣他进宫。”

宋湘一脸困惑，皇上多是逢年过节或外出狩猎时召见哥哥，这时候皇上该在宫里与妃嫔快活，叫哥哥去做什么？

下午宋湘来西院找沈明岚和虞宁初，说了宋池被封为北镇抚司副使的事。

出于礼节，沈明岚高兴道：“北镇抚司副使好像是正五品的官吧，池表哥年纪轻轻便位居五品，以后不可限量。”

宋湘瞪她：“这里又没有外人，你少跟我说这种场面话，锦衣卫那种名声，我宁可哥哥在家里闲着。”

沈明岚道：“话不是这么说，虽然锦衣卫传出过很多令人闻风丧胆的事，可同样的官职不同的人来做，结果也不同，说到底，锦衣卫就是办案的，池表哥文武双全，定能明辨是非，不冤枉好人，也不放过坏人。”

宋湘心想，这些年锦衣卫就没有办过什么令百姓称赞的案子，哥哥进了锦衣卫，做好人便要被同僚排挤，若是同流合污，则要被百姓唾骂，简直是进退两难。

“阿芜，你觉得呢？”宋湘问虞宁初。

虞宁初对京城的形势及锦衣卫的了解都很浅薄，初闻宋池有了官职，只高兴宋池终于要像舅舅一样早出晚归了，这样她再去花园赏景，也不会撞上他了。

“朝廷大事咱们不懂，不必妄加揣测，只是如今天寒地冻，池表哥又是第一次当差，可能有很多不习惯之处，湘表姐与其担心那些远的，还不如照顾好池表哥的饮食起居，免得池表哥受寒。”

宋湘一听，若有所思。是啊，不管哥哥去锦衣卫还是去吏部、户部，哥哥始终都是她的哥哥，无论别人如何误会揣测，她知道哥哥是好人，这就足够了。

“阿芜说得对，那我先回去了，哥哥后日就开始当差，我去准备准备。”宋湘脚步轻快地回了墨香堂。

宋池知道妹妹刚刚去了哪里，也猜到妹妹会与小姐妹们说什么，见妹妹回来就钻进他的房间翻箱倒柜，意外道："你这是做什么？"

宋湘站在哥哥的衣柜前，捏了捏挂在里面的两件斗篷，奇怪道："哥哥，入冬这么久了，我怎么没见过你披过斗篷？是不喜欢姑母给你准备的这些吗？"

宋池坐在床边的椅子上，笑道："我不冷。"

宋湘道："那是因为你一直待在侯府，等你去了锦衣卫当差，那边没有火炉也没有地龙，你这种娇生惯养的富贵公子能受得了？哎，你这袜子怎么这么薄？"

宋湘将哥哥的衣裳、袜子都嫌弃了一遍，喊来身边的丫鬟，让她们赶紧先给哥哥做几双厚袜子、厚鞋垫。

宋池忽然问："谁教你关心这些的？"

宋湘还在收拾他的衣柜，边忙边道："阿芜啊，我说哥哥要去锦衣卫了，岚表姐不想我担心，就会说一些套话哄我，还是阿芜心细，提醒我你第一次当差，让我照顾好你。"

宋池闻言看向窗外，一阵寒风吹过，窗前的枫树上挂着的最后几片枫叶，终于落了下来。

从宋湘口中听说宋池要去锦衣卫当差，虞宁初除了窃喜以后不会轻易撞见宋池之外，并没有其他情绪。

到了傍晚，虞宁初与表姐下完一盘棋，看天色该用晚饭了，姐妹俩一道来了前院。沈三爷刚从吏部回来，去内室更衣了，沈逸坐在三夫人身边，母子俩正说着话。外面天寒地冻，屋里烧着地龙，小几上摆着菊花盆栽，嫩黄的花瓣，翠绿的叶子，为这寒冬增添了勃勃生机。姐妹俩坐到了三夫人右边。

三夫人问她们："下午阿湘来找你们玩，怎么没待多久就走了？"

沈明岚道："她来知会我们池表哥封官的事，后来想到要替池表哥准备冬衣，便风风火火地跑了。"

这时，沈三爷换完常服出来，一袭深灰色的圆领袍子，面容俊逸，只是不知为何眉宇间多了一丝忧虑。

“子渊去锦衣卫的事,你们也知道了?”沈三爷看着孩子们,坐到了妻子身边。

三兄妹都点了点头。

厅堂里的两个丫鬟都很会看眼色，一个退到外面守着，一个去厨房传饭。

沈三爷摸摸精心打理的短须，严肃地对三个孩子道:“锦衣卫是什么地方，你们都该清楚，今日之前，子渊是你们的池表哥，你们与他犯了口角也都无伤大雅，今日之后，他只是北镇抚司副使，你们要敬他畏他，切不可妄议朝政，尤其是锦衣卫相关的案子，包括在阿湘面前。”

沈明岚不解道:“爹爹是担心我们说错话，池表哥也会将我们抓起来?”

正德帝对民间舆论管得极严，百姓们私底下骂他昏庸都有被抓的，负责这类事的正是锦衣卫。

沈三爷道:“我只是让你们小心，他处在那个位置，有时候就算他不想做什么也身不由己。”

“好了，别吓唬孩子们，子渊也是咱们看着长大的，不是那种人。”三夫人插话道。

沈三爷没再多说。晚饭端上来，大家专心吃饭。

然而连虞宁初心里都藏了困惑，沈明岚更是被父亲的态度折磨得心痒，饭后就将哥哥沈逸拉去了清辉堂。

“哥哥，你是不是知道什么?”打发了丫鬟，沈明岚审问道。

虞宁初坐在一旁，虽未说话，但清澈的眸子也巴巴地看着表哥。

沈逸如今对宋池的态度也很复杂，为了让妹妹们知道“锦衣卫”这三个字的严重性，沈逸低声道:“还记得那日咱们在酒楼吃席吗?孟家的两个死士死了一个，另一个夺马逃了，如果不是池表哥出手，将其射落马下，那人或许能冲出一条生路。”

虞宁初与沈明岚互视一眼，宋池下楼前说担心路边百姓受伤，但其实是去帮锦衣卫抓人了?两人不约而同地想到了那个被孟家死士护在怀里的稚子。虞宁初不知道，但沈明岚知道啊，孟御史因刚正不阿连连弹劾韩国舅一党才被罢免了官职。

沈明岚脸色苍白道："他为什么要这么做？"

昏君当道，忠臣越来越艰难，更多的都像平西侯一样，不与奸臣同流合污，残害百姓，但也不会鲁莽地与皇上、奸臣对着干。

据沈明岚所知，大伯父平西侯一心想回到边疆，保家卫国，二伯父虽然渐渐发福，但武艺还在，负责操练上四军的将士，手里虽无兵权，却坚持替大周朝培养精锐之师。而她的父亲在吏部做事，同担任吏部尚书的外祖父一样，尽量遴选正直的官员去地方任职。

宋池不出手救人也没什么，为何要助纣为虐？

沈逸摇头道："我不知道，他不愿说，我也看不透他，总之你们记住，他没有表面看起来的那么简单，你们不能再把他当普通的表哥看，以后在他面前，说什么话都要先斟酌一遍，尤其不要提什么忠臣奸臣的。"

虞宁初问道："那个孩子呢？"

沈逸道："孟究用巫蛊之术谋害皇上，皇上下旨诛杀孟家九族，不日问斩。"

虞宁初浑身发冷。她没有见过宋池射箭，却见过他用枪，随着沈逸的话，虞宁初脑海里浮现出宋池朝那个死士投掷长枪的画面。

沈逸走了，沈明岚不许虞宁初走，姐妹俩今晚同被而眠。

"阿芜，你说池表哥真的那么狠吗？"沈明岚还是不敢相信，在她心里，宋池就像天上的明月，超凡脱俗，他连山林间自在啼叫的画眉都不忍心射杀，怎么会去射杀一位忠臣死士？还有那个不足三岁的孩子……

沈明岚心里凉凉的，不知道以后见到宋池该如何相处。

"我不知道。"

虞宁初对宋池并没有多深的了解，只知道他没有表面那么君子，经常找机会戏弄她，只是这种言语调戏与无视生命，完全不是一回事。

宋池调戏她，虞宁初会恼怒，会躲着他，可如今，虞宁初对他产生了一种畏惧。

宋池的所作所为让姐妹俩分心了两日，可能是再也没见到宋池的关系，此事对两人的影响渐渐淡去，对宋湘，她们仍像以前一样亲昵，无所避讳。闺阁里的小姐妹，原本也不会主动议论朝政，所思所想，皆是吃喝玩乐。

月中，虞宁初的铺面和宅子都买好了，两栋宅子位于富商或低阶官员常住的好地段，一共花了快八百两银子。铺面在东大街，别看只是一个小小的开间，还没有虞宁初的闺房大，但位于京城最繁华的地段，竟然花了四百多两。这个铺子原来是卖糕点小吃的，主人惹了官司，铺子开不下去了，因此才卖了。

虞宁初与李管事商量之后，暂且没动铺子的格局，等梁氏那边的炒货送过来，确定可以做生意了，再找木匠改建铺子里的格局。月底，梁氏终于来了平西侯府。她一个人背着一个大大的篓子，从后面看，篓子能把她整个上半身挡住。

虞宁初、沈明岚赶到前院，三夫人正与梁氏说着话："这么重，你一路背过来的？"

"哪能呢，我可背不了这么远，家里赶了骡车将我送到巷口，我怕骡车太引人注意，就让车夫停在那里，我再背着东西走过来。"梁氏一边说一边不停地拿帕子擦着汗。

大冬天热成这样，可见累得不轻。

"姑娘们来啦，我差点都没敢认。"梁氏看着女装打扮的姐妹俩，宛如见了天仙，亏她在村里自诩美貌无人能敌，如今一看，自己连给两个姑娘当丫鬟都不够资格。

虞宁初笑着让她免礼，看向那个篓子："东西都做好了？"

梁氏眼眸明亮，难掩兴奋道："做好了，不瞒姑娘说，那日跟姑娘商量好要做炒货生意，第二日我就来京城了，一边看房子，一边挑选坚果脯子的配料，专拣那东西好价钱又实惠的，月中我前脚搬进新宅，后脚就把做炒货用的东西凑齐了，这几日没黑没白地炒，总算能拿过来给夫人、姑娘们掌眼了。"

三夫人笑道："你这张嘴，天生做生意人的料。"

"谢夫人夸。"梁氏行个礼，走到篓子前。

大家都围了过来，篓子内侧裹着一圈油纸，不打开盖子根本不知道里面装了什么，如今一掀开，就见第一层摆了六个鼓鼓囊囊的油纸包，下面铺着一层薄薄的木头隔板，干干净净。

梁氏一边往外摆一边介绍起来："第一层是柿饼、红薯干，我自己做的，不算炒货，可味道好吃，我觉得可以放在铺子里一起卖。第二层是炒瓜子，分别是原味的、咸味的、话梅味的、茶味的、蔗糖味的、五香味的。第三层是炒核桃，有南核桃、北核桃，也是那六个味道。第四层是炒蚕豆，七个味，多了一道麻辣的。第五层是炒绿豆，也是七个味。最后一层是炒花生，同样七个味。我看其他炒货铺子基本就是这几个味，咱们先卖着，以后我再琢磨有没有什么新口味。大家都尝尝吧，若是哪个味道的不好吃，咱们就不卖那个。"

梁氏一口气说完，口干舌燥的。丫鬟端来茶水，梁氏连连道谢，扬头往嘴里倒水，始终没碰茶碗边缘。侯府这种地方，她第一次来，心里慌啊。

虞宁初等人开始品尝每一种口味，也把丫鬟们叫过来，各抒己见。有人喜欢咸的，有人喜欢甜的，有人喜欢辣的。

"都好吃，不过我竟然最喜欢这个柿饼。"沈明岚连着吃了两块柿饼，依然意犹未尽。

梁氏道："姑娘们若是觉得好，我再去周围村子里多收点柿子。"

虞宁初道："收吧，明日咱们去铺子里详谈，契书、本钱什么的一口气都谈好，到时候你在家里准备配料，李管事负责找工匠改造，快的话，争取腊月中旬把铺子开起来，正好赶上大家置办年货。"

梁氏喜道："巧了，我跟姑娘想到一处去了！"

虞宁初让微雨回去取了十两银子，一共两个银元宝，交给梁氏道："这锭是我给你的礼钱，恭贺你乔迁新居。这锭是我给你的辛苦钱，你一边搬家一边还要跑来跑去挑选货源、改善手艺，比我费心多了。"

梁氏笑道："我这不也是为了自己嘛，姑娘生意好了，我拿到的分成才多，既然姑娘赏我了，我就不客气啦，回去买两只鸡给孩子们加菜去。"

虞宁初与三夫人都很欣赏梁氏的爽快，叫丫鬟送她离开。

"这么多的炒货，咱们怎么吃得完？"沈明岚对着桌子上一包包的东西发愁。

三夫人道："给明漪、阿湘送去一点吧，你们小姑娘最喜欢吃零嘴了。"

沈明岚反问道："娘就不爱吃吗？我记得有一年爹爹出差，回来特意给您带了一包当地的坚果特产。”

三夫人嗔了女儿一眼。

沈明岚和虞宁初重新将每样东西各包了两份，让丫鬟们放进食盒里，一起去了大房。沈明漪淡淡地道过谢，等二人走后，尝都没尝，直接赏给了丫鬟们。

到了墨香堂，进去之前，沈明岚轻声对虞宁初道：“今日官员都休沐，池表哥应该也在家，等会儿咱们都自在些，还像以前一样相处就是。”虞宁初点点头，这点表面功夫她还是有的。

主仆几人一起走了进去，宋池的小厮阿谨笑着迎过来，得知两人是来给湘姑娘送吃食的，便道公子在书房，请两人直接去了后院。

不用见宋池，姐妹俩都松了口气。

宋湘很高兴她们的到来，三个小姐妹围在一起吃零食，吃了一会儿，沈明岚和虞宁初要走，宋湘自然亲自来送。三人沿着走廊往前走，丫鬟们跟在后面。

快到转角处，宋湘与沈明岚玩闹，偷袭挠了沈明岚的痒痒便往后跑，沈明岚转身去追，虞宁初一边笑着看她们，一边率先跨过转角。一道黑影突然闯进视野，惊得虞宁初往后一缩。宋池隐在转角另一侧，见虞宁初认出了他，笑了一下。

他往常喜欢穿浅色的衣裳，或是白色，或是玉色，与他的容貌相得益彰。而此时的宋池却穿一身黑色锦袍，在这严寒肃杀的冬日，脸上虽然在笑，整个人却依然显得清冷。这种差异，让虞宁初觉得眼前的男人更加陌生。

“池表哥。”她心有余悸，垂眸行礼。

宋池靠近一步，瞥一眼闹成一团的两个妹妹，温声对虞宁初道：“刚刚一直在看书，出来才知道你们来了，想去后面讨点零嘴，没想到竟连累表妹受惊，真是失礼。”

虞宁初忙道：“池表哥言重了，你也不是故意的，都怪我一心二用。”

说着，她从宋池笼罩过来的阴影中走开，懂事地过去拉开了沈明岚与宋湘。

“池表哥，阿湘欺负人！”沈明岚跑到宋池身后，撒娇般告状。

虞宁初暗暗佩服，表姐这番表现果然自然。不过，刚刚她真的只是被宋池的突然出现吓到了，希望他不要误会成别的才好。

第六章　这算是肌肤之亲吗

“表妹们才来，怎么这么快就要走了？”制止了妹妹继续捉弄沈明岚，宋池笑着问道，“莫非是阿湘招待不周？”

宋湘哼道：“哪有，我还留她们在这边用午饭呢，她们非要回去。”

沈明岚无奈道：“往常我们留你在西院吃饭，你不也客客气气地非要回来？”

宋池看一眼天空，道：“离饭点还早，表妹们来给阿湘送零嘴，我就请你们喝茶吧，昨日皇上赏赐的好茶，我还没拆封。”

沈明岚喜道：“那敢情好，我跟阿芜就不客气了。”

表姐的表情如此真诚，虞宁初都分不清她到底是在演戏，还是真的馋宋池的御赐好茶。大家移步前往厅堂，宋湘派小丫鬟去拿点炒货来，也给哥哥尝尝。丫鬟捧着碟子走过来时，这边的茶也泡好了。

虞宁初捧着茶碗，潮热的白雾与茶香扑面而来，在这寒冷的冬日，暖人肌肤，沁人脾胃。

宋池剥了一颗瓜子，尝过后赞许地点点头：“味道果然不错，听阿湘说，表妹要开炒货铺子了？”

虞宁初以前躲着他，却不怕他，面对宋池的主动搭讪，她嘴上回话，眼睛却从不看他。如今不一样了，宋池可能是个心狠手辣的人，畏惧之下，虞宁初不敢再在宋池面前不敬，于是先看了他一眼，再腼腆道：“是啊，之前遇到一位擅长做炒货的妇人，临时起兴便买了铺子，让表哥见笑了。”

宋池道：“表妹比阿湘还要小一些，都已经懂得打理铺子了，阿湘该多向你学习才是。”

虞宁初顺势看向宋湘，面带笑意。

宋湘哼道：“哥哥你给我银子，我保证也能开个铺子出来。”

沈明岚附和道：“对对对，我跟阿湘不是不会经商，实乃囊中羞涩。”

转眼间，两人一起打趣起虞宁初来。说说笑笑，气氛倒是很好，因为虞宁初的配合，甚至比宋池进锦衣卫前还要融洽。

“表妹既然要开铺子，铺子名字可想好了？”宋池关心地问。

虞宁初摇摇头，与沈明岚对视一眼，惭愧道：“其实今早尝了这批炒货，才确定真的要开铺子，所以还没来得及琢磨名字。”

宋湘：“我也帮你想想吧！”

宋池：“就你那点墨水，能想到什么好名字？”

宋湘不服：“哥哥墨水多，你给起个好的？”

宋池微微思忖，看着虞宁初道：“一品香如何？”

东西都分品级，一品便是最好的，炒货又有各种香味，“一品香”确实合适。

虞宁初喜欢归喜欢，却有顾虑：“这个名字，是不是太张扬了？”

梁氏的手艺虽然好，但也不敢在京城自认一品吧。

沈明岚和宋湘却都喜欢：“名称而已，好听响亮就行，有的客栈还起名‘神仙居’呢，难道真有神仙在那里住过？”

小姑娘们议论着，宋池指尖把玩着一颗瓜子，又想到了一个：“表妹担心一品太过，千里香如何？千里香是一种药材，开白色花，香气远飘，用在炒货店，则可寓意你们的炒货滋味甚好，美名已传到千里之外。”

虞宁初脸色微红，都传到千里之外了，这哪里比一品香低调了？

宋池看着她的脸色，笑道："千里香还有几个别名，满山香、过山香、七里香，表妹若觉得千里太过，七里如何？"

与香飘千里相比，香飘七里一下子就谦虚多了。

"七里香？很好啊，我觉得可行。"沈明岚真心地赞同道。

虞宁初也觉得这个名字好，如果开张前想不到更合适的名字，那就用这个了。"多谢表哥赐名。"虞宁初笑着向宋池道谢。

宋池发现，今日她在他面前笑的次数，比前面几个月加起来还要多。

炒货铺子不大，李管事请了熟练的老木匠，只用了七八日就把铺子修缮一新。

李管事看着铺面，又从其他炒货铺子挖了一个擅长保管、料理炒货的伙计，梁氏也准备得差不多了，腊月初十，李管事将匾额送到侯府，虞宁初再请舅舅沈三爷替她题字。

沈三爷看着面前的外甥女，穿着一件桃粉领口的褙子，一张小脸俏生生的，眼眸明亮，比刚来京城的时候圆润了些，更漂亮了，也更从容。沈三爷心情好，大笔一挥，送了外甥女一幅龙飞凤舞的好字。

"再有六日，就是阿芜的生辰了吧？"写完牌匾，沈三爷问道，他记得外甥女的生辰是腊月十六。

虞宁初笑着点点头。

沈明岚道："我们都商量好了，铺子腊月十六开张，正好替阿芜庆生，到时候我们一起去观礼，观完礼就去酒楼吃席。"

沈三爷："嗯，过生辰就是要热热闹闹才好，你们几个小辈尽管玩，晚上咱们再一块吃顿铜锅，昨晚你娘还跟我商量要去买一只呼伦羊。"

呼伦羊是草原特产的一种羊，肉质鲜美，价钱昂贵，基本只有富商高官之家才吃得起。虞宁初见舅舅、舅母这么看重她的生辰，心里暖融融的。

"老爷，夫人，世子爷回来了。"一家人正商量着怎么陪虞宁初过生辰，丫鬟笑着挑起帘子走进来禀报道。

九月底，沈琢奉命去登州捕捉瑞兽，一去两个月，总算在过年前赶回来了。沈琢是平西侯府未来的家主，与一般子侄不同，沈三爷、三夫人便带着孩子们一起去了大房。显然沈琢回府是件大事，不止西院，二房那边包括宋池兄妹也都来了。众人到齐时，沈琢还穿着官服，风尘仆仆地跪在太夫人面前请安。

太夫人对虞宁初虚情假意，对沈琢是真心疼爱，苍老的手摸着沈琢被风霜吹粗的脸庞，眼泪都要出来了："这寒冬腊月的，你还要在外面奔波，短短半年出去了两趟，祖母做梦都在担心你，如今可算回来了。"

平西侯道："那也是皇上器重他，母亲该高兴才是。"

太夫人擦擦眼泪，扶沈琢起来。沈琢再朝两房叔叔、婶母行礼，给沈三爷、三夫人请安时，他的目光快速扫过虞宁初。他看得自然，虞宁初便笑了笑，并未多想。

等大家都坐下，沈明漪稀奇道："哥哥抓到瑞兽了吗？"

沈琢颔首。

沈明漪眼睛一亮："瑞兽长什么样子？哥哥快给我们说说。"

沈琢神色如常，解释道："是一只白色的大虎，全身没有半点杂色，因为要活捉，且不能坏了皮相，所以才耽搁了这么久。"

在他看来，除了皮毛，这只白虎与普通老虎没有什么区别，只是青龙、白虎、朱雀、玄武都是传说中的神兽，皇上信这个，他便只能带领一队精锐，耗费一个多月，翻山越岭地前去捕捉。

"白虎？哥哥真厉害，这种神兽竟然也能被你抓住。"沈明漪与有荣焉地夸赞道。

沈琢扯扯嘴角，余光投向虞宁初的裙摆。

"此等神兽，皇上或许会召见百官命妇进宫瞻仰，你们别急，都有机会的。"韩氏笑着对沈明漪、沈明岚、宋湘三个小姑娘道。

沈明漪心中得意，看向虞宁初。寄居侯府，虞宁初或许可以享受侯府的荣华富贵，但进宫这种尊荣，怎么也轮不到她。虞宁初只是安静地坐在那里，并不掺和什么。

沈琢还要更衣休息，三房人团聚过后就散了。

虞宁初跟表姐才回西院不久，沈琢派了一个大丫鬟过来，分别给沈明岚和虞宁初送了一份从登州带回来的礼物。送给沈明岚的，是一只白玉雕刻的兔子。送给虞宁初的，是一只白玉雕刻的小龙。

沈明岚一边把玩玉兔一边对虞宁初感慨道："大哥虽然不苟言笑，却最是心细，还记得咱们中秋时的套圈呢，亏他满山抓白虎的时候还记得派人替咱们留意这些物件。"

虞宁初点头，沈琢身上，的确有种沉默的温柔。

腊月十五，是今年朝廷官员们当差的最后一日，过了今日，官员们便要迎来长达一个月的假期。黄昏时分，沈三爷回来得比平时早一些，神色也比平时轻松惬意。无论什么年纪的官员，谁又不喜欢放假呢?

沈逸却没有父亲的好心情，明年他与二哥沈牧都要参加开春的武举考试，府里请来的文武先生虽然放假了，但从武的大伯父、二伯父及从文的亲爹都放了假，有了闲暇，三人轮番上阵，文的布置功课，武的亲自指点功夫，他与二哥即将迎来长达一个月的身心煎熬。

一想到那情形，沈逸便叹了口气。

"哥哥烦恼什么？"沈明岚问。

沈逸看向妹妹，笑道："烦恼妹妹的嘴角会不会留疤。"

这阵子她炒货吃多了，加上天干物燥，一不留意左边嘴角长出一个燎泡，眼看明日就要去看表妹的铺子开张了，这个燎泡居然还没消，沈明岚的心情可想而知。

"你还说！"沈明岚从茶几上的干果盘子里取出一颗瓜子，朝沈逸丢去。

"好了，都快说亲的大姑娘了，还这么没规矩，看看阿芜，明明是妹妹，却比你懂事。"

虞宁初笑道："这次可不怪表姐，是表哥先招惹人的。"

姑娘家都爱美，表哥怎么能故意戳表姐的伤口。三夫人也瞪了儿子一眼。

沈逸知错就改，煞有介事地朝妹妹行礼道歉。

沈三爷换完衣裳出来，三夫人命丫鬟摆饭。今天的晚饭很丰盛，主食是鸡丝汤面，这边的习俗是庆生辰的前一晚都要煮一碗长寿面。从沈三爷到沈明岚，一家四口，轮流对虞宁初说了一番吉祥话。虞宁初心里很暖，却又忍不住红了眼圈。她笑着道谢，快速挑起一筷子面，让腾起的白雾掩饰眼中的泪。大家看破不说破，等虞宁初缓过来，才开始畅想接下来的年要怎么过。

次日一早，虞宁初还在梳头，沈明岚便迫不及待地跑过来送生辰礼物了，是她珍藏的玉佛项坠，在熹微的晨光中泛着温润的色泽。

“小生辰而已，表姐的礼物太贵重了。”虞宁初无奈道。

沈明岚站在她身后，一边将项坠戴在表妹的脖子上，一边笑道：“以前离得远，你过生辰我都没什么表示，这是你来京城后过的第一个生辰，我作为表姐，礼物当然要贵重一些，不过你放心，下次你再过生辰，我顶多就送给你自己绣的香囊帕子啦，才不会次次都这样。”

虞宁初笑了。红绳系好，沈明岚用手心焐热玉佛项坠，才微微扯开表妹的领口，将坠子放进去，暖暖的玉佛立即贴上了虞宁初的心口。

“就让佛爷保佑表妹健康、无病无灾、美貌常驻、财源滚滚吧！”沈明岚满意道。

镜子照出姐妹俩挨在一起的笑脸，好像两朵并蒂莲。

沈三爷、三夫人、沈逸也都给虞宁初准备了礼物。

大家吃过早饭，荣安堂太夫人派人来传，请虞宁初过去。

“一起去吧，应该是给阿芜庆生的。”三夫人猜测道。

的确如此。

最初平西侯是不知道虞宁初生辰的，沈琢回来后特意与父亲提了此事，他的意思是，这是表妹进京后的第一个生辰，家里应该有所表示。平西侯便与太夫人、沈二爷商量，大家都给虞宁初备一份礼物。这是小事，太夫人就没有跟儿子们唱反调，同意了。不过，因为是平西侯府给虞宁初做脸，太夫人便没有叫宋池、宋湘兄妹过来。

三房的人都在，长辈们出手都很阔绰，小辈们也都花了心思。沈琢送了虞宁初一杆女子用的枪，枪身所用的木材轻盈又结实，枪尖暂时没有开锋。

“听说表妹的基本功练得越来越扎实了，有空大表哥指点你枪法。”

虞宁初非常喜欢这份礼物，她一直怕人嘲笑她一个姑娘居然想要练武，没想到从大舅舅到大表哥都很支持她。

“大哥耍赖吧，你这礼物一出，我们的礼物便落了俗套。”沈牧抱怨着，拿出他给虞宁初准备的礼物，是一盒晶莹剔透的彩珠。

“谢谢二表哥，我很喜欢。”虞宁初惊喜道。

“看看我的。”沈阔颇有几分自信地拿出自己的礼物，是一对红宝石耳坠。

宝石比金子更稀有，因为稀有，有的人想买都买不到。虞宁初看着这份礼物，险些维持不住脸色，送礼重在心意，贵重也要有个分寸，沈阔明明是沈家最小的一个表哥，却送给她最贵重的礼物，这让长辈们怎么想？虞宁初都不敢去看二夫人宋氏。

就在她犹豫该怎么自然地拒绝这份礼物时，宋氏笑道：“阿芜，你四表哥事事都喜欢争先，得知大表哥准备了一杆枪，便来找我，希望我给他出个能赢了你大表哥的主意，我便替他准备了这对耳坠。”

虞宁初悄悄松了口气，无论宋氏心里怎么想，有了她刚刚的说辞，沈阔送这份礼物，便只是少年争强好胜，而非对她存了什么情意。

“让二舅母破费了。”虞宁初接过沈阔手中的礼物，转身朝宋氏行礼道。

宋氏笑容和善：“破费什么呀，你二舅母最不差银子了，就喜欢花钱打扮你们这些小姑娘。”

沈明岚应和道：“是啊，二伯母的眼光也最好，每年我过生辰，二舅母送的首饰都比我娘送的更合我心意。”

三夫人哼道：“好啊，明年我就不送了，你找你二伯母要去吧。”

如此一番打趣，便将大家的注意力从沈阔身上移开了。最后，沈明漪送了虞宁初一支玉簪，没什么稀奇的。

这一趟荣安堂之行，虞宁初满载而归，正与沈明岚一起收拾礼物，宋湘来了，送了虞宁初一把匕首。匕首的刀鞘上镶嵌着宝石，更像装饰，然而抽出匕首，刀刃锋利无比，惊得虞宁初连忙插回去，怕不小心伤了人。

“你是跟我大哥学的吗？”沈明岚哭笑不得地问，“知道你们习武，可你怎么弄了一把开锋的匕首？”

宋湘振振有词：“咱们常出门走动，谁知道会不会遇到什么意外，与其给粗野武夫英雄救美的机会，不如自己带上防身之物。先前我哥哥就送了我一把，我特别喜欢，所以我又央求哥哥再定制一把一样的。”说着，宋湘拿出自己的那把匕首，果然与虞宁初的那把十分相似，区别就在于刀鞘宝石的颜色不同。

沈明岚调侃道：“那这礼物到底算你送的，还是池表哥送的？”

宋湘道：“当然是我送的，若不是我提醒，哥哥都不知道今日是阿芜的生辰。”

“谢谢湘表姐，我很喜欢。”虞宁初笑道。

没多久，沈牧、沈阔也过来了，他们从沈逸口中得知了“七里香”开张的事，准备同去观礼。一行人便一起出发了。

铺子开张，请人来舞狮，敲锣打鼓的，引来百姓围观。李管事准备了五十个彩线荷包，每个荷包里装了一二两的炒货，由舞狮人在舞狮的过程中将荷包抛出去，谁接住了就算谁的。除此之外，铺子开张前三天，所有炒货都买一斤送一斤。

正是百姓们置办年货的时候，有的人接到荷包，尝了里面的炒货觉得好吃，自然进店去买，有的人冲着买一斤送一斤也进了铺子，只要客人进了铺子，尝到滋味，几乎没有不掏钱买的。更妙的是，炒货铺子旁边是一家茶馆，茶馆里有人说书，听书的人闻到旁边炒货铺子飘过来的香味，难免心痒，索性去买了几两，一边吃一边听故事，那才是有滋有味。

“阿芜这地段挑得好。”沈牧坐在茶馆里，见大家都去买了些炒货，由衷地赞道。

虞宁初将功劳推给了李管事。

沈明岚道：“接下来咱们要去各个府里应酬，你们几个别光顾着喝酒，记得替表妹宣传宣传，公子们不喜欢吃，可以买回去送给母亲妹妹嘛。”

虞宁初忙道："倒也不必如此刻意……"

沈阔说道："不刻意不刻意，又不是只有你们姑娘家爱吃零嘴，我们也爱吃的，你看我的牙，有一颗门牙上都缺了一点。"说着，他朝虞宁初张开嘴。

虞宁初低头笑了。沈牧一扇子敲在弟弟脑门上，他就没见过哪个公子喜欢谁就朝对方龇牙咧嘴的。他也喜欢这位小表妹，但看出弟弟更上心，沈牧不想与弟弟抢，可弟弟这样也太不争气了。

见铺子生意不错，大家放心地去了酒楼。

平西侯府，韩氏来找二夫人宋氏说话。

"那红宝石耳坠，真是你送阿芜的？"韩氏早上可被沈阔的出手吓了一跳，那么贵重的红宝石，她们做长辈的手里也就几对充充门面，沈阔一个毛头小子居然拿去送给虞宁初。

宋氏笑道："自然是真的，不然老四哪有那么多银子？"

侯府并不会娇纵男孩，每个人的月例都是固定的，也只有沈琢当差了，手头才会宽裕点。

韩氏看不透宋氏是不是在说谎，继续试探道："你可没给明岚她们送过宝石，如此偏宠阿芜，莫非想留她做儿媳？"

宋氏道："大嫂这是想哪儿去了，我虽然没给明岚她们送过宝石，但这么多年大小礼物攒下来，一两套宝石肯定能买了吧？阿芜第一次在咱们家里过生辰，我才想一口气补偿她个好的。"

韩氏道："怪我最近忙着给明漪准备嫁妆，遇到什么事都想到婚嫁上了，还以为你要早早给自己定个儿媳。"

宋氏道："老二还没成亲，我可没余力先管老四。"

无论韩氏怎么套话，宋氏都没有明着承认也没有明着否认她中意虞宁初做儿媳这件事。

西院这边，沈三爷、三夫人也在讨论沈阔的礼物。

"阔哥儿那孩子，莫不是看上阿芜了？"沈三爷问道，想着妻子常在府里，或许知道得更多。

“阿芜懂事，很少单独出去，整日与明岚形影不离，我没听明岚提过啊，不过看阔哥儿今早的表现，是有那层意思。”

沈三爷皱眉道：“他凑什么热闹，我还打算撮合阿芜与咱们逸哥儿。”

三夫人道：“谁说不是，阿芜身子还没调理好，又没及笄，我原想着等阿芜及笄再问问两个孩子的想法，谁知道阔哥儿横插一脚。”

哪怕是堂兄弟，同住一个府里，若是喜欢上同一个女子，最好的办法就是谁都不娶，免得婚后一个不慎，闹出闲言碎语。

“算了，再看看吧，兴许阔哥儿只是想出风头，根本没那想法。”

“嗯，我再仔细留意些。”

随着朝廷官员都放了假，各府之间的应酬也多了起来。平西侯府的三房各有各的亲戚，有时候大家一起出门，有时候分开去做客，虞宁初只跟着舅舅、舅母出去了两趟，剩下的时间都待在家里。

腊月二十五，又是整个侯府都出门的日子。虞宁初送走舅舅一家，自己回了碧梧堂。今日阳光还不错，杏花、微雨拿了毽子出来，虞宁初也跟着玩。她的身体越来越好了，如今可以一口气踢一百多个。

“一百九十一、一百九十二……”

眼看虞宁初要踢出新纪录，杏花一边拍手一边兴奋地数着，虞宁初满脸通红，眼睛紧紧地盯着在空中起落的毽子。忽然，余光中走过来一道身影，虞宁初分心的刹那，毽子跑远了，她追了两步也没够到。

“差点就两百个了，好可惜。”杏花跑过去捡起毽子。

虞宁初看向珊瑚。珊瑚是宋湘身边的丫鬟。

“都怪奴婢来的不是时候，分了姑娘的心。”珊瑚笑着朝虞宁初赔罪。

虞宁初岂会在意这等小事，问她：“湘表姐叫你来的？”

珊瑚道：“嗯，我们姑娘昨日来了月事，这两日都不好出门，她一个人待着嫌闷，得知姑娘今日没有出门，特地准备了糕点茶水，想请姑娘过去说说话呢。”

宋湘有请，虞宁初虽然担心会撞见宋池，却也没有理由拒绝，便去屋里重新梳了头，带上微雨出门了。从西院到东院，走了约莫一刻钟，幸好虞宁初的身子已经养好，不然还真是辛苦。

宋池好像去了花园，虞宁初便直接来了后院。

宋湘靠在次间的暖榻上，阳光照进透明的琉璃窗，隔绝了外面的严寒。

虞宁初见宋湘脸色不太好，脱了绣鞋坐到她身边，关心道："表姐肚子痛吗？"

宋湘叹道："还好，只是头两日总觉得身子发虚，懒洋洋的，使不上力气，外面冷吧，阿芜快把脚伸进来，暖和暖和。"

大家感情好，虞宁初就没有客气，坐到窗台那边，将双脚伸到宋湘的被窝里。

宋湘顽皮地踢了踢她的脚。

"咱们打牌吧，叫微雨、珊瑚陪咱们。"

外面冷，在暖乎乎的屋里打牌，是冬日最容易打发时间的乐子。

虞宁初假装烦恼道："不知道表姐想玩牌，我都没带银子。"

"我不信。"宋湘笑着来抓虞宁初的荷包，轻轻一捏，就捏到了里面的碎银子与银瓜子。

丫鬟们将矮桌摆到榻上，身体虚弱的宋湘坐在最暖和的南边，虞宁初坐在西边，同样也能晒到太阳。

玩了两轮，门帘一挑，宋池走了进来。今日他又换成常穿的淡色锦袍，温润如玉，即便如此，微雨还是第一时间跳下去，恭恭敬敬地朝他行礼，口唤郡王。

珊瑚是宋湘的丫鬟，经常见宋池，倒没有太慌。

"不用下来了，你们继续。"宋池制止了珊瑚起身的动作。

宋湘笑道："哥哥替微雨打吧，刚刚微雨总是喂阿芜牌，我怀疑她们耍赖。"

虞宁初明知她是开玩笑，还是忍不住红了脸。

"郡王来吧，我去外面帮翡翠晒被子。"微雨也听说过宋池射杀孟家死士的事，有点怕他。

宋池说："也好。"

如此，他脱了靴子，自然而然地坐在北边。虞宁初保持着笑容，脑海里却想了很多。如果让太夫人、韩氏、宋氏、沈明漪等人知道她与宋池同桌打牌，不知道她们会怎么想。可是，宋池刚来她就要告退，明摆着是想躲他，恐怕宋湘要猜疑什么。算了，先应付宋池吧，回头嘱咐宋湘别说出去，大家管好各自的丫鬟，谁又知道墨香堂里发生了什么。

心不在焉地码着牌，虞宁初再去抄新牌往自己这边叠时，忽然感觉到了阻力。她定睛一看，翠色玉面的一张牌，竟然有一半在宋池手里。

她仿佛被烫了一般松了手。宋池带着笑意瞥她一眼，转瞬将牌拿走，快到宋湘、珊瑚都没注意到两人之间的小牵扯。虞宁初不敢再分心。

开始打牌后，虞宁初很快发现宋池是个打牌高手，她前一轮打了什么，再轮到宋池时，宋池肯定打类似的牌，保证她吃不到。两三圈下来，虞宁初只从宋湘、珊瑚那里碰过牌，一次也没吃到宋池的，好不容易吃了一次，但马上她就给宋池点了和。

即便不在乎银子，遇到这样的上家，虞宁初的心情也好不了。

宋湘都看不下去了："哥哥你别太欺负阿芜，玩个乐子，哪有你这么看人的。"

宋池笑道："那你与阿芜换个位置？"

宋湘真就换了。

虞宁初坐到南边，高兴不用再被宋池严加防守，却发现这样的位置导致她与宋池视线经常相碰。她渐渐不再朝他那边看了。

小姑娘垂着长长的睫毛，朝两侧偏头时，阳光会照亮半张脸，宋池能看见少女脸上那一层泛着金色的细小绒毛。

窗外的明日，渐渐当中，又一局结束，虞宁初看看外面，对宋湘道："时候不早，我该回去了。"

宋湘道："三姑母都不在，你回去也是一个人冷冷清清地用饭，今天就在这边吃吧。"

说完，不等虞宁初拒绝，宋湘就喊微雨回碧梧堂告诉厨房不用准备虞宁初的午饭了。她再三坚持，甚至按着虞宁初不许下去，虞宁初只能从了，对微雨道："你在碧梧堂吃了再过来接我吧。"

微雨领命走了，牌局也散了，宋湘要去净房，珊瑚端着主子们的洗手水去了外面，一时间只剩下虞宁初与宋池。

“表妹面色发黄，可是身体不适？”宋池忽然靠近虞宁初，低声道。

他的声音与接近，都让虞宁初全身紧绷起来。

“有吗？我觉得自己挺好的。”虞宁初来墨香堂前才梳过头，看到镜子里的自己因为踢了毽子脸蛋红扑扑的，怎么可能发黄？

眼看宋池竟然抬起手来，虞宁初本能地朝内室躲去。

“妥善起见，我替表妹号号脉吧。”

伴随着宋池低沉的声音，虞宁初的手腕再次被他扣住。虞宁初不敢相信地看向他。

宋池并没有为她号脉，只是一手攥着她纤细的腕子，一手将一只冰蓝色的玉镯强硬地套了上去：“前阵子表妹生辰，我一直没机会送礼，希望表妹没有怪我。”

哪有这样送礼的？

“郡王不要欺人太甚。”虞宁初瞪着他，伸手要将他的镯子取下来，然而宋池扣着她的手，她根本无法挣脱。

“别人送的表妹都收了，为何不收我的？”宋池看着她的眼睛问。

虞宁初刚要说话，内室那边忽然传来洗手的水声。宋湘要出来了。

虞宁初自知体力敌不过宋池，松开手，问道：“你这样，不怕我告诉湘表姐吗？湘表姐待我如亲姐妹，你却屡次轻薄我，你就不怕湘表姐得知真相后对你失望，对我惭愧自责？”

宋池笑道：“她一直想要一个好嫂子，若知道我喜欢你，她应该会很高兴。”

说完，宋池松开手，朝一侧走开几步。虞宁初刚要取下他送的镯子，宋湘出来了。虞宁初心烦意乱，垂下手臂，让袖子遮住了镯子。

“阿芜，你脸怎么这么白？”宋湘吃惊道。

虞宁初无法解释。

宋池自嘲道：“阿芜胆小，你不在，她好像很怕我。”

宋湘想到了哥哥进锦衣卫前做过的事，只是平时虞宁初在哥哥面前没有任何反常，她就没看出虞宁初竟然怕哥哥怕到了这个地步。

“哥哥，你自己去前面吃吧。”宋湘朝兄长使眼色。

宋池毫不留恋地走了。

宋湘拉着虞宁初的手，柔声安慰起来。虞宁初很委屈。换成沈明岚，她可能冲动之下就把宋池的所作所为说出来了，可宋湘是宋池的亲妹妹，真的会信吗？

再多的委屈，也只能咽下肚子。

“是我在池表哥面前失礼了。”虞宁初苦涩道。

宋湘自责道：“你若早点告诉我，我就不请你过来了，往后我去找你吧。”

虞宁初看着宋湘真诚的脸，忽然想到了一个可以在任何场合都避开宋池同时又不引人怀疑的办法。只说自己胆小，显得她太娇气且无礼，凭什么呢？就该让宋池也吃些数落。想到就做，虞宁初不再掩饰委屈，扑在宋湘肩上哭了起来。

宋湘急了：“这到底是怎么了？”

虞宁初哽咽道：“湘表姐，其实我不是怕池表哥，而是被他骂了。”

“骂你？他为何骂你？”

虞宁初用没戴镯子的手取出帕子，一边擦泪一边解释道：“刚刚表姐去里面洗手，池表哥突然一反常态，朝我冷言冷语，说什么我出身低微，与表姐交好只是为了巴结表姐，他还说表姐你单纯善良，容易被我这种人骗了，可我骗不了他，警告我以后少在他面前耍心机。”

宋湘听了，第一个念头就是哥哥不是那种人，可虞宁初也不会胡乱冤枉人啊，如果不是哥哥真的欺负她了，虞宁初的脸色能那么差？

“气死我了，阿芜你别哭，我去找他算账！”

虞宁初拉住她，低泣道：“算了吧，我不想闹大，传出去我都无颜再留在京城了，表姐只当没发生过这件事，我难受一会儿也就过去了，大不了以后不再来墨香堂，咱们姐妹在别处玩耍就是。”

宋湘见她脸上挂着泪珠，我见犹怜，越发恼火亲哥哥了。

饭后，微雨来接虞宁初，宋湘将主仆俩送出墨香堂。

分别之际，虞宁初深深地看了一眼宋湘，似乎在祈求宋湘不要追究。宋湘岂能忍得了，转身就去找兄长对质。

“哥哥，我与阿芜真心来往，你怎么能那么说她？”

宋池在书房，看着妹妹愤怒的脸，不动声色地问：“我如何说她了？”

宋湘就把虞宁初的控诉重复了一遍：“这是不是你说的？”

宋池笑了一下，承认道：“嗯，我是说了，她日日巴结你，我早想提醒你疏远她了。”

亲耳听兄长如此轻贱自己的闺中好友，再回想虞宁初生病时哥哥的漠不关心，输了彩头后还故意画丑虞宁初，甚至刚刚打牌时也总是针对虞宁初，这份猜疑与嫌弃竟然持续了这么久，宋湘怒不可遏，狠狠地训了兄长一顿，要求道：“你去向阿芜道歉！”

宋池道：“不可能。”

宋湘道：“你不道歉，我就搬去姑母那边，再也不见你了！”

宋池仿佛没听见似的，继续看书。

因为母亲与晋王的旧事，虞宁初进京之后，很注意与侯府里的表哥们的相处分寸，尤其是宋池这个晋王亲侄。

宋池虽然私下里调戏了她几次，但在众人面前一直都是君子的模样，有时候见到他，虞宁初也只能虚与委蛇。她都如此避嫌了，可沈明漪在被宋池拒绝之后，竟然还要问一句如果是她喜欢宋池，宋池会不会接受。显而易见，沈明漪把她当成了情敌。现在好了，只要她将宋池看不起她的事情张扬出去，相信从太夫人到三位舅母乃至沈明漪，都不会再怀疑她与宋池有什么关系。

下午沈明岚吃席回来，虞宁初就找表姐告了宋池一状，又哭了一场。虽然宋池没有骂她，可宋池轻薄她了，背这个骂名并不算冤枉。

沈明岚怒道：“池表哥真的那样说你了？我告诉母亲去，就算他是郡王，也不能这么欺负人。”

虞宁初连忙道：“不了，都快过年了，我不想闹大。”

好说歹说，总算劝住了沈明岚，不过私底下，虞宁初让杏花、微雨将此事悄悄传到了太夫人和韩氏那里。至于东院，因为宋湘搬到了姑母那边住，二夫人宋氏已经知晓了此事。

所有女眷都默契地没有将此事告诉府里的老爷、少爷，这恰如虞宁初所料。如果告诉舅舅们，舅舅们为她出头，便要与一位郡王产生嫌隙；不为她出头，又好像堂堂侯府怕宋池似的。再者，这件事完全可以归结于小辈的一次口角，并不值得深究。

除夕夜，平西侯府张灯结彩。今晚要守岁，守到子时才能睡，为了让漫漫长夜好打发一些，太夫人叫了三个儿媳在东暖阁打牌，平西侯三兄弟在西暖阁一边喝茶一边闲话家国大事，沈琢则带着一众兄弟姐妹去花园的莲池边放烟花。

宋湘一直跟着虞宁初、沈明岚，宋池则在晚宴结束后一个人回了墨香堂。

“阿湘，今晚过节，你就别跟池表哥闹脾气了，请他过来吧，往年咱们都是一起的，唯独今年落下池表哥，他一个人多冷清。”走去花园的路上，沈明漪瞥一眼虞宁初，很是关心地对宋湘道。

沈明漪自认没有人知道她去找宋池诉情的事，所以在众人面前提到宋池，她一派神色大方的模样，仿佛两人间无事发生。

宋湘哼道：“要请你去请，我不想跟他说话。”

哥哥做错事，她只想让哥哥向虞宁初道歉而已，他居然都不肯低头，行，他不道歉，她就不理他，看谁坚持得久，又不是只有他是硬骨头。

沈明漪看向虞宁初：“事情因你而起，表妹都不会劝劝吗？难道还要将这事闹到明年去？”

虞宁初尚未开口，宋湘、沈明岚也没来得及替她辩护，沈琢忽然道：“好了，子渊素来喜静，这种热闹请他过来他也不会来。”

沈明漪登时生了一肚子闷气，她发现每次她针对虞宁初，哥哥肯定会偏心虞宁初，哪像宋池，一眼看出虞宁初是个有心机的，宁可与亲妹妹冷战也要疏远外人。

虞宁初见沈明漪乖乖闭了嘴，便聊起了别的。

莲花池到了，在冰冻的池边放烟花更安全一些。下人们准备了三箱烟花，沈牧、沈逸打开盖子，叫大家过来拿。

“走吧，放烟花很安全的，不像爆竹那么危险。”沈明岚对虞宁初解释道。

虞宁初拿了两支烟花。沈牧叫大家别着急，兄妹八人依次在冰冻的池面上排开，再依次点燃烟花。虞宁初排在左边第一个，她点燃烟花，仰起头，一朵烟花呼啸着飞向高空，炸开五彩斑斓的光点，就在此时，第二朵、第三朵……第八朵也相继飞了起来，虞宁初的才刚熄灭，第八朵正明亮耀眼。

“再来一次，这次大家一起放，听我号令！”伴随着沈牧的一声“放”，八朵烟花同时飞向高空。

玩玩闹闹，三箱烟花放了半个时辰才结束。

“还有三个时辰，咱们怎么过？”沈阔搓着手道，目光不时瞥向虞宁初。今晚的小表妹裹着厚厚的斗篷，戴着兜帽，领口与帽边的狐毛几乎挡住了她大半张脸，只露出一双水汪汪的眼睛，又好看又可爱。

沈琢道：“祖母告诉我，她让下人在九盏花灯下悬挂了九盏小灯让咱们去找，一盏小灯可以去她那里换一个除夕荷包，其中八个荷包里各放了一个银元宝，一个荷包里放了一个金元宝，所有灯都找齐了，大家再一起抽签。”

“今晚府里挂了那么多花灯，那九盏灯总该有个范围吧？”

“整个侯府，除了下人房、客房那边，其他任何一盏花灯都有可能挂了小灯。”

“嗯，这样才有难度，不然咱们一下子就找到了，还有什么意思。”

沈琢说：“祖母还说了，不许叫丫鬟小厮帮忙，只能咱们自己找。这样，我们四个单独行动，负责花园这边，你们四个姑娘两两一组，去各个院子里找。”

毕竟是夜晚，花园有山有水，找起来更不方便。他刚说完，宋湘便抱住了虞宁初的胳膊。

沈明岚见了，没有跟宋湘抢，朝沈明漪笑道：“我与姐姐一组，姐姐可愿意？”

宋湘已做出选择，沈明漪哪还有拒绝的余地？

分开之前，沈牧给每人发了两支烟花，找到了就放一支，这样九盏灯都找到后，其他人就不用徒劳无功了。

侯府的院落主要分为四块，东、西、中三路住宅及太夫人居住的荣安堂。

“我跟阿芜最小，负责东院跟荣安堂吧，你们做姐姐的多跑点路。”宋湘笑着撒娇道。

沈明漪也想去东院的墨香堂，闻言只好默认。沈明岚有些担心地看向虞宁初，怕表妹在东院撞见宋池。虞宁初笑了笑，有宋湘在，便是撞到宋池，他敢做什么？

虞宁初跟着宋湘，先去了荣安堂，路上的花灯、院子里的花灯都仔细看过，并没有发现。跟长辈们打过招呼，两人又朝东院走去。从荣安堂到东院，有大路一条、小路一条，宋湘提议先走大路，回来时再走小路。虞宁初自然同意，总之她不要落单。

一路到了东院，在沈二爷的院子里，虞宁初发现了一盏小灯。两人高兴地放了一支烟花，似乎是要与她们呼应，花园里也绽放了一朵烟花。东院其他地方都没有发现，只剩墨香堂了。

宋湘拉着虞宁初走到通往墨香堂的路口，犹豫再三，低声对虞宁初道：“阿芜，你陪我过去一趟行吗？我会试着再劝哥哥向你道歉，他道歉了，你也不一定非要原谅他，只是给我一个台阶下，我从小就跟哥哥在一起，我不想再跟他冷战了……”

话没说完，宋湘的眼泪便吧嗒掉了下来。

虞宁初想，这才是宋湘今晚要与她组队的真正原因。宋湘待她真诚，虞宁初也很珍惜这个姐妹，而且宋湘跟她一样，小小年纪没有母亲，父亲也不曾给予她关心庇护，虞宁初能理解宋湘对相依为命的哥哥的依赖。

说起来，她诬陷并宣扬宋池骂她这件事，确实给她带来了很多方便，却令宋湘陷入两难的境地。沈明漪有些话说得虽然难听，却不无道理，都要过年了，她也不想宋湘因为自己与宋池闹别扭。

“表姐别哭，我随你去，我一直也很过意不去……”

“跟你没关系，都是哥哥太坏了。”宋湘哭着还不忘安慰虞宁初。

虞宁初不再多说，拿出帕子替宋湘擦掉眼泪：“表姐快别哭了，回头冻坏了脸，池表哥更要恨我了。”

宋湘被她逗笑了，又缓了一会儿，终于收了眼泪。

两人携手进了墨香堂，阿谨、阿默都在院子里，瞧见两人，快步迎了上来。

宋湘问："我哥哥呢？"

阿谨笑道："郡王在后院，郡主不在，郡王只能睹物思人了。"

宋湘呸了一声："他会想我？说不定正寻思着将后院改成他的书房呢！"

阿谨道："哪能呢，这几日郡王一直叫丫鬟给您烧着地龙，就是盼着您早点回来。"

宋湘不再听他的油腔滑调，故作不在意道："随便他在哪儿，我是来找太夫人安排的小灯的。"

说完，拉着虞宁初去看廊檐下挂着的灯。阿谨示意阿默快去知会主子。

宋湘、虞宁初查看完前院的花灯时，宋池出现在走廊转角，穿的还是晚宴时的那身绛红色锦袍，这个颜色衬得他的肤色更加润泽如玉，仿佛一轮明月，自夜色最浓处悄然升起。阿谨、阿默识趣地退下了。

宋池站在廊檐下，看着两个姑娘。

宋湘还是很骄傲的，临时改了主意，瞪宋池一眼，拉着虞宁初就要走开。虞宁初反而暗暗用力往回拖她，低声劝道："表姐，来都来了……"

就在此时，宋池开口了："阿湘，今夜除夕，搬回来吧！"

他不挽留，宋湘生气，他这一开口，宋湘居然没忍住，眼泪夺眶而出。她不想让任何人瞧见，扭头跑去后院了。

虞宁初看向宋池，如果宋池去哄宋湘，她就不用去了，此时此刻，宋湘更需要的是兄长的关心。

然而宋池竟然朝她走来，虞宁初心头一缩，下意识地看向后面。

"表妹放心，我只想跟你说说话。"宋池停在五步之外，双手背到身后。

虞宁初警惕道："你要说什么？"

宋池道："那只镯子……"

"莲花池岸边有三个钓鱼的冰窟窿，我从第一个窟窿扔了下去，你想找，开春后下水应该能找到，你若不想找，丢了也与我无关。"虞宁初侧对着他，快速撇清道。那只镯子，她一开始想摔碎了，又怕宋池找她索取，因此没敢摔。

宋池笑了："表妹还真是心思缜密。"

虞宁初不悦道："湘表姐哭得那么伤心，你还不去劝劝吗？"

宋池道："她为何哭，还不是因为你。"

虞宁初："起因在哪儿，你心里清楚。"

宋池："嗯，怪我，我向表妹道歉，还望表妹以后别在阿湘面前冤枉我了，我只有这一个妹妹，不想她难过。"

虞宁初蓦地红了眼圈，几乎要背对着他了："如果有人轻薄湘表姐，你会怎么做？"

宋池道："我会让他付出代价。"

虞宁初："所以，你就欺我没有亲兄撑腰吗？"

从她问出那个如果，宋池就猜到她有什么话在等着自己。想含糊也能含糊过去，但又没有意义。如果他真的在她面前当君子，也不会得到她的任何好感，只会看着她嫁给别人。与其那样，不如当个彻头彻尾的小人。

"就算你有亲兄，我也会想方设法取悦你。"

取悦？他管那些轻薄叫取悦？虞宁初再也听不下去了，咬牙朝前走去。

后面有脚步声逼近，虞宁初慌得跑起来，手腕却被人抓住，以她无法抵挡的力道将她扯进怀里！虞宁初不敢喊，也知道挣脱不了，愤怒之下，低下头一口咬住了他的手腕。

宋池深深地吸了口气，看着怀里的小姑娘被兜帽盖住的后脑勺，白色的狐毛边像极了一只小猫，他又笑了，俯身在她耳边道："这算是肌肤之亲吗？"

虞宁初被他恶心得松开嘴，猛地要推他，宋池却突然将她打横抱到怀里，任由她无声地推搡："你惹哭了阿湘，再陪我演一场戏，演好了就放你走。"

虞宁初见他确实走向后院，慢慢冷静下来，垂眸道："我陪你演，你先放我下来。"

宋池看她一眼，真的将她放到了地上，可他的手却霸道地握住了她的："天黑，仔细绊到。"

走廊上悬挂着花灯，灯光落下来，两人的影子在墙上重叠。虞宁初一直在试图挣脱宋池的手，可就是甩不开。

走廊的出口近在眼前，那只修长有力的手终于松开了，虞宁初不由得加快了脚步。

“你不喜欢沈阔。”

身后传来温润的声音，仿佛两人关系很亲近，他只是在与她闲聊。

虞宁初身形微顿，疑惑他究竟要说什么。

“可沈阔很喜欢你，只要他心意不改，你想嫁给沈逸，就没有任何机会。”宋池停下来，对着她的背影道。

越是在乎脸面的勋贵人家，越不会让子孙间出现争妻的丑闻。

虞宁初被他气笑了，回头道：“我什么时候说过要嫁给表哥了？我自知身份，府里的诸位表哥个个都是少年英才，我哪个都不想高攀。”

宋池静静地看着她的眼睛：“那你想嫁谁？”

虞宁初偏头，白皙的脸被帽边的狐毛挡住：“我想嫁一个出身比我低的丈夫，这样无论是他还是他的家人都不会瞧不起我，我也不必处处谨慎小心。池表哥，我没有你们出身尊贵，但我与湘表姐身世有颇多相似，我只想求一个安稳，看在湘表姐的分上，你能不能放过我？”

宋池又问：“如果你喜欢一个人，明明可以得到，你可会甘心放手？”

虞宁初看着他的影子：“如果那个人不喜欢我，我绝不会强求。”

宋池笑了：“表妹豁达，我自愧不如。”

虞宁初听懂了宋池的意思，他不会放手。她抬起头，看着宋池那张温润如玉的脸：“你当真喜欢我？”

宋池颔首。

虞宁初问：“娶妻还是纳妾？”

宋池道：“娶，我在侯府长大，没有纳妾之心。”

虞宁初道：“那你去向我舅舅、舅母提亲，我便应你。”

嫁谁都是嫁，既然宋池不肯放过她，那她干脆嫁了，也免得日日提心吊胆。

宋池却避开她的视线，看向远处的花灯："你还小，我想再等两三年。"

虞宁初只觉得讽刺。什么喜欢她，不过是贪图她的姿色罢了，玩弄她两三年，腻了便可以丢了，于他，没有任何损失，至于她的名节、她的下半辈子，他又何须理会？

"走吧，别让阿湘等太久。"宋池忽然道，径直从她旁边走了过去。

落在虞宁初眼里，他便是心虚了，无颜再拿甜言蜜语哄她。明日她便带上宋湘送的匕首，时时防身，如果宋池再敢动手动脚，她打不过他，自伤自尽总能做到，总比被他坏了清白强。

到了后院，宋池让虞宁初在厅堂里等着，他先进去哄妹妹。亲兄妹又能有什么仇怨，宋湘所求只有一点，哥哥向她的闺中好友道歉。宋池无奈道："好，我去道歉，那你也别哭了？"

宋湘已经哭得差不多了，抹抹眼睛，跟着宋池走了出来。

在宋湘的见证下，宋池走到虞宁初身边，煞有介事地行了一个大礼："那日是我失言，是我以小人之心度君子之腹，误会了表妹，还请表妹海涵，宽恕我。"

虞宁初懂了，这就是宋池要与她演的戏。

"一时口角罢了，池表哥请起。"虞宁初侧过身子道。

宋池回头看向妹妹。

宋湘觉得还不够："你得送阿芜一份赔礼，惹表妹掉了那么多眼泪，光嘴上道歉怎么能够？"

虞宁初马上道："不必了，我早就不放在心上了。"

宋池却道："都是我的错，害你们两个伤心难过，这样，我送你们一人一份赔礼吧。当初与匈奴四王子擂台比武，四王子输了我二十匹战马，临走时答应我开春后送过来，我明日便写信给他，让他挑两匹适合女子骑的良驹，替换战马，如何？"

宋湘眼睛一亮，跑到虞宁初身边道："这个好，有了马，咱们就可以学骑马了。"

虞宁初怕自己不答应，宋湘又要宋池想别的礼物，只好点点头。恩怨消了，宋湘洗洗脸，重新梳了头，拉着虞宁初继续去找花灯。宋池带着人去二夫人那边替妹妹搬家。

距离子时还有半个时辰，九盏小灯都凑齐了，沈阔找到了三盏，分了宋湘一盏，除了他依然有两盏，虞宁初等人都得了一盏小灯。大家来到荣安堂。太夫人打够了牌，这会儿坐在暖榻上听身边的嬷嬷讲奇闻逸事。

见孩子们来了，太夫人瞅着沈阔道："你怎么拿了两盏？我原想你们九个小辈一人一盏的。"

说话间，宋池来了。沈阔马上塞给了他一盏。

太夫人让丫鬟端来托盘，托盘上摆了九个一模一样的荷包。

"你们按照长幼顺序抽吧，拿起来就不能再改了，不能作弊。"太夫人笑眯眯道。

平西侯等人也来看热闹。虞宁初最小，她走过去，拿了第一排左边的那个。等大家都拿了，她才解开荷包，见里面是一个银元宝，瞬间松了口气，她可不喜欢出风头。

"谁拿了金元宝？"太夫人打量着几个小辈。

宋池惭愧道："我的灯都是四弟借的，这个彩头也该归四弟才是。"

沈阔可不跟他客气，得意地抢走了那块金元宝。

人多热闹，你说一句我说一句，最后半个时辰过得很快。子时一到，管事命下人点燃爆竹、烟花，庆祝新的一年来临。

太夫人打了个哈欠，摆手道："快都回去睡吧，明早还要拜年。"

三房人便分头散了。

虞宁初回到碧梧堂，温嬷嬷叫人端来热水，服侍她洗脚。

脚暖和了，被窝也早被汤婆子焐好了，温嬷嬷带着丫鬟们退下，虞宁初躺在床上，却丝毫没有睡意。宋池究竟想怎样，真就躲不开他了吗？虞宁初不信，等表姐嫁了，舅母就会替她安排婚事，宋池再狠，还能明着跟舅舅、舅母作对不成？

入睡之前，虞宁初握着表姐送的玉佛项坠，诚心许愿，愿佛祖保佑自己婚事顺利，愿佛祖真的赐宋池一颗向佛之心，别再做什么伤天害理之事。

大年初一，整个京城都洋溢着一片喜悦。

虞宁初跟着表哥表姐去东院、正院、荣安堂拜了一圈年，收获了一大捧红色的荷包。

宋池和宋湘进宫拜年了，一天都会在宫里度过，晚上才会回来。

初二开始，各府间又有了频繁的宴请。初五这日，沈明岚与虞宁初去逛花园，走到莲花池那边，就见宋池、宋湘兄妹坐在岸边，一人守着一个冰窟窿垂钓。宋池守着的，恰好是虞宁初丢镯子的那个冰窟窿。

虞宁初先是震惊他居然真的来找镯子了，随即反应过来，那镯子肯定价值不菲，宋池舍不得真的丢了，只是他这么钓，能钓起来吗？镯子又不是鱼，会来咬钩。

宋湘发现她们了，挥了挥手。

沈明岚问表妹：“过去看看？”

虞宁初点点头，她也好奇宋池能不能钓上镯子，既然他如此在意，如果寻不到镯子，会不会反过来要求她赔偿？一想到宋池可能会狮子大开口，虞宁初忽然有些后悔当时的冲动。

涉及银子，一时的意气又算什么？

到了莲花池边，姐妹俩都站到了宋湘身旁。

宋湘居然已经钓上来了一条大鲤鱼，在清澈的水中扑腾地甩着尾巴，虞宁初凑过去看的时候，差点被甩了一脸水。

“你们谁替我钓一会儿，我去解手。”宋湘悄声道。

沈明岚没有耐心，就换虞宁初坐在了小椅子上。

沈明岚去宋池那边看了看，桶里一条鱼也没有，就在此时，宋池收竿了，那鱼线特别长，鱼钩上挂着一丛乱糟糟的水草。

沈明岚奇道：“你这是钓鱼还是钓水草？”

宋池笑道：“我自有用意。”

虞宁初瞥过去，注意到宋池脚边已经堆了一堆水草，不禁纳闷，宋池好歹也是王府子弟，又封了郡王，他应该不穷吧，至于为了一只镯子浪费力气吗？

思忖间，鱼竿一沉，虞宁初大喜，用力往上一提，钓起来一条两尺来长的大鱼。

沈明岚："阿芜好厉害，晌午咱们就烧鱼吃！"

她跑到虞宁初身边看鱼，虞宁初却震惊地看向宋池，只见他深深地看了她一眼，突然脱掉身上的斗篷，在他继续脱外袍的时候，虞宁初立即低下头，示意表姐别往那边看。

她这么一说，沈明岚反而奇怪发生了什么，还没等她看清楚，去而复返的宋湘大叫起来："哥哥，你做什么！"

宋池站到第一个冰窟窿旁，冰窟窿不是很大，但足够一个人钻进去。

"我去找点东西，你们不必担心。"

宋池一身白色中衣，只有靴子是黑的，单膝蹲在冰窟窿旁，朝三人笑了笑，忽然一跃而下。

虞宁初呆呆地看着。宋湘、沈明岚焦急地跑到冰窟窿旁，可是无论她们怎么往里看，也看不清水下发生了什么。

桶里的鱼又扑腾起来，溅起一串水珠在虞宁初的手背上，冰得她打了个冷战。这几点水珠她都受不了，宋池全身都泡在冰水里，万一出事……虞宁初又哆嗦了一下。

哗啦一声，对面的冰窟窿里突然蹿出一道身影，虞宁初本能地看过去——是宋池，他上来后刚在冰窟窿旁站定，头上脸上衣服上都在往下滴水，点点水珠在明亮的阳光下泛着晶莹的光。单薄的白色中衣紧紧地贴在他身上，勾勒出胸腹紧致结实的肌肉。虞宁初还在傻傻地看着，宋池突然大步朝岸边走来，长腿交替……虞宁初脸唰地红了，恨不得将头埋到水桶里去。

"哥哥，快披上！"宋湘抱着兄长的外袍和斗篷跑了过去。

宋池很快就将外袍和斗篷都穿好了。

宋湘一边拉着哥哥往外走一边骂他是不是疯了，兄妹俩快速离去，只有宋湘的骂声不断传来。

沈明岚凑到虞宁初身边，愣愣地问："池表哥刚刚是怎么了？"

她明明就在这里看着，却满头雾水。虞宁初心里虽然清楚，却只能摇头。

沈明岚看着表妹钓起来的大鱼，冒出一个匪夷所思的念头："难道池表哥因为你钓上了大鱼，不甘心输给你，冲动之下亲自下水捉鱼去了？不至于吧？"

虞宁初含糊不清道："也许他太讨厌我，越是讨厌，越是不高兴输给我吧。"

她的脑海里却在回忆宋池出水的那一幕，他的衣服贴身，无法藏任何东西，右手好像一直攥着，应该是找到镯子了？

为了这只昂贵的镯子，他可真够狠的。

事实证明，习武之人果然不容易生病，宋池在莲花池一番折腾，居然也没有个头疼脑热，据说第二日就去东宫吃席了。

沈明岚找机会跟宋湘打听那日宋池为何发疯，可惜宋湘也说不出个所以然来："我哥那人，有时候我也看不透他。"

宋池为何跳水，成了侯府的一个谜。

上元节这日，虞宁初不巧来了月事。

傍晚吃完席，沈明岚、宋湘提议去逛灯会，沈明漪即将出嫁，肯定不去，虞宁初在长辈们面前没说什么，仿佛应了，但等大家一起往外走时，她朝表姐使了个眼色，然后向几位表哥道别："我怕冷，今晚就不出门了。"

宋池看了她一眼。沈阔非常失望，劝虞宁初穿暖和一点，还是一起去吧。虞宁初摇摇头，笑着告退。

沈逸见沈阔如霜打的茄子，一下子失去了玩心，暗暗感慨堂弟居然如此喜欢表妹。他做哥哥的，自然不好跟堂弟抢心上人，而且他能感觉到，表妹一直都只把他当兄长看。

"出发吧。"面对怅然若失的沈阔，宋池开口道。

宋湘瞪了一眼哥哥，这么着急，怎么有种他很高兴虞宁初不会同行的意思？

上元节过后，平西侯府几位官职在身的老爷少爷又开始了早出晚归的生活。

沈牧、沈逸要参加三月的武举会试，被府里的文武先生紧锣密鼓地教导着，只有沈阔还算清闲，偶尔会跑到花园，找妹妹们一起玩耍。虞宁初便从躲着宋池变成了想方设法地回避沈阔。

到了二月中旬，天气开始暖和起来。平西侯还记得自己对宋湘、虞宁初的承诺，这日休沐，他除了叫几个子侄来练武场，还让人把宋湘和虞宁初也叫来了。沈明岚自然也跟过来看热闹，沈明漪倒是也想来，却被宫里派来的教习嬷嬷管着，教她王妃的礼仪规矩。

“天冷，你们一起去跑两圈，先把身子骨活动开。”

等人都到齐了，平西侯还是先让大家跑圈，不过这次虞宁初与宋湘也得跟着跑。沈阔倒是想挨着虞宁初，又怕被大伯父教训，只能跟着哥哥们加快脚步。两个女孩子不紧不慢地跑着，看着前面的几位兄长，渐渐拉开了距离。

沈琢跑得最快，宋池第二，沈牧、沈逸、沈阔都在争抢着第三名。

没多久，沈琢完成第一圈后，第一个接近了两个妹妹。

“慢慢来，不用急。”扫一眼两人，沈琢留下一句鼓励便朝前跑去。

后面又有跑步声靠近，不多时，宋池也追上来了，但他只是笑着看了一眼宋湘，什么都没说。等两个女孩子跑完两圈，沈琢等人已经在两两过招了。

虞宁初走到表姐身边，慢慢调整着呼吸。

平西侯拿着一杆枪走过来，对两人道：“沈家枪一共有三十六式，你们学起来比较慢，我也没有太多的时间教你们，所以想传授你们一套梅花枪。梅花枪分为七式，虽然招式简单，却招招都是枪法精髓，你们勤加练习，可强身健体，若能融会贯通，亦可与人对阵。”

宋湘笑道：“好，姑父就先教我们梅花枪，等我们融会贯通了，再来找你学新招。”

沈明岚故意泼冷水：“阿湘口气倒不小，就怕这套梅花枪你都要学个十几年才能学精。”

平西侯脾气很好，等小姑娘们闹完了，才拿起枪，开始演示梅花枪的第一招——拦枪。

招式看起来的确简单，但虞宁初与宋湘都是初学，光是如何拿枪都要平西侯从头开始指点，只这一式就学了一上午。

平西侯道："接下来这十日你们就好好练第一式，下次休沐我再教你们第二式，若哪里有不确定的地方，可以去找你们的二表哥、三表哥问。"

旁观许久的沈阔不服道："我也会梅花枪，我也可以教她们。"

平西侯闻言，让沈阔、沈逸用梅花枪打一场。

同样的招式，不同的人使出来却能发挥不同的威力，沈阔到底年少，很快就被沈逸一枪挑飞了武器。在心上人面前输得这么惨，沈阔涨红了脸，跑了。这事倒是刺激了他，后面武师傅上课，沈阔再也没有逃过，勤勤恳恳地练习着武艺。

二月底，宋湘再次派了珊瑚来西院，说是匈奴四王子送来赌注，其中十八匹战马被宋池献给了正德帝，只留下了专门为虞宁初和宋湘准备的两匹良驹。

沈明岚悄悄对虞宁初道："池表哥上次那么说你的确气人，不过他能送一匹草原良驹向你道歉，你就原谅他吧！"

虞宁初同样低声道："已经原谅了啊，只是他对我有偏见，肯道歉都是看在湘表姐的面子上，我最多只跟他维持表面和气，不可能真的把人家当表哥看，免得再被他冷嘲热讽一通。"

沈明岚抱住她晃了晃："叫我们阿芜受委屈了，哼，咱们去看马，不收白不收。"

虞宁初并不在意什么赔礼，收马也是为了让宋湘安心而已。

沈逸等人得到消息，也纷纷来到侯府马厩，就连沈明漪也成功从教习嬷嬷的眼皮底下溜了过来。在马厩前撞上虞宁初和沈明岚，沈明漪看向虞宁初的眼神都快变成刀子了，充满了忌妒与愤怒，仿佛不是宋池主动送马，而是虞宁初耍了手段硬求来的。

"几日不见，姐姐长针眼了吗？眼睛怎么这么红？"沈明岚笑着调侃道。

小姐妹们都知道她对宋池的心思，沈明漪自知斗嘴赢不过沈明岚，总算收敛了那份嫉恨。

三人带着丫鬟进了马厩。

侯府的主子们都有自己的马，平西侯一人更是养了五匹。宋池与沈琢等四个堂兄弟共用一片马厩，一共八间，尚未占满，正好收拾了两间放宋湘和虞宁初的马。两匹都是白马，比高头大马略矮，专门为草原上一些公主调教的，性情十分温顺，当然，也有公主喜欢烈马，不稀罕这种温顺的。

两匹马唯一的区别，是一匹额心有一撮黑色的毛。

“阿芜，你来挑吧。”宋湘主动道。

虞宁初则让她先挑。

沈明岚道：“都差不多，你们就别让了，这样，我在背后伸出几根手指，你们来猜，最先猜对的就选纯白的那匹。”

说完，沈明岚将右手背到身后，其他人都可以看到她伸出的手指数。

宋湘猜三，虞宁初猜二，居然对了。就这样，虞宁初拥有了第一匹马。

“哥哥，择日不如撞日，今天你就教我们骑马吧。”宋湘跃跃欲试道。

宋池：“我一人教你们两个？”

沈阔马上道：“我来教阿芜，一人教一个，学得快点。”

沈逸刚要说话，沈琢肃容道：“我来吧，阿芜初学骑马，疏忽不得。”

从骑术讲，沈琢是四个兄弟里最精湛的，从身形讲，他也是四兄弟里最高大威武的，更容易给人一种安全感。沈阔根本没有底气与大哥争，沈琢自然而然地肩负起教虞宁初骑马的任务，虞宁初虽然更想让亲表哥沈逸教自己，但在这种情况下，她也不能多说什么。

沈明漪见不得哥哥们都宠着虞宁初，确认不是宋池教虞宁初，就先走了。沈牧怕弟弟打扰虞宁初学骑马，带走了沈阔。剩下的人一起前往侯府的练武场，练武场外围便是一圈跑马道。

“这马很温顺，阿芜你牵着它走过去，让它先熟悉熟悉你。”出了马厩，沈琢示意虞宁初来牵马。

虞宁初有些紧张地走到他身边。沈琢低声指点她牵马的技巧，虞宁初虚心听着，不时笑着道谢。不远处，宋池朝这边看了一眼。

到了练武场，沈琢与宋池分别挑了一块地方教妹妹们骑马。

沈琢先教虞宁初如何拆装马鞍。

“平时用马，这些自有下人帮你们准备，你们只需要上马就可以，但我认为你们应该多学一些，小到如何拆装马鞍，大到如何照顾马匹，这样才能增加对马的了解，骑的过程中出现意外也更容易应对。就像更衣，平时有丫鬟伺候你们，你们可以不用自己穿，但总该会的。”沈琢一边将装好的马鞍卸下来，一边对虞宁初道。

他神色冷峻，对待虞宁初就像严肃的夫子对学生，可他的声音并没有神色那么冷，虞宁初能感觉到，这位大表哥也不想自己太害怕他。

习武那么辛苦，虞宁初都坚持下来了，一旦学会骑马，遇到事情至少可以跑得更快，虞宁初也是真心想学的。她认真地看着沈琢的一举一动，包括他的手指放在马鞍的部位，同时也认真地听着他说的每一句话。

这时，宋池带着宋湘走了过来。沈琢暂停教导，看向宋池。

宋池笑道："大哥教得比我好，这些基础的东西，我没有耐心讲，大哥带着阿湘一起教吧。"

他在平西侯府长大，管府里的姑娘们叫表妹，与少爷们却一直以兄弟相称，略去了那个表字。

沈琢点头道："嗯，阿湘过来吧。"说着又从头讲起来。

宋池负手站在一旁，目光无意间扫过虞宁初，每当沈琢说话时，她都会认真地看着沈琢的眼睛，带着一种无知少女对渊博夫子的敬重与仰慕。

"世子爷，夫人请您过去一趟。"两个小姑娘才学会安装马鞍，侯夫人韩氏忽然派丫鬟过来请人。

沈琢皱眉道："夫人可说了何事？"

小丫鬟摇摇头。

宋池笑道："大哥先去看看吧，我来教她们。"

只能如此了，沈琢看向一直旁观的沈逸，嘱咐道："等会儿阿芜上下马时，你跟紧点。"

沈逸道："大哥放心，若是让阿芜摔伤了，我娘能扒掉我一层皮。"

沈琢便走了。

宋池站到虞宁初的马旁边，接着道："你们会安装了，现在我继续教你们卸马鞍。”

同样是教导，沈琢那么严肃虞宁初却一点都不害怕，换成君子如玉的宋池，虞宁初却刻意回避着他的眼神，总觉得每次他看过来，那双眼睛里好像藏了什么深意。

“阿芜先来吧。”宋池忽然道。

虞宁初走过去，虽然她没有看宋池的脸，却一直留意着他手上的动作，只是因为马背较高，她拆得费劲一些罢了，没有沈琢或宋池做起来那么轻松。等拆好马鞍，她的脸已红扑扑的，额头冒出了细汗。

“嗯，再装上去吧，装好了换阿湘来。”宋池看着她低垂的睫毛道。

虞宁初只当多了一次练习的机会，背对他站着，微微喘息着装好马鞍。

接下来，宋池又用了半个时辰给她们讲马的脾性与饲养相关的知识。

宋湘有点不耐烦了:“这个可以以后慢慢讲，哥哥你先教我们怎么上马吧。”

虞宁初趁机对沈逸道:“表哥，上下马你能教我吗？我跟湘表姐分头学，兴许晌午前能学会。”最后一句，难免有点嫌弃宋池的拖拖拉拉。

宋池看过来，虞宁初已经牵着自己的马走了，任谁都看得出来，她想离宋池远一点。

因为之前有“宋池骂她”的事，大家都很理解。

“幸好我很讨人喜欢，不然你得罪了阿芜，大家都要疏远你了，现在还肯与你说话，都是给我面子。”宋湘小声数落哥哥。

宋池失笑:“多谢你的面子，才没有让我沦落成孤家寡人。”

临走之前，他又看了一眼虞宁初，恰好看见沈逸一手扶着虞宁初的腰，助她上马。宋池突然意识到，平西侯府人丁真的很兴旺，她的身边总是不乏人守着。

三天之后，虞宁初与宋湘都学会了骑马，可以在平西侯府的练武场小跑几圈了。

宋湘提议道:“等二表哥、三表哥考完武科举，咱们一起去外面踏青，现在风还有点冷，草也没有全绿，没什么好看的。”

虞宁初也很向往去外面跑两圈。如果平西侯府里的人都像太夫人、沈明漪那样瞧不起她，虞宁初断不敢整日跟着表哥表姐去外面走动，更不会习武骑马，可府里大多数长辈都很宽容，大多数表哥表姐都不曾把她当成一个寄人篱下的孤女，渐渐地虞宁初就越来越放得开了。

沈明岚感慨道："时间过得真快啊，沈明漪要嫁人了，大哥要成亲了，池表哥有了差事，二哥、三哥若是高中也会开始当差，往后府里能陪咱们玩耍的人越来越少了。"只剩一个四哥沈阔，偏偏沈阔不太懂得分寸，过于热情，表妹并不想跟他一起玩。

想到这些，宋湘也叹了口气："我听哥哥说，郡王府那边已经开始动工了，早了七八月，晚了九十月，我们就可以搬过去。"

她想有一个完全属于他们兄妹俩的家，却舍不得侯府里的姐妹。虞宁初也舍不得大家同玩的悠闲时光，可是她们是姑娘，注定要嫁人，宋湘搬出去了不提，今年表姐应该也会定亲甚至出嫁，她呢，最迟明年也要嫁了。

沈明岚道："好啦，先别想那么多，现在咱们还没分开呢，阿芜已经见过了京城的秋景冬景，今年我们再好好陪你过一个春夏！"

"嗯，姑母给我做了好几套春装，就等天彻底变暖了。"

提到春装，虞宁初想到了自己被舅母塞得满满的衣柜，哪个小姑娘不爱美呢，虞宁初也对即将到来的暖春充满期待。

今年是会试之年，武科举比文科举晚一个月，三月初九才开始考。武科举要为朝廷选出优秀的将领之才，这等人才光会功夫可不行，还要具备一定的才学与谋略，更要熟谙兵法，所以武科举又分为文试、武试两部分。

平西侯府为家里的子弟聘请了名家大师，更有平西侯与沈二爷经常指点枪法，高中是必然，只是名次的区别罢了。

文试在考场举行，旁人无法围观，武试在皇家比武场举行，届时正德帝会率领宠臣、重臣与后宫妃嫔一同观看。宋湘问沈明岚、虞宁初要不要去看，想去的话，她可以向正德帝或皇后撒娇求两个位置。宫里没有公主，自从宋湘进京，正德帝一直都很宠爱她，还给她封了郡主。这点小要求，如果宋湘提出来，帝后绝不会反对。

沈明岚想去，家里两个哥哥比武，她很关心。虞宁初就不去了，她再怎么放得开，去京郊踏青、去街上逛铺子都可以，皇宫可不是她该去的地方，万一出什么差错，就算舅舅、舅母可以替她说情，虞宁初也不想给长辈们添这样的麻烦。

宋湘想了想，道："也好，阿芜长得太美，安王又极其好色，最好还是不要让他看见的好。"

宋湘并不认为安王与沈明漪的婚事能让他收敛色心。就这样，三月十八日的武试，沈明岚跟着宋湘进宫去看，虞宁初安心地留在碧梧堂。

皇宫，比武场。

宋湘与沈明岚被安排在太子妃的席位旁。

太子妃是个很爱笑的女人，打趣道："这等热闹，明漪若是早点嫁给王爷，今日就能跟咱们一起欣赏了。"

沈明岚心想，沈明漪对这些打打杀杀根本没有兴趣，除非宋池上场。

想到宋池，沈明岚四处张望一圈，见宋池与太子、二皇子安王坐在一起，太子重规矩，坐姿端庄，安王就随意多了，宋池正与安王低声说着什么，看得出来两人的交情非常不错，就连平时与安王形影不离的韩宗延，这会儿都被安王冷落了三分，根本插不到中间。

阳光洒落，宋池那张俊脸被方脸厚唇的安王一衬，显得更加超凡出尘。

沈明岚从没有见过这样的宋池，侯府里的宋池，如天上的明月，将皎皎光辉洒落，看似温润平和，其实始终给人一种距离感。可这样雅致俊逸的人，为何要去锦衣卫那种阴暗的地方，又为何与好色成性的安王相谈甚欢？到底哪一面，才是真正的宋池？

"表姐你看，那个是不是曹公子？"宋湘突然扯了扯沈明岚的袖子，指着等待上台的武举人那边道，"就在二表哥后两排，靠近中间的位置。"

去年匈奴王子设立的比武擂台上，曹坚以清瘦的身体打败了一个匈奴侍卫，身姿飘逸，剑法过人，沈明岚对曹坚印象深刻，此时一听宋湘这么说，便朝台下望去，果然看到了曹坚，更巧合的是，曹坚竟然也朝她望了过来，视线相触，曹坚惊讶了一瞬，然后微微一笑。

沈明岚唰地脸红了，立即移开了视线，他笑什么笑？宋湘看在眼里，决定回去后要好好地跟虞宁初说一说这桩趣闻。

比武开始，分为骑射、举石、武器对战三场，最后按照三项成绩的总分排名次。沈明岚除了观察两位哥哥，也留意着曹坚。曹坚骑射、举石的成绩都很好，因为太好，到最后比武对决时，他竟然要与沈逸争抢十二进六的名额。

“哎呀，表姐希望谁赢？”宋湘笑着揶揄道。

沈明岚不假思索道：“当然是我哥哥。”

她紧紧地盯着场上，出乎意料的，曹坚动手之前，竟然又看了她一眼，只是这次没笑。

这是一场马战，曹坚一手持枪，一手拿剑。十几个回合后，曹坚突然一枪拦住沈逸的枪，右手持剑，抵住了沈逸的心口。

“抱歉。”胜负已分，曹坚低声对沈逸道。

沈逸笑道：“曹兄身手了得，我输得心服口服，不必言歉。”

曹坚也笑了笑，目光再次投向台上。沈明岚气鼓鼓地瞪了他一眼。曹坚苦笑，曹家败落已久，为了家族的荣耀，今日他不能对任何人放水。

十二进六后，是六进三。曹坚对沈逸还算手下留情，这一场，他动作更为狠绝，不出五个回合便将对手刺落马下。最后两场，曹坚仍未棋逢对手，以高分拿到了武器对决第一名的成绩，三项加起来，曹坚高中武状元，沈牧为探花，沈逸则拿到了第六的成绩。

平西侯也来观赛了，看着意气风发的曹坚，他难掩惋惜，这样的少年英雄才是他心目中的好女婿人选，可惜女儿没有福气。

念头才落，他看到了侄女沈明岚。

第七章 送你这只镯子，便是信物

一从宫里回来，宋湘就跑到碧梧堂找虞宁初说悄悄话。

“你是没看见，曹公子只是朝表姐笑了笑，表姐就脸红了，啧啧，我认识表姐这么久，很少见她脸红的，后来曹公子与其他人比试，表姐看得可紧张了，手帕攥得紧紧的。”

关系到表姐的声誉，虞宁初虽然也觉得表姐可能对曹公子有点意思，但还是低声提醒道：“这话你可千万……”

宋湘不等她说完就瞪了过来：“我是那种人吗？此事除了你，我才不会对外人说。”

虞宁初连忙赔不是，她习惯了谨慎，其实心里也相信宋湘不是乱嚼舌根的人。

“你们两个躲在屋子里说什么呢？”脚步比宋湘稍慢的沈明岚终于赶了过来，唯恐宋湘编排她。

虞宁初与宋湘对视一眼，默契道：“我们在说二表哥、三表哥在比武场上的风采。”

沈明岚狐疑地看了她们两眼，不是很信。

傍晚，平西侯从兵部回来，请沈三爷过去说话。

“大哥何事找我？”沈三爷来到平西侯的书房，猜到兄长可能有事相谈。

平西侯就将曹坚在比武场上的表现夸赞了一遍：“此子文武双全，恐怕不输咱家老大，宁国公府现在没落了，早年也是武将世家，或许会在曹坚手里重振声威。我是很喜欢他，正好明岚也到了议亲的年纪，所以推荐给三弟，做个女婿备选。”

沈三爷相信兄长的眼光，更感激兄长百忙之余还在替女儿的婚事着想。

平西侯摆摆手道：“一家人，你就别跟我客气了，别怪我没提醒你，曹坚刚中了武状元，这会儿肯定被各家看好，争着要他当女婿，你与弟妹若满意，最好快些动手，免得错过。”

沈三爷听了，立即告退，回去与三夫人商量。

三夫人有些迟疑：“虽然是宁国公府的，却只是二房嫡子，身上没有爵位，宁国公府也大不如往前，会不会有些委屈咱们明岚？”

沈三爷道：“还是要看曹坚本人的才干品行吧，他去年才回京城，我没见过他，可宁国公府的世子我见过，肥胖臃肿，别提才干了，恐怕都不是长寿之相，那样的人，便是能继承爵位，你会让他做女婿吗？”

三夫人暗暗点头，是这个道理，自己的丈夫还是侯府庶子呢，可那又如何，丈夫有潘安之貌，有文曲之才，心里喜欢才是最重要的。

“知道了，明日我就让人去打听他的品行如何，成了再问问明岚的意思。”

沈三爷：“你可抓紧点，小心别家先下手。”

不怪沈三爷担心，高中武状元的曹坚，的确成了今春京城最出风头的世家公子，多少官员欣赏他的才干，想招他做女婿。有的人家会像沈三爷夫妻这样先打探一番，打探完了还要询问女儿是否愿意，有的人家则直接由父母做主，马上就安排媒人去提亲了。

三夫人派去的管事没打听出曹坚有什么品行不端之处，倒是带回了多家去提亲的消息，三夫人便赶紧去找女儿商量婚事。这时距离曹坚中举，才过去四五日而已。

得知母亲想撮合她与曹坚，沈明岚不禁红了脸，只是姑娘家难免矜持羞涩，就算被母亲看出了心思，也不肯直接承认。三夫人就逗女儿，说她再不给个准话，人家曹坚可能就答应去别人家做女婿了。

沈明岚一听，赌起气来："我还就不答应了，等吧，如果大姐嫁人了他还没定亲，娘就去提亲;如果他早早定了，说明我们没有缘分，我也不稀罕他。"

沈明岚真正要赌的，是曹坚那一笑意味着什么，如果曹坚喜欢她，自然不会答应别人，他应了别人，则说明心里没她。她把话放到这里，不许父母与别人抢，必须靠抢才能得到的男人，她不稀罕。

三月底，迎面吹来的风变暖了，花园里的柳树也绿了，处处生机盎然。

沈明漪四月初六就要嫁了，这会儿哪儿都去不得，只能老老实实待在家里，沈琢作为她的哥哥，近来也要帮忙筹备一些事宜，无法出门。

沈明岚、虞宁初与宋湘早就约好了今日要出游，因为要骑马，得有兄长陪着长辈们才安心，问了一圈下来，沈牧、沈阔、沈逸都有空，就连宋池也答应同行。

宋湘体贴地对虞宁初道："哥哥是不放心我，但阿芜你放心，我已经跟他约法三章了，让他只许远远地看着，不许离咱们太近。"

虞宁初笑道："表姐太客气了，其实你们正常相处就是，池表哥再坏，也不可能当着大家的面凶我。"

宋湘哼道："谁知道呢？他这人最近毛病越来越多了。"

她永远忘不了哥哥跳冰窟窿的疯狂，那不是有病是什么？要不是亲哥，宋湘肯定躲着他走。

阳光明媚，七人骑马的骑马，坐车的坐车，心情愉悦地出了侯府。今日大家要去的还是香山，香山有好几座峰，各有妙趣，一年四季都适合出游。其中有一座矮峰，曰桃岭，整座山岭从山脚到山顶全是桃树，每到春暖花开时，桃岭便成了一片粉色的花海，京城的公子小姐都喜欢在这个时节去游玩。

出了城门不久，宋湘坐不住了，让车夫停了车。今日她们穿的都是男装，马也牵出来了，之前因为虞宁初、宋湘骑马骑得开心，沈明岚也撒娇让父亲给她买了一匹，如今也学会了。

眼看三个姑娘都坐到了马背上，沈牧严肃道：“路上人多车马也多，你们慢点骑，不许快跑。”说着，他催马去到最前面，让沈逸、沈阔守在妹妹们左右，宋池镇后，总之不许姑娘们跑出他们的守护圈。

虞宁初肯定不会乱跑，宋湘和沈明岚对个眼神，突然一夹马腹，一左一右超过了沈牧，只留下一串清脆的笑声。沈牧、沈逸赶紧追了上去。宋池留下阿默，也纵马离去。

沈阔很高兴，终于可以与虞宁初单独相处了。他偷偷朝虞宁初靠近一些，还想再近一点时，虞宁初紧张道：“四表哥不要挨我太近，我怕两匹马撞上，我与表姐们在一起骑马，也都保持至少一臂的距离。”

沈阔笑道：“阿芜真是胆小，我们打马球时，两匹马都有贴着肚子往前跑的时候。”话虽如此，但他还是听话地没有再靠近。

虞宁初看向已经跑远的两个表姐，有点后悔没有跟着跑出去，那样既能跑得尽兴，又不用与沈阔留在这里。

“阿芜，再过三年，我也会参加武科举，到时候我也拿个武状元。”沈阔对自己很有信心。

虞宁初客客气气地鼓励道：“四表哥雄心壮志，一定能心想事成。”

说话间，她悄悄加快了速度。

沈阔误会了，笑道：“阿芜也想跑马？咱们比一场如何？”

虞宁初想，跑起来沈阔就没心思说话了，于是同意了。

整个三月，虞宁初几乎每天都在骑马，从最开始的慢跑，到与宋湘在侯府的比武场上赛跑，她对自己的马术小有信心。两人放开速度朝前跑去，阿默紧随其后。

宋湘回头，见虞宁初也跑起来了，便与沈明岚停下，等虞宁初追上来，大家再一起跑。

沈琢不在，沈牧劝不住妹妹们，他看向宋池，指望他能说两句，结果宋池只是一味纵容。

春风拂面，少男少女们互相追逐，将京城高墙内的规矩都抛到了脑后。跑够了，跑累了，三个姑娘说说笑笑地坐回马车。等来到桃岭山脚，虞宁初等人已经休息够了，下了马车开始步行登山。

满眼都是粉色的桃花，有小小的蜜蜂在枝头飞来飞去，偶尔也能看到蝴蝶。宋湘折了一小枝桃花，让宋池帮她插在发间。

宋池拿着花不动："你是男装，插什么花？"

宋湘道："男装怎么就不能插花了？我看流传下来的古画中，士大夫都簪花为雅呢。"

兴头上来，宋湘又去折了几枝桃花，要给每个哥哥都插一朵。虞宁初在旁边看热闹，不期然发间一动，回头就见沈阔正将桃花往她头上戴。

虞宁初飞速看向左右，沈明岚、宋湘去追不想戴花的沈牧、沈逸了，只有已经戴了桃花的宋池朝这边看来。日光朗朗，他昳丽的脸庞艳过桃花，狭长的凤眸看着她，带着一丝耐人寻味的笑。

"四表哥自己戴吧。"虞宁初一瞬间将这两人都恼上了，低头取下发间的桃花，甩到沈阔怀里，转身走开了。

她的不喜如此明显，沈阔接住桃花，一脸失望。

"便是亲表兄妹，以后也不可这样动手动脚，令人不喜。"宋池走过来，不是那么严肃地批评道。

沈阔很是郁闷，低声道："表哥有什么讨女子喜欢的办法吗？"

宋池拿过他手里的桃花，看了看，随手丢到路旁积满落叶的浅沟里，以过来人的口吻道："虞表妹这种人，客居侯府，极其看重规矩礼仪，唯恐做错什么坏了名声。你想讨得她的欢心，不可刻意接近，尤忌举止轻浮，当练就一技之长，令她敬仰倾慕，视你为英雄。"

沈阔如醍醐灌顶，幡然醒悟："是啊，话本里的美人也喜欢英雄，动手动脚的都是纨绔子弟，只会被姑娘小姐们唾弃，我怎么早没想到！多谢表哥点醒我，你放心，我回去就好好练武，如果我能在练武场上打败你甚至大哥，阿芜肯定会对我另眼相看。"

宋池:“嗯，你努力。”

宋湘手里的几枝桃花,最终只有宋池一人肯戴,沈牧、沈阔、沈逸都宁死不从。

沈牧调笑道:“你们池表哥气度超凡，能够簪花为雅，我等凡夫俗子只会贻笑大方。”

宋湘道:“二表哥切莫妄自菲薄，你只是比我哥哥略微逊色而已，如果我哥哥不在，你们三个哪个不是人中龙凤，多少闺秀喜欢呢。”

沈阔闻言，悄悄看向虞宁初。虞宁初心里是认可宋湘的话的，沈家四位公子都是好相貌，奈何平时被宋池压了一头。不过，平西侯府是将门世家，四位表哥将来都会上战场保家卫国，而宋池不过是正德帝用来残害忠良的一把剑，德行上，又怎能与几位表哥相比？只有奸臣小人，才会欺负一个弱女子。

视线自宋池的衣摆上扫过，虞宁初抬头往上看去，却见前面的一片桃林中走出一个穿青色锦袍的公子，对方似是要往前走，无意间朝后面看了一眼。就在虞宁初认出曹坚时，曹坚也认出了他们，惊喜道:“郡王爷，二公子、三公子。”

曹坚与宋池，是在比武擂台结识的，与沈牧、沈逸则是同届武进士，彼此切磋过。

沈明岚本来走在最前面，瞧见他，心开始乱跳，在宋湘揶揄的目光中退到了后面，紧挨着虞宁初。

虞宁初忍不住小声调侃道:“表姐怎么不往前走了？”

沈明岚作势来拧她的手。

“曹兄也来赏花吗？”

“是啊，明天开始就要当差了，趁现在还有空闲，出来走走。”

“既然如此，大家同行如何？”

“那就叨扰了，我家中并无年幼的弟弟妹妹，真是羡慕你们人多热闹。”

就这样，曹坚也加入了平西侯府众人当中，不过他恪守着礼节，始终与沈牧并肩而行，不曾朝姑娘们这边乱看。

山间遍植桃树，随处都可以停下来细细观赏，考虑到妹妹们体力有限，沈牧做主，带领大家来到一处山涧，周围山峰错落，一片片桃树将这块山坳包围掩盖，游人罕至，清雅幽静，只有鸟雀欢快地鸣叫着，混杂着潺潺的溪水声。山涧旁有一片绿草地，草地中央长了一棵枝干遒劲的老桃树，周围阳光灿烂，只有老桃树用繁茂的花枝为游人投下一片阴凉。

虞宁初跟着沈明岚、宋湘去溪边玩水，沈牧、沈阔、曹坚去周围打猎，看看能不能猎到什么野味，宋池、沈逸则留在树下守护妹妹们。

宋池好像困了，靠在老桃树的树干上，明亮的阳光从树叶间照下来，正好照在他的脸上，于是他取出帕子，随意地遮在头上。时而有微风吹起帕子一角，露出他的眼睛，旁人除非凑过来看，才能发现他到底是在小寐，还是在看着什么地方。

溪水边，宋湘顽皮地朝虞宁初的脸上弹水珠，虞宁初笑着偏头，露出一张被阳光晒得绯红的面庞。今日她穿了一件杏色锦袍，春日衣衫单薄，难掩少女纤细窈窕的身姿，且她天生丽质，身形虽然纤瘦，却并不干瘪，玩闹跑跳间，衬得春色撩人。

宋池看向沈逸，沈逸正从溪边寻了些石头过来，认真地搭着灶台。

三个姑娘玩够了，去旁边赏桃花了，就在对面的林子里，桃花掩映间，随时可见她们露出来的笑脸。

“我过去盯着点，免得她们走远了。”宋池取下头上的帕子，对还在琢磨搭灶台的沈逸道。

沈逸看一眼林子，点点头：“明岚顽劣，表哥该训就训，不要惯着她。”

宋池笑道：“都是被阿湘带坏的。”

打完招呼，宋池朝桃林走去。

桃林那么大，三个姑娘离得并不是特别近，不过能听到彼此的声音。

虞宁初正在折桃花，如果宋湘或是表姐与她说话，她就回两句，并劝她们不要走得太远。远处忽然传来清脆的鸟鸣。

沈明岚惊喜道：“是云雀，或许这里有鸟窝！”

而宋湘已经朝着鸟叫声去了。虞宁初对找鸟窝没有兴趣，她回头看了看，透过繁密的桃花，能看到草地上搭灶台的表哥。虞宁初放心了，不再往前走，就在周围打转。

手里的桃花越来越多，就在虞宁初准备折最后一枝就回去时，一只修长白皙的手突然从她的头顶伸过去，折断了她看中却没有够到的那枝，而他的身影，已经完全将她笼罩。虞宁初全身僵硬，低头就要往前跑，腰间突然多了另一只手，霸道地圈着她将她抵在背对溪边的桃树一侧。

虞宁初手里的桃花早已掉在地上，一只手抓住紧扣在她腰上的手，她指甲深深地掐入他的掌心。

“先是为了救你被剑割伤，又被你咬了一口，现在还要被你抓伤，表妹是想毁了我这只手吗？”宋池看着怀里倔强愤怒的脸，低声道。

与之前的每一次戏弄都不同，这一次他紧紧地压着她，绝了她想跑的心。虞宁初从来没觉得如此无力，明明练了半年的功夫，到了宋池面前，却依然无计可施，就连右手也被他扣住，动弹不得。

“你无耻。”她怒视他道。

宋池:“嗯，我也不想，可是除了这样，根本没有别的办法能与表妹单独相处，好好说话。”

她就像跑进平西侯府的一只小野猫，对别人都客客气气的，只一天到晚躲着他，那他只能使尽手段来抓她了。

一手攥着她的手，宋池从怀里取出那只冰蓝色的玉镯，再次套上她的手腕。

虞宁初咬牙道:“你就不怕我砸了，浪费你的银子？”

宋池攥着她的手腕，似是在看她的手，也似是在看那镯子。在这处处桃粉的山谷中，镯子的冰蓝色是那么空灵，仿佛天宫仙物遗落凡间。

“我娘临终前，将这对玉镯交给我，说是一只留给妹妹做嫁妆，一只留给她的未来儿媳。”宋池转了转镯子，视线突然投过来，看着虞宁初道，“我先看上了你，所以才会欺负你，提亲我肯定会提的，只是要等两三年，送你这只镯子，便是信物，你若再扔或是毁了这镯子，我会从你身上讨信物。”

说完，他意有所指地看向虞宁初的唇。虞宁初即便不通男女之事，也猜到他的意思了，紧张得抿紧嘴唇，唯恐他真的压下来。

她长长的睫毛轻轻颤抖着，显然是怕极了，宋池轻叹一声，拉开距离，只握着她的手，拉下她的衣袖盖住镯子，低声道："池水很冷，别再丢了。"

言罢，他最后看她一眼，朝桃林深处走去。

虞宁初紧紧地盯着他的背影，等他走远了，才慢慢恢复正常呼吸。手腕上有清凉的触感，虞宁初取下那只镯子，阳光下，冰蓝色的玉镯里仿佛有水波流转，虞宁初在侯府住了这么久，也长了很多见识，知道这种质地的玉绝非凡物，只是……这真的是宋池母亲的遗物吗？

虞宁初将镯子转了一圈，细细检查了一遍，没有任何发现。

"阿芜，你在哪里？"

不远处传来沈明岚和宋湘的声音，虞宁初手一抖，匆忙将玉镯藏到怀里。无论这镯子是宋池花大价钱买回来的，还是他母亲的遗物，她已经亲眼见过宋池为了这镯子会发疯到什么地步，给她一百个胆子，她也不敢再扔了，甚至都不敢偷偷还给他，怕宋池又找机会强塞给她。等吧，也许过段时间，宋池便自己来找她讨要这贵重之物了。

与沈明岚、宋湘会合后，几人回到草地上，坐在树荫下闲谈。宋池比她们晚回来，虞宁初想到被他紧紧压迫时的情景，只恨不能离他再远一点。

肚子开始觉得饿时，沈牧、沈阔、曹坚回来了，每个人手里都拿了两样野味。曹坚让大家休息，自己走到溪边，动作熟练地收拾起来。

等他回来，沈牧笑道："听说曹兄师从武当山，看曹兄这熟练劲，武当山的野鸡野兔没少遭你的毒手吧？"

曹坚微微尴尬道："少年时候容易饿，确实打过很多野味吃。"说着，他偷瞄沈明岚一眼。

沈明岚想到他被一群媒婆争抢的情形就没有好脸色，扭头催沈逸快点给她烤肉吃。

她心情不好，吃得也最快，吃完就去溪边洗手。

溪水清澈，沈明岚正认真地搓洗着每根手指，忽然，有人在她几步外蹲了下来，沈明岚看过去，竟然是曹坚！她作势就要起来，曹坚面朝溪水洗着手，急切道："二姑娘请留步，我近日日日在山上守候才盼到二姑娘过来，还请二姑娘给我几句话的时间。"

沈明岚心中一动，朝另一侧扭过头，嘟囔道："你要说什么？"

曹坚知道机会难得，不敢浪费时间绕弯子，直言道："不瞒姑娘，去年比武擂台初见，我便对姑娘动了心，这次侥幸考中武状元，谋得一个好差事，可宁国公府与平西侯府相差太远，曹某不敢贸然登门提亲，所以……所以我想先问问姑娘的意思，若、若姑娘看我还算顺眼，我、我便去府上提亲；若姑娘不喜，我也不去叨扰伯父伯母了。"

沈明岚听在耳里，眼中早已浮现笑意，嘴上却道："你高中状元，前程似锦，最近应该有很多达官贵人要招你做女婿吧？"

曹坚回道："有是有，可我心有所属，统统都拒绝了。"

沈明岚问："那是为何？你就不怕被我拒绝，回头还得罪了其他府上？"

曹坚道："我心里有人，总要争取机会，岂能得陇望蜀？"

沈明岚没说什么，站了起来。曹坚的心沉了下去，想回头，又怕被沈逸等人看出端倪，坏了她的清誉。

忽然，身后传来小姑娘轻柔羞涩的声音："等我长姐嫁了，你便来提亲吧。"

曹坚激动得站了起来。沈明岚被他吓了一跳，随即脸颊通红，瞥一眼老桃树下的众人，心虚地朝桃林跑去："我吃饱了，去摘几朵桃花！"

曹坚反应过来，赶紧又蹲了下去，双手捧水，猛地搓了几把脸。

老桃树下，沈逸一手拿着烤鸡的树枝，一手拿着刚刚扯下来的肉，看看曹坚，再看看妹妹跑开的背影，不是很明白发生了什么。

沈牧咬牙道："我才看出来，姓曹的跟咱们玩了一招守株待兔，敢情一早就在山上等咱们了！"

沈逸回过味来，将烤鸡塞给沈阔，过去找曹坚算账。虞宁初与宋湘对个眼色，都掩饰不住笑意，猜到沈明岚的婚事要成了。宋池看着中间的石头灶台，不知在想什么。除了沈阔过于单纯，没看出曹坚对沈明岚的异样心思，沈牧、宋池等人都看出来了。

为了不让沈明岚尴尬，曹坚自称有事，匆匆离去。平西侯府的几兄妹也下了山。坐进马车，沈明岚才松了口气，刚刚这一路，虽然哥哥们没说什么，可她总是不好意思。

宋湘悄声道："表姐不用担心，我会嘱咐哥哥与二表哥别外传的，至于四表哥，他傻乎乎的，根本没看出来。"

沈明岚红着脸点点头。

宋湘靠近打听道："你与曹公子在河边说什么了？休想狡辩，我跟阿芜都看出来了。"

沈明岚看向虞宁初，虞宁初故作天真道："我没看出什么，只觉得表姐与曹公子都是喜洁之人，洗手洗了好久。"

沈明岚一听，扑过来挠虞宁初的痒痒。虞宁初怕痒，车厢中传出小姑娘难耐的笑声与告饶声。宋池朝车厢瞥了一眼，她这声音，过于勾人。

幸好，沈明岚很快就饶了虞宁初，挤在两个姐妹中间，小声讲述了一遍她与曹坚的谈话。

宋湘听得心都要醉了，喃喃道："这才叫金玉良缘，表姐赏识曹公子的英雄气概，曹公子对表姐一见钟情，且敢于争取。"郎才女貌，这才是一段佳话，像沈明漪与二皇子安王，一个心有别恋只是听从父母之命才嫁的，一个仗着出身风流好色不学无术，虽然沈明漪自己也愿意，但宋湘多少还是替她可惜。

虞宁初替表姐高兴得遇良缘的同时，不免想到自己的遭遇。如果宋池堂堂正正地去向舅舅、舅母提亲，他就是奸臣小人，她躲不过，为了一个明媒正娶，也愿意嫁了，可宋池并没有，而是拿了一个不知到底什么来历的手镯来哄她。就算那真是宋池母亲的遗物，他可以送她，也就可以收走，不过是男人讨女人喜欢的手段罢了，哪像曹坚，情真意切。

一进四月，整个侯府都在为沈明漪的出嫁做着准备。三夫人将沈明岚与虞宁初带在身边，趁此机会，好好地教了姐妹俩如何操持婚事宴请，这种宴请已经属于勋贵之家最隆重的宴请之一了，从宾客席位的安排到大小碗碟的花纹质地，都有讲究。虞宁初白日跟着舅母学习，回到碧梧堂，便将今日所学详细地记在本子上，方便日后温习。

沈明漪四月初六出嫁，初五，侯府就开始了宴请。虞宁初、沈明岚与宋湘被长辈们安排了同一桩任务，便是招待来府吃席的闺秀，要盯紧点，别让任何人出事，侯府花园有山有水，小姑娘们玩闹追逐之际磕了碰了可不好。

因为是喜宴，三姐妹都穿了红装，沈明岚是石榴红的褙子，衬得她大方爽朗。宋湘穿了橘红的褙子，显得天真烂漫。虞宁初则搭配的是海棠红的褙子，娇艳明媚，姐妹三个站在一块，美得各有千秋。不过，还是虞宁初最为惹人注目。她平时去旁府做客并不算频繁，不过京城的贵妇圈就那么大，尤其是一些与沈氏同辈的妇人，早就打听过虞宁初的事。今日亲眼见了，妇人们分成小圈子单独说话时，难免会窃窃私语一番。

虞宁初听不到这些，当所有宾客到齐，她便带着一群妙龄少女去花园逛了。阳光灿烂，花园里花团锦簇，在沈明岚和宋湘的牵线搭桥下，虞宁初也认识了两三个话语投机的新朋友。当然，也有一些自恃身份倨傲无礼的人。

眼下是牡丹初开的季节，大多数闺秀都聚集在牡丹园这边，沈明岚不想表妹听见一些不中听的话，便安排虞宁初带几位和善的闺秀去莲花池那边逛逛。虞宁初知晓表姐的心意，笑着带人走了。

莲花池畔的风景秀丽怡人，六七个姑娘慢慢在这一带分散开来，有的站在桥上，有的坐在池边的凉亭中，还有蹲在池边撩水。虞宁初与一位汪姑娘坐在凉亭中说话，这里备了茶水和糕点，别的闺秀累了也会过来休息。

突然，有个男子从不远处的花丛后转了出来，朝这边看了看，非但没有回避，反而明晃晃地走了过来。虞宁初没有认出对方。

微雨道："那是国舅府的表公子，姑娘没见过，所以不认得。"

其实虞宁初见过韩宗延一次，当时韩宗延与二皇子在一起，看面相便是纨绔子弟。

当着汪姑娘的面，虞宁初不好说什么，吩咐微雨道："表公子可能迷了路，你去给他指路吧。”

心里却想的是可别叫韩宗延来这边惊扰女客。

微雨快步离开凉亭。

虞宁初继续与汪姑娘说话，却见韩宗延被微雨拦住后，两人说了什么，随后韩宗延继续朝这边走来。

“我去那边看看鱼。”汪姑娘避嫌，匆匆去池边找别的闺秀了。

虞宁初也想避开，可她今天代表着平西侯府，得替这些闺秀打发走韩宗延，不然她避开了，韩宗延要是跑去调戏哪位闺秀，就是她招待不周了。

虞宁初下了凉亭，迎着韩宗延走去。阳光从上方洒落下来，韩宗延眯了眯眼睛，终于看清了虞宁初的容貌。他早就听说虞宁初进京了，且从母亲与姑母韩氏的谈话中得知虞宁初生得像极了当年艳冠京城的沈氏，甚至有过之而无不及。韩宗延好色，尤好绝色，找各种借口来了侯府多次，可惜虞宁初躲在深闺，就是见不到人。

他料到今日虞宁初肯定要出来待客，所以仗着对侯府的熟悉，仗着表公子的身份，悄悄溜到了后花园。此刻见了虞宁初，只看那雪白的肌肤、婀娜的身段，韩宗延便断定那些对虞宁初的夸赞不是白来的，毕竟真正的美人，哪里都要美到极致，有一处不足，都当不起艳冠京城的美誉。

这一点上韩宗延吃过大亏，他曾见过一个美娘子，结果那美娘子只是脸蛋美，腿上的汗毛比他的还长，他摸了一把，吓得后面十几天都要躲着女人走。

“可是虞家的小表妹？”韩宗延紧紧盯着虞宁初的脸，笑得十分亲切。

虞宁初离莲花池并不远，停下脚步，与韩宗延保持着距离：“韩表哥来后花园，可是有事？”

韩宗延听着那明明刻意疏远却依然轻软的声音，只觉得自己的骨头也要酥了，视线在虞宁初的身上逡巡，一边靠近她，一边低声道：“早就听闻表妹来了京城，一直无缘得见，特来认识认识。”

论起来，韩宗延剑眉星目，比安王英俊多了，然而他神态猥琐，倒不如安王的憨厚外表让人看着顺眼。

微雨立即挡到虞宁初面前，虞宁初冷声道："今日是大表姐的好日子，还请表公子速速离去。"

韩宗延嬉笑道："我不走，表妹又能如何？"

话音未落，虞宁初眼睛一亮，远远地朝韩宗延背后行礼："大表哥。"

韩宗延猛地回头，见沈琢真的来了，一身绛红色锦袍，神色却冰冷得吓人。

要说韩宗延最怕的，不是自家亲爹，也不是皇上，正是平西侯与沈琢父子。三年前，沈明漪与沈明岚都已经出落成了小美人，韩宗延不敢欺负沈明漪，也不敢真的对沈明岚做什么，只能嘴上调戏沈明岚两句，不巧正好被沈琢听见了，抓住他的手腕让他给沈明岚道歉。道歉是明面上的惩罚，沈琢真正惩罚的是他的手，沈琢的手宛如一把铁夹，差点捏碎他的骨头，回家养了好几天才不疼了。

"你去招待客人吧，我找他有事。"沈琢走过来，直接对虞宁初道。

此时此刻，在虞宁初眼中，沈琢便是天神一样的英雄，解了她的危机，也给了她底气。她感激地朝沈琢点点头，垂眸平复片刻，转身时已经恢复了从容。

韩宗延忐忑地看向沈琢，试图替自己辩解："表哥，前院宾客太多了，个个互相吹嘘，我没什么可吹的，自觉无颜，才来这边透透气。"

沈琢并没有看他，冷声道："走吧。"

韩宗延回头看了一眼虞宁初，乖乖地跟着沈琢走了。离开后花园，走到一处无人的地方，沈琢突然转身，三两步逼到韩宗延面前，韩宗延还没来得及反应，只听咔嚓一声，剧痛传来，沈琢竟然卸了他一条胳膊！

韩宗延疼得抱着胳膊蹲到地上，满头冒汗，仰头看着沈琢，难以掩饰心中的愤恨，只是疼得说不出话来。

沈琢面无表情地将人提起来："你在外面胡作非为，我看不见也没有精力管，但我警告你，别再招惹我的妹妹，无论明漪、明岚还是阿湘、阿芜，你再靠近她们半步，我便彻底废了你这只手。"

韩宗延垂着眼皮，一边吸气一边连连点头。沈琢抓住他的肩膀，帮他接上脱臼的手臂。又是一阵剧痛，疼得韩宗延的眼圈都红了，不敢再留在沈琢面前，捂着胳膊狼狈地跑开了。沈琢仍是满面冰霜。

“宁可得罪君子，不可得罪小人，大哥如此不留情面，不怕他记你一笔？”

沈琢转身，见宋池从旁边的一簇翠竹后绕出来，一副替沈琢担心的神态。

沈琢道：“我只怕他不长教训。对了，还要谢你提醒我，今日事多，我都忘了他的臭毛病。”

宋池回道：“大哥跟我客气什么，我也是碰巧瞥见他往后面去了，若非我威严不够，又何必劳烦大哥亲自跑一趟。”

沈琢点点头，指着前面道：“回去吧，快开席了。”

宋池戏谑道：“今日喝表妹的喜酒，下个月喝大哥的喜酒，只是大哥今日打了大舅子，不知大嫂进门后，会不会先罚大哥一杯？”

想到未婚妻韩锦竺，沈琢微微抿起唇。

四月初六，沈明漪正式出嫁，成了安王妃，持续热闹了多日的平西侯府也终于安静下来。

次日，春光明媚，虞宁初、沈明岚、宋湘坐在牡丹园的凉亭中，还在回味着这场让她们也身心俱疲的婚宴。

“这两日我笑的次数比去年一年都多，嘴角都酸得慌。”宋湘点点自己的腮帮子。

沈明岚说：“你跟阿芜还好，我才是最累的，丫鬟们遇到什么事都先来找我，我是笑得脸酸，说得舌干。”

虞宁初不喜抱怨，靠在美人靠上，笑着听两个姐姐说俏皮话。

宋湘突然招呼两人坐近一点，不怀好意道：“你们知道洞房花烛夜究竟是怎么回事吗？”

虞宁初脸一红，赶紧走开去外面荡秋千了。

沈明岚也想走，可是想到曹坚，又心里痒痒，故意道：“我是不知道，你比我还小呢，又能知道不成？”

宋湘好歹偷看过一堆话本，就凑到了沈明岚耳边。虞宁初虽然没听，可她歪着头看着，就见表姐的脸越来越红，都快比亭外的牡丹花还要艳丽了。

虞宁初收回视线，一边轻轻地晃着，一边顺着宋湘的话走了神。洞房花烛夜究竟是怎么回事？为什么一对男女成婚不久就会怀孩子？想着想着，鬼使神差地，她的脑海里竟然浮现出宋池看向她嘴唇时的眼神。莫非，洞房花烛就是亲亲嘴，所以宋池威胁她敢扔了镯子就来亲她，提前将洞房花烛夜的事做了，可不就成了信物？

无赖小人，虞宁初咬咬牙，打定主意绝不让宋池得逞。

同一时刻，沈明漪跟着安王出发，进宫给正德帝和皇后请安。马车里，安王心痒难耐，不顾沈明漪的抗拒，硬是将人搂到怀里亲了起来。沈明漪拒绝不了，只好紧紧闭着眼睛，想象此刻抱着她的男人是宋池，这样心里多少好受一些。

马车来到城门外，安王终于松开沈明漪，一边笑着看她，一边整理衣袍。沈明漪的目光从他的厚嘴唇上扫过，胃里一阵翻滚，强忍着才没有吐。

安王先下车。沈明漪的身子刚探出车厢，一抬头，就见旁边有人骑着一匹骏马走了过来，正是宋池。他如今在锦衣卫当差，头戴冠帽，穿墨色飞鱼服，如玉的脸庞也多了几分凛凛威严。注意到他们，宋池勒住缰绳，翻身而下，只那利落的动作，便看得沈明漪心如鹿撞。

如果娶她的人是宋池，她就是死了，也甘愿。浓浓的委屈浮上心头，想让他知道，又恨他昔日无情的拒绝，沈明漪迅速收敛神色，大大方方地下了马车，娇羞明艳地站在安王身边。

“见过王叔、王婶。”宋池走过来，微笑着行礼。

辈分之差安王早已习惯，笑着叫他免礼，却没注意到一旁的沈明漪在听到那声“王婶”时，脸色变了又变。

“子渊进宫所为何事？”三人同行往里走，安王问道。

宋池道：“有案情要禀报国舅。”

锦衣卫的案子都是大事，安王便让他先去找韩国舅，改日有空再喝茶畅谈。宋池便快步离开了，从始至终，都没有多看沈明漪一眼。

沈明漪心情复杂地问安王：“池表哥当差前很少离开侯府，你们何时有了这么好的交情？”

安王笑道："子渊是个妙人，他虽然不好女色，却见识颇广，深谙风月之道，我从他那里获益匪浅。对了，以前你可以叫他表哥，现在你是我的王妃，还是跟我一样直接唤他的字吧，你得摆起你王婶的谱来。"

又是王婶！沈明漪憎恶死这个称呼了，一点都没有表妹可爱！

三朝回门时，安王又陪着沈明漪来了侯府。

沈明漪进了厅堂，视线扫了一圈，并没有看到虞宁初。她松了一口气，安王是个好色的，若是在这种场合紧紧盯着虞宁初不放，简直是将她的脸面扔在地上踩。即便如此，安王也往沈明岚那边瞥了几眼。

按理说，岳父与大舅子都要好好招待女婿，可平西侯心中看不上安王，就把这陪客的差事交给了沈琢。沈琢同样不喜安王，但碍于身份，无法像对待韩宗延那般随心所欲，只好耐住性子陪安王坐在厅堂。真的就是坐着，安王不说话，他也不说话。

沈琢有耐性，安王却不喜欢跟他坐在一起，问道："子渊今日没在家里？"

平西侯府的年轻一代中，安王最喜欢的反而是外来的宋池。

沈琢答道："他昨晚特意跟我说过，今日要去办一个案子，让我向王爷代为赔罪。"

安王很是遗憾，摸着下巴道："那咱们去花园里逛逛吧，在这里坐着也没什么意思。"

沈琢想到虞宁初连面都没露，显然是防着安王，应该不会去花园，便同意了。

安王抱着猎美之心在侯府花园逛了一圈，却毫无所获，别说那位传说中的虞美人了，连个标致的丫鬟都没瞧见。走得累了，他叫沈琢到凉亭里歇一歇。

"你也该成亲了，子渊可有向你传授什么秘诀？"安王有意与沈琢聊点男人都感兴趣的话题，意味深长地笑道。

沈琢脸一沉。

安王见了，皱眉道："你看你，从小就这样重规矩，半点荤话都谈不得，活得像个老夫子，要不是子渊不在，我真懒得跟你待在一起。"

沈琢偏头，眼前浮现出宋池那张总是带笑的脸。认识十年，宋池从未在他面前说过什么轻浮之语，便是开玩笑也很注意分寸，原来宋池与安王在一起的时候，竟会说那些风月之事？可宋池一个连婚约都没有的男人，也不曾见他去过烟花柳巷，他是从哪儿获取的谈资？

用过午饭，安王与沈明漪就要离开了，除了韩氏有点舍不得女儿，平西侯与沈琢都松了口气。

府里没有来客，便是虞宁初等人在花园里恣意玩闹的好时机。对虞宁初来说，宋池在锦衣卫，沈琢、沈牧、沈逸也都在外面当差，唯一留下的沈阔最近也十分勤勉好学，再也没有来纠缠过她，今年的侯府，比去年还让她觉得轻松自在。

四月初十，府里的老爷少爷们都休沐。平西侯叫了虞宁初和宋湘去练武场，传授她们梅花枪的第六式。从二月中旬到今日，每个休沐日平西侯都会抽出时间教导两个小姑娘，因为他知道，这个年纪的小姑娘随时都可能定亲出嫁，难得孩子们喜欢耍枪，他不想因为自己太忙，导致姐妹俩到出嫁了都没学完这套梅花枪。

沈琢、沈牧、沈逸有事外出了，只有宋池、沈阔、沈明岚过来旁观。

妹妹学枪，宋池关心一下是理所应当，沈阔要接受大伯父的指教，也必须来，只有沈明岚才是纯看热闹的。

平西侯让宋湘先耍一遍梅花枪的前五式。虞宁初拿着沈琢送她的木枪，等待上场。

宋池扫了一眼她手里的枪。

轮到虞宁初上场时，她心无旁骛，穿着练功服，长发梳成男子发髻的样子绑在头顶，从远处看，就像一个真正的习武少年。她基础差，好在经过去年坚持不懈的锻炼，如今已经完全好了，连着五式枪招耍下来，虽然距离炉火纯青还远得很，但也能看出比宋湘的动作流畅许多，尤其当她挥枪向前刺去时，动作又快又稳，已经蕴含了一分凌厉在里面。

平西侯颔首道："阿芜是个练武的好苗子。"可惜搬来侯府太晚了，若是七八岁就来了侯府，他会把三十六式沈家枪都传给这个外甥女。

虞宁初收了枪，鼻尖的汗珠在阳光下亮晶晶的，因为被大舅舅夸了，发自肺腑地笑了出来。

沈阔一时没忍住，又一次搭讪道："等阿芜练会了这一整套梅花枪，我陪你过招。"

其他表哥都没有时间，就他有大把的闲暇。

虞宁初马上道："四表哥力气太大了，我与湘表姐练习就好。"

平西侯看出了点什么来，对宋池道："我教她们枪法，你去陪老四过两招。"

宋池笑着带走了沈阔。

等两个小姑娘记熟了梅花枪的第六式，平西侯就先走了。此时上午已经过去大半，阳光渐渐炽热起来，虞宁初擦擦额头上的汗，刚要提议回去，就见沈明岚院子里的一个小丫鬟突然跑过来，又兴奋又气喘吁吁地对沈明岚道："姑娘，姑娘，有人来提亲了，是宁国公府的二公子，今科的武状元曹坚曹公子！"

一直舒舒服服坐着看妹妹们练武的沈明岚，脸立即红透了，又听见沈阔震惊地"啊"了一声，沈明岚更受不了了，羞涩地逃离了练武场。沈阔则跑去前面看热闹。

虞宁初替表姐高兴，休息够了，对宋湘道："咱们也回去更衣吧，再去向表姐道喜。"

宋湘笑着点头。因为家里有客人，她们准备从练武场绕到后花园，再分别回墨香堂和碧梧堂。

宋池一直保持距离走在两个姑娘后面，直到快要分别时，他才对宋湘道："近日我遇到一桩案子，与扬州官员有关，想向表妹打听一些事，可否给我们单独说几句话的时间？"

宋湘问："你要打听什么？"

宋池笑道："锦衣卫的事，小姑娘最好别问。"

宋湘瞪他一眼，看向虞宁初："那我先去前面等你们？"

虞宁初央求道："别走太远。"

宋湘明白，带着微雨、珊瑚走到前面一处树荫下，彼此都能看见，但听不见。

虞宁初放下心，垂眸问宋池："你要问什么？"

宋池看着妹妹那边，面上很是坦荡："表妹似乎很喜欢大哥送的那杆枪。"

虞宁初总觉得他没什么好话："有何不可吗？"

宋池道："大哥快成亲了，表妹还是尽量避嫌的好，表妹若是愿意，我可以另送一杆更好的枪给你。"

虞宁初被他的弦外之音气红了脸，瞪着他道："那是大表哥送我的生辰礼物，并不名贵，大家有目共睹，有何嫌可避？"

宋池看着她愤怒的眼睛，竟似心虚一般回避地看向别处，声音也比方才压得更低了："确实没什么，是我以己度人罢了，表妹尚未答应嫁给我，我见你珍爱大哥送的礼物便已经不太舒服，可想而知，若韩家姑娘得知你爱不释手的枪是大哥送的，怕是也会生出些酸涩。"

虞宁初一怔，不知是因为他罕见的神情，还是因为他的话。

"动心之人，气量总是狭小，表妹自己斟酌吧。"

宋池看她一眼，做个道谢的姿势配合刚刚的借口，便先行离开了。

宋湘感觉虞宁初的神色不太对，凑过来问道："阿芜，哥哥都问你什么了？"

虞宁初忙笑了笑："都是扬州当地的一些传闻，我也不是很清楚，没能帮上池表哥，有些惭愧罢了。"

与宋湘分开后，虞宁初带着微雨回了碧梧堂。

学了这么久的枪法，她里面的中衣都被汗水打湿了，等浴室备好水，虞宁初没让任何人伺候，一个人在里面泡澡。水里滴了些二夫人送的花露，淡淡的幽香从四面八方将虞宁初包围起来，她靠着浴桶，一边往手臂上撩水，一边思索宋池的话。宋池是真酸假酸且不提，沈琢即将过门的妻子，真的会介意她用沈琢送的枪吗？

虞宁初对沈琢没有非分之想，沈琢待她更是只有兄长的维护，而且沈琢那么忙，两个人一个月可能只见三四面，说过的话更是屈指可数，任谁稍微打听，都会明白两人之间清清白白，没有任何逾越之处。只是，万一人家真的介意呢？一杆枪而已，虞宁初不想冒什么风险，如今她在侯府的日子非常舒服，何必为了一杆枪得罪即将进门的大表嫂。

梳头时，虞宁初对微雨道：“等会儿将大公子送的枪收到库房吧，回头让李管事在外面帮我物色一杆新的。”

说来说去，还是用自己的最放心。

处理好这件事，虞宁初就去清辉堂找表姐了。

媒人刚刚离去，三夫人也在清辉堂，虞宁初进屋时，就见表姐红着脸坐在床上，满面娇羞。

“恭喜表姐，好事临门。”虞宁初走过去，挨着沈明岚坐下。

沈明岚故意将话题挑到她头上，问母亲：“娘，如今我的亲事定了，你是不是要开始替表妹张罗了？”

虞宁初扯了扯表姐的袖子，红着脸低下头。

三夫人笑道：“别急，事情要一桩一桩办，你大姐刚出嫁，下个月大嫂进门，你嘛，婚期应该在九月，阿芜怎么也要等到明年了，不过阿芜腊月才及笄，不急的，我跟你爹再好好挑挑。”

沈明岚惊道：“人家今日刚来提亲，娘就挑好婚期了？”

三夫人道：“我们早就看上他了，是你非要多等等，我跟你爹闲着也是闲着，就瞧了瞧今年有哪些吉日。”

沈明岚问：“非要今年吗？我不想那么早嫁人。”

三夫人说：“哪里早了，刚刚好，再拖就有点晚了。”

这时，宋湘也来了，三夫人就让小姑娘们聊着，自己去荣安堂禀报太夫人，虽然女儿的婚事完全由她与丈夫做主，但大家在一个屋檐下住着，有什么事还是要互相通知一下。

荣安堂里，太夫人对沈明岚这门婚事非常满意，宁国公府早已败落，沈明岚嫁的又是二房子嗣，继承不了爵位，对比之下，她的大孙女沈明漪那才是高嫁。太夫人不把沈三爷当儿子看，自然也不想看见沈明岚嫁得太好。当然，在三夫人面前，她还是笑眯眯地大夸了一遍曹坚。

“明岚的婚事有着落了，阿芜呢，你们准备给她找个什么样的好夫君？”太夫人喝了口茶，闲聊似的问。

三夫人仔细看了两眼太夫人。太夫人今年刚五十七岁，养尊处优，保养得非常好，一头浓密的头发看不到一丝白色，看起来是长寿之相。

三夫人很喜欢虞宁初这个外甥女，设想过等虞宁初养好身子，再长大一些，就撮合外甥女给自己当儿媳。可后来沈阔送外甥女的红宝石耳坠让她心里一惊，开始反思留虞宁初在侯府是否合适。此刻，看着太夫人红光满面的脸，三夫人终于掐灭了先前的念头。

有太夫人在，外甥女又那么敏感多思，留在府里也舒坦不了，还不如嫁出去，嫁个能让她自在度日的好人家。

“还没想好，再看看吧。”

太夫人放下茶碗，意味深长道：“别太挑了，阿芜不比明岚，嫁入勋贵之家未必是好事，不如找个跟虞家门当户对的。”

三夫人笑道：“母亲就是太偏心明岚了，阿芜懂事，可不比咱们明岚差，若有合适的勋贵人家，咱也敢嫁。”

太夫人笑了笑：“行吧，你慢慢挑。”

她就不信了，三夫人还能让虞宁初比沈明岚嫁得更好。

李管事在一家刀剑铺子替虞宁初物色到一杆枪，枪身更细，适合女子把握，银皮木芯，也很轻便，从外表看，比沈琢送她的那杆贵重多了。

“这种短枪是给一些小公子准备的，姑娘先试试好不好用，若用不惯，我再找店主专门为姑娘打造一杆。”李管事笑着解释道。

虞宁初去院子里耍了一套枪法，觉得这杆比沈琢送的那杆要重一些，更匹配她现在的力量。

“挺好的，就这杆吧。”

于是，到了四月二十，虞宁初便带着这杆新枪去了练武场。让她意外的是，今日平西侯出门了，叫了沈琢来教她们。

也许是那番谈话的关系，虞宁初瞥了一眼宋池，见他坐在一旁的椅子上，目不斜视地看着亲妹妹。他跟没事人一样，虞宁初面对沈琢时却少了之前的自在，学枪时频频出错。

沈琢还以为是枪的问题，皱眉道："阿芜为何换枪？我送你的那杆就很好，这种花里胡哨的，徒有其表罢了，武器重在实用，不一定非要镶金镀银。"

他本就是面冷之人，批评起人来，就更严肃了。连沈阔、韩宗延都怕他，何况虞宁初，她低下头，臊得都不好意思再用这杆枪了。

"大哥再说下去，表妹可要哭了。"宋池突然玩笑似的道。

沈琢再看虞宁初，长长的睫毛间果然挂着泪珠，强忍着掩饰罢了。

宋湘也忍不住嘟囔道："大哥这么凶做什么，姑父对我们都温声细语的。"说完，将虞宁初扶到一旁，安慰起人来。

虞宁初说不清心里的滋味，恨宋池多嘴害她失了平常心，又知道宋池的提醒并非毫无道理，可能真的会替她免去一些麻烦。

"对了阿芜，好好的你为何突然换枪？"宋湘小声问道。

虞宁初只能嘟嘟嘴，摸着手里的枪道："这杆更好看，表姐不觉得吗？"

她难得露出这么娇憨的样子，宋湘忙应和道："好看好看，我都喜欢呢，回头我也换一杆。"

沈琢和宋池虽然离得远，却也将虞宁初委屈的小动作看在眼里。宋池知道她真正在委屈什么，垂眸把玩着腰间的玉佩。沈琢则在反思自己刚刚是不是真的太严厉了，竟然吓哭了小表妹。等虞宁初和宋湘重新走过来，沈琢竟不太敢看虞宁初，指导两人的枪法时，他的声音低了三分，话也更简练了，仿佛怕多说多错似的。

虞宁初掉了两颗金豆子，心中的烦闷反而消失了，专心学起枪来。

一套招式都记熟后，分开之前，沈琢还是郑重地向她赔不是："阿芜的枪很好，刚刚是我耐性不够乱发脾气了，你别在意。"

虞宁初客气道："大表哥多虑了，严师出高徒，我要感谢大表哥这么用心教我们才是。"

沈琢见她真的没有怪自己，这才与宋池离开了练武场。

“大哥是不是没有哄过小姑娘？”路上，宋池笑着调侃沈琢。

沈琢想到安王对宋池的赞誉，反问道：“你哄过？”

宋池道：“那是自然，阿湘从小就会撒娇耍气，但凡与我吵架，无论对错在谁，总归都是我先向她赔罪。”

沈琢心道，原来宋池哄的是自家妹妹。

“明漪回门那日，我招待安王，听安王的意思，你经常与他讨论风月之道？”沈琢追问道，“我看你也没有通房丫鬟，更不曾眠花宿柳，怎么连风月之道都懂？”

宋池笑道：“书中自有颜如玉，我送大哥两本长长见识，如何？”

沈琢下意识地想拒绝，却又怀疑宋池藏了什么不光彩的秘密，只是拿书来搪塞自己，便道：“好，下午正好有空，你派人送过来吧。”

宋池道：“何必等到下午，大哥随我去墨香堂走一趟就是，几步路而已。”

沈琢没有理由拒绝，方向一改，跟着宋池去了墨香堂。

他很久没有来过墨香堂了，记忆中上次过来，还是少年时大家一起练武，宋池受了伤，他将宋池背了回来。论起来，他与宋池没有任何血缘关系，对他的感情却与其他弟弟没什么区别。

跨进宋池的书房那一刻，沈琢开始自责，不该因为安王的话就怀疑宋池背着大家在乱搞什么，兄弟几个性情不同，宋池只是擅长交际，与什么人都能相谈甚欢罢了。没了猜疑，沈琢便对宋池的藏书失了兴趣，见宋池走向几排书柜的深处，便说道：“若是难找，便算了。”

宋池停在一排书架前，一边去取最顶层的一摞书，一边笑道：“不难找，难得大哥肯开窍，还是看看吧，以免新婚时露怯。”

沈琢看向窗外，越发后悔此行。

宋池拿了两本书走过来，沈琢看了一眼封皮，是两本兵法。

“这两本，一本专讲房中术，一本汇集了自古以来的名妓的风月雅事，大哥可细细品鉴，不必着急还我。”

沈琢眉心微跳，没有动被宋池放在书桌上的两本书，皱眉问他：“你从哪儿得来的这种书？”

宋池正色道："皇家藏书，应有尽有，只是有的被束之高阁，无人问津罢了。我明白大哥的意思，然则先有阴阳调和，才有一代代的人间繁华，男女之间，只要你情我愿，风月之事并不可耻。"

沈琢："你自己看吧，我走了。"

四月底，沈明岚与曹坚的婚期定了下来，比三夫人之前说的延后一个多月，定在了十月二十六。虞宁初陪表姐整理绣房送来的绸缎，姑娘出嫁，需要自己做几样小物件送给男方家里的女眷，以彰显自己的女红水平。

阳光洒进来，姐妹俩面对面坐着，一边分线一边聊天。

"早嫁也是嫁，晚嫁也是嫁，表姐为何非要推迟到十月底？"虞宁初真的不明白，"我觉得九月挺好的，秋高气爽，不冷不热，十月里说不定会赶上下雪。"

沈明岚老气横秋道："跟你说你也不明白，等你快要嫁人了，我再告诉你。"

她可是从宋湘那里听说了洞房花烛夜到底是怎么回事，想到要与曹坚坦诚相对，沈明岚就恨不得明年甚至后年再嫁。虞宁初打听不出来，也就不问了。

三房嫁女儿还早，上上下下还算悠闲，大房那边可就忙碌了，才嫁了一个嫡女，又要为娶儿媳操持。

沈琢的婚期在端午之后。

往年大家端午佳节若有闲暇，兄妹几个定要出门游玩，或是看看龙舟赛，或是去郊外采药草，今年事情多，沈明岚就提议在花园过节。这是表妹在京城过的第一个端午，她不想随随便便糊弄过去，与哥哥们商量过后，便决定举办一场兄妹之间的龙舟赛。平西侯府的莲花池水域宽阔，因一面种了莲花而得名，剩下三面也足够办一场龙舟赛了。

沈琢从外面赁了五条双人龙舟，一早就摆在了岸边。大家都到齐后，沈明岚拿着一筒竹签，对沈家四兄弟与宋池道："这里有五根竹签，分别贴了我、阿湘、阿芜、芳草、珊瑚的名字，你们抽到谁就跟谁一组，咱们五个队伍，看谁先划到对岸。"

只有少爷们比，人太少了没意思，这样分成五条龙舟，姑娘们也能参与，就精彩多了，过节就是要人人尽兴。

沈阔逗她道：“阿湘、阿芜都学了功夫，力气比你大，芳草、珊瑚经常当差，也比你有力气，那我若是抽中你，岂不是必输无疑？”

沈明岚哼道：“我还不想跟你一组呢，五个哥哥里面数你最矮。”

沈阔涨红了脸，朝身边的四个兄长看去，的的确确是他最矮。

“先别提分组，咱们定个彩头吧。”沈牧摇了摇手里的折扇，“没有彩头，赢了也没意思。”

宋池笑道：“我出一片金叶子。”说着，从荷包里拿出一片金叶子。

这种金叶子，一片能换十两白银。

宋湘嬉笑着从哥哥那里抢了一片过来，跟着道：“我也出一片金叶子。”

宋池无奈地看了妹妹一眼。

沈琢道：“那就一人一片金叶子吧，我替明岚、阿芜出了，你们三个自己出。”

沈明岚与虞宁初都笑了，沈牧、沈阔、沈逸则嫌弃大哥太偏心。

丫鬟们肯定不用出的，最后大家包起八片金叶子挂在对岸的一棵花树上，哪个队伍最先将龙舟划到对岸且成功抢到荷包，便是赢家。接下来就是抽签。

沈阔第一个抽，拿出签一看，顿时嫌弃地看向沈明岚。

沈明岚跺脚道：“我不想跟他一组……”

沈牧道：“抽签是你提议的，不许耍赖。”

他第二个抽，抽到的是丫鬟芳草。沈逸抽到了宋湘。至此，筒里还剩两根签，一个是虞宁初，一个是丫鬟珊瑚。

虞宁初不想跟宋池一组，刚要看向沈琢，就见沈琢在宋池的谦让下先抽了一根，随即看向珊瑚。

“拖累大公子了。”珊瑚笑着站到了沈琢身后。

如此，宋池不用抽签，肯定是与虞宁初一组了。虞宁初神色如常地走到他身后。

沈牧分析了一下局势，除了沈阔、沈明岚那一组必输无疑，其他四组都有可能赢，赛龙舟除了靠力气，还要靠赛手之间的配合。

沈琢道：“大家先准备，一刻钟后出发。”

所谓准备，就是男人们要指点姑娘们如何划桨。

龙舟与龙舟之间保持着一丈左右的距离，大家都在说话，再加上划桨发出的声音，谁也没有工夫倾听别的龙舟上的人在说什么。

宋池带着虞宁初来到他们的龙舟前，位于左边第二条。

“我记得，表妹信缘。”龙舟横停在岸边，宋池一脚踩在龙舟内侧，一手来扶虞宁初，低声道。

虞宁初道：“我只信我自己的缘，今日抽签，我并未动手。”说着，她没有碰宋池的手，俯身下去，双手扶住船板，小心翼翼地挪了上去，在后面的位置坐好，一手扶住一边保持平衡。

宋池随后跨了上来。船身摇晃，好像要朝水面漂去，虞宁初手臂绷紧，脸都白了。

宋池面朝她坐了下来，看着她紧张的模样，笑道：“阿湘与明岚为了让你尽兴，才想到这个主意，现在看来，她们是好心办错事了。”

虞宁初看向莲花池对岸，再看看兴致勃勃学划桨的两个表姐，垂眸道：“请表哥教我划船。”

她并不抗拒划龙舟，无论之前学武还是学骑马，刚开始时她都忐忑害怕，但一旦上手，便能体会到无穷乐趣。

宋池拿起两支船桨，教虞宁初如何握桨。虞宁初看着他的手势，握住两支桨。宋池再教她身体特别是双腿，如何与划桨的动作配合。在他的示范下，这条龙舟慢慢从横着变成了竖着，等龙舟抵达可以出发的位置，宋池不再动了，让虞宁初将龙舟划回原来停着的地方。

虞宁初一开始划得歪歪扭扭，她开始不好意思起来，却见宋池只是认真地看着她的动作，并没有嘲弄之意。旁边不时传来沈明岚和宋湘的惊叫与笑闹，大家都很享受这次新鲜的龙舟赛。虞宁初不再胡思乱想，手与脚的配合渐渐熟练起来，将龙舟从竖着划到横着，再划到竖着。

这么一番折腾，手臂与双腿竟然都感觉酸了。

“休息片刻吧，比赛快开始了。”见她已经学会划龙舟，宋池转过去，面朝前方，将龙舟调整到精准的赛前位置。

“输赢不重要，注意不要落水。”等大家都整装待发，沈琢提醒四个弟弟，“如果谁让后面的人落水，罚他抄书三日。”

沈阔答应得最大声，他宁可跑三天圈，也不想抄书。

沈明岚笑道：“大哥，如果我自己故意落水，还罚四哥吗？”

沈琢：“罚，你们一起罚。”

沈明岚立即不吭声了。

沈琢看一眼左右，双手握桨，扬声道：“开始！”

一声令下，五条龙舟立即出发，只是配合不同，速度也有差别。

虞宁初听从宋池的计划，开始时并没有动手，全靠宋池自己将龙舟划了出去。虽然如此，虞宁初看看左右，发现他们竟然排在第二名，除了沈琢与珊瑚比他们靠前，沈牧与芳草、沈逸与宋湘的龙舟都是一边左右摇摆一边前进，沈阔与沈明岚的龙舟更是在原地转了一圈。不过，三兄弟很快就发现了两位兄长的战术，都让身后的姑娘别动，他们自己划。

即便如此，失去先机的他们也很难再追上前面两条龙舟了。

“想赢吗？”宋池忽然问道。

虞宁初想了想，反问他：“你想赢吗？”

宋池道：“嗯，这应该是我在侯府过的最后一个节，我想尽力而为。”

就在此时，坐在沈琢后面的珊瑚开始划桨，沈琢划两次她划一次，每次都能与沈琢的第二次配合上。

虞宁初想，如果她能赢，表姐肯定高兴，大表哥赢并不算什么新鲜事。

“一起划吧。”虞宁初握紧船桨，对宋池道。

宋池：“好。”

虞宁初练了两个多月的枪法，每天早晚各练习至少两刻钟，就算她的枪比较轻，但日复一日的练习也让她的臂力远胜普通姑娘，包括芳草、珊瑚这种不用做繁重差事的大丫鬟。她紧紧跟着宋池的节奏，两人同划，没过多久，便追上了沈琢二人的龙舟。

沈琢偏过头，看见宋池专注的侧脸，在他身后，虞宁初划得满面通红，清亮的眼紧盯着宋池的手，配合得一次都没落下。

珊瑚惊讶道："表姑娘好有力气，大公子，咱们怎么办？"

沈琢道："全力以赴，你尽量跟上我。"

珊瑚懂了，大公子也想赢。

两条龙舟追得很紧，后面的三条已经放弃了，悠哉地划着，笑着看热闹。虞宁初连续划了不知多少次，胳膊越来越酸，划龙舟的节奏最重要，她及时调整，开始隔一次划一次。珊瑚已经没有力气了，在沈琢的命令下乖乖坐着不动。

虞宁初与宋池的龙舟先靠了岸，只是在宋池转过身要扶虞宁初上岸时，沈琢的龙舟也到了，他朝宋池笑了笑，嘱咐珊瑚坐稳，突然一跃而起，跳到了岸上。

虞宁初见了，对宋池道："你去抢彩头，我自己上岸！"

宋池点头："坐稳！"

虞宁初知道他要跳上岸了，忙伸开双臂抓紧两侧。

宋池一跃上岸，小小的龙舟因为他的这个动作，原地转了起来，尾部恰好迎上另一条龙舟转过来的头部。虞宁初惊慌地看向珊瑚。珊瑚一脸不知所措。

"咚"的一声，两条龙舟相撞，船身晃荡，珊瑚扑通落入水中，虞宁初这边同样危险，就在她感觉船身要翻过去时，一股力道突然压了下来。虞宁初心有余悸地看向岸上。

宋池一脚踩在水里，衣摆已经湿透，双手却稳稳地扶着龙舟。不远处，沈琢错愕地转了过来。池边水浅，珊瑚自己爬了上来，宋池快速脱下外袍丢给她，珊瑚赶紧裹上，所幸天热，并不会冷。

沈琢折了回来，担心道："没事吧？"

珊瑚连连摇头，小丫鬟平时就爱笑，这会儿也笑嘻嘻的，心里觉得挺好玩。

池水中央，沈牧、沈逸、沈阔及沈明岚突然异口同声叫道："珊瑚落水了，大哥抄书！"

沈琢看向宋池，宋池正小心地扶着惊魂未定的虞宁初上岸，对上沈琢的视线，一脸无辜道："大哥自己定的规矩，与我无关。"

沈琢抿唇。

虞宁初看看水面上还在荡着的两条龙舟，耳边再次响起宋池的那句"坐稳"，真的不是故意的吗？不过，想到沈琢定下规矩时的严肃语气，如今要抄书的竟然变成了他自己，虞宁初也忍俊不禁起来。

龙舟赛结束，芳草陪珊瑚回墨香堂换衣服，虞宁初等人去池边的凉亭休息。凉亭四面都有美人靠，三个姑娘坐在一侧，五位公子各自挑了地方坐下。因为珊瑚落水，沈琢没有去摘彩头，宋池摘了，分了虞宁初四片金叶子。

虞宁初送给沈明岚一片，送给宋湘两片，道："你一片，珊瑚一片，她今日落水，肯定受惊了。"

宋湘笑道："她才不会受惊呢，我为何叫她珊瑚，就是因为她在海边长大，深谙水性。"

虞宁初心中微动，宋池肯定也知道珊瑚会水，所以才敢将计就计捉弄沈琢。

提到珊瑚，沈牧笑起沈琢来："抄书，连抄三日，大哥从今晚开始，还赶得上洞房花烛。"

沈琢当了多年的威严兄长，今日算是第一次栽在弟弟们手里，不过见大家都很高兴，也就认了。

沈逸突然叹了一口气，脑袋枕在沈阔的腿上，望着远处的蓝天道："这次大概是咱们兄妹最后一次这么玩闹了吧，大哥要成亲了，架子只会越端越重，接着我与二哥要随大伯父去边疆历练，下半年池表哥与阿湘会搬到郡王府，明岚也要出嫁了，这个家里，就剩四弟与阿芜了。"

端午之前，正德帝颁发旨意，恢复平西侯的兵权，命他去大同驻守，与晋王手下的十万大军共同镇守西北边线。平西侯盼这一日盼了多年，只等着喝完长子的喜酒便出发，顺便带走两个侄子。要培养将军，光纸上谈兵怎么行，必须亲自去边疆走一趟。沈逸也想去边疆，只是自从武科举结束，他们好像一下子就长大了，再难像以前那么轻松。

沈牧摇着手中的折扇，也望向西北方向。

宋湘突然哽咽起来，沈明漪出嫁、沈琢娶妻都还好，毕竟大家都在京城，可平西侯与沈牧、沈逸一走，就是千里之外。

“不哭不哭，又不是不回来了。”沈明岚赶紧哄她。

宋湘靠在她肩头，抽噎声慢慢低了下去。

虞宁初看着凉亭中的一双双脚，不知不觉地她竟然也在侯府住了快一年了，去年大家好像还都是孩子，今年当差的当差，出嫁的出嫁，一下子都变了。

“好了，无论成亲与否，无论去了哪里，咱们都是兄弟姐妹，以后哪个遇到麻烦，都可以去求助其他人，谁也不要生疏了。”沈琢说着，目光依次扫过众人。

宋池笑了笑：“都听大哥的。”

五月初八，沈琢大婚。

沈琢早上出发，带着三个堂兄弟去国舅府迎亲，在那边吃了午饭，黄昏时再接新娘子回来。平西侯府也是宾客盈门，其中身份最尊贵的，便是太子、安王两对夫妻。

夏日炎热，酒席都安排在莲花池这边，男客在东岸，女客在西岸，互不打扰。

虞宁初跟着沈明岚来给太子妃请安。

太子妃已经生了两个孩子，容貌并不是十分美丽，却足够雍容，很有未来国母的风范。她坐在沈明漪身边，看着两个小姑娘走过来，仔细端详虞宁初片刻，笑道：“这便是阿芜表妹吧，早就听明漪提了无数次，果然是个万里挑一的美人，把咱们这些京城闺秀都比下去了。”

虞宁初垂眸行礼，恭声道：“承蒙王妃厚爱，谬赞了。太子妃、王妃国色在前，阿芜岂敢争辉。”

太子妃点点头，叫她们免礼。

两人坐到宋湘身边。沈明漪看看虞宁初，再看看宋湘，玩笑似的问太子妃：“我与妹妹们都太亲近了，看不出个高低，姐姐觉得阿芜、阿湘还有我即将过门的嫂子，谁最美？”

在虞宁初进京之前，国舅府的姐妹花被称为京城双姝，尤其是二姑娘韩锦竺，生得雪肌花貌，据说有一次她与几位闺秀春日赏花，竟有蝴蝶飞到她的身边，围着她翩翩起舞。

沈明岚悄悄瞪了沈明漪一眼，这个长姐，都出嫁了还要找事。

太子妃笑道："都美，都美，你们沈家要么养美人，要么吸引美人，以后开春，我也不去香山了，就去侯府赏花吧。"

沈明漪见她哪个都不得罪，自讨没趣，便不再针对虞宁初。

晌午的筵席吃了很久，大家好像还没怎么歇息，红日偏西，迎亲队伍回来了。男客们去前院围观，沈明岚和宋湘拉着虞宁初去了新婚夫妻的新房，等着小两口拜堂完毕来这里举办新房礼。除了她们，其他女客也都来了，按照亲疏站在屋里屋外。

鞭炮声声，前面的热闹持续了快半个时辰，新郎新娘终于往这边来了。大家赶紧站到两侧，让出地方。

虞宁初站在表姐身边，朝外看去，终于见到了今日的新郎官。沈琢穿着一身大红喜袍，严肃冷峻的他，今日成婚，终于带上了一抹笑容，只是他不习惯笑，那笑容更像必须完成的任务一样，看得沈明岚和宋湘捂嘴偷笑。沈琢朝这边看了一眼，两人才有所收敛。

沈琢的目光也落到了虞宁初脸上。虞宁初一脸恭喜，矜持守礼。沈琢快速收回视线。

全福人扶着新娘子坐到床上，沈琢接过金秤杆，随着他的动作，看客们不禁都屏气凝神起来。

当沈琢的手臂重新放下，虞宁初也看到了新娘子韩锦竺。传言果然非虚，韩锦竺只化了淡妆，但天生丽质，柳叶眉、桃花眸，面若皎月，唇似点绛，盈盈抬眸与沈琢对视一眼，露出无限春情。新娘子长得很白，搭在膝盖上的手嫩得仿佛能掐出水来。

虞宁初看得出神，想着无论国舅府在民间的风评如何，韩锦竺如此美丽，完全配得上沈琢了。沈琢也在看韩锦竺。两人前年定的亲，从那时到成亲，这期间他都没有见过这位表妹。

定亲之前，韩锦竺常来侯府玩耍，两人很是熟悉。韩锦竺从小就是个美人胚子，但沈琢对她最深的印象，是她太喜欢告状撒娇了。二弟哪句话让她不满，她就会跑到他身边求他撑腰，三弟不小心撞了她一下，她作势就要掉眼泪，四弟拿虫子吓唬她，她更是要来他面前哭一通。

三个弟弟招惹她，她要告状，宋池从不惹她，可她又在他耳边猜疑宋池自命清高，目中无人。次数多了，沈琢就开始躲着这位表妹。他并不厌恶韩锦竺，只是想求个耳根清净。

母亲希望他娶韩锦竺，沈琢并不愿意，可他也不知道要娶一个什么样的女子，后来母亲再三劝说，沈琢不胜其烦，再考虑到京城的形势和父亲的抱负，沈琢终于点了头。往事在脑海过了一遍，再看坐在面前的韩锦竺，沈琢只有一个念头：希望这两年表妹稳重了，不要再小题大做。

新房礼都过了一遍，沈琢去前面敬酒，女客们也去吃晚席了，新房里安静下来，韩锦竺让丫鬟们服侍她洗脸梳头。

“刚刚女客们进来观礼，你们可瞧见那位虞姑娘了？”韩锦竺透过镜子看向身边的丫鬟，“真的很美吗？比我如何？”

她这两年没来过平西侯府，但沈明漪去国舅府找过她，去一次就要抱怨一次，说虞宁初狐媚长相，勾得沈家几兄弟都护着她，只有一个宋池看穿了虞宁初的真面目。

韩锦竺对宋池没有兴趣，她在意的是未婚夫沈琢。然而根据从沈明漪那里得到的消息，沈琢虽然不曾刻意接近讨好虞宁初，却几次维护她，甚至得知虞宁初练武，沈琢竟然还送了她一杆枪，还亲自教她骑马。

韩锦竺听得很不舒服，他都没有教她骑过马！

小丫鬟知道主子一直以京城第一美人自居，当然不敢说实话，斟酌道：“瞧见了，那位虞姑娘一直跟二姑娘和郡主待在一起，长得的确很美，不过比姑娘还是差了点。”

韩锦竺又问：“比郡主呢？”

宋湘可是个美人坯子，这两年肯定出落得更美了，毕竟看宋池，就知道宋湘差不了。

小丫鬟试着比较了下，道："虞姑娘要更胜一筹吧，郡主身上有股英气，那位虞姑娘更柔一些，我见犹怜的。"

韩锦竺的脸色就沉了下去。

小丫鬟忙哄道："今日姑娘大喜，姑娘惦记那位虞姑娘做什么，还是想想等会儿怎么招待世子爷吧，今晚您与世子爷可就是同床共枕的夫妻了。"

想到沈琢，韩锦竺总算恢复了笑容，虞宁初能得到沈琢的怜惜又如何，以前是她不在，现在她嫁过来了，虞宁初休想在她面前使什么狐媚手段。

前院，沈琢敬了一圈酒，多少有了几分醉意，长随体贴地将他扶走了。

沈牧、沈逸、沈阔与宋池坐在一桌，看着离开的兄长，沈牧啧啧道："大哥平时酒量很好的，今日这么快就醉了，也不知道是真的还是装的，急着去洞房。"

沈阔道："下一个就轮到你了，有你急的时候。"

沈牧回道："未必吧，我要去边疆历练，一两年内怕是不会回来，下一个该是咱们的郡王爷才对。"

大家都看向宋池。

宋池大大方方道："等我定下来，给你们每人发一张喜帖。"

别的新娘子享有的风光，他的新娘子肯定也有，而且会更风光。总有一日，她会明白，有他在，她不用羡慕任何人。

第八章 我若够狠，你早是我的人了

大婚次日，新妇敬茶。虞宁初也跟着舅舅一家来观礼。

上个月沈明漪外嫁，带着丈夫回门时，虞宁初不露面也没什么，左右她不必时常与安王打交道。但韩锦竺不一样，她是侯府的嫡长媳，以后就要一直住在侯府，虞宁初则是寄居侯府的表姑娘，抬头不见低头见，自然要过来，彼此都认认脸，方不为失礼。他们来得早，虞宁初坐在表姐身边，听长辈们说了会儿话，沈琢夫妻终于姗姗来迟。

夏日的晨光明亮耀眼，韩锦竺穿了一身大红的敬茶礼服，小鸟依人地走在沈琢身边。她小时候常来侯府，与三房长辈和诸位表哥都熟悉，神态亲昵自然，偶尔的顾盼之间，流露出新娘的娇羞。再看沈琢，眉目冷峻，似乎与婚前没什么不同，不过两人跨进门槛时，他轻轻扶了韩锦竺一下。

韩锦竺的脸顿时更红了，嗔怪地看向沈琢，沈琢的脸上终于多了一抹尴尬。

夫妻俩的小动作与小表情，看得厅堂里的长辈们都露出了然的微笑。韩氏最为满意，当初她撮合这门婚事，儿子还不愿意，理由是嫌弃韩锦竺太缠人。傻儿子哪里又明白，韩锦竺早就喜欢上他了，儿子冷冰冰的，韩锦竺不缠人一些，两人怎么接近？如今好了，韩锦竺出落得楚楚动人，又嫁给了儿子，不必再像以前那般找各种借口缠人，儿子能不喜欢？

丫鬟们摆好蒲团，沈琢携韩锦竺跪下，开始给长辈们敬茶。

韩氏喝儿媳的茶时，对韩锦竺道："他从小就性子冷，不会说甜言蜜语哄人，但他也不会欺负人，你多担待些，若他让你受了什么委屈，你尽管告诉我，娘给你撑腰。"

韩锦竺当然清楚沈琢的脾气，不过回想起他沉默中的热情，心里便甜甜的。

敬了一圈茶，小辈们便上前与长嫂见礼。轮到虞宁初时，韩氏介绍道："这是你们二姑母家的表妹，叫阿芜，去年才搬来京城，所以你没见过。"

韩锦竺笑着打量虞宁初一眼，夸道："表妹长得真美，给，这是我绣的帕子，表妹可别嫌弃我女红不好呀。"

虞宁初接过帕子，细细看过后喜道："表嫂绣得真好看。"

见过礼，虞宁初就退回了座位。韩锦竺瞥向身边的丈夫。沈琢眼观鼻鼻观心，昨夜跨进新房之前，他脑海中的确闪现了一些不该记得那么深的画面，只是婚事是自己同意的，韩锦竺也没有任何过错，所以，沈琢只是在廊檐下多站了片刻，便去见他的新娘子了。

有些人，既然错过了，便不该念念不忘。

沈琢大婚后的第五日，平西侯带着沈牧、沈逸告别亲人，前往大同赴任。

儿行千里母担忧，三夫人着实挂念了一阵子，好在她还要筹备女儿的嫁妆，很快就从牵肠挂肚的情绪中走了出来。

沈阔少了两个兄长的陪伴，很不习惯，然而对虞宁初而言，她的闺中生活并没有太大的变化，还是早晚练枪，白天跟着表姐学持家之道，或是与宋湘玩耍。唯一的区别，是家里多了一位表嫂。

这日清晨，宋湘约了虞宁初来莲花池边练枪。沈明岚要睡懒觉，虞宁初便自己带着微雨来赴约，到了莲花池边，就见宋湘已经到了，坐在凉亭里，意外的是，韩锦竺竟然也在。

“表嫂起得好早。”虞宁初进了凉亭，笑着招呼道。

韩锦竺手里拿着团扇，一边轻摇一边笑道：“刚刚还跟阿湘抱怨呢，你们大表哥早起练武，动静太大，把我也吵醒了。我翻来翻去睡不着，索性趁这时候凉快来花园逛逛，没想到撞上你们要练枪。我还没见过姑娘们耍枪呢，这下可要好好瞧一瞧。”

虞宁初脸庞微红，道：“我与阿湘才从大舅舅那里学的枪法，还不熟练，等会儿表嫂可别笑我们。”

韩锦竺道：“不会不会，你们自去练吧，不用在意我。”

虞宁初点点头，与宋湘一起走出凉亭。

两人先各自耍了一套枪法，然后对起招来。虞宁初刚刚脸红，因为说的不是客气话，她与宋湘单独耍枪时还算流畅，一旦对起招来，动作变慢了不说，更是笑料百出，不是她的枪绊倒了宋湘，就是宋湘的枪伸过来，吓得她低头缩脑，总之两个人都怕挨打，也怕打重了对方。

韩锦竺看她们分别耍枪时还觉得惊艳羡慕，等见了两人笨拙滑稽的过招，笑得捂着肚子，眼泪都要出来了。

“表嫂再笑，我们就请你走了！”宋湘故意说气话。

韩锦竺拿帕子擦擦眼角，挥着团扇道：“好好好，我不笑了，你们继续。”

虞宁初与宋湘又磕磕绊绊地打了几个回合，累了，便回到亭中休息。两个姑娘都出了一头汗，汗水打湿鬓发，反倒增添了娇媚。都是一顶一的美貌，却又仿佛不是很在意，虞宁初拿着帕子，仔细擦拭着手里的枪。

韩锦竺早就注意到她的枪了，枪头并未开锋，细长的枪身镀了一层银，上面雕刻着麒麟戏珠的纹路，一看就价值不菲。

这就是沈琢送给虞宁初的枪吗?

酸气在心中酝酿，韩锦竺绕着弯问道：“阿湘用的是木枪，阿芜用这种银枪，不重吗？”

虞宁初听了，笑着将擦好的枪递给她：“外面是银的，里面是木头，表嫂掂一掂，不沉的。”

韩锦竺双手接过枪，暗暗惊讶这么重的枪虞宁初竟然能耍得那么轻松好看，她上上下下瞧了一遍，故作好奇道：“真漂亮，阿芜从哪儿得来的？”

她的神情语气都很自然，可虞宁初经历过一次换枪风波，再看韩锦竺笑盈盈的眸子，忽然反应过来，今早她出现在这里，就是为了这杆枪吧。

心中惊讶，虞宁初面上笑道：“我叫管事去外面铺子里买的。表嫂有所不知，刚开始我也用木枪，还是大表哥送的，可惜我那时候刚刚学枪，笨手笨脚，将枪杆摔裂了，我怕再用木枪不结实，才换了这种镀银的枪。”

宋湘惊道：“竟然摔裂了吗？那上次大表哥问你为何换枪你怎么不说，白白被他凶了一顿。”

虞宁初惭愧地低下头。

韩锦竺也吃了一惊：“他凶阿芜了？”

宋湘道：“可不是，说得可难听了，说这种枪花里胡哨，徒有其表，意思就是阿芜爱慕虚荣呗。”

虞宁初仿佛更难为情了，转向亭子外面。

韩锦竺下意识地安慰了她几句，心里却对沈明漪说过的那些话产生了怀疑。小时候她那么黏人，沈琢也只是想办法躲着她而已，并没有凶过她，可沈琢凶虞宁初了，送的枪也不是什么好枪，怎么看，他对虞宁初好像都没有那层意思。

坐了片刻，三人都要回去了。韩锦竺与宋湘同路一段。韩锦竺对宋湘道：“阿湘，咱们是一块长大的，彼此熟悉，阿芜表妹来京不久，我对她不甚了解，你跟我讲讲她的为人吧，免得我不小心得罪了她。”

宋湘道：“阿芜很好的，我们在一起这么久都没有拌过嘴，你更不用担心得罪她，她身世可怜，来侯府这么久还是谨小慎微的，从不主动招惹谁，只要你别跟明漪表姐一起针对她，咱们肯定能处得来。”

韩锦竺问：“明漪经常针对她吗？”

宋湘点头：“嗯，可能是忌妒阿芜比她美吧，见到阿芜总没有好话。”

韩锦竺若有所思。

回到院子，沈琢也才练完武，刚擦过身子，头发还有点湿。

“去哪儿了？”见到妻子，沈琢随口问了一句。

韩锦竺叫丫鬟们退下，撒娇地坐到沈琢怀里，抱着他的脖子道：“去花园了，看到阿湘与阿芜在练枪。”

沈琢不太习惯大白天如此亲密，但看着韩锦竺娇滴滴的脸庞，也并不反感，顺着她的话问道：“练得如何？”

韩锦竺笑道：“单看挺像那么一回事，对打起来简直比小孩子打闹还可笑。”

沈琢思索片刻，道：“她们是真心学武，先前有父亲耐心指点，现在父亲走了，要是去请二叔继续指点她们，也不知二叔是否愿意。”

韩锦竺故意道：“何必劳烦二叔，你做大表哥的去教她们啊。”

沈琢肃容道：“都是大姑娘了，我需避嫌。”

韩锦竺哼道：“现在知道避嫌了，我怎么听明漪说你亲自教阿芜骑过马？人家有亲表哥呢，哪里需要你教？”

沈琢心中一惊，没想到妹妹竟然会去韩锦竺那里搬弄是非，不过教虞宁初骑马那件事，他问心无愧，便神色如常地解释道：“骑马过于危险，三弟经验不足，我身为长兄，怎么能坐视不管？如果三弟从边疆历练回来，那我自然放心让他教。”

韩锦竺了然道：“这样啊，我还以为阿芜貌美，你对她有什么心思呢。”

这一句纯粹就是开玩笑了。

沈琢无奈地捏了捏她的手，道：“这话你与我私下说说也就罢了，切莫对外人讲，阿芜前面十几年过得不容易，以后咱们侯府就是她的娘家，不可坏了她的名声。”

韩锦竺确认了他的态度，点头道：“嗯，我懂了，你放心，我不会学明漪那么欺负人的。”

她来侯府是与沈琢过日子的，只要沈琢对她一心一意，虞宁初就是个即将嫁出去的表姑娘，两人无仇无怨的，犯不着针对她。

因为韩锦竺的试探，虞宁初有点担心她会变成第二个沈明漪，所以更加谨慎起来，但凡与韩锦竺在一起，她都不会主动提及沈琢。幸好，韩锦竺似乎打消了怀疑，对她很和善，也没有言语挤对。

就在虞宁初松了口气时，她还在睡午觉，三夫人突然来了。

“舅母？”虞宁初揉着眼睛坐起来。

三夫人心疼地看着她，递过来一封信：“扬州寄过来的，你父亲去巡查河堤时不小心栽了下去，虽然救上来了，却因为头撞到了石头，一直昏迷不醒。”

虞宁初愣住了。父亲……是啊，她还有一位在扬州当官的父亲，来京这么久，她都忘了那个空有血缘关系的男人了。

正常人得知父亲病重，应该都会哭吧。可虞宁初哭不出来，一滴眼泪也没有。她知道自己该装装样子，可是想到虞尚打算将她嫁给一个残暴的老男人时的笑容，虞宁初连装都装不出来。

“舅母，我……”

话没说完，三夫人就将她抱到怀里，柔声道：“不想哭就不用勉强，在舅母面前，阿芜不用装，他那么对你，出了这事也是报应。”

虞宁初松了口气，刚刚她还有点担心舅母会觉得她过于无情。

虞宁初打开信，是虞尚身边的管事写来的，介绍了虞尚落水的前后经过。管事也请扬州的几位名医替虞尚诊治过，说法基本统一，称虞尚没有严重的外伤，应该是伤到了头部。如果虞尚能醒，或许没什么大事，就怕一直这么昏迷下去。

信是半个月前写的，通过官驿的四百里加急送到京城，主信是虞尚的上级呈递朝廷的，因为这个病，万一虞尚昏迷太久，他的官职不可能一直留着，得安排新的官员来交接，而朝廷愿意给虞尚多少时间，得由吏部与正德帝定夺。管事能在其中夹带一封家书，则是虞尚的上级看在平西侯的面子上，通融了。

半个月过去，虞尚的病情肯定有了新的进展。如果他昏迷几天就醒了，那虞宁初自然不用回去探望，问题在于，京城这边没人知道虞尚到底醒了没有，只知道虞尚病重且递了消息来京，这种情况下，虞宁初就必须尽快动身回扬州探望，否则要被人扣上不孝的骂名。

三夫人遗憾道：“若你表哥没去大同，让他陪你回去走一趟正好合适。现在，别说他仍在昏迷，就是真的死了，你娘大婚那时候我跟你舅舅都没去，他有什么脸面值得我们去？舅母唯一心疼的，是你还要折腾这一趟。”

虞宁初明白，她也不想劳烦舅舅、舅母。与虞尚的情分不提，舅舅还在当差，哪能轻易请两个多月的假，舅母要筹备表姐的嫁妆，此时也不宜出远门。

想了想，虞宁初道：“舅母，让李管事、温嬷嬷陪我回去就行了，他们对扬州都熟，您再给我安排两个护卫，没什么不放心的。”

三夫人也是这么想的，其实府里还有一个沈阔，如果没有沈阔送外甥女红宝石耳坠的事，安排沈阔走一趟，二爷和二夫人应该也愿意，但沈阔对外甥女有私心，还是别同行为好。

“还是离得太远了，离得近，舅母肯定陪你走这一趟。”三夫人愧疚道。

虞宁初笑道：“舅母别这么想，也许他现在已经醒了，您真跟过去，到了扬州见到他生龙活虎的，您不恼，我也要恼的。”

三夫人摸着她的头道：“就希望只是虚惊一场吧，不然还得耽误你的婚事。”

虞宁初不好接话，叫温嬷嬷与丫鬟们过来，收拾行囊。沈明岚得知虞宁初要回扬州，眼泪都掉下来了，宋湘也跑过来拉着虞宁初的手依依不舍。三夫人一边盯着下人收拾行囊，一边哄她们：“别哭别哭，阿芜就回去两三个月，若你们姑父没事，阿芜还要回来的。”

沈明岚问：“二姑父不许表妹回来怎么办？”

三夫人道：“不可能，他真有这个心，当初就不会放阿芜过来，再说，他敢扣着阿芜不放，娘就再亲自去一趟，我还怕他不成？”

虞宁初也叫两人不用担心。收拾好行囊，已是黄昏，沈三爷从吏部回来，他上午就看到了那封奏疏，此时一回府就直接来了后院。

见宋湘也在，沈三爷对她道：“阿湘快回去吧，子渊要外派查案，这两日就动身，你去帮忙收拾收拾。”

宋湘一听，忙不迭地跑了。

三夫人好奇道：“子渊要去哪里？”

沈三爷看着外甥女道：“扬州，我一听说他要去扬州，心里就踏实了，咱们都不方便陪阿芜过去，可以让子渊带阿芜一块南下，路上有个照应。”

他们肯定会给外甥女安排护卫，但有宋池率领的锦衣卫同行，必然万无一失。

三夫人心中也是一喜，宋池在侯府住了十年，是她看着长大的，就算选择去锦衣卫让人有些捉摸不透，就算与外甥女发生过一点口角，可如果将外甥女南下的事托付给他，宋池肯定会像亲表哥一样照顾好这一路。

虞宁初见舅舅、舅母都很高兴她能与宋池同行，便没有说什么拒绝的话。她一个尚未出阁的女子，如果能有熟人照看，舅舅、舅母才能安心。

“那我现在就去墨香堂看看，问子渊到底什么时候出发。”

墨香堂里，宋池一回来连官服都没来得及换就被妹妹缠住了。

“哥哥要去扬州吗？太巧了，阿芜也要回去一趟，那哥哥带我一起去吧，你办你的差，我跟阿芜在一起。”

宋池一口拒绝：“不行，我要查案，无暇照顾你，留在我身边也并不安全。阿芜父亲病重，她也没有心情招待你，你还是乖乖待在侯府，不要出去添乱。”

宋湘不依，说什么都要去。

宋池道：“别的不提，来去都走水路，每天只能困在船上，你当真受得了？而且江南夏日闷热，蚊虫扰人，连蟑螂都有你一个指头那么大……”

宋湘震惊道：“怎么可能，你骗我对不对？”

宋池道：“你可以去问阿芜，担心阿芜骗你，你还可以去问李管事和温嬷嬷。”

宋湘顿时退缩了，她讨厌一切虫子。

就在此时，沈三爷来了，兄妹俩来到院子里迎接。沈三爷开门见山，希望宋池带虞宁初一同南下。

宋池郑重道：“三爷放心，我必定将阿芜表妹毫发无损地送到扬州，若虞大人身体无恙，便让阿芜表妹在扬州多逗留些时日，等我办完案子再一道回京。”

沈三爷道：“如此甚好，你们何时出发？”

宋池道：“后日一早，明日还要做些调遣，船我会一起安排好，阿芜表妹只管收拾行囊便是。”

沈三爷欣慰地拍拍他的肩膀："幸好有你，不然我真的不放心她自己回去，她父亲……总之，到了扬州，你若有空，多留意阿芜一些，我怕她受委屈。"

到了这个时候，沈三爷也顾不得替外甥女掩饰家里的糟心事了。宋池一一应下。沈三爷回来后，将宋池的答复告诉了妻子与外甥女。

夜里，虞宁初又失眠了。虞尚病情不明，还有宋池……她想起当初宋池支开宋湘要单独与她说话时搬出来的借口，说要问她一些关于扬州的事，这么看来，扬州是真的有案子，宋池与她同时去扬州，也真的是纯属巧合。

罢了，船上有温嬷嬷和丫鬟陪伴左右，到了扬州，宋池去查案，她回家里，两人八竿子打不着，料宋池也没什么机会可以欺负她。

第二天，两人要同时去扬州的消息就在侯府传开了。

太夫人特意将虞宁初叫到荣安堂，屏退下人，单独与虞宁初说话："你这孩子也够可怜的，先是你娘早早病逝，现在你爹又这样。"

虞宁初听出了老太太的弦外之音，暗示她克父母。她低着头，只是默默听着。

太夫人看着她低垂的眉眼，转转手腕上的佛珠，继续道："郡王爷身份尊贵，仪表堂堂，京城多少闺秀都盼着嫁给他，这次他奉你舅舅、舅母所托，不得不携你南下，你一个姑娘家，千万要恪守规矩，与他保持距离，以免传出闲言碎语，坏了我们侯府的名声。"

她很怕虞宁初趁此机会勾引宋池，而宋池碍于侯府的关系，迫不得已肯定会对虞宁初负责，娶她为妻。宋池的郡王的确没有二皇子的亲王尊贵，即便如此，虞宁初也没有做郡王妃的资格，更没有让自己行礼拜见的资格。

太夫人冷冷地盯着虞宁初，试图震慑她那颗可能已经开始蠢蠢欲动的野心。

虞宁初看着老太太衣摆下的脚，低声道："外祖母是担心我有心勾引郡王？"

太夫人哼道："你娘做过一次，我怕你重蹈覆辙。"

虞宁初笑了，自嘲道："外祖母放心，郡王乃人中龙凤，连京城顶尖的名门闺秀都看不上，又怎会看上我，我很有自知之明，绝不会主动往他身边靠近半步，您若不信，可以安排身边的嬷嬷随我南下。"

太夫人皱紧眉头，试探道："什么京城顶尖的名门闺秀？"

虞宁初道："不是外祖母说的吗？京城有很多名门闺秀都盼着嫁给他，可郡王尚未婚配，便说明他没看上那些闺秀。"

太夫人咬紧牙，沈明漪喜欢宋池，她知道，所以听出来虞宁初这是在讽刺沈明漪，讽刺她的亲孙女入不了宋池的眼。

"我还有行囊要收拾，就不多陪外祖母说话了。"话不投机半句多，虞宁初朝太夫人行个礼，转身离去。

太夫人看着她高挑纤细的背影，越来越有当年沈氏的风韵，气得不禁抓起一个茶碗，狠狠地朝地面砸去。

虞宁初并没有把太夫人的话放在心上，她从来没有期待过太夫人的疼爱，所以也不会被她的话语中伤。她留在侯府是因为舅舅、舅母，如果太夫人连表面的和气也不想维持，那她就搬出去，又不是没地方住。

出发前的晚上，沈明岚和宋湘都睡在虞宁初这边。

宋湘还在介意江南的蟑螂，问："真的有那么大吗？"

虞宁初笑道："嗯，不但个头大，还会飞。"

宋湘立即起了一身鸡皮疙瘩："那么大，阿芜你怕吗？"

"不怕。"

"你真勇敢。"

虞宁初在黑暗中苦笑，她不勇敢，她怕宋池。

两辆马车接连驶出京城，一辆坐着主人，一辆拉着行囊。

前面的马车里，沈三爷低声对虞宁初道："子渊要先去锦衣卫一趟，我先送你到码头。这次锦衣卫去扬州查案，子渊的上级北镇抚司使冯越冯大人也会去，一切听冯大人指挥。不过子渊说了，路上他与你同船，其他锦衣卫与李管事等人同坐一船，你不用怕。"锦衣卫的名声太差，沈三爷担心外甥女害怕。

虞宁初已经料到了这种安排，不过她也做好了准备，只要温嬷嬷时刻留在她身边，无论宋池在哪条船上，他都不敢乱来。

通州码头离京城有些距离，虞宁初等人天才亮就出发了，抵达码头时已经日上三竿。沈三爷挑帘看了看，回头对虞宁初道："子渊已经到了，与冯大人在一起，应该是在等咱们。"

平西侯府本就是勋贵之家，又与国舅府是两代姻亲，冯越乃韩国舅一手提拔上来的人，怎敢对平西侯府失礼？

虞宁初戴好帷帽，下了车。温嬷嬷、杏花立即守到她左右，跟着沈三爷往前行去。

"冯大人，我那妹婿病重，这孩子心急如焚，无奈之下叨扰你们锦衣卫同行，还请冯大人多多担待啊。"双方一照面，沈三爷笑着朝冯越道。

冯越面白无须，长了一双细小的眼睛，面相还算平易近人，不过他穿了一身墨色的飞鱼服，顿时添了很多气势，周围路过的客商瞧见他与宋池，都自觉地停止交谈，加快脚步匆匆走开。

"三爷客气了，同路的事，您放心，我们一定将姑娘平平安安送到扬州。"冯越的视线在虞宁初的面纱上转一圈，笑得十分平和。

宋池朝沈三爷拱拱手："时候不早，三爷请回吧，我们也登船了。"

沈三爷点头，再看外甥女，眼圈竟然开始泛红。

虞宁初来京城时已经领教过一次舅舅的眼泪，知道舅舅担心自己，忙道："舅舅快回去吧，如果爹爹无事，我会尽快回来喝表姐的喜酒的。"

沈三爷不敢多看，拍拍外甥女的肩膀，再看一眼宋池，转身走了。

宋池吩咐温嬷嬷、杏花先陪虞宁初登船，自己看着下人们搬运行李。

冯越道："那我也先登船了，路上有什么事，郡王随时招呼。"

他的官职虽然比宋池高，但宋池是皇族郡王，既得正德帝赏识，又与太子、安王交好，冯越可不敢在宋池面前摆威风。不过，这次扬州之行，他还秘密肩负着替韩国舅监视宋池的重任。宋池若真的与皇上、国舅一条心，他自然会不遗余力地帮忙铲除异党，若宋池暗中协助异党，那他的郡王也做不长了。

这艘官船与虞宁初进京时乘坐的那艘差不多，同样分了南北两个船舱。南边的给宋池主仆居住，虞宁初住在北边，她与杏花住在内间，温嬷嬷住在外间，再外面就是连接两舱的一个小厅，左右两侧都开了门，供人走动。

虞宁初昨晚没睡好，这时候有点困，躺在榻上，闭上眼睛却睡不着，能听见宋池走过来询问温嬷嬷是否已经都安置妥当。不多时，船开了，伴随着微微的晃动，虞宁初睡了过去。

到了晌午，杏花将她叫醒，要吃午饭了。虞宁初没什么胃口，只吃了小半碗米饭。

温嬷嬷见了，心疼道："姑娘是担心老爷的病吗？可是再担心咱们也不能飞过去，这还有一个月呢，您得把身子照顾好啊，船上虽小，里面也够您舒展筋骨的，您得继续练功夫啊，不然之前的几个月辛苦不都白费了？"

虞宁初看看自己的手，手心因为练枪磨出了一层薄茧，最开始时手心总是发红发热，这层茧起来后，便没有什么不适了。

船上狭窄，她不可能带枪，可是那套基本功还是可以练习的，不然荒废两三个月，这身子可能又要虚弱回去了。想通后，虞宁初重新端起碗，夹菜吃饭。

温嬷嬷又是欣慰又是怜惜，爹不疼娘不爱的孩子，从小就是个小可怜，所以非常懂事，从来不让长辈操心太久。就这样，虞宁初虽然待在内间不出去，却也早晚都会练半个时辰的功夫。

宋池每日都会与温嬷嬷交谈片刻，除此之外，没有任何僭越之处。

日复一日，半个月过去了。这日早上，船在岸边停靠，温嬷嬷叫杏花守着虞宁初，自己提着篮子上岸买菜，她在岸边的几个摊前逛了逛，很快就回来了。结果过了两日，温嬷嬷忽然感觉脸上发痒，用手一摸，有好几个包。温嬷嬷吓了一跳，翻出铜镜却照得不太清楚，走进内间让虞宁初和杏花帮忙看看，却把两个小姑娘吓了一跳。

"嬷嬷起痘了！"杏花小时候起过水痘，短暂的慌乱后，她立即将温嬷嬷拉到船舱外，并让虞宁初打开内间的窗户，通风散气。

"怎么回事？"宋池听到动静走了过来。

温嬷嬷气急败坏地回忆道："肯定是前两日上岸时，那些摆摊的摊主家里有人起水痘，过了病气给我。”

宋池看着温嬷嬷的脸，退后几步，显然是担心也被温嬷嬷传染。

这个病最怕传人，温嬷嬷心里也明白，权衡再三，叹气道：“郡王，我先在外面待一会儿，前面再经过什么村镇，你们就将我放下吧，我这个样子，万不能跟着姑娘去扬州，等我养好病，再搭别的船去扬州找姑娘。水痘好养的，最多一个月就好了。”

宋池沉吟片刻，让杏花去问问虞宁初的意思。虞宁初能有什么办法，温嬷嬷脸上的水痘那么吓人，她自己也怕。

大家商量好后，下午客船路过一个镇子，宋池特意安排一个护卫跟着温嬷嬷下了船。

“照顾好嬷嬷，若有闪失，我唯你是问。”站在船舷上，宋池冷声吩咐道。

护卫再三保证，然后收好宋池给他的银子，扶着头戴帷帽的温嬷嬷前往镇上就医。

虞宁初隔窗看着温嬷嬷的背影，眉头渐渐皱起。

客船继续出发，虞宁初心中不安，忽然听到宋池在小厅里道：“我有事要与表妹说，可否请表妹出来一叙？”

虞宁初咬咬牙，带着杏花出去了。小厅里摆着茶桌，面对面摆了两把椅子，宋池坐了一把，他的目光从虞宁初头上的帷帽扫过，指着阿默手里的铜盆，吩咐杏花道：“这里配了药水，可清除病气，你去将里面的桌椅用具仔仔细细擦拭一遍，任何可能碰到的地方都不要错过。”

这可是大事，杏花赶紧接过铜盆，去里面收拾了。

门帘落下，宋池朝虞宁初笑了笑：“表妹请坐。”

虞宁初面无表情地坐下，阿默自动去了外面，远远地站着。

“温嬷嬷在外面染了水痘，我先给表妹号号脉吧。”宋池将手放到桌子上，示意虞宁初伸手过来。

虞宁初盯着他俊美温润的脸，偏过头，没动。

结果就这刹那的工夫，头顶忽然一轻，帷帽竟然被宋池抢了过去。

虞宁初愤怒地瞪着他。

宋池若无其事地将帷帽放到一旁，看她两眼，皱眉道："表妹瘦了，这半个月表妹都闷在船舱里，绝非养生之道。"

虞宁初讽刺道："郡王不愧是锦衣卫的人，什么都懂，心也够狠。"

宋池看着她的眼睛，神色变得认真起来："我狠吗？我若够狠，你早是我的人了。"

虞宁初脸上一白，警告道："你敢乱来，我宁可一死。"

宋池道："这种话也只能威胁在意你的人，似安王、韩宗延，你觉得他们会在乎你的命？"

虞宁初无言以对，起身要回里面。

宋池又道："白日你若躲我，我便晚上过去找你。"

虞宁初身体一僵。

"下盘棋吧，你赢了我，便放你回去。"宋池从旁边的小橱柜里取了棋盘，摆在茶桌中间。

面对这样的人，虞宁初没有任何办法，只能坐了回去。

"我若赢你，你当真言而有信？"看着他递过来的白子棋罐，虞宁初冷声道。

宋池笑道："自然，以后每日清晨你我下一盘棋，如果你赢了，当天我全凭你使唤；若你输了，我让你做什么，你便乖乖做什么，当然，我不会做任何超出表兄妹情分的事。"

虞宁初问："我可以不与你赌吗？"

宋池道："不敢赌，便等于认输。"

虞宁初只恨不能与他换个身份，让他也尝尝这种被人胁迫的滋味。

宋池拿出一颗黑子，示意虞宁初先下。虞宁初不再看他，强迫自己静下心来，她打不过宋池，但棋艺，她对自己还是有信心的。在扬州那么多年，她深居内宅，除了看书练字，下棋便是她最喜欢的打发时间的方式，有时候跟杏花下，有时候自己跟自己下，到了京城，连舅舅都夸她有慧心。

下棋本是雅事，一旦沉浸其中，虞宁初就暂且忘了对手的身份，认真地算计起每一步来。让她意外的是，宋池居然也很擅长此道，不留任何破绽给她。两人互相布局又拆局，时间不知不觉过去，杏花擦拭完里面，端着铜盆出来，就见棋盘上已经摆了一片密密麻麻的棋子。

“哎呀，姑娘遇到强敌了。”在虞宁初的熏陶下，杏花也懂得棋道。

虞宁初嗔了她一眼。

杏花笑了笑，去外面倒水了。

就在此时，虞宁初落下一子，宋池刚要跟着下一颗，突然顿住，继而摇摇头，抬头对虞宁初道：“失策，这局算我输了。”

虞宁初心想，输了就是输了，什么叫算他输了？

只是赢了这一局，今天不但可以不用听宋池的摆布，还让虞宁初对后面的棋局有了信心。

“现在我可以走了吗？”虞宁初不无挑衅道。

宋池笑道：“表妹自便。”

虞宁初毫不留恋地回了内间。

虞宁初连续赢了宋池三日，只是赢得越来越艰难，这让她开始焦灼，担心自己输了，宋池会让她做什么过分的事，但与此同时，虞宁初也有一种棋逢对手的兴奋，为这枯燥的路途增添了一分趣味。宋池的棋术越好，虞宁初赢他的时候就越愉悦。

这日早上，洗漱完毕，用过早饭，虞宁初又来到小厅与宋池下棋。杏花收拾好房间，也站到她身边旁观。换成温嬷嬷或微雨，都会觉得两人这般日日对弈不合适，杏花不一样，她在扬州没学过什么太严苛的规矩，再加上心思单纯，到现在还没看出宋池对虞宁初的特殊心思呢。

这一局下了半个时辰，仍然没有分出胜负。

盛夏时节，江面湿气又重，虞宁初的额头都出汗了。杏花拿了扇子，轻轻地对着她摇着，宋池抬眸，见虞宁初脸颊绯红，额前的碎发随着风轻轻起落，一双清亮的眼眸紧紧地看着棋盘。

宋池落下一子。

虞宁初心头一慌，纤细的手指捏着白子，却找不到任何转机。

“去切个瓜吧。”宋池笑着对杏花道，“扇子给我。”

杏花光看着都觉得累，主子们想吃点瓜解渴也正常，闻言便将手里的扇子交给宋池，去了客船另一头。宋池接过扇子，却没有给自己扇，而是朝虞宁初扇了起来，神色悠然地看着她苦思对策。虞宁初想不出来，索性认输，心情不好，自然也笑不出来，一双樱唇抿得紧紧的。

宋池看着她懊恼的模样，笑道：“我连输三日都没这样，表妹还需练练胸襟。”

虞宁初不去看他，垂眸问：“你要我做什么？”

宋池并不着急提要求，笑道：“现在有没有后悔前面三日没有对我提要求？”

虞宁初不后悔，她对他唯一的要求就是别再纠缠自己，显然这一点宋池不会答应。

“为我做个香囊吧，江南多蚊虫，我得随身佩戴驱虫的香囊。”趁杏花还没回来，宋池慢条斯理道，“表妹放心，你送我的东西，我绝不会让旁人认出来。”

虞宁初松了口气，与她设想的那些恶劣要求相比，绣个香囊真的没什么，她会好几种绣法，将几种绣法结合起来，便是落到舅母或表姐手里，她们也不敢凭女红断定那个香囊就是她做的。

“明早给你。”虞宁初应道。

宋池道：“慢工出细活，不用着急。”

虞宁初才不想给他出细活，回了内间，休息片刻，左右没有别的事可做，就开始给他绣香囊。为了在船上好打发时间，舅母为她准备了针线绸缎，虞宁初翻了翻，剪了一块银灰色的缎子，上面没有任何图案，她也没有再绣任何图案上去，简简单单缝了个香囊的形状。趁杏花在外间歇晌，她缝好后藏了起来，这样连杏花都不知道这个香囊的存在了。

次日清晨，杏花在里面收拾屋子，虞宁初将香囊放到宋池面前。

宋池看了看香囊，再看向她。虞宁初扭头，面朝窗外。

宋池拿起香囊，正面反面都看过后，笑道：“表妹费心了，这个香囊还真是平平无奇，任谁看了也不会再看第二眼，宵小之徒可能都不会惦记。”

他会刺人，虞宁初微微面热，瞪着他道：“郡王实在嫌弃，还我便是。”

宋池低声道：“不嫌弃，我先收着这个凑合用，等哪日表妹变了心意，我再拿这个跟表妹换新的。”说着，他将香囊放到怀里，贴身收好。

夏日衣衫轻薄，他拉扯领口时虞宁初不小心瞥见一片白皙却结实的胸膛，虽然她及时低下了头，却无法掩饰脸上升腾而起的红云。

宋池见了，只觉得前半个月的枯燥行船没有白忍。

“下棋吧，今日再赢，我可得想个让表妹无法偷懒耍滑的彩头。”宋池抓起棋子道。

虞宁初一听，忙抛开脑海里的那一幕，认真与他对弈起来。幸好，今日是她险胜。

“表妹依然不用我做什么吗？”宋池很是愉悦地问。

虞宁初见他这么盼着她直接走开，反而不想让他如意，再说，凭什么她输了就要埋头做针线，宋池却什么都不用做？

“我看这船里里外外的船板都有些脏了，你全部擦拭一遍吧，不许吩咐旁人。”虞宁初左右看看，突然计上心头。

宋池脸色一变，看她的目光冷了下来：“表妹是故意折辱我吗？也行，只是下次我赢了，表妹莫要怪我过分。”

此时此刻的他，神色阴沉，更像一个真正的锦衣卫，而不是那个只是言语调戏她但举止还算君子的翩翩公子。

虞宁初一下子就慌了，不敢再瞪他，语气也软了下来：“我说着玩的，并不是真的要表哥做那个，你……”

宋池打断她：“不用说了，我愿赌服输。”

说罢，他卷起两个袖子，去外面提水。虞宁初手足无措，只能看着他提了水桶与抹布过来，蹲在地上，面无表情地开始四处擦拭。

“郡王，您怎么做这个？快让我来。”杏花见了，要来抢宋池的抹布。

宋池低着头，谁也看不清他的神色，只能听见他淡淡道：“不必，我与你们姑娘打赌，我输了，认罚。”

虞宁初看着他来来去去的背影，再也没了刚刚提要求时的好心情，一颗心忐忑不安，想的全是如果明天她输了，宋池要罚她什么。心慌意乱之下，虞宁初去了舱外，站在一侧船舱的阴影中，对着下方奔腾不息的江水出神。

抹布摩擦地板的声音从里面传到外面，虞宁初偏过头，看到宋池朝这边擦来，他心里肯定不痛快，所以擦得非常用力，估计是把木板当成了她，恨不得要擦掉她一层皮。趁他擦到她脚边之前，虞宁初从另一侧绕回了船舱。

这个晚上，虞宁初翻来覆去睡不着，无比后悔自己当时的冲动，明明知道宋池绝非君子，却一次次被他无害的外表所骗。

睡得晚，醒得也晚，等虞宁初睁开眼睛，日头都高了。

“怎么没叫我？”虞宁初坐起来，问杏花。

“咱们在船上又没什么事，我见姑娘睡得香，就没叫您，对了，郡王爷还担心您是不是生病了，隔一会儿就让我探探您的额头，那着急的样子，不知道的还以为他是您亲哥哥呢。”

她再单纯，到了今日，也看出郡王爷好像喜欢上自家姑娘了。杏花只觉得高兴，姑娘这么美，就该嫁给郡王那么俊的人物。

提到宋池，虞宁初又开始心烦，没听出杏花话里的调侃。船舱里有些闷，等虞宁初梳好头，杏花便麻利地将两边的竹帘拉起来通风。风吹过来，因为在江上待得久，虞宁初已经闻不出那股腥气了，只觉得清爽凉快。

“今早煮的是鱼片粥，鱼是郡王一早从江里网上来的，可新鲜了。”杏花端了早饭来，除了粥，还有一碟瓜，是前两日停靠岸边时宋池让人买的，买了好几个，瓜瓤红红的，带着清新的甜香。虞宁初吃得心不在焉。

吃完后，她走出船舱，见宋池坐在棋盘一侧，穿了一件月白色的夏袍，又恢复了俊美温润的样子。

“表妹醒了？我还以为你不敢跟我下棋了。”宋池上下打量她一眼，笑道。

虞宁初昨天才被他吓过，牢记他里面的心是黑的，不敢再回嘴，低头坐过来，直接开始下棋。可惜，失去了平常心，越是想赢，越是容易出错。今日两人连两刻钟都没有坚持到，虞宁初就输了。

她低下头，看到了脚下的地板，被宋池擦得干干净净，好像新的一样。

“今晚是十五，下午表妹好好休息，晚上二更天，你我一同赏月如何？”

对面传来他清润的低语，虞宁初眉尖蹙起：“你说过不会让我做超过表兄妹情分的事。”

宋池道：“表兄妹不可以赏月吗？别的你放心，咱们的船在后面，除了阿默，不会有第四人知晓你我做了什么，包括船夫。”

虞宁初再也没有拒绝的理由。

这个下午仿佛过得特别快，恍神间天就暗了。吃过晚饭，虞宁初在屋里待着，阿默不知有什么事找杏花，杏花出去了一会儿，笑嘻嘻地回来了。

虞宁初问：“何事？”

杏花解释道：“早上开的瓜还剩了一小半，郡王嫌不够新鲜，赏给我们了。”

她没有主子们那么挑，觉得挺甜的。

虞宁初没放在心上。

没多久，杏花开始频繁地打哈欠，确认虞宁初没什么吩咐后，就去外间睡下了。虞宁初躺在榻上，身体随着江水微微晃动，心也在晃动，宋池真的只是邀她赏月吗？

突然，有人轻轻叩击她这边的窗户，虞宁初吓得坐了起来。

“月色动人，表妹可以出来了。”宋池低沉的声音传了进来。

虞宁初的心扑通扑通直跳，贴着窗户道：“再等等，杏花可能还没睡沉。”

男人的回答带了笑意：“放心，已经很晚了。”

虞宁初这才意识到，自从登上这条船，她就成了宋池网里的一条鱼，只要他想，随时都可以吃了她。

她该感激宋池没有吃她吗？不，虞宁初更加清晰地认识到了他的危险。

无风的夜晚，江面平静，船夫吃了瓜睡得很沉，阿默接替他的位置，控制着船稳稳地跟在前面那艘船之后。虞宁初走出船舱，感受到的便是这份寂静，两岸是连绵的田地，更远处的村落陷在月色中，家家户户都睡了，不见一点灯火。

宋池站在舱口一侧，穿了一件黑色的夏袍，只要他背过身去，远处的人就很难发现他。

虞宁初不由得看向自己，她没有黑色的衣裳，出来时也没想太多，水绿色的褙子在月光中呈现出一种苍白。

“放心，大家都睡了。”宋池示意她去船尾。

虞宁初便走在他前面，软底绣鞋踩在木质的船板上，几乎没有任何声响，身后也没有声音，虞宁初一低头，发现宋池只穿了一双黑色的绫袜。

绕过船舱，视野陡然开阔起来，辽阔的江面波光粼粼，天上一轮明月，江心也浮动着一轮明月。靠近护栏的地方，摆了一张矮桌，桌面上茶水、水果、糕点，样样齐全。

“坐吧，地板我重新擦过。”宋池率先跪坐在矮桌一侧，笑道。

他又提地板，虞宁初本就忐忑的心更乱了，僵硬地坐在他对面。

宋池为她倒茶，将茶碗递过来时，见她垂着眼，没有了前两日下棋时的自然，不得不解释道：“昨日擦地板的事，我是故意逗你的，想看看你会不会被我吓到，否则这么大一条船，如果不是我自己愿意，又怎么会真的仔仔细细擦拭一遍？尤其你们那边，我擦了两遍，比杏花擦得还干净。”

虞宁初低头听着。昨日她自然没有心情去检查宋池的擦拭成果，但杏花很惊讶，说郡王爷擦得多么多么干净，虞宁初只当是宋池太生气，所以擦得非常用力，一用力，肯定干净啊。害怕了那么久，现在听他这么说，虞宁初也无法分辨他是随口说说还是真心话。

“早上你迟迟没有出来，我还以为你受惊过度病了。”

虞宁初睫毛颤了颤，杏花的确说过宋池让她检查自己是不是额头发烫，还叮嘱了好几遍。

宋池突然倾身向前，虞宁初紧张地抬起头。

宋池看着她慌乱的眸子，趁机道歉：“阿芜，昨天是我错了，我保证，以后不会再故意吓你。”

月色皎洁，照亮他俊美的脸，也照亮了他眼中的认真。虞宁初马上又移开视线，他这个人就是这样，一旦做出这种神态，很容易令人相信他的话。

"其实我很喜欢你惩罚我时的样子，显得很亲近，昨晚我一直在后悔，不该那么捉弄你。"

随便他怎么说，虞宁初只是听着，并不回应。

宋池无奈，暂且跳过这件事，递了一个香囊给她："里面是驱虫的草药，水边蚊虫多，你戴上吧。"

虞宁初看着桌面上的香囊，果然闻到了一丝熟悉的药草香味，每逢夏季，她的屋里就会日日燃香驱蚊。

"这是我的。"宋池指了指腰间，"要闻闻吗？里面的药草一模一样。"

虞宁初看过去，看到了她做的那个平平无奇的香囊。

虞宁初伸手将香囊系到腰间。

既然是来赏月的，虞宁初朝天上望去，月光照亮她的脸，小姑娘肌肤莹白，再名贵的珍珠也比不上此时她脸上散发出来的光泽，仿佛有丝丝缕缕的月光聚集到她身上，让她整个人被包围在一种柔和温暖的光圈中。她仰着头，乌黑的长发柔顺地垂落，睫毛卷翘，唇轻轻抿着。

宋池拿起提前放在旁边的画板，靠到船舷上。

"不要画我。"虞宁初立即注意到了他的动作。

宋池笑道："没画你。"

虽然这么说着，但他再次朝她看来，好像要记住她的神情。

虞宁初不肯配合，站了起来。

宋池继续画着。

虞宁初想确认他到底在画什么，走到他身旁一看，见他已经勾勒出了她今晚所穿的衣裳。香囊看不出什么，画却是无法反驳的证据，虞宁初心生懊恼，低头就要抢走这张画纸。就在这瞬间，宋池突然攥住她的手腕，虞宁初顿时在他的拉扯下失去平衡，整个人倒在他的怀里。

虞宁初羞愤地挣扎起来。

宋池一手推开画架，双手抱住她，在她耳边道："别动了，再动我可能会忍不住做点什么。"

虞宁初全身僵硬："那你放开我。"

宋池道："是你先来抢我的画纸。"

虞宁初道："你说过不画我！"

宋池道："我在画猫，既然你不信，坐在我怀里看吧。"

说着，宋池将她转过来，左手牢牢圈住虞宁初的腰让她坐在他腿上，右手去调整画架。

虞宁初能感觉到他的呼吸在耳畔吹拂，又是如此亲密的姿势，她后悔极了，歪着头尽量拉开与他的距离："随便你画什么，我不管了，你放开我。"

宋池只是笑，看着画板道："画好了自然会放开你，你再乱动，只会拖延时间。"

虞宁初不敢再动了。

宋池调整好画架，重新拿起画笔。他只是抱着虞宁初，手很老实，虞宁初的注意力渐渐被笔尖在宣纸上移动时的沙沙声吸引。她悄悄偏头朝画架看去，见宋池在耐心地画她衣裙的细节，画到一半又开始画她后面的船舷、江水、岸边夜色，跟着是她面前的矮桌与茶点，再就是天上的明月。

他好像完全沉浸在这幅画中，就像两人在对弈。虞宁初渐渐也忘了其他，全神贯注地看着这幅画渐渐完成，最后只剩她的脸了。

宋池的笔尖顿住，似乎在考虑该怎么画，眼睛也朝她看来。

虞宁初恼火地低下头，说什么不画她，既然不画，为何要看她？

耳边响起他的轻笑，宋池故意靠近她的耳朵道："你先闭上眼睛，我让你看的时候你再看。"

虞宁初偏不，就要看他怎么对着她的脸画出另一个人。于是，她就看到宋池用非常熟练的笔触与技巧，画出了一只仰头赏月的猫。虞宁初震惊于他的想象，旋即又被这种猫头、人身的结合深深地震撼，本该是荒诞诡异的，可宋池画出来的猫，又是那么美，特别是那双眼睛。

"是你吗，你就来抢。"画好了，宋池放下画笔，一手抱着虞宁初的腰，一手趁她没有防备别过她的脸，低声戏谑道。前一刻的他，还是一个专心作画的文人，此时，又变成了虞宁初心中的那个无耻小人。

她拍开他的手，作势要站起来。宋池突然放低托着她后背的手臂，虞宁初眼看宋池逼近下来，下意识地闭上眼睛，头也偏开，不肯给他亲。宋池的唇便落到了她的脖颈上，或许，他一开始的目标就是这里，因为他并没有再试图去亲虞宁初的嘴唇，而是对着她白皙的脖子流连。

陌生的悸动生生地压下了虞宁初心底的愤怒，她不由自主地在他怀里东躲西藏，可无论怎么躲，宋池都会捉住她的手，强迫她别动。

虞宁初再也躲闪不了，却仍然抱着一丝侥幸，庆幸宋池没有来亲她的唇，没有逼她去做新婚夫妻洞房花烛夜才能做的事。守住了这份底线，她就没有那么怕了，闭着眼睛任由宋池左右乱亲起来，只是心守住了，身体还是会情不自禁地瑟缩。

“还说你不是猫，哼得像个猫崽。”宋池突然停在她耳边说道。

虞宁初不懂他在说什么，她才没有哼。

宋池拿额头抵住她的脸，不敢再动。她很香，鼻端全是她的气息，越靠近领口香气就越重，一丝一丝地侵袭着他的理智。

“再给我亲一下这里，就放你走。”宋池点了点她的唇，低声商量道。

虞宁初马上捂住嘴，眼里浮出泪来：“你别太过分。”

宋池看着她泫然欲泣的模样，一边抱紧她，一边无奈地想，有什么太大的区别吗？为何亲嘴就变成太过分了？

不过，因为她来抢画纸，今晚他已经得到了意料之外的惊喜，其他的宋池愿意继续等。

“好，你别哭。”宋池用袖口擦掉她的泪，低声哄道。

虞宁初闭着眼睛，不想看他。

“这幅画，你要吗？”宋池扶起被她无意间踹倒的画架，看着画问。

虞宁初：“不要，你也不许留着，撕了扔水里。”

“好。”宋池将她放到一旁，取下画纸，慢慢撕了起来。

虞宁初手脚发软地绕到船舱前，亲眼看着宋池将撕碎的画纸撒到江中，这才恨恨地瞪他一眼，转身回了船舱。

虞宁初点亮一盏油灯，找到巾子打湿，仔仔细细擦拭了三遍脖子，这才无力地坐到椅子上。桌上摆着西洋镜，镜子照出她现在的模样，发丝散乱，狼狈至极。

虞宁初猛地放倒镜子，还说什么不做超过表兄妹情分的事，刚刚那样又算什么？她就知道，宋池肯乖乖地擦拭地板，肯定是想到了要如何惩罚回来，赏月不过是借口罢了。

船舱外，宋池还在矮桌前坐着。他心情很好，重新画了一幅，画里没有江，没有船，只有一轮明月，一片树影，树下两只猫儿在戏耍。

次日早上，虞宁初早早地醒了，故意赖在床上不想出去。外面宋池问了杏花一次，得知她只是赖床，便没有再催。可惜虞宁初再怎么赖，还是要起来的。她先让杏花出去，自己扯着衣领小心翼翼地检查了一遍，确认脖子上没有留下什么痕迹，这才松了口气。

“姑娘看，前面有渡口。”

虞宁初靠近窗户，竹帘只挑了一半，免得宋池从这边经过时看到里面。透过这点空隙，虞宁初看到了一处小镇，堤岸上摆了一些常见的小摊。

前面那艘船靠了过去，不出意外，宋池也吩咐船夫靠岸。

虞宁初放下帘子，停了一两刻钟，船继续开了。虞宁初微微拉起帘子通风，有脚步声靠近，虞宁初警惕地看过去，熟悉的锦袍映入眼帘，虞宁初刚要扭头，一枝红色的花突然被人从帘子下面塞了进来。

男人很快走开了，只剩下这枝花。那是一枝月季，叶片翠绿，层层绽放的花瓣带着两三点水珠，娇艳欲滴。

“姑娘，郡王风雅，见岸边有人卖花，便将一篮子月季都买了下来，分了我一半，叫咱们装点船舱。”

虞宁初还没想好暂且将宋池塞过来的红月季藏在哪里，杏花提着半篮子月季进来，或红或白或黄，朵朵娇艳。船舱里倒是有两个粉彩短颈花瓶，杏花坐在椅子上，拿着剪刀兴致勃勃地修剪起来。

虞宁初走过去，在花篮里挑了挑，趁杏花不注意，将宋池送的那枝混入其中。很快，杏花插好两瓶月季，色彩鲜艳的花，瞧着的确赏心悦目。人虽讨厌，但花是无辜的，虞宁初便随着杏花挑地方摆放，没有叫她扔了。

这一整天虞宁初都没有离开船舱，晚上她有点担心宋池真的找过来，小心翼翼地防备到二更，困得睡了过去。

一夜无事，但虞宁初接下来的两日也没有出去。好在宋池并没有像他威胁的那样半夜来找她，倒是花瓶里的花开始蔫了，杏花将外面两层发卷的花瓣扯下来，换了水，继续插着。

虞宁初坐在榻上，看着杏花进进出出，心里算着日子，他们是五月二十六登的船，如今已是六月二十，再过五六日，应该就能到扬州了。

虞宁初不想父亲，却急于知道他是生是死，父亲没有别的亲人，如果死了，那对年幼的弟弟妹妹怎么办？虞宁初与他们没什么感情，可她知道，父亲若是真的死了，那照顾两个孩子就要变成她的责任。与此同时，虞宁初也盼着早日下船，从这种随时要听宋池摆布的日子里走出去。

练过功夫，虞宁初坐在窗边看起书来。船上实在枯燥，看累了虞宁初又睡了一会儿，醒来刚梳好头，一股大风突然穿舱而过，悬挂的竹帘都被高高地吹起来，船身猛烈地摇晃，虞宁初及时扶住歪倒的镜子，站在她身后的杏花死死地抱住椅子，主仆俩总算免了这一摔。

“快把窗户关上！”

狂风大作，并没有要停歇的意思，虞宁初与杏花一人负责关一边的窗户，可是风还在剧烈地拍打船身，伴随着噼里啪啦的雨点，仿佛只是眨眼工夫，天色大暗，暴雨如注。“咣当”一声，插月季的花瓶从桌子上滚了下来，砸在硬邦邦的船板上，碎了一地。

船身又是一摇，眼看杏花要摔出去，虞宁初急得去拉她，没留意一片碎瓷贴着地板滑了过来。软底的绣鞋被刺穿，虞宁初闷哼一声，抓住杏花朝床榻那边倒去。

窗外，阿默扯着嗓子对宋池道："郡王，船夫说这是飓风，不能再走了，要马上靠岸！"

"你去拿油帔！"

宋池的声音在小厅中响起，下一刻，他大步走过来，推开内间的门。

杏花刚挣扎着站稳，虞宁初趴在榻上，疼得冷汗与眼泪一起掉了下来。她左脚紧紧抵着地板，右脚抬到半空，有血滴在地板上。杏花没看见，站在门口的宋池一眼就注意到了虞宁初的伤，几步走过来，将虞宁初横抱到榻上。

"扶稳她。"宋池吩咐着杏花，随即走到虞宁初身边，抓起右脚一看，就见一片碎瓷只露出尾端扎在那里，刺目的血还在顺着往下流。

"姑娘踩到瓷片了？都怪我！"杏花连声自责。

虞宁初垂着眼，因为宋池的出现，硬是将眼泪憋了回去。

榻上还搭着虞宁初睡醒后刚刚换下来的裙子，宋池一手抽下那条浅色的裙带，偏头对虞宁初道："会很疼，你忍一忍。"

猜到他要做什么，虞宁初偏过头，紧张得全身发抖。

客船随时可能有倾覆的危险，宋池没有时间安慰她，一手攥紧她的脚踝，一手快狠准地捏住瓷片，往外一拔。瓷片尖端还保持着锋利的形状，应该没有脱落碎片在伤口中，检查过后，宋池用裙带缠住她的脚掌，借此止血。

虞宁初脸上一片潮湿，说不清是泪还是汗。

"要下船了，有什么重要的东西赶紧收拾好，其他的都留在船上。"宋池将她抱到怀里，吩咐杏花道。

先是飓风，又是姑娘受伤，杏花怕极了，就像热锅上的蚂蚁，既要扶住桌椅保持平衡，又要回忆到底要收拾什么。

"都在首饰盒里，拿盒子就行了。"虞宁初还算冷静，虚弱地指挥杏花。

杏花赶紧去拿首饰盒。

宋池抱着虞宁初去了小厅，阿默提了两条墨色油帔走过来，这是一种蓑衣，将油涂到丝绸织品上，既能防水，又比普通百姓用的草制蓑衣轻巧，方便行动。

"单脚站好，我帮你穿。"宋池小心翼翼地放下虞宁初。

小厅左侧迎风的那扇门关着，右边的却开着，虞宁初能看见汹涌的深色江水，翻滚着要扑上来，一时不敢多看。

宋池接过专门为虞宁初准备的小件油帔，分别套进她的左右手臂，再替她戴好帽子。因为船身摇摇晃晃，这一切做得并不顺利，虞宁初几乎一直靠在他怀里，而宋池始终岿然不动，坚如磐石，一边轻声安抚她，一边替她系上帽绳和前襟的几个横扣。

等虞宁初穿好，阿默马上递来另一件："郡王……"

"我不穿了，先下船！"

风雨越来越大，宋池不敢耽搁，船夫一将船靠岸，宋池便背着虞宁初跨了出去。凌空而起的刹那，虞宁初紧紧抱住了他的肩膀。

江水在背后咆哮，宋池落到岸上。临时停靠的岸边满是淤泥，宋池又往前走了几步，才来到比较硬实的地面。安全后，他转过身，虞宁初也转头看去，两艘船都已经停好，阿默背着杏花跳下船后，十六个锦衣卫分别帮船夫将客船拉到岸上。

狂风暴雨，又前不着村后不着店，大家又赶紧回到各自的船上避雨。

宋池让杏花去收拾北舱，自己将虞宁初抱到了南舱，吩咐阿默在小厅中守着，宋池拉上里面的门闩，点了一盏灯。窗户关得严严实实，防雨的卷帘也放下了，依然能听到狂风呼啸而过，船却不再晃了。

虞宁初单脚站在床榻边，先把身上滴水的油帔脱了，一回头，见宋池蹲在一个矮柜前翻找着什么。虞宁初无措地坐在榻边，脚心一抽一抽地疼，她虽身世可怜，但这样的痛苦还是第一次承受。

终于，宋池站起来，手里拿着一个白色的小瓷瓶，对她解释道："这是专治外伤的金疮药，你坐好。"

虞宁初不由得抓紧榻面，偏头道："等会儿让杏花来吧。"

刚刚急着下船，没办法，只能让宋池处理伤口，现在已经脱离危险，再这样就不合适了。灯光昏黄，她瑟缩着坐在那里，仿佛一个害羞的新娘。

宋池笑了笑，低声道："上药之前，我还要检查你伤口里有没有遗落的碎瓷片，杏花做得来吗？”

虞宁初被他说得脚更疼了，泪水在眼眶里打转：“若有碎瓷片，怎么办？”

宋池肃容道：“挑出来，没有别的办法。”

虞宁初一脸惨白，根本不敢想象那个画面。

“你闭上眼睛，我先换身衣裳。”刚刚在暴雨里站了一段时间，宋池全身都湿透了，湿答答的，不方便上药。

虞宁初马上配合地闭眼。

宋池去衣箱里翻了一套深色的夏袍，再拿巾子擦擦头脸，随即搬了一把椅子，坐到榻前。

“我要开始了。”他抓住虞宁初的右脚，提醒道。

床榻并不宽，虞宁初背靠着窗户，偏过脑袋，僵硬地点点头。

宋池脱下她被雨水打得半湿的绣鞋，再解开他亲手缠上去的裙带，随着他的动作，女孩子白皙的脚渐渐在他面前呈现出来，仿佛绿色莲蓬里包裹着的洁白莲子。

“原来你的脚也这么好看。”宋池抬眸，看着她道。

虞宁初还以为他刚刚的停顿是在检查伤口，没想到等来这么一句话，羞愤之下便想缩回脚。

“别乱动。”宋池攥紧她的脚踝，在虞宁初愤怒的瞪视下，低头去看她的伤。

那瓷片并不长，刺进去的部分大概有一粒花生米大小，宋池掰开伤口往里看，这一掰，便听她闷哼一声，疼得蹙紧眉头。

“还好，确实没有碎瓷片。”

虞宁初长长地松了口气，甚至觉得伤口都没有那么疼了。

宋池拿巾子给她擦干净脚底的血污，一手将药膏轻轻地涂抹上去。他涂一下，她就嘶地吸一口气，五根圆润的脚趾齐齐朝内扣紧。

宋池鬼使神差地想起了安王。他与安王谈风月，不过是应酬，说的也都是风月之雅，点到即止，可安王长了一副憨厚老实的面孔，话语却直白粗俗，恨不得拉着他去旁观。

“还没好吗？”虞宁初缩了缩脚，眼泪汪汪地看过来，被他涂了金疮药的地方，似着火一般疼着。

宋池心头一跳，集中精神又帮她涂了两下，然后松开她的脚，垂眸道：“好了，天气闷热，你的伤不能捂着，愈合之前都不要穿袜子。”

说完，收起药瓶，转身走了出去。

宋池出去后，虞宁初听见他嘱咐杏花将北舱的地板清扫干净，别留瓷片残渣。

雨点噼里啪啦地打在罩住船身的卷帘上，虞宁初靠着窗，那声音就响在她耳边，仿佛要冲进来一样。油灯安静地燃烧着，照亮了这间并不是很宽敞的船舱。

是郡王又如何，一艘客船也不可能给他造出寝殿那般宽阔的内室来，除了睡觉的窄榻，衣柜、橱柜、书桌、衣架、小茶几，同她那边一样，几乎将船舱全部占满，只留了中间一条勉强让两人并肩而行的过道。虞宁初打量着，看着看着，看到了宋池刚刚换下来的那套衣裳，就放在衣架下面的一个铜盆里，衣袍湿透，裤腿上全是污泥。

方才从风起到下船到再上船的一切，重新在虞宁初脑海里过了一遍。

两件油帔，宋池帮她穿的时候那么耐心，每一个横扣都扣上了，把她从头到脚都包得严严实实，他自己却没穿，背着她疾步跳下船。当时虽然说船靠岸了，其实只是离岸近而已，与岸边还隔了一点距离，虞宁初怕他会跳进水中，紧紧抱着他，那一刻，水天相接，宋池就是她唯一的依靠。

上了岸，她的心终于落下来，才发现雨水正顺着他的头发、他的脸哗哗地往下流。作为一个被救的人，虞宁初下意识地抬起手想替他挡住头顶灌下来的雨，宋池却只是偏头朝她笑了笑，然后拉下她的手。

那时她的手已经湿了，他的手更是冰凉，她想缩回来，他却紧紧攥着不放。虞宁初紧张地看向周围，幸好船夫、护卫等人都去帮忙拉船了，没有人注意到这边。

湿湿滑滑的两只手握在一起，竟让虞宁初想起了那晚月色下被宋池抱着的画面。就算没有亲到嘴唇，就算依然懵懂，虞宁初也知道，这些都是只有夫妻才可以做的亲密之举。如今，这样的她，还能嫁给别人吗？还好意思嫁给别人吗？

就算宋池不往外说，就算能瞒过未来的丈夫，可她自己知道啊。

之前她想嫁给一个小户人家，所求不过是可以舒舒服服地在夫家生活，凭借嫁妆与舅舅这门贵戚，可以不用看任何人的脸色，然而现在宋池横插一脚，她已经失去了在夫家人面前问心无愧的信心。

有人敲门，是宋池。

“厨房烧了姜茶，表妹也喝点吧。”

虞宁初立即压下那些纷乱的念头，慢慢将右脚缩回裙摆下，这才应了一声。

宋池一手端着汤碗，一手推开门，出去时他的头发还有些乱，此时却发髻整齐，仪表无任何失礼之处。

只考虑容貌，宋池的确当得起京城一众闺秀心目中无人能比的夫婿人选。如果他真的想娶自己，虞宁初都承认是自己高攀了，可惜她感受不到宋池的诚意，他对她，更像主人对自家池塘里养的鱼，得空了就去喂喂食逗弄一番，或许有几分喜欢，毕竟鱼很漂亮，主人却永远不会把鱼当成平等的人来看待，也不会将它放归江河。

“为何这么看我？”宋池停在门前，意外地看着虞宁初。

方才上药时，小姑娘又疼又羞，看过来的眼神带着委屈与恼怒，清亮灵动，可此时，她的眼神充满了一种悲凉与自嘲，仿佛他欺人太甚，夺去了她的生机。

“没什么。”虞宁初低下头，仿佛对什么都失去了兴趣。

宋池皱眉走到她身边，侧坐在榻上，将汤碗递给她：“用冷水冰过，不烫了，你脚上有伤，不宜再染上风寒。”

虞宁初睫毛颤动，双手接过碗，慢慢地喝了起来。

姜茶的味道并不好，虞宁初喝着喝着，眼泪便一颗一颗地掉了下来。

“有那么难喝吗？”宋池故意曲解她的眼泪。

虞宁初更加喝不下去了，将汤碗放到一旁，偏头抽噎起来。

宋池看着她的眼泪就像外面的雨一样，一串一串地滚落，仿佛永远流不完似的。他拿开汤碗，脱了靴子，坐到她身边，见她还是哭，连躲都不躲，便试着去抱她。虞宁初挣了一下，可惜宋池不放手，一边留意着她的右脚，一边将她放到自己怀里靠着，他一低头，便能看见她挂着泪的白皙脸庞。

“因为脚上的伤哭，还是因为我？”宋池一手揽着她单薄的肩膀，一手拿帕子帮她擦泪。

虞宁初不想说话，反正已经落到他手里了，说什么都没用。

“你再不说，我亲你了。”宋池别过她的脸，缓缓靠近道。

虞宁初紧紧闭上眼睛，却不躲，一副了无生机、任人宰割的样子，只是眼泪流得越来越凶。她这样难过，宋池又怎么可能真亲下去，叹了口气，他继续为她擦泪，低声赔罪：“是因为那晚的事？好，我承认是我过分了，这几日你不出来，躲在里面避着我，我也没有去逼你出来，是不是？有时候有些话，我只是吓吓你，哪一次真的狠心对你了？”

明明就很狠心，竟然还大言不惭地反问她，虞宁初听不下去了，红着眼圈质问道：“你毁我名节，还不够狠吗？”

宋池看着她，神色丝毫未变：“只要你能管住杏花，你我之间的事，不会传出去半个字，自然也坏不了你的名节。”

虞宁初苦笑道：“就算你能做到，那我呢？我以后还有什么脸面嫁给别人？”

宋池皱眉道：“我说过我会娶你，你还想嫁给什么人？”

虞宁初道：“你说的我就要信吗，就该信吗？等你两三年，这两三年里舅母若是为我找到合适的婚事，我就得拒绝吗？我又用什么理由拒绝？两三年后你若戏耍够了，另娶旁人，置我于何地？只我自己也就罢了，大不了一死，我可不想别人在骂我的时候还要带上我娘，说什么上梁不正下梁歪！我娘已经死了，一个人背井离乡郁郁而终，凭什么那些人还要说她！”

她不想变成第二个母亲，不想被人嘲讽她一心高攀宋池，更不想因为自己，连累母亲再次被人唾骂。

一个小姑娘，为了嫁给自己喜欢的人，冲动一次就要十恶不赦吗？母亲自食恶果，身败名裂，她已经被迫嫁给了一个不喜欢的男人，被迫生下了一个并不想要、被她看成杂草的女儿，她到底还要为那事被骂多久？

宋池知道她委屈，将她抱到怀里，让她先哭个痛快，不然憋在肚子里，只会伤身。等虞宁初慢慢止住啜泣，宋池才抵着她的额头，轻声道："除夕夜我与你说两三年，你觉得我糊弄你，可就算按照三年算，真的很久吗？今年已经过去了一半，明年、后年，到时我定会向你提亲，难道很晚？"

虞宁初闭着眼睛，因为哭得太久，累了，也困了，随口道："你真想娶我，为何明年不来提亲？"

宋池握着她的手，低垂的长睫遮掩了眼中的情绪："小时候道士为我算过命，要过了二十才能娶妻，不然会有血光之灾。"

虞宁初笑了，反讽道："也有道士为我算过命，说这辈子不要嫁给姓宋的，否则……"

还没说完，宋池突然托起她的后背，在虞宁初震惊地睁开眼时，低头吻了下来。

虞宁初正为他的道士之言愤怒，哪肯乖乖给他亲，宋池的唇几乎才刚贴上来，她便一口咬了下去。

宋池被迫躲开，再看怀里，她双眼明亮，简直就像一只要与人拼命的小猫。

抹走唇上的血，宋池笑了，认真道："你生气的时候，比哭起来好看。"

就在此时，阿默在外面道："郡王，表姑娘那边收拾好了。"

宋池应了一声，松开虞宁初，站到地上，胸口一片湿凉，低头一看，衣襟被虞宁初的眼泪打湿了好大一片。

他扯着衣襟，低声调侃道："我这样出去，如何解释？"

虞宁初歪着头，脸却慢慢红了。

"就说姜茶有点烫，你弄洒了吧。"宋池自言自语道，穿好靴子，再来抱她。

虞宁初抿着唇，因为当时是被他抱进来的，这时候再让杏花来扶，既没有必要，又容易显得此地无银三百两。

宋池将她横抱到怀里，看看她的脚，一只绣鞋露在外面，光着的右脚被她缩在了裙摆下。宋池也不想让阿默瞧见她的脚，确定没有露着后，朝外走去，快到门口时，宋池再次停住，低头对她道："车到山前必有路，平时不要胡思乱想，我不是晋王，也不会让你落到岳母那番境地。"

虞宁初震惊地抬起头，他竟然知道母亲的旧事？

宋池看着她，解释道："先前不知道，因为你总躲着我，我才去打探的。"

虞宁初问："所以你也瞧不起我，故意这般欺辱我？"

宋池道："我没有瞧不起你，对岳母也没有任何不敬的念头，只是觉得岳母当年眼光不太好，看上了那种人。"

那种人，自然是指当年被赞为"京城第一公子"的晋王宋玦。

虞宁初怔怔地看着宋池，关于母亲的旧事，舅母的态度算是最好的，没有诟病母亲，只说当年的内情除了母亲与晋王，谁也说不清真相，其他人都认为是母亲有错，批判母亲，而宋池竟然认为晋王不值得母亲喜欢。不过虞宁初马上反应过来，宋池这么说，可能只是因为他恨晋王罢了。

晋王到底对宋池一家做了什么，导致九岁的他宁可带着妹妹离开晋王府，转而投奔京城？

"又在胡思乱想什么？"宋池突然朝她笑了笑。

虞宁初马上别开脸。

宋池道："好好养伤吧，到扬州之前，我不会再欺负你了。"说完，抱着虞宁初走了出去。

小厅中，阿默低着头，杏花关心主子的脚伤，并未觉得郡王爷抱着主子出来有何不妥。

宋池一直将虞宁初抱到北舱的内间，小心翼翼地将她放到榻上。这样的姿势，很亲密，虞宁初不得不垂着眼，避免与他对视。

宋池放好人，看她一眼，起身对杏花道："你们姑娘怕疼，上药时哭了一脸，记得拿巾子给她擦擦。"

杏花探头一瞧，见姑娘的眼睛果然哭肿了。

宋池留下那瓶金疮药，嘱咐杏花如何伺候虞宁初后，便离去了。

虞宁初歪着头躺在榻上，窗外大雨瓢泼，鬼使神差的，她的脑海里再次浮现出宋池替她穿油帔的那一幕。他若是安王、韩宗延之流，她只用恨他就好，偏偏他不是。

第九章　我都受伤了，能有什么非分之想

睡了一晚，第二日风停了，雨依然很大。宋池与冯越商量后，决定等雨停了再出发，船上备着吃食，在荒野里停留几日也无妨。

虞宁初脚上有伤，只能靠在榻上休息，那些锦衣卫早已厌倦了只能困在船上的生活，纷纷披着蓑衣下船走动，不过他们应该被宋池提醒过，自觉地与虞宁初这艘船保持距离，不曾擅自靠近。窗户又打开了两条缝，虞宁初透过窗缝，能看到近处地上的杂草，远处锦衣卫们三三两两地站在树下不知在说什么。

宋池也在外面，旁人穿的都是草制蓑衣，唯独他穿了一件墨色油帔，俊美的脸庞，才子的风度，仿佛今日只是出门赏雨。

冯越站在宋池身边，虽然他是上级，可从他的神态举止判断，他很敬重宋池，倒好像宋池才是此行的头领。后来冯越走了，宋池一个人漫无目的地走起来。

“姑娘是不是也想出去走走？”杏花端着茶进来，虞宁初忙收回视线，转过身，叮嘱杏花道：“外面都是锦衣卫，你少露面。”

杏花笑道：“姑娘放心，就是我想出去，郡王也不让的，他派阿默在小厅守

着呢，除了他，谁也别想靠近姑娘的船舱。”

虞宁初不置可否，这些面子活，宋池一向处理得很好。

过了不知多久，虞宁初听见宋池回来了。杏花出去帮忙，郡王爷的靴子肯定脏了，船上没有别的丫鬟，她得帮忙伺候擦一擦。然而宋池不用她擦靴子，托着一帕子红红紫紫的野桑葚递给她道：“味道还可以，拿去洗了，给姑娘吃。”

杏花眼睛一亮，这样的果子，无论在扬州还是京城都很容易吃到，然而在这荒野江畔却是难得的好东西。

杏花小心地接过帕子，去厨房清洗干净，再放到白瓷盘里，端到姑娘面前：“姑娘快尝尝吧，郡王亲手采摘回来的。”

虞宁初看向盘子，只见那些桑葚个个圆圆胖胖，颗粒饱满，个头几乎同等大小，没有一个偏小或偏细的，必然是宋池摘果时进行了一番遴选。

想象着那个画面，虞宁初觉得宋池真的很闲，不是说要去扬州办案吗？因为这番耽搁，冯越都急得挠头了，宋池还有心情找野果。腹诽归腹诽，这么鲜美的果子摆在面前，虞宁初没有跟宋池客气，他占了她那么大便宜，她吃他几颗果子又算什么？

吃了一半，虞宁初将剩下的送给杏花。

杏花连连摇头：“郡王专门为姑娘摘的，姑娘若吃够了，这些就留到下午，天气凉快，只放半天不会坏的。”

虞宁初低声道：“你不吃，我就从窗户扔出去。”

杏花没办法，只得乖乖吃掉，吃得嘴唇都紫了。吃完后，主仆俩洗了脸，杏花心满意足地端走了空盘子。

宋池坐在小厅赏雨，瞥见她手里的盘子，笑了笑。

接下来两日，宋池每日都会去江边找野桑葚，锦衣卫们见了，知道这边有果子吃，又不敢跟郡王抢，于是宋池去东边找，他们就去西边。下雨地面湿滑，有的锦衣卫为了摘桑葚还踩空摔了一身泥巴，惹得其他人高声大笑，倒是宋池，一次都没有摔过。而宋池摘回来的卖相颇佳的野桑葚，都进了虞宁初主仆的肚子。

雨停了，众人将船推回江中，继续南下。烈日暴晒，天气更热了，热倒还好忍，只是虞宁初脚底的伤口结痂了，痒得慌，仿佛蚊子在那里咬了一个包，挠是不能挠的，挠破了好得更慢，忍又忍得辛苦，就窄榻这么大点地方，忍得虞宁初心浮气躁，书也看不进去。

“咱们带了止痒药，姑娘涂一点？”杏花翻出一瓶药，问得不太有底气，这药管的是蚊虫叮咬，外伤愈合能有效果吗？

虞宁初让她试着抹一点，结果更痒了。杏花看不得主子吃苦，去外面撞见宋池，小声询问他是否有管用的药。宋池朝阿默使个眼色，阿默去了南舱，很快拿了一个青色瓷瓶出来。

杏花拿去给虞宁初一涂，果然不痒了，笑道：“郡王真是厉害，什么药都有。”

六月二十九，临近晌午，两艘船终于抵达扬州码头。锦衣卫的扬州卫所与虞家都派了人来接。宋池让冯越先带人去卫所，自己送虞宁初回虞家安顿好再与他们会合。

宋池肩负平西侯府沈三爷的嘱咐，如此行事合情合理，冯越笑着让他不用急，明早再去卫所也来得及。

“多谢大人通融。”宋池拱手道，目送冯越等人骑马离开，才去接虞宁初下船。

虞宁初的脚伤已经养好了，留下一道小疤，不过这种地方，这辈子估计都没有人会发现，碍不了什么事。虞家的管事也是等锦衣卫们离开了，才敢靠近。

虞宁初戴着帷帽，见家里的管事并没有戴白，就知道父亲还活着，顿时松了口气。

“张叔，我父亲如何了？”上了岸，虞宁初开口问道。

张管事一脸愁苦：“老奴给姑娘去信的第五日，大人醒了，身体无碍，只是可能摔伤了脑袋，变得疑神疑鬼疯疯癫癫的，我请了扬州一带的名医来看，都……都说老爷疯了，无人能治。”

疯了？虞宁初皱紧眉头。

宋池道：“先去看看吧。”

张管事这才注意到姑娘身边还站着一个人，猜测问道：“可是侯府的哪位表公子？”

虞宁初看一眼宋池，解释道：“此乃武英郡王，也是二舅母的侄子，我叫表哥的。表哥奉命来扬州当差，受舅舅所托，顺便送我一程。”

扬州与京城离得太远，张管事并不知道宋池这号人物，不过虞宁初介绍得仔细，他一听宋池是位郡王，忙行起大礼来。

宋池受了他的礼，旋即不太耐烦道：“走吧。”

张管事赶紧带路。

虞宁初带着杏花坐进马车，宋池与阿默骑着卫所带过来的两匹骏马。

艳阳高照，杏花挑起一边的帘子看了看，回头对虞宁初道：“姑娘，要不要请郡王进来坐啊？扬州的夏天可不比京城，郡王第一次来，别晒中暑了。”

如果只是郡王，自然不好同坐车内，可不是还有一层表兄妹的关系吗？

虞宁初并不想请宋池上车，不过也清楚江南的暑气，她偷偷掀开帘子瞧了一眼，恰好看到一颗汗珠从宋池俊美的脸庞上滚下来。若他因为自己中暑，回头会不会找她算账？无奈之下，虞宁初让车夫停了车。

车一停，宋池也停了马。

虞宁初挑开帘子，垂着眼，声音很是大方：“外面太晒了，表哥来车里坐吧，小心中暑。”

宋池颔首：“也好。”

他上了车，杏花就下去了，与张管事一起走在车厢投下来的阴影中。

马车继续出发。

宋池上来后，自觉地坐在左侧的矮座上，没往虞宁初身边凑。

“如此狼狈，让表妹见笑了。”坐好后，他拿出帕子擦了擦额头、脸上的汗。

虞宁初偏过头，出点汗算什么狼狈，他被暴雨浇成落汤鸡的样子她也不是没见过。

“表妹不是说这里有凉茶？”宋池一边松开夏袍领口，一边暗示道。

为了堵住他的嘴，虞宁初认命地从右边的小橱柜里拿出茶壶、茶碗，给他倒了七分满。宋池一口饮尽，再递到她面前。虞宁初索性将茶壶塞给他。

宋池垂眸倒茶，笑着聊了起来："早就听闻江南夏日炎热，今日亲身体会，才知道'火炉'二字用得甚妙。"

虞宁初偏着头，淡淡应道："南边热，北边冷，各有节气，没什么稀奇的。"

宋池道："表妹这语气，不知道的还以为你去过北边。"

虞宁初不是很理解地看向他。

宋池解释道："依我看，京城也只算中原，匈奴占领的草原大漠才是真正的北地。京城入冬，百姓尚可在街上行走，大漠的冬天，千里冰封，万里荒芜。"

虞宁初想象着那幅情景，竟然觉得车厢里好像凉快了很多。一缕清风迎面吹来，却是宋池捡起杏花放在一旁的团扇，对着她扇了起来。

虞宁初偏头道："我不热，你自己扇吧。"

宋池看着她染了薄红的脸，低声道："不热，为何脸红了？"

虞宁初只恨没有东西可以堵住他的嘴，瞪了他一眼。

宋池笑了，一边摇着团扇一边问她："前几日不得见，忘了问表妹，桑葚好吃吗？"

虞宁初的脸更热了，早知道他要问，那些果子再诱人她也不会吃。

"没吃，都给杏花了。"虞宁初垂着眼撒谎道。

宋池只是笑了笑，不再说话，默默地给她扇风。他光扇也就罢了，还一直看着她，他越扇虞宁初觉得越热越恼，突然朝他伸手："扇子给我。"

宋池问："为何？"

虞宁初道："你扇得不凉快。"

宋池便把扇子给了她。

虞宁初拿到扇子，却只是靠到车角，敷衍地扇了两下，随即用扇面挡住脸，不给他看了。

团扇上绣了莲花，碧绿的荷叶，粉嘟嘟的花朵，她红红的脸就掩映在一层薄纱下。姑娘家半遮半掩的羞态，竟比平时看起来还要动人。

宋池笑了笑，靠着车壁，闭目养神。虞宁初偷瞄一眼，却见他领口半敞，露出一片色泽如玉的胸膛。这般，她更不敢放下团扇了，用脚尖去踢他。

“做何？”宋池突然夹住她的绣鞋，笑着看过来。

虞宁初慌得差点叫出来，试着挣脱，脚是出来了，绣鞋还可怜巴巴地在他那边夹着。她面红耳赤，一边急得缩回脚，一边用团扇半挡住脸，瞪着他道：“你把领子系好，马车颠簸，万一帘子掀开被人瞧见，成何体统？”

宋池摸了摸领口，指尖贴着露在外面的胸膛，目光复杂地看着她：“你都看见了？”

虞宁初：“总之你快点系上。”

宋池瞥一眼垂在两侧窗前的竹帘，缓缓地整理好领子，然后俯身捡起她的那只绣鞋。

“脚伸过来，我帮你穿上，不然被人看见，成何体统？”宋池看向她的裙摆，一本正经地揶揄道。

虞宁初真是后悔死让他上车了，缩着脚道：“还给我，我自己穿。”

宋池笑了笑，随手将那精致的绣鞋放进袖子。虞宁初气急败坏又无可奈何，僵持了一路，眼看快到虞宅了，到底还是红着脸，让他帮忙穿了鞋。

虞家的宅子位于扬州地段最好的一条街，是虞宁初的母亲沈氏当年置办的，地契写的是沈氏的名字。后来沈氏去世，嫁妆又无金银可贪，虞尚便将这张地契拿走，去官府一转，改成了自己的产业。

这些都是虞宁初进京后，温嬷嬷告诉她的，当时温嬷嬷与李管事只想保住沈氏的嫁妆，给虞尚一点甜头，他才不会做得太过分。

时隔一年，虞宁初再次站在虞宅门前，这该是她的家，从小长到大的家，然而因为记事后她出门次数太少，眼前这气派的门与高高的墙头，虞宁初都觉得陌生。

“表哥今晚要住在这边，张叔安排人收拾一间客房出来吧。”进门时，虞宁初吩咐张管事。

张管事连连点头：“姑娘放心，我马上让人去办。”

宋池道：“不急，我先陪表妹去看看伯父。”

虞宁初用余光瞥了他一眼，这个人，无论在马车里如何无赖，人前总是礼数周全。

张管事安排丫鬟去收拾客房，亲自带着两人去了虞尚的房间。两个丫鬟低着头在虞尚屋外伺候着，一个脸上带着泪，不知道是在里面受了委屈，还是挨了打骂。

张管事叹了口气，走到紧闭的门前，试着推了推，果然被虞尚从里面闩上了。他放柔声音敲了敲门："老爷，姑娘从京城回来看您了，您快开门吧。"

"京城？什么姑娘？"

里面传来一道警惕的声音，虞宁初认得正是父亲的声音，只是再无以前的志得意满与沉稳。

张管事回头看一眼虞宁初，继续道："是咱们家大姑娘啊，您的长女，老爷不记得了吗？去年舅夫人接大姑娘去京城小住，姑娘得知老爷病了，千里迢迢赶回来看您了。"

宋池看向身旁的虞宁初。她今日穿了一件荷绿色的褙子，刚刚下车时还因为暑气脸色发红，此时站在这边，她的脸又恢复了莲子般的洁白，长长的睫毛低垂，无端添了一分清冷。

换谁都会心冷吧，多重的病才能让一个人忘了亲生女儿，或者病并不重，只是不曾上心罢了。

张管事又啰唆了一堆，里面终于传来迟疑的脚步声，门闩被人拨开，一只眼睛从狭窄的门缝里朝外探望。见到熟悉的张管事，虞尚终于慢慢地打开门，才一打开他便跑回内室，抱着一把木剑警惕地躲在桌子后。

张管事先走了进去。

"走吧。"宋池虚扶了虞宁初一把，陪着她往前走去。

然而就在虞宁初刚迈进去一只脚时，虞尚突然发出一声尖叫，一边往后退一边挥舞木剑对着虞宁初的方向胡乱砍起来："沈嫣！沈嫣你别过来！你都死了为何还要缠着我！是那人不要你的，冤有头债有主，你要找就找他，别来纠缠我！"

他疯叫着突然将手中的木剑朝虞宁初掷来！宋池立即将虞宁初拉到怀中，

挥手打落木剑。

虞尚仿佛才看见宋池，脸色惨白，盯着宋池狠狠看了几眼，又发起疯来，只是他不再发怒，而是扑通跪到地上，不停地朝宋池磕头："王爷来了，王爷来了，求王爷饶命，不是我要娶她的，是老侯爷选了我做女婿，王爷喜欢她就赶紧带走吧，这一切与小民无关啊！"

"胡言乱语，堵住他的嘴。"宋池冷声道，转身扶着虞宁初出去了。

里面响起虞尚的挣扎声，很快就变成了嘴被封住的呜呜声。

到了厅堂，宋池扶虞宁初在北边的一把太师椅上坐下，为她倒了一杯茶，安抚道："伯父病了，表妹不要将他的话放在心上。"

虞宁初也不想计较，可她替母亲委屈。京城的人，谁都可以瞧不起母亲，可虞尚有什么资格？没有母亲，寒门出身的他怎么可能一直在扬州这个富庶之地做官？怎么可能一开始就住得起这么好的宅子？母亲那般美貌，就算心里有别人，难道夫妻圆房也是母亲逼他的？还不是他占了母亲的人？母亲活着时，没得到虞尚什么好，现在母亲死了，他自己落水疯了，竟然还口口声声怪母亲的鬼魂不肯放过他。母亲活着时都不屑多看他一眼，死了就算鬼魂还留在人间，也不可能来找他。虞尚倒好，还在嚷嚷母亲与老晋王的旧事，唯恐母亲九泉之下不能安息。

怒火在胸中翻涌，有那么一瞬间，虞宁初真恨不得她在扬州码头上岸时就看见张管事身上披着白。

见不到面时，"父亲"这二字似乎还残留着一丝温暖，见了面，虞尚只让虞宁初觉得全身发冷。

"喝口茶吧。"宋池手里依然端着茶碗。

虞宁初摇摇头。

就在这时，张管事擦着汗出来，见大姑娘一副受惊过度的样子，弯着腰解释道："不瞒姑娘，老爷自从醒来就一直念叨着夫人的鬼魂不肯放过他，这是中邪了啊。姑娘不来，我不敢擅自做主；姑娘来了，还请姑娘拿个主意，要不要请寺里的高僧来做场法事？"

虞宁初冷冷地看着他："你也觉得是……"

宋池突然道:“也好，就做一场法事，僧人你去安排。”

虞宁初的怒火顿时转移到他身上。宋池示意她少安毋躁，等张管事出去安排，才低声道:“表妹南下是为了探望伯父，做场法事，外人看了便能体会表妹的孝心，若良医与法事都治不好伯父的病，只能说天意如此，表妹已经尽力。”

他站在她身边，目光温和，一切都是为了她着想。虞宁初被怒气激起的冲动神色慢慢消散了。

张管事忙完请高僧的事，又来伺候二人，道:“姑娘与郡王远道而来，还没用午饭吧？我已叫厨房赶紧去做几道好菜，只是还需要点工夫，姑娘、郡王要不要先回房间休息片刻？”

虞宁初想到这一路的暑气，迫不及待要沐浴更衣，便与宋池告别，带着杏花回了自己的院子。张管事最近一直安排下人替她打扫着房间，从院子到房间都很干净，只是太久没住过人，显得冷冷清清的。

虞宁初洗了澡，去了一身燥气，靠在藤椅上，杏花坐在后面，轻轻地帮她擦干长发。

“姑娘，老爷病成这样，以后可怎么办啊？”杏花替主子发愁。

这个问题，虞宁初想了一路，只不过路上不知道虞尚是生是死，所以各种可能她都想了一遍，而宋池的纠缠，也促使她设想了几种应对之策。

与宋池有过那么多亲密之举，虞宁初是不好意思再嫁给别人了，嫁了，心里藏着秘密，她愧疚难受，如果哪天事情暴露，夫家可能会有的反应也更是让人头疼。留给她的只有两条路:要么嫁给宋池，要么谁都不嫁。

姑娘家总是要嫁人的，到了年纪却不嫁，外人定要质疑她本身是不是有问题。虞宁初不想背负那样的流言蜚语，而且她还有关心她的舅舅、舅母、表哥、表姐，亲人们肯定不想她孤独终老，能嫁给宋池这个郡王，怎么也不失为一桩好亲事。

而虞尚的病，恰好为虞宁初解决了所有后顾之忧。她会带虞尚回京，对外说要照顾生病的父亲及幼弟幼妹，婚事耽误个两三年也没什么。三年后，如果宋池来提亲，她就嫁了;宋池不来，她便一辈子不嫁，传出去外人也只会说她孝顺，挑不出其他错处。收拾好后，虞宁初带着杏花去了正院。

宋池还没过来，虞宁初让张管事细细给她讲了一遍虞尚落水的经过。此事想来颇有疑点，虞尚自私自利，做什么都会先保证自己的利益，这么一个人，去巡视河堤也会与河水保持距离，为何会落水？

张管事叹道："今年开春，老爷官升一品，知府大人就把巡视河堤这件事交给了老爷。老爷新上任，自然想做好差事，从四月开始便早出晚归，一天的大多数时间都待在岸边，督促各县做好防范夏汛的准备。出事那日的前一晚，老爷好像做了噩梦，早上出门时神情就不太对，后来听小厮说，老爷巡查堤坝时，突然捂着头喊头疼，旁人去扶他也不让，挣扎间一脚踩滑，栽了下去。有人说老爷心神疲惫被暑气所侵，中暑了；也有人说，老爷是被梦魇住了，所以醒了后才会疑神疑鬼。"

而那个害虞尚落水发疯的鬼，自然是虞尚的第一任夫人沈氏。虞宁初不信鬼神之说，便断定虞尚是新官上任急于表现，忙昏头中暑了。

"父亲病了，少爷与二姑娘可还好？"虞宁初转而问起继母陈氏所生的双胞胎兄妹来。

张管事道："有乳母照看，暂且都还好。"

他心里想，那对兄妹也是可怜，去年因为三夫人的一番话，老爷休了陈氏，两个孩子没了娘。老爷也不是个喜欢管教孩子的，心情好了就去问问孩子们的功课，心情不好连着几日也不去见孩子们，导致兄妹俩也不敢哭闹，唯恐老爷将他们赶出去。

虞宁初就是没娘的孩子，能猜到兄妹俩的处境。她不想管，可惜她要带走虞尚，就必须将兄妹俩也带上，好在她不缺银子，无论是虞尚还是两个孩子，都可以交给下人照顾，不必她亲力亲为。

"叫他们过来吧，以后我们一起用饭。"虞宁初以长姐的口吻吩咐道。

张管事偷偷瞧了一眼大姑娘，心中暗暗吃惊，京城果然是个好地方，大姑娘以前就像虞家的一棵草，无人问津，自己也没什么主意，这才去京城住了一年，再回来已经有了当家嫡女的风范。他去请了双胞胎过来。兄妹俩都只有六岁，去年还很调皮娇气，此时一个比一个拘束，忐忑地看着许久不见的长姐。

哥哥叫虞扬，长得很像虞尚，眉清目秀。妹妹叫虞菱，杏眼桃腮，更像陈氏。不过，毕竟年纪太小，还不懂大人之间的恩怨，兄妹俩的眼睛都很清澈，黑白分明的。

“父亲病了，姐姐要带他去京城看病，你们要跟姐姐搬到京城去住吗？”虞宁初想先探探两个孩子的态度。

虞扬问：“京城能治好父亲吗？”

虞宁初道：“不知道，总要试试。”

虞菱问：“要坐大船去吗？”

虞宁初笑道：“是啊，要坐一个月呢。”

宋池走过来的时候，正好听到姐弟三人的对话，意外地看向虞宁初：“你带他们去京城，住在何处？”

虞宁初避开他的视线，道：“再买一处宅子就是。”

表姐要出嫁了，宋湘也要迁居郡王府，她与其留在侯府被太夫人轻贱，还不如借着虞尚的病搬出去，自己当家做主。

吃过午饭，虞宁初让兄妹俩回房休息，自己仍然坐在厅堂，宋池陪着她喝茶。虞宁初就当他是亲表哥，继续跟张管事打听扬州这边的情况。

去年三夫人带着虞宁初离开后，虞尚就巴巴地等待晋升，暂且没有急着续娶，想着升完官能结一门更好的亲事。陈氏回了娘家，心依然留在这边，每个月都要写信过来，希望虞尚能看在两人夫妻多年、看在两个孩子的分上，重新把她接回来。可惜虞尚冷血无情，直接吩咐张管事，凡是陈氏的信，无论是写给他的还是孩子们的，一律都烧了。然而陈氏的信还是源源不断。

到了今年五月，虞尚昏迷，陈氏得到消息，跑来虞家探望。当时虞家没有一个能主事的，张管事抱着一丝陈氏能唤醒老爷的希望让她进了门。陈氏果然一心扑在虞尚身上，两个亲生的孩子她也只是抱了抱，没有多加亲近，那是打算戴罪立功呢。等虞尚醒了，疯疯癫癫的，看到陈氏就打，嚷嚷着什么都是陈氏唆使他冷落女儿，希望沈氏的鬼魂去纠缠她。

那是真疯啊，陈氏挨了几次狠打，心知虞尚这病是治不好了，再也不抱任何希望，走了。陈氏还年轻貌美，也能再嫁个好的，何必守着一个不要她的疯男人？

“她离开的时候，可有与少爷、二姑娘说什么？”虞宁初问。

张管事道：“没有，一声招呼也没打，我怕少爷、二姑娘惦记，交代乳母一五一十地跟他们说了。”

虞宁初点点头，陈氏被虞尚休弃，兄妹俩若不懂事或许还会怨虞宁初两句，现在陈氏明明可以留下来照顾他们，却主动离开了，兄妹俩便该清楚是陈氏不要他们的，跟她这个长姐没有任何关系。日后到了京城，虞宁初会给兄妹俩请个教书先生，安排丫鬟们照顾他们的起居。兄妹俩若是敬她，她可能会多给一些关心，姐弟三个就像正常兄妹一样走动。兄妹俩若是不领情，虞宁初便不再多加理会，做好面子活全了自己的名声就好。等虞扬长到十五岁，她便将虞尚攒下的产业交给他，让哥哥带着妹妹自立门户去吧。

“府里的俗务，你去与李叔交接一遍。我用惯了李叔，以后您就安心照顾父亲，俗务让李叔打理就是。”该打听的都打听过了，虞宁初对张管事道。

虞尚当家，自然会器重他身边的忠仆，如今虞宁初掌管虞家，张管事就得退位让贤了。虞宁初来之前，张管事没料到自己会是这个结局，可虞宁初一到，行事做派简直就像换了一个人，张管事心里也就有了准备。

张管事退下后，厅堂只剩下虞宁初与宋池及随身伺候的杏花。

“客房那边如何？表哥可还住得惯？”虞宁初客客气气地问道。

宋池颔首：“还好，借宿一晚而已，明早我就要去卫所了。”

他看着虞宁初，眼里似乎藏了些无法表达的情愫。

虞宁初牢记他长了一副最会骗人的眉眼，无论他做什么说什么，除非真到了他登门提亲那一日，虞宁初都不会彻底相信他。也许宋池某些时刻的温柔是真的，但一个男人可以喜欢很多人，对丫鬟、对妾室甚至对歌姬都有可能动心，虞宁初自认无能，看不穿宋池究竟要她做什么，她只知道，她要的是明媒正娶。

“皇命要紧，表哥全心办案吧，我这边有李叔与舅舅安排的护卫，表哥不必挂念。”虞宁初看着对面的院子道。

宋池道：“嗯，不过我们要办的案子有些复杂，也不是天天都忙，那间客房表妹还是给我留着吧，若得空，我会回来小住，也算给表妹镇镇场子。”

虞宁初道：“多谢表哥。舟车劳顿，表哥快去歇息吧，我也去睡了。”

至此，两人再次分开。

虞宁初回到自己的院子，一下子处理了太多事，她睡不着，叫杏花准备笔墨，先给舅母写信，一来将这边的情况告诉舅母，免得亲人担心；二来托舅母联系牙商，帮她物色一套能够随时搬进去的宅子。等宋池办完扬州的案子，她就要回京了，一个疯了，两个小的，不方便再去侯府借住。虽说多了三个负担，但想到自己马上就可以当家做主了，虞宁初更多的还是高兴。

歇过晌，李管事求见，虞宁初便去了厅堂。

李管事带来了一箱账本、一箱金银契书，对虞宁初道：“张管事对老爷很忠心，老爷生病这一个月，张管事将虞家料理得井井有条，有两个趁机偷东西出去典当的丫鬟已经遣出府了，没有再出别的乱子。库房的钥匙他已经交给我了，这些是老爷的账本，我一一核对过，每笔开销都对得上，姑娘请过目。”

具体的细账虞宁初不着急看，先看总账，不禁吃了一惊。

总账是虞尚的笔迹，记载了他为官十几年的俸禄，每笔都记得清清楚楚，除了俸禄，还有一笔笔数量颇为漂亮的进项，一开始只有十两、二十两，随着他资历加深，小钱就变成了一百两、二百两甚至五百两的大笔进项。类似这种进项前，都被虞尚标注了各种记号，比如“王”“三孙”“高妾”，种种只有虞尚自己明白的暗号。虞宁初猜测，这些都是虞尚收受的贿赂。

扬州富庶，十几年下来，这个寒门出身的小官竟然攒下了一万多两的家业，幸好他才升上五品就疯了，官职也没了，不然以后贪的肯定更多。也许，他这次落水，真是老天爷罚下来的报应。

虞宁初不会花虞尚贪污得来的银子，不过以后虞尚养病及双胞胎兄妹成长所需的开销，都会从虞尚这里走账。她的银子都是母亲留给她的，才不会用在虞家其他人身上。看过账本后，与箱子里的金银契书基本都对得上，库房里还有些大件东西。

"对了姑娘，张管事说他家里的老母病了，想辞了府里的差事，回家奉养老母。"李管事如实禀道。

虞尚一疯，张管事继续留在这里也不会受到重用，不如另奔前程。

念在他足够忠心，没有让虞家出乱的分上，虞宁初从虞尚的家底里包了十两银子，让李管事送给张管事。张管事请辞后，双胞胎的乳母因为不想离开故土前往京城，也来请辞。孩子们都大了，要不要乳母都行，虞宁初便放走了她，让原来的丫鬟代为照顾。

等她离开扬州时，会将这边的所有人都遣散，回京后再雇新的，免得旧人在小主子们面前挑拨是非。

一桩桩琐事处理完毕，天也黑了。虞宁初继续与虞扬兄妹用饭，派厨房将宋池的那份送去了客房。规矩就是规矩，下了船，他别想再乱来。

宋池独自坐在客房的餐桌旁，看着面前还算丰盛的晚饭，只感受到了小姑娘的疏离。他就知道，除非他主动往她身边凑，否则不用指望她能做点什么让他开怀的事。

夜色愈深，屋子里终于凉快了。宋池坐在窗边，药草的气味驱散了蚊虫，只有习习晚风迎面吹来。一道黑影翻墙而过，隐藏在院墙的阴影中，朝客房而来。

阿默拔剑，守在宋池窗外。

那黑影疾步来到这边，在台阶前跪下，低声道："大公子，主子共派了我等十人来扬州，全听大公子调遣。"

宋池问："虞尚落水，你们做的？"

黑衣人道："是，主子要他死，可惜属下办事不力，没能淹死他，只好再等合适的机会。"

宋池一时没有说话。虞尚死了，她要守孝，出孝前沈三爷夫妻都不会替她筹办婚事，于他而言，确实也省了很多麻烦。虞尚也该死，竟然冷落她十几年，甚至还想将她嫁给一个残暴的老男人，可是，那毕竟是她的父亲，她好像也有自己的打算。他与妹妹即将搬离平西侯府，沈牧三兄弟也都到了成婚的年纪，虞宁初继续住在侯府，宋池不放心。

“留他一命，我还有用。”宋池道，“不过，他疯言疯语太多，你想办法让他闭嘴。”

黑衣人道：“是。广陵书院的案子，大公子有何吩咐？”

宋池道：“你先说说苏家各房的情况。”

扬州的广陵书院是本朝四大民间书院之一，院长苏崇更是桃李满天下的大儒士，深受天下学子敬仰。三月，苏崇的第四子成亲，宴请亲朋好友，苏崇醉酒后诗兴大发，连作三首七言诗，其中两首是应景的贺喜之词，第三首却有抱憾奸臣、昏君当道，学子难以施展抱负之嫌。随着这三首诗渐渐传开，扬州的锦衣卫得到风声，立即将三首诗抄送给了韩国舅，宋池与冯越便是奉命来调查苏家的悖逆之罪。

说是调查，其实正德帝已经有了决定，要诛杀苏崇九族，杀鸡儆猴，让天下再无人敢骂他。所以宋池等人的任务，就是从苏家众人的言谈举止乃至新旧诗作中，找到一个能定下诛九族的罪名。黑衣人将苏家上下的情况汇报了一遍，包括苏家哪位公子藏了一个私生子，可能连苏家人都不知道的秘密，都被黑衣人查了出来。最后，黑衣人递给宋池一份名册。

宋池扣下名册，命令道：“你们十人，五人时刻听候我的差遣，剩下五人，暗中保护虞姑娘的安全。”

“属下遵命。”

翌日早上，宋池带着阿默离开，庆云寺的高僧们也准时来到虞家做法事。法事要做七日，虞宁初让丫鬟们看好虞扬兄妹，自己与李管事守在虞尚的院子里，做好场面活。到了夜里，虞宁初让李管事盯着这边，自己回到院子休息。

朝廷派了新任官员顶虞尚的缺，除了偶尔有虞尚的故交来探望，需要虞宁初露面应酬一番之外，大多数时间她都很清闲。

法事做到第六日，半夜三更，虞宁初突然被一阵骚乱惊醒。她连忙起床更衣，带着杏花朝正院赶去。到了正院，只见虞尚的房间火光闪现，仆人与僧人都在忙着运水灭火，四周乱成一团，有两个护院架着虞尚出来，灯影摇曳，虞尚的头发、胡子及衣摆都有被火烧过的痕迹，浑身上下漆黑一片，像个炭人。

万幸屋里的火势并不大，很快就被人扑灭。有护院拿着一沓尚未烧尽的黄纸出来，虞宁初拿到灯光下一看，正是虞尚的字迹，写了些悼念沈氏以及恳求沈氏放过他的荒唐之词。

所以，这火是虞尚夜里祭拜沈氏自己放起来的？

“姑娘，老爷的病好像更严重了，我们进去时老爷竟然把烧着的纸往嘴里塞，不希望我们看见他在祭拜夫人。”

虞宁初闻言再去看虞尚，果然见他嘴角一圈都被烫红了，举着双手想捂嘴又怕疼的样子。

好好的夜晚闹出这种事，虞宁初只觉得头大，一边叫人去请郎中给虞尚诊治，一边让丫鬟快点收拾好里里外外的狼藉，别耽误明日最后一场法事。李管事暂且将虞尚扶到后院陈氏原来的房间，虞尚很疼，一直发出野兽般的呜咽低吼，虞宁初看不来这种场面，只在外间等候。

郎中终于来了，进里面检查了很久，出来后回禀虞宁初，说虞尚吞纸时烧到了舌头，暂时说不出话来，只能养着，等伤口结痂了，再看看能不能恢复正常谈吐。

闹腾了大半夜，待尘埃落定，虞宁初回了自己的房间却睡不着，躺在床上，脑海里全是虞尚发疯的画面。

母亲去世后，虞尚与陈氏夫妻恩爱，就像不曾有过母亲这个人一样，为何虞尚这次落水，竟如此惧怕母亲？即便真有鬼魂，母亲因为心结而死，恨的怨的也都是京城那帮人，怎么可能来纠缠父亲？难道父亲做过什么对不起母亲的事，所以才会将落水一事推到母亲的鬼魂作祟上，导致生出心病？可惜，这些陈年旧事，虞宁初想了一夜也想不出任何头绪。

最后一场法事结束，庆云寺的高僧临走前安慰虞宁初，说昨晚虞尚与冤魂的恩怨已了，以后只要安心养病，应该不会再出岔子了。

虞宁初对庆云寺的高僧没什么好感，当初虞尚要她嫁给曹奎，如果不是沈琢花钱让他们改了说法，她与曹奎的八字定会被说成是天作之合。什么得道高僧，无非是打着佛祖慈悲的名号赚钱罢了，要不是得扮演孝女，虞宁初才不会请他们来做法事。

高僧们一走，虞宅又恢复了往日的安静，只有虞尚因为病重，不时发出三两声痛苦的哀号。

虞家暂且没有什么事了，不知道宋池那边的案子办得如何，想到锦衣卫办的那些残害忠良的案子，虞宁初的心又是一沉，难道宋池真的与韩国舅是一路人？

虞宁初待在虞宅，不清楚外面的情形，殊不知锦衣卫已将广陵书院围成铁桶，任何人只许进不许出，整个扬州城的百姓都变得战战兢兢起来，有的人替书香门第的苏家担心，有的人则担心自己与苏家有一点交情会不会惹火烧身。北镇抚司使冯越将搜罗来的苏家悖逆的证据全交给了宋池，自己只管在外面盯着。

连晴多日的天空似乎也感受到了人间的沉重，变得乌云密布，明明是白日，却像黄昏一样昏暗阴沉。街上的百姓越来越少，偶尔有个人影，也是行色匆匆。

广陵书院外，冯越敞着领口坐在马车中，车中有冰，他一边摇着扇子，一边盯着书院，那里，宋池正在给苏家上下用刑。

“我招，我招了！”

酷刑之下，有苏崇的弟子认罪，称苏崇曾嘱咐他们考取功名，授官之后再联合起来造反。一人招了，便陆续有学院弟子招供，包括苏崇刚过门不久的四儿媳，也称曾听闻苏四爷酒后说些大逆不道的话。

如此，苏家意图谋反的罪名便坐实了。宋池将人证与物证送到冯越面前。

冯越大喜，对宋池道：“既然证据确凿，郡王便开始抓人吧，从苏崇算起，苏家九族一个都不许放过。”

他刚说完，鼻尖一凉。宋池与冯越同时仰头，阴了一日的天，终于开始下雨了。

扬州城封锁了城门，锦衣卫派人专门在门口盯着，凡有疑似苏家九族名单上的人，都会被扣下来。

这场雨从昨日下到今日黄昏，依然没有减弱的迹象。冯越坐镇卫所，快一更天时，发现宋池回来了，披着油帔，衣摆湿透，携着一身锦衣卫的肃杀之气。

冯越请宋池来屋里喝酒。

“今日如何？”冯越一边给宋池倒酒一边问。

宋池道：“各个城门都有苏家亲信试图逃跑，已经抓了，这是名单，大人请过目。”

冯越在旁边坐下，接过宋池递过来的名册，里面全是宋池搜集到的苏家九族人员。当然，冯越自己也搜集了一份，如果宋池的名单能够与他的完全对上，就证明宋池没有暗中协助苏家潜逃，而是一心替正德帝与韩国舅做事。名单都被冯越记在了脑子里，他一个名字一个名字扫过去，忽然，发现里面有一个连他都没查到的人物。

“苏二爷竟然养了一个私生子？”冯越惊讶道。

宋池道：“是，从苏二爷身边一个妾室嘴里问出来的，苏二爷的书房曾经有一个他颇为喜欢的丫鬟，因二太太不喜，苏二爷无奈将那个丫鬟打发了。我让人去查了查，发现苏二爷一直与那个丫鬟保持来往，现在孩子已经四岁了。不过那个丫鬟住在扬州城外的柳河村，我下午已经派人去抓了。”

冯越很高兴，朝宋池举杯道：“郡王年纪轻轻便心细如发，冯某佩服，这杯敬郡王。”

宋池笑道：“大人有茶吗？我怕喝酒误事，从不饮酒。”

冯越一怔，刚要说话，有个锦衣卫突然冒雨赶来，跪在门外道：“回禀郡王，我等赶到柳河村，发现柳茉儿母子已经逃了，据村民说，有一个壮汉车夫去接了他们，肯定是苏二爷派去的护院。”

宋池闻言蹙眉离席，对冯越道：“大人镇守扬州，我去抓人。”说完，转身朝外走去，连刚刚脱下的油帔都忘了穿，转眼就消失在瓢泼大雨与浓墨般的夜色中。

冯越端着酒碗，慢慢转动起来，不久后，他轻轻叹了口气，似同情，又似有一丝幸灾乐祸。

皇族又如何？郡王又如何？因为出自老晋王家，宋池天生就被正德帝忌惮着，想要去掉这份忌惮，只能比他们这种普通官员更加卖命。

突然，夜空中划过一道刺目的闪电，雷声随即而来，冯越打了个冷战，这么大的雨，幸好宋池肯去拼命，不然还得他亲自上阵。喝了酒，冯越回房睡了个好觉，因为宋池出城抓人，他明天得亲自去盯着城内的动静。

大雨连着下了数日，第四日，雨小了，冯越也终于得到了宋池的消息。

再见宋池，竟然是被人抬回卫所的，他右肩中了一箭，俊美的脸被雨水打湿，苍白如纸。阿默与同行的几个锦衣卫也带了伤，而这几个锦衣卫，都是冯越的人。

其中一人道："禀大人，我们沿途去追柳茉儿母子，没想到这竟是苏家设下的埋伏，对方将我等引到一片山谷，早有弓箭手死士在那里埋伏，幸好郡王箭法了得，才给了我等反杀之机，可惜郡王被人偷袭，中了毒箭，我们也死了三个兄弟。"

"毒箭？"冯越大惊，吓得去扯宋池的衣袍。

阿默含泪道："大人轻些，我等为郡王拔箭时已经挖去了一圈肉，这一路颠簸，伤口不断撕裂，只怕伤得更重了。"

冯越看到了宋池的伤，纱布上殷红一片。

"快抬去房里，赶紧请郎中重新替郡王包扎。"冯越也开始急了，苏家一案，宋池立了大功，如果宋池有什么差池，他怕正德帝降罪自己。

阿默守着宋池离开后，冯越转身问其他属下："你们中了埋伏，那对母子呢？"

"夜黑路滑，那二人逃跑时不小心跌落山崖，今早我等已经去山下搜过，柳茉儿命大，只是摔昏过去，断了几根骨头，她儿子脑袋磕到石头上，已经死了。"

冯越问："可让人验明，确实是他们母子？"

"已经让苏二爷见过了，苏二爷见到那孩子的尸体，哭昏了过去，如此，可还需要抓柳河村的村民来认？"

冯越摆摆手："不必了，照着名单，全力搜捕其他人。"

一个私生子而已，而且宋池费了这么大的波折去抓，还差点丢了命，肯定是真的。

宋池体内还有一些余毒，所幸危及不到性命，只是身体虚弱，要多养几日。冯越就让他安心养病，抓人的事他来负责，其实基本抓得差不多了，只看犯人们还能不能供出其他党羽。

宋池在床上躺了两日，这日晌午，冯越来探望他，宋池道："听闻前几日虞宅走水，若这边大人没有差遣，我想过去小住两日。沈三爷只那一个外甥女，临别前再三嘱咐我一定要照顾好虞姑娘，若虞姑娘出了什么差池，我再也无颜去见沈三爷了。"

冯越看着宋池依然毫无血色的脸，心想：他就是有什么差事，也不敢使唤这位病郡王啊。

"应该的，苏家这边基本没什么事了，郡王奔波数日，不如趁机在虞宅多休养几日，郡王有病在身，卫所粗茶淡饭的，叫郡王受委屈了。"

"嗯，若案情有新的进展，大人尽管差遣我。"

打过招呼，下午宋池便由阿默扶着，虚弱地上了马车。

锦衣卫在外面大张旗鼓地抓人，虞宁初也从李管事那里听到了风声。她在扬州长大，自然知晓广陵书院的苏家，虞尚还因为想结交苏崇未能得逞而在饭桌上发过脾气。可以说，在扬州一带，广陵书院比国子监的名声还大，谁家若是有孩子能进广陵书院读书，就是整个家族的荣耀。如此书香门第，竟然因为几首诗就被锦衣卫扣上了意图谋反的罪名？

原来宋池他们来扬州办案，办的竟然是这样的案子。想到她唯一的夫君人选竟然是个为虎作伥、残害忠良的奸臣，虞宁初实在难以心安。

"姑娘，郡王来了，好像带了伤。"歇过晌，虞宁初刚打扮好，李管事忽然派丫鬟来通知。

虞宁初心中一紧："什么伤？伤得重不重？"

丫鬟也没瞧见郡王到底伤得如何，她不过是传个话而已。

大家打着表兄妹的名义同行，现在宋池受伤，虞宁初怎么都该过去探望一番，便带着杏花来到宋池居住的客院。

所谓客院，就是上房东边的一个小跨院，跨过一道月亮门，再绕过一扇影壁，对面就是三间客房。阿默守在廊檐下，刚送走李管事，瞧见虞宁初，忙上前行礼。

宋池身边有两个小厮，一个叫阿谨，一个叫阿默，虞宁初与两人都打过照面，阿谨唇红齿白，爱笑，阿默可能经常跟着宋池在外面行走，晒得肤色微黑，是个五官端正、寡言少语的人。此时此刻，虞宁初见阿默俊朗的左脸多了一道新疤，尚未完全愈合，看着挺吓人的。

因为宋池他们抓的是好人，虞宁初最近不太待见宋池，可她毕竟没有见过苏家众人，熟悉的是宋池与阿默，当初一同在暴雨里跳船逃生靠的也是这对主仆，如今见阿默受伤，虞宁初竟又替他们忧心起来。

“怎么伤的？上过药了吗？”停在廊檐下，虞宁初低声问阿默。

阿默低着头，避开第一个问题，道：“上过药了，皮外伤而已，表姑娘不必担心。郡王在里面，不便行动，失礼之处还请表姑娘多担待。”

虞宁初的心思马上就转移到宋池身上，得伤得多重才不能出来见人？她下意识朝里走去，杏花也想跟着，被阿默抬手拦住，用眼神制止了。

杏花忽然反应过来，出于对郡王爷的信任，便没有跟去内室，只在外间听候差遣。

虞宁初进到内室，才发现里里外外过于安静，杏花竟然也没有跟进来。她站在门口，忐忑地朝床边看去，只见纱帐半挂，挡住床头，只能看见宋池的腿。

“是表妹吗？”

熟悉的声音传过来，好像与平时没什么区别，虞宁初忽然就放松下来，轻步走到床边。这下她终于看到了宋池的脸，整个人明显比上次分别时瘦了一圈，脸色苍白，不见一丝血色。

他微笑着看着她，虞宁初上上下下打量一遍，见他衣衫齐整，看不出哪里伤了。

“这里。”似乎知道她在找什么，宋池指了指右臂靠近肩膀的位置，“中了一箭，平时都要敞着肩膀养伤，知道你要过来，所以晚点再脱外袍。”

虞宁初瞥一眼他消瘦的脸庞，问：“伤得重吗？怎么伤的？苏家全是读书人，你们抓人还会遇到危险？”

宋池道：“苏家也养了护卫，更有侠义之士甘愿出头保护他们，所以锦衣卫抓人不是那么容易。”

虞宁初垂着眼，心情复杂道：“苏家真的要谋反吗？”

宋池道：“我们只负责抓人，再将苏家众人及现有的证据送到京城，交由国舅与皇上亲自审问。”

虞宁初抿着唇，什么好人落到昏君与奸臣手里都不会有好下场，无罪也能安个罪名。她对苏家众人的同情都写在脸上，宋池低声道：“这件事，就算我不来，也会有别的官员来办，你若因此责备我，那并不公平。我来了，或许能找到苏家人无罪的证据，但在那之前，抓人是我的职责，我若放跑嫌犯，便是失职，皇上会责罚于我。”

虞宁初明白这个道理，小声道：“如果去年你没有跑去帮锦衣卫抓人，就不会进锦衣卫，也就不用替朝廷做这些挨骂的事。”

宋池笑了：“表妹是在担心我吗？怕我被百姓责骂？”

虞宁初偏头道：“我只是觉得，你文武双全，做什么不好，非要去锦衣卫当差。”

宋池道：“有些事，总要有人去做。”

虞宁初看向他：“什么意思？”

宋池笑道：“说了你也不会明白，对了，听闻你们这边走水了，可有人受伤？”

虞宁初将那晚的经过说了一遍，又说：“郎中来看过，说我父亲伤了舌头，恐怕以后说话都不清楚了。”

距离那场走水已过去六七日，虞尚现在吃东西倒是没问题，只是一开口就呜呜呜的，含混不清，大家只能猜测他在说什么。除了舌头上的伤，虞尚也疯得更严重了，白天躲在床上哪儿都不去，连熟悉的丫鬟去伺候他，他也怕得厉害，必须让丫鬟把饭菜放在旁边，退下，他才敢下床吃饭。

宋池很客气地安慰道：“暂且只能这样了，或许到了京城，名医能治好伯父。”

虞尚要是真治好了，又要生出一堆变故，不过，都是说不准的事，虞宁初暂且不想想太多。

进来也有一会儿了，虞宁初看看窗外，想走：“那你好好养伤，有什么饮食忌讳让阿默去跟厨房说，我先走了。”

宋池看着她清冷的侧脸，笑道："也好，白日说话不方便，晚上我再去找你。"

虞宁初难以置信地看过来。

宋池挑眉道："我伤成这样也要来虞宅，可不是贪图你们虞家的厨子。"

虞宁初怒道："你别欺人太甚，我……"

宋池道："我只是去找你说话，你想哪里去了？"

虞宁初说："我不想跟你说话。"

宋池道："那你总要给我点别的甜头，郎中说我的伤需要静养，你我这么久没见，才几句话的工夫你就走，我如何心静？"

什么静养，根本就是胡搅蛮缠，虞宁初懒得与他争辩，转身就走。

宋池一动不动地坐着，只笑道："二更见。"

哪怕只有阿默知道，虞宁初也不想夜里与宋池在她的闺房私会。她不得不折回来，上半身隐在床头的纱帐后，咬牙问他："你要什么甜头？有些事你最好想都不要想。"

宋池道："我右臂都快废了，能有什么非分之想。过来，在我床边坐一会儿，让我看五十个数，我就放你走。"

虞宁初皱眉道："刚刚不是看过了吗？"

宋池道："刚刚你站得太远，我看不真切，好了，你再耽误，留在这边的时间只会更久。"

虞宁初又气又无可奈何，要怪只怪自己孤零零一个，倘若她有一个文武双全的亲哥哥，宋池敢胡来，她请哥哥出手就是。她绕过纱帐，绷着脸坐到床尾。

宋池："坐中间来，不然我不计数。"

虞宁初只好又往前挪了挪，垂着眼，抿着唇，绝不给他半点好脸色，同时在心里快速地数着。

宋池静静地看着眼前的冷美人，虽然她不高兴，可她在这里，他就很舒服。

因为宋池搬过来，昨晚虞宁初睡得不太踏实，总担心宋池真的找来。待到天亮，一夜安然无事，虞宁初才松了口气，想来他也就是随口说说，伤成那样，怎么可能还有力气胡作非为。

早饭虞宁初还是陪虞扬、虞菱兄妹俩用的，这么大一个宅子，有人一起吃饭说说话也好，而且虞宁初发现，六岁的双胞胎兄妹都还处于渴望被人关心的年纪，虞宁初稍微过问一下他们的起居，兄妹俩就对她亲昵起来，会主动与她说话了。

刚吃完饭，阿默过来，称宋池伤势加重，请她过去看看。

虞宁初半信半疑，站在院子里问他："郡王之前受伤，请的是扬州哪位郎中？"

阿默低头道："是春晖堂的白老，已经派人去请了。"

虞宁初听了这话，终于信了，再次带着杏花去客院。

杏花依旧留在外间，虞宁初走进内室，见宋池只穿着一身白色中衣坐在床头，床边的柜子上摆着今早的早饭。视线扫了一圈，再看宋池含笑的眼，虞宁初脸色一沉："不是说伤得更重了？"

宋池道："不这么说，你怕是不肯过来看我。"

虞宁初被他捉弄过不知道多少回，如果次次都要生气，恐怕已经被他气死了，便心平气和道："你我并非血亲，今晚你在这边再住一晚，明早还是回卫所吧。"

宋池回道："我也是这么打算的，所以想趁今日还在，多与表妹讨些甜头。"

虞宁初立即想到那五十个数，这人极其无耻，她自己数到五十还不算，非要他数。不过虞宁初也看明白了，早点让他得逞，她也好早点离开，因此，宋池一说完，虞宁初就坐到床边，垂眸道："开始吧。"

宋池笑道："开始什么？"

虞宁初脸一红，瞪着他道："不是你要看我？"

宋池道："那是昨日的甜头，今早换你喂我吃饭，我右臂不能动，左手不方便。"

虞宁初终于明白他为何还准备了一份没动的早饭。视线落到托盘上，可能伤患的饮食都要清淡，宋池堂堂郡王，早饭也只是一碗三鲜粥，配一盘薄皮灌汤包。

喂就喂吧，最多再伺候这一天，他就要走了。虞宁初端过汤碗，温的，马上就能吃。她靠近宋池一些，舀了一勺粥递过去。

两人比昨晚离得更近，宋池看着她低垂的睫毛，轻声道："咱们这样，像不像夫妻？"

虞宁初瞪过来："你再乱说，我走了。"

宋池点头妥协，开始安静吃饭，不过目光始终落在她脸上。再厚脸皮的姑娘也受不了被一个男人如此目光灼灼地盯着，更何况虞宁初是个薄脸皮，没喂几勺她的脸就红了，不由得加快了舀粥的动作。

她的眼睫始终半垂，只管将勺子递到他嘴边，不肯往上看。

又一勺递过去，不等宋池张嘴她便移开了视线，结果勺子一歪，随即传来宋池的吸气声，虞宁初惊慌抬头，就见那一勺粥都洒在了宋池的衣襟上。

"喂得太快了，我嘴里的还没吃完。"宋池无奈地看着她。

虞宁初心虚，见他的衣襟湿了一大块，只好将饭碗放到柜子上，道："我去叫阿默……"

"你闯的祸，为何要劳烦阿默？"宋池一副同情阿默的语气，"他自己身上也有伤，白日照顾我起居，晚上还要为我守夜，好不容易可以休息一会儿，你还要叫他，于心何忍？"

虞宁初知道他在找借口，别开脸道："好，你心疼你的人，我不心疼我的，让杏花进来服侍你总行吧？"

宋池正色道："不行，自我十二岁起，身边再没有丫鬟伺候过，除了我未来的妻子，我不会在任何女子面前坦露身体。"

虞宁初心里一跳，抬眸看他，便撞进一双别有深意的眸子，她仿佛被烫了一般避开了。

之前她去墨香堂，听宋湘说过，宋池的确不喜欢叫丫鬟伺候。

"衣裳都在柜子里，你去随便挑一件中衣就是。"宋池低声提醒道。

虞宁初在原地站了片刻，想到此时叫阿默或杏花进来，他们便会知道她居然愿意喂宋池吃饭，索性豁出去了，红着脸走到宋池的衣柜前。

衣柜很大，里面只放了两三身替换的衣裳，其中白色的中衣最为显眼。虞宁初不好意思多看，取了中衣便快速地关上柜门。然而拿衣服并不是最让她窘迫的事，回到床边，看着坐在那里仿佛残了一样非要等着她更衣的宋池，虞宁初又羞又恼，质疑地盯着他道："真的不能自己换吗？"

宋池看向自己的右臂："你自己看，若看完伤口依然觉得我在骗你，你大可离开。"

虞宁初再没有什么可说的，让他面朝里转过去，站在他背后。宋池照做，保持着右臂不动的姿势，慢慢地转了过去。

总算不用再面对他那双灼灼的目光，虞宁初略微放松下来，将备用的中衣放到一旁，又朝门口瞧了一眼，心虚道："会不会有锦衣卫的人遇到急事，突然闯进来？"

宋池笑道："我好歹也是一个郡王，就算冯大人来，也得先在外面通传。"

虞宁初又何尝不明白这一点，她只是太紧张罢了。她看向宋池的中衣，男用中衣与女用的差不多，都是右衽，在右腋下将衣带打结。她弯腰，替宋池解开那两个结。

"左边没关系，脱右袖时慢一点。"宋池偏头低声嘱咐道。

虞宁初站在他身后，左手绕到胸前，拉着左边的衣襟往后扯，她的右手按在宋池背后的领子处，以免左边滑落时扯到右边袖子，碰到他的伤口。

待左边的袖子完全脱下来，宋池的半边肩膀也露了出来，虞宁初只瞥了一眼就不往那边看了，集中精神帮他脱右边的袖子，从上往下慢慢褪，才露出肩头，一片撒了药粉的狰狞伤口便毫无预兆地出现在虞宁初眼前，与她想象的伤口不一样，那里分明被挖去了一块肉。

衣裳脱手，虞宁初捂着嘴转了过去，无法形容的感觉齐齐涌上心头，恐怖、恶心，更多的却是难受。走水时虞尚伤成那样，虞宁初都没什么感觉，如今，宋池的伤口竟然让她的心狠狠地揪了起来。

"哭了，还是想吐？"宋池偏头，看着她的背影问。

虞宁初闻言，将手放在胸口，违心道："有点想吐。"

宋池歉然一笑："毕竟是姑娘家，没见过这种场面，罢了，换阿默进来吧。"

虞宁初道："现在换他进来，他会怎么想？"

宋池沉默了。

虞宁初冷静片刻，转过来，刻意不去看他肩头的伤口，将滑落到他肘部的袖子慢慢脱下来，再拿起那件干净的中衣，一点点替他穿上。

不知何时，宋池一点点转了过来，虞宁初只当他是配合她的动作，没有多想。当她系好两个扣子，准备站起来的时候，宋池突然用左臂抱住她。他的力气还是那么大，虞宁初被迫撞进他的怀里，本能地要去推他，想到他右臂的伤，虞宁初就不敢挣扎了，咬牙道："伤成这样，你还有心情欺负人？"

怀里的姑娘虽然身体僵硬，却没有抗拒，宋池笑了，微微低头，看着她低垂的眼道："越是受伤，越是想多得点甜头。"

这样的姿势，他又想要什么样的甜头？

船上的回忆跳入脑海，虞宁初连忙抬手捂住容易被他亲到的脖子。

宋池失笑："身上有伤，不敢太过分，这样抱着说说话就好。"

虞宁初不知该放松还是紧张，确定宋池没有其他念头后，她的注意力慢慢转移到他身上。她紧紧地靠在他怀里，男人过高的体温隔着两层单衣清晰地传到她身上，不仅如此，虞宁初甚至能感觉到他胸口肌肉的形状。

归根结底，还是太亲密了。

"够了吗？"虞宁初僵硬地商量道。

宋池觉得还不够。一开始，他真的只是想单纯地抱抱她，可随着拥抱时间的延长，斜压着她的左臂感受着她纤细的腰，更别提她轻软的身体，都在瓦解着他的自制力。他低下头，在她警惕得全身绷紧时，埋在她的领边深深地吸了一口气。

那灼热的鼻息让虞宁初心悸又无力，她不敢动，只能寄希望于他的信用。

"如果受伤就可以这样，那我宁愿天天都受伤。"宋池终于推开她，声音低哑道。

虞宁初早已逃到挂在一旁的纱帐后，一边整理衣裳一边道："我走了，下午你别再胡闹了，好好养伤吧。"

宋池道："你来见我一次，比上三次药更有助于我的恢复。"

虞宁初信他才怪，坚持道："总之今天我不会再过来了，你好自为之。"

说完，便匆匆离去。

宋池靠在床头，凭借那片刻的温存，也足够撑过这漫长的一日了。

宋池搬回卫所又养了两日，冯越已经将苏家的相关人员都抓全了，他来探望宋池，来了两次，每次都欲言又止。

等冯越第三次过来，宋池主动道："我这肩伤恐怕受不了车马颠簸，大人若允许，我想请大人先押送一众嫌犯进京，过两日我带虞家表妹一行人乘船北上，待路上养好病，我再寻一处码头上岸，快马加鞭与大人会合，不知大人意下如何？"

他们二人离开京城前，正德帝交代过，要将苏家众人经陆路押送回京，借此震慑沿途的百姓。现在案子已经办妥，再在扬州耽搁下去有可能会引来越来越多的侠义之士，而且江南这湿热的天气实在让人难受，冯越只想快点回京复命。他来探望宋池，就是希望宋池能让他先出发，此时听闻宋池所言，冯越立即应承下来，并嘱咐宋池养伤要紧，如果身体不适，就不用着急上路。

商量好后，翌日一早，冯越便召集来从京城带来的残存的十三个锦衣卫，再从扬州点了五十个官兵，一同押送嫌犯离开了扬州城。

锦衣卫一走，仿佛一大块乌云终于从扬州城的上方飘过，这座繁华富庶的城市又恢复了往日的生机勃勃，只有与苏家相关的人会默默替苏家打抱不平。

既然案子办完了，宋池又带着阿默搬回了虞家，这次过来，他交代虞宁初尽快解决虞家旧仆遣散等事，如果没有意外，两日后他们便启程返京。

虞宁初已经做好了准备，虞尚在扬州置办的田产、铺子，这段时间李管事都帮忙卖掉了，只剩他们暂住的这栋宅子。这栋宅子毕竟是母亲买下来的，是她从小长大的地方，虞宁初决定留着，母亲葬在扬州，以后她肯定还会过来祭奠，虽然那可能是多年以后。至于虞家的旧仆，虞宁初挑了一对忠厚老实的夫妻，让他们住在这里看守宅子，剩下的就都遣散了，一个都没留。

傍晚用过饭，虞宁初对虞扬兄妹道："仆人都遣散了，咱们后日一早出发，今晚和明晚暂且由汪嫂照顾你们，等咱们到了京城，姐姐再给你们找新的丫鬟和仆人。"

这两个月虞家一片死气沉沉，虞扬、虞菱早已厌倦了这样的生活，都为能去京城而兴奋，便乖乖地应了。汪嫂领着兄妹俩下去，这时，阿默过来求见，递给虞宁初一封信。不用说，信是宋池写的。

虞宁初回到院子才拆开信，只有寥寥几句，希望明早她陪他去逛逛扬州城，不必带丫鬟，马车他也安排好了。信的末尾画了一只猫，猫的前右腿流着血，正在低头舔舐伤口。虽然这只猫画得惟妙惟肖，很是可爱，但想到猫指代的人，虞宁初就将信烧了。

次日一早，宋池不请自来，陪姐弟三人共用早饭。

虞扬、虞菱已经知道他的身份，在宋池面前都不敢吭声，只有虞菱不时偷看宋池几眼，毕竟宋池长得太俊，看起来也平易近人。

宋池只默默吃饭，谁也没看，眼看一顿饭就要吃完了，宋池突然在桌子下面轻轻踢了踢虞宁初的鞋。虞宁初端着碗的手一紧，瞪过来。

宋池朝外面瞥了一眼。

虞宁初知道他无赖，自己若是不答应陪他出去走走，他说不定做出什么事来。

待兄妹俩退下后，虞宁初对杏花道："郡王难得来一次扬州，明日咱们就要走了，今日我带郡王去逛逛扬州城的美景，你在家里守着少爷和二姑娘，汪嫂年纪大了，不如你陪着有趣些。"

杏花应了。

宋池补充道："扬州城大，且夜色迷人，我们可能在外面用过晚饭才回来，你与李管事不用着急，留门便可。"

杏花高兴道："我们姑娘还没看过扬州城的夜景呢，难得有郡王陪着，可千万要玩个尽兴。"

宋池微笑道："那是自然。"

虞宁初只庆幸到了京城后自己身边还有微雨和温嬷嬷，不然都像杏花这么单纯，哪里防得住宋池。

"出门游玩，表妹还是换身男装吧。"宋池道，"我已经替表妹准备好了，稍后让阿默送来。"

说完，他便先告退了。

虞宁初与杏花回到院子，不久，阿默送来一套玉白色的夏袍，用料考究，云纹刺绣精美，绝非临时赶制出来的。

杏花并没有注意到这些细节，兴致勃勃地服侍自家姑娘更衣，一边忙活一边鼓励道："就要回京了，姑娘趁此机会好好玩一场吧，京城规矩那么多，难得这边没人认识姑娘，可惜岚姑娘与湘姑娘不在。"

虞宁初看着杏花，这傻丫头就好像她自己要出去玩了一样高兴。确实，除了普通百姓家的女子，但凡有些身份的姑娘，想出去玩都不是那么容易，必须有兄长或长辈陪着才行。

其实，若这一日宋池不做些动手动脚的事，虞宁初并不是很抗拒与他一起游玩，扬州，她长大的地方，她其实也想好好看看。换好衣裳，与李管事打声招呼，虞宁初与宋池一同上了马车。

七月下旬，扬州还是很热，宋池在马车里准备了冰鼎。

不知是冰鼎的原因，还是长发梳成了男子发髻，露出了脖子，虞宁初觉得很凉快清爽，心情也好了，挑开一边帘子，透过缝隙往外看。

出发得太早，街边的小摊还在卖早饭，多是些包子、汤面、粉丝之类的。

"你要去哪儿？"注意到马车朝城门的方向驶去，虞宁初偏头问。

宋池道："趁早上凉快，先去祭奠岳母，再去大明寺上香，在寺里用完斋饭，下午游湖，傍晚游河。"

虞宁初听他喊母亲为岳母是喊得越来越自然了，皱眉道："你在我面前胡言乱语也就罢了，我管不了你，到了我母亲墓前，你休要再这样喊。"

宋池应道："好，都听表妹的。"

他这么好说话，虞宁初总觉得哪里怪怪的。

出了城门，宋池让她将两边的帘子挂起来。虞宁初挂起帘子，天热，并非出门游玩的好时候，路上游人并不多，倒是远处可见山，近处可见河，风景与京城颇为不同。

一只白色的蝴蝶突然飞到车厢内，宋池笑道："听闻大嫂曾经引得蝴蝶绕身，原来表妹也有如此美貌，可惜只有我一人得见。"

虞宁初被他夸得脸上发热，主要是那蝴蝶明明只是路过，胡乱飞了一会儿就从另一边窗口出去了，哪里来绕她了？

“有些渴了，劳烦表妹为我倒茶。”又走了一会儿，宋池道。

虞宁初一边给他倒茶，一边低声道：“你少说些话，也不会渴得这么快。”

茶倒好了，宋池却不来接，等着她喂。虞宁初绷着脸将茶碗放到他左侧，马上退回原位。宋池笑着喝了茶。

靠近山林，官路变成了行人长年累月踩出来的小路，马车开始颠簸，赶车的阿默不太放心，扬声问道：“郡王可有不适？”

宋池看了看右臂，问道：“还有多远？”

阿默道：“步行过去，来回可能要半个多时辰。”

宋池：“嗯，停车吧。”

虞宁初见过他的伤，垂眸道：“我前几日已经来拜祭过母亲了，前面都是山路，你又何必多此一举，还是回去吧。”

宋池道：“人都来了，岂能失礼？”

说着，保持右臂不动，起身先下了车。

虞宁初出来时，他伸出左手，扶了她一把。

阿默将黄纸、香火等物拿了出来，放在一个篮子里。

宋池道：“我们过去，你留在这里看车。”

阿默道：“就怕有刺客。”

宋池说：“不必担心，表姑娘尽得侯爷真传，能保护我。”

阿默快速低下头，虞宁初则涨得满脸通红，狠狠瞪了宋池一眼，抢过阿默手里的篮子往前走去。宋池笑着跟上。

这里是山下，虽然没有上坡的路，但两侧绿树成荫，藤蔓条条，清幽僻静，虞宁初一个人在前面走了一会儿，想到阿默所说的刺客，脚步越来越慢，直到与宋池并肩。

“会不会真的有刺客？”虞宁初小声问。

宋池道：“真有刺客，也是去追冯大人了，不会盯着我。”

虞宁初松了口气。就在此时，前面的树林里突然传来窸窸窣窣的声音，吓得她立即躲到了宋池身后。

一只黑色的大鸟扑棱着翅膀飞了出来，宋池笑着对虞宁初道："野鸟罢了，你不是练过功夫，怎么这么胆小？"

见他又调侃自己的武艺，虞宁初恼道："我与阿湘都只会耍些空把式而已，哪里敢对敌？"

宋池温声道："等我们迁到郡王府，你多去陪陪阿湘，有机会我陪你们过招。"

虞宁初才不稀罕。

前面出现一个岔路口，虞宁初指指左边，两人继续往前走，到这里就需要登山了。

"你的伤……"

"没关系，不动右臂就行。"宋池说着用左手来接她一直拎着的篮子。

虞宁初低头道："我拎得动。"

宋池道："那也不能让你拎，你看看别人。"

虞宁初抬头，见上面的山路上有一对年轻夫妻走下来，男人拎着篮筐，女人挽着他的胳膊，举止亲昵。走神的工夫，宋池抢走了她的篮子，虞宁初无奈，只好走在他身后。

一对往上走，一对往下走，很快就碰到了。虞宁初尽量偏着头，不让对方看到自己的正脸。

分开不久，身后传来那个年轻妻子的声音："那两个公子长得真俊，哥哥英武些，弟弟太单薄了，倒也惹人怜爱。"

虞宁初听得红了耳朵。

宋池停下脚步，等她跟到身边，才笑着揶揄道："表妹风姿过人，连女子见了都心生怜爱。"

虞宁初只管加快脚步往前走。美人耳根红透，连修长的脖颈都透着一分薄粉，确实诱人去疼爱她。

又走了几步，虞宁初看到了母亲的墓，掩映在青山绿树间，宋池见她对着那个方向面露悲伤，立即压下了心猿意马。到了墓前，虞宁初让宋池休息，自己熟练地将拜祭之物摆在墓碑前。

宋池围着沈氏的墓转了一圈，绕到后面，忽然发现了一些新土，那是坟墓被人动过的痕迹。

墓前，她神色虔诚，宋池从旁边拔了一根野草，装作这里的新土是从草根上抖落的，有些事，她知道了也只会愤怒难过，不如蒙在鼓里。一切准备就绪，宋池跪在虞宁初身边，两人分别拿着三炷香，同时拜了下去。

虞宁初道：“娘，明日我又要去京城了，以后不能常来看您，您若想女儿，就托梦给我吧。”

宋池道：“晚辈定会护好阿芜，京城诸事，伯母不必挂念。”

第十章 宋池的愤怒

从大明寺用过斋饭出来，正是晌午最热的时候，幸好这里离保障湖北岸很近，阿默赶车将两人送到岸边，那里已经停着宋池雇好的画舫。

这是一艘单层画舫，内部精美雅致，外厅内室，厅里茶几书柜一应俱全，琴棋书画应有尽有，内室宛如少女闺房。内外间都摆了冰鼎，窗上挂着薄纱，既清凉透风，又能隔绝蚊虫，还能隔开其他游人的视线。

船夫奉命将马车赶到对岸的下船点，阿默撑篙，如此整艘画舫上清清静静，没有半个外人。

“先去里面睡会儿吧，下午都在这边，湖景随时可赏。”宋池在厅中坐下，对时刻警惕他的虞宁初道。

虞宁初看一眼他的右肩，道：“你去睡吧，我在桌子上趴一会儿就好。”

宋池道：“表妹实在不想睡，不如陪我下棋，赌个彩头。”

虞宁初闻言立即去了内室。拉上门闩，放下竹帘，终于可以单独休息了，虞宁初长长地松了口气。大明寺的台阶太长，爬上爬下的，虞宁初真的很累，和衣躺在榻上。

外间突然传来琴声，曲调轻缓，恰如一缕清凉的微风从游人酸乏的身上拂过。虞宁初心生好奇，悄悄凑到门前，透过门缝往外一看，见宋池侧坐着，右手垂落不动，左手随意拨弄着琴弦。他长了一副好皮囊，虽然自幼习武，却通身毫无半点武将常见的粗野或肃杀之气，哪怕去了锦衣卫做事，此时他清风朗月地坐在那里，依然像个天生的文人，儒雅俊逸，令人难以生出提防之心。

虞宁初看了两眼，怕被他发现，重新回到榻上。身体疲惫，琴声又舒缓悦耳，虞宁初不知不觉就睡着了。这一觉睡得十分安稳，等虞宁初醒来，竟然日薄西山，快要黄昏了。琴声早已停了，虞宁初悄悄下榻，先去门缝看宋池在做什么。

厅里竟然无人，船好像也停在湖心。虞宁初莫名紧张起来，将凌乱的发髻重新束好，理理衣衫便走了出去。

阿默坐在船头，瞧见她出来，立即站了起来，指着船尾道："郡王在那边钓鱼。"

虞宁初便往后去了。

宋池穿的还是那身白色锦袍，席地而坐，旁边放着一个木桶，虞宁初走过去看了看，里面已经有四五条鲤鱼了。

"坐下来吧，睡了一下午，还没有好好欣赏湖景。"宋池看她一眼，指着特意为她准备的蒲团道。

虞宁初的确在船舱里闷够了，将蒲团往远处摆了一些才坐下。

画舫停在湖中，周围没有什么游船，岸边杨柳依依，可见游人穿梭其中。黄昏的阳光依然明亮耀眼，在湖面投下一片波光粼粼，虞宁初不得不偏开头，这一偏，面对的便是宋池。沐浴在金色阳光中的男人，眉目恬淡，仿佛圣人。

一缕微风吹来，很是舒服，虞宁初并不想真的与他在外面用晚饭，问道："什么时候回去？"

"等我再钓一条鱼。"

虞宁初只好等着他，好在湖光山色怡人，这样的等待并不枯燥。

扑腾水响，一条胖鲤鱼上钩了。

宋池解下鱼，放进水桶，再把水桶朝着湖面倾斜，几条活蹦乱跳的鲤鱼立即又回到了水中。宋池吩咐阿默划船，自己带着虞宁初进了船厅。

“更喜欢京城，还是扬州？”宋池洗了手，擦干，坐到虞宁初对面，熟练地为她倒茶。

虞宁初看向窗外的湖景，没有回答，其实心里已经有了答案。她更喜欢京城，更喜欢平西侯府的西院，那里有关心她的舅舅、舅母和表哥，有带着她四处游玩的表姐，更像一个家。而扬州并没有给她留下什么值得回味的记忆，母亲在她七岁时病逝，而更小的时候的事，虞宁初大多都不记得了，记住的，全是虞尚和陈氏的冷漠。

“你呢？”虞宁初反问道。

宋池答得耐人寻味：“我都喜欢，包括苍凉的西北大漠。”

虞宁初没去过大漠，但各地有各地的胜景风光，宋池会弹琴作画，骨子里有种风雅，所以哪里都喜欢吧。两人就这样有一句没一句地聊着，等看够了湖景，岸边也到了。下了大船，宋池又带着她换了一条小些的游船，沿着河道往前开，回到了扬州城内。

小船里备好了晚饭，从食盒里拿出来，还热乎乎的。

外面夜幕悄悄降临，船篷里挂着花灯，乘船夜游，另有一番韵味。在这样的美景中，虞宁初也就不计较宋池蓄意晚归的安排了。

“想去岸上走走吗？”见她一直盯着岸上，宋池问。

虞宁初摇头，虽然街上没什么人认得她，可宋池却在扬州城里抓了几天人，被人认出来可不好。

“我记得你说过，以后想嫁个文人，这是为何？”宋池忽然问。

那话是虞宁初与表姐沈明岚说的，恰好被宋池听见了，她斜了他一眼，仍是拒绝回答。

宋池猜测道：“你之前险些嫁给一个残暴的武将，所以觉得文人更温柔，不会对女子拳脚相加？”

虞宁初仿佛很专心地看着外面。

宋池笑着喝了口茶水，道：“表妹这是偏见，文人未必温柔，习武之人也未必粗野，若遇到危险，还是武夫更为可靠。”

虞宁初只盼着游船快些靠岸，宋池这人，与其他人在一起时话很少，单独与她相处，却能说个不停。在她的期待中，游船终于靠岸，马车就在岸边等候，虞宁初迫不及待地上了车。

宋池随后上来，落座时说道：“一刻钟，应该能回虞宅。”

虞宁初松了口气，再忍他一刻钟就够了。

宋池拿起折扇，一边轻轻给她扇着风，一边继续攀谈起来：“你带病父、幼弟幼妹回京，准备另买宅子安置他们？”

虞宁初点头。

宋池问：“那你住在何处？”

虞宁初垂着眼，道：“父亲病重，我身为长女，自然要照顾他。”

宋池笑了：“这样很好，我也不想你继续留在侯府，不提别人，老四对你可还没有死心。”

虞宁初不懂他是什么意思，但还是为自己澄清道：“我从未招惹过他，便是我继续住在侯府，也不会与他产生任何关系。”

宋池道：“我知道，都是老四一头热。”

不知何时，他挪到了她这边，两人的膝盖都快碰到了。虞宁初朝角落里缩了缩，上车时她留了个心眼，故意坐在右侧，这样宋池就只能坐在她左边，想做什么都会碰到受伤的右臂，不好施展。

宋池停下扇风，依然将折扇拿在左手，一会儿打开，一会儿又合上，啪嗒啪嗒的声音，让虞宁初心烦又心乱。

不知过了多久，耳边忽然响起他低沉的声音：“只要我活得好好的，等时间到了，我必会派媒人提亲，在那之前，如果三夫人为你操持婚事，给你找了一位温柔俊美的文人夫君，你会如何？”

虞宁初的心顿时更乱了。

从进京开始，她就没考虑过要嫁给宋池，宋池本来也不适合她，这人还加入了锦衣卫，忠奸不明，如果虞宁初有得选，就绝不会答应宋池的提亲。倘若没有宋池的这番纠缠，她一定会听从舅舅、舅母的意思，可偏偏她与宋池已经有了肌肤之亲。

虞宁初无法再嫁给旁人，可此时此刻也无法对宋池说，她会等着他来提亲，女子的矜持不允许她说出口，她也不想让宋池得意。

“是不想嫁我，还是没想好答案？”宋池将合拢的折扇放到一旁，转过去，完全面对她。

虞宁初警惕地看着他，肩膀紧紧地抵着车角，紧张道：“还没想好，你……”

在他提供的两个备选答案中，她明明选择了更容易讨好他的那个，然而话还没说完，宋池突然压了下来，用身体将她完全堵在车角，左手蛮横地揽住她的腰往上一提，右手捧住她的脸便亲了下来，任凭虞宁初如何抓扯他的手，他都不肯放开。虞宁初顿时成了一条咬钩的鱼，只能在他宽阔的肩膀下推搡挣扎。

马车沿着青石路缓缓前行，偶尔颠簸一下，无人看见，车中一角，身形修长的男人身前压着一个纤细柔弱的姑娘。

“郡王，前面再转个路口就到了。”阿默不知道里面发生了什么，只尽职尽责地提醒道。

这声提醒还是管用的，宋池终于退了开来，轻轻吮一下她的唇，顺便带走了她滑落到唇角的泪。

“别哭，等咱们成了亲，你早晚要习惯的。”宋池顺着她的泪，朝着她的下巴亲去。

虞宁初拒绝过，但没有用，也就不躲了，只闭着眼睛道：“我不会嫁你这种人，我宁可做一辈子的老姑娘，也不会嫁给你。”

宋池就像没听见，低声说道：“这次回京，我会很忙很忙，忙到无法再为你分心，我也不想欺负你，可只有先从你这里拿了信物，我才能安心。阿芜，我知道，以你的品性，与我这般亲密过，你一定不会再嫁给旁人，是不是？”

他托着她的后颈，一手拉住她左侧的领口，白日所有的君子风范，在此刻都变成了伪装。什么真心假意，他只是喜欢欺负她罢了。

虞宁初一手抓着车板，一手攥紧他的衣袍。马车转弯，车辙发出微微刺耳的摩擦声。宋池坐正，动作轻柔地替她拉起半边衣裳，她偏着头，脸上全是泪。

宋池拿出帕子："再哭，杏花要猜疑了。"

就在马车要停下来时，虞宁初一手接住帕子，一手突地打在他的脸上，眼中只剩冰冷。

杏花哄睡了双胞胎兄妹，交给汪嫂守夜，便提着灯来门前等候主子，李管事也守在这边。尚未到宵禁时刻，熟悉的马车终于出现在巷子里，两人都松了口气。

马车停稳，杏花还以为会是郡王先下车，结果见自家姑娘率先探出身，杏花连忙提灯上前。

昏黄的灯笼亮度有限，照不出虞宁初哭红的眼圈，虞宁初朝李管事点点头，转而语调如常地问杏花："少爷与二姑娘都睡了吗？"

杏花道："睡了，姑娘今日可玩得尽兴？"

虞宁初笑了笑："夜深了，早些回去安歇吧。"

说着，便带着杏花往前走去。

宋池下车时，只看到了主仆俩的背影。

"有热水吗？我要沐浴。"回到自己的院子，还没进屋，虞宁初便吩咐杏花。

仆人都遣散了，这边只有杏花伺候，她一整天都忙得脚不沾地，闻言忙道："天气热，知道姑娘肯定要洗一洗，傍晚就烧了水，这会儿可能有点凉了，我再去热一热。"

就这样，杏花拐个弯去了小厨房。

虞宁初趁机走进屋子，用盆里的清水擦干脸上的泪痕，坐到梳妆台前，西洋镜照出她现在的模样，脸色苍白，发髻衣衫倒是整整齐齐。

虞宁初看向窗外，烧水还需要一阵子，短时间内杏花应该不会过来。她抿着唇，解开衣领，缓缓褪下左边的衣裳。

她很白，常年被衣裳遮掩的身上比露在外面的手和脸还要白上三分，只是被宋池蛮横地欺负了一遍，那肩头便多了几处落梅般的红痕。他就是故意的，故意在她身上留下这些印记，逼她无颜嫁给旁人，她的羞耻心，便成了他口中的信物。

虞宁初猛地将衣衫拉好，手攥着衣襟，用力到指尖都发白了。什么温柔君子，他只是长了一副君子的皮囊罢了。之前她还想着为了亲人安心，只要宋池如约来提亲，她就会嫁了，如今，她宁可走另一条路，谁都不嫁！她有银子、产业傍身，有平西侯府这门贵亲做靠山，谁说她非要嫁人才能活？宋池若是再敢动她分毫，她就与他拼个鱼死网破，总比一而再再而三地被他轻薄强。

虞宁初端起一旁的茶碗，狠狠地漱了几次口，只是不可避免地还是会想起他欺过来的样子。

沐浴更衣时，虞宁初没让杏花伺候，临睡前往肩头那几点红痕上涂了些药，盼着它们早点消除。

翌日一早，虞宁初牵着虞扬、虞菱乘坐同一辆马车去码头，自始至终都没往宋池那边看。到了船上，虞宁初让虞扬跟着杏花睡在北舱的外间，她与虞菱睡在内室。虽然只有六岁，可身边多了一个小姑娘做伴，虞宁初心里踏实了很多，不信宋池还敢乱来。

行船第三日，遇到了终于康复赶过来的温嬷嬷，温嬷嬷一上船，虞宁初就更安心了。

八月十五当日，两艘官船行到临清城地段。

温嬷嬷坚信她上次是从码头的摊子上染了水痘，现在再也不肯上岸了，宋池便派人去买了些新鲜的蔬果鱼肉，交给温嬷嬷料理成一顿席面。晚饭再丰盛，虞宁初也只是陪着双胞胎兄妹俩吃的，一步都不肯踏出船舱。

入夜之后，她与虞菱并肩躺在榻上，她睡在外侧，免得虞菱翻身掉下去。

睡梦之间，有刺鼻的气息冲进鼻子，虞宁初猛地醒过来，与此同时，有人捂住她的嘴，在她耳边道："是我，我想与你说说话。"

太过熟悉的声音让虞宁初迅速冷静下来，船身随着水波微微漂荡，旁边的虞菱睡得死沉。

虞宁初垂着眼，他坐在床边，她的眼里却没有他，只有窗外流淌不息的河水。

"今晚月色不错，咱们出去说？"宋池低声道，声音温柔。

虞宁初点点头，坐了起来。宋池便先出去等她。他以为要等一阵子，姑娘家需要更衣梳头，只是让他意外的是，虞宁初很快就出来了，仍然穿的那一身雪白中衣，乌发披在身后。

“怎么不多穿点？”宋池皱眉解开身上的外袍要替她披上。

虞宁初推开他的手，径直朝船尾走去。船的两侧都有护栏，只在船尾留了一片空缺，方便下船时铺设踏板。

虞宁初一直走到那片空缺旁，然后转身冷声对宋池道：“你别过来。”

中秋夜已经有些冷了，河风凛凛，吹得她的长发拂过脸庞，月光似水，她的脸上有清泪滚落。

宋池忽然明白了她的意图，不但没有再往前走，反而快速后退几步，目光复杂道：“阿芜，你别冲动，那晚是我错……”

“我不想听，你就是欺我没有爹娘庇护罢了，我娘的名声是不好，我爹也官职低微，不被你们这些王孙贵胄放在眼里，可我……”

她再也说不下去，手松开一旁的护栏，毫无留恋地朝下跃去。她几乎才刚没入水中，另一道身影便紧跟着跳了下来，河水冰冷，他抓住她的手臂将她拉入怀中，阿默听到动静赶来，及时扔了绳索下来。

宋池一手攥着绳子，一手搂着她的腰，在阿默的拉扯下，终于上了船。

“你去撑船，只当无事发生。”宋池抱起虞宁初走向船舱，冷声对后面的阿默道。

到了南舱，宋池一脚踹开门。舱里点了灯，宋池看向怀里的姑娘，刚上来时她呛了几口水，现在已经无事了，不哭不闹，只在他的怀里瑟瑟发抖。

他将她放到内间的榻上，打开衣柜翻出巾子、中衣丢给她，随即自己拿了一身衣裳，出去了。房门紧闭，虞宁初哆哆嗦嗦地擦干自己，披上宋池的中衣。头发还在滴水，她坐在他的床上，低头擦拭着。

身上很冷，可她的心很静，终于做出来了，终于让他们主仆知道，她并非任凭宋池玩弄的泥人，她也有她的气节。

房门被人推开，那人又走了进来。虞宁初随意瞥了他一眼，继续擦着头发。

宋池也下了水，本该冷的，可后怕与怒火让他全身发热，眼睛都快红了，偏偏她镇定得像什么都没发生一样，宋池绕着她转了两圈，终于按捺不住怒火，抓着她的肩膀，强迫她正视自己："如果我只是想玩弄你，我早就可以动手了，何必一直忍着？如果我不在乎你，你便是跳河死了，我连别人的九族都敢抓，还怕多担你一条人命不成？"

虞宁初静静地看着他还在滴水的脸，不懂他为何这么愤怒。从始至终一直都是他在欺负自己，他有什么好怒的？怒她不肯乖乖配合，不肯违背礼法，恣意与他私会？

"你想动手吗？那你动好了，我只知道，你再碰我一下，我就去死，你再擅闯我的房间，我还是死。与你们相比，我什么都没有，只有这一条命，我管不了你，至少还能管住自己。"

说完这些话，虞宁初便垂下眼，继续擦头发，因为被他抓着肩膀，她擦得笨拙又滑稽。宋池却笑不出来，脑海里不再是她脸红羞涩的样子，只剩刚刚跳船时她的决绝。

"归根结底，你还是不信我会娶你。"松开她的肩膀，宋池苦笑道。

虞宁初今晚做了这辈子最大胆的事，与他说话也没什么顾虑了，淡淡道："随便你想娶还是不想娶，是我不喜欢你，就算你真来提亲，我也不嫁，你们姓宋的，除了阿湘，没有一个好东西。"

宋池想到了自己身边那些姓宋的人。正德帝是个昏君，最不是东西，生的两个儿子，太子道貌岸然，实则睚眦必报、嗜血滥杀；二皇子安王生性好色，不择手段。太原晋王一脉，祖父与正德帝争了大半辈子，失败后被打发到太原，心中愤懑，杀了不少无辜的人解气。大伯父在政事上没什么错，在感情上的的确确如虞宁初所骂，不是个东西。而他的父亲，打着痴情的名义出家，实则窝囊没种，连亲生儿女也放手不管。

细细算来，他们这些姓宋的，除了妹妹，的确没一个好东西。

"你骂我没关系，可你有没有想过，今晚你死在这里，三爷、三夫人和明岚会如何难过？"宋池坐到旁边，声音慢慢冷静下来。

虞宁初擦头的动作一顿，随即道："难过就难过吧，过个两三年自会淡忘。"

宋池看着脚下："我不会忘。"

也许晋王一脉，注定都是痴情种，再不是东西，只要心里装了一个人，就一辈子都放不下了。

虞宁初只当听了句笑话，头发太长，擦来擦去，还是有水珠甩到了他脸上。

宋池抹掉水珠，用指尖碾了碾，道："明早我要下船了，去与冯大人会合，今晚这般行事，只是想与你道别罢了。我的确不是君子，可这二十来日，我没让你有任何为难之处，临别时想见你一面，真值得你那样刚烈？"

虞宁初只是冷笑："郡王好委屈，可我想问，如果有人半夜闯到湘表姐的闺房，你会如何？"

不等宋池回答，她替他答道："你会惩罚那人，甚至杀了那人，可谁让我没有一个像你这样的哥哥，所以我就该忍着你，就该乖乖任你处置，对吧？"

说到这里，虞宁初赤脚下了床，将半湿的巾子丢到他怀里，转身离去。宋池接住慢慢下滑的巾子，怔怔地看着，不知道在想什么。

过了一会儿，她的脚步声又传过来，宋池偏头，见她重新换了一身中衣，将他的那身随随便便丢过来，转身时，她总算看了他一眼，清清澈澈的眼睛，像今晚的月光，美而清冷，凡人可赏，却无法握于掌中。

"姑娘的衣裳脏了吗？"

清晨，温嬷嬷睡了一个异常香甜的觉，来内间收拾时，注意到了被虞宁初放在铜盆里泡着的中衣。

虞宁初还在被窝里，昨晚花了好久才晾干头发，这会儿困得厉害，嘟哝着撒谎："做噩梦来着，出了好多汗，不舒服。"

温嬷嬷就没有怀疑。过了不知多久，迷迷糊糊间，虞宁初感觉船停了，听见宋池在外厅与温嬷嬷说话。

"我等先行一步，表妹就交给您费心了。"

他的声音温润清越，仿佛昨晚什么都没有发生，她甚至能想象出宋池此时的神情，俊美带笑。

虞宁初翻了个身，继续睡觉。

宋池离开的第二日，虞宁初来了月事。也许是因为落水着了凉，这次月事发作得厉害，虞宁初疼得腹如刀绞，温嬷嬷热了汤婆子让她抱着，又喝了红糖水，这才稍微舒服一点，可怜巴巴地躺在床上，一脸苍白。

幸好宋池走了，虞扬、虞菱搬去了南舱，不然都挤在这边，哪怕不说话，看着也心烦，这种时候，就跟生病一样，需要清静。

杏花心疼主子，道："为什么女子一定要来月事，如果不用来就好了。"

温嬷嬷坐在一旁做着针线活，闻言笑道："傻丫头，女人来月事是为了生孩子，等你年纪大了生不了孩子了，月事自然就断了。"

虞宁初听了，吓出了一身冷汗，情不自禁道："生孩子？"

温嬷嬷点头，想着她明年也要谈婚论嫁了，多说一些也无妨，便柔声解释起来："是啊，小姑娘到了十二三岁，一般都该来月事了，说明身子已经长好。这姑娘家嫁了人，有了相公，一旦不来月事，十有八九就是怀上了，等把孩子生下来，坐完月子，月事才会重新恢复。"

杏花听得津津有味，虞宁初将忐忑的心咽回肚子，不来月事才意味着怀孕，她来了，也就说明没有怀，想来是宋池亲的时间不长？

万幸不长。

胡思乱想着，温嬷嬷又说了什么，虞宁初也没有听清。

休息了一晚，第二天虞宁初就舒服多了，又在运河上漂了十来日，九月初，虞宁初再次来到了通州码头。沈三爷、三夫人和沈明岚都来了。

"阿芜，你怎么去了这么久，想死我了！"姐妹重逢，沈明岚上来就抱住了虞宁初。

感受着这份关心与思念，虞宁初脑海里蓦地闪现她冲动跳河的那一晚，被宋池救上来后，她逞强说不怕舅舅一家难过，可此刻真的见到舅舅一家，虞宁初也不禁后怕起来。谁不怕死呢，如果可以，她也想好好活着，宋池欺负她那么多次她都忍下了，可他却越来越过分。

亲人让心底压抑的委屈扩大，虞宁初眼睛酸酸的，好在可以用高兴掩饰过去。

这时，李管事带着虞尚从后面走过来。虞尚被两个护院扶着，仪容被下人拾掇得整整齐齐，只是人瘦得厉害，嘴角还残留着一些烫伤的疤痕。他还是看不得虞宁初的脸，见到了就要发疯。这会儿虞宁初戴着面纱刺激不到他，然而看到沈三爷，虞尚眼中流露出明显的惧怕，一边往李管事身后躲，一边呜呜地说着没人能听清的话。

沈三爷刚刚一心都在外甥女身上，此刻才想起虞尚也跟着外甥女进京了。他看着这个疯疯傻傻的男人，很难再从他身上找到昔日那个困顿却仪表堂堂的寒门进士的影子。他知道妹妹心里装着别的男人，对虞尚并不公平，可侯府给了虞尚梦寐以求的仕途，给了他金银富贵，虞尚长得也不错，但凡他使使劲，真的不能唤回妹妹的心吗？

他将妹妹托付给虞尚，可虞尚又做了些什么？哪怕妹妹也有错，作为一个兄长，沈三爷此时也只能看到虞尚的错。

虞尚的疯癫，让沈三爷越发后悔当年的选择，他转过身去，一眼都不想再看这个从始至终都配不上妹妹的男人。

三夫人朝李管事使个眼色，让他先送虞尚上车，别留在这里给大家添堵。夫妻俩则带着虞宁初和沈明岚上了同一辆马车。

“舅母，我托您帮我们物色宅子，您有瞧上眼的吗？”叙过家常，虞宁初期待地问。

三夫人看一眼丈夫，叹道：“宅子都买好了，离侯府远了点，不过与宁国公府就隔了两条街。”

宁国公府是沈明岚即将嫁过去的夫家，沈明岚微微脸红，但还是高兴能与表妹离得近些。

三夫人拉着虞宁初的手道：“你这丫头，主意大，也不提前跟我们商量一声，否则你多在扬州住一段时间，舅母办完你表姐的婚事就去扬州接你，顺便给你父亲找个合适的续弦，到时候让她照看你父亲和弟弟妹妹，你一个人来京城住多省心，那样也就不用搬出去住了。”

虞尚那个混账，根本没把外甥女当女儿疼爱过，凭什么现在疯了还要外甥女孝顺他？三夫人很不甘心，只是外甥女已经将虞尚带来京城，他们就是想留她继续住在侯府也不合适了，一旦传出去了，外甥女还要白白担个不孝的骂名。

虞宁初没有对舅舅、舅母说出自己真正的打算，只低头道："他毕竟是我的父亲，我于心不忍。"

沈三爷压下心头的闷气，安抚道："阿芜别担心，等你们安顿好了，舅舅先请京城名医替你父亲诊治，民间的郎中治不好，舅舅就再恳请皇上拨御医替他看看，总会想办法治好他的。"治好了，就再将虞尚打发去地方做官，别想再拖累外甥女。

虞宁初点点头，如果虞尚能恢复，那是他的福气；如果不能恢复，那就留在身边当她拒婚的摆设吧，这一路上虞宁初已经想好了，她以后谁都不会嫁。

晌午时，马车停在四井胡同，三夫人已经让人挂上了新的牌匾——虞宅。这是一座五进的宅子，带个小花园，三夫人连各处要用的丫鬟小厮都置办好了，除了打扫的，还给虞尚安排了一个照看的长随与一个丫鬟，虞扬身边则配了两个大丫鬟和一个伴读，虞菱身边也有两个大丫鬟，至于虞宁初，还是她在碧梧堂用的那批老人，个个知根知底。

虞宁初挺不好意思："表姐就快嫁了，还要劳烦舅母为我的事费心。"

三夫人捏她的鼻子："又跟舅母说这些客气话，行了，你算是比你表姐还先管家了，往后你就是这宅子的女主人，该严厉的时候就得严厉，别让下人跳到你头上。"

虞宁初笑道："舅母放心，我没那么笨的。"

微雨等人已经搬了过来，一行人在这边用了午饭，饭后虞宁初换了一身衣裳，跟着舅舅一家前往平西侯府给长辈们见礼，毕竟也在侯府住了一年，算是报平安。

虞宁初五月底走的，算起来离京三个多月，说长不长说短不短，只是经历太多，好像过去了很久一样。

"瞧着瘦了。"二夫人宋氏怜惜道。

对上她关怀的目光，虞宁初心里一虚，糟糕，那天骂宋池骂得痛快，说姓宋的没什么好人，忘了把二夫人也摘出去了。

太夫人打量着虞宁初，问道："回京路上，你池表哥可是跟你们一道？"

虞宁初如实道："池表哥在扬州办案时受了伤，走水路休养了一段时间，到了临清便上岸去与冯大人会合了。"

宋氏一急："子渊受伤了？严重吗？"

虞宁初道："好像是肩膀中了一箭，具体如何池表哥没有多说，我也不知情，不过如今已经养好了，二舅母不用担心。"

与此同时，虞宁初也猜到宋池等人还没有回京。宋湘站在宋氏身边，刚刚还在为好姐妹回来而高兴，这会儿又开始担心哥哥。等长辈们问完话，宋湘、沈明岚就拉着虞宁初去了清辉堂。等虞宁初再三保证宋池已经没事了，宋湘才放下心来。

姐妹三人开始叙述离别后的生活，京城这边主要有两件新鲜事，一是宋池的郡王府已经修好了，等他回来就可以带着宋湘搬过去；二是沈琢的新婚妻子韩锦竺有孕了，中秋时诊出来的，乃侯府一大喜事，太夫人高兴地给全府下人发了双倍月钱。

虞宁初听了，回忆起刚刚在荣安堂见过的韩锦竺，面色红润，的确好像丰盈了一些。她也替小夫妻俩高兴，道："等会儿再见大表嫂，可要道声喜才是。"

宋湘道："说起来明漪表姐比大表嫂先成亲一个月，现在还没有听到好消息。"

沈明岚小声嘀咕道："她们能一样吗，大嫂嫁过来，与大哥蜜里调油似的，她那边……"

外人不清楚，她们可都知道，沈明漪并不喜欢安王，再加上这几个月宋池与虞宁初在扬州，沈明漪每次回府探亲，脸都拉着，仿佛谁欠她一样。

宋湘同样小声道："嗯，我看话本上写，女子婚后心情愉快，更容易怀上；心情不好，就比较艰难。"

沈明岚见虞宁初脸红了，便去拧宋湘的耳朵："你个小丫头，明明比我年纪还小，说起这个来总是老气横秋的，也不害臊！"

宋湘嬉笑着躲开了。虞宁初看着她们玩闹，只觉得好久没这么轻松了，不过，宋湘的话倒是让她想到了自己的母亲，母亲嫁给父亲的第三年才怀上她，这是不是也印证了宋湘在话本上看到的论断？

这一晚，虞宁初留宿平西侯府，与沈明岚、宋湘睡在一张床上，说说笑笑闹到快子时才困倦地睡去。翌日一早，两个小姑娘又跟着虞宁初去了四井胡同。

下车时，宋湘朝四井胡同后面看了看，高兴道："从这里往后走，隔两条街是宁国公府，从宁国公府再过两条街，就是我们的郡王府，以后我想找你们，骑马出来，一会儿就能到。"

虞宁初一怔，这宅子居然离宋池的郡王府那么近？

沈明岚以为她在吃惊，指着宁国公府的方向道："宁国公府离皇城不远，郡王府离得更近，没什么好稀奇的，安王府与郡王府还在一条街上呢，再往里面就是皇城了。"

虞宁初懂了，是舅母替她物色的这栋宅子太好，远近人家户户非富即贵。

虞宁初回京的第三日，正在给虞扬兄妹俩挑选教书先生，府里突然来了一位不速之客。

虞宁初来到前院时，沈明漪已经下了马车，正带着两个丫鬟往里面走。贵为王妃，沈明漪打扮得雍容华贵，头上的金钗宝石在阳光下闪烁着耀眼的光芒。她下巴微扬，正嫌弃地打量着这栋宅子，就瞧见身穿莲青妆花褙子的虞宁初绕过影壁，出现在自己面前。常言道，贵客临门蓬荜生辉，然而在沈明漪主仆眼中，这座宅子相比起安王府来入不了眼，可对面的美人却一下子让周围亮堂了起来。

沈明漪若是男子，怕是眼睛都要长在虞宁初身上了，可惜她是个自负的美人，虞宁初越美，她心里就越堵，因此只用目光冷冷地打量着虞宁初。

考虑到沈明漪对自己的态度，虞宁初撩起裙摆跪下，郑重地行了普通百姓见到王妃该行的跪拜之礼："民女拜见王妃。"

沈明漪看着她低下去的头，贴在石砖上的纤纤手指，心里舒服了，就算自己在美貌上输给了虞宁初，可以自己的身份，虞宁初这辈子都别想超过去。

“起来吧，都是自家姐妹，何必行此大礼。”沈明漪淡淡道，语气与说出来的话完全不是一回事。

微雨扶着虞宁初站起来，垂着眼，敢怒不敢言。

不等虞宁初招待沈明漪，她便径直朝里走去，到了厅堂，沈明漪让随行的丫鬟在外面候着，道：“我与表妹说话，你们就不用进来了。”

等微雨奉上茶，虞宁初便也让微雨退下了。

“许久不见，表姐越来越有王妃的风范了。”虞宁初一边猜测着沈明漪的来意，一边笑着恭维道。

沈明漪看她一眼，道：“表妹离京三个多月，来回舟车折腾，瞧着倒是没怎么清减，看来池表哥将你照顾得很好。”

虞宁初心弦一动，忽然明白了沈明漪的意思。她曾经目睹沈明漪向宋池诉说情意，知道沈明漪用情很深，自然不想让她误会什么。

虞宁初微微皱眉，似乎陷入了不愉快的回忆，然后在沈明漪探究的注视下说道：“表姐说笑了，我这次回扬州能够顺顺利利，全靠温嬷嬷与李管事协助，与池表哥有什么关系呢？而且，如果不是池表哥受伤耽误了行程，我可能还赶得及与舅舅他们同度中秋。”

在她之前的刻意引导下，平西侯府上下都知道她与宋池关系不和，相信沈明漪也有所耳闻。

果然，沈明漪并没有疑惑虞宁初对宋池的嫌弃态度，反而被宋池的伤牵动了心：“池表哥受伤了？怎么伤的？”

虞宁初语焉不详地解释了一遍，更加显得她在扬州与宋池没什么亲密走动。

沈明漪只恨不能亲眼见到宋池，亲口关心他一番，然而忆起宋池对自己的冷淡无情，沈明漪的心便拧了起来，一半是惦念，一半是恼怒，希望他平安，又想让他吃些教训。

虞宁初假装喝茶，其实将沈明漪眼中的复杂都看在眼里。平心而论，沈明漪长得很美，又对宋池一片情深，宋池为何不去欺负沈明漪呢？因为宋池不傻，他不敢玩弄一个侯府嫡女，索性保持距离，只来捏她这个软柿子。

两人沉浸在各自的心事中，过了一会儿，沈明漪又开始刺探道：“听说扬州出美人，池表哥在扬州待了那么久，不知表妹有没有听说什么消息？”

虞宁初一脸单纯道：“什么消息？”

沈明漪瞪她一眼：“就是有没有地方官员巴结他，或是他自己去哪里邂逅了美人。”

虞宁初轻叹道：“池表哥住在卫所，这些我如何得知？而且父亲病了，我心中担忧，哪有心思去打听池表哥的事？”

沈明漪不太信，提议要去看看虞尚。虞宁初神色忧愁地替她引路，沈明漪站在窗外，瞧见里面缩在床上不敢见人的虞尚，先是震惊，旋即心里涌起一股幸灾乐祸的意味。虞宁初幼年丧母，母亲的名声还不好，在婚嫁上已经落了下风，如今又多了一个疯爹，别说京城权贵之家了，便是普通的小官都不会要这种媳妇，虞宁初最好的结果，便是学她的母亲，找个寒门进士随随便便嫁了。

沈明漪原本还担心宋池会因为三个多月的朝夕相处被虞宁初勾引，此刻她终于放下心，看到不喜欢的人日子艰难，沈明漪心情也好了，扬长而去。

虞宁初将她送到门口，只盼望这位王妃不要再来才好。

重阳节后，宋池与冯越终于押着苏家一案牵涉的百余人进京，声势浩大，几乎家家户户都听说了此事。

虞宁初并不觉得苏家有造反之心，她盼着能够翻案，就让李管事留意一下街头的风声。没多久，李管事带回来两个消息，一是正德帝定了苏家造反的罪名，不日将在午门斩首，一个活口也不留；二是宋池、冯越办案有功，分别得了金银赏赐。

虞宁初的心，重重地沉了下去。

李管事跟着沈氏在扬州住了十几年，心里也替苏家惋惜，但朝堂大事不该他们操心，便低声劝虞宁初道：“姑娘，这都是命，如果苏老院长没有作那首诗，也牵扯不出这些事来。姑娘心善，自己难过两日就罢了，可千万别在外面表现出来，更不要提半句相关的，小心祸从口出啊。”

虞宁初明白，她只是忽然想起了宋池的那句话："我连别人的九族都敢抓，还怕多担你一条人命不成？"

其实，他从一开始就是个心狠手辣的人吧，所以会在街上射杀义士协助锦衣卫，又那么拼命地在扬州抓人。什么只是奉命办事，什么或许能替苏家找到证据洗脱罪名，这些话不过是说出来哄她的罢了，不想让她怕他。

江南最负盛名的书香门第就这么倒了，虽然是正德帝命令锦衣卫办案，但宋池的手也沾满了那些人的血。无边的恐惧侵占了虞宁初的心，她不知道如果宋池再来找自己，她还有没有勇气再豁出性命去抵抗。

沈三爷真的从宫里请了御医来给虞尚诊治，御医留下一个药方，但脑病难医，御医并不敢保证。

送走御医，沈三爷在这边多坐了一会儿，打量虞宁初道："我怎么瞧着阿芜好像瘦了，是不是新厨子做的饭菜不对口味？"

虞宁初笑道："可能是长个子了吧，前几天要做新衣，温嬷嬷还说我长个子了呢。"

沈三爷叹道："总之你有什么事，都要告诉舅舅或舅母，不要自己担着。"

虞宁初点头应了。

送走沈三爷，虞宁初去院子里耍枪，前几日心里堵着一口气，茶饭不思，今日被舅舅安抚，心情终于好了一点。耍了一套枪法，虞宁初去沐浴，洗完没多久，正散着头发等待晾干，宋湘来了，因为关系太好，她没让李管事通传，直接跑到虞宁初的院子，给了虞宁初一个惊喜。

"你怎么也不打声招呼，看我这边乱糟糟的，头发都还没梳。"虞宁初摸摸头发，尴尬道。

宋湘笑道："咱俩谁跟谁，嘿嘿，猜猜我今天过来找你做什么。"

两人都在院子里，秋日阳光温暖明亮，宋湘笑得眉眼弯弯。

虞宁初故意道："表姐笑得这么高兴，莫非你也定了亲事？"

才说完，她就往屋里跑去。宋湘一怔，反应过来，扑上去追她，最后将虞宁初压在床上，挠了好久的痒，虞宁初笑得眼泪都流出来了。

她的头发本来就散着，宋湘这一闹，自己的发髻也乱了，坐起来收拾时，从袖子里掉出一张红通通的请帖。

虞宁初一边喘气一边拿起请帖，打开一看，原来宋池兄妹俩已经搬去了郡王府，九月底设宴款待亲友。

“我亲自来给你送帖子，到时候你可一定要来。”宋湘梳好头发，坐在梳妆台前，歪着头对虞宁初道。

虞宁初知道宋湘有多盼着这一日，而且乔迁之喜，以她们的关系，虞宁初实在说不出“拒绝”二字。

“宾客多吗？”虞宁初有点担心，“你们邀请的宾客肯定个个尊贵，我怕失礼。”

宋湘道：“尊贵是尊贵，不过身份最高的就是太子妃，你见过的，很爱笑很和气的一个人，明漪表姐虽然是安王妃，但在我们郡王府，有我在，她也不敢给你脸色看。”

说这句话时，宋湘有种扬眉吐气的感觉，以前她也是寄居平西侯府，沈明漪朝虞宁初耍大小姐脾气，她就算看不惯，也只能在心里忍着，不如沈明岚反驳得理直气壮。现在不一样了，她跟哥哥有了自己的家，在她的地盘，她想护着谁就护着谁。

虞宁初既替宋湘高兴，又非常羡慕，她现在虽然也有了自己的地盘，但沈明漪若是来闹，她一个平民，仍然得敬着人家。

“对了阿芜，告诉你一个秘密，我可能要多个嫂子了。”宋湘重新坐到床上，神秘道。

虞宁初心头一跳，无法形容的感觉让她的脑海陷入一片空白，缓了一会儿才冷静下来，笑着道：“那我可要恭喜你啦。”

宋湘摇摇头，解释道：“八字还没一撇呢，只是那日我进宫，皇后娘娘问我可知道哥哥喜欢什么样的姑娘，听她的意思，是想让皇上给哥哥赐婚呢。”

虞宁初习惯性地说好话：“池表哥仪表堂堂，又立了大功，皇上肯定会为他挑个名门闺秀。”

宋湘听到“大功”二字，眼中的神采没了，垂眸哼道：“什么大功，都不知道他怎么想的，非要去掺和锦衣卫的烂事，我现在出门都感觉街边的百姓在心里骂我，唉，算了，不提那些扫兴的事，我只希望皇上的赐婚靠谱一点，别给我找个明漪表姐那样的嫂子。”

虞宁初笑着安慰她：“放心吧，不管是谁，都不会欺负你的，喜欢你还来不及呢。”

名门闺秀若想欺负人，也得看碟下菜，宋湘是宋池唯一的妹妹，哪个敢针对她？

宋湘撇了撇嘴，再一看面前笑靥如花且与自己性情相投的虞宁初，小声嘀咕道：“若是你该多好。”

虞宁初没听清：“你说什么？”

“没什么。”宋湘赶紧转移话题，怕虞宁初因为她的话生恼，就哥哥那个臭脾气与日渐捉摸不透的行事风格，阿芜肯定不会做自己嫂子。

苏家众人被斩首后，正德帝的心情非常好，让那些文人作诗骂他，骂了就是死路一条，看以后谁还敢骂。此案宋池功劳最大，还因此受了伤，正德帝便彻底打消了对他的疑心，得知宋池要办乔迁宴，特意将宋池宣进宫，赐下重礼。

宋池笑道：“多谢皇上厚赏。”

正德帝笑眯眯地打量着眼前的人，宋池生得俊雅无双，仿佛芝兰玉树，好比一颗明珠、一枚美玉，无论男女老少都喜欢。以前正德帝介意宋池继承了老晋王一脉的好相貌，现在想想，宋池对自己忠心耿耿，九泉下的老晋王如果得知，是不是都能被气活了？

正德帝心情愉悦就更喜欢宋池了，将他看成一颗弃暗投明的宝珠。

“子渊啊，如今你有了自己的郡王府，年纪也到了，朕下旨赐婚给你如何？”正德帝很是诚心，对待忠臣，他很大方，只要宋池点头，京城的名门闺秀随便他挑。

宋池喜道：“皇上若能赐婚，那是臣的福气。”

正德帝问：“那你可有喜欢的姑娘？”

宋池道："这倒没有，臣还年轻，之前一直埋头读书练武，想替皇上效命，如今在锦衣卫当差，也无心考虑婚事。"

正德帝点点头："年轻人就该像你这样，看看你二叔，整天吃喝玩乐，朕一点都指望不上他。"

虽然正德帝是个昏君，将大多数政事都交给了韩国舅，可面对安王那样没出息的儿子，他看了也是心塞。

宋池笑着替安王说好话："因为皇上与国舅将大周治理得繁荣昌盛，二叔才能高枕无忧，且二叔虽然贪玩了些，对您的孝心却是日月可鉴，如果皇上有什么吩咐，二叔定会全力以赴替您分忧。"

这马屁拍得正德帝心情舒畅，如果前面那句只说是自己将大周治理得繁荣昌盛，那就更好了，韩国舅虽然也有功劳，但全是听从自己的安排做事，哪有资格与自己共享同等赞誉。可见宋池还是太年轻，拍马屁的功夫远远不及韩国舅。

一点小事，正德帝没放在心上，继续刚才的话题："既然你没有心仪的姑娘，朕就让皇后替你挑选一个？"

宋池笑道："娘娘慧眼识珠，必能替臣择一贤妻，只是臣有个不情之请，还请皇上成全。"

正德帝奇道："什么不情之请，说来听听。"

宋池俊美的脸上流露出一丝尴尬，迟疑片刻才垂着头道："皇上也知道，臣九岁来到京城，一直住在平西侯府，承蒙皇上厚恩，臣与妹妹才有了真正的安身之处。现在娶妻，对臣来说没什么区别，只是妹妹却要因为有了个长嫂而多了拘束顾忌，所以，臣想先让妹妹快活自在两三年，等她快活够了，再劳烦皇上、娘娘替我挑选贤妻。"

对宋池兄妹的遭遇，正德帝自然十分清楚，早在宋池进京那年他就问出来了，所以宋池提出这种请求，他觉得合情合理。叹了口气，他替宋池打抱不平道："都怪晋王，害你们兄妹俩这么多年连个家都没有，可惜当年的旧事空口无凭，不然朕一定替你做主。"

宋池脸色一沉，冷声道："杀母之仇不共戴天，无须皇上费心，总有一日，臣会亲自报了此仇。”

正德帝很满意，或许再栽培几年，宋池会成为他铲除晋王最锋利的那把刀，这就是年轻人的锐气。韩国舅年纪大了，让他做点什么就顾忌这个顾忌那个的，这么多年了也没抓到晋王的把柄，害他一直存着心病。

“好，朕也替你盼着那一日，娶妻的事你放心，朕先记着，你何时想娶了，何时再来告诉朕。”

宋池看一眼正德帝，就在这刹那的工夫，正德帝震惊地发现，宋池的眼尾居然带了一丝潮红。

没等他仔细分辨，宋池低头微微哽咽道：“皇上赐臣官身府邸，还为臣的婚事费心，大恩大德胜过亲生父母，臣除了披肝沥胆、报效朝廷，无以为报。”

正德帝笑了，这些于他而言不过是举手之劳，眼前这年轻人居然感动得想哭了。

“去吧，好好做事，只要你有本事，朕给你的赏赐只会越来越多。”

“是，臣告退。”

行过礼，宋池转身往外走去，跨出御书房的门时，迎面撞上了韩国舅。

韩国舅上下打量宋池一眼，笑道：“还未恭贺郡王乔迁之喜。”

宋池回礼道：“还要多谢国舅栽培，给了我立功之机。”

韩国舅颔首，拍拍他的肩膀：“立功是好事，但也不要居功自傲，你还年轻，需多加历练才是。”

宋池笑着应了。

韩国舅越过他，进去找正德帝了。

正德帝来御书房就是为了见宋池，说完正事就打算去后宫享乐，得知韩国舅来了，只好又坐稳了，等着韩国舅开口。

“皇上召见郡王，可是为了郡王的乔迁之喜？”韩国舅打听道。

“是啊，子渊的母亲没能留给他们什么东西，兄妹俩也没什么家底，朕不赐些东西，他们办个宴席都寒酸。”

韩国舅感慨道：“皇上宅心仁厚，老晋王若泉下有知，定要惭愧当年的痴心妄想。”

正德帝哼道：“他最好还有这点羞耻之心，好生悔改，求个转世投胎的机会。”

韩国舅说这番话，其实是想提醒正德帝别忘了宋池的根在哪里，不能因为宋池立了一次功就掉以轻心，不过眼看正德帝想歪了，韩国舅只好揭过这事，问起赐婚一事来：“皇上之前打算给郡王赐婚，不知郡王看上了哪家闺秀？”

他想着，不管宋池看上哪家姑娘，他都能挖出宋池意图结党营私的野心，来警醒正德帝。他只想让正德帝把宋池当一把刀用，可不希望正德帝真的器重宋池，分了自己手里的权给他。

正德帝心不在焉道：“他忙着在锦衣卫当差，哪有时间去看大家闺秀，谁都没提，暂且没有成婚的心思呢。”

韩国舅道：“哦，这是为何？”

正德帝就把宋池的话转述了一遍。

韩国舅思索道：“莫非郡王是想暗示皇上先给郡主挑个好夫君？”

果真如此的话，宋池也够老谋深算的，兄妹俩两门婚事，就能拉拢两户官员。

正德帝只是不想浪费时间处理政事，脑子却并不笨，韩国舅如此明显的阴阳怪气，他还是品出来了，斜着韩国舅道：“人家那是心疼妹妹，寄居侯府这么多年，终于有了自己的家，还没新鲜够就娶个嫂子回来，姑嫂间若是生了嫌隙，妹妹住着能舒服？你啊，年纪一大把了，早就忘了兄妹间这种纯粹的情分了吧？”

突然被骂，韩国舅老脸一变，看出正德帝不高兴了，忙赔起不是来。

正德帝说够了，起身道：“行了，朕累了，你也退下吧。”

韩国舅低着头，等正德帝从他身边走过，看着正德帝的背影，他心中一沉，这个宋池，给正德帝灌了什么迷汤？他可得派人多盯着点，不能让宋池抢了正德帝的心。

九月底，苏家一案在京城引起的风波渐渐平息，在这个阳光还算明媚的深秋之日，郡王府要举办主人入住以来的第一场宴席了。

虞宁初权衡再三，决定还是早点去，趁人少的时候直接被安排到女客那边等着，若是去迟了，极有可能在郡王府门前撞上其他宾客，包括她最为提防的安王与国舅之子韩宗延。

想到韩宗延，虞宁初就想到了沈琢。沈琢对韩宗延没有半点好脸色，严肃冷峻，反观宋池，与韩国舅同流合污，跟安王、韩宗延的关系也不错，说不定他欺负她的那些手段，都是跟这二人学来的吧，只是他自负风雅，不屑做那最混账的一步。

备好礼物，虞宁初带上微雨，早早地出发了。马车沿着巷子往北走，路过四个巷口，往右一转，就到了这条同时住着郡王与安王的富贵巷。郡王府更靠外一些，所幸不必经过安王府。

马车停下，王府管事负责核对请帖，阿默瞧见虞宁初，已经派人去里面通传了。

等虞宁初跨进前院，就听影壁后传来宋湘轻快的脚步声，下一刻，姐妹俩就见到了彼此。

“阿芜，你怎么来得这么早，害我们失礼了！”宋湘拉着虞宁初的手笑着埋怨道。

虞宁初也开玩笑道：“今日你们这边贵客临门，我怕来晚了根本没有机会见到郡主，所以早早过来抢占先机啊。”

话音刚落，宋湘身后又转出来一道身影。那是郡王府真正的一家之主，穿着一身少见的朱红色锦袍，锦袍上绣着符合郡王规制的金色盘龙。

虞宁初的视线止于那金龙上，屈膝行礼道：“民女拜见郡王殿下。”

宋池看着她明明带笑却客气的脸，温声道：“表妹免礼。”

虞宁初起身，接过微雨手中的匣子，递给宋湘道：“一点薄礼，还望表姐莫要嫌弃。”

宋湘受不了她这客气的样子，将礼物塞给兄长，拉着虞宁初去里面说话了。趁宾客尚未登门，她要带好姐妹先参观一番自己的家。

两个小姑娘似蝴蝶般飞走了，宋池站在原地，直到虞宁初的身影彻底消失在眼前，才一边往前走，一边打开了手中的礼盒。里面是一对红玉雕刻的麒麟摆件，麒麟是瑞兽，据说可镇宅避煞，作为恭贺乔迁的礼物再合适不过了。

这是一份虽然昂贵却没有任何私心的礼物，还不如她做的那个简简单单的香囊。

郡王府设宴，平西侯府众人都收到了请帖。三夫人一到，虞宁初就跟在舅母身边，这种场合，即便沈明漪也没机会找她的碴。

一顿宴席吃得轻松顺利，并没有出什么岔子，倒是长辈们都提到了宋池的婚事，认为郡王府需要一位女主人帮忙持家。

太子妃住在宫里，比其余人先听闻了宋池与正德帝的那番对话，看着宋湘笑道："郡王说了，要先让阿湘管家两年，再请娘娘为他赐婚呢。"

赐婚……虞宁初咀嚼着这两个字，只庆幸自己够清醒，没有被宋池的甜言蜜语骗了。

宴席结束，三夫人要去虞宁初那边坐坐，虞宁初便跟着舅母上了同一辆马车，自始至终没往出来送客的宋池那边多看一眼。

第二日，天气阴沉沉的，北风呼啸，骤降的温度正式宣告京城这个秋天的结束，又一年寒冬来了。

赵庄头来向虞宁初汇报今年的田产收成，今年虽然朝廷办了一桩斩杀九族的大案，但百姓们过得还算可以，风调雨顺，佃户们有口粮，虞宁初也得到了一笔可观的收入。除了田产，她在京城的其他房产照旧收着租金，李管事与梁氏联手办的炒货铺子也生意兴隆，总归没有什么需要虞宁初操心的。

倒是虞家，接连出了几桩小事。先是虞扬、虞菱水土不服，染了风寒，这个才治好了咳嗽，那个又发热了，好在都不算大病，养个几天就又生龙活虎了。跟着是虞尚，御医开的方子对他没有用，他还嫌弃汤药难喝，认为身边的人都在害他，趁着夜深人静准备偷偷溜走。守着他的小厮睡得沉，还真让虞尚溜到了院墙下，穿着一身单衣的他哆哆嗦嗦地想爬墙，不小心掉了下来，小厮听到动静赶紧把他拉回屋里，人没摔伤，倒是被冻出了风寒。总之连着半个多月，虞家都没有断过郎中，过得热热闹闹。

大概习武的确能强身健体，虞宁初倒是好好的，上次她说自己长高也并非糊弄舅舅，去年的冬衣今年穿着确实都短了。

到了二十五这日，虞宁初换上一身喜庆的红衣，提前来了平西侯府。明日沈明岚就要出嫁，侯府处处张灯结彩，沈明岚坐在暖乎乎的屋子里，脸颊红得像抹了一盒子的胭脂。

不止虞宁初，宋湘与沈明漪也来了，为昔日的好姐妹来送嫁。当然，沈明漪的动机没那么纯粹，她过来，一是身为长姐必须要来，二是想看看沈明岚的笑话。这个妹妹，平时总为了虞宁初呛她，如今沈明漪贵为王妃，沈明岚却只能嫁给落魄的宁国公府的二房长子，连个爵位都没有，心里不知是何滋味。

“这是宫里赏赐给我的蜀锦，我全给妹妹拿来了，以后再有赏赐，我也会想着妹妹的。”沈明漪用怜爱的目光看着沈明岚，那眼神仿佛沈明岚出嫁后就再也穿不起什么好衣裳了。

沈明岚满心都是自己的婚事，懒得与沈明漪计较，轻飘飘地道了谢，命丫鬟收走沈明漪的礼物。

宋湘与虞宁初默契地不搭沈明漪的话。

沈明漪见她们三个说着话，自己干坐着也是无趣，就去找亲大嫂韩锦竺说话。她嫁给安王都快一年了，竟然还没有怀孕，沈明漪也有点着急，为了王妃的位置，她需要一个儿子，为了有一个名正言顺拒绝安王来她屋里的理由，她更是迫不及待地想怀孕。

“这么快就过来了，怎么没有多跟明岚说说话？”见到沈明漪，韩锦竺颇为意外，她还以为沈明漪要与小姐妹们多待一会儿。

沈明漪哼道：“与她们没什么话好说，曹家那种门第，不知道明岚有什么可高兴的。”

韩锦竺倒是听沈琢夸过曹坚的为人。一个男人，长得好看，能文能武，还有官职在身，已经很不错了。再说瘦死的骆驼比马大，宁国公府也并非太差的人家。总之，作为夫婿人选，曹坚肯定比不上沈琢，但怎么都比安王更值得女子喜欢。

当然，这话韩锦竺不会傻到对沈明漪说出来，笑着转移了话题。

沈明漪打发走丫鬟，悄声问韩锦竺受孕的窍门，她们也是好姐妹，这种事，沈明漪宁可问韩锦竺，也不想去问母亲。

韩锦竺粉面微红，细声道："这事有什么诀窍，在一起的次数多了便怀上了，你、你那边有妾室分宠，可能要晚一些。"

沈明漪一听，心里更苦了，看来在她怀上之前，还得多将安王往自己屋里引，不许他再去妾室那边了。

继沈明漪之后，虞宁初又目送了亲表姐沈明岚出嫁，当沈明岚蒙着盖头跪在舅舅、舅母面前拜别时，虞宁初也忍不住红了眼眶。

宋湘站在她身边，故意转移她的注意力，低声道："哭吧，你先练练，下一个就轮到你了。"

虞宁初抹着眼角，小声反驳道："该练也是你练，你肯定比我先嫁。"

宋湘笑道："那可不一定，我是郡主，郡主再晚出嫁都不算晚，你要是等晚了，三姑母得愁白头。"

说者无心，听者有意，虞宁初看向满眼泪水的舅母，心里也发起愁来，她还没找机会告诉舅母她不嫁的打算。

这两晚虞宁初都住在碧梧堂，等表姐回门，宋湘也留宿在二房。

回门那日，因为安王与沈明漪也来喝认亲酒，虞宁初就没往正院凑，等曹坚跟着表姐来了西院，虞宁初才笑着出来见礼。

其实大家都见过，虞宁初也大大方方的，倒是第一次陪妻子回门的曹坚，俊朗的脸上一直挂着红晕。终于等到沈三爷带走了女婿，宋湘立即朝虞宁初使个眼色，拉着沈明岚去了清辉堂。丫鬟们也都下去了，就姐妹三个待在内室。

虞宁初想知道表姐在曹家过得好不好，她以为宋湘也会问这些，没想到坐下不久，宋湘就意味深长地问："洞房花烛夜，是不是像话本里写的那样？"

沈明岚的脸顿时变得比冬天的山茶花还要红。

虞宁初也避到了纱帐后，以她以前的性子只会避得更远，但因为宋池先前的欺负，虞宁初忽然也想听听洞房花烛到底是怎么回事。

沈明岚太了解宋湘的不正经了，她一直觉得宋湘是被那些话本带坏了，幸好她是个姑娘，若是男子，肯定早就去外面拈花惹草了。

逃不过宋湘的追问，沈明岚红着脸道："是是是，你不是都看过了吗，还来问我做什么？"

宋湘道："尽信书不如无书，我又不知道书上是不是乱写的，旁人我也不能问，谁让你是咱们三个里最先嫁人的，如果阿芜先嫁，我肯定也会问她。"

虞宁初心里一跳，想象着被宋湘挠痒痒追问的情形，不禁庆幸是表姐最先嫁了人。

宋湘并没有问什么特别露骨的东西，问了沈明岚也不会说，三四个问题后，沈明岚就再也不肯答了，让宋湘等着自己嫁人自己解惑。

回了门，沈明岚正式成了宁国公府二房的儿媳，适应了新婚生活后，沈明岚分别给住在前面两条街的阿芜和住在后面两条街的阿湘送了帖子，请她们来自己的新家做客。虽然离得近，但因为天冷，虞宁初还是坐了马车。

在曹家，虞宁初见到了沈明岚的婆母，是个很温柔平和的人，招待了她们片刻就走了。

晌午，两人都在这边吃的饭，饭后实在不好多留，沈明岚才送两人往外走。

出了宁国公府大门，前面的拐角忽然传来马蹄声，三人同时抬头，就见宋池骑着一匹黑色骏马，从后街的方向绕过来。他穿了一身黑色的锦衣卫官服，惨淡的阳光落在他如玉的脸上，竟显出几分清冷萧瑟来。

宋池仿佛也没料到会遇见她们，微怔之后，笑了出来，对宋湘道："初来国公府，你有没有给明岚表妹添乱？"

说着话，他掉转马头，来到国公府前，居高临下地看着三人。

宋湘哼道："我又不是小孩子，哥哥是来接我的吗？"

宋池道："你又不是小孩子，这么近也要我接？我回府拿了些东西，马上就回镇抚司了。"

宋湘道："哦，那你快去吧，我自己回家。"

宋池"嗯"了一声，再笑着朝沈明岚、虞宁初点点头："以后得空，表妹们多去我们那边坐坐，我平时不在家，阿湘难免寂寞。”

沈明岚道：“那池表哥得多备些好吃的招待我们才成。”

宋池笑得更温和了：“好，随时恭候。”

简单打过招呼，宋池便走了。

瞥见他的骏马转了方向，虞宁初才重新抬起眼，露出一双清澈美丽的眸子，不再像一根站在表姐身侧的木头。

巷子拐角，宋池嘴边的笑容在一侧的院墙完全挡住三人的身影后，慢慢冷了下去。

《韶光艳·上》完

图书在版编目（CIP）数据

韶光艳：上、下/笑佳人著.—合肥：安徽文艺出版社，2023.5
ISBN 978-7-5396-7584-8

Ⅰ. ①韶… Ⅱ. ①笑… Ⅲ. ①言情小说—中国—当代
Ⅳ. ①I247.5

中国版本图书馆 CIP 数据核字(2022)第 201696 号

出 版 人：姚 巍　　责任编辑：柯 谐
特邀策划：号 号　李姣姣　　装帧设计：南大古　张 强

出版发行：安徽文艺出版社　www.awpub.com
地　　址：合肥市翡翠路 1118 号　邮政编码：230071
营 销 部：(0551)63533889
印　　制：北京盛通印刷股份有限公司　(010)67887676

开本：880×1230　1/32　印张：21.25　字数：660 千字
版次：2023 年 5 月第 1 版
印次：2023 年 5 月第 1 次印刷
定价：75.00 元(全两册)

韶光艳·下

SHAOGUANGYAN·XIA

笑佳人／著

时代出版传媒股份有限公司
安 徽 文 艺 出 版 社

目录

第一章　还剩半年，乖乖等我

几场大雪过后，又到了腊月。

腊月十六是虞宁初的生辰，她要及笄了，今年的生辰尤为重要，三夫人特意在平西侯府为外甥女办了一场宴席，邀请平时与三房交好的女眷过来吃席。就连远在边疆历练的沈牧、沈逸也记着这事，提前将礼物寄到了家中，分别是他们在边疆物色到的新鲜玩意儿。

女子及笄，意义重大，三夫人邀请这么多女客，颇有给外甥女扬名的意思。

一众长辈见到虞宁初，纷纷夸赞虞宁初貌美端淑，只是这都是场面话，私底下聊起来，大家还是会介意她的身世，母亲早逝，父亲疯了，丢了官职，底下还有一对年幼的弟妹，这样的姑娘，娶回家就要多个疯亲家的累赘，一点好处都捞不到。姑娘光貌美有什么用呢？有个门当户对的亲家，遇到事情互相帮衬，那才合适。因此，大家只是当着三夫人的面夸赞虞宁初，绝口不问她是否许了婚事，不问，自然意味着没有结亲的意思。

宴席结束，虞宁初与沈明岚、宋湘一同在清辉堂说话，三夫人回到内室，眉头就皱了起来。

沈三爷问道："出什么事了？"

三夫人就把女客们的表现告诉了丈夫，恨声道："都怪那姓虞的，半点关怀没给过阿芜，到头来反要拖累阿芜。"

姑娘们嫁人，都是靠父母操持媒人说媒，外甥女长得再美，那些适龄的男子也看不见，长辈们又更在意家世门第，外甥女的婚事怕是要难了，除非真的像她母亲一样，嫁一个寒门子弟或是没落的名门子弟。

沈三爷想了想，道："无妨，再等等看，实在没有合适的人家，等逸哥儿回来，问问他的意思，他若喜欢，就让阿芜给咱们当儿媳妇。"

三夫人朝外面使了个眼色："阔哥儿那边呢？"

沈三爷道："以前阿芜住在侯府，阔哥儿见得多了，难免有些念想，现在阿芜搬出去了，时间一长，或许就淡了。"

三夫人点头道："嗯，暂且只能这样了，总之咱们不能委屈了阿芜。"

外甥女本就敏感多思，如果他们做舅舅、舅母的给她找了个像虞尚那样的夫婿，外甥女肯定要误会他们不喜欢她。

虞宁初在侯府待到后半晌，就带着一堆礼物回四井胡同了。虞尚虽然疯了，但虞扬、虞菱兄妹俩都很乖巧懂事，有他们陪着，反而少了很多寂寞。

郡王府的宋湘就孤单多了，一个人待在家里，一直等到天黑，宋池才从外面回来。

"朝廷都休假了，哥哥怎么又忙到这么晚？"宋湘披着厚厚的斗篷跑出来，见到裹挟着一身寒霜的哥哥，又心疼又埋怨。

宋池笑道："有个案子还没审完，过两日就清闲了。"

宋湘不想提锦衣卫的案子，嘟了嘟嘴。

宋池陪妹妹往里面走，道："以后我回来晚了，你自己吃饭，不用一直等我。"

宋湘低着头，小声哼道："你以为我想等你吗？一个人吃饭有什么意思，你早点给我娶个嫂子，我才不等你。"

宋池笑着问道："那么盼望嫂子，就不怕我娶回来一个跟你不对付的，日日挤对你？”

宋湘道：“我宁可有人挤对我，也不想府里连个说话的人都没有。”

宋池摸摸妹妹的头，没说什么，只庆幸前面十年住在平西侯府，妹妹同表弟妹们一起长大，又有姑父姑母疼爱，养成了活泼爱笑的性格，不像那人，就差在自己身边种上一圈荆棘了，可怜巴巴的，让人想关心她，靠得太近却要被扎。

换了常服，兄妹俩面对面坐着用饭，冬天寒冷，宋湘让厨房准备了铜锅，锅里咕嘟嘟冒着泡，热气总算驱散了郡王府的冷清。

宋湘是个话多的，主动讲起了虞宁初的及笄宴：“阿芜今天真美，三夫人给她梳头的时候，她垂着眼，跪坐在那里，一身红衣，好像新娘子，后来戴上簪子就更好看了，我真恨不得自己变成一个男人把她娶回来。”

宋池瞥一眼妹妹，道：“你若实在嫌府里冷清，哥哥可以早点给你许配个人家，免得你整日胡思乱想。”

宋湘瞪他：“你敢！我想嫁人我会自己挑，才不用你帮忙，先解决自己的终身大事吧。”

宋池笑而不语。

宋湘忽然叹了口气，道：“我看三夫人的意思，是想趁此机会给阿芜找个好人家，可惜那些长辈都不曾打听阿芜的婚事，显然是介意她的那位疯父亲了。”

宋池意外道：“你还能看出这些？”

宋湘故意开玩笑道：“当然，我好歹寄人篱下那么多年，这点脸色还是看得出来的。”

宋池问：“阿芜表妹无人问津，那有没有人向姑母打听你？”

话题又绕回了宋湘的婚事，宋湘瞪一眼哥哥，埋头吃饭。

饭后宋湘自去歇息，宋池去了书房。

夜深人静，宋池手里捧着书，却许久没有翻上一页，快二更天时，他终于放下书，打开书桌的一个抽屉。抽屉里放着一个精致的匣子，宋池取出匣子，轻轻一抽，匣盖移开，露出一支珠光闪烁的蝴蝶发簪。

看了半晌，宋池将匣子放回原处，站起来铺开画纸，开始作画。淡黄的宣纸上慢慢多了一只白猫，白猫蹲坐在大堂中间，头向后仰，仿佛要看别人戴在它头顶的蝴蝶簪子。

宋池画得很慢，从胡须、瞳孔到簪子上的小颗粒宝石，每一处都栩栩如生。

画好了，宋池去了窗边，寒冷冬夜，天空一轮明月，洒下的月辉仿佛也变冷了。

待墨迹干了，宋池将这张画收进了一个带锁的抽屉。

要过年了，京城的街上一日比一日热闹起来。

虞宁初想去炒货铺子看看，想到虞扬、虞菱进京后都没有机会出去玩，今日也带上了兄妹俩。

百姓们兴高采烈地置办着年货，这段时间炒货铺子的生意尤其红火，李管事忙着收钱算账，都没空招待姐弟三个。

看过铺子，时候尚早，虞宁初便一手牵着一个，沿着繁华的街道慢慢逛。今日她穿的是男装，厚厚的冬装遮掩了少女的身段，戴着冠帽，出发前她故意将眉毛画粗，减弱了女子的秀气，看起来更像个俊秀的小公子。

微雨与一个护院跟在他们身后，警惕着来往的行人。

前面的空地上有人表演杂耍，周围围了不少百姓，不时传来一阵阵喝彩。虞宁初牵着兄妹俩走过去，围观的人站得不是很密集，一行人便慢慢挤到了最前面，就见一个十岁左右的小姑娘双手分别攥着三根细细的竹竿，每根竹竿上又分别顶着一个盘子，随着小姑娘敏捷灵巧的动作，六个盘子滴溜溜地转着，而小姑娘不慌不乱，神态从容。

在百姓们的喝彩声中，馆主拿着一个铜罐走过来，有人便将赏钱投进去。

虞宁初从荷包里抓了一小把铜钱，交给虞扬、虞菱，兄妹俩投了铜钱，又欣赏了几场表演，等看够了，虞宁初才继续带着他们往前面逛。

路边有卖糖葫芦的，虞宁初给兄妹俩一人买了一串。刚买完，旁边医馆里走出两人来，虞宁初还没留意，就见虞扬惊讶地放下手中的糖葫芦，朝其中一人道：“先生！”

虞宁初转头，认出是自己给虞扬请的教书先生周老。周老先生五十多岁，早年中了举人后再也没能更进一步，便做了教书先生，教了二十多年书，名下出过不少举人甚至进士，品德俱佳，所以虞宁初经过一番挑选后，聘了周老来教导虞扬，同时也让虞菱在旁边听着，姑娘家虽不必应试，但知书达礼也是应该的。

周老由一年轻人扶着，还在咳嗽，瞧见他们，马上避开一些，解释道："老夫染了风寒，千万别过了病气给姑娘、少爷。"

虞宁初道："先生病得可严重？郎中如何说？"

周老笑道："无碍无碍，吃几服药就好。对了，这是老夫的三子既明，快给大姑娘见礼。"

"在下周既明，见过姑娘。"周既明扶着父亲，彬彬有礼道。

虞宁初这才注意到这位周公子，只见他双十年华，眉目清秀，肤色白皙，容貌并不十分出众，却有一种温雅平和的气质，观之可亲。她又想起当初有人举荐周老的话，说周老有三个孩子，长子、次子都中了举人，有幸被派到地方做官了，虽然官职不高，却也值得骄傲，又说周老的三子才十九岁就中了举人，今科虽然落榜，然而继续苦读三年，也许下次春闱就能中进士了。

虞宁初回了礼，想到自己的打扮，有些惭愧地对周老解释道："要过年了，我带弟弟妹妹出来逛逛，这副模样，让您见笑了。"

周老赞许道："姑娘奉养父亲，礼爱弟妹，乃女子典范，忙了一年，年关将近，出来放松一下有何妨。"说完，又咳了起来，便忙向虞宁初告辞。

虞宁初目送父子俩离开，也就忘了此事。

周既明扶着父亲走出一段距离，才不由自主地回头看去，只见那位男装打扮的虞家大姑娘正缓步往反方向走着，一身男装看不出身姿如何，微露的侧脸却白皙美丽。

"听父亲的意思，虞家莫非是这位大姑娘当家？"周既明想了想问道，虽然父亲在虞家教了三个月的书，但他只是知道此事，并没有打听过虞家的情况。

周老叹息道："是啊，虞老爷原来也是官身，因为染了疯病，只能辞官在家休养，他没有妻子，现在虞家就全靠大姑娘撑着了。"

周既明懂了，没再多问。

新年期间，但凡有亲戚的人家都要张罗宴席热闹一番，有的人家定在年前，有的定在年后，最迟也不会出了正月。

虞宁初年前去吃了平西侯府的席，正月初五去吃了表姐沈明岚家的，正月初八去吃了郡王府的，到了正月初十，终于轮到虞家请客了。

客人不多，除了侯府众人，便是沈明岚、曹坚夫妻，宋池、宋湘兄妹。因为安王府设宴没有邀请她，虞宁初乐得不去，轮到自家请客，她便也没有给安王府的沈明漪下帖子。算起来两人并非嫡亲的表姐妹，不请也没什么关系，谁也不算失礼。

至于郡王府，虞宁初邀请宋湘为主，带上宋池，纯粹是面子活罢了。

让她意外的是，初十这日，宋湘是独自来的，称宋池另有宴请，不好谢绝。

虞宁初很高兴，她就盼着随着两人见面次数的减少，宋池会淡了对自己的兴趣，直到彻底忘了她这个人。据平时见面沈明岚与宋湘谈话透露的消息，自从扬州广陵书院一案宋池立功后，正德帝对他越来越器重，想要巴结宋池的官员也渐渐多了起来，少不了有人给他送美人。虞宁初自知貌美，却不信京城真就没有比自己更美的人，等宋池见多了，何必再纠缠她这个寻死觅活的。

宾客全是熟人，这顿宴席办得热热闹闹。

正月就这么过去了，二月底，沈明岚号出喜脉，成了再也不好出门乱逛的准娘亲，被宋湘狠狠地揶揄了一番。

待春风渐暖，宋湘再也憋不住了，一身男装骑马来到四井胡同，邀请虞宁初去郊外跑马。宋池关心妹妹，特意安排阿默带着四个护卫同行。

虞宁初也想出去松松筋骨，便换好男装，单独随宋湘出门。

尚未出城前只能骑马慢行，路旁的百姓见到马背上的两个俊秀“少年郎”，都忍不住多看了几眼，看多了也就猜到是两个女扮男装的姑娘了。

宋湘笑着问虞宁初：“这样随我出门，怕不怕传出去不够端庄，往后不好嫁人了？”

虞宁初的目光扫过那些悄声议论的百姓，笑得轻松自在：“不嫁就不嫁，我也不想嫁。”

宋湘想了想，有点后悔今天的冲动，下次还是先坐马车出城吧，到了城外再随心所欲，免得连累虞宁初。

虞宁初却没想那么多，春光明媚，杨柳新绿，在郊外尽情地跑一趟，仿佛才是真的辞旧迎新，迎来新的一年。

正德帝在宫里闷了太久，也想出去踏青，于是京郊香山提前半个月封山，专门为迎接圣驾做准备，韩国舅从京城禁军中挑选了一支精锐之师，负责此行正德帝与后妃的安全。太子留守京城，并未随行。

到了香山，正德帝叫上安王、韩宗延、宋池、沈琢等年轻的皇亲国戚陪着一起狩猎，韩国舅与其他几个大臣也跟在后面。

正德帝疏于锻炼，能骑马在山林里穿梭就不错了，安王与韩宗延跑在前头一心表现，渐渐不见了身影。

“你们两个怎么不去？”正德帝笑着问宋池、沈琢。

沈琢道：“臣等保护皇上要紧，不敢分心。”

正德帝笑道：“香山都被禁军封死了，能有什么危险？你们只管施展本事，谁打的猎物最多最好，朕有赏。”

沈琢还是坚持护驾，宋池也没有走开。对此，正德帝心里很是满意，他就喜欢这样忠心耿耿又有真才实学的年轻人。

又走了一段距离，周围过于寂静，连声鸟叫都没有。宋池第一个举起手示意大家停下，与沈琢对视一眼，两人分别骑马挡在正德帝身前。

正德帝惊得压低身体，一边往后退一边问：“怎么回事？”

话音未落，四周草丛中突然出现一道道黑影，弓箭早已搭好，对准正德帝的方向急射而来，铺天盖地，如同箭雨！

宋池、沈琢与跟随的侍卫们挥剑击落从四面八方而来的箭矢，正德帝慌不择路，两手捂着头往后逃窜，此时韩国舅离他最近，正德帝下意识地朝韩国舅跑去，想让韩国舅护着自己。偏偏韩国舅也如热锅上的蚂蚁，本来要跑向正德帝的，却见对面又冒出两个黑衣人往这边射箭，求生的本能逼得他往后一躲，抓住一个侍卫挡在了自己面前。

“嗖”的一箭，射中侍卫，韩国舅被这一吓，跑得更快了。

正德帝刚刚被草丛绊倒，正跪在地上，将韩国舅临阵脱逃的一幕看得清清楚楚，就在他愤怒焦急之际，忽然有人飞扑过来，从后面将他扑倒在地。

耳旁响起一声闷哼，正德帝战战兢兢地回头，还没看清楚，就见宋池一手抓着他的肩膀，连拉带扯地拖着他朝后跑去，一边跑一手挥剑击落从两侧飞来的箭矢。

见有人救他，正德帝松了一口气，逃跑的脚步也不再那么慌乱。

更多的侍卫前来救驾，等正德帝被一圈圈侍卫包围后，才双腿一软，坐到地上。

“皇上您没事吧？”韩国舅发冠歪斜地跑过来，宛如一个最忠心的老仆。

正德帝瞪他一眼，朝宋池看去，却见宋池捂着胸口，突然吐出一口鲜血来，有侍卫及时冲过来扶住宋池，就在宋池侧身的工夫，正德帝瞳孔一缩，这才发现他背后竟然中了一箭！

脑海里浮现宋池扑过来压住自己的那一幕，正德帝后怕得全身发冷，如果没有宋池，那支箭是不是就射到自己身上了？

“御医呢？御医！”正德帝高声大叫起来，唯恐人来晚了，宋池就这么没了！韩国舅越老越没用，好不容易栽培了一个宋池出来，正德帝舍不得！

圣驾出城时浩浩荡荡惊动了全城百姓，回来时不但浩浩荡荡而且戒备森严，一看就知道出了大事。

第二日，沈明岚来了虞宁初这边。

“表姐怎么不好好在家里养胎？”虞宁初赶紧出来迎接，越是没有怀过孩子的小姑娘，越是觉得孕妇必须事事小心、时时小心，仿佛走下踩脚凳到落地的那点颠簸，都能伤了孩子。

“我没事，除了胃口不太好，跟以前没什么两样。”沈明岚推开虞宁初来扶的手，改成挽着她的手臂，一边往里走一边低声道，“昨天的事，你听说了吗？”

虞宁初什么也没听说，待在家里折绢花呢，春日暖和，虞宅一片安宁，这样的日子很舒服。

沈明岚将她拉到内室坐着，神色凝重道："皇上去香山踏青，遇到了刺客，皇上有惊无险没有受伤，当时随行的官员侍卫却死了几个，连池表哥也为了护驾中了一箭。"

虞宁初震惊地吸了口气，香山离京城那么近，可以说是天子脚下，这种地方竟然有人敢行刺皇上？还有宋池，他去年去扬州办案刚中过毒箭，伤口瘆人，如今又……

"伤得严重吗？"好歹也挂着表哥表妹的名头，又有宋湘的关系，虞宁初担心地问。

沈明岚道："我刚从郡王府回来，池表哥真可怜，伤在左后肩，据说是毒箭，挖了一块肉下来，我没敢看。"

虞宁初听着这话，觉得自己身上也挨了一箭似的，起了一身鸡皮疙瘩。

"毒箭，莫非是曾经在扬州偷袭锦衣卫的那帮人？"虞宁初不由得猜测道，宋池的伤口处理方法很难不让人联系到扬州一案。

沈明岚摇摇头，低声道："刺客的身份暂且还不知道，皇上已经派人去查了，接下来京城肯定要乱一阵子，你记得叮嘱府里的下人，不要乱走动，更不要胡乱议论什么。"

虞宁初记下了，又问起宋湘。

沈明岚叹道："池表哥受伤，我心里都难受，何况是她？眼睛都哭肿了，我怀着身子，她在我面前要强，傍晚人少的时候，你去瞧瞧她吧。"

虞宁初也心疼宋湘，一口应下了。

黄昏时，虞宁初提前在家里用了晚饭，带上一份礼品，坐车去了郡王府。

宋池受伤，今日郡王府不断有人登门探望，虞宁初算是来得最晚的。

宋湘正守在宋池的床边。宋池伤在后肩，只能趴着，伤口的疼痛让他闭着眼睛，只在妹妹哽咽得厉害时，才开口打趣道："我还没死，你哭成这样，是要咒我吗？"

宋湘气道："你还敢说，你逞强的时候怎么没想想我？"

"郡王、郡主，虞姑娘来了。"阿谨过来通传。

宋池眼睫微动，依然保持着趴着的姿势。宋湘抹抹眼睛，替哥哥挂好纱帐，出去接虞宁初。

见到好姐妹，宋湘趴到虞宁初怀里痛哭了一顿，旁人来，她得端着待客，也只能在虞宁初面前这样了。

虞宁初一边轻轻拍她的肩膀一边柔声安慰道："哭吧哭吧，哭够了还要好好照顾池表哥呢，他就你这一个妹妹，你把自己哭伤了，他还要反过来牵挂你。"

宋湘呜呜道："他才不牵挂我，他恨不得叫我担心死，三番两次地出事。"

虞宁初回想起宋池的伤，突然意识到，他这个皇帝面前的新晋红人也不是那么好当的，既要拼命完成正德帝交代的任务，又得把正德帝的性命放在自己面前，危机四伏。

虞宁初这次过来，主要是为了安抚宋湘，但人都来了，不去探望宋池，反倒惹人猜疑。

"好了，带我去看看池表哥吧。"虞宁初替宋湘擦干眼泪，轻声道。

宋湘抽噎两下，陪她一块去了哥哥的房间。

宋池的上半身披着中衣，只把肩膀那一块剪掉了，又有一层纱帐阻隔视线，如此见客也不算失礼。

"表哥可还好？"虞宁初远远地站在床边，虚与委蛇道。

宋池偏头，透过纱帐凝视她数月未见的模糊的脸："还好，劳烦表妹担心了。"

虞宁初瞥一眼宋湘，并不掩饰自己的口拙："既然皇上无忧，表哥就安心养伤吧，改日我再来探望表哥。"

宋池："表妹要走了吗？阿湘一直守在我这边，还没有用饭，你们感情好，表妹替我哄她吃饭吧！"

虞宁初一听，忙去劝说宋湘。宋湘恼哥哥莽撞，却也放不下他，便叫阿谨把晚饭端到这边来，包括虞宁初的那份。

虞宁初怕自己不吃宋湘也没有胃口吃，便什么都没说。

“我先去洗洗脸。”宋湘摸摸自己发干的脸，去了洗漱架那边。

虞宁初刚要走过去，忽闻帐内那人道：“我有些口渴，烦请表妹替我端碗茶。”

虞宁初知道了，宋池的伤，真的不必让谁担心。

宋池要喝茶，宋湘在洗脸，虞宁初微微犹豫片刻便走到内室门口，唤阿谨进来伺候他主子。同样的招数，在扬州时宋池已经用过，这次她不会再上当。

阿谨并不知道里面的情况，听到传唤就进来了，直到端着茶碗送到主子面前，被主子斜了一眼，阿谨才反应过来，他刚刚就不该站在门口！

晚饭被端进来，虞宁初背对宋池坐着，哄着宋湘吃饱了，也就告辞了。

宋池趴在床上，默默听着她离开的脚步声，长睫低垂，仿佛已经睡去。

宫中，正德帝非常关心锦衣卫审案的进展，他急于知道究竟是谁想刺杀自己。

香山的刺客大多数都死在当场，侍卫们只抓到两个活口，韩国舅心知自己护驾不力，急着表现，便亲自审问了那两个刺客，然而一个咬定自己没有受人指使，纯粹是想杀了昏君替天行道，一个骨头够硬，愣是不肯开口。韩国舅审得心力交瘁，眼看天色暗淡下来，只得沐浴更衣，进宫复命。

“皇上少安毋躁，那二人虽然没有交代什么，但锦衣卫的酷刑都不能让他们开口，足以证明他们来谋害皇上之前受过严格的训练，这种人绝非普通的江湖草莽，定是有官员意图谋反精心栽培的死士。”处理过太多刺客，韩国舅熟练地推断道。

正德帝还记着韩国舅只顾逃命的画面，此时看他是处处都不顺眼，抓着他话里的毛病道：“让你这么说，他们连酷刑都不怕，你还怎么审？你审不出来，又怎么知道他们是官员栽培的死士？也许有的江湖草莽天生硬骨头，就是不怕你的酷刑。”

韩国舅被正德帝器重太久，多少年都没有挨过这种骂了。擦掉额头冒出来的汗，韩国舅跪下道：“请皇上再给老臣三日，三日后老臣一定查出真凶！”

正德帝自然知晓锦衣卫那些逼供的手段，冷声道：“好，朕就给你三日，三日后朕要亲耳听他们招供。”

如此一来，韩国舅就不能杀人灭口，不能再随便栽赃到哪个官员头上糊弄了事了。

韩国舅虽冷汗淋淋，不过也还算有信心，锦衣卫那么多手段，两个死士能扛一天，难道还能扛三天？

韩国舅在锦衣卫忙着审讯两个死士，第二日，正德帝亲自来郡王府探望宋池，太子、安王也都跟了过来。

宋池背上的伤，正德帝都不忍多看，越看越后怕，越后怕就越庆幸自己身边有宋池这样的忠臣。

“这阵子子渊且安心养伤，等你病愈，朕另有重任交付于你。”坐在宋池床边，正德帝关心道。

宋池往后瞥一眼肩头，遗憾道：“只怕伤势恢复缓慢，误了皇上的大事。”

正德帝摇摇头：“也没有那么急，你先养着，等你好了再说。”

宋池颔首。

太子也上前慰问了一番，他本就是个心狠手辣的，宋池在扬州一案中的表现，太子很是欣赏，反倒是韩宗延那种酒囊饭袋，他一直都看不上眼。

宋池在太子面前更像臣子，论私交，两个皇子中他与安王的关系更好。安王对宋池也有种惺惺相惜之感，所以正德帝与太子要走，安王却留了下来，想多陪陪宋池。

“你说你，好好的一个玉面公子，如今两边肩膀一前一后多了两个窟窿，将来成亲，还不吓坏我那侄媳妇。”皇帝不在，安王又恢复了平时的吊儿郎当，一手摇着折扇，一手扒拉着宋池的中衣点评道。

宋池浑不在意：“堂堂七尺男儿，当以建功立业为先。”

安王最不耐烦提什么建功立业，他觉得宋池比韩宗延更雅，又多了几分正经，不如韩宗延与他完全臭味相投。

阿谨忽然进来，要为宋池换药。

安王移到床尾看着，啧啧道：“子渊啊，你真是没沾过女子不知道女子的好，这种时候，若是换上两个温柔似水的美人伺候，手上温柔话也温柔，保证你的疼都能削弱七成。”

宋池的脑海里浮现出扬州那日，虞宁初替他更换打湿的中衣的场景，她身上的香，她羞红的脸，她拂过来的温热气息，的确让他忘了肩膀的疼。

等阿谨退下，宋池才重新趴稳，苦笑着自嘲道：“伤成这样，有美人也只能看着，岂不是火上浇油？”

安王不知想到什么，哈哈一笑，凑到宋池耳边道：“那可未必，你不能动，自有美人效劳。”

宋池一怔，待反应过来他的意思，只摇头不语。又聊了一会儿，宋池忽然问起韩宗延：“王叔与他形影不离，今日怎么没见他同来？”

安王嗤笑道：“他刚得了一个美人，恨不得时时刻刻溺在温柔乡，哪肯来你这里浪费工夫？”

宋池想起来了，神色复杂地问道：“莫非就是前几日王叔与我夸赞的那位丹蕊姑娘？”

安王被他的表情逗笑了，摇着扇子道：“你啊，光是纸上谈兵，还是太单纯了，殊不知那种事越刺激越有劲，说起来，我还真期待哪日与你一同去会会丹蕊姑娘。”

宋池：“此等乐事，王叔还是去找宗延吧。”

安王大笑，不过还真起了兴致，嘱咐宋池好好养伤，便告辞坐马车前往国舅府。

这两日国舅府的气氛比较凝重，韩国舅掌管锦衣卫，此次皇上出游香山，封山等事宜也是韩国舅亲力亲为，如今出现刺客，哪怕正德帝再器重韩国舅，韩国舅的压力也很大，没有查出背后真凶之前，国舅府上上下下恐怕都难以放松。

早上韩国舅出门前才把韩宗延骂了一顿，韩宗延不敢出去鬼混，在家也不敢去寻歌姬美妾，索性坐在书房看话本打发时间。

得知安王来寻丹蕊，韩宗延直接让安王在寝室等着，再派人去请丹蕊。

“你不一起？”安王摇着扇子问道。

韩宗延一脸苦色：“我爹忙着查案，我哪敢在这时候胡来，被他知道还不打死我？”

等丹蕊来了，韩宗延交代丹蕊好好伺候安王，又回了书房。安王有美人相伴，无暇顾他，命带来的两个侍卫守在外面，不许任何人来打扰。

没过多久，里面就传来一些动静。

“哎，王爷的袍子被我弄脏了呢。”

“无碍，等会儿跟你们公子借一身。”

待了两刻钟左右，安王想着晌午前还要回宫，便让丹蕊去韩宗延的衣柜给他拿一身袍子。

丹蕊撒娇道：“奴家没有力气，王爷自己去。”

安王看她一眼，捏捏她的脸蛋，走过去打开衣柜，还在挑选的时候，美人如蛇一般从后面抱住他，哼哼唧唧地缠人。

安王一边挑选衣袍，一边笑道：“今天没工夫了，下次……”

话没说完，一根簪子突然狠狠地插进他的脖子！

安王瞪大双眼，一手捂住脖子，艰难地转过身。丹蕊迅速将手里的明黄龙袍扔进衣柜，再将脖子喷血的安王往衣柜里一推，旋即朝外跑去。她脸上还沾着安王喷溅出来的血，见到门口的侍卫，丹蕊更慌了，捂住嘴就要往里面退。

两个侍卫愣了片刻，反应过来，立即跑进内室。此时二皇子还没有完全断气，一手徒劳地捂着脖子，一手死死地抓着那件明黄龙袍，朝侍卫递来，仿佛要说什么。

一个侍卫已经吓傻了，另一个还算冷静，抓起二皇子手中染血的龙袍，对同伴道：“我进宫去通报皇上，你在这里守着王爷！”说完，火速朝外跑去。

韩宗延在书房听到动静，疑惑地走出来，只瞥到那个侍卫的背影，慌慌张张的。他皱皱眉，去了内室，还没看清里面到底发生了什么，一个失魂落魄、浑身带血的美人突然冲过来，跪在他脚边紧紧抱住他的腿，哭诉道：“公子，王爷发现了您的大事，我、我一时情急……”

就在此时，守在衣柜前的侍卫难以置信地转过身来，同时也露出了安王死不瞑目的尸体。

韩宗延腿一软，跪了下去。

宫中，正德帝正在与韩皇后说话。韩皇后乃韩国舅的亲妹妹，听闻皇上有点迁怒哥哥，专门是来替韩国舅说好话的。

正德帝后宫有无数美人，只有韩皇后成功替他生了两个龙子，所以正德帝十分宠爱韩皇后，待他听得耳根慢慢发软时，却见安王身边的侍卫回来，抱着染血的龙袍跪下，痛哭道："皇上，韩宗延私藏龙袍，被王爷无意中发现证据，没等王爷走出来，人就被他们杀了！"

正德帝与韩皇后俱是一晃，尤其是韩皇后，眼泪已经滚滚落下："你再说一遍，我儿怎么了？"

侍卫托起那件染血的龙袍，涕泪横流："王爷，王爷他没了……"

韩皇后眼前一黑，朝正德帝倒了下去。

正德帝本能地扶住韩皇后，只是想到两个儿子竟然死了一个，正德帝目眦欲裂："来人！来人！"

平西侯前往边疆任职后，沈琢被调到宫中担任御前侍卫统领，刚刚安王的侍卫便是他带过来的，此时就在外面候着。

见到沈琢，正德帝咬牙道："即刻捉拿韩统，带人包围国舅府，没有朕的命令，韩家上下一个都不许出来！"

而他口中的韩统，正是本朝第一权臣，韩国舅。

沈琢带领侍卫围住国舅府时，丹蕊已经死了，被怒急攻心的韩宗延杀死的。

韩宗延既怒且急，安王死在他这里，皇上会怎么罚他？父亲能保住他吗？姑母虽然贵为皇后，平时也很宠溺他，可眼下死的是姑母的儿子，姑母岂会继续偏护他？

韩宗延已经六神无主，这时候丹蕊还跪在他身边哭哭啼啼说一些胡话，韩宗延急着向安王的侍卫证明自己与杀害安王一事无关，一脚将丹蕊踢了出去，然后跑到悬挂佩剑的墙壁前，取下佩剑，一剑刺入丹蕊的腹部。丹蕊口吐鲜血，双手攥着剑刃，含泪的双眸死死地盯着韩宗延，仿佛在委屈韩宗延为何杀她，又仿佛带了些别的情绪。

最终，她倒在血泊里，闭上眼睛的刹那，唇角似乎往上弯了弯。不过，并没有人会留意一个必死之人的临终表情。

侍卫守在安王的尸体旁，一手拔刀，提防韩宗延杀他灭口。韩宗延说不清楚，很快韩家其他人也赶来了，人一多，韩宗延渐渐冷静下来，终于意识到他中了别人的圈套，而且这个圈套要套的不止他一个，而是整个国舅府！

国舅夫人看向仍然守在安王身边的侍卫，一心后悔自己发现得太迟，让另一个侍卫跑了，否则他们大可以将此事推托到两个侍卫与丹蕊合谋上。然而跑了就是跑了，此时后悔也无用，国舅夫人拉着身边的嬷嬷退出房间，低声吩咐道："府里进了奸细，你赶紧带人去搜，任何房间都不能错过，看看有没有被人藏了其他犯上的东西，一旦发现即刻销毁，不得留下把柄。"

一件龙袍可以说是丹蕊带进来的，如果多了，国舅府有一百张嘴也说不清。

没等韩家搜完，沈琢带着数百名侍卫快马加鞭地赶过来，将国舅府围了个水泄不通。正德帝、韩皇后、太子等人紧随其后，当侍卫们抬出安王已经发冷的尸体时，韩皇后再次晕眩过去，太子红了眼眶，他再不喜欢这个好色的弟弟，那也是同胞骨肉啊！

"王爷！"沈明漪来得最迟，看到安王血淋淋的尸体，夫妻一场，她也是难过的，随即涌上心头的是惧怕，安王死了，她这个安王妃再尊贵也只是一个寡妇，连个孩子都没有，接下来的几十年该怎么过？

"王爷……"沈明漪扑到安王的尸体上，真心地哭了起来。

宫人们也替安王哭丧，一片哭号声中，沈琢将韩家上下绑了个齐全，全部押到正德帝面前。

韩国舅也被绑过来了，看到韩宗延，韩国舅破口大骂："逆子，这究竟是怎么回事！"

他原本在锦衣卫大牢里审问那两个死士，一边动刑一边威胁，威风凛凛得意扬扬，审得正在兴头上，沈琢突然带人冲了进来，不由分说将他绑了！韩国舅把持朝政十几年，何时受过这种耻辱，可沈琢是奉旨抓人，韩国舅不敢反抗，锦衣卫里对他忠贞不贰的那帮人也不敢出声。

一路上都没有人给他透个口风，直到回到家，看到安王的尸体，韩国舅才如迎头挨了一棍，心凉了半截！

韩宗延已经与母亲对好说辞，一会儿看着亲爹一会儿看着正德帝，哭诉道：“我、我几日前收了一个美人，王爷很喜欢她，常来我这边做客，没承想那美人竟然包藏祸心，趁我不在杀了王爷！皇上明鉴，我与王爷情同手足，怎会害他，一定是有人在幕后布局，要诬陷我们韩家！”

正德帝冷笑，提着那染血的龙袍丢到他身上：“给他试试，合不合身！”

侍卫们立即将龙袍展开套到韩宗延身上，松松垮垮的，并不合身。

韩宗延大喜，韩国舅也大喜，就在这时，正德帝打量着那件龙袍，突然又道：“给国舅试试。”

韩国舅身材高大，年轻时仪表堂堂，掌权后慢慢发福起来，比韩宗延胖了两圈，此时将龙袍套到韩国舅身上，简直就是绣娘照着韩国舅量身定做的，宽一分嫌肥，窄一分嫌瘦。

被迫穿上龙袍的韩国舅只觉得穿了一身荆棘，哭着喊冤：“皇上，这、这一看就是旁人陷害！臣对皇上忠心耿耿，即便真有谋逆之心，怎么可能将这么重要的东西交给宗延，宗延又怎么可能随随便便拿出来给一个新收进来的歌姬看？皇上您好好想想，如此不合情理之事，必然是幕后有人在作祟！”

正德帝看向丹蕊的尸体，此时的丹蕊衣不蔽体，露出的肌肤白皙如雪，脸蛋也是倾城之姿。正德帝本就是个贪图享乐的纨绔，为了讨美人欢心，让美人敬佩自己做过不少荒唐事，韩宗延又是个没出息的，文武都拿不出手，说不定是哪日气血上头，为了哄美人高看他一眼，便偷了韩国舅的龙袍拿出来显摆，结果还没放回去，就被自己的儿子误打误撞发现了！

“给朕搜！掘地三尺，朕就不信搜不出其他东西！”

沈琢刚要带人去搜，太子瞥他一眼，对正德帝道：“皇上，沈统领乃韩家女婿，此事还是避嫌的好。”

沈琢眉头一皱，单膝跪地，朝正德帝道：“皇上，臣是韩家女婿不假，可臣的妹妹更是安王之妻，臣一家更是皇上的臣子，如若国舅果真包藏反心，臣绝不会姑息，愿为皇上铲除奸臣。”

正德帝对平西侯府的家风还是了解的，沈琢与韩国舅又素来不亲近，不过谨慎起见，他还是让沈琢留在身边，让太子亲自带人去搜查。

太子很兴奋，他平时很少有机会亲自查案，如今偌大的国舅府都在他手里，生死都是他一句话的事，太子只觉得胸口有什么在沸腾。至于韩国舅，虽然是他的舅舅，可这个舅舅有可能想从他们父子手中抢夺皇位，做舅舅的都不仁了，他何必再讲义？

父皇只有两个儿子，弟弟是个纨绔，太子地位本就稳固，此时绝不允许一个外臣来抢。

太子重点搜查了韩国舅的院子，里里外外翻了个遍，没找到什么，便真的开始掘地三尺。院子里有一片花坛，里面种着韩国舅最喜欢的牡丹花。三月底的时节，有的结出了花骨朵，再来半个月的好天气，差不多就能开了。

太子走到这片花坛前，忽然想起母后曾经说过舅舅爱牡丹如命，一直都是亲自照料院中的牡丹，不许他人动手。太子朝两个侍卫招招手，让他们先挖这边。侍卫拿着铁锹过来，先将一大片翠绿的牡丹挖出，再顺着坑往下挖，突然，“铮”的一声，铁锹磕到了什么硬物上。

太子踩着地面上挖出来的一层浮土，靠近看着侍卫取出一个一尺见方的金匣，匣子打开，里面赫然是一方由明黄锦缎包裹着的玉玺，与正德帝的玉玺唯一的不同，是换了新刻字。

“殿下请看，这是从国舅夫人的书房搜出来的！”

太子正端详手中的玉玺时，有侍卫拿着一卷明黄圣旨匆匆赶来，太子接过打开，发现竟然是一张禅位圣旨，拟的是正德帝狩猎遇刺重伤不治，因不信太子的治国之才，临终决定禅位给重臣国舅。看上面的墨迹，应该是近期才写的，如果正德帝真的在香山遇害，抬到宫里诊治，以韩国舅的身份带着这封伪诏进宫再趁机加盖玉玺，简直易如反掌。

带着这两个铁证，太子去向正德帝复命。

正德帝看完伪诏，冷笑三声，怪不得他下令提前半个月封山，韩国舅带着锦衣卫里里外外搜索了几遍，竟然还有刺客埋伏其中，敢情那些刺客都是韩国舅的人！怪不得韩国舅只忙着自己逃命不来救他，原来韩国舅巴不得他挨上几箭，好得到伪造圣旨的机会！

“韩统，你还有什么话可说！”想到这十几年的信任都白费了，正德帝猛地将手里的新制玉玺朝韩国舅砸去！

韩国舅下意识躲闪，玉玺从他身侧飞过，砸到了后面的韩宗延身上。韩宗延疼得要命，却不敢发作。

韩国舅老泪纵横，哭着望向正德帝：“皇上，您不要中了奸人的计策啊，老奴服侍您二十多年，皇上已经将主持朝政的重任交给了臣，臣还有什么不满足的？皇后可是臣的亲妹妹，太子也是臣的亲外甥，臣若有反心，便是人神共愤、天地不容，臣图什么啊？”

韩皇后看着亲哥哥，终于从儿子横死的悲痛中回过神来，哭着跪到正德帝面前，替韩国舅求情：“皇上，这一切都过于巧合，您……”

“巧吗？朕一点都不觉得巧！”正德帝踹开韩皇后，指着韩国舅骂起来，“你图什么？你自然是图谋朕的皇位江山！朕就是太宠信你了，给你的越多，你就越贪心！朕身边有太子，有年轻的能臣，你怕终有一日朕会弃用你，干脆一不做二不休，计划了这场行刺！”

什么哥哥妹妹舅舅外甥，为了皇位，皇帝可以杀儿子，儿子也可以杀皇帝，在皇族，亲骨肉都靠不住，更何况舅舅外甥？

“全部打入死牢！”正德帝不想再听韩国舅狡辩，转身命令道。

侍卫们一拥而上，将韩府众人押了下去。

这时，太子拱手道：“父皇，此案干系重大，锦衣卫内全是韩统栽培的走狗，儿臣请命替父皇审理此案。”

宋池有伤在身，正德帝也想不到更合适的人选，便同意了。

正德帝带着安王的尸体回了宫。儿子之死，正德帝除了恨韩国舅，也迁怒到了韩皇后头上，韩国舅能生出如此野心，都是因为有个做皇后的妹妹，也正是因为这些年韩皇后经常在他耳边替韩国舅美言，他才会一步步放权给韩国舅，最终酿成今日大祸。

“传朕旨意，韩家谋逆案调查清楚之前，皇后暂禁足于中宫。”

宫人领命，带走了伤心欲绝的韩皇后。次子惨死，娘家人又全部被关进死牢，今日种种，对韩皇后的打击最重。

大殿之上，正德帝看着次子发青的面孔，愤怒过后，悲痛终于袭来，泪流满面。他这辈子只得了两个皇子，每一个长得都像他，正德帝对两个儿子爱如性命，如今白发人送黑发人……

“皇上，武英郡王、福康郡主求见。”

有宫人进来通报，正德帝本不想见，但想到宋池的伤，定是因为听说了儿子的死讯才来的，便叫人带宋池兄妹进来。

殿外，阿默想继续扶着宋池，宋池摆摆手，独自走了进去，宋湘悲戚地跟在他身旁。

正德帝坐在安王的尸体一侧，听到脚步声，抬头看去，就见宋池脸色苍白地走过来，平时见到他总是先行礼的年轻人，此时眼中却仿佛没有他一样，悲痛地看着安王的方向。

正德帝又想起来，儿子与宋池一直走得很近，京城的年轻子弟，除了韩宗廷，儿子最喜宋池。现在儿子死了，韩宗延口口声声只想推卸罪责，一滴眼泪也没有替儿子流，宋池伤得那么重，却第一时间赶来了。

“王叔。”宋池跪在安王身边，一手握住安王冰凉的手，垂首落下泪，“怎会如此，怎会如此，都怪我！”

正德帝万念俱灰，听到这句，下意识地问：“怪你什么？”

宋池悔恨道：“王叔好心去探望我，如果我多留王叔片刻，王叔今日或许就不会去国舅府……”

见并没有得到什么有用的消息，正德帝发出一声苦笑，韩宗延养了美人勾引儿子，宋池卧病在床，拿什么挽留儿子？他审问过儿子身边的两个侍卫，知道儿子到达国舅府后直接就点名叫来那个叫丹蕊的美人，甚至连屋里的动静侍卫都原原本本地告诉了他。真相就是，韩宗延偷了韩国舅的龙袍向美人显摆，显摆完了暂且藏在衣柜里，被儿子意外撞见。

正德帝又哭了起来。宋湘低声啜泣着，宋池只是默默垂泪，片刻之后，他转向正德帝，请命道："皇上，臣进京多年，因毫无根基，颇受京城勋贵子弟冷落，唯有两位王叔不曾嫌弃，尤其是二王叔，待臣如亲生手足。臣无能，没能避免王叔今日之难，但臣想替王叔报仇，恳请皇上命臣主审此案……"

话未说完，他突然咳出一口血来，就在他捂着胸口低头时，正德帝终于看到了宋池的后肩，那里一片殷红，定是一路奔波撕裂了伤口。

"哥哥！"宋湘过来扶住兄长，焦急之色，恨不得代兄长承受此痛。

无须悲号恸哭，只凭宋池这伤，只凭宋池刚刚那番话，正德帝就信了他对儿子的深情厚谊。

"此案朕已经交给太子审理，子渊有伤在身，先回去休养吧。"正德帝说完，继续守着儿子。

宋池陪他守了许久，直到正德帝命令侍卫送他出宫。

侍卫将宋池送出宫门，宋湘、阿默小心翼翼地将他扶上马车。

马车出发后，宋湘担忧地看着兄长："哥哥，你的伤，我先帮你看看？"

宋池摇头，神色冰冷地看向窗外，仿佛还在为安王之死耿耿于怀。

宋湘不懂哥哥为何要与安王那种人交好，只是安王突然横死，宋湘也吓了一跳，就像做了一场梦，不懂不久前才见过面的安王，怎么突然就变成了一具尸体。

"哥哥，韩家真的要造反吗？"明明是阳春三月，宋湘却觉得浑身发冷，仿佛京城要变天了一样。

宋池看一眼妹妹，低声道："真相如何，太子自会查个水落石出，你我就不要擅议了。"

宋湘知晓分寸，朝廷发生什么都与她无关，只要哥哥平安就好。

韩国舅等人下狱不久，沈二爷、沈三爷、沈琢及韩家其他姻亲陆续被停职，同皇后一样，正德帝要先查清韩家造反案，再决定韩家一众亲戚的任用。

沈琢是最先被正德帝打发回来的，一下马，便疾步朝里面跑去。

韩锦竺正在哭，她想回家看看，但韩氏与太夫人都不许她乱动。见到沈琢，韩锦竺更加管不住眼泪，泪眼婆娑地看着他："爹爹如何了？究竟发生了什么啊？"

沈琢看着她高高隆起的肚子，有心隐瞒，可风声已经透出来了，他若不说清楚，她只会更加焦急。无可奈何之下，沈琢将安王之死、帝王之怒及韩府众人入狱一事说了出来。

侯夫人韩氏最先腿软，跌坐在椅子上。韩锦竺听完沈琢的话，神色怔怔，只有眼泪不断地流着。

沈琢单膝跪在她身边，一手扶着椅子一手握住她的手，试图安慰妻子："你别急，有太子在……"

韩锦竺心一紧："皇上让太子主审此案？"

沈琢点头，还想再说什么，却见韩锦竺突然捂住肚子，痛苦地呻吟起来。太子与安王都是她的表哥，两人的脾性韩锦竺再熟悉不过，安王虽然好色，但好歹把他们当亲戚，太子却是一个利益至上的人，心狠手辣，这种人，会对有造反之嫌的父亲手下留情？

韩锦竺很急，这一急就动了胎气。大房一下子乱了起来，沈琢抱起妻子朝产房跑，再也顾不得什么朝廷大事。

锦衣卫那边，太子先审问了在香山抓到的那两个已经被韩国舅折磨得奄奄一息的死士。太子虽然没有在锦衣卫当差，但他的手段比韩国舅更狠，一个死士直接被他打死了，再以此去威胁、折磨另一个。

夜幕降临，那个死士终于肯交代了，承认是韩国舅最器重的方管事秘密栽培了他们，再安排他们去行刺皇上。太子闻言，命人去大牢将方管事提来审问。方管事一开始不肯承认，吃了几轮酷刑，认了。十六个刺客，他个个都说得出名字，身体特征也都对得上。

方管事可是国舅府里的老人，即便那龙袍、玉玺、伪诏都是别人陷害的，但旁人能临时收买他最器重的管事？方管事一五一十地交代了整场行刺计划，太子一一提审三名相关官员，除了一个官员不经打，死了，另外两人全部供认。

至此，太子彻底相信了韩国舅的谋逆之罪。他连觉都不睡，派人将韩国舅、韩宗延、国舅夫人提到锦衣卫，彻夜审问起来，既然是审问，免不得要动刑，其中有几种酷刑，还是韩国舅想出来的，只是风水轮流转，那些不知残害了多少忠臣的酷刑，终于在今晚用到了韩国舅身上。

一夜过去，韩国舅被折腾没了半条命，仍然不肯招。他养尊处优的妻子被太子活活打死，韩宗延目睹母亲的死状，认了，承认他从亲爹那里偷了龙袍与丹蕊显摆，承认了安王间接死于他手。

到了这个地步，韩国舅招与不招，结果都一样。

“既然你不肯开口，这舌头留着也无用。”天色将晓，太子红着眼睛，笑着举起一把烧红的烙铁，一步一步走向韩国舅。

“啊”的一声惨叫，韩国舅昏了过去。

同一时刻，平西侯府，韩锦竺经过一夜的煎熬，终于提前半个多月生下了一个女婴，虽然过程艰险，好在母女平安。

旭日初升，太子更衣完毕，带着连夜审出来的硕果求见正德帝。

正德帝看到方管事的名字，心里便有了答案。韩国舅在他身边当了二十来年的红人，正德帝自然知晓韩国舅府里都有什么人。这个方管事乃韩国舅的伴读，两人少时一起长大，对韩国舅不可能有二心。

韩国舅不肯交代的，方管事都说了，称韩国舅早有谋逆之心，原想等正德帝驾崩了再动手，没想到宋池突然得宠，韩国舅担心自己地位不保，索性提前起事。韩国舅敢此时起事，主要有三个倚仗:第一，是正德帝一直器重他，禅位给他并非毫无可能;第二，韩国舅掌管锦衣卫多年，京城禁军有一半将领都听他的话，剩下的一半中，平西侯府沈家统领了一支禁军，两家又是姻亲，虽然沈家不会受他摆布，但事成之后木已成舟，沈家大概也不会再阻拦韩国舅登基;最后的倚仗，则是与平西侯一同驻守边疆的护国公秦峻。韩宗延的妻子便是秦峻之女，相比一心为国的平西侯，韩国舅更信任与他共进退的秦峻，先前他一直让秦峻单独统帅边疆二十万大军，后来沈琢娶了韩锦竺，韩国舅相信平西侯不会跟他对着干了，这才从秦峻手里分了十万兵马给平西侯。

正德帝看完方管事的供词，恨得咬牙切齿。

太子道："父皇，平西侯虽然娶了韩家女做儿媳，却也把女儿嫁给了二弟，韩家造反一事，儿臣认为，平西侯并未参与。"

正德帝也是这么想的，平西侯是个天生的武将，除了带兵打仗，其他事都不屑搅和，之前被韩国舅压了那么多年，平西侯也没有任何脾气，只盼着去戍守边疆。

"边疆安稳要紧，这份供词先别传出去，朕会下一道密旨给平西侯，等他拿下秦峻，咱们再定韩统的罪。"

"父皇英明！"

从正德帝在香山遇刺匆匆回京，京城百姓都变得噤若寒蝉，如非必要，绝不多说一句话，免得惹火上身。街上不时有衙差、锦衣卫穿梭而过，偶尔押着不知犯了什么罪的嫌犯。虞宁初谨记沈明岚的叮嘱，告诫家中仆人必须谨言慎行。

国舅府出事后，平西侯府也被牵连，三夫人暂且不好出门，派了身边的嬷嬷分别交代虞宁初与沈明岚老老实实在家里待着，不要出门闲逛，彼此之间也先停止走动，除非国舅府一案有了裁断。这么一来，沈明岚还能从曹坚那里得到些具体消息，虞宁初就完全不知道发生了什么，也不敢让人打听，只能默默求菩萨保佑舅舅他们无事。

忐忑不安地过了半个多月，四月下旬，李管事从炒货铺子那边过来，脚步匆匆，额头冒汗。虞宁初带着温嬷嬷快步到厅堂见他。

李管事喘着气道："城门贴了告示，韩国舅一家谋逆造反已经定罪，今日便全族问斩，护国公府秦家与韩家狼狈为奸，结党营私，全族被发配边疆！"

温嬷嬷深深地吸了一口气，那可是国舅府啊，韩国舅把持朝政十几年，说斩就斩了？

虞宁初更关心平西侯府的情况。

李管事道："我亲自去看过，告示上没有提到侯府，想来应该无事。"

温嬷嬷安慰虞宁初："侯府与秦家不一样，秦家一直与国舅府沆瀣一气，国舅府出了事秦家也不可能善终，侯爷与韩国舅除了两重姻亲，基本没什么来往，且沈氏世代忠良，皇上与百姓都看在眼里，姑娘且等着，过两天三夫人就该送消息过来了。"

正如温嬷嬷所料，韩家众人问斩后的第三日，三夫人亲自来了四井胡同。

"舅母，这到底是怎么回事？"虞宁初迫不及待地问道。

三夫人打发了丫鬟们，将最近京城发生的一连串事情细细道来。

虞宁初听得震惊不已，自她进京，先后经历了孟、苏两家被韩国舅率领的锦衣卫冠以谋逆罪名而处死，如今同样的罪名竟然落到了韩国舅头上。或许，这就是善恶报应吧。

"皇上已经查清咱们侯府与此案无关，你舅舅已经官复原职，包括你大表哥，继续任职御前侍卫统领。对了，阿芜应该还不知道吧，初一早上你大表嫂生了个女儿，母女俩都很好，你不用担心。"

得知平西侯府完全没有被韩家这门姻亲影响，虞宁初深深地松了口气，不过她有点好奇，国舅府造反，皇上真的不会对侯夫人韩氏和韩锦竺降罪吗？她记得扬州苏家的案子，罪及九族，连外嫁女都被抓起来了。

三夫人解释道："外嫁女受不受牵连，与夫家的名望品行也有关系，皇上既然不疑沈家，仍然器重沈家，又怎么会赶尽杀绝，只是死罪可免，活罪难逃，连皇后娘娘都被皇上送去行宫思过，太夫人也只好将你大舅母送去庄子悔过，至于你大表嫂，等她出了月子，也得搬去庄子。"

说到这里，三夫人叹了一口气。

虞宁初的心揪了一下："送去庄子，何时能回来？大表嫂才刚刚生了女儿，孩子怎么办？"

三夫人叹道："还能怎么办，堂堂侯府，总能请到乳母，不会亏待一个孩子。"

至于归期，这辈子韩氏与韩锦竺恐怕都不能再回侯府了。平西侯这个年纪，或许不会续娶，给韩氏保留侯夫人的身份，但沈琢还年轻，膝下没有儿子，过个两三年，说不定就得将韩锦竺贬为妾室，再娶新妻。当然，如果沈琢是个长情人，可能也不会那么做，只是夫妻俩常年两地分离，沈琢血气方刚，真能不介意长夜寂寞，不介意没有儿子吗？就算沈琢不介意，上面还有太夫人催着。

沈家的四位表哥中，虞宁初最亲近沈逸，最敬重的则是沈琢，听闻沈琢新婚宴尔、初为人父却不得不与爱妻分离，虞宁初也难免心情沉重下来。

三夫人低声道："侯府与国舅府两代交好，出了这么大的事还能完好无损已属幸事。你大舅母、大表嫂虽然要前往庄子居住，可人毕竟活着，总有见面的机会，想想韩家死去的那些人，那才是彻底没指望了。"

虞宁初点点头，说起来韩氏与韩锦竺住在庄子，依然有丫鬟伺候，吃喝不愁，只是再难恢复曾经的风光自在罢了，可连皇后都不得不迁居行宫，她们作为臣妇，又岂能毫发无损？

这场突如其来的变故忽然让虞宁初明白，原来京城这些权贵之家的地位也并非多么稳固，无论自家犯错还是亲戚遭殃，又或是无辜被人陷害，荣华富贵且不提，脖子上的脑袋可能都要随时落地。

"倒也没什么好担心的，这一切都与你无关，以后该怎么过就怎么过。"三夫人轻抚着外甥女的鬓发，笑道，"事情都过去了，舅母也有时间替你挑选夫婿了，怎么样，阿芜对未来的夫婿有什么要求吗？有就赶紧告诉舅母，免得舅母挑了你不喜欢的。"

该来的还是来了，虞宁初低下头，攥着手指道："舅母，我不想嫁人，父亲这样，我多少都要被人嫌弃，与其那般，还不如就这么一个人过下去，有钱有铺子，什么也不缺。"

三夫人大吃一惊，马上道："不嫁人怎么成？你现在年轻，觉得没事，将来年纪大了，身边没个孩子，谁给你养老？指望下人吗？真到了那个时候，你连动都动弹不了，哪还约束得了下人？"

虞宁初猜到舅母会这么说，但也想不到更好的理由，只好做出油盐不进的执拗样子："总之我不想嫁，舅母替我说了人家我也不去看，我先跟您说一声，免得您为难。"

三夫人瞪大眼睛，像不认识这个外甥女似的，扶着虞宁初的肩膀，皱眉端详起来。虞宁初又何尝想气舅母，在她心里，舅母对外利落飒爽，对她温柔呵护，如果可以，她只想做一个乖顺懂事的外甥女，不劳舅母多操一点心。有些委屈无法诉说，化成泪在眼里打转，虞宁初别开脸，抽噎道："舅母，我有我的考量，我的婚事您就别管了吧，我真的不想嫁。"

三夫人怜惜道："你若不嫁，便是我们做舅舅、舅母的失职，既对不起你，也对不起你娘。阿芜，你是不是有什么苦衷瞒着舅母？你如实告诉舅母，舅母替你想办法。"

虞宁初知道自己必须给舅母一个理由，掉了一会儿泪，借着这阵委屈低低地诉说起来："舅母，我没有苦衷，我只是害怕嫁人。我怕遇到一个像我父亲这样眼中只有利益，妻子对他无用便能舍弃的人，也怕遇到安王、韩宗延那样风流成性、妻妾成群的人，更怕遇到一个曹奎那样对妻子拳脚相加闹出人命的人。"

三夫人将柔弱的姑娘抱到怀里，感慨道："谁不怕呢，阿芜放心，舅舅、舅母替你把关，绝不会让你嫁给那种人。"

虞宁初摇头道："知人知面不知心，人都会装的，不到婚后真正相处，谁也不知道对方究竟是什么样的品行。舅母，我的害怕与别人不一样，我一想到要嫁人就浑身发冷，求求舅母，您与舅舅如果真心疼我，就让我过自己喜欢的日子吧。不瞒您说，我一点都不觉得父亲是负担，他病了我才有光明正大的理由拒婚，现在我养着他，我特别满足，一点也不想他好起来。"

三夫人这次是真的惊住了，外甥女的拒嫁之心，竟坚定到了如斯地步？然而婚姻大事，三夫人不敢自己做主，赶紧回去将虞宁初的打算告诉了丈夫。于是，沈三爷也来劝虞宁初，劝不动就叫来沈明岚，然而一家三口轮番上阵，虞宁初还是那句话，谁也不嫁。

她这么坚定，沈三爷、三夫人也不能逼着她嫁，只好先尊重她的意思，明面上暂且不替她张罗婚事，心里想着等明年再看看，兴许虞宁初会改变主意。

这个四月，京城发生了很多大事，国舅府获罪，安王下葬，正德帝抱恙，京城很是压抑了一段时间，直到六月，听说新晋锦衣卫指挥使武英郡王宋池举荐了一位道士向正德帝献药，不但治好了正德帝的病，还让他精神大胜从前，皇上高兴了，官员百姓们也放松了绷紧的心弦，一切都逐渐恢复正常。

虞宁初很久没有出门，昨日提前跟沈明岚打了招呼，说今天要过去坐坐。

倒也不用去得太早，虞宁初便趁清晨天气还算凉快，给院子里的花花草草浇起水来。浇到一半，门房派丫鬟来禀报，说门前有一位年轻公子求见，自称是周老的儿子周既明。

虞宁初见过一次，知道周老确实有这么一个儿子，便叫门房领人去厅堂，自己擦擦手，带着微雨过去。

前院厅堂，周既明没有落座，将书箱放到茶几上，便观赏起北面悬挂的字画。

不久，听到脚步声，周既明转身看见一位貌美过人的少女轻步走来，那种美貌，与路上偶尔邂逅的美人不同，乃传说中才有的仙人之姿，凡夫俗子见了，大多自惭形秽，不敢生出唐突冒昧之心。

只瞥了一眼，周既明便及时垂眸，拱手行礼道："在下周既明，见过大姑娘。"

虞宁初注意到茶几上的书箱，那是周老常用的。

"公子免礼，请坐。"虞宁初走到主位，温声道。

她的声音轻软柔媚，如雏鸟撒娇时的轻啼，甫一开口，周既明竟有置身汤泉之感，从骨髓里升起一股扰人心神的痒来。

他没有落座，面朝虞宁初的方向，守礼地垂着眼，解释道："承蒙大姑娘赏识，聘请家父教导府上的小公子与二姑娘，不料昨日家父一位挚友病逝，家父收到书信，悲痛不已，昨日傍晚便动身前去祭奠，车马来回，恐怕要耽误半个月。家父的意思是，如果大姑娘不嫌弃在下才疏学浅，这半个月就让在下代其授课，又或大姑娘有什么考量，在下全听大姑娘安排。"

虞宁初明白了。她听过周老讲课，很多复杂的东西周老都能用通俗易懂的方式讲解出来，诙谐风趣的同时又不会过于娇纵学生，严厉的时候也颇有威严，虞扬、虞菱兄妹俩很喜欢他。如今周老只是离开半个月而已，虞宁初无意重新选一位教书先生，周既明既是举人，临时教导年幼的兄妹绰绰有余。

虞宁初很快就做了决定："故友病逝，周老前去吊唁乃人之常情，难得周老还做了如此周到的安排，替我们省了事，只要公子不嫌弃家弟愚钝，这半个月就请公子代劳吧。”

周既明道：“多谢大姑娘体谅，早就听家父夸赞小公子、二姑娘聪慧，若大姑娘没有别的吩咐，在下就去准备今日的授课了。”

虞宁初点点头，吩咐丫鬟道：“你送公子去勤学堂，备好茶水，莫要怠慢。”

小丫鬟应了一声，引着周既明走了。

周既明提着书箱跟着，并未回头多看。

虞宁初没有听过周既明讲课，出发前往宁国公府前，她带着微雨来到勤学堂外，并未让丫鬟通传，只站在窗外倾听。周既明容貌温雅并不出挑，却拥有一副清朗的好嗓音，字正腔圆，无论他说什么，对听者而言，都是一种享受。

有其父必有其子，周既明的授课也延续了周老的风格。虞宁初放心了，刚要走开，忽然听到一阵脚步声，似乎是朝这边走来。虞宁初心中一慌，可此时离开，如果周既明真的出来，肯定能看到她们。

短暂迟疑后，虞宁初拉着微雨后退几步，等周既明推开窗户，视线一斜，就见主仆俩沿着回廊正走过来。视线相触，虞宁初露出一个客气的微笑，周既明受惊般垂下眼。

虞宁初按照计划停下脚步，贴窗而站，轻声道：“我来看看他们两个有没有好好听讲，公子只当我不在便是。”

周既明颔首，若无其事地完全打开窗户，然后回到讲台前，继续授课。

虞宁初松了口气，刚要走开，就听虞菱疑惑地问道：“先生，你的耳朵怎么红了？”

虞宁初怔住，下意识地看向里面，白色的窗纸阻隔了她的视线。下一刻，周既明沉稳清越的声音飘出窗外，任谁也不会怀疑他的话：“昨晚被蚊子叮了耳朵，方才发痒便挠了几下，二姑娘请认真听讲，不可分心。”

虞宁初笑了笑，一个蚊子包虞菱都能瞧见，果然心思没在读书上，光观察新来的先生了。

弟妹读书一事不用再担心什么，虞宁初坐车去了宁国公府。

沈明岚怀孕三个多月，还没有开始显怀，气色倒是越来越好，她身穿一件绿色的褙子，衬出雪白的肌肤。姐妹俩坐在池边的凉亭里，池塘里的荷花结出了花骨朵，外面几层花瓣白里透粉，就快要开了。

聊了些家常，沈明岚提起侯府的情况："前几天我娘过来，说太夫人在催大哥另寻一门婚事呢。"

虞宁初惊道："这么快就催了？"她以为太夫人就算要催，也会等个几年。

沈明岚撇撇嘴："她的脾气你还不清楚吗？侯府这么多孩子，她最喜欢大哥，这是怕韩家的事拖累大哥的前程，所以想让大哥尽快与大嫂撇清关系。"

虞宁初点点头，这的确是太夫人能做出来的事，继而问道："大表哥不会同意吧？"

沈明岚道："别看大哥平时冷冰冰的，其实是个重情之人，大嫂才给他生了女儿，他怎么可能在这个时候让大嫂做妾？太夫人强硬惯了，但大哥也不是泥人，据说太夫人都被他气病了呢。"

虞宁初本就敬佩沈琢，此时更欣赏他的重情重义了，如果一个男人能轻易抛弃新婚一年且刚为他生了孩子的妻子，那此人肯定不是什么好人。

沈明岚又提到沈明漪："安王活着的时候，她嫌弃这个嫌弃那个，现在安王没了，她倒瘦了一圈，郁郁寡欢的，不过也能理解，她还这么年轻，连个孩子都没有，一下子就成了寡妇，以后可怎么熬啊？"说着，她意味深长地看了一眼虞宁初。

虞宁初反应过来，她这是想借沈明漪守寡的事劝自己改变心意呢，立即反驳道："寡妇又如何？她贵为王妃，吃喝用度都是一等一的，多少人都羡慕不来，只要她自己想得开，照样可以安度余生。"

沈明岚道："说得简单，唉，你不懂，女人一旦嫁人，身边有没有人陪着，根本就是天上地下。"

虞宁初的确不懂，安王养了那么多小妾，他死了兴许还能让沈明漪少置些气。

将亲人的近况都说了一遍，最后沈明岚提到宋池："侯府多少还是因为那件事沉寂了下来，唯独池表哥因祸得福，升了锦衣卫指挥使，他才二十岁啊，就成了皇上的左膀右臂，听阿湘说近来媒人都快踩烂郡王府的门槛了，不是为池表哥说亲就是为她说亲。”

虞宁初也听宋湘抱怨过这个，宋湘甚至还想去她那边住一段日子躲清闲，因为宋池不许这才罢休。

“池表哥的眼光也真是高，以前不提，如今全京城的贵女几乎随他挑，也没见他定下来。”沈明岚有些难以理解。

虞宁初不予置评，宋池晋升才多久啊，说不定下个月就挑好人选了。她并不关心宋池身边有没有人照顾，只盼着宋池早日成亲，早点有一位郡王妃管着他，最好迷得他神魂颠倒，忘了欺负别人。

最近一段时间，宋池很忙。正德帝差点被韩国舅造反，对大周的官员更加疑神疑鬼起来，点了很多案子给宋池，他既不能像韩国舅那样栽赃所有的无罪者，以嗜杀为乐，也不能一个都不抓，令正德帝质疑他的查案能力。

另一方面，韩国舅被斩首后，正德帝将大部分朝政都交给了太子。太子野心勃勃，早有参政之心，因为韩国舅才一直没有得逞，如今大权在握，急于提拔他的党羽，甚至对宋池也有一丝提防之心，并非完全信任。

宋池周旋于正德帝、太子之间，言谈举止必须小心翼翼，忙了一日，回到郡王府时已快一更天。

“你就是好了伤疤忘了疼，我倒要看看，下次你准备从哪里再挖一块肉下来。”等候多时的宋湘没好气道。

宋池笑道：“挖了还能长，无非添道疤而已。”

宋湘回道：“丑死了，你就不怕我未来嫂子嫌弃吗？”

宋池噎了一下，想起在扬州时，虞宁初看到他的伤口，似是想吐。或许到了成亲那一日，她真会嫌弃他的疤？果真嫌弃的话，那就夜夜不掌灯吧。

用过晚饭，宋湘回房，宋池去了书房。阿默守在门外，阿谨跟着主子进去，将这一日各方人马传回来的重要消息一一禀报。宋池默默地听着，偶尔交代两句。

最后，阿谨瞥他一眼，低声道：“虞姑娘那边，原来的教书先生周老去吊唁故友，安排他的儿子周既明代为教书，大概要半个月，今日刚好是周既明第一天授课。”

宋池翻了一页手里的书，淡淡道：“其人如何？”

阿谨当然派人都调查清楚了，回道：“周既明与您同岁，前年考中举人，去年初试春闱落榜，他好读书，平时多埋头苦读，只一两个挚友，品行都算正派。”

十九岁就能中举，即便在京城，也是一等一的人才。

宋池又看了两行字，见阿谨似乎说完了，没有别的补充，这才问道：“仪表如何？”

主子这模样，就算周既明是个俊美公子，主子又有什么可担心的？虽如此想着，但主子都问了，阿谨只好答道：“我也问过阿风，阿风说周既明跟我身高相仿，不如我好看。”

听听，连他都比不上，主子真的不用担心！宋池却知道，她想嫁个文人，一个身份不高的文人，这个周既明，只要不是太丑，都有可能入她的眼。

昨日虞宁初才去宁国公府陪沈明岚坐了一上午，次日宋湘就派人来请她去郡王府玩。恰是初七，朝廷官员都当差，宋池这个新晋权臣肯定也不得清闲，虞宁初便将府里诸事交给温嬷嬷，带着微雨出门了。

正如虞宁初所料，宋池果然不在。自从去年九月兄妹俩搬到郡王府，虞宁初来这边做过几次客。宋湘知道哥哥不太待见虞宁初，虞宁初也不喜欢哥哥，每次都是特意挑选宋池当差的日子邀请好姐妹，如此一来，虞宁初撞不见宋池，到了郡王府也比较自在，不用提心吊胆防备着。

夏日炎炎，湖边水榭最为凉快，宋湘特意命仆人将水榭里多余的陈设都搬走，空出好大一片地方，方便她与虞宁初练枪。

那套梅花枪的招式两人都很熟了，难在真正动手过招，然而宋湘有宋池教导，进步很快，而她从哥哥那里学了什么，也会倾囊教给虞宁初，虞宁初又是个有慧心的，一对好姐妹一边切磋一边进步，如今动起手来，已经颇有武者风范。

过招、休息，过招、休息……一个时辰不知不觉过去，两人都出了一身汗，幸好动手之前换上了宋湘准备的练功服。

练武结束，宋湘带虞宁初去了自己的院子，两人一起沐浴。

郡王府还在修缮时，宋湘就命工匠给自己打造了一个浴池，足有一间堂屋那么大，底下铺了火龙，后面有活水专门供应，沐浴之前通过竹管将活水引过来，烧温后就可以用了，待沐浴结束，将水从另一条管道放出去，清洗也十分方便。

亲眼见到如此奢华精巧的浴池，虞宁初笑着打趣道："郡主可真会享受。"

宋湘道："都是跟哥哥学的，他那边也有一个这样的池子。"

闻言，虞宁初对宋池的印象更不好了，女孩子平时娇生惯养，重享受也无妨，宋池一个朝廷官员却把心思放在奢靡享受上，果然是当奸臣的料子。

冲洗过后，虞宁初与宋湘一起下了浴池。池水温热得恰到好处，虞宁初置身其中，舒服得也不好意思批判旁人奢靡了。宋湘在里面游了一圈，游到另一头，回头望来，只见水雾蒸腾，虞宁初穿着一件碧色的肚兜坐在那里，一身冰肌玉骨，唯有脸庞被水汽熏得绯红艳丽，莲花池里仿佛被人倒了酒水，一朵粉荷也醉了，摇曳生姿。

"阿芜，你这么美，真的不想嫁人吗？"宋湘游回虞宁初身边问道，这事还是她从沈明岚那里听说的。

虞宁初点点头："嫁人有什么好的？我觉得现在的日子就很舒服，想做什么就做什么，没人管我。"

宋湘道："嗯，我也觉得现在这样就很好，不过，如果以后能遇见让我怦然心动的男人，我还是会嫁的。"

怦然心动？虞宁初垂眸想到了曾经发生的一些画面，她不知道那样算不算怦然心动，可就算是，那又如何？一个男人，只要长得俊美，会些手段，让女子怦然心动太容易了，问题是这样的男人就一定是良人吗？倘若明知道不会有善终，还不如忘掉那片刻心动，踏踏实实过自己的日子。

"阿芜，我教你游水吧？万一以后你掉到水里，自己就能游上来，不用等着英雄救美了。"聊了一会儿嫁娶之事，宋湘嬉笑着改了话题，她看过太多话本，里面不少姑娘都是因为落水被救便对那人动了心。

虞宁初欣然应允。

守在外面的丫鬟就听里面不时传来两个姑娘的笑闹声。

在池子里泡了半个时辰，虞宁初与宋湘尚未玩得尽兴，只是肚子饿了，需要补充体力，这才收拾好出了池子。待长发晾干，恰好到了午饭时。打扮完毕，两人携手去了厅堂，刚刚喝了茶水，宋湘才要吩咐丫鬟传饭，一只毛色雪白的小猫突然从外面跑了进来。

宋湘与虞宁初都惊讶地站了起来。

小白猫长了一双碧蓝如洗的眼睛，跑进这个陌生的地方，四处看看，忽然蹿到了桌子底下。宋湘蹲下去看猫，虞宁初也低下头，就在此时，一道长长的影子从门口投射进来。

虞宁初偏头，看到一身锦衣卫官服的宋池，耀眼的阳光被他挡在身后，很难让人看清他的表情，她也不想看，马上坐正身子，目不斜视。

“哥哥，你怎么回来了？”宋湘顾不得猫，站起来问。

宋池走进来，阳光重新涌入，让厅堂恢复明亮。

四四方方的桌子，宋池径直坐到虞宁初对面，取下官帽交给丫鬟，喝了口茶，这才看一眼虞宁初，对宋湘道：“今日广东那边上供的第一批荔枝送来，皇上赏了我一筐，我知道你喜欢这个，便趁晌午回来一趟。”

闻言，宋湘口中生津，雀跃道：“荔枝呢？”

宋池道：“送去厨房了，洗好就拿来。”说完，宋池吩咐丫鬟再去准备一副碗筷，然后仿佛才注意到虞宁初，客气笑道：“早知表妹也在，我该换过常服再来的，这般倒是失礼了。”

虞宁初信他才怪，不提王府的门房，阿谨就在前院伺候，会不告诉他府里今日有客？

“是我叨扰了。”她低着眼道。

宋池不置可否，再次端起茶碗，视线却始终停留在她脸上。小姑娘应该才沐浴过，乌发蓬顺，脸颊透着薄红，清新香甜如一颗刚刚采摘下来的蜜桃。

距离上次匆匆一面过去两个多月，她好像更美了些，仿佛一朵即将盛开的花，散发出阵阵幽香，吸引人来观赏。

宋湘没注意到哥哥的眼神，重新落座后，一边低头看桌子下的小白猫，一边好奇道:“哥哥，这猫是你带回来的？”

宋池道:“嗯，路上遇见的，一直跟在马车后面，我便带回来了。”

似是要印证他的话，小白猫来到他脚边卧下，很是乖巧听话。

这么漂亮可爱的小猫，宋湘很喜欢，与兄长商量道:“哥哥，把这猫给我吧？我来养。”

宋池瞥一眼虞宁初，道:“萍水相逢，它跟着我，便是我与它的缘法，你若喜欢养猫，我再去挑一只给你。”

能有猫就行，宋湘同意了。这时，厨房将洗好的荔枝端过来，摆在桌子中间。宋湘招呼虞宁初:“阿芜吃吧，不要跟我们客气。”

虞宁初笑了笑，伸手捏了一颗荔枝，鲜红的荔枝壳硬硬的，幸好她经常握枪，指腹养了一层薄茧，才不觉得疼。

作为贡品的荔枝果肉饱满，虞宁初小口小口地咬着，吃了好久才吃完一颗，再将亮晶晶的果核放到面前的小碟子上。宋湘又递了一颗过来，虞宁初去接的时候，看见宋池竟然将那只小白猫抱到怀里，修长的手指剥了一颗荔枝，撕下一点果肉递到小白猫嘴边，小白猫舔了两下，没什么兴趣，反而用前爪扒着宋池的衣襟，想爬到他的肩上去，宋池一副不介意的样子。

宋湘也在看哥哥逗猫，稀奇地问道:“原来哥哥这么喜欢猫，以前怎么没见你养过？”

宋池将小白猫放到肩膀上，伸手去拿荔枝，自然而然地朝虞宁初看去:“养猫如同娶妻，有缘才可，不合眼缘的猫，养来何用？”

无论他含笑的眼神还是他的话，都意有所指，就是不知道在宋池眼中，虞宁初究竟是一只合眼缘的猫，还是其他，总之不是什么好话。

虞宁初避开他的视线，用力剥开荔枝，若无其事地吃起来。

宋湘指责兄长道:“你拒绝了那么多大家闺秀，现在又拿猫比喻人家，这话若是传出去，小心那些官员联合起来针对你。”

宋池抓住在肩头乱动的小白猫，重新放到怀里，一边揉着圆鼓鼓的脑袋，一边看着虞宁初，笑道："阿湘言之有理，还请表妹替我保守秘密，别叫那些话传出去。"

虞宁初眼也不抬道："表哥放心，我一心吃荔枝，什么都没听见。"

宋池笑了笑。丫鬟们将饭菜端上来，虞宁初始终不去看宋池，要么只与宋湘说话，要么听兄妹俩交谈。吃着吃着，有什么东西碰了碰她的绣鞋，虞宁初这才瞥向宋池怀中，那只猫不见了。

是猫吗？虞宁初朝桌子下看去，就见宋池的官靴抬起来，又碰了碰她的腿。怒火沿着脚底涌向心头，虞宁初只恨手中无枪，不然定要在他脚上扎个窟窿！

怒归怒，这种场合虞宁初却无法发作，只好缩回双脚放到椅子下面。

"说起来，还不知道表妹的枪法练到了什么地步。"宋池忽然开口道。

虞宁初懒得理他，宋湘心中一动，提议道："哥哥若不急着回去，陪我们练一会儿枪如何？我与阿芜同时攻击你。"

虞宁初心里憋着火，闻言冒出一个念头，如果能趁此机会扎宋池一枪也不错，未开锋的枪头定不会伤到他，但总会让他吃痛。

宋池想了想，勉强答复道："只能给你们一炷香的时间。"

一炷香就是两刻钟，也不算很短。饭后稍作休息，宋池带着两人去了他的练功房，这里空间开阔，通风凉快，无论什么时节都方便练武。为了避免伤到人，阿默带着丫鬟们在外面看着。

宋池点好香，手持一杆木枪，示意姐妹俩可以动手了。

宋湘与虞宁初商量好战术，从前后两侧同时朝他攻去。宋湘毕竟经常与宋池练手，胆子也更大，一下子就冲到了宋池面前，枪花耍得很是漂亮。

宋池淡笑一声，枪头一转，毫不留情地将妹妹的枪挑飞到她身后。宋湘懊恼地叫了一声，跑回去捡枪。就在此时，虞宁初的枪从后面刺了过来，宋池身体微微一偏，同时转身，一手抓住虞宁初的枪朝后一拽，一手伸开，将被他拉扯过来的虞宁初搂到怀里。

身体接触的一瞬间，宋池抱紧她的腰，低头在她耳边道："还剩半年，乖乖等我。”

说罢，他将虞宁初推出去，只夺了她的枪，速度快到仿佛两人从来没有抱过。虞宁初被他推得往后退了几步才停下，一回头，去看宋湘——宋湘正在弯腰捡枪。确定宋湘没看见什么，虞宁初才目光复杂地瞪向宋池。

宋池笑着将她的枪抛过来，虞宁初本能地接住，只是被宋池抱了一下，她再也不敢去攻击他了。

“阿芜，你别怕啊，就是要与强者过招才能进步，哥哥难得有空，别浪费机会！”越挫越勇的宋湘单纯地鼓励道。

虞宁初没动。她宁可没有进步，也不想再自投罗网。

虞宁初站在旁边，看着宋池陪宋湘练了一炷香的枪，结束时，宋池连滴汗都没落，宋湘倒是累得一脸通红。

“阿芜，你太让我失望了，胆子这么小，将来咱们遇到危险，我如何指望你？”宋湘擦着汗走过来，开玩笑道。

虞宁初默认了她的说法，装出很是惭愧的模样。宋湘见了，不但没有怀疑，反而安慰虞宁初不用着急。

宋池将三杆枪放到武器架上，余光注意着她们，既喜欢她小狐狸的狡猾姿态，又为妹妹的好骗微微发愁。虞宁初曾几次问他如果是妹妹被人欺负他会做什么，宋池想，若真有男子胆大包天来欺负妹妹，可能在他察觉之前，妹妹就已经被人占尽了便宜。

“阿湘，好好招待表妹，我先走了。”时间有限，宋池笑着看一眼虞宁初，从容离去。

虞宁初今日在郡王府逗留得够久了，又陪宋湘坐了一会儿，便告辞了。

第二章　晋王入京，新帝登基

忙了一上午，体力消耗很大，回到四井胡同虞宁初就睡着了。

纱帐轻垂，帐内有些闷热，熟睡的虞宁初渐渐陷入梦中。梦里她还在郡王府，看着宋池捉弄那只小白猫，可是看着看着，被束缚在宋池怀里的小白猫居然变成了她，她震惊得想要挣脱，宋池却笑着低下头来亲她的脸，亲她的耳朵，再从耳后一点点往下亲去。虞宁初不停地推他，推啊推的，就急醒了。

虞宁初捂着衣襟呼吸急促地坐起来，这才发现刚刚那一切只是梦，她好好地待在自己家中。

虞宁初茫然地看向外面。因为见面次数变少，她已经很久没有梦到宋池了，也一直在期待宋池会慢慢忘了自己，然而今日宋池抱着猫所说的暗语，趁练枪时抱住她在她耳边提到的半年之期，瞬间打破了虞宁初的期待。宋池利用这次见面，明明确确地告诉她，他并没有忘，大概也不会忘。只是，为何是半年？他真的会来提亲吗，又或是派个媒人过来纳她做妾？如果她拒绝，宋池又会做什么？

太多的问题在脑海里盘旋，绕得她头疼，虞宁初重新躺下，心依然乱着。

但凡她有个疼爱自己的哥哥，都可以劝说哥哥考个功名外放做官，她就可以跟着哥哥离京，不会落到今天的地步。住在京城有被宋池纠缠的危险，带着疯爹、幼弟、幼妹回扬州或去外地，又有被地方权臣纨绔霸占的危险。留在京城，有平西侯府撑腰，好歹能震慑住普通纨绔，只有宋池敢来欺负人。

“轰隆隆……”

远处忽然传来一道雷鸣，虞宁初心烦意乱，人也懒洋洋的，只听外间打盹的杏花跑出院子，很快又跑进来，开始关各处窗户。一阵凉风抢着吹入房间，纱帐也跟着摇曳，杏花关完窗户不久，雨点便噼里啪啦砸下来，似是一场暴雨。

“姑娘醒了吗？”杏花朝床边走了走，轻声问道。

虞宁初闭上眼睛，没有应答。杏花便悄悄退了出去。

虞宁初又睁开眼睛，暴雨让房间变得昏暗，听着窗外哗哗的声响，虞宁初想起了另一场暴雨，然而回忆才在脑海里闪现，虞宁初便将那画面逐了出去。

不敢再一个人待着，虞宁初喊了杏花进来。喝了一口茶水，虞宁初坐在床边，看着外面问：“什么时候了？”

杏花道：“姑娘睡得沉，二姑娘他们都该散学了。”

雨这么大，虞宁初想到了周既明，吩咐道：“拿把伞去勤学堂，若周公子没有带伞，借他一用吧。”

夏日天气多变，阵雨说来就来，叫人猝不及防。

杏花领命，要去做事，刚走到内室门口，虞宁初又叫住她：“就说是嬷嬷提醒你的。”

周既明毕竟是个年轻公子，虽然他未必会多想，可虞宁初还是想杜绝任何可能会产生的误会。

杏花反应过来，笑道：“还是姑娘想得周全，姑娘放心，我知道该怎么说。”

虞家有很多伞，杏花特意拿了一把小厮们常用的黑伞，去了勤学堂。她等了一会儿，里面的授课结束，丫鬟们领着虞扬兄妹俩回去，杏花见周既明肩上只挎了一个书箱，笑着托起伞递给他：“嬷嬷猜测公子可能未带伞，让我送一把给公子用。”

周既明正发愁要如何回去，闻言拜谢道："多谢嬷嬷惦记，多谢姑娘送伞。"

杏花将伞给他，径自走了。周既明看着手里的伞，七成新，伞面黑漆漆的，一看就是府中下人用的，可他还是想到了那位仙姿玉貌的虞大姑娘，这么大的雨，不知她在做什么。

在廊檐下站了片刻，周既明撑开伞，离开了虞家。从虞家到周家，要走小半个时辰，虽然撑了伞，周既明的衣摆裤腿还是被路边的积水溅湿了，一双布鞋更是全部湿透。

周母提前让丫鬟给儿子煮了姜汤，周既明换好衣裳出来，周母把姜汤端到儿子面前，笑眯眯的。

"儿子淋了雨，娘怎么还笑得出来？"周既明猜到母亲有什么喜事，笑着问。

周母道："今日媒婆登门，有人想招你做女婿，你猜猜是哪家？"

周既明不想猜，低头喝汤。

周母道："是锦绣绸缎庄的范老爷，他看上了你的才学，想把她的小女儿嫁给你。"

周家虽然出了三个举人，但周大郎、周二郎在外地都是末流小官，赚的俸禄勉强只够他们自己用，无法接济父母。周老常年给富贵人家的孩子教书，倒是攒了一些积蓄，然而都是辛苦钱，能让周家用上两三个仆人，却不敢浪费，必须省吃俭用。

周既明有才学，这两年常有商户之家来提亲，周老和周既明都相信以后会有更好的选择，便全部推了，但这次来提亲的范家乃京城有名的大富商贾之一，如果周既明能得到范家的栽培，下次中进士就更有把握了。

周母非常满意范家，只盼着儿子即刻应下，以免错过。可周既明根本看不上，他对自己的才学有信心，去年的春闱只是历练，下次春闱必中，到时他们肯定会把范家当成好姻缘。

"娘，咱们不是商量好了吗？下次春闱之前不考虑婚事，我才二十，您不要着急。"

周母道："我怎么不急，春闱三年一考，下次春闱你就二十二了，的确还年轻，可万一不中呢？与其盼着西瓜丢了芝麻，不如先把这颗肥芝麻捡起来。”

周既明皱眉道：“您就不能说点吉利话？算了，跟您说不通，反正我不答应这门婚事，父亲也不会答应，媒人再来，您就拒了吧。”

说完，周既明去了书房。大雨瓢泼，天色昏暗，周既明点了一盏灯，翻开书，却看不进去一个字。婚姻大事，他也幻想过，觉得自己中了进士，一定能娶个官家女子，哪怕是小官家，也胜过商户万千。但那都是以前的念头，见过虞家大姑娘后，周既明生出了一丝奢望。

能成吗？看似渺茫，然而并不是全无机会。虞老爷疯了，虞家再不是官户之家，虽然还有平西侯府那门贵戚，可虞大姑娘要照顾疯了的父亲，还要抚养年幼的弟妹，这等负担，勋贵之家肯定看不上她，她的夫婿，大概只能从小门小户中选择，就连虞老爷当年也只是个寒门进士，家境可能还不如他。

周既明已经决定，除非虞大姑娘这两年就嫁人，否则等他中了进士，一定会去虞家提亲。

大雨下了一夜，翌日清晨，雨停了，空气清新，天气也比前阵子凉快了很多。周既明换了一身青色长衫，挎着书箱早早出发了。路上有些水坑，他小心翼翼地跨过去，不想再有泥点溅到身上。越往皇城的方向走，道路越齐整，周既明看着街道两侧宽阔气派的宅子，再想到虞家的五进大宅，不免有些担心，若有其他寒门学子注意到虞大姑娘，会不会捷足先登？

周既明摇了摇头，他不敢与勋贵子弟竞争，可如果虞大姑娘的婚事只限于小户人家、寒门子弟，周既明自负无人能胜过他。

如果能让虞大姑娘知晓自己的心意……念头刚起，周既明又摇了摇头，太失礼了，万一触怒虞大姑娘，他就再也没有机会了。

可是不说，若是被人抢了先，那岂不是白白错过？一时间，周既明仿佛站在一个岔路口，前面有两条路，难以做出选择。

突然，有马蹄声从前面传来。周既明回神，抬头一看，只见两匹骏马一前一后朝这边而来，领先的骏马上坐着一个穿黑色官服的年轻男子，晨光越过墙头洒到他身上，照亮了那张俊美无双的脸，仿佛一枚无瑕美玉刚刚出世，温润却又华光难掩。

周既明完全被对方的神采摄住，不知不觉停下脚步。他看着对方，对方也居高临下地朝他看来。当对方的视线落到自己身上，周既明突然局促起来，垂眸看到自己黯淡无光的青色布衣，看到自己微微沾了泥巴的鞋帮，这一刻，周既明所有的自负与自信都被马背上的陌生男人碾压进泥坑，原来，真的有人一出场便会让他人自惭形秽。

骏马不急不缓地走着，马背上，宋池将周既明从头到脚、从脚到头来来回回打量了三四遍。阿风说得没错，此人容貌果然不及阿谨，只是那份书生的温雅……思忖间，骏马与周既明擦肩而过，宋池笑了笑，不再多想。

是他的，谁也抢不走。

直到宋池主仆从身边经过，直到再也听不到马蹄声，周既明沉到泥潭的心才慢慢浮上来。

清晨的阳光依然明媚，空气依然清新，路边的野草挂着水珠，翠绿如洗，生机勃勃，野草旁是一棵高大的槐树。周既明站在槐树下，觉得马背上的男人便是这棵槐树，他则是槐树脚下的野草，树与草，生来就有天壤之别。可即便身如草芥，也有属于草芥的阳光，也会有花朵在草丛中绽放，而槐树太高了，看得见蓝天白云，看得见皇宫城墙，未必会留意脚下的花花草草。

周既明想，自己不用去与那些生来尊贵的人比较，走好自己的路便可，等他中了进士，等他步步高升，亦能让如花似玉的妻子过上优渥的生活。

挎着书箱，周既明来到虞宅前，门房开门，见是他，客客气气地请他入内。

周既明朝主宅瞥了一眼，只见有小丫鬟经过，没有虞大姑娘的影子，不禁微微失望，将伞交给门房让他帮忙还给温嬷嬷，自去勤学堂准备授课。

虞宁初并没有将周既明放在心上，只知道他能教好兄妹俩，因此周既明与周老一样，在她眼里只是一个值得敬重的教书先生。

不知不觉半个月过去，六月下旬，周既明结束了兄妹俩的授课，第二次主动求见虞宁初。虞宁初来厅堂见他。

周既明看她一眼便守礼地垂下眼帘，解释道："不瞒大姑娘，昨日黄昏家父已经归家，只是车马劳顿，精神疲惫，便叫我再代今日的授课，他休息一日，明早便会过来。"

虞宁初出过几次远门，理解周老的疲惫，笑道："无碍，让周老好好休息，若一日不够，再歇几日也无妨。"

事情说完，周既明再也没有耽搁的理由，然而终究心中有所牵挂，告辞时，情难自已，长长地看了虞宁初一眼。虞宁初怔了怔。周既明匆匆转身，大步离去。

微雨守在虞宁初身边，看着周既明离去的背影，皱皱眉，低声对虞宁初道："姑娘，我看这周公子不太老实。"

虞宁初也觉得周既明方才看自己的眼神不合礼数，只是周既明授课半个月，也就这一次失礼，若因此便辞了周老，难免有些小题大做。

"罢了，反正明日他便不来了，周老教得很好，继续用他吧，若是下次周老再有事，短假便休课几日，长假再请新的先生。"虞宁初做主道。

微雨点点头，料想一个小小的周既明也不敢明目张胆地做什么。

周既明的这一点点失礼，虞宁初没有同周老讲，周既明更不可能主动告诉父亲，于是周老继续来上课，一心教导虞扬兄妹俩，不曾出过什么差错。

宫中，正德帝将宋池叫到御书房，询问先前几个案子的进展。

宋池对答如流，或是已经派人监视，或是已经掌握证据，只是还想看看能不能牵扯出更多同党，当然，也有一位官员被抓了起来，正在锦衣卫接受审问。正德帝还算满意。

宋池看一眼左右，道："皇上，臣还有一事禀报。"

正德帝领会他的意思，将御书房里伺候的大小太监都遣出去了。

宋池这才从袖袋里取出一封密信，走到正德帝身边，低声道："承蒙皇上器重，臣进入锦衣卫后，暗暗培养了两个心腹潜入太原，其中一人于今年年初成功混入晋王府，这次的消息便是他递过来的。"

一听晋王府，正德帝立即坐正，如果宋池能替他除掉晋王这个心腹大患，其他案子都停了也罢。

正德帝打开密信，上面只有寥寥数字：“员外密藏一客，形容酷似东家。”

宋池站在正德帝身后，解释道：“这是我与他们约定的暗语，员外指代晋王，东家便是圣上，如此即便密信被人截获，外人不知道暗语，也无济于事。”

正德帝皱着眉，对着密信道：“所以，晋王秘密藏了一个人，那个人长得很像朕？”

宋池：“应是如此。”

正德帝不懂了：“他这是要做什么？难不成想培养一个皇帝傀儡，再找机会杀了朕，让傀儡代替朕住进这皇宫？”

宋池道：“皇上少安毋躁，臣的人才刚刚得知这一消息，要想查明晋王的真正意图，可能还需要时间。”

正德帝觉得自己已经猜到了真相，恨得咬牙切齿：“这个晋王，朕恨不得将他抓到京城，凌迟处死！”

宋池道：“皇上为何不找个借口召他进京？只要他到了京城，臣便可安他一项罪名，将他擒获。”

正德帝叹道：“这么简单的法子，你以为朕没想过吗？先帝糊涂，既觉得朕更适合大位，将皇位传给朕，却又过于宠溺老晋王，唯恐朕继位后对老晋王不利，特意将老晋王送到太原，还给了他十万精锐之师。老晋王还算本分，可你那大伯父却野心勃勃，不断招兵买马，意图起事。朕察觉后，多次想召他进京当面询问，可每次他都称病不来，他不来，朕派一两个钦差过去也无济于事，派大军过去，又怕逼得太紧，他真反了，给了邻国可乘之机。”

在正德帝眼里，死守太原不出的晋王就像一个千年老龟，脖子伸出来正德帝就能弄死他，可晋王携十万精锐固守太原，正德帝便束手无策。韩国舅老奸巨猾，与晋王斗了十几年也徒劳无获，正德帝看一眼宋池，不知道这个年轻人有没有办法可以替他除掉晋王这个心腹大患。

“皇上，太子求见。”

大太监在外通传，宋池收起密信，低声道：“皇上，晋王谨慎多疑，臣好不容易才得到这一线消息，为了不打草惊蛇，密信一事还请皇上暂且保密，最好连太子殿下也不要说。殿下固然可信，就怕殿下身边有二心之人。”

正德帝明白，嘱咐道：“你集中精力调查晋王，其他的案子暂且放下，你能安插奸细进晋王府，他也能在京城收买同党，你仔细查查，或许能查到什么线索。”

宋池颔首告退，走出御书房时，太子正在外面候着。

“臣拜见殿下。”宋池朝太子行礼道。

太子看他一眼，笑道：“锦衣卫又出了什么案子？”

宋池简单地说了下他向正德帝汇报的三个案子。太子点点头，进去了。正德帝这辈子就两个儿子，如今死了一个，只剩太子一个，便对太子越发看重起来，让太子坐到身边，父子俩十分亲密。

太子向正德帝汇报了几桩正事，正德帝心不在焉地听着，只要江山稳固，他对一些琐碎的政事，比如黄河哪个河段要重新修筑堤坝这种事都没有兴趣。与其相反，太子刚刚大权在握，对一切都很新鲜，恨不得马上坐上皇位，天下尽受自己掌控。当然，他也只是想想，并没有诅咒正德帝早点驾崩的意思，反正父皇就剩他这一个儿子，皇位早晚都是他的。

“对了父皇，刚刚子渊来做什么？”太子装作毫不知情的样子。

正德帝怕走漏风声，便遵守与宋池的约定，只提了那几桩普通的案子。

太子虽然不知道真相，但还是觉得父皇与宋池走得太近。以前太子不在乎，但看到亲舅舅都能造反，如今太子不想身边再有任何潜在的威胁，如果能将锦衣卫也拿到手里，天下都是自己的眼线，才能高枕无忧。

“父皇，子渊才二十岁，还是太年轻了，依儿臣之见，不如换个地方让他历练，另安排老练之臣掌管锦衣卫。”太子试着提议道。

正德帝才从宋池那里看到解决晋王之患的希望，怎么可能在这时候调走宋池，而且韩国舅够老练了吧，老练到都想着造反了。再说了，晋王害死宋池的母亲，还逼得他父亲出家，宋池大概是天底下最恨晋王的人，让宋池去对付晋王，事半功倍。

“换人啊，朕一时想不到什么更好的人选，你有推荐人选吗？”正德帝没有马上拒绝爱子的提议。

太子乃有备而来，立即举荐一人道：“王恪做了六年的大理寺少卿，查案断案经验丰富，可堪重用。”

王恪？正德帝费了一点脑筋才记起来，王恪不就是太子妃的哥哥、太子的大舅子吗？理清关系，正德帝心里很不痛快，韩皇后得宠后便在他耳边吹嘘家中兄弟的好，害他错信奸臣，韩国舅才死，太子不但没有吸取教训，反而迫不及待地想提拔太子妃的亲戚，这究竟是太子自己糊涂，还是太子妃在儿子耳边吹了什么风？

“别人都可以，王家不能重用，除非你想再栽培一个韩国舅！”正德帝破天荒地训斥起太子来。

太子大惊，连忙跪下请罪，心中懊恼不已，后悔自己低估了韩国舅一案在父皇心里造成的阴影，同时也低估了父皇对政事的关心。

“你如实交代，是你自己要用王恪，还是太子妃想提拔娘家人？”正德帝动了真火，追问道。

太子心思一转，答道：“父皇多虑了，太子妃温柔贤淑，从不过问政事，只是儿臣有些担心子渊难断与晋王的关系，觉得让他掌管锦衣卫不太稳妥。”

正德帝瞪着眼睛：“你的意思是朕老糊涂了，连子渊是真心投靠还是假意投靠都看不出来？”

太子忙道不敢。

正德帝哼道：“你最好不敢，朕活了六十余年，看人难道还不如你？锦衣卫的事你就不要管了，提防提防你的妻族吧！”

太子嘴上应着，心里却将这次挨骂记在了宋池头上。他恨宋池，正德帝却惦记上了王家，派人去查王家一众男丁现在都在什么位置，这一查不得了，正德帝震惊地发现，王家不但掌握了京城一支禁军，连皇城卫的统领也是王家人。正德帝立即下旨，将禁军统帅、皇城卫统领换了人。

太子得到消息，气得差点吐血。正德帝又盯了一阵太子，不时敲打一下，太子都恭恭敬敬的，在正德帝面前不敢有任何怨言。

七月中旬，正德帝正在御花园给太子讲解为君之道，如今后宫最为受宠的婉嫔突然派了宫人来报，说刚刚御医给她诊脉，竟是喜脉。

婉嫔一跃成了后宫中既韩皇后之后第二个受孕的女人，六十二岁的正德帝激动地站了起来："当真是喜脉？"

宫人笑道："连着请了两位御医号脉，都说是喜脉！"

正德帝龙颜大悦，丢下太子去婉嫔那边了。

中秋将至，虞宁初备好节礼，来了平西侯府。

如今的平西侯府，是二夫人宋氏管家，侯夫人韩氏及儿媳韩锦竺已经在庄子住了四个多月了。太夫人看起来瘦了很多，显出几分刻薄来，老太太心情不好，虞宁初去那边请安，没坐多久就被打发出来了，虞宁初乐得只与舅母说话。

晌午在侯府用的午饭，饭后虞宁初告辞，带着微雨行到前院，正好撞见沈琢从外面回来。高大威武的世子爷，神色似乎比以前更冷峻了，眉心有一道浅浅的折痕，沉稳坚毅，威严远胜同龄男子。

"大表哥。"虞宁初屈膝福礼。

沈琢看她一眼，道："表妹这就要走了吗？"

虞宁初道："是啊，家里还有些事，以后得闲再来。"

沈琢点点头，站在门前看着虞宁初上了马车，便大步流星地去看女儿了，成婚前的一点绮念早已荡然无存。

虞宁初上了马车，想到表哥表嫂昔日的甜蜜及才几个月大的小侄女，难免发出一声叹息。如今的平西侯府，少了她们这些姐妹，连长媳也不在，瞬间冷清了很多。

次日便是八月十五，中秋佳节。宋湘提前与虞宁初打过招呼，说今晚他们兄妹要去宫里赏灯，沈明岚大着肚子不能出门，虞宁初便让李管事、温嬷嬷陪虞扬兄妹俩去逛灯会，自己留守虞府。没有好姐妹相伴，虞宁初也淡了游兴，况且她一个大姑娘，夜里单独出去也不太合适。

虞宅里点了一圈花灯，院中摆上桌子再端来瓜果，虞宁初带着微雨、杏花，一边猜灯谜一边赏月，怡然自得。

“姑娘看，皇城那边开始放烟花了。”杏花突然道。

虞宁初抬头，只见一簇簇烟花呼啸着飞上夜空，依次绽放。上次看这种烟花盛会，还是初来京城站在朝月楼上看的，去年中秋她正在运河上漂荡，错过了皇城的烟花。

“哎，这朵烟花好像猫啊。”杏花仰着脖子点评道。

虞宁初也看见了，不止一朵，第一只猫出现后，又出现了几只猫形的烟花。鬼使神差地，虞宁初想到了宋池，他曾把她画成猫，而此时此刻，他应该也在皇宫，难道……她低下头，心烦意乱地剥瓜子。

皇宫里，宋池、太子等人都在陪正德帝观赏烟花，另有婉妃、柔妃带着一些新受宠的妃嫔在后宫招待皇亲国戚家的女眷。婉妃是七月诊出喜脉的，柔妃则是八月月初有喜的，正德帝高兴自己老当益壮，给两个小美人直接封了妃。

“这猫形的烟花，谁想出来的？”正德帝笑着问。

宋池道：“回皇上，是臣，臣最近养了一只猫，一时兴起，让研制烟花的工匠试试能不能做出猫形的烟花来，没想到真成了，便在今晚燃放几朵，给您看个新鲜。”

正德帝赞许地点点头，他好享受，就喜欢这个，吩咐宋池道：“别只研制猫形的烟花，其他兽类也试试，过年的时候看看能不能放个百兽图出来。”

宋池笑道：“臣遵旨。”

太子冷眼瞧着宋池，总觉得父皇给宋池的盛宠太过，连带他的行事也越来越有韩国舅的风范——阿谀奉承、外忠内奸。可惜自己棋错一着，因为急着提拔心腹王恪而被父皇质疑理政之能，近来被收了很多权，幸好父皇年岁已高，婉妃、柔妃便是生出皇子也成不了气候。

秋高气爽，按时服用仙丹的正德帝只觉得体力充沛，想要跑马狩猎。鉴于上次香山遇刺，正德帝短时间内不想再出宫，就让人在御花园搭了一个狩猎场，每日放几只野兽进去，供自己射箭取乐。

这日上午，正德帝刚舒展完筋骨，宋池来了，称自己有要事奏禀，恳请正德帝屏退下人。正德帝以为晋王那边有了新线索，忙屏退左右。

宋池跪在正德帝面前，低声道："皇上，臣最近一直在搜查京城内是否有晋王派来的奸细，刚刚于城门抓捕一形迹鬼祟之人，带到锦衣卫后，臣在其中衣的夹层搜到一封密信。"说着，从袖袋中取出密信，双手奉上。

正德帝打开密信，一眼就认出了上面的字迹，竟然是韩皇后所书。他不禁将密信凑近了一些。信是韩皇后秘密写给太子的，韩皇后得知宫中有妃嫔受孕，内心焦灼，终于忍不住向太子坦承了一桩陈年秘密。

原来正德帝身患不育之症，太医院的御医人人皆知，所以正德帝与元后成亲多年，元后与其他姬妾才一直没有好消息。韩皇后野心勃勃，嫁给正德帝后，确定正德帝真的不能让女子怀孕，便让韩国舅寻了一个容貌酷似正德帝之人，再趁回国舅府探亲时与其暗中私会，得了一子。韩皇后担心只有一个太子不够万全，便一直与对方保持关系，直到安王出生，韩皇后才让韩国舅杀了那人以绝后患。

如今正德帝不知为何又能让女子怀孕了，韩皇后怕正德帝猜疑太子的身份，于是写了这封密信，希望太子毒杀正德帝，只要正德帝一死，太子登基，母子俩才能安枕而卧。

正德帝从头看到尾，拿信的手抖得越来越厉害。

宋池低着头，心有余悸道："皇上，韩统掌权多年，不知培养了多少死士，韩统伏诛后，定有死士投奔皇后，往返京城与行宫替皇后传递消息。这次皇后派人进京，倘若不是臣奉皇命加派锦衣卫隐藏在城门附近留意进出百姓，那名死士乔装成商贾，定能顺利进城，再通过王家秘密见到太子。"

正德帝全身颤抖，看看宋池，再看看这封密信，既不敢相信，又不敢不信。他年轻的时候，还是王爷，婚后多年无子，的确看过不少御医名医，言语之中皆透露是他身体的问题，正德帝为此服了不少药，直到第一任王妃病逝，韩皇后嫁了过来。在他三十四岁那年，韩皇后喜得麟儿，正德帝终于可以在先帝与老晋王面前扬眉吐气了，也正是因为有了儿子，先帝才会把皇位传给他。

难道太子、安王真的都是野种？韩皇后找了一个容貌酷似自己的人，她从哪里找的？哪有那么容易就找到……突然，正德帝想到了晋王那里的消息，晋王也藏了一个与他容貌酷似之人。

晋王为何要藏此人？或许，晋王不是为了调教一个傀儡再刺杀他，而是韩国舅当年做的好事被老晋王察觉，老晋王暗中看戏，再在韩国舅意图杀人灭口时救下那个野男人，藏起来以图大事。

顺着这个思路，正德帝想得越来越深。假如真有这个野男人，等他驾崩，太子继位，晋王便可以推出这个野男人揭发太子的身世，如此朝臣百姓必然拥护晋王，晋王便能轻而易举地坐拥天下。怪不得晋王这么多年只是蛰伏，原来一心盼着他驾崩呢，等他死了再扣他一顶绿帽子！

正德帝怒发冲冠，一拳砸在桌子上。

宋池身体微颤，紧张道："皇上息怒，或许臣抓到的死士是假的，信也是假的，有人意图挑拨您与太子也有可能，容臣再仔细审问那藏信之人，明早再给您一个准确答复！"

正德帝看向宋池："与朕说实话，你心里究竟怎么想的！"

宋池额头触地，惶恐道："兹事体大，臣不敢妄加揣测，只是……只是皇上年少时不曾得过皇子皇女，如今却接连令后妃受孕，确实蹊跷。"

正德帝冷笑一声，将密信拍在桌案上："有何蹊跷！凌霄仙师仙法了得，赐朕神丹治好了朕的顽疾，朕自然可以开枝散叶。"

信可能是假的，那仙丹却掺不了假，自从凌霄仙师进宫，正德帝服用丹药后身体越来越好，简直比四十岁时还要健硕。

宋池震惊地抬起头："皇上的意思是，您……您相信这封密信？"

正德帝好歹做了这么久的皇帝，迅速冷静下来，看着桌子上的密信道："也信，也不信，与其去审问来历不明的死士，不如将计就计，你重新安排一个心腹假扮成皇后的人，将此信送到太子手里，朕倒要看看，太子是信还是不信。"

如果太子不信，将密信交给他，正德帝再慢慢调查密信来历不迟。如果太子信了，真的要毒杀他，这种太子，就算是亲生的，正德帝也不稀罕要了。

"此事朕就交给你，切勿走漏任何风声。"正德帝阴沉着脸重新折好密信，交给宋池。

宋池收好密信，眉头紧锁，仍有顾虑："皇上，如今朝里不少人都、都效忠太子，太子对您忠贞不贰还好，若、若……"

正德帝哼道："放心，朕会提前布置好，绝不给任何人机会。"

宋池领命，倒退着离开。守在外面的大太监想要进来伺候，正德帝摆摆手，想一个人静一静。

闭着眼睛，正德帝想到了后宫刚刚怀孕的两个美人，初次侍寝，两人都落了红，进宫后除了他，再也没有机会接触外男，反倒是韩皇后当初以王妃之便经常回娘家，真想跟野男人厮混，她有大把的机会。真有野男人的话，韩皇后知道，韩国舅肯定也知道，可锦衣卫审问韩国舅、方管事时，他们为何没有招出此事？对了，当时主审此案的正是太子，也许方管事说了什么，太子故意隐瞒不报。

正德帝继续回想韩国舅死后太子的种种表现，他撤了很多官员换上自己的人，还想撤掉宋池，将锦衣卫握在手里。这一切，真的只是他喜欢掌权吗？有没有可能，太子已经在为夺位做准备了？

另一头，太子安插在正德帝身边的眼线，将宋池进宫与正德帝密谈一事禀报了太子。眼线不知道宋池与正德帝谈了什么，但太子将宋池视为眼中钉，一想到父皇与宋池藏了秘密却不肯告诉他，危机感便越来越重。

过了几日，太子妃的母亲进宫给太子妃请安，趁机带给太子一个消息，说有人自称是韩皇后的心腹，想要面见太子禀报大事，除非见到太子，否则不会将来意告诉任何人。太子也想知道母后要与自己说什么大事，便安排那人假扮成太监，混进东宫。皇宫这么大，很多侍卫都被太子收拢，做这种事简直易如反掌。

傍晚，太子处理完政事，回到东宫后先陪太子妃与两个孩子吃了晚饭，然后不紧不慢地去了书房。假扮成太监混进宫的"韩家死士"早已藏匿于此，等候多时，另有太子的心腹侍卫看守。

"太子请过目。"死士跪在地上，取出贴身收藏的密信，双手托举呈给太子。

太子坐在书桌前，紫衣侍卫过来取走信，交给太子。太子接过信，信封完好无损，但这说明不了什么，也许有人拆过信，再换个信封放进去就行了。他撕开信封，又观察了一遍信纸的折痕，这才开始看起来。

死士始终低着头，紫衣侍卫站在旁边，见太子眉头越皱越紧，脸色比当初安王横死时还要难看，愤怒中又有种恐惧，紫衣侍卫突然也紧张起来。

半晌，太子缓缓折好密信，看向死士："这封信，都有谁看过？"

死士沉声道："密信乃娘娘亲自交给属下，属下一直贴身保管，不曾让外人知晓。"

太子："你可看过？"

死士："属下不敢！"

太子冷笑道："你口口声声说自己是母后的人，可有凭证？"

死士面不改色，垂眸道："娘娘料到殿下会有此问，临别前曾告知属下，说您少时，曾为一碗茶水与安王起了争执。"

太子眉心微跳，若无其事地问："为何起争执？"

死士："这……娘娘并没有告诉属下，只道属下说出此事，殿下自然明白。"

太子咬紧了牙。他年少时，安王也只是个七八岁的孩子，被父皇母后惯得无法无天，因为被他训斥了一次，安王竟然偷偷尿在他的茶壶里，再装模作样地倒茶向他赔罪。等他喝完，安王才凑到他耳边说出此事，太子大怒，一直追打安王到母后面前。而这件事，除了他们母子三人并无人知晓。安王虽然顽劣，但还不至于蠢到将此事告诉别人，损他这个太子哥哥的颜面。

太子朝紫衣侍卫使了个眼色，紫衣侍卫立即抽剑，一剑刺入死士后心。

死士难以置信地看向太子，仿佛不懂太子为何要杀自己，鲜血从伤口流出，眨眼之间，人就倒在地上，死不瞑目。

紫衣侍卫走到外面，喊人来抬走尸体，等书房重新恢复安静，紫衣侍卫疑道："殿下看出他是假冒的了？"

太子摇摇头，无论密信的内容还是死士的话，都让他确定了一件事，这封信是真的。

母后是父皇的第二任妻子，在母后之前，父皇妻妾双全却无一人怀过孩子，前前后后只有母后生了他们兄弟二人。小时候太子不懂，也没有思索过这件事，等长大了，旁观母后与国舅的行事，太子便猜测母后怀上自己，肯定是用了什么手段。然而太子以为是母后寻到了什么秘药，而非找人借种。

母后担心婉妃、柔妃怀孕会让父皇怀疑他的身份，而事实证明，从婉妃怀孕开始，父皇就已经在对付他了，还撤了好几个他提拔上来的官员。当时他以为父皇是因为国舅一案不满他器重太子妃的娘家人，现在想来，父皇看他不顺眼的真正理由……

太子又想到了宋池与父皇的几次密谋，宋池掌管锦衣卫，而锦衣卫对官员的一切几乎无所不知，会不会是宋池提前发现了什么蛛丝马迹，将消息告诉了父皇，致使父皇对自己疑心越来越重？只有如此，才能解释父皇为何宁可相信老晋王一脉的宋池，也不肯将锦衣卫交给他这个儿子。

取下书桌上的灯罩，太子将密信放入其中，亲眼看着纸张燃火，烧成灰烬。母后说得对，与其坐以待毙，不如趁手中还有权势，先下手为强。

人一旦有了疑心，看什么都像是证明自己怀疑的证据。再见面，正德帝觉得太子的笑容下包藏祸心，太子也觉得正德帝看自己的眼神越来越冷。父子相残已成定局，就看谁先打消顾虑，谁更狠心动手了。

九月底，在东宫处理政务的太子得到消息，宋池又进宫面圣了。来得正好，太子朝心腹侍卫递个眼神，继续稳坐东宫。

宋池来向正德帝汇报锦衣卫的案子，说完案子，君臣又单独谈了片刻，随后正德帝命人端来棋盘，要与宋池下棋。君臣一边下棋，一边聊些宫外趣事，相谈甚欢。奉茶小太监泡好茶水，将托盘端到内殿门前，再由正德帝身边的大太监端进内室。

奉茶小太监退到殿外，垂首候着，等了一盏茶工夫，忽闻里面传来大太监的惊呼："皇上，皇上！"

小太监立即朝东宫的方向摔了一跤。东宫屋顶，密切关注这边的侍卫收到暗号，朝院中整装待发的太子点点头，太子立即带领三百东宫侍卫，疾步朝正德帝的正殿跑去。路上遇到皇宫侍卫拦路，太子高呼收到密报宋池要毒害皇上，因为是太子，皇宫侍卫不疑有他，立即放行，并且跟着太子一起朝御书房奔去。

太子跑到御书房外，又见门口一片慌乱，里面传来宋池愤怒的催促：“御医怎么还没来？再不来，让沈琢提头来见！”

太子大喜，猜到正德帝中毒命危，身为御前侍卫统领的沈琢亲自去传御医了。

“宋池毒害皇上，尔等还不入内诛杀叛贼！”一路冲过来，太子拔出长剑，朝守在门口的几个御前侍卫喝道。

御前侍卫们面面相觑。太子等不及了，命一队东宫侍卫先冲进去，自己紧随其后，防的是宋池武功高强，反抓自己。结果太子才冲进去，一直守在两侧的御前侍卫突然从外面关上门，紧接着，外面传来大批侍卫奔跑而来的脚步声，刀光剑影，利箭呼啸，被关在门外的东宫侍卫猝不及防，一个个倒下，鲜血飞溅，落到御书房的窗纸上，浓郁的血腥气顺着缝隙传进来。

太子傻了，前面的十几个东宫侍卫也傻了，不敢再往内殿冲，一个个将太子围在中间，警惕地看向内殿前纹丝不动的绣龙门帘。

太子终于反应过来，高声朝里面喊道：“父皇！儿臣收到密报，宋池意图谋害父皇，儿臣特来救驾！”

“嗯，朕知道，宋池已经伏诛，你且让侍卫退下，朕有话与你说。”正德帝的声音平平静静，又清清楚楚地传到太子耳中。

正德帝果然还活着！太子如坠冰窟，宋池今日不可能造反，要毒害正德帝的只有他，而正德帝提前安排好侍卫也只能是为了提防他，此时此刻，宋池、沈琢可能都在里面，他若单独进去，必死无疑！

进不能进，出不能出，太子看看身边的十几个侍卫，咬咬牙，低声道：“成败在此一举，此时投降，尔等只能与孤同死，你们若能进去杀死皇上，待孤登基，必厚待尔等家族血亲！”

侍卫们也很清楚眼前的形势，其中一人大吼一声护驾，率先朝内冲了进去！

门帘被人扯下，太子躲在最后面，透过侍卫之间的缝隙，看到宋池、沈琢将正德帝紧紧护在身后，三人面前，站着一队持弓的锦衣卫。

嗖嗖嗖，声响不绝，东宫侍卫一个接着一个倒下，很快，外殿便只剩太子一人面对着数把朝他张开的弓箭。

“咣当”一声，太子手中的长剑坠落在地，他扑通跪下，看着正德帝涕泪俱下：“父皇，儿臣……”

话没说完，正德帝被那声“父皇”刺激，突然夺过一个侍卫手中的弓箭，对着太子狠狠射去！

那一箭正好射中太子的心口，太子朝后重重倒去。正德帝犹不解恨，拔出身上的佩剑走到太子面前，看着太子那张酷似自己的脸，想到韩皇后与晋王手中的野男人不定私会了多少次才生出太子，而他竟然把太子当成自己的孩子宠溺了快三十年，正德帝目眦欲裂，双手攥紧剑柄，高高刺下。

太子全身一缩，在极致的痛苦中，在正德帝嗜血的目光中，抽搐几下，毙了命。正德帝气血翻滚，人不受控制地朝后倒去，宋池、沈琢连忙冲上来扶住他。正德帝恨啊，一手抚养大的两个儿子都是野种，韩皇后，韩氏！

“朕没事！子渊，你即刻带锦衣卫前往行宫，将韩氏一党全部处死，一个活口也不能留！”

“臣领旨！”

“沈琢，你速速调遣禁军，抓捕太子妃及太子其他党羽，宁可错杀，一个都不能放过！”

“臣遵旨！”

确定正德帝无碍，宋池、沈琢双双告退，疾步朝宫外走去。

寒冬即将来临，今日阳光惨淡，大片的阴云布满天空，随时可能将那惨白的明日遮蔽。沈琢看向前方，寒风吹得宋池墨色的锦衣卫官服猎猎作响，刚刚协助正德帝诛杀太子的宋池，侧脸俊美如玉，仿佛只是一个玉面书生遇到急事，竟看不出一丝杀气。

可沈琢不明白，太子是正德帝唯一的儿子，只要耐心再等几年便可登基，为何要现在造反？正德帝又是如何提前得知太子的计划，安排他带人暗中埋伏？他不知道，宋池一定知道，自从韩国舅死了，宋池便是正德帝身边最受器重的红人。

“子渊，太子谋害皇上，这事是你先察觉的？”宫门就在眼前，那里停着两匹骏马，再不问就来不及了，沈琢突然拽住宋池的手腕，肃容问道。

宋池转身，看着沈琢郑重无比的冷峻脸庞，笑了："大哥莫非忘了我的官职？我身在锦衣卫，理当替皇上掌握官民的一切动向。"

沈琢道："那你可知，太子为何要反？"

宋池看一眼东宫，还是那副云淡风轻的笑脸："关乎皇家机密，没有皇上允许，恕我不能奉告。"

沈琢无奈地松开手，以前宋池住在侯府，他看不透这位表弟，等宋池迁入郡王府，彻底融入锦衣卫，沈琢就更看不透他了。

"对了大哥，我这次去行宫，可能要十日左右才回，京城若有变故，还劳大哥替我照拂阿湘一二。"并肩走出宫门，宋池突然低声嘱咐道。

沈琢诧异他为何这么说，但还是毫不犹豫地应下来。宋池便朝他笑了笑，翻身上马，朝锦衣卫的方向去了。

四井胡同，虞宁初对宫里的大事一无所知，坐在后院的小花园里，优哉地晃着秋千。方才遮住日头的乌云散了，落下一片阳光，虞宁初舒服地闭上眼睛。忽然，旁边的巷子传来两道急促的马蹄声，虞宁初不禁偏过头，高高的院墙阻隔了她的视线。

墙外，宋池瞥一眼虞宅的几幢屋舍，催马离去。

距离韩国舅谋逆案才过去半年，京城又出了一桩造反案，主谋竟然是太子。相同的告示被贴到京城的各大城门前，上书太子谋逆大罪，已经伏诛，太子余党包括一双儿女也即将斩首。

在正德帝这一朝，大臣们被斩首得太频繁了，只是以前被斩的都是一些忠臣良将，今日轮到的竟然全是正德帝昔日器重的左膀右臂。安王好色，太子嗜杀，他们死了，百姓心里只会高兴，不过高兴之余，他们更好奇宫里究竟发生了什么。

没过多久，京城的大街小巷忽然传出一些风声，说韩皇后给正德帝戴了绿帽子，太子与安王都不是皇上的骨肉。百姓们恍然大悟，正德帝后宫佳丽三千，只有韩皇后生了两个儿子，这一直都是京城的一件稀罕事，现在谜团一下子解开，敢情是韩皇后背着正德帝养了一个野男人！

百姓们不敢公然嘲笑皇上，私底下却对此津津乐道。

宋池在行宫亲眼看着锦衣卫处决了韩皇后等人，快马加鞭赶回京城，风尘仆仆地来到正德帝面前，却迎头挨了正德帝一顿痛骂："韩氏之事，朕千叮咛万嘱咐，不许传出去半个字，怎么如今京城大街小巷都在议论此事？"

越怕什么，越在意什么，太子一死，正德帝就让锦衣卫留意京城的风声，没想到真有实情传了出去。

宋池跪在地上，发誓此事绝不是从他这里透露出去的："皇上，当日韩氏安排死士来京，臣将其抓到锦衣卫，一直都是臣单独审问再来与皇上密谋，中间不曾让任何人知晓。"

正德帝还在气头上："那死士已经死了，只剩朕知你知，朕自不会外传，除了你还有谁？"

宋池思索片刻，忽然想到什么一般看向正德帝："皇上忘了晋王吗？他虽然远在太原，定有眼线留在京城，皇上巧计提前诛杀太子，打乱了晋王的谋划，晋王岂肯罢休，索性趁此机会指使眼线散布谣言，诋毁您的威名！皇上，晋王阴险歹毒，您可千万保重龙体，若因此大动肝火，伤了元气，反倒令晋王痛快！"

正德帝一听，顿时觉得很有道理，此事外传对宋池没有任何好处，倒是晋王那个小乌龟，见缝插针地给他添堵！

一想到晋王此时正在太原笑他，正德帝便气得胸口发闷，靠到椅背上喘了一会儿，见宋池还跪着，正德帝摆摆手，神色疲惫道："起来吧，行宫那边如何了？"

宋池起身，将韩氏等人受刑的细节讲述了一遍。

正德帝听完就将此事抛到脑后，他这辈子都不想再提韩氏了，吩咐宋池道："你回来得正好，赶紧想办法止住外面的流言蜚语。"

宋池道："此事简单，臣多抓几个人斩了，便能杀鸡儆猴。"

正德帝点点头，对宋池的办事能力，他还是很信任的。流言好对付，唯有晋王这个心腹大患，正德帝越想越气。

宋池像知道他在想什么一样，忽然喜形于色，笑着对正德帝道："皇上，臣忽生一计，或许可将晋王骗至京城。"

正德帝急切道："说来听听！"

宋池走到正德帝身边，低声道："晋王故意在京城散播谣言，就是为了让您动怒，皇上不如将计就计，称病罢朝，再以膝下无子恐动摇国本为由，宣晋王进京，商议封晋王为皇储之事。晋王心心念念想要继承大统，必然禁不住这等诱惑，一旦他进宫，那还不是任凭皇上处置？即便他不来，于皇上也没有损失。"

正德帝眼睛一亮！好办法啊，太子没了，婉妃、柔妃明年才能生，他装作病入膏肓，就算他不提，大臣们也会着急催他立个新太子，正好让他顺势而为。正如宋池所说，晋王不来则已，来了就别指望活着回去！

"子渊，此事若成，朕封你做亲王！"得了妙计，正德帝宛如吃了灵丹妙药，神清气爽。

宋池并没有笑，冷声道："荣华富贵不过过眼云烟，臣之所愿，唯有替母报仇而已。"

正德帝在这张年轻俊美的脸上，看到了一个儿子失去母亲后的痛苦与迟迟不能报仇的愤怒，他叹口气，拍了拍宋池的肩膀，继续商量起如何装病一事来。

按照计划，正德帝先上朝几天，在化装打扮之下，他的神色越来越憔悴，然后在十月中旬，宋池安排了一个官员恳请正德帝速立新储君，正德帝既怒且悲，连咳数声，猛地吐出一口血，当场昏迷了过去。这昏迷自然是装的，目的是通过百官之口传出去消息，让晋王相信他是真的快不行了。

卧病三日后，正德帝仿佛想开了一样，颓废地下旨，宣晋王入京，商议立其为太子之事。诏书通过八百里加急，快速送到太原。晋王府，年仅四十岁的晋王宋玦，率领王妃、一双儿女前来接旨。

宣旨完毕，王府管事引着宫里来的公公去休息，晋王一家回到厅堂，要封太子了，这该是喜事，但一家四口没有一个高兴的，毕竟正德帝每隔两三年就要找借口宣晋王进京，连太原的百姓都知道正德帝暗藏杀机。

"父王不要去，宫里已有妃嫔怀孕，皇上怎么可能将皇位传给您？"女儿宋沁最先反对，她今年十五岁了，已经晓得很多事。

晋王妃和世子宋澈也都是同样的意思。

晋王看一眼三人，脑海里却浮现出侄子宋池的身影，当年侄子离开时才九岁，恨他怨他，酷似他的凤眼里浮了泪，却倔强地不肯在他面前哭。可再怎么怨，他们骨子里流着同样的血，侄子十五岁那年，他的人暗中联系上侄子，如他所料，侄子同意了他的计划。

相隔千里，京城的形势又瞬息万变，晋王只能给侄子提供可靠的死士与一份官员名单，剩下的全靠侄子见机行事，包括国舅、安王乃至太子之死，几乎全是侄子自己谋划的。然而计划再缜密，一步踏错便是万劫不复的深渊，失败了，他固守太原安然无恙，可侄子与侄女却随时都可能丧命。如今，伯侄俩终于走到了这一步。

“明早我便动身，你们留在王府，等我消息。”收起圣旨，晋王对王妃道。

晋王妃面露担忧：“王爷……”

晋王摆手，打断了她的话，起身道：“我还有一些安排，你们不要来打扰。”

说完，晋王吩咐长随去请自己的两个谋士前往书房。

宋澈看着父亲离开的背影，转身对晋王妃道：“母亲，我随父王一起去。”

晋王妃心头一紧，王爷与这一双儿女便是她的命，她管不了王爷，只能让王爷去冒险，儿子绝不能再去。

“不行，你父王武艺高强，若是出了事或许还能挣得一线生机，你去了只会拖累他。”

当年她生宋澈时不幸难产，熬了一天一夜才生出来，她还好，儿子却身子骨弱，只能读书，无法习武，导致王爷将一身好剑法都传授给了侄子宋池，伯侄俩的感情仿佛比父子还深。

往事不堪回首，晋王妃沉着脸压下儿子进京的念头。宋澈违背不了母亲，既恨自己无用，又为父亲担心。

书房里，晋王与几位谋士、心腹将领一直商议到二更天，总算结束。将领们走了，承诺在他离开期间会守好王府与太原城，晋王又写了一封信，交给谋士，嘱咐道："十日后，我应该已经到了京城，届时你将此信交到平西侯手中，不得有任何闪失。"

谋士揣测道："王爷是怕需要用兵，希望凭此信让侯爷只做壁上观吗？侯爷过于刚正，一旦宫中有命，他……"

晋王笑了笑，看着窗外浓重的夜色道："我不用他帮我，只要他替大周守好边疆。"

他谋划多年，便是不想大周将士自相残杀，不想给塞外强敌可乘之机。

冬月初一，黄昏，宋池进宫拜见正德帝。

正德帝还在装病，他倒是乐得不用上朝，全部交给内阁处理，每日偷偷宣美人来身边伺候。其实前几年他对此事已经有心无力，今年得了仙丹，又恢复了昔日雄风，便乐此不疲。

宋池来得不是时候，正德帝兴之所至，正在宠幸一位美人。宋池便在外面候着，寒风凛凛，吹动他的官服衣摆，西天红日缓缓下沉，黑夜即将来临。

视线一转，落到四井胡同的方向，想到过几日她吃惊的模样，宋池笑了，那风也不再冷。

恰在此时，内殿里传来声响，宋池将手里的暖炉交给在一旁伺候的小太监，准备进去。

果然，正德帝一收拾完毕，便要见宋池。

"这么晚了，子渊所为何事？"正德帝穿着中衣坐在龙榻上，头发灰白，脸上带着异样的红晕。

宋池垂首道："禀皇上，臣接到消息，明日晌午晋王便能进京。"

正德帝大喜，问他："锦衣卫那边，你可都安排好了？"

宋池道："皇上放心，明日晋王卸刀跨进宫门之时，便是臣等动手之际。"

正德帝仿佛已经看到那一幕，兴奋地跳下龙榻，搓着手在殿里走来走去。

宋池劝道："皇上仔细着凉。"

正德帝笑道："不会，一想到明日就能解决这个心腹大患，朕便全身火热，倒是你，穿这么少，怎么没披件斗篷？”

说着，正德帝让大太监取来自己的斗篷，亲自替宋池披上。

宋池拜谢皇恩，躬身告退。

宋池走了，正德帝兴奋得睡不着，夜里又不能做其他的，便叫人拿出丹药，继续与美人颠鸾倒凤。

次日早上，正德帝头疼欲裂，仙师特意送上最新调制出来的一颗大补丹。正德帝服下之后，果然又精力充沛，只是眼看晌午将至，他突然吐血不止。

宫人们疯狂去传御医时，宫门前，晋王跳下骏马，站在百官之前。

“王爷请随臣来，皇上已等候多时。”宋池站在最前面，恭声对晋王道。

晋王朝他走来，抬手重重地捏了捏他的肩膀，欣慰道：“好小子，都长这么高了。”

他摆出大伯父的架子，宋池便也笑了，温声道：“伯父别来无恙。”

伯侄两个，一个年已四十却依然风采不减，一个二十年华正是风华正茂，酷似的眉眼与气度，让后面的文武百官暗暗吃惊，这真的只是伯侄吗？不是说宋池与晋王不和，这会儿怎么一点都看不出来？

百官们还愣着，突然有宫人从大殿那边跑来，哭得如丧考妣：“皇上，皇上驾崩了！”

正德帝病重，又没有了儿子，于是召侄子晋王进京，商议封其为太子之事。晋王进京，正德帝驾崩，这种时候，准太子晋王继位怎么看都是顺理成章。

晋王先率领百官跪到正德帝的龙榻前，御医解释了正德帝的死因，说法委婉，但大臣们都听懂了，正德帝本就在病中，昨夜又连宠美人，元气透支，致使油尽灯枯而丧命。然而百官们已经不在意正德帝为何死了，他们更在乎接下来由谁当皇上。

晋王虽然远在边关，但他在朝堂自有人脉，更有一些忠臣，他们不敢以死进言，奉劝一个昏君改邪归正，内心却盼望着出现一位明君挽救苍生，晋王的到来让他们看到了希望。晋王继承爵位十几年来励精图治，将太原一带治理得井井有条，更兼戍边有功，其他地方的百姓也都听闻了晋王的政绩，早有拥护之心。而曾经反对晋王的那些人，比如韩国舅，比如太子，早在这半年多里死的死、流放的流放，大势所趋，百官们齐声拥戴晋王继位，一个反对的人都没有。

真正的硬骨头早被正德帝和韩国舅处理了，现在能站在朝堂上的，除了隐忍的良臣，便是一些老狐狸，晋王正值壮年，而正德帝的婉妃、柔妃明年还不知道生出的是皇子还是公主，甚至都未必能顺顺利利地生产，他们不支持晋王继位，能支持谁？与其得罪晋王，不如顺应晋王，自己好继续稳坐朝堂。

因此，时隔多年，先帝之孙宋玦以晋王的身份再次回到皇宫，当天下午便昭告天下，正德帝病逝，晋王继位，称昭元帝。按照规矩，新帝登基暂且沿用先帝在位时的年号，等明年再改。

昭元帝新登基，有忙不完的大事要处理，百姓们则开始了为期三十日的国丧，国丧期间，朝臣百姓不得宴请嫁娶。百姓们掐指一算，都是一乐，正德帝死得刚好是时候，冬月初一驾崩，腊月初一恰好解除国丧，一点都不耽误过年。

而在这一个月国丧期间，昭元帝陆续下了几道圣旨，多是安邦惠民的。

比如，昭元帝宣告于明年二月、三月加试恩科，天下文武举人都可进京赶考，为朝廷增添人才；比如，昭元帝加封平西侯沈策为新的护国公，统领二十万兵马镇守西北边疆；比如，昭元帝取缔了令官民闻风丧胆的锦衣卫，从此朝廷不再设锦衣卫，由都察院、大理寺、刑部主审天下案件；比如，昭元帝加封胞弟宋二爷为端王，因宋二爷已遁入空门，世子宋池承袭爵位；比如，昭元帝任命端王宋池为都察院左都御史，重审正德帝一朝数项冤假错案。

这些旨意传遍民间，百姓们虽然还在替昏庸的正德帝守国丧，心里却已经比过年还要高兴。

第三章　宋池提亲

腊月初五，宁国公府曹家为二房曹坚、沈明岚夫妻俩新出生的长子敦哥儿庆满月。

新帝登基，平西侯府变成护国公府，足见沈家深得帝心，连带着沈家出嫁的女儿也更加尊贵起来，所以沈明岚生子，宁国公将宴席办得比大房抱孙子还要隆重气派，虞宁初觉得自己出发得够早了，没想到马车来到宁国公府所在的巷子，里面竟然已经排了几辆马车。

护国公府的一众女眷比虞宁初来得还早，这会儿都在沈明岚的屋子里待着。虞宁初一进门，就见太夫人笑眯眯地坐在暖榻上，手里抱着一个大红缎面的襁褓。

虞宁初一惊，舅舅不是太夫人亲生，太夫人对舅舅、舅母包括表哥表姐一直都是淡淡的态度，仅维持表面和气，这么冷的天，表姐的孩子过满月，太夫人不但亲自来了，居然还笑得如此慈爱？

作为小辈，虞宁初先给太夫人、二夫人宋氏与舅母行礼。礼毕，三夫人亲昵地将她叫到身边，握住她的手，确定手热乎乎的，没有被外面的寒风吹着，这才放心。

“祖母，把敦哥儿给我吧，让阿芜看看，小家伙出生后阿芜都没见过呢。”坐在榻上的沈明岚笑着道。

上个月她生孩子，恰逢国丧，哪怕新帝不待见先帝，宁国公府也没有张扬，只给亲戚们报了喜讯，表明过满月时再宴请大家。前几日国丧解除，虞宁初又有点咳嗽，怕过了病气给娇气的小娃娃，一直忍着没来看。

太夫人将孩子交给乳母，乳母再抱回沈明岚怀里。虞宁初不禁凑到表姐身边往襁褓里一瞧，见到一个胖嘟嘟的男娃娃，满月了，小家伙脸蛋长开了很多，又嫩又滑。

“好小啊。”虞宁初都不敢碰。

沈明岚笑道：“小吗？刚出生的时候才六斤多，现在都八斤了。”

姐妹俩说话的时候，三夫人请太夫人、二夫人先去暖阁坐着，虞宁初听着外面的声音，这才悄悄问表姐：“太夫人怎么来了？”

沈明岚撇撇嘴，解释道：“先前沈家多少受了韩家连累，哪怕父亲他们官职还在，但出门做客难免有些抬不起头。如今不一样了，沈家尊贵更胜从前，太夫人自然高兴，憋了一个月，好不容易盼到一个可以名正言顺露脸的机会，当然要出来风光风光，不信你等着瞧，等宾客们到了，见到她，肯定都要恭维一番。”

虞宁初懂了，笑着打趣道：“表姐自从嫁了人，看事情越来越通透了。”

沈明岚回道：“要不要我给你介绍个好郎君，让你也通透通透？”

姐妹俩笑起来，丫鬟忽然在外面通传，说安乐公主到了。

下一刻，一身红装的宋湘高高兴兴地走进来。新帝登基，按照规矩加封了一圈兄弟姐妹侄子侄女，包括二夫人的长公主称号和宋池的端王称号。这里面，唯独宋湘特殊，她是新帝的侄女，原本继续做郡主就是，但新帝在圣旨里大加夸赞宋湘，破格将她封为安乐公主，弃用了正德帝封的郡主头衔。

看到宋湘，沈明岚立即打趣道：“哎呀，公主驾到，恕臣妇有失远迎！”

宋湘上前就要捏她的脸，虞宁初急忙拦道：“表姐抱着孩子呢，你们小心打到孩子。”

沈明岚得意地笑了。

宋湘坐到另一边，点着敦哥儿苹果似的脸蛋道："你个小家伙，还不会走路就能护着你娘了。"

沈明岚马上道："公主眼红，赶紧也给自己找个驸马呗，听说皇上已经给你赐了公主府，等明年修好，公主一个人住多寂寞。"

宋湘闻言，心情有点复杂。当年她跟着哥哥离开太原时才五岁，小时候的事情什么都不记得了，问哥哥母亲的死到底是怎么回事，哥哥也从来不肯告诉她，她只能根据传言猜测是大伯父害了母亲，导致父亲出家、哥哥愤怒进京。宋湘一直认为哥哥是真的恨大伯父，直到大伯父进京，哥哥竟然经常进宫伴圣，而大伯父对她的态度也像对亲生女儿一样疼爱。宋湘已经长大，见多了人情世故，公主荣耀收买不了她，可她感受得到，大伯父是真的疼她。宋湘再也忍不住，单独相处时，又问了哥哥，哥哥终于告诉她，母亲的死完全是一场意外，与大伯父无关，兄妹俩进京，只是配合大伯父的计划，谋夺帝位而已。宋湘半信半疑，信了母亲并非死于大伯父之手，信了哥哥，不恨大伯父，却不信母亲真的只是死于意外。可惜再多的，哥哥半个字也不肯透露，她也无处可问，质问大伯父又不是什么好选择。

见宋湘有些走神，虞宁初想到如今的皇帝正是曾经与母亲牵扯不清的那个人，心情也非常复杂。这两年宋池进了锦衣卫，人人都以为他是正德帝身边的一条走狗，她也坚信宋池是个奸臣苗子，可等到韩国舅、正德帝接连暴毙，晋王顺顺利利进京登基，天下众人包括她都能看出来宋池与晋王不和是假的，伯侄俩一个在外把握兵权，一个潜伏到正德帝身边挑拨离间，联手成就大事。所以，宋池说他这两年会非常忙，都是真的。提到锦衣卫时，他说有些事总要有人去做，指的竟然是这种改天换地的大事，但偏偏，他拥护的是那个人。

"哇"的一声，沈明岚怀里的娃娃忽然哭了，走神的都回了神，陆续又有其他女客来了，宋湘便将这边留给沈明岚招待客人，牵着虞宁初的手去了暖阁。

此时暖阁里的女眷不是很多，宋湘拉着虞宁初在二夫人、三夫人身边坐下了。不久，看完孩子的其他女客也走了过来，宋湘不喜跟长辈们坐在一起应酬，又带着虞宁初换了个地方。

任谁都看得出来，宋湘与虞宁初非常亲近，有些长辈便快速转起了心思。以前虞宁初父亲疯了，无法为大家提供任何帮助，现在新帝登基，盛宠宋池、宋湘兄妹，看虞宁初与宋湘的热乎劲，若虞宁初去求公主什么事，公主多半都会答应，再去皇上面前撒撒娇……很快就有人去三夫人身边询问虞宁初的婚事，三夫人立即打起精神，笑着与对方聊起来。

太夫人耳朵听着，眼睛却朝虞宁初那边看去——阳光透过暖阁的琉璃窗照进来，明媚的光线里，虞宁初眉眼如画，美得宛如梦里人，那模样，像极了曾经的沈氏，一个收敛了骄傲却更加惹人怜惜的沈氏。

若新帝见到虞宁初，会不会被勾起旧情，会不会想将虞宁初收进宫中？

宫里，昭元帝登基已有月余，终于将正德帝在位时遗留的一些事情处理得差不多了，如今朝臣们各司其职，并无乱象。

太原那边来了一封信，皇后郑氏母子三人已经启程，年前应该能抵京。看过书信，昭元帝走到窗边，目光晦涩地看着天边的一朵云，那云越飘越远，形状也变了，渐渐变淡，直至消散。

“皇上，端王殿下求见。”大太监袁公公进来通传道。

昭元帝收回遐思，露出一丝笑意，道：“让他进来吧。”

等宋池进来，就见昭元帝坐在暖榻上，正在摆放棋盘。伯侄俩对视一眼，昭元帝道：“子渊过来，陪伯父下几盘。”

宋池笑道：“皇上好雅兴。”

这就是揶揄了，昭元帝前阵子忙得每日三更天才睡，如今竟然有时间下棋。

昭元帝看一眼御案上高高的奏折，叹道：“折子看不完，朕也偷会儿懒。”

宋池恭敬不如从命，脱了靴子，坐到昭元帝对面，下棋之前先禀报道：“皇上，昔年郑国公贪污案已经有了新证据，随时可以替郑国公翻案了。”

昭元帝的妻子郑皇后，正出身郑国公府，当年皇储未定，老晋王与郑国公府结亲，让世子宋玦娶了郑国公府的嫡女。后来老晋王被派去镇守太原，正德帝登基，上位不久便连同韩国舅给郑国公府扣了一顶贪污的大帽子，可怜郑国公府几十口人，全被这门亲事牵连，满门问斩。

宋池递给昭元帝一张折子，上面详细写了调查经过。

昭元帝接过折子看了看，沉默半晌，看向宋池道："子渊，如果朕不为郑国公府翻案，可能消了你心中怨气？"

宋池垂眸道："皇上，郑国公府世代忠良，为我大周立下无数战功，既有证据证明当年郑国公蒙受冤屈，皇上便该为其平反，岂能因为侄子寒了忠臣之心，坏了您的明君之名？"

昭元帝仍是沉默。

宋池抬眸看着对面的新帝道："皇上放心，侄子心里有怨，却绝不会报复她让您为难，只是侄子敬重您，却无法敬她，也不会让您的未来侄媳敬她，这点，还请皇上恕罪。"

侄媳？昭元帝心中一震，根据去年侄子在扬州办案时对虞家的安排，昭元帝已经知道他的未来侄媳是谁了。那是她留在这世上唯一的血脉，他怎么可能会要求她的女儿敬重郑氏？

"朕明白，朕许你们夫妻见到皇后不必行礼。"昭元帝神色平静道，仿佛对未来侄媳的特许，完全是出自对侄子的爱屋及乌。

"多谢皇上。"

伯侄俩开始下棋，下了几步，昭元帝忽然笑道："之前忙着大事，你怕牵连她，不敢成亲，如今天下已定，要不要朕给你们赐婚？"

宋池笑道："不了，初十便是吉日，侄子会安排媒人前去提亲。"

当初约好的是让她等他提亲，现在一切顺利，能提前一个月提亲更好，免得夜长梦多，也免得她继续疑他是个骗子。

昭元帝点点头，如果他出面赐婚，小姑娘未必会高兴。

"也好，朕等你的好消息。"

腊月初十，阳光不错，只是依然冷飕飕的，虞宁初便没有出门，在家里待着。

吃过早饭，门房派人来报，说舅舅、舅母来了。

虞宁初惊讶地匆匆披上斗篷迎了出来，到了前院，果然见到舅舅、舅母，夫妻俩并肩绕过影壁，一个温润儒雅，一个美丽端庄，宛如一对璧人。

虞宁初行了礼，奇怪地问道："舅舅难得休沐，怎么一大早就来了这边？"

沈三爷看一眼妻子，道："外面冷，咱们去厅里说。"

到了厅堂，微雨奉上热茶便退出去了。沈三爷从袖子里取出一封信，交给虞宁初。虞宁初困惑地接过来，低头一看，竟然是宋池写的，只说请舅舅、舅母于今日上午来她这边，他有事与二老商量，至于要商量什么，宋池并没有说。

什么事需要舅舅、舅母过来，又非得在她这边？虞宁初手一抖，想到宋池一再提醒她的半年之约，难道他真的要来提亲？

"阿芜，你可知道王爷要与咱们商量何事？"三夫人试着问。时至今日，宋池做了那么多惊天动地的大事，三夫人再也不敢把宋池当作那个曾寄居侯府的少年，便是私底下也要尊称他为王爷。

虞宁初心烦意乱，下意识地摇摇头。

沈三爷、三夫人面面相觑，没过多久，门房又派人来通传，小丫鬟面带喜色，说话都直吞口水："舅老爷，舅夫人，大姑娘，端、端王殿下来了，还带着一个媒人！"

虞宁初心头猛跳，宋池竟然真的来了？

沈三爷、三夫人齐齐看向外甥女，谁闲得没事带着媒人四处转悠，宋池先让他们夫妻过来，又携媒人登门，莫非是想求娶外甥女？

虞宁初被舅舅、舅母看得更慌了，心里很乱，也不知道该怎么解释，急得丢下一句"我不知情"，便跑出厅堂，逃去了后院。

三夫人做主，让丫鬟去请宋池进来，等丫鬟走了，她看向沈三爷，沈三爷也看着她，对视片刻，三夫人扑哧一笑，摇头道："亏咱们还替阿芜各种担心，甚至准备撮合逸哥儿与阿芜，原来咱们阿芜早被贵人盯上了。"

沈三爷见妻子笑了，就知道她是赞成这门婚事的。

三夫人见他不笑，奇怪道："难道你不满意？子……王爷要相貌有相貌，要才干有才干，要抱负有抱负，别说京城了，放眼天下，你还能找到谁比他更优秀？"

宋池曾入锦衣卫，跟着韩国舅打压忠臣，三夫人当时还十分惋惜悲痛，而今证明宋池那么做只是为了铲除奸臣昏君，实则还是那个清风朗月的贵公子，反而越发欣赏他了。

沈三爷叹道："以前王爷与那人不和，他想娶阿芜也没什么，如今证明他们伯侄从无二心，阿芜若嫁了他，妹妹在天有灵，能高兴吗？"

三夫人不是沈氏，她不知道沈氏会高兴还是愤怒，就没有回答。

这时，宋池与媒人到了。夫妻俩收拾情绪，跨出厅堂去行礼。

"三爷、夫人免礼，我在侯府时承蒙二位照顾，委实不必见外。"宋池虚扶二人道。

三夫人抬头，发现宋池今日穿了一件绛红色锦袍，玉面无双，风流倜傥，仿佛一方美玉，令人观之忘俗。这仪表，三夫人当真是一万个满意。行过礼，四人进了厅堂，微雨再次进来奉茶，因为关系到姑娘的终身大事，就没有退出去，恭恭敬敬地站在三夫人身后，实则竖起耳朵听着。

宋池带来的媒人派上了用场，眉开眼笑地代表宋池向沈三爷、三夫人提亲。她舌灿莲花地夸赞虞宁初时，宋池带笑听着，等媒人转过来夸自己，宋池忙叫她打住。总之，事就是这个事，他要求娶虞宁初，希望沈三爷、三夫人成全。

沈三爷咳了咳，看一眼媒人道："王爷的意思，臣明白了，只是有些问题，还请王爷解惑。"

宋池朝媒人递个眼色，媒人识趣地退了下去，微雨不自觉地缩起肩膀，希望三爷没注意到自己。

沈三爷怎能没注意到，不过微雨是外甥女的人，知道了也无妨，如果外甥女事后想打听什么，也有个人可以问。

"既然王爷叫臣不必见外，那臣就斗胆问了，不知王爷何时对阿芜生了情意？"沈三爷直言道。

宋池离开座位，如一个小辈那般站在夫妻俩面前，正色道："我对阿芜乃一见倾心，只是碍于礼法、碍于朝局多变，一直没有机会提亲。既然无法提亲，此情我便一直藏在心底，不曾对任何人提起，甚至故意做些冒犯的言行，以免旁人猜疑什么，坏了她的清誉。正因如此，阿芜可能怨怪于我，这桩婚事，还请三爷、夫人在阿芜面前多替我美言几句。”

三夫人想起来有一年他们都出门了，外甥女去宋湘那边做客，因为宋池说了不好听的话，外甥女都被气哭了。

外甥女那般美貌，沈三爷并不意外宋池所说的一见倾心，想到接下来要问的问题，他将微雨也打发出去了，然后对宋池道：“阿芜的母亲与皇上有些瓜葛，此事你可知晓？”

宋池颔首：“有所耳闻，闲言碎语，我并不在乎。”

沈三爷道：“那你想娶阿芜，可曾禀报皇上？就算现在不说，你一提亲，皇上也会知晓。”

宋池道：“不瞒三爷，此事我已禀明皇上，皇上夸赞阿芜端慧，还曾提议为我们赐婚，只是我还没有征求三爷、夫人及阿芜的同意，不敢贸然请旨。”

沈三爷先是震惊宋池居然考虑得如此周全，一想到他协助昭元帝登基的过程，又觉得他就该如此面面俱到。所以，昭元帝并不介意侄子娶一个曾经勾引过他的女人生下的女儿？想到妹妹，沈三爷心中涌上一阵悲痛，一丝愤怒。妹妹真的勾引过那人吗？如果不曾，那人默许流言发酵，默许妹妹下嫁虞尚，又算什么？如果妹妹确实罔顾礼法，勾引过他，现在昭元帝不介意旧事，愿意让外甥女做王妃，沈三爷敬他的胸怀。可如果妹妹是无辜的，昭元帝却不肯替妹妹澄清，导致了妹妹后来的悲惨结局，妹妹一定很恨他吧，又怎么可能高兴让外甥女嫁给他们姓宋的？沈三爷很想去问问昭元帝，但那是皇上，沈三爷不敢冒险，甚至连让宋池去问都有危险。伴君如伴虎，即便是明君，同样天威难测。

罢了，还是先问问外甥女的意思吧，无论昭元帝做过什么，宋池与那事无关，或许外甥女愿意嫁呢。

后院，虞宁初一个人坐在内室，脑海里全是宋池的影子。

对宋池，她生出过两次“嫁他也罢”的念头，第一次是回扬州前那年的元宵节，她跟着宋湘去墨香堂找花灯，宋池趁宋湘跑开后，告诉她，他会娶她。当时虞宁初想，这人老是纠缠自己，与其没完没了，万一被人发现坏了名声，不如就嫁给他。可她让宋池去向舅舅提亲，宋池却说要等几年。当时，虞宁初丝毫不信，只把他当纨绔，避之不及。

第二次是在回扬州的路上，那场大雨，宋池对她流露出温情，并且亲了她的脖子摸了她的脚。当时虞宁初就断了嫁给别人的心思，想着为了让舅舅、舅母放心，即便他是个奸臣，嫁也就嫁了。然而就在离开扬州之前，宋池不顾她的反对，在马车里那般欺辱她，当时虞宁初便下定决心，宁可不嫁，也不会嫁给一个再三轻贱自己的人。

如今，宋池真的来提亲了，这件事他并没有骗自己，他也不是奸臣，还正在为曾经被陷害的忠臣平反，可那又如何？宋池在大事上再正直，都改变不了他对她的强迫。他喜欢她，就可以随随便便一次又一次逼迫她、欺负她吗？如果她有沈明漪的身份，他可还敢？

归根结底，宋池就是欺她无人撑腰，他自己也明说了，他就是欺她无兄长父亲庇佑。凭什么他想做什么她就要乖乖配合？凭什么他来提亲她就要答应？她恨宋池的咄咄逼人，恨宋池的霸道强硬，为了拒绝他，她曾经跳过河，但凡她有一点犹豫和想嫁他之心，都不会以死明志。

“姑娘，舅夫人过来了。”杏花在外面道。

虞宁初听见了，只是不想动，她相信舅母不会介意她此时的失礼。

杏花挑开帘子，三夫人走了进来。虞宁初收拾好情绪，朝舅母苦苦一笑。

三夫人挨着她坐下，握着外甥女的手道：“阿芜怎么这副笑容？王爷来提亲，你不高兴吗？”

虞宁初低下头，小声道：“他讥讽过我，现在又来提亲，是存心捉弄人吗？”

原来外甥女是介意这个，三夫人笑了笑，将宋池说的那番提亲之词转述一遍，轻叹道：“这些年他也不容易，他不早点提亲还装作轻视你，也是怕大事不成，连累你获罪。”

虞宁初看着手指道：“也可能是他怕娶了妻子，被朝夕相处的妻子察觉他的谋划，走漏消息。”

三夫人一顿，仔细想想，也不是没有这个可能。不过，她也听出了外甥女的意思："你不想嫁他？"

虞宁初点头，看着舅母道："您也知道，我娘与皇上有旧怨，就算皇上不在乎，王爷不在乎，还有皇后呢，我长得像我娘，太夫人都不喜欢我，皇后能容得下我这张脸经常在她面前出现？再说了，当初我娘与皇上之间到底是怎么回事也没个定论，万一我娘是被人陷害的，那我娘就是因为他们郁郁而终，我再嫁进宋家，岂不是不孝？"

三夫人万万没想到外甥女的小脑袋里居然装了这么多事，最关键的是，宋池那样的仪表气度与身份，外甥女竟然能抵挡住诱惑，换个人，恐怕早就心花怒放，哪管什么长辈间的旧时恩怨了。

三夫人知道丈夫对这桩婚事心存顾忌，如今外甥女也不同意，自己也就不必再劝了。

"阿芜当真不愿嫁他吗？"

"不愿，我早说过，我喜欢一个人生活，谁来提亲我都不嫁，舅母就这么回王爷吧，免得得罪他。"

她以前怎么没发现外甥女还有这份圆滑呢？

前院厅堂，沈三爷在招待宋池，说的都是一些朝堂上谈论的事。宋池一直都擅长待人接物，跟什么人在一起都能侃侃而谈，然而今日，沈三爷却发现宋池竟然频频走神，有时候他故意不说话，宋池竟然没有察觉，目光不时投向外面。

沈三爷心想，宋池这是真的对外甥女上了心吧，所以会焦虑妻子与外甥女商讨的结果。不过，也可能是宋池为了赢得他的同意，故意露出这副痴情模样，他已经被宋池骗过一次，再也不能把宋池当成纯良少年了，坐在他对面的是端王，是只连韩国舅、正德帝都能糊弄的狐狸。

眼看宋池端起茶碗，放到嘴边才察觉里面的茶水已经喝光，沈三爷默默移开视线，只当宋池在装。

三夫人并没有离开多久，外面很快就传来脚步声。回来得这么快，外甥女到底是同意了还是没同意？沈三爷再次看向宋池，见他已经站了起来，毫不掩饰地看着门口，待三夫人一出现，先行了一礼。

三夫人笑道："王爷太客气了，请坐吧。"

沈三爷看着妻子的笑容，猜测外甥女是同意了，不知该做何感想。宋池目不转睛地看着三夫人，除非听到三夫人说出那几个字，他还不敢放心。对上他灼灼的目光，三夫人尴尬地垂下眼，先喝了一口茶，宋池的心便沉了下去。

三夫人喝了茶，便将虞宁初之前拒婚的那套说辞搬了出来，歉疚地对宋池道："阿芜她爹都那样了，王爷还能看上阿芜，愿意娶她做王妃，这本该是阿芜的造化，可阿芜孝顺她爹，人又倔，先前我们想给她说亲她都闹着不嫁，这次也是一样，她是打定主意要做一辈子老姑娘了。"说到后面，三夫人是真的难过，拿出帕子擦起眼泪来，"我可怜的阿芜，做了那么多年的小可怜，好不容易来到京城，才过了一年的快活日子，又摊上那种事，不然她嫁给王爷，我跟三爷也能放心了。"

沈三爷想到外甥女之前拒婚的坚决，神色也暗下来。

宋池心情复杂地看着这对夫妻，他知道夫妻俩对虞宁初的关心与怜惜是真的，但他也知道，虞宁初拒婚的理由是假的。因为那些肌肤之亲，她嫁不了别人，却宁愿谁也不嫁，也不肯嫁他。真就那么憎恶他吗？

宋池起身向沈三爷夫妻告辞，行至院中，他看一眼后宅的方向，这才带着媒人离去。

出了虞府，媒人紧张地看向这位身居高位的端王殿下："王爷，这门婚事……"

宋池笑了笑，又恢复了平时的温润如玉："你先且回，下次提亲，本王会再找你。"

说完，宋池翻身上马，朝曾经的郡王府如今的端王府行去。

端王提亲被拒，媒人不敢对外张扬，而宋池想等虞宁初答应了再给妹妹一个惊喜，因此提亲一事一直瞒着宋湘，宋湘也不知道哥哥今天竟然去向她的好姐妹提亲了。

沈三爷这边顾忌着宋池的颜面，商量过后，决定暂且不将此事告诉沈家众人。

宋池与媒人来得快去得也快，这件事竟然没有多少人察觉。

寒冬日短，吃完晚饭，天已经黑透了。负责在门房与上房之间传话的小丫鬟又出现在虞宁初面前，凑到她耳边悄声道："姑娘，端王殿下求见，殿下还说想知道姑娘为何拒婚，如果姑娘不见，他便不走。"

虞宁初多少已经料到，宋池那么自负，一直将她视为囊中之物，她不当面说清楚，宋池怕是不会罢休。于是等丫鬟们收拾好饭桌后，虞宁初叫虞扬兄妹先回房，自己坐在厅堂的主位，派人去请宋池。无论如何，她该欣慰，至少宋池是通过明路来的，没有再用那种下作的手段潜入她的闺房。

厅堂前挂着厚重的棉布帘，堂内点着几盏烛火，昏黄的光线看得人心里也暗沉沉的。明明寒风吹不进来，脚边也摆着炭火，虞宁初却还是觉得冷。

外面传来脚步声，微雨挑开帘子道："姑娘，殿下到了。"

虞宁初离开座位，同时道："请殿下进来吧！"

微雨颔首，站在一旁替宋池挑高帘子，宋池低头跨了进来。

夜晚比白日更冷，他却未披斗篷，穿的仍是那件绛红色锦袍，只是脸上再也没了来提亲时的笑容。

微雨刚要跟进来，被宋池冷冷地看了一眼。想到宋池在朝堂上搅起的风云，微雨脸色一白，紧张地看向主子。

虞宁初道："你去外面等着吧！"

微雨放下帘子，去外面候着了。

虞宁初看向宋池，见宋池也在看她，便迅速避开那双犀利的黑眸，屈膝道："民女见过殿下。"

宋池朝她走来。

虞宁初看着他的衣摆，直到他跨进周身三步之内仍然没有停下来的意思，这才避到一旁。幸好，余光里的身影总算停了。

"为何不肯嫁我？"宋池看着她满是提防的脸，"曾经你要求我向三爷提亲，当时我有苦衷，你也不信我，才不愿嫁我，如今我都做到了，你为何还是不肯？"

虞宁初垂眸道："投河那晚，我说得很清楚，我不喜欢你，无论你来不来提亲，我都不嫁。"

宋池道："既然不喜欢，当初为何要我来提亲？"

虞宁初偏头道:“因为那时我摆脱不了你的纠缠，如果你来提亲，我宁可忍着不喜也愿保全名声。”

宋池问:“现在你就不怕我继续纠缠了？”

虞宁初笑了笑，旋即冷下声音道:“我都死过一次了，连死都不怕，你说我还怕什么？”

随着她的话出口，宋池仿佛又回到了那个夜晚，那条船上，眼睁睁地看着她跳入河中。他突然冲过来，在虞宁初避开之前将她抢入怀中，虞宁初本能地挣扎，又马上反应过来，自己敌不过他，所以，虞宁初不动了，木头一般被他困着。

宋池托起她的下巴，因为胸口充斥的愤怒，他的手指都是热的。

“不许再提死这个字，你若敢死，你知道我敢如何。”宋池扣紧她的下巴，说出的话比湖面结的冰还要冷。

虞宁初被这话吓得遍体生寒，她想看他，又不敢，怕在他眼中看到杀意。

宋池能感受到她的恐惧，看着她苍白的脸，看着她颤抖的睫毛，忽地发出一声苦笑。原本该徐徐图之的大事，他紧锣密鼓地提前完成了，为的就是快点履行对她的承诺。可真的到了这一日，他却发现，前几次的匆匆见面，她的冷脸并不是因为恼他在马车里的轻薄，而是真的恨他。

“我就那么不堪吗？不堪到你宁可终身不嫁，也不愿成全我？”宋池贴上她的额头，虞宁初一抬眼，睫毛竟然与他的纠缠到了一起。

她飞快垂下眼，什么也没有说。

宋池将这份沉默当成默认，他不愿相信，可回想这两年与她的见面，她几乎没有给过他好脸色，那些让他午夜回味的甜头，都是他强取来的。宋池松开对她的钳制,虞宁初立即从他怀里闪出去,一直躲到厅堂门口,几乎要挨着帘子站了。

那里灯光最暗，深色的棉布帘子旁，她一身青衫白裙，回避他的侧脸既冷又美得惹人怜惜，仿佛雨后池塘中的一朵白荷，被风雨欺得楚楚可怜，却又挺立着一身傲骨，倔强得不肯妥协。

宋池快要被她气笑了，又或是想嘲笑自己。若安王看到这一幕，见他连一个无依无靠的美人都搞不定，定要笑到腹痛。他欺负过她很多次，再来几次他也能做，可他不敢了，怕自己尽了兴，次日却听闻她自尽的噩耗。

“如果我没有轻薄过你，对你始终以礼相待，你可还会拒绝我今日的提亲？”宋池靠近几步，看着她问。

虞宁初早已有了答案：“会。”

答得如此干脆，宋池怒极反笑：“为何？因为我不是文臣？”

虞宁初看他一眼，低头道：“因为我娘行为不端，我若嫁你，便无颜面见贵人，更不想连累你难堪。”

宋池一怔。

“时候不早了，殿下请回吧。”该说的都说了，虞宁初挑开帘子，率先走了出去，让微雨留下来送他。

微雨候在门外，想着姑娘都走了，王爷肯定很快就会出来，然而她足足等了一刻钟，脸都快被风吹僵了，门帘才被人挑动，宋池终于走了出来。微雨飞快地瞥一眼他的脸，冷冷清清的，看不出太多情绪，能看出不高兴，但也似乎没有太生气。

她提着灯笼，恭恭敬敬地在前面带路，到了虞宅门外，微雨才发现宋池是步行过来的，连匹马也没有骑。半轮明月挂在天边，微雨犹豫着要不要将手里的灯送给王爷照亮，然而宋池出门后便头也不回走进了巷子。

微雨叹了口气，她也不懂姑娘为何不肯嫁给王爷，明明是那么俊逸端雅的一个人。

宋湘不知道昨日哥哥去虞宁初那边提亲了，宫里的昭元帝却知道，一下早朝，他便将宋池叫到了御书房。

“如何？她可答应你了？”昭元帝笑着问。

宋池苦笑，摇了摇头。

昭元帝非常意外，去年侄子在扬州办案，他的人也在扬州协助侄子，从暗卫传回来的消息看，侄子与虞宁初走得非常亲近，还曾一起祭拜沈氏，一起上香游湖。

“为何？先前你称她是朕的未来侄媳，朕还以为你胸有成竹。”昭元帝皱眉问道。跨了年，侄子就二十一了，前些年忙着大事，危机四伏，现在侄子好不容易遇到喜欢的人，昭元帝就像一个父亲，盼望侄子早日与有情人终成眷属，身边能有个知冷知热的贴心人。

宋池垂眸自嘲道：“您不知道，她从来没有喜欢过侄子，都是侄子逼她的，我让她除了嫁我再也不能嫁旁人，她竟然宁可做一辈子老姑娘，也不愿嫁我。”

昭元帝看着侄子落寞的脸，心中却掀起惊涛骇浪。

“你、你这般好，便是沈家的几位公子也不如你，她为何不喜欢你？”从回忆中走出来，昭元帝喃喃问道。侄子长得像他，却比他年轻时多了几分风采，怎么可能有小姑娘能够拒绝侄子。

宋池始终看着地面，仿佛心已经死了，对什么都没有兴致，旁人问什么就答什么：“侄子不知，从她第一次跨进沈家，对谁都笑，唯独对侄子避如蛇蝎，见之即躲。她越躲，侄子就越喜欢她，不得已使了一些手段，反倒逼得她越来越不待见我。”

此时此刻，宋池仿佛不再是那个谈笑间搅得满朝风雨的权臣，只是一个为情困扰的年轻人，向至亲长辈倾诉着烦闷与委屈。

昭元帝只听到了侄子说的第一句话，虞宁初进了沈家后，对谁都笑，唯独不喜侄子。这说明虞宁初一早就对侄子存了偏见，可两人那时都没见过面，侄子能得罪虞宁初什么？旁人不清楚内情，昭元帝却心知肚明，因为侄子姓宋，虞宁初因为母亲的死，怨他们这些姓宋的。

“皇上若没有别的吩咐，侄子先告退了，郑国公府的案子还有一些证据要整理。”宋池突然察觉失态一般低头行礼。

昭元帝下意识地安慰侄子：“别气馁，此婚不成，朕再给你挑选别的贵女……”

宋池又笑了，笑得比哭还难看：“侄子害她嫁不得旁人，自己却另娶娇妻，她若知道，怕是会恨死我。”宋池叹道，“都怪侄子无用，侄子会想办法求得她的原谅，皇上日理万机，就不用替侄子费心了。”

说完，宋池告退离去。

昭元帝看着侄子的背影，直到彻底消失，耳边还回荡着侄子的那句话："她若知道，怕是会恨死我。"会恨吗？自然会的，恨又无可奈何，反害自己落一身病，红颜薄命。

这一晚，昭元帝彻夜难眠，第二天眼底都是青的，他强打着精神去上早朝，却发现昨日还玉树临风的侄子今日也变得十分憔悴，一会儿一咳。侄子咳嗽的时候，沈三爷频频看去，神色中透露出几分担忧与心虚。

下了早朝，昭元帝又把侄子叫到身边，同时还叫了御医过来。

"侄子没事，偶感风寒而已。"御医未到，宋池推辞道。

昭元帝不管，让他在旁边老实坐着，自己先批阅奏折。

宋池便硬忍着咳嗽，然而忍得久了，总有忍不住的时候，爆发出来就是一阵更厉害的狂咳，听得昭元帝眉心一跳一跳的。

侄子这是心病啊，喜欢了好几年的姑娘，好不容易忙完大事可以将心上人娶回来了，结果心上人却冷冰冰地拒绝了他。

太医到了，为宋池诊脉，确实是风寒。昭元帝都能想象到侄子大半夜不睡觉，站在窗边吹冷风的样子。

"案子先放一放，朕放你三日假，回去好好养病。"昭元帝关心道。

偏偏宋池不想休息，一脸的万念俱灰："您就让我当差吧，有事做侄子还舒服些，闷在家里更难受。"

昭元帝是过来人，只能让侄子继续去做事。一晃三日过去，眼瞅着宋池消瘦下来，咳嗽也不见好，上朝时别的大臣都不愿意离他太近，弄得别的地方都是密密麻麻的臣子，就宋池周围一圈空荡荡的。甚至有大臣直接在朝堂上恳请皇上给端王放假，说得仿佛昭元帝太狠心，一直苛待侄子似的。

昭元帝也看不下去，让御医给宋池开了一服药，命宫人看着宋池在偏殿睡下，什么也不许他干。

宋池在温暖如春的偏殿困了一日，还陪昭元帝吃了晚饭，见昭元帝仍然没有放他离开的意思，便一边咳嗽一边道："皇上，侄子再不回去，阿湘该担心了。"

昭元帝让他先把药喝了，宋池不敢拒绝，将一碗汤药喝得干干净净。

昭元帝去了内殿，一会儿出来，穿着一身灰色长袍，头戴布巾，仿佛一个气质沉雅的书院大儒。

宋池不解："您这是……"

昭元帝道："陪你去看郎中，御医不管用。"

宋池忙道："风寒就是这样，怎么也要养个七天八日，过两天就自己好了，皇上难得有空，还是早早休息吧，怎么能为侄子这点小事出宫？"

昭元帝懒得与他废话，带头往外走。宋池劝不住，只好跟着。宫外准备了一辆平平无奇的马车，昭元帝叫宋池一起入内。宋池打开自己这边的窗户，对着外面咳嗽。

昭元帝看着侄子，想到侄子双肩的伤，再想到自己来京前去看望二弟，二弟唯一的要求就是希望他照顾好侄子、侄女，昭元帝便什么也不在乎了。他亏欠沈氏母女，与侄子无关，他这辈子早对情爱断了念想，可侄子还年轻，不该因为他的错误而抱憾终身。

马车在黑暗的巷子里穿梭，对外咳嗽的宋池渐渐发现不对，震惊地朝昭元帝看来："您、您要带我去哪里？"

昭元帝平静道："去看朕的未来侄媳。"

闻言，宋池脸色变换，忽然臭着脸冷声道："她何德何能让您纡尊降贵？侄子宁可不娶，也不愿皇上如此。袁公公，回宫！"

袁公公就像没听见一样，坐在外面的车辕上，示意昭元帝的心腹侍卫继续驾车。

宋池见自己的话不管用，又道："那皇上自己去吧，侄子先回府养病了。"说完，就要跳车。

昭元帝看着温雅，其实也是武将，一伸手就将宋池拉了回来。宋池刚要说话，又是一阵咳嗽。

昭元帝叹道："旁的事可以讲究尊严气节，对喜欢的女子，你这般倔强，只会将她越推越远。老老实实坐着，等会儿见了面，你只管咳嗽，一句话都不要多说。"

宋池还是愤愤不平的样子。昭元帝别开眼，曾几何时，他也似侄子这般骄傲硬气，最终却落得个阴阳两隔。

天黑得早，人睡得也早，虞宅的门房都钻进被窝了，忽然听到叩门声。

门房暗暗稀奇，自家老爷没有官职，除了舅老爷、表姑娘与新封的安乐公主会过来走动，平时都没什么客人，这会儿天都黑了，能是谁？

门房手脚麻利地穿好棉衣棉裤，一边绑头发一边跑出来，当然不能直接开门，他提着灯对准门缝，眯着眼睛往外面瞅："谁啊？"

宋池站在门前，低声道："本王，有事求见你们姑娘。"

本王？现在京城可就一位王爷。门房心里直咯噔，外人不知道，他可是知道初十那日端王来提亲且被姑娘拒绝了，当天晚上端王又来了一趟，没待多久就被姑娘撵走了。

"这……不瞒殿下，我们姑娘可能已经睡下了。"夜间拜访实在不妥，门房试着解释道。

宋池道："本王有急事，今晚必须见她，你且开门，让本王在院内等。"

为了不引人察觉，马车停在前面的巷子，只有他与昭元帝来了这边，此时天虽然黑了，却还没到宵禁，如果有人经过发现他们守在虞家门外，对虞宁初的名声有损。门房也晓得这个道理，而且那是王爷啊，恐怕姑娘也不敢真的将王爷拒之门外。于是门房便开了门，宋池与昭元帝对个眼色，前后走了进来。

门房见端王殿下身边还跟着一人，月光皎皎，那人一身锦袍，头戴布巾，看似打扮寻常，却俊朗非凡，更神奇的是，他长得与端王颇为相似，如果不是知道宋二爷在太原出了家，门房都要以为端王带着亲爹又来提亲了。

"这、这是……"门房弯着腰，紧张地询问道。家里大姑娘当家，一下子放进两个外男，他怕事后大姑娘怪罪自己。

宋池怒道："休要打听，快去知会你们姑娘。"

门房吓得不轻，前两次王爷登门都很客气，今晚看起来来者不善啊。门房叫二人在此稍等，提着灯疾步往后面去了。

周围一片寂静，宋池看一眼天上的明月，明日就是腊月十五了，月亮即将圆满。

“伯父，不如我再与她谈谈，您还是回去吧。”宋池再次请求。因为身在宫外，他暂且改了称呼，免得隔墙有耳。

昭元帝摆摆手，没有多说。宋池掩唇低声咳嗽起来。

后宅，虞宁初正在泡脚。今夜该杏花守夜，杏花在外面听了小丫鬟的禀报，急匆匆走进来道：“姑娘，门房传话，说殿下又来了，同行的还有一位与他颇为相似的中年男子，具体是谁，因为殿下神色不喜，门房没敢多问。”

虞宁初皱起眉头。宋池到底有完没完？哪怕家里的下人不会多嘴，但他频繁在夜里过来，就不怕下人们猜疑什么吗？

她吩咐杏花：“你去看看，劝他回去，实在有事，让他明天早上再过来。”

回扬州的船上，杏花日日与宋池打交道，她心目中的端王殿下温柔爱笑，所以得了这个差事，杏花一点都不紧张，还有心情端走姑娘的洗脚盆交给小丫鬟倒了，这才去了前院。

月光很亮，杏花绕过影壁，瞧见了熟悉的端王与……目光顿在昭元帝脸上，杏花吃惊极了，真的很像啊，简直就像二十岁的殿下带来了三十多岁的殿下。

杏花远没有微雨沉稳，当场愣神。昭元帝倒是很有耐心，默默地等着。

宋池皱眉，低声斥道：“傻愣着做什么，你们姑娘何在？”

虽然也是斥责，但无论是神色还是语气，都比他刚刚训斥门房时缓和了许多。

昭元帝在心里笑了笑，侄子嘴上很生气虞宁初拒绝他，如今见到虞宁初身边的丫鬟都矮了一截，等会儿真见到了心上人，还不知道会变成什么样。

杏花第一次见到这么凶的宋池，身子一抖，忙低下头道：“姑娘已经歇下了，她说、说如果殿下有事，可以明早过来。”

宋池挺拔的眉峰皱得更紧了。

以长辈的身份看侄子被人冷落，昭元帝体会到了一种新奇的乐趣，可发现小姑娘的倔脾气像极了她的母亲，昭元帝心里又是一疼。趁侄子还没发作，昭元帝温言道：“你再去跟你们姑娘说一声，就说殿下请了他的伯父过来帮忙说事，还请你们姑娘耽误片刻。”

端王的伯父？杏花愣了愣，她记得端王只有一个伯父，就是太原城的晋王殿下，后来晋王……反应过来后，杏花再看昭元帝时脸都白了，两条腿眼瞅着哆嗦了起来。

昭元帝笑了笑，道："快去吧，这边还挺冷的。"

杏花的脑袋已经转不动了，人家说什么就听什么，直到来到通往后宅的走廊，才突然捂住嘴，小跑着去见姑娘。

虞宁初已经靠在床头了，之所以是靠着，就是担心宋池不肯离去。

"姑娘姑娘！"杏花一溜烟跑进来，带进来一阵凉风，见到稳稳当当地靠在床头的姑娘，急道，"哎呀，姑娘您快起来吧，殿下带来的那人，是皇上啊！"

好歹没有太傻，最后四个字，是凑到虞宁初耳边才说出来的。虞宁初浑身一震，难以置信地看着杏花。

杏花连连点头："真的是皇上，长得跟殿下可像了，皇上说他是来帮殿下说事的。"

请昭元帝来帮忙说和？惊慌之余，虞宁初觉得有些好笑，她拒绝宋池有两个原因，一是不喜他的再三轻贱，二是不喜他与晋王的和睦关系，宋池竟然请了昭元帝来，怎么，是想拿皇权压她吗？

讽刺的念头刚冒出来，一想到宋池曾用整个沈家来威胁她，虞宁初又害怕起来，正德帝那么昏庸，谁敢保证昭元帝一定就是明君？她攥着被角道："你去请他们到厅堂喝茶，我收拾收拾就来。"

杏花点头，心慌意乱地去前面招待，再没有了先前的轻松。虞宁初穿好衣裳，坐在梳妆台前，心情复杂地将长发拢起来，梳了一个简单的发髻，齐整便可，无须珠钗。

冬夜寒风呼啸，虞宁初走到门口，被风吹得一激灵，又回去披了件斗篷。若为了见宋家伯侄而染了风寒，不值当。

厅堂里，晚饭后炭火就被下人抬走了，这会儿也只比外面稍微暖和一些。宋池一会儿看向门口，一会儿又担心虞家的招待不周触怒昭元帝，因此对杏花各种挑剔，不是吩咐她去搬炭火，就是吩咐她换壶好茶，反倒是昭元帝一一拒绝了侄子的提议，态度宽和，让杏花感受到了一种春风拂面的温柔，索性站在昭元帝一侧候着。

宋池替虞宁初向昭元帝解释道："这个丫鬟叫杏花，在扬州虞宅伺候的时候没人调教，不懂规矩，您多担待。"

杏花听了，委屈得眼里转泪，她是没有微雨姐姐做事周全，可也没有殿下说得那么不堪吧？以前殿下都没有嫌弃过她，今晚怎么跟变了个人似的？就因为提亲被姑娘拒了？那也忒小气了。

昭元帝垂着眼帘，嘴角挂笑，仿佛并不在意，然而杏花的笨拙与侄子的话，就像一把刀子插在他的身上。如果不是他，沈嫣怎么会嫁给虞尚，怎么会远赴扬州，她的女儿又怎么会只能用这种丫鬟伺候？

"你下去吧。"不想听宋池再训杏花，昭元帝朝杏花摆摆手。

杏花抹着眼泪出去了，恰好虞宁初从走廊那边转过来，看到了杏花掉眼泪的这一幕，眉头一拧。

"姑娘来了。"杏花忙低下头，若无其事地行礼。

宋池听到声音，放在膝盖上的手一紧。昭元帝瞥了他一眼，有些幸灾乐祸，心里想着让你欺负人家的丫鬟，这下看你如何解释。

宋池被他一看，薄唇紧抿，又变成了冷面王爷。就在此时，一只白皙纤细的手攥住厚布帘子，门帘挑起，一道披着青色缎面斗篷的身影走了进来。当她抬起头，昏黄的灯光照亮她的脸，黛眉水眸，面若青莲，匆匆又怯怯地扫了一眼昭元帝的方向，便在门口跪下，朝昭元帝叩首道："罪妇之女，叩见皇上。"

主位上，昭元帝身体前倾，双手紧紧地抓着两侧的扶手，满眼震惊地看着跪在那里的人："你，你抬起头来。"

虞宁初乖顺地抬起头，只是长睫低垂，遮掩了眼中的情绪。看清她的脸，昭元帝失魂落魄地站起来。他已经有二十多年没见过沈嫣了，起初还能梦到她，后来时间长了，她的模样开始模糊，就算在梦里见到了，也看不清她的脸，只能一遍遍地梦着少年时候的点点滴滴。

可是此刻，虞宁初的出现忽然让记忆深处那个模糊的脸庞变得清晰起来，无论是沈嫣微笑的模样，还是愤怒的眼睛，都无比鲜活，历历在目，宛如昨日。他早知道她生了一个女儿，却不知道母女俩如此相像。昭元帝情不自禁地朝虞宁初走去。

虞宁初慌乱地重新叩头。宋池难以压抑地咳了两声。

昭元帝陡然回神，再看跪在那里的小姑娘，苦涩一笑，重新坐到椅子上，喃喃道："你，你……起来吧！"

"谢皇上！"虞宁初缓缓站起来，只是仍然站在门前，似乎很害怕对面的这位帝王。

昭元帝看着她的脸，又好像在透过这张脸看另一个人。他的注视如此明显，虞宁初微微偏头，少女肌肤苍白，不胜柔弱。

昭元帝若有所思。沈嫣从来不会这样，她就像一朵带刺的蔷薇，谁招惹了她，她便刺过去。昭元帝想起虞宁初行礼时的话，她自称罪妇之女。他的心上，一直扎着一根刺，时隐时现，现在那根刺又冒了出来，比以往更重地狠狠刺痛了他。

"子渊，你先出去吧。"昭元帝对不时咳嗽两声的侄子道。

闻言，宋池目光复杂地看向虞宁初，与此同时，虞宁初也紧张地朝他看来。再怎么说，她与宋池很熟了，昭元帝单独留下她做什么？面对一个来历不明的盯着自己不放的男人，虞宁初很难不怕，甚至想向宋池服软，只要他别走。

宋池用眼神安抚她不用怕，转身对昭元帝道："伯父，是我想娶她，还是让我跟她谈吧。"

昭元帝问虞宁初："你可愿意嫁给子渊？"

虞宁初神色微变，低下头去。

昭元帝道："你不用怕，今晚我只是子渊的伯父，想与你谈谈这桩婚事。子渊，你先出去，就在门口守着。"

宋池应下，再看一眼虞宁初，走到她身边，低声警告道："你可以对我不敬，在皇上面前休要放肆。"

虞宁初回视他的眼神更冷，怕她放肆，就别带昭元帝过来啊！

昭元帝将一对年轻人的神态看在眼里，暗暗叹息，侄子还真是年轻不懂事。

厚重的棉布帘子被宋池挑起，很快又落下，冬夜呼啸的风声也重新被阻挡在外。

虞宁初的头垂得更低了，如一只初见生人的幼鹿。

昭元帝面露怜惜，指了指旁边的位置，温声对小姑娘道："坐过来吧，有些事，我不想让子渊听见。"

虞宁初迟疑片刻，选择了顺从。

昭元帝看着她落座，等她坐好，移开视线，看着门口道："我只有子渊这一个侄子，他幼时丧母，入京后一直背负太多，几次死里逃生，身上伤痕累累。身为伯父，我愧对他颇多，得知他有了心上人，我很想他能得偿所愿。阿芜，可以告诉我你为何不想嫁他吗？"

他唤"阿芜"的时候，声音温和，仿佛是她的一个亲戚长辈。

虞宁初低着头，声音微微颤抖："他非君子。"

昭元帝道："虽然我不知道你们之间到底发生过什么，可子渊向我坦承，他确实对不起你，他也说了，他会改正，除了这点，你可还有别的顾虑？"

虞宁初攥着袖子，无法简简单单地将第二个理由说出来。

昭元帝朝这边看了一眼，见她密密长长的睫毛间不知何时挂了泪珠。烛光跳跃，昭元帝突然恍惚起来，仿佛对面的小姑娘变成了另一个人，在哭着质问自己。可沈嫣并没有在他面前哭过。

当年，父王与老侯爷交好，他也常去平西侯府走动，与沈嫣算得上青梅竹马。然而父母不同意他与沈嫣的婚事，甚至不顾他的反对，执意与郑国公府订了婚事。订婚的消息传开，她不肯再见他。昭元帝想了各种办法，然而即便成功见面，她也没有一句好话，更是铁了心要与他断绝情意。昭元帝又急又怒，那一日好不容易见到她，两人言语不和，她转身要走，昭元帝冲动地将人拦住，想着如果先要了她，沈嫣会不会愿意给他做妾，虽然是妾，但他保证心里只有她一人，绝不踏入郑氏房中。

沈嫣不愿，打他骂他，可昭元帝已经被冲动与思念折磨得失去了理智。太夫人身边的丫鬟突然出现，他就像被人窥见了最不堪的一面，尤其是在沈嫣面前暴露了这一面，才惊醒过来，羞愧难当，匆匆离去。等他冷静下来，外面已经传出了沈嫣意图勾引他的风言风语。昭元帝抱着最后一丝希望，去沈家提亲，想纳她做妾，被她拒绝了。她宁可声名扫地嫁给一个寒门进士，跟着虞尚离开京城，也不肯与他在一起。

昏黄寂寥的烛光中，昭元帝第一次将这个深藏了二十多年的秘密诉之于口，他垂着眼，对一旁抽泣出声的小姑娘道："是我对不起你娘，你要恨就恨我吧，与子渊无关，子渊真的很喜欢你，希望你给他改过自新的机会。"

虞宁初哭了很久很久，才终于找到自己的声音，问昭元帝："因为您，我娘成了京城的笑柄，成了京城妇人们眼中不知廉耻的女人，甚至我娘死了，当我来到京城，那些人还要重提旧事，高高在上地告诫我不要学我娘。请问皇上，如果我嫁了殿下，您觉得外人会怎么说？"

昭元帝闭上眼睛。

虞宁初自问自答道："他们会说，一定是我寄居沈家或是跟着殿下下扬州时，趁机勾引殿下。他们会说，有其母必有其女，我娘不知廉耻，攀龙附凤，怪不得养出了一个不知廉耻的女儿……"

"够了！"昭元帝突然怒喝道。

虞宁初身子一抖，眼泪也吓得断了。

门外，宋池突然闯进来，紧张地看着里面。虞宁初偏过头，掩面哽咽。

昭元帝脸色铁青，不知是在怒虞宁初不停地戳他的伤口，还是在怒那些乱嚼舌根的人，又或是在怒自己。他胸口剧烈地起伏着，眼中爬满了血丝。

宣泄了积压在心底的怨愤，恢复理智的虞宁初重新跪下，朝昭元帝叩首道："承蒙皇上、殿下青睐，只是民女无才无德，万万配不上殿下，亦不忍因为我的婚事，连累母亲再次被人提起，九泉之下不得安宁。"

宋池怔怔地看着她，他那如被暴雨浇淋的神情，让昭元帝慢慢冷静下来，道："子渊先出去，朕还没有说完。"

宋池苦笑转身。

待门帘重新放下，昭元帝看着跪在那里身体单薄的姑娘，问："因为你娘，你怨我，也因此迁怒子渊，是不是？”

虞宁初言不由衷：“民女不敢。”

昭元帝笑了，笑得悲凉，像是要说给虞宁初听，又像是在自言自语：“你该怨我，我也怨自己，如果可以重来，我宁可带着你娘离开王府，也不会负她，不会让她孤零零地客死他乡。”

虞宁初默默听着，如果可以重来，她也不想母亲死去，可惜，没有如果。

“你娘走的时候，可有说什么？”昭元帝忽然问，语气比之前沧桑了很多。

虞宁初神情木木的，半晌才道：“我娘喜欢一个人待着，丫鬟发现她走了的时候，她的身子已经冷了。”

母亲对这个世界毫无留恋，包括她这个女儿，就连去世，也没有想过要见她一眼。

昭元帝听了这么多，直到此刻，终于潸然泪下：“是我对不起她，她一定很恨我。”

虞宁初怔住了，母亲真的恨这个男人吗？不知道真相前，得知母亲收藏了那么多他喜欢的骏马雕刻，虞宁初怀疑过，是不是母亲太爱慕昭元帝，真的勾引了他，哪怕无法在一起，哪怕自尝恶果，也依然放不下他，所以到处收集骏马雕刻，睹物思人。

今夜，她知道了真相，再回忆起母亲……看向座椅上的帝王，虞宁初酸涩道：“她该恨您，可她大多时候都在走神，并不像在记恨谁。”

昭元帝茫然地看过来。虞宁初也不知自己为何要说出这些，只是这是母亲与昭元帝间的爱恨纠缠，母亲到底怎么想的，或许昭元帝更清楚。

“离开扬州前，我在母亲的库房看到一整架的骏马雕刻，后来听温嬷嬷说您爱马如命，而那些雕刻，是母亲多年来陆陆续续收集的。”

马？昭元帝忽然起身，走开几步，背对虞宁初站着。不知过了多久，他低声道：“我会给你母亲一个交代，但子渊与此事无关，你别再怪他了。”

虞宁初沉默不语。母女俩一样倔，昭元帝只好带着宋池先离开。

出了虞宅，昭元帝径直上了马车，隔着窗帘对宋池道：“朕想一个人静静，你早些回府吧。”

宋池只好站在巷子里，目送马车带着昭元帝朝皇宫的方向驶去，一直到拐了弯，宋池才看向虞宅。

他知道沈氏的事是虞宁初的一个心结，这个结不解开，虞宁初是不会给他机会的。然而解铃还须系铃人，此结只有昭元帝能解，他能促成今晚昭元帝与她的见面已属侥幸，至于昭元帝愿不愿意还沈氏一个清白，宋池没有任何把握。

昭元帝回到皇宫，一个人进了寝殿。帝王的寝殿敞阔又冷清，昭元帝呆呆地坐在龙榻上，脑海里是她远在扬州对着一整架骏马雕刻出神的样子。

“如果我与你的马同时落水，你先救谁？”

“自然是你。”

“你不是爱马如命吗？”

“你比我的命更要紧。”

怎么那么傻，怎么那么傻？

翌日早朝，亦是年前最后一次朝会，昭元帝先宣布了一道为皇后母族郑国公府平反的圣旨。群臣议论片刻，无一人反对，说到底，郑国公府的确是被冤枉的。

昭元帝坐在龙椅上，看着下面的文武百官，等大殿重新恢复安静，沉声道：“人非圣贤，孰能无过，先帝被奸臣韩统蛊惑，致使错判郑国公府一案，朕当以此为鉴，以免重蹈覆辙。为表朕之决心，朕愿自揭朕这四十来年犯下的唯一大错，供天下臣民闻之责之，时时鞭策于朕，使其成为朕此生唯一大过。”

群臣哗然！

昭元帝看向袁公公。袁公公低叹一声，展开手中一卷圣旨。圣旨中，昭元帝称其年轻时曾去平西侯府做客，贪杯醉酒，对老侯爷爱女沈嫣行为不端，沈嫣品行高洁，宁死不从。此事被侯府下人撞见，沈嫣清誉受损，昭元帝碍于情面未曾澄清事实，致使沈嫣蒙冤，年仅二十五岁便抑郁而终。昭元帝悔恨不已，追封沈嫣为超品贞淑夫人，以慰在天之灵。

早朝一结束，宣旨公公拿着诏书来了四井胡同的虞府。公公登门时，虞宁初一个人在内室坐着。昨夜骤然得知当年的真相，虞宁初整晚难以入眠，脑海里全是非常熟悉的沈家花园和昭元帝纠缠母亲的身影。

原来母亲也经历过被男人轻薄，母女俩唯一的区别，是母亲心里有昭元帝，只是不满他的背叛，不想给他做妾，但她对宋池，却没有那么深的痴情。心有所恋却被恋人所伤，虞宁初替母亲心疼，也为有这样的母亲而骄傲，庶女又如何，母亲不愿做妾，即便是王府世子也无法强迫她。

除了心疼与骄傲，虞宁初也替母亲不值，为何要那么傻？昭元帝要娶别人，母亲断情就断情，为何要自暴自弃随随便便把自己嫁了？她被宋池欺辱，都能想到做一辈子的老姑娘，母亲为何一定要听从外祖父的安排？思来想去，虞宁初渐渐明白，母亲犯傻，是因为被情所伤，心伤了或心死了，哪还有理智？

待到天亮，虞宁初的眼睛都肿了，温嬷嬷用冷水打湿巾子，帮她敷了又敷，总算能够见人了。

虞宁初将昭元帝的话告诉了温嬷嬷。爱不爱的，都太虚，更何况沈氏都死了，再掰扯那些也没用，温嬷嬷更在意昭元帝要怎么给沈氏一个交代。于是，昭元帝的诏书来了。虞宁初与全府下人一道接旨，只有疯疯癫癫的虞尚被关在屋中。

公公四十多岁，声音清润温和，从头到尾读了一遍，再弯腰上前，将圣旨交到虞宁初手中。

昭元帝既然昭告天下他愧对一个女子，诰命也封了，自然还要有实质的补偿。朝廷的诰命夫人都是有俸禄的，不过从未有过超品诰命夫人，最高也就是一品，所以沈氏这个超品夫人该拿多少俸禄，完全由昭元帝说了算。

昭元帝为其定下的俸禄是月俸百两，因为沈氏已经逝世，从未领过的这份俸禄将由她唯一的女儿也就是虞宁初代领，直至虞宁初寿终正寝。

交了圣旨，公公指着旁边小公公手里的托盘道："虞姑娘，这是您今年一整年的俸禄，待到明年，您直接安排仆人拿着夫人的腰牌去衙门领取便是，朝廷会在每月初一发放诸位诰命夫人的俸禄。"

虞宁初眼睛是湿的，母亲蒙冤这么多年，今日终于得以洗刷冤屈。母亲需要这份诏书，她也需要，但她并不需要昭元帝送的这份俸禄。

“民女生活还算富足，还劳公公禀明圣上，将这份俸禄另做其他兴邦安民之用吧。”虞宁初双手托着圣旨，恭敬道。

公公笑了，慈爱地提醒道：“姑娘仁善，可圣旨如此，您若不领俸禄，便是抗旨了……”

话没说完，温嬷嬷在后面扯了扯虞宁初的袖子。虞宁初想起昭元帝那声愤怒的“住口”，只好收下了。

公公留下一卷圣旨与一千二百两银子，带着小公公告辞了。

温嬷嬷陪着虞宁初进了内室，语重心长道：“姑娘，皇上刚刚登基，虽然民心比先帝高一大截，但终究根基不稳，这时候最该谨慎行事、巩固民心，但因为您的一番哭诉，皇上能够在这个节骨眼颁发罪己诏，已经非常难得，您也读过史书，可曾见过这样的皇帝？”

虞宁初的确没见过。

温嬷嬷道：“所以啊，您就别再因为俸禄的事赌气了，再说了，您或许不缺银子，可您缺靠山啊，如今有了这份俸禄，旁人就知道您在皇上心里是挂了号的，如此，谁还敢找您的不痛快？您真不稀罕这笔银子，可以留着做善事，为您与夫人积福啊。”

虞宁初转过弯来，登时为刚刚的言语面上发热。

温嬷嬷笑道：“姑娘年纪还小，难免冲动直率，不像老奴，宁可不要骨气，也要这银子。”

虞宁初何止冲动，她现在都想带着这份圣旨去护国公府见太夫人，去安王府见沈明漪，让这两个屡次轻贱母亲的人亲眼看看皇上在圣旨里说了什么。

不过，她终究按捺下这份冲动，太夫人、沈明漪再不好，大舅舅、大表哥都把她当亲人真心对待，如果她把太夫人、沈明漪气坏了，大舅舅、大表哥该难过了。

“对了姑娘，你知道皇上为何给夫人定下百两的俸银吗？”温嬷嬷看一眼桌子上的托盘，问她。

虞宁初摇头，她对朝廷俸禄这些事完全没有了解。

温嬷嬷道："满京城也没有几个一品诰命夫人，而她们的月俸只有二十两。"

虞宁初吃了一惊，超品夫人与一品夫人竟然差这么多？

温嬷嬷意味深长道："皇后尊贵，月俸便是百两。"

虞宁初骤然色变。

温嬷嬷低声道："谁知道呢？也许皇上只是随意定了个数，也许就是老奴猜测的那个意思，但无论如何，等皇后进京，知道了这事，这辈子怕是都要憋着一口闷气了。"

虞宁初紧张道："那皇后会不会记恨到我头上？"

温嬷嬷安抚道："看皇上的意思，他一直都记着夫人呢，不然您就是哭死皇上也不会在意，如此深情，皇后与他待在一个屋檐下，肯定也能看出来。如果皇后心胸狭隘，有没有这道圣旨，她都不会看您顺眼，可那又如何？她敢出手对付您，皇上乃至全天下都知道是她做的，她不敢，只能继续憋着。"

虞宁初没有温嬷嬷这么想得开，人家是皇后啊，想收拾她又不必亲自动手。

温嬷嬷见她害怕，不禁后悔自己多嘴，赶紧道："老奴说的只是如果，姑娘别想太多，也许皇后心胸宽广，根本不在意皇上与夫人的事，毕竟夫人去世那么久了，皇后身份尊贵又儿女双全，全天下的女人属她命最好，犯不着计较这个，是不是？"

虞宁初只能希望如此。没过多久，三夫人来了四井胡同，原来昭元帝也给护国公府下了一道同样的旨意，除了诏书，还留下一道口谕，称沈嫣是因为他的错才下嫁虞尚，如今沈嫣孤零零地葬在扬州，以她超品夫人的身份，护国公府需尽快安排将沈嫣之墓迁往沈家宗墓。

说起这道口谕，三夫人两眼湿润，摸着虞宁初的头道："过几日你表哥他们也要回来了，等过完年，舅母便带着你表哥一起去扬州，帮你娘迁坟，等她葬入沈家宗墓，有你外祖父、外祖母陪着，就再也不会孤单了，咱们也可以随时去祭奠。"

想起母亲的孤坟，虞宁初哽咽了："我也去。"

三夫人道："你一个小姑娘，还是不要来回折腾了，安心留在京城吧，否则你在路上伤心落泪，舅母还得一直想办法安慰你，来回两个多月的路程，也够累的，阿芜也不想舅母再费心是不是？”

虞宁初哭了一会儿，终于同意了。

三夫人让丫鬟端来热水，打湿巾子帮虞宁初擦脸，看着她花瓣似的肌肤，三夫人试着问道：“阿芜啊，皇上不会无缘无故下旨为你娘平反，我猜这里面应该有殿下的功劳，你看，殿下如此诚心诚意，你要不要重新考虑一下殿下的提亲？不然你真的一辈子不嫁，舅舅、舅母心里如何好受。”

虞宁初低下头，回避道：“舅母，我现在心里全是我娘，您不提他好吗？”

三夫人还能说什么，叹道：“其实这件事我跟你舅舅还没有告诉别人，一是想着保全殿下的颜面，二是此事若传出去，别人得知殿下喜欢你，哪怕你再孝顺，名声再好，别人也不敢来提亲了。唉，舅母的意思是，此事你暂且别跟你表姐说，免得从她那边漏出消息。”

虞宁初道：“舅母放心，我不会对任何人说的，就是不知道那日殿下来提亲，街上有没有人撞见。”

三夫人算了算日子，道：“那天是休沐，天寒地冻的，街上没什么人，而且这都过去四五日了，也没听见什么风声，应该没人瞧见吧。”

虞宁初松了口气。其实她早打定主意不嫁宋池，传出去了也不怕什么，但终究会多一些麻烦，至少表姐与宋湘肯定会追问她拒嫁的原因，现在这样谁都不知道也挺好的，耳根清净。

傍晚，沈三爷从吏部出来，回护国公府前先来看了一趟外甥女，提到妹妹迁坟的事，沈三爷泪湿衣襟，虞宁初又反过来安慰了舅舅一通。

沈三爷离开后，天已经黑透。用过晚饭，虞宁初暂且没有回屋，坐在厅堂里出神。

微雨劝她：“这边没有内室暖和，姑娘便是睡不着，也还是先回房待着吧？”

虞宁初摇摇头，叫她拿棋盘来。她也想早点睡，却怕宋池又来，到时还得重新换衣裳。

旁边放了炭盆，下棋的时候虽然手有点冷，双脚好歹是暖和的，下了两三盘，虞宁初困了。昨晚她几乎没睡，今天因为圣旨心情激荡，歇晌的时候也没有睡踏实。

"好了，回房吧。"虞宁初打着哈欠道。

没承想，她洗完脚躺下，灯都熄了，门房来报，说端王殿下求见。虞宁初猜宋池是为了圣旨一事来邀功的，能求得这份圣旨，虞宁初的确承了宋池的情，所以她强撑起精神，带着微雨去了前面，才走到厅堂窗下，就听里面传出一道压抑的咳嗽声。

虞宁初忽然想起昨夜宋池随昭元帝过来就一直在咳嗽，只是她当时的心思都在昭元帝身上，没有多在意。

让微雨在外面等着，虞宁初自己进去，一挑开帘子，就见宋池坐在左侧的客位上，修长挺拔的大男人只穿着一件墨色锦袍，在这寒冷的冬夜实属苛待自己。目光相对时，他的右手还抵在唇前，灯光再昏黄，也照亮了他潮红病态的脸，虞宁初后知后觉地发现，眼前的宋池比提亲那晚瘦了很多。那晚的宋池因为被她拒绝，满面寒霜，说的话做的事也充满杀气。此时的宋池，面容憔悴沧桑，别说王爷的尊贵了，连在沈家做表公子的矜贵都没了，只是一个很难不令人怜悯的病人。

虞宁初扫一眼桌面，没有茶水。她迟疑片刻，吩咐外面的微雨去泡茶。

宋池摆摆手，垂眸道："不用麻烦了，我说几句话就走。"说完，朝虞宁初走来。

虞宁初下意识地看向另一侧。

宋池停在她三步外，手拿帕子挡住嘴，一边低咳一边道："我一直以为只要我忙完大事，只要我来提亲，哪怕先前做过什么失礼之事，你也一定会嫁给我，所以被你毫不留情地拒绝后，我很生气，那晚也说了很多不该说的话，今晚过来，便是向你道歉。"

虞宁初偏着头，道："殿下帮我娘求了圣旨，还她清白，我很感激，只要殿下别再逼迫我，你我之间，就当什么都没发生过吧。"

宋池看着她清冷疏离的脸，苦笑道："你不曾对我动情，又怎知求而不得之苦？有些东西，不是我想忘就能忘的。"

虞宁初皱眉看他一眼："殿下究竟想说什么？"

宋池脸色泛红，目光中却掺杂着落寞与温和："我想说，伯母的事你不用谢我，如果皇上已经忘了，你我说再多，他也不会颁发那道圣旨。我想说，如果我不曾纠缠你，今年甚至去年，你大概已经定了亲事，我成全了你，自己却要遗憾终身，所以在得知皇上与伯母的旧事之前，你再恨我，我都不后悔。可我现在后悔了，我怕因为我的逼迫，你变成另一个伯母。阿芜，你我之间的事，我不会忘，但绝不会对任何人提起。我不会再逼你嫁我，但也希望你切勿因为我而真的一生不嫁，虚度年华。如果有合适的提亲人选，你尽管放心应许，我绝不会旁生枝节，你也不必妄自菲薄，无论前朝本朝，寡妇都可再嫁，何况你还是清白之身。”

虞宁初一直默默听着，直到宋池说到最后一句，她突然悲愤交加，含泪问道：“清白？我何来清白？你那样对我，我侥幸才没有怀孕，才没有声名扫地，被人唾骂，你……”

想到从扬州回来时自己的担惊受怕，虞宁初再也说不下去，只簌簌地掉着眼泪。宋池看着她的眼泪，震惊到忘了咳嗽。半晌，他终于反应过来，想要解释，又是一阵猛咳。

虞宁初横他一眼，往前走了几步，逐客道：“殿下走吧，以后不要再来了。”

宋池好受了些，想要解释，又难以启齿：“你……你等会儿先别睡，留一扇窗，我会亲自送一本书过来，你看了便知道我从来没有做过会让你怀孕之事。”

虞宁初听到一半便想骂他居然还要擅闯私宅，可听完后半句，她沉默了，心中掀起惊涛骇浪。

宋池咳了咳，道：“那我先告辞……对了，昨晚为了激皇上过来，我不得不演了一场戏，对杏花几番斥责，对你也恶语相向，然那并非我本意，这世上除了你与阿湘，再无人能让我暴露心中真正喜怒。”

不等虞宁初回应，他最后看她一眼，离开了。虞宁初脑海里全是他即将送来的书，她太困惑宋池的话到底是什么意思。

回到后宅，虞宁初用最快的速度躺下，如此微雨才能歇下。等微雨出去，她打开了一扇窗。冷风嗖嗖地吹进来，虞宁初系好斗篷，移动椅子，坐在冷风吹不到的地方。

等啊等，也不知到了什么时候，外面传来一声几不可闻的咳嗽。很快，一道黑影出现在窗外，腊月十五的月亮照清了宋池憔悴的脸。他应该也没料到她就坐在室内的阴影中，只伸手将一个匣子放到桌面上，一手拿帕子捂着嘴，迅速离去。

虞宁初的心怦怦直跳，猜到他走远了，赶紧关上窗户，抱起匣子与铜灯，哆哆嗦嗦地钻进了帐子。点燃铜灯，帐子里亮起来。虞宁初打开匣子，里面果然有一本书，只是书的上面还有一封信与一个小匣子。

虞宁初顿了顿，先看信。

信上只有寥寥几行字："明日十六，亦是你新一岁的芳辰，我既已承诺不再纠缠，便不该再准备新的贺礼。簪子乃是去年所置，与其在我那里束之高阁，不如赠给你，全当了断。"

簪子？虞宁初打开匣子，灯光摇曳，那支蝴蝶簪精美非凡，虞宁初往外取的时候，薄如蝉翼的彩蝶轻轻颤动，栩栩如生。毋庸置疑，这簪子很美，美到虞宁初都无法因为送礼之人而心生不喜。可是再喜欢，虞宁初都不可能戴这支簪子。

等今年宋湘过生辰的时候，转送给她吧。

心里有了决断，虞宁初放好蝴蝶簪，拿出那本书。看书之前，吹过冷风的虞宁初手脚冰凉，看完前序与前两页内容，虞宁初全身都发起烫来。原来，表姐与宋湘语焉不详议论过的洞房花烛夜竟然是这么回事，怪不得她不曾怀孕，怪不得宋池说他并没有做过会让她怀孕之事。与书上所描述的相比，宋池在马车里的逼迫虽然过分，但也只比亲她的嘴更过了一点，距离夺她清白还远得很。

天快亮了，温嬷嬷洗漱完毕，来了前院，绕过走廊，见微雨站在廊檐下，正叫端水的小丫鬟先下去。

温嬷嬷奇怪，瞥一眼姑娘的屋子，走过去问微雨："姑娘还没起吗？"

温嬷嬷年纪大了，通常白天处理完内务，吃了晚饭自己就睡下了，那些贴身伺候的活都交给微雨、杏花这两个大丫鬟，所以并不知道昨晚端王殿下又来了。

微雨也不知道姑娘愿不愿意让温嬷嬷知晓此事，就暂且先瞒下了，轻声道："前晚姑娘没睡好，今早可能要迟些起。"

温嬷嬷点点头，这时杏花也过来了，换微雨去吃饭，于是温嬷嬷与杏花一块在堂屋守着。不多时，微雨吃过早饭回来，三人继续守着，看着日头慢慢爬上屋顶。

温嬷嬷觉得不对，今日是姑娘的生辰，舅老爷夫妻、明岚姑娘、安乐公主肯定会过来，姑娘素来温柔知礼，如何会在今日赖床？于是便亲自去了内室。

屋里烧着地龙，暖和是暖和，但烧了一晚，窗户紧闭，略微闷热。一缕阳光穿过琉璃窗户，在地面投下一片光亮，少女闺房处处雅致，北面是一张去年新定做的架子床，白色绣花的纱帐静静垂落，隐隐约约透出一床红底缎面的锦被。

温嬷嬷轻步来到床边，无声挑开帐子，就见虞宁初露在被窝外的脸红通通的，嘴唇也有些干。温嬷嬷心头一跳，手掌贴在虞宁初的额头上，突然袭来的清凉让虞宁初睁开眼睛，那清澈的眼里浮着一层水雾，是病中才有的可怜样子。

“傻姑娘，是不是晚上又没睡好？都发热了。”温嬷嬷一边挂帐子，一边叫杏花去端水，叫微雨通知门房去请郎中。

虞宁初回想昨晚，她猜到宋池可能会来，故意在前面等了很久，等不到后躺下了，宋池又来了，这是第一次折腾。后来宋池说要送书给她，虞宁初打开窗户，冷风灌入，哪怕她系着斗篷坐在避风的地方，也着实挨冻了一段时间，这是第二次折腾。待她看了宋池送来的书，躺在被窝里情不自禁地回想起宋池的几次轻薄，也不知道什么时候才睡着的，便是第三番折腾，再加上前晚几乎彻夜未眠，着了凉真不稀奇。

“嬷嬷莫担心，都是没睡好，好好补两晚就没事了。”一点小风寒，虞宁初没放在心上。

杏花端了热水进来，温嬷嬷体贴地扶虞宁初坐起来，虞宁初喉咙一痒，忍不住咳了两下，温嬷嬷赶紧又倒了一碗刚烧好的开水，在三个茶碗里来回倒腾，等降了温度，端来给虞宁初喝。然而温水只能临时缓解喉咙的不适，没多久，虞宁初就频繁咳嗽起来。

郎中来了，替她诊脉，道是风寒，开了一服方子，让她先连服三日。在温嬷嬷、微雨、杏花关切的目光中，虞宁初将一碗发苦的汤药喝得干干净净。

这时已经不早了，宋湘第一个登门，都是闺中好姐妹，哪怕只是小生辰，也要聚在一起热闹热闹。

虞宁初去前院迎接，见到宋湘，示意她不要靠近，尴尬道："我这两日有些着凉，你离我远点，别过了……咳咳……别过了病气给你。"

宋湘已经看到她红得不正常的脸，再听那两声小猫似的咳嗽，稀奇道："你们这一个个的怎么都病了？我哥哥也是，从十一那天就开始咳嗽，到今早都还没好，不过阿芜别担心，哥哥咳得那么厉害也没传给我，你这只小病猫更没什么好怕的。"

虞宁初当然知道宋池在咳嗽，却才知道他是从十一那天开始病的，也就是在她明确拒婚之后。会是单纯的巧合吗？走了一会儿神，虞宁初请宋湘去暖阁，朝南的窗户都打开了，幸好今日无风，清冽的空气温和地漫进来，保持着空气畅通。

"今年我给你准备的礼物比较特殊，不知道你会不会喜欢。"宋湘接过丫鬟手中的匣子，摆到虞宁初面前，打开道，"京城有一位忘尘先生，以写书为生，每两年出一个故事。我跟你说，忘尘先生可厉害了，他的故事曲折动人，文笔老练，触动人心，每次一登各大书坊，立即就会被人抢光，可难买了！我是其中一个书坊的老主顾，今年提前跟书坊订了三套，最多只能订三套。我自留一套，一套送给二表哥他们，这套专门送给你。"

虞宁初看向那三本精心装订的新书，封面上描绘了一对年轻男女，男人一身黑色道袍，背负长剑，女子白裙飘飘，凌空而立，仿佛什么神仙人物。

宋湘打了一个哈欠道："这次忘尘先生写的是一段神仙间的爱恨情仇，我花了三天三夜终于看完，我敢保证，你肯定会喜欢。"

虞宁初听了这话，再去看宋湘，发现她眼底微黑，果真一副没睡好的样子。虞宁初有一丝丝忌妒，同样是没睡好，怎么宋湘安然无恙，她就病倒了？

宋湘还在感叹："可惜忘尘先生两年才出一个故事，这次看完，下个故事又要再等两年。"

虞宁初咳嗽两下，好奇道："忘尘先生一共写过几个故事？"

宋湘热情地解释道："这是第四个故事，前面三个故事也都好看极了，你要看吗？要看跟我说一声，我都借给你，省得你再去买。"

虞宁初鬼使神差地想起宋湘与表姐探讨的洞房花烛夜，微微色变："难道那些本应女子婚后才知道的事，你都是从忘尘先生的故事里看到的？”

宋湘立即反驳：“怎么可能，忘尘先生即便是写男女之事，也都是点到即止，又引人遐思……”

虞宁初一边咳嗽，一边听宋湘堆砌辞藻狠狠夸了一遍这位忘尘先生。

沈明岚也来了，看到宋湘送的礼物，笑道：“风水轮流转，终于轮到阿湘送表妹话本了。”

虞宁初笑道：“表姐也看过忘尘先生的书？觉得如何？”

沈明岚想了想，道：“可能我不太爱看话本，觉得也就还行吧。”

这话立即引起宋湘的不满，两个人从嘴仗发展成闹作一团，虞宁初无可奈何地看着，三人好像又回到了住在沈家的时候。

沈三爷和三夫人来得比较晚，见外甥女虽然病了，心情却很好，笑靥如花的，夫妻俩互视一眼，默契地约好今年就算了，明年再挑时机重新劝外甥女嫁人，倒不一定非要嫁给宋池，眼看又要举行新一届文武春闱，自有一拨年轻才俊涌入京城，或许里面就有适合外甥女的人。

吃完席，在虞宁初这个病人的坚持下，大家都没有多待。宋湘坐马车回了端王府，今日朝廷官员都放假，宋池奉旨在家养病，不曾出门。

宋湘来探望哥哥，得知人在书房，有点生气，进去就训斥道：“病了还要附庸风雅，你身子还要不要了？”

说着，就要收走哥哥面前的画纸与砚台，只是动手之前，她先看了一眼，哥哥画的竟然是一只在看书的小猫。

“喵……”

一只真猫在洒满阳光的窗台上抬起头，朝这边叫了叫，叫完又眯起眼睛缩回脑袋，舒舒服服地晒起太阳。宋湘恍然大悟，原来哥哥画的是这只猫。

“不许画了。”哥哥画得太好，宋湘不忍心强行毁画，放软语气道。

宋池偏头咳嗽一声，笑道：“就快画好了，阿湘再给我一盏茶时间。”

宋湘哼了哼，坐到旁边，瞥了眼哥哥，忽然道：“哥哥，忘尘先生莫非是你？”

宋池自然知道妹妹倾慕一位写书先生，笑道：“何出此言？你哥哥可没有闲工夫写书。”

宋湘道：“忘尘啊，我看你就挺忘尘的，以前你心里装着大事，不想娶妻也就罢了，如今大局已定，登门来说亲的人更多，你竟然还是一个都不肯见。”

宋池没有解释，一边画猫一边问她：“你去送贺礼，阿芜可喜欢你的礼物？”

宋湘道：“不知道呢，得她看过才行。对了，阿芜也染了风寒，咳啊咳的，你们看起来更像住在一起的兄妹。”

宋池睫毛微动，她也病了？莫非是从他这里过了病气？本来就在恨他，若她也将生病怪在他头上……

是夜，宋池又悄悄出现在虞府门外。

门房都见怪不怪了，快速开门，将殿下请进来，再让小丫鬟去知会虞宁初。

虞宁初得知宋池来了，脸上一热，好在她本来就因病脸红，再红一点好像也没有太大差别。不过，虞宁初也想知道才答应过不再纠缠的宋池，这次来是为了何事。

去见宋池时，虞宁初戴了面纱。厅堂里，宋池坐在客座，杏花泡了茶给他，只是她神情凝重，唯恐再挨骂似的。虞宁初一来，杏花自动退到外面。宋池看向虞宁初，看不到她的脸，只看到一双水润清亮的眼，视线相触，她立即低下头去。

宋池咳了咳，刚要开口，她也咳了。

气氛微微凝结，过了一会儿，宋池道：“听阿湘说你病了，想必是从我这里过的病气，既是同症，我这里有御医开的良方，你照着抓药吧，应能药到病除。”

说着，将一张药方放到桌子上，然后就要告辞。

虞宁初想到他病了那么多日，垂眸质疑道：“既是良方，为何前夜你咳，今晚还在咳？听舅母说御医开的方子较为保守，殿下还是拿走方子，另请民间良医试试吧。”

宋池虽轻薄过她，但也帮过她救过她，又有宋湘那层关系，虞宁初并不想他用错药方一直病下去。

宋池低笑：“表妹是在关心我吗？”

先前他病恹恹的，容易让人心软，可这话一出来，虞宁初立即记起他令人厌恶的地方，冷声道：“毕竟相识一场，我只是随口奉劝一句。”

宋池咳了咳，在她身后道：“药方的确是良方，只是那些煎好的药全被我泼了，甚至故意受寒加重病情，否则你觉得皇上为何要来替我说事？我毕竟是他的侄子，为他做了那么多，他不忍心见我为情所困。”

虞宁初震惊地看向他：“你、你连皇上都敢……”

宋池道：“为了你，没有什么是我不敢的。”

宋池走了，留下一张药方。虞宁初拿起那张方子，上面是熟悉的字迹，竟然是他亲手所抄。

他一直拖着不吃药，是怕恢复得太快，昭元帝起疑吧？

“为了你，没有什么是我不敢的。”

耳边响起他低哑的声音，虞宁初不由自主地记起了很多事。宋池的确胆大妄为，敢在侯府里欺负她，敢在比武擂台前徒手替她挡剑，敢当着亲妹妹的面对她动手动脚，也敢为了她内心的不平，宁可加重病情也要引昭元帝过来。都说伴君如伴虎，宋池此举，简直就是在老虎头上拔毛。不过昭元帝也不是第一个被宋池算计、糊弄的皇帝了，以前的正德帝……

夜深人静，虞宁初第一次真正思索这两年宋池都做了什么，又冒了多大的风险，那些侥幸没有发生的危险且不提，为了获取奸臣昏君的信任，光是毒箭，宋池就挨了两次，她也曾亲眼看见他肩膀上血淋淋的伤口，如今他咳得这么厉害，怕是也有元气受损的缘故吧？

罢了，他难不难、病不病又与她何关？富贵险中求，他那么拼命也是为了辅佐自己的大伯登基，亦得到了赐封亲王的回报。至于她与宋池之间的恩怨，随着这几日的种种，恰如宋池所说，已经完全了断。

掩好被子，虞宁初平静睡去。接下来，她还是用自己的药方，连喝三日，咳嗽已经好了，只是呼吸稍微不畅，但也没有大碍。

腊月二十，虞宁初带着虞扬、虞菱兄妹俩去街上置办年货。兄妹俩都很懂事，把她当亲姐姐看待，虞宁初因为被陈氏挤对多年，无法完全消除对兄妹俩的芥蒂，难以对他们掏心掏肺，但身边有两个乖巧懂事的孩子做伴，虞府便多了很多欢声笑语，所以虞宁初还是很愿意带兄妹俩去街上逛逛的。

天气晴朗无风，京城的百姓早把正德帝驾崩抛到脑后，喜气洋洋地穿梭在街道上置办年货，这家店里买炒货，那家店里买彩布，总之有好多东西要买的。

虞宁初带着兄妹俩来到一家绸缎庄，新年的衣裳早就做好了，还得买些绸缎交给丫鬟做春装。

“你们看看，喜欢哪个颜色就告诉姐姐。”戴着面纱，虞宁初温声细语道。

虞扬请姐姐帮他挑，小姑娘更爱美一些，虞菱兴高采烈地选了两个颜色，还想再选，虞扬拉住妹妹，叫妹妹不要太贪心。虞菱担心地看向姐姐。

虞宁初笑道：“还可以再挑一种。”反正花的也是虞尚的积蓄，而且小姑娘做三套春装也不算奢侈。

虞扬看着姐姐温柔的眼睛，暗暗告诉自己一定要好好读书，长大了考取功名，回报姐姐。

虞宁初又挑了一些，等伙计包好的时候，虞宁初看向街上，见三四个年轻的布衣书生结伴走了过去，多半是来京参加春闱的各地举人。

绸缎都包好了，微雨付了钱，跟着的小厮抱着一堆绸缎先回去了，反正虞宁初接下来也不会再买什么大件。一行人刚出绸缎庄，忽然有两队侍卫齐刷刷地跑过来，催促百姓们站到街道两侧，将中间的路空出来。如此一来，街道两侧被无奈遵命的百姓挤满，水泄不通，大家也不着急走，纷纷打听是何事。

有侍卫透出风声，说今日皇后要进城。昭元帝上个月月初登基，郑皇后母子三人还在太原王府，路上耽误了一个多月，终于赶在年前回来了。

百姓们最好热闹，也最喜议论，正德帝在位时锦衣卫时时在街上走动，百姓们不得不闭紧嘴巴，新帝登基后取消了锦衣卫，百姓们终于可以随心所欲地议论了。

“听老人说，当年皇上根本不喜欢这位皇后，眼里只有沈家姑娘，可惜老王爷不许，皇上没办法，可是你们看看，皇上刚登基就追封了沈家姑娘，足见旧情难忘，皇后之前离得远可能还不知道此事，现在进了京，听说了消息不知道会不会生气。”

“不生气？怎么可能，就是泥菩萨也得气一肚子，要是我们家男人敢这样，我非得撕烂他的嘴！”

“你敢撕，皇后敢吗？只能忍着。”

虞宁初姐弟三人夹在百姓中间，被迫听了一堆议论，更有人憧憬沈嫣的美貌，觉得只有仙女般的美人才能让昭元帝如此痴情难忘。虞宁初心情复杂，好在因为昭元帝的圣旨，百姓们并没有诟病母亲，更多的是关于昭元帝究竟更爱谁的议论，有人认为昭元帝更爱母亲，有人认为昭元帝更爱郑皇后，证据就是昭元帝身边只有郑皇后一个女人，连个妾室都没有。

这是妇人们最感兴趣的话题，男人们则在讨论另一件事。说起来，昭元帝登基这么久，封了郑皇后，封了亲侄子亲侄女，对他的一对亲儿女就……女儿直接称公主倒没什么，可是昭元帝并没有封唯一的皇子宋澈为太子，目前宋澈还只是大皇子而已。

“是不是要等大皇子进京再封太子？”

“谁知道呢，我听说大皇子文弱多病，身子骨不太硬朗，皇上又那么器重端王，没准啊……”

“不能吧，侄子再好，哪个当爹的会把家产留给侄子，还不都是留给亲儿子。”

“如果这笔家产是侄子帮忙攒下来的呢？”

“嘘，小心祸从口出。”

百姓们能说这种话，已经够大胆了，虞宁初在旁边听着，亦是心惊胆战。昭元帝能因为宋池病重就亲自来见她，这份伯侄情意，确实堪比父子。

没过多久，侍卫已经清街完毕，空出一条康庄大道来。城门外，因为皇后进京，本该休沐的官员奉旨提前过来迎接。空气凛冽，趁皇后的銮驾还没到，官员们双手缩在袖子里，三两成群地交谈着。

有人注意到，端王与安乐公主没有来。

“是不是王爷的风寒还没有好？”一个官员揣测道。

站在他对面的官员露出一个心照不宣的笑容。百姓们口无遮拦，官员们就谨慎多了，消息也更灵通，这么多年，就算端王与昭元帝不和是假的，可端王母亲早逝、父亲出家，端王小小年纪来到京城，谁敢说这一切不是晋王府的谋划？端王对晋王府肯定有恨，所恨对象，必然是昭元帝与郑皇后其中的一个。

日头越升越高，官员们的脚底却越来越凉，一团团白雾从他们面前升起，就在双足冻僵之前，皇后的銮驾终于到了。昔日晋王府的侍卫在前开道，后面排了三辆马车。郑皇后坐在第一辆马车中，大皇子宋澈坐在第二辆，公主宋沁坐在第三辆。

宋沁十分兴奋，也十分骄傲自豪，对身边的大丫鬟道："快两个月没见父皇了，今日我们进京，不知道父皇会不会来城门外接我们。"

丫鬟只是附和地笑，没敢应声。如果当初夫妻恩爱，今日妻儿爱女都来了，皇上肯定会来接，可晋王府里的人都看得明明白白，当初王爷常住军营，便是逢年过节回到王府，也很少住在王妃那边，对一双儿女虽然温和，但也没见特别疼爱。反倒是对大公子宋池，王爷亲手教他写字，亲手传授剑法，二爷夫妻出门游玩不带孩子，王爷便带着大公子去军营见世面。可以说，晋王府四个孩子，王爷最疼爱的便是大公子，其他三个孩子获得的疼爱加起来也不抵大公子一人。

车轮滚动，终于停在百官面前。百官跪下，恭迎皇后。郑皇后端坐车中，早在车未停时，旁边跪着的嬷嬷便替她观察过外面，不见昭元帝，也不见端王。不过郑皇后多少料到了这个局面，她安慰自己，至少她始终是他的妻子，无论他是王爷还是皇上，她都与他同享荣耀，只要儿子封了太子，女儿再嫁个良婿，她这辈子也就没什么可求的了，至于那颗求了快二十年也没有求到的心，她已不再指望。

郑皇后命百官免礼，銮驾没有耽搁太久，驶进城门。

城中，皇后銮驾一到，百姓们不约而同地跪下，高呼皇后娘娘千岁。嬷嬷贴心地挑起一层棉布帘子，只剩一道珠帘，好让郑皇后欣赏外面的盛况。

郑皇后朝外看去，黑漆漆的一片，有戴着布巾冠帽的男子，也有头戴珠钗的妇人，郑皇后眼里流露出由衷的笑意，这一笑，眼尾的细纹便加深了。如果虞宁初、沈明岚见了，定会吃惊，沈家的二夫人、三夫人与郑皇后都是三十出头的年纪，似她们这等贵妇人，肯定保养得好，二夫人、三夫人眼角连细纹都没有呢，郑皇后竟然已经显出老态。

马车缓缓地开过去，守在两边的侍卫收队离开，街上立即又恢复了先前的热闹与繁华。

宫中，郑皇后母子三人终于见到了昭元帝。郑皇后看着分别快两个月的丈夫，意外地发现，初登帝位的丈夫并没有流露出她想象中的意气风发，反而消瘦憔悴了很多，仿佛做皇帝并不是一件多么值得高兴的事。

宋澈、宋沁也看出了父皇的憔悴与疲惫。

“父皇，您最近是不是很累？”宋沁关心道。

昭元帝笑了笑，除非是昏君，做皇帝怎么可能不累。他图谋大事，完全是为了天下百姓，为了大周的列祖列宗，但凡正德帝是个明君，他都不会处心积虑夺位。进京之后，他几乎夜夜忙到三更，总算将正德帝遗留的一些烂摊子处理完，而这并没有结束，过了年，还会有新的折子递上来。

“朕没事，你们这一路也辛苦了，都去休息吧。”昭元帝并没有与家人说太多的意思，就像在晋王府时一样。

郑皇后只好带着一双儿女告退。宋沁去了她的公主殿，宋澈去了他的皇子所，郑皇后离得近一些，最先踏进自己的寝居。她是真的累了，沐浴过后便睡了一小觉，醒来才有心情接受殿中一众宫人的拜见。

打发了众人，郑皇后靠在暖榻上，问提前半个月进宫的魏公公：“这段时间，宫里宫外可有什么新鲜事？”

她嫁给晋王后，宫里就拨了太监宫女给她，起初她身边的大太监并非魏公公，这个魏公公乃郑皇后一手提拔起来的心腹，对她忠心耿耿。

魏公公先说了郑国公府平反一案，郑皇后很欣慰，她娘家众人都是因为这门婚事才冤死的，昭元帝最先重审此案，总算还有良心。魏公公说了一堆，想到沈氏的追封根本瞒不了多久，他不说皇后也会从别的地方知道，只能硬着头皮将他抄写的诏书内容递给郑皇后。

郑皇后看完，脸上血色尽失。

第四章 我看了一下午的雪，所见皆是你

郑皇后等人进京第二日，四匹快马风尘仆仆地到了京城，在外历练两年的沈牧、沈逸兄弟俩终于被护国公放回来了。

三夫人见到儿子，高兴极了，派人来通知虞宁初、沈明岚，叫姐妹俩回去，晌午大家一起吃饭。

虞宁初得到消息，马上换了一身出门见客的衣裳。猜到表姐一家也要回去，虞宁初先让车夫将车赶到宁国公府门外，等沈明岚、曹坚夫妻俩抱着敦哥儿出来，看到她的马车，沈明岚笑着丢下丈夫儿子，跑来与虞宁初同车。

虞宁初还想逗逗敦哥儿呢，失望地问："怎么不抱敦哥儿过来？"

沈明岚知道表妹喜欢自家儿子，可她现在几乎天天跟儿子待在一起，偶尔也想轻松一下喘口气，解释道："抱他过来我还怎么跟你说话？让你姐夫哄吧。唉，你跟阿湘还没成亲，不懂当娘的辛苦，我都后悔嫁得这么早了，还是一个人时更快活，除了吃喝玩乐什么也不用操心。"

她连叹三口气，把虞宁初逗笑了："你也就是随口说说，姐夫对你多好啊，

你才舍不得不嫁。"

沈明岚不想再提丈夫儿子，与虞宁初聊起别的。

两辆马车很快来到护国公府，三人带着孩子熟门熟路地来到厅堂，还没进去，就听里面传来宋湘的嗔怪："二表哥还是先操心自己的婚事吧，我才不用你管！"

沈明岚惊讶地看向虞宁初："阿湘怎么来得这么快？"

虞宁初猜测道："可能她正好过来探望二舅母了吧。"

说话间，守在门前的两个小丫鬟笑着朝里面通传一声，替他们挑起帘子。

温暖如春的厅堂已经坐得满满当当，太夫人容光焕发地坐在中间，二房、三房都到齐了，还多了曹坚这个女婿，只有大房那边少了很多人，国公爷镇守边关没有回来，韩氏与韩锦竺住在庄子，沈明漪待在安王府守寡，只有沈琢来了，身后的乳母抱着他那才九个月大的女儿蕙姐儿。除此之外，宋池、宋湘兄妹俩也在，只是以前两人会像沈牧、沈阔一样站在沈二爷、二夫人身后，如今一个贵为王爷，一个贵为公主，太夫人特意给他们安排了座位。

虞宁初看到宋池，立即收回视线，投向沈牧、沈逸这对兄弟。两年未见，两人都晒黑了，也更加高大魁梧，散发着武官的英姿勃勃，少年的青涩气悄然退去，眉眼沉稳了很多。

"哟，咱们家的姑奶奶回来了。"虞宁初才在心中赞完二人沉稳，沈牧突然朝沈明岚一笑，露出大家熟悉的戏谑笑容。

果然是江山易改，本性难移啊。

与沈明岚打完招呼，沈牧再朝虞宁初笑了笑："阿芜越来越漂亮了，准备何时给我们找个妹婿？"

虞宁初登时面上飞霞，羞恼地躲到三夫人身后了。宋池的目光在她身上转了一圈，重新看向厅堂中间。

二夫人宋氏笑着训斥儿子："你看你，一回来就招惹了三个妹妹，这两年白历练了是不是？"

沈牧连忙朝三个妹妹赔礼道歉。

沈逸一直比他端重，从曹坚怀里接过敦哥儿，初为舅舅，他很新鲜。

三夫人默默留意着家中少年郎们的反应，将宋池对外甥女隐忍的情意、沈阔外露的情意、儿子单纯的兄长之情全部看在眼里。

沈牧风趣幽默，厅堂里热闹了很久。虞宁初大多时候都很安静，只是眼神与太夫人有几次交锋。她不冲动，没有带着昭元帝为母亲平反的圣旨过来念给太夫人听，可心里终究堵着一口气，所以刻意一直往太夫人那边看，等太夫人真的看过来，虞宁初就朝老太太露出一个乖巧温柔的笑容。这样的笑容，在不知情的人看来非常甜美，落在太夫人眼中，就是实打实的挑衅。

年轻人生气没什么，太夫人毕竟年纪大了，被虞宁初一气，牵动全身气血，脸色微微发紫。

在昭元帝提升平西侯爵位前，太夫人是事事都不顺心，先是安王横死，她最疼爱的孙女沈明漪年纪轻轻成了寡妇，跟着就是家里被韩国舅连累得抬不起头，儿媳、孙媳又都被送到了庄子上。这还没完，随着太子谋害正德帝被诛，京城突然传出太子、安王皆非龙种的谣言，传得有鼻子有眼，即便正德帝为了面子没有承认此事，沈明漪这个安王妃守寡也守得憋屈，背地里不知承受了多少耻笑，太夫人真的被气病了几场。

好不容易昭元帝登基，重视沈家，沈家又成了京城一顶一的勋贵之家，结果昭元帝不知吃错了哪门子药，竟然为沈氏下了那么一道圣旨！

当年关于沈氏勾引昭元帝的谣言，平时与沈家来往的一些老太太都能猜到是太夫人做的手脚，因为昭元帝没有澄清，所以沈氏吃了哑巴亏，外人也就信她，纷纷安慰她不要因为一个庶女失德而动怒。如今昭元帝公然给沈氏长脸，沈氏成了贞淑之女，太夫人却沦为被那群老夫人耻笑的笑柄！

接到那道圣旨后，太夫人最不想见的就是虞宁初，恨不得虞宁初再也不要登门才好，可虞宁初不但来了，还敢朝她笑！

“好了，老二、老三都累了，大家各自散了吧，晌午吃席时再聚。”太夫人以关爱孙子为由，第一个走了。大房、二房、三房也分别回了自己的院子。

等到了西院，沈逸才低声感慨道：“没想到我们离京两年，竟然发生了这么多事。”

曹坚附和地点点头。

沈三爷勉励两个年轻人："当今圣上有明君之风，正是你们施展才干报效朝廷的好时机，你们休要想太多，做好分内之事便可。"

沈逸、曹坚连忙离席，郑重接受父亲的教诲。

三夫人瞋丈夫一眼："这是在家里，收起你的大道理吧。逸哥儿先去更衣，收拾清爽了再过来。"

沈逸笑着离去。

东院，沈牧去洗澡，沈阔不知为何也跟了过去，嬉皮笑脸的，剩沈二爷、宋氏陪宋池、宋湘兄妹俩坐着。

"子渊一病数日，人都瘦了。"宋氏心疼道。

宋池笑道："已经好了，过年时一圈宴席吃下来，保证长几斤肉，姑母不必担心。"

宋氏不担心才怪，这些年侄子在她眼皮下住着，她竟然不知道侄子藏了那么重的心事，大哥也是，竟然忍心叫侄子以身涉险。关心完身体，宋氏又提起宋池的婚事，意思是大事都忙完了，侄子也该娶个王妃了。

宋池想了想，请姑母借一步说话，宋氏只好跟着侄子走到廊檐下。宋湘踮着脚踱到门口想要偷听，耳朵刚贴上窗纸，宋池突然敲了敲窗，继续引着姑母往前走，走到妹妹绝对听不到的地方，才低声对宋氏道："不瞒姑母，其实我早已心有所属。"

宋氏又惊又喜："是哪家的姑娘？"

宋池苦笑："阿芜，早就喜欢了，偏她不喜欢我，我为了引她注意，反而频频出错，惹恼了她。"

宋氏自然记得虞宁初被侄子气哭那件事。震惊过后，虞宁初明艳又乖巧的脸庞浮现眼前，那样仙女似的姑娘，宋氏一点都不意外侄子会动心，让她为难的是小儿子沈阔也一直惦记着虞宁初，她原想等沈阔参加完今年的武科举，有了功名，再正式去提亲。

似是看出她的为难，宋池咳了咳，道："姑母，四弟的心意我隐隐有所察觉，然阿芜对他无意，也不可能嫁到沈家给太夫人做孙媳，所以您还是别替四弟打算了，成全侄子吧。”

宋氏清楚虞宁初与太夫人不和，只是觉得虞宁初没有了得力的父亲，或许愿意为了嫁给沈阔而稍微在太夫人面前委屈一下。但如果侄子也插进一脚，虞宁初就不可能再考虑沈阔，包括沈家其他兄弟。

“你倒是自信，就不怕你四弟跟你置气吗？”宋氏故意问道。

宋池笑了笑：“我已经准备了几样礼物，随时可以拿出来补偿四弟。”

这些都是后话，眼下宋氏更关心另外一件事：“阿芜到底有多恼你？”

宋池垂眸，惭愧道：“初十那日，侄子其实已经当着三爷夫妻的面向她提亲了，她不愿意。”

宋氏：“我……我怎么一点风声都没听到？”

宋池：“三爷、三夫人怕损我颜面，刻意隐瞒了吧。”

宋氏：“那……人家都拒绝你了，你怎知你四弟没有机会？”

宋池笑了，看向西院方向，温声道：“她恼我是真，可心中未必没有侄子，等我先消了她的气，她便愿意嫁了。”

有些事，言语说不清楚，但宋池相信自己的感觉，相信暴雨里那只想要帮他遮雨的手。况且，就算虞宁初心里真的没有他，他也会想办法将自己种进去，谁也别想插足。沈阔是他的表弟，他不想对付自家人，所以才希望姑母出面，打消沈阔的念头。

宋氏看着侄子，突然反应过来：“皇上那道圣旨，是不是你帮忙出力了？”

宋池默认了，却没有解释具体过程。宋氏能想象出其中的艰难，也终于明白侄子对虞宁初的感情有多深，小儿子那点见色起意根本比不上。罢了，反正今年就该轮到沈阔去边疆历练了，就算受一点情伤，被西北的风吹一吹，多吹吹，就好了。

午宴时，护国公府众人又聚集到一起。与大家的欢声笑语相比，沈琢虽然努力融入其中，但他眉峰间的折痕仿佛积年风雪，什么欢笑也无法令其散开。

宋氏悄悄叮嘱了沈牧几句。家里的孩子，最会打趣的就是沈牧，他们做长辈的解不开沈琢的愁绪，或许小辈可以，哪怕只是暂时忘掉那些痛苦，也是好的。

所以，午宴结束，沈牧提议兄妹们去花园逛逛。

别人都无异议，唯独沈琢道："你们去吧，我还有事。"

沈牧反对道："都放假了，大哥能有什么事？我跟三弟好不容易才回来，大哥就一点都不想我们吗？"

沈琢沉默了，他不是不想，只是笑不出来，与其板着脸扫弟弟妹妹们的兴致，不如回避。

沈明岚、宋湘都去他身边撒娇，虞宁初撒不出来，红了脸也没说出劝说的话。说起来，她只在舅母面前撒过娇，对男人，哪怕是亲表哥，她也难为情。幸好有沈明岚和宋湘就够了，沈琢无奈地点了头。

敦哥儿、蕙姐儿被乳母抱走，九个兄弟姐妹一起朝花园走去。沈明漪没有回来，曹坚顶替了她的空缺。

今日无风，晌午的阳光也温暖，沈牧吩咐丫鬟在湖边的草地上铺了两块席子，九人分男女坐下。沈琢想听听沈牧、沈逸在边关历练的见闻，他虽然是长兄，却还没有去过边关，几人中哪怕是宋池，小时候也是在边关长大的。

男人们憧憬金戈铁马，宋湘听了一会儿觉得无趣，叫上沈明岚与虞宁初："蜡梅应该开了，咱们去赏花吧。"

三姐妹就辞别哥哥们，往梅峰的方向去了。

走远了，宋湘怜惜道："看大表哥的样子，我好替他难过。"

父亲远在边关，妹妹年纪轻轻憋屈地守寡，母亲、爱妻都被发配到庄子上，身边只有一个尚在襁褓中的女儿。

沈明岚同样心疼，可这种事她们也无可奈何。虞宁初想到沈琢看向蕙姐儿的眼神，温柔又落寞，心里也是难受。

宋湘率先转移话题，笑着问虞宁初："忘尘先生的书你看了吗？"

虞宁初脸上微热，她岂止看了，更是看得废寝忘食。以前话本在她的印象中不是什么正经书，就是写书人胡编乱造供人打发时间的，尤其里面可能还有一些粗鄙的内容，不然长辈怎么会禁止女孩子看话本？可忘尘先生的故事，明明也是虚构了一个神仙世界，却描绘得那么真实，引人入胜。

阳光温柔，蜡梅嫩黄，三姐妹一边赏花一边讨论故事，不知不觉逛了很久。

这场聚会也该散了，三人沿着台阶开始下山，快到梅峰脚下时，宋湘突然伸出胳膊拦住沈明岚和虞宁初，嘘了一声。

两人探头一瞧，透过密密的梅树枝丫，见宋池、沈琢并肩往假山那边去了。

宋湘最了解自己的哥哥，猜测道：“哥哥肯定也看出了大表哥的伤心，所以准备单独安慰大表哥。”

沈明岚问：“池表哥还会安慰人？”

宋湘笑道：“还行吧，反正每次我哭，他总能哄好我。走，咱们悄悄凑过去，听听他会说什么。”

虞宁初想要阻拦，宋湘、沈明岚已经默契地往假山那边去了，沈明岚还回头招手，示意虞宁初快点跟上。虞宁初终究没有抵过好奇心，微提裙摆，忐忑地追上两位姐姐。

靠近假山，宋湘蹑手蹑脚地走在最前面，沈明岚紧随其后，虞宁初走在最后面，紧张地左看右看。终于，三姐妹来到假山中，沿着狭窄的通道，宋湘最先发现了宋池与沈琢的身影，他们就站在隔壁通道中。

这样的距离已经够了，宋湘蹲下去，沈明岚、虞宁初也有样学样，依次蹲下。

透过山石空隙，虞宁初看见宋池、沈琢背对着这边，两人身高相仿，宋池更显清瘦一些。

“你们说，我哥哥的身形更好看，还是大表哥？”宋湘还有心情开玩笑。

虞宁初为这种问题脸红，沈明岚却一本正经地点评起来：“大哥更为强壮，但池表哥肩宽腰细，很风流倜傥。”

虞宁初听在耳里，目光分别扫过沈琢与宋池的腰，果然宋池的腰更细一些。

“殿下究竟要与我说什么？”沈琢冷峻的声音传过来。

三人都屏住呼吸。

宋池从旁边的假山上拔下一棵枯黄的小草，笑着看向沈琢：“大哥何时与我如此见外了？还是叫我子渊吧。”

沈琢没有说话。

宋池轻叹一声，不再绕弯子，问道：“大哥可想接伯母与大嫂回府？”

别说沈琢了，虞宁初的心都提了起来，难道宋池有让沈琢与母亲、妻子团圆的办法？韩氏一把年纪，回不回来其实对沈琢影响不大，可蕙姐儿太小，没有母亲在身边，可怜巴巴的，如果韩锦竺能回来，至少能给蕙姐儿一个完整的家。

沈明岚初为人母，最心疼蕙姐儿，也更理解沈琢、韩锦竺夫妻俩的痛苦。

“殿下……”

“大哥再喊我殿下，我这就走了。”

沈琢抿唇，随即改口，朝宋池拱手道：“还请子渊替大哥指点迷津。”

宋池笑了笑，又为接下来的话收敛笑容，正色道：“我有两策。上策，大哥另娶贤妻，让大嫂做妾，如此，以皇上对沈家的器重，我再去皇上面前求情一二，皇上应能准许大哥接伯母、大嫂回来。”

沈琢不假思索道：“我不会娶别人，你直接说下策吧。”

宋池解释道：“无论上策下策，根本原因都一样，那就是韩统残害忠良，罪行罄竹难书，沈家世代忠良，爵位传承不该被韩家血脉玷污。”

沈琢一点就透，看着宋池关心的脸庞，眉心的折痕第一次舒展开来，眼中也露出笑意，道：“我知道该怎么做了，年后恢复朝会，我便上书请辞世子之位，如若皇上不肯，还劳子渊在皇上面前替我表明诚心。”

宋池问：“大哥当真愿意为了大嫂，放弃世子之位？”

沈琢笑道：“愿意。无论世子还是国公，都只是虚名，况且二弟文武双全，继承爵位亦不会辜负沈家列祖列宗，如果皇上应允，沈家传承不断，我亦可以与你大嫂一家三口团聚，何乐而不为？”

宋池退后两步，朝他拱手道：“大哥重情重义，子渊佩服。”

解开心结显然让沈琢的话微微多了起来，他拍着宋池的肩膀道：“等你遇到心仪的女子，便明白我的决定了。”

宋池苦笑，垂眸道：“我明白，只是我没有大哥的福气，能以深情换深情。”

沈琢诧异道："莫非你已有心仪之人？"

听到这个问题，虞宁初的心突然狂跳起来，怕宋池说出自己的名字，毕竟无论是因为他这两年的繁忙还是宋湘透露的消息，除了她，宋池不可能有机会认识别的女子。

在虞宁初的提心吊胆中，宋池似是不愿再回想什么，恢复了云淡风轻的笑容，道："从头到尾都是我一厢情愿，不提也罢。走吧，二弟他们还在等着。"

沈琢并不是刨根问底之人，既然宋池不想提，他只好安慰道："精诚所至，金石为开。子渊既已确定心意，只要那姑娘还未嫁人，你就有机会，切勿轻易言弃。"

宋池笑了笑，率先往假山外走去。

两个兄长走了，沈明岚、宋湘依然蹲在原地，为自己方才所听深深震惊，先是震惊沈琢竟然愿意为了韩锦竺放弃世子之位，后又震惊看似忘尘断情的宋池竟然早已有了心上人，还用情那么深！

沈明岚问："阿湘，池表哥到底喜欢谁？"

宋湘同样毫无线索："我不知道啊，他能认识哪家闺秀？以前他基本都在沈家待着，你也清楚的，难道他当差之后，在外面结识了谁？"

两个姑娘激烈地讨论着，可惜她们对宋池在外当差的情况一无所知，都不知道该往哪里猜。这时，宋湘突然朝虞宁初看来，虞宁初正心虚着，对上宋湘的眼神，顿时紧张得忘了呼吸。

宋湘将她的沉默理解成了漠不关心，毕竟哥哥欺负过虞宁初，虞宁初又为何要关心哥哥的事？她说："阿芜，哥哥去扬州办案时，你可听说过什么？都说江南出美人，也许哥哥在扬州邂逅了哪家姑娘。"

原来是问这个，虞宁初松了口气，赶紧摇摇头："我回扬州后就一直深居内宅，不曾听闻什么。"

沈明岚突然有了一个猜测，道："阿湘，你说会不会是池表哥缉拿苏家众人时，发现苏家有位小姐貌美动人，便暗中藏下那位小姐，然而苏家其他人都是被表哥抓起来的，哪怕他只是为了大局，如今也为苏家平反了，可那位苏小姐却依然怨恨表哥？这不就对上表哥所说的，从始至终都是他一厢情愿？"

宋湘像看陌生人一样看着她:“怪不得你不爱看话本，原来你自己就能写话本。苏家的案子我问过哥哥，他说锦衣卫早已掌握了一份苏家族人的名单，他无法救下名单上的任何人，好在苏家还有一个私生子没被锦衣卫查出来，他所能做的，就是暗中藏好那个才四五岁的私生子。”

沈明岚急得想挠头，知道一个秘密却只知道一半，这滋味真不好受。

宋湘:“算了算了，咱们不猜了，回去我就审问他，保证能审出来。”

沈明岚:“那你要第一时间告诉我！”

宋湘:“一定一定！”

她胸有成竹，虞宁初却开始慌了，难以想象宋池若是说出自己的名字，两位姐姐要怎么联手审问自己。她心慌意乱、心乱如麻，都不知道是怎么跟着两个姐姐回到众人身边的。

因为担心，她下意识看向宋池，恰好宋池也朝她看来，目光相触，没等虞宁初回避，宋池先避开了，午后温暖的阳光照在他俊美清瘦的侧脸上，无端多了一层落寞。

沈琢是君子，不会逼问宋池说出心中的秘密，宋湘若是死缠烂打，宋池那么疼爱这个妹妹，能瞒住吗？不如她先给宋池提个醒？如果她要求他隐瞒，算半个君子的他，应该会答应吧？

“阿岚，你的香囊怎么不见了？”曹坚忽然问沈明岚。

沈明岚低头一瞧，腰间的香囊果然没了踪影。

虞宁初急中生智，道:“是不是赏梅的时候被树枝挂走了？”

曹坚马上道:“我去找找。”

沈琢又恢复了长兄的风范，道:“梅峰颇大，咱们一起去找吧。”

在沈琢的提议下，众人一路上了梅峰，帮沈明岚寻找香囊。一个香囊并不贵重，可这个香囊是三夫人送的，母亲所赠，沈明岚哪里舍得丢而不寻？

刚刚三个姑娘在梅峰上转了很久，九人分不同方向去找。

台阶掩映在梅林之中，虞宁初故意走在最后面，排在她前面的，正是宋池。

一个人的动作往往能透露出很多讯息，比如沈阔健步如飞地朝自己负责的方向跑去，一看就是个热心肠的少年，真心想帮沈明岚找到香囊。再看宋池，单手负在身后，闲庭阔步般慢悠悠地走着，一看就是个不太热心帮忙的矜贵表哥。

当然，至少在此刻，虞宁初也没有心思帮好姐姐找香囊，犹犹豫豫地跟在他身后。待前面几人都散开，虞宁初刚要叫住宋池，却见他脚步一拐，朝梅峰半山腰间的飞瀑去了。就在虞宁初愣神的工夫，他的身影已经消失不见。虞宁初咬咬唇，悄悄跟着潜了过去。

绕过一棵棵梅树，很快就抵达飞瀑附近，这边山石林立，造景刻意仿的深山水瀑，因是寒冬，薄薄的一层水已经冻住，在阳光下晶莹剔透。

虞宁初视线一转，发现宋池背对着自己站在飞瀑之下，头微微仰起，似是在欣赏那层薄冰。

虞宁初正犹豫着如何开口，宋池突然回过头，吓得她立刻闪到山石之后。

宋池笑了笑，声音温和："上次表妹误打误撞藏到这边，这次难道也是巧合？"

无论发生过什么，无论有没有说过了断，每次宋池唤她的声音都很自然亲昵。

虞宁初被他的揶揄弄红了脸，又因有话与他说，无法回避，在原地站了片刻，只能硬着头皮走了出来。

宋池所处的地势较高，看着她花容带粉，一点一点攀登到自己脚下，离得越近，她的脸便越红。宋池忽然想，如果她真是一只花精，也许再走一步，她的身影便会消失，化成一大朵开得艳丽的花，随着林间微微拂过的轻风，在他面前摇曳生姿。

"有话且直说吧，靠得太近，我会误会。"宋池轻声道，一副近人情怯的语气。

虞宁初尴尬极了，她走得这么近是想低声说话，担心被旁人听见，被宋池这么一说，倒好像是她别有居心。虞宁初停住脚步，习惯性地环视一圈，尤其是左侧石壁上方，确定真的无人后，才垂着眼道："方才、方才我们赏完蜡梅去了假山那边，正要离开时殿下与大表哥竟过来了，我、我……"

她结结巴巴的，脸越来越红，纵然撒谎解释了她为何在那里，可为何不露面反而继续悄悄偷听终究是难以掩饰过去。

宋池声音一沉："我与大哥的谈话，你们都听见了？"

虞宁初惭愧地低下头，像做错事的孩子，曾经她也打过他唾骂过他，今日却彻底没了底气。

“对不起，我……”

“是阿湘不许你们出声的吧，她素来顽劣。”宋池忽然开口，声音也恢复了方才的温和。

虽然他说的是事实，但虞宁初也不想完全把罪责推到宋湘头上，声音微弱道：“我与表姐也有错，没有守礼走开。”

宋池“嗯”了一声，无意过多追究：“找我有何事？”

纵使虞宁初想好了说辞，可终究难以启齿，宋池就看着那山茶花般的绯色悄悄蔓延到她的耳垂、脖颈，清新却又艳丽，让人很想现在就将她抵在旁边的石壁上。

宋池移开视线，手中转动着一颗小石子，朝飞瀑底下的冰层丢去。“当”的一声，虞宁初心头一跳，小石子在冰层上打着圈，她的心也跟着绕了一圈又一圈，但她并没有太多的时间可以浪费。

对着冰层，虞宁初艰难开口道：“湘表姐……湘表姐听说殿下有、有心仪之人，说、说等她与殿下回了王府，一定会从您口中打听出来……”

说到这里，虞宁初再也说不下去，脑海中仿佛冒出了两个宋池：一个宋池会在她的请求下，承诺一直保密，不告诉宋湘他的心仪之人是谁；另一个宋池却会趁此机会狠狠奚落她一通，说他的心仪之人另有其人，嘲笑她自作多情，哪里值得他念念不忘。

有时候虞宁初觉得自己很了解宋池，可细细想来，她了解他什么呢？除了那些不能告诉旁人的亲密，她根本不知道他的任何事，越是不了解，越是不知道他究竟会如何回应她的问题。

“你放心，关乎清誉，即便是阿湘，我也不会说。”她的请求还没有说出口，面前的男人忽然低声给了她最想听的回答。

脑海中的两个宋池消失了，虞宁初怔怔地看着他触手可及的衣袍。原来，那个让他在沈琢面前流露出为情所困之态的女子，真的是她。

“多、多谢殿下。”虞宁初匆匆道谢，心慌意乱地转身离去。然而才走出两步，身后再次传来他低沉清越的声音：“阿芜，大哥说精诚所至，金石为开，敢问如果我继续坚守此心，是否还有一丝机会得偿所愿？”

此刻虞宁初脑袋里乱得很，根本不知道该怎么回答他。如果宋池始终强硬霸道，她马上就能拒绝，偏偏他如此君子，她就狠不下心来。

宋池没有逼她，在她继续前行时，兀自道：“我会一直等，直到你嫁给别人。”

隔了一日，宋湘来了四井胡同。

听到丫鬟的禀报，虞宁初又体会到了那种无法控制的心慌，虽然得到了宋池的承诺，可宋湘缠人的功夫了得，也许宋池不胜其扰，说出来了呢？

虞宁初忐忑地去院子里迎接宋湘。

宋湘花枝招展地出现在她面前，看到虞宁初，朱唇一嘟，朝好姐妹抱怨道：“我哥哥真是太讨厌了，无论我如何问，连绝食的招数都用出来了，他也不肯告诉我。”

虞宁初大松一口气，拉住宋湘的手安慰道：“殿下不肯说就罢了，表姐千万别绝食。”

宋湘道：“放心吧，我就是吓唬吓唬他，其实偷偷吃东西了。”

虞宁初被她逗笑了。

宋湘想到哥哥不为所动的模样，还是生气，哼道：“也许他喜欢的人是青楼女子，出淤泥而不染的那种高洁美人，不慕权贵也不畏权贵，屡次拒绝了他，他不好意思说出来。”

虞宁初道：“哪有这么说自己哥哥的？殿下不似那种人。”

宋湘说：“说不准啊，他以前经常与安王厮混，安王如果请他去那种地方，他能不去？”

虞宁初的心思被她带偏了，想到宋池对她做的那些事和送来的那本书。正经公子哪里会看那种书？宋池欺负人欺负得那么熟练，说不定真的有几个红颜知己。不知为何，虞宁初的胸口突然有些发闷。

宋湘过来主要是知会姐妹她的审问情况，免得虞宁初与沈明岚一直惦记，她先来的四井胡同，坐了一会儿又去了宁国公府，然后就回了王府。听阿默说，哥哥带着阿谨去了花园，宋湘无所事事，索性也去了花园，在王府的蜡梅林前找到了正在作画的哥哥。

宋湘凑过去，发现哥哥画了几棵蜡梅树，树下趴着一只在玩嫩黄蜡梅花的小猫。

宋湘奇怪道："哥哥最近的画，怎么每幅都有一只猫？"

宋池目不斜视道："不画猫，难道画你？"

宋湘瞪了哥哥一眼。

宋池想到什么，看向妹妹："刚刚去哪里了？"

宋湘眸光一转，嬉笑道："去找明岚与阿芜了，我跟她们说我已经知道你的心上人是谁了。"

宋池似笑非笑道："是谁？"

宋湘便将那番有关青楼之女的猜测说了出来，编得更具体了，声情并茂，都快赶上茶馆里的说书先生了。

宋池皱眉道："胡闹，你怎可在外面诋毁我的清誉？"

宋湘嘟嘴："谁让你不肯告诉我，我就你这一个哥哥，我想知道你喜欢谁，有什么不对吗？还不是关心你？"

宋池沉默半晌才道："那也不可胡说。"

宋湘哼了哼，见哥哥仿佛真的很介意这件事，折了一根小树枝在手里，绕来绕去，终于道歉道："好了，我知错了，不过哥哥放心，她们都知道我是开玩笑的，哪里会当真？"

宋池斜一眼妹妹，警告道："下不为例。"

宋湘笑着跑开了。宋池看着画纸上的猫，觉得自己有必要再走一趟。

上午天就阴了，吃过午饭开始下雪，鹅毛大的雪花扑簌簌落下来，地面、房子、树梢很快就白了一层。傍晚，天彻底黑下来，宋池再次出现在虞府门外。

门房见到他，心中暗想，这位端王殿下也真是执着，被大姑娘拒绝了那么多次，仍是风雪无阻地过来。他恭恭敬敬地将人请进来。

虞宁初听说宋池又来了，有点不想见，又怕他有要紧事。念在宋池信守承诺保守秘密的分上，虞宁初披着斗篷来到厅堂。这次不用她吩咐，杏花自动守在外面。

虞宁初挑开帘子，看到宋池背对她站着，鬼使神差地，先注意到了他束带的腰……确实很细，衬得他修长挺拔的身形也更好看。

“殿下又有何事？”当他转过来时，虞宁初低眸，强调了“又”字。

宋池看着她掩映在狐毛领子中的脸，咳了咳，道：“听阿湘说，她今日过来说了一些胡话，我特来澄清。我虽与安王等人有过来往，但我以性命起誓，我从未踏足过烟花之地，更不曾招惹过任何女子，除了……”

他话音顿住，凤眸定定地看着她。

虞宁初又羞又恼，让到一侧，指着门口道：“我知道了，殿下可以走了。”

宋池如奉皇命一般，半点不曾耽搁，朝门口走去。经过她身边时，他停下来。虞宁初警惕地往后退了两步，抬眼看他。

宋池笑了笑，道：“外面下雪了，还挺冷的。”

虞宁初这才注意到他的冠帽上有碎雪，肩头也落了白，明明知道下雪，他一个大病初愈之人，还穿得这么单薄。

“既然冷，殿下何必过来？”虞宁初偏头道，“纵是黑夜，路上偶尔也有行人。以后殿下不要再来了，被人看见，我说不清楚。”

宋池低声道：“我绝不会让你陷入那种境地，至于为何冒雪过来……”

虞宁初长睫微动，余光看着他的身影。

宋池忽地靠近，在虞宁初躲闪之前，在她耳侧道：“我看了一下午的雪，所见皆是你，若不过来，恐怕今夜难眠。”

余音未落，温热的气息还冲击着虞宁初的耳窝，他已挑帘离去。

虞宁初看向门外，灯光朦胧，雪花漫天。

第五章　许嫁

宋池来也匆匆，去也匆匆，杏花站在廊檐下，看着被风雪模糊了背影的端王殿下，等虞宁初出来，难忍好奇地问：“姑娘，殿下找您何事？”

这么大的雪，殿下若是为了求姑娘回心转意，停留的时间也太短了，连一盏茶的工夫都没有。可若不是为了提亲，又有什么大事需要王爷冒雪过来，且两三句话就能说完？杏花一手提灯，巴巴地看着主子。

虞宁初在里面就把兜帽戴上了，蓬松的狐毛领与昏黄的灯光恰好掩饰了她绯红的脸，心头还在颤动，为他落在耳窝里的温热气息，也为那句话。

风不大，卷着雪花簌簌而落。虞宁初没有回答杏花的问题，一边沿着走廊往后面走，一边看着身边落下的雪。毋庸置疑，京城的冬天远比扬州冷，有时候冷得令人恼火，可这纷纷扬扬的雪却值得人念念不忘，是北地独有的美景与浪漫。

宋池当真看了一下午的雪吗？当真满眼都是她吗？以前她认为宋池轻贱她，所以对她不规矩，但若是真的轻贱，他怎么会如约来提亲？怎么会加重病体诱皇上过来？怎么会在大表哥面前倾吐心声，却君子地没有说出她的名字？暴雨里他护过她，大雪中他又过来说了那么一番话，这下好了，以后无论她听雨还是赏雪，怕是都会情不自禁地想起他。

回到闺房，虞宁初躺在塞了汤婆子的床上，翻来覆去，试图将宋池的身影赶出脑海。

年前，宋湘亲自来给虞宁初送请帖，说端王府要在正月初八宴请亲朋好友。虞宁初问她都请了哪些客人。

像护国公府就不用多说了，宋湘主要说了今年宴请的新客人："一个是我的皇子堂哥，一个是我的公主堂妹，基本都是亲戚，不是亲戚的官员一个都没请。"

虞宁初小声问："会请安王妃吗？"

虽然沈明漪的言行很不讨人喜欢，但她落到如今这个境地，她们这些曾经熟悉的姐妹难免唏嘘。

宋湘叹了口气，道："按照本朝规制，夫死，妻须守丧三年，这两年她都不能出门。"

虞宁初差点忘了守丧这件事，忆起当年母亲病逝，虞尚只需齐衰一年，不禁嘀咕道："凭什么丧夫要守那么久？"

宋湘哼道："因为自古以来都是男人当皇上、当官、当家做主啊，女人只能听他们的话。唉，不提那些。阿芜，帖子我给你送到了，你可千万得去。"

虞宁初嘴上答应得好好的，然而以她如今与宋池的关系，主动登门，难免有蓄意招惹之嫌，明明都说了要做了断的，所以，初八早上，虞宁初派微雨去了端王府，向宋湘道歉，说她月事来了，不便出门。微雨很快回来，道宋湘让她好好休息，身体恢复了大家再聚。

过了正月初十，三夫人带着沈逸出发，前往扬州替沈氏迁坟。

虞宁初是被舅母劝说才留在京城的，沈三爷是因为吏部公务繁忙，难以抽身，舅甥俩坐着马车将三夫人一行人送出城门。站在车外送别时还好，等重新上了马车，沈三爷涕泪直下，虞宁初亦拿着帕子抵着脸颊，接住那不断落下的眼泪。

等哭够了，沈三爷哑着嗓子对外甥女道："阿芜，听舅舅的话，等你娘回来，舅舅、舅母会替你找个好儿郎，你若看了中意，便嫁了好不好？舅舅已经对不起你娘了，怎么能继续看着你孤零零度过一生？"

虞宁初看着舅舅哭红的眼睛，担心自己拒绝舅舅又要哭一场，遂点头应了。但她知道，纵使她想嫁人，现在谈婚事也没有那么顺利，昭元帝的圣旨为母亲挽回了名声，却给郑皇后添了堵，那些夫人肯定能猜到郑皇后不喜欢她，如此，谁家敢因为她去得罪郑皇后呢？郑皇后可是为昭元帝生下了唯一的儿子，将来是要稳坐太后之位的。不过，虞宁初并不恨嫁，所以顺不顺利，她都不在意。

三夫人母子离开京城后，到了正月十六第一次朝会，沈琢果然递上奏折，请辞护国公府世子之位。

昭元帝没有允许，沈琢又接连递了三道折子。

昭元帝叫来宋池，问他："你与沈琢交好，他到底是怎么回事？朕又没追究他什么。"

韩家与沈家，他分得很清楚。

宋池笑了笑，道："皇上，沈琢此举与朝堂无关，他是想接妻子回府，一家三口团聚。"

昭元帝想了想，明白了："他不想另娶？"

宋池颔首，感慨道："沈琢其人，看似冷峻无情，实则重情重义。他的女儿蕙姐儿未满周岁，他爱如珍宝，怎会忍心让爱女与生母长期分离？"

昭元帝懂了，看着桌面上护国公从边疆递过来的同样请求改立沈牧为世子的折子，便知道沈琢心意坚决，也已经提前跟父亲打过招呼，道："既如此，朕就成全他吧。"

他对沈琢没有芥蒂，但确实不能让韩统的奸臣血脉玷污了沈家的爵位传承。

改立世子的诏书送到护国公府，太夫人看着不怒反喜的长孙沈琢，心一阵一阵地疼。无论沈琢还是沈牧，都是她的嫡孙，但以前韩氏对她十分恭敬，言听计从，二儿媳宋氏仗着出身皇族，对她只有表面的客气，鉴于儿媳有亲疏，太夫人便最喜欢沈琢。可仅仅一年，最疼爱的孙女沈明漪成了寡妇，最器重的长孙沈琢也辞了世子之位，太夫人是真的憋闷。

她憋闷她的，沈琢转身立即去了庄子，将韩氏与韩锦竺接了回来，只是纵使回来，因为韩家一事，她们也只能深居后宅，再难出门做客。

正月就这么过去，二月，加试的文科举春闱率先开始。等到三月武科举开考时，文科举发榜了，紧跟着就是殿试。

温嬷嬷笑着来找虞宁初，根据周老来教书时的神情，猜测道："看周老喜气洋洋的，周家三公子八成是中了进士。"

虞宁初因为周既明上次的失礼对他没什么好感，但她敬重周老，当天下午周老授课结束，她特意让温嬷嬷将周老请到厅堂，询问周既明的春闱情况。

周老笑得灿烂，话说得谦虚："犬子还算幸运，中了探花。"

温嬷嬷吃了一惊，就算都是进士，状元、榜眼、探花也远远强过其他进士，普通进士还要进翰林院学习一段时间，状元、榜眼、探花却能直接授官，像周既明这样的探花郎，封的便是翰林院正七品的编修。同样是正七品，留在翰林院又比外放做知县强百倍。温嬷嬷算了算，周既明今年刚二十一岁，如此年轻，前途不可限量。

虞宁初含笑听着，心想，周既明虽然有那么一丝不规矩，但能考上探花，这份才学倒没有掺假。

周老能教出三个为官的儿子，虞宁初对他更加敬重，叫温嬷嬷包了十两银子送给周老，算是贺礼。周老推辞不了，再三拜谢，回家去了。

随着周既明高中探花，周家的门槛都快被媒婆踩烂了，各路富商都想把爱女嫁给周既明，也不乏官老爷想招周既明为婿。周老回来时已是黄昏，天都黑了，媒婆们早就走了，只有母子俩坐在厅堂，等着周老回来共用晚饭。

周老笑眯眯地将十两银子放到妻子面前。

周母见钱眼开，高兴道："哪儿来的？" 十两银子，对周家来说是一笔很大的财富了。

周老道："虞家大姑娘听说既明中了探花，特赠我十两银子庆贺。"

周母一想就通，美滋滋道："你教出一个探花儿子，从今以后名声更广，虞家当然要巴结巴结你，免得你推了他们家的差事。"

周老皱眉，瞪妻子一眼："胡说什么？虞大姑娘孝顺知礼，赠我贺礼不过是人情往来，若是咱们家的仆人家中有喜事，我也会赠他们银子。你啊你，真是愚笨浅薄，难登大雅之堂。"

周母挨了一通数落，神情讪讪。

周既明没有听父母的争执，目光始终落在那两锭银子上。虞姑娘赠父亲银子，会不会是在暗示他什么？是不是她根据他上次的窥视知晓了他的情意，如今他高中探花，她认为他是个如意郎君，所以用这十两银子提醒他去提亲？

脑海中浮现出虞宁初如花似玉的模样，周既明心中绞痛。如果没有昭元帝追封她母亲的圣旨，他一定会去提亲。可虞姑娘得罪了郑皇后，就相当于得罪了未来太子，待太子登基，他正是四十来岁资历可封尚书阁老的时候，如若郑皇后在儿子耳边提醒一两句，他便彻底断了晋升的可能。一边是世间罕见的美人，一边是大好前程与高官厚禄，周既明痛苦地做出了选择。

没过几日，温嬷嬷与周老闲聊时，得知周家接受了一位伯爷的提亲，即将迎娶伯府贵女。周老心中坦荡，家有喜事就说了，温嬷嬷笑眼听着，其实憋了一肚子火。微雨跟她说过周既明对姑娘有点意思，温嬷嬷想虽然周家门第不高，但周既明年轻又有本事，若他来提亲，姑娘下嫁也值得。没承想，周既明对姑娘不过是见色起意，一旦有了攀高枝的机会，就把自家姑娘忘了。

不仅是温嬷嬷，微雨得知此事，也很生气，又担心气到姑娘，一老一小默契地隐瞒了此事。

虞宁初哪有闲心惦记一个自己根本不曾在意的周既明？因为沈明岚来了，还带来了沈阔托她转达的口信，说什么"阿芜你等着，我肯定会拿到武科举的前三名"。

虞宁初一脸复杂。

沈明岚捂着肚子笑了，一边笑一边澄清道："我只是替四哥传话，可没有帮他的意思，哈哈哈……阿芜，你是没看见，他跟我说这话时，语气可认真了，认真到我都不好意思打击他。"

虞宁初恼道："你还笑，四表哥若是真考上前三，真托二舅母来提亲，我如何是好？"

沈明岚故意道："他真能说动二舅母，那你就嫁了吧，四哥要身份有身份，要功夫有功夫，最关键的还有一颗对你念念不忘的痴心，你有什么不愿意的呢？"

虞宁初偏开头，沈阔没什么不好，只是她不喜欢罢了。待到月底，消息传来，沈阔高中武状元，虞宁初才听到消息，二夫人宋氏竟然真的来了四井胡同！

虞宁初寄居沈家时，二夫人宋氏待她与沈明岚没什么不同，都很慈爱关怀，不曾看低她，所以想到已经贵为长公主的宋氏真的来替沈阔提亲，而她注定会拒绝，虞宁初心里就有一丝愧疚。

"二舅母，您怎么有空过来啦？"到了前院，见宋氏已经走到影壁这边，虞宁初连忙行礼。

宋氏笑着端详虞宁初，小姑娘穿了一件莲青色的褙子，雪白的裙摆上绣着粉色的荷花，清丽清雅，就像莲花池里走出来的仙子，只是这位仙子见到她似乎有些心虚，水润的眸子不敢直视过来，纤密的睫毛蝶翼般扑闪，难掩少女心事。

小儿子没什么城府，喜欢谁便一直盯着人家，虞宁初心思细腻，肯定早就察觉了。

"二舅母遇到一个难题，只有阿芜能帮我啊。"宋氏携了虞宁初柔若无骨的手，笑着朝前面走去。

虞宁初心中惴惴不安，知道今日自己恐怕要得罪宋氏了。

在厅堂坐下，微雨、杏花上了茶就都出去了。

虞宁初双手放在腿上，见宋氏放下茶碗，微微紧张道："二舅母遇到了什么难题？"

宋氏笑了，招招手，让虞宁初坐到自己身边来："离那么远做什么？显得我像个外人。"

虞宁初恭敬不如从命，提着一把小凳子坐到宋氏身边。

宋氏再次将虞宁初的手拉过来，轻声道："舅母可从来没把阿芜当外人，就不绕弯子了，阔哥儿喜欢你很久了，阿芜应该看得出来吧？"

虞宁初垂着头，小声道："四表哥对我确实很好，只是我一直把那当成兄妹之情，没想过旁的。"

宋氏点点头："我知道，你但凡对老四有半点情意，老四都不用央求我来提亲。不瞒阿芜，舅母很想要你做我的儿媳妇，且舅母跟你保证，只要你嫁过来，一定不会让你在太夫人那里受气。可问题出在除了老四，舅母还知道有一个人把你放在心上，放得可能比老四还深，深到舅母都不忍心让老四跟他抢。所以舅母今日过来，是想问问阿芜的意思，如果你对那人无意，那你就给我做儿媳吧，明日舅母便派媒人过来正式提亲。"

虞宁初吃惊地看向宋氏，另一个把她放在心上的人是谁？

宋氏摸了摸她的头，目光怜爱地回忆道："去年腊月，你池表哥咳得厉害，迟迟不见好，我听说后就去王府看他，赶巧他喝了药刚刚睡下，舅母就没叫醒他，只在床边坐着，帮他掩掩被子，结果就在我准备去找阿湘时，突然听见他梦呓，啊呜啊呜的，我听了半天，才分辨出来，他唤的是'阿芜'啊。"

虞宁初听到提及宋池，心跳开始加快，而此时此刻，她的脸早已一片绯红。

宋氏继续道："等他醒了，我问他与你究竟是什么关系，那时候子渊虽然病着，但脾气倔，说什么也不肯告诉我。我就威胁他要是不肯解释，我就来问你，子渊终于急了，将他恋慕你的事告诉了我，包括提亲被你拒绝，那个臭小子还让我保证，不许告诉别人，也不许来打搅你。舅母是守信之人，如果不是老四非要娶你，我绝不会说出此事，然而到了这个地步，舅母只能得罪子渊，过来问问你了。阿芜，你能告诉舅母，你为何不愿意嫁给子渊吗？不是舅母偏心自家人，子渊要模样有模样，要才干有才干，放眼京城，真的没有比他更好的男儿了。"

虞宁初始终垂着头，漂亮的唇不安地抿着。她不能回答宋氏的问题，也不知道该如何回答。

宋氏见了，反而笑道："行，你不想说，舅母也不想逼你，总之一句话，如果这时候子渊和老四同时来提亲，你必须选一个的话，你选谁？"

这个问题太直接，心里乱成一团麻的虞宁初瞧一眼宋氏，耍小脾气似的道：“我一个都不选。”

宋氏哄她：“舅母说的只是如果，就算你选了，舅母也不会告诉子渊或老四。阿芜乖，赶快选一个，让舅母知道他们究竟谁更有机会，你选了，舅母也就不用左右为难了。”

虞宁初就是不选。

宋氏笑道：“好啊，你不选，那我就住在你这边不走了，采菊！”

采菊是宋氏带来的大丫鬟，听到传唤，挑帘进来，笑道：“夫人唤奴婢何事？”

宋氏道：“你回国公府跟二爷说一声，就说我与表姑娘话语投机，这两晚都在这边住下了。”

采菊愣住。

虞宁初更是急了，轻晃宋氏的袖子：“二舅母，您不能这样……”

宋氏揶揄地看着她，左手伸出大拇指，右手伸出四指，柔声道：“选一个，选了我就让采菊出去。”

宋池在晋王那一脉是大公子，沈阔在沈家行四。虞宁初看着宋氏青葱似的手指，一张俏脸几乎红透。

宋氏咳了咳：“采菊，你……”

话未说完，左手突然被虞宁初按了下去。宋氏笑了，让采菊出去。

虞宁初却笑不出来，她拒绝宋池那么多次，无法想象宋氏将这个选择告诉宋池后，他会如何笑话自己，他那人，惯不正经。

“二舅母说好的，您不会告诉殿下或四表哥，而且因为您非要我在他们中选一个我才选的，实际上我并不一定非要从他们中间选。”

脸皮薄的姑娘，心慌意乱地替自己找着与情爱无关的理由。

宋氏笑道：“嗯，都是舅母不好，非逼着你选，阿芜放心，舅母保证不会将此事告诉任何人，等舅母回家了就告诉你四表哥，说你对他只有兄妹之情，舅母会让他死心，绝不来打扰你。”

虞宁初总算松了一口气。

见宋氏又去端茶，虞宁初趁机回忆了一番宋氏的态度，又为了证明自己对宋池真的没什么，故意用替沈阔打抱不平的口吻问："舅母好像更偏心殿下，明明是四表哥央求您过来的，您却替殿下说好话，侄女再糊涂一些，都要误会您不想让我做您的儿媳妇了。"

宋氏口中的茶差点喷出去，震惊地看向虞宁初："你个小丫头，如此伶牙俐齿，舅母竟然还以为你是个乖的。"

虞宁初红着脸低下头，身为小辈，越是在疼爱自己的长辈面前，越容易露出不乖的一面。

宋氏拿帕子擦擦嘴角，认真思索片刻，忽而叹了口气，对虞宁初道："我偏心子渊吗？也许吧，你四表哥有一大家子人关心照顾，子渊有什么呢？舅母永远也忘不了他刚来京城那一天，腊月底，正是最冷的时候，我匆匆赶到前面，看到他们兄妹并肩站在门口，五岁的阿湘在路上病了，还在流鼻涕，九岁的子渊紧紧地抿着唇，我问他怎么来了，他不说话，眼泪却唰地掉下来……"

说到这里，宋氏拿起帕子，抵在眼睛上。

虞宁初试着想象那个情形，竟一点也想不出来，她认识的宋池，受了那么重的伤还能想着法子逗弄她，何时哭过。

宋氏的情绪重新稳定，红着眼眶对虞宁初道："你是个小可怜，子渊也是个小可怜，舅母真心觉得如果你们能在一起，肯定能互相疼惜对方……罢了，再说下去阿芜都要嫌舅母唠叨了，舅母先回去了，万一你四表哥哭鼻子，舅母还得苦口婆心地哄他。"

虞宁初又开始愧疚："是我不好，辜负了您与四表哥的一片盛情。"

宋氏笑道："没事没事，舅母没那么小气，阿芜有空常回来玩啊。"

虞宁初点点头，恭敬地将人送到门前。宋氏让车夫原路返回，等过了一条街，再让车夫绕路去端王府。

休沐日，宋池正好在家，得知姑母来了，赶紧来接。

宋氏没有下车，探头出来让侄子走近一点，悄声道："你四弟求我去提亲，我刚刚去见阿芜了。"

宋池神色一变。

宋氏笑着欣赏着这一幕，道："如你所说，阿芜不愿嫁你四弟，至于你嘛，等阿芜母亲的坟迁回来了，趁天气暖和，小姑娘们都喜欢去踏青，你再努努力，兴许能成。"说完，就要放下窗帘。

宋池及时挡住落下的帘子，目光热切地看着宋氏："姑母，她究竟与你说了什么？"

宋氏笑道："我可答应阿芜不能告诉你了，放心，她没说喜欢你，更没说要嫁你，你继续努力吧，不用太欢喜。"

这一次，宋氏让车夫出发真的回家了。宋池站在王府门口，望着姑母的马车拐了弯，耳边还是她交代的话。虞宁初一定是说了什么，让姑母看到了他能娶她回来的希望。

与宋池的患得患失相比，护国公府东院，沈阔听完母亲此行的结果，一颗心直直地沉了下去。不应该啊，曹坚高中武状元，明岚就嫁给他了，为何轮到自己，阿芜却不愿意嫁？自己长得又不比曹坚丑！

宋氏见儿子闷闷不乐，不是那么心疼地安慰道："感情的事勉强不了，阿芜不喜欢你，自会有别的姑娘喜欢，你就别想那么多了，看看你二哥三哥，去边关历练两年回来越发有男子气概了，你也赶紧收拾收拾吧，你大伯父还在那边等着呢，届时你好好表现，别输给兄长们。"

好好表现？沈阔只听到了这四个字，瞬间恍然大悟。曹坚参加武科举时被明岚瞧见了，阿芜却没有瞧见自己获胜的风采！嗯，他得找机会在阿芜面前表现表现！

四月初一，护国公府为沈琢的女儿蕙姐儿办了一场简单的周岁宴，只请了沈明岚曹坚一家三口、宋池宋湘兄妹及虞宁初，都是沈琢的同辈弟弟妹妹，其他官场来往之家都没请。

韩锦竺正月刚从庄子回来时，瘦得像竹竿一样，在丈夫与女儿的陪伴下好好调理了两个多月，此时的她又恢复了曾经的花容月貌，只是眉目更沉静了，站在沈琢身边，轻轻柔柔地笑着，话并不多。小寿星蕙姐儿已经会走了，还会喊叔叔姑姑，很讨人喜欢，虞宁初等兄弟姐妹都送上了礼物。

沈琢的母亲韩氏并没有露面，她在庄子时就病了，回来也一直卧床不起，沈琢请了郎中来诊治，身体倒没什么病症，主要还是心病吧。

虞宁初想到韩氏偶尔倨傲的目光，那么骄傲的人，骄傲了大半辈子，突然遭遇娘家从京城顶级权贵跌落，到了满族抄斩人人喊打的地步，身边又没有温柔的丈夫开解，没有可爱的幼龄孩子慰藉，怕是没有韩锦竺那么容易想得开。

初三这日，三夫人、沈逸终于带着沈氏的棺椁回了京城。早在他们出发之前，沈二爷、沈三爷就在沈家宗墓中替沈氏选好了一块风水俱佳的墓地，亦与远在边疆的护国公写信打过招呼。为沈氏迁坟，乃昭元帝给沈家下的口谕，护国公知悉沈氏受了那么多委屈，怜惜之下很是支持，太夫人心里虽然有一万个不愿意，却也无可奈何，只能看着两个儿子为沈氏的事忙活了很久。

沈氏下葬已有十年，红颜早已化成枯骨，哪怕是在这样的时节，棺椁也不会散发出什么味道。护国公府在家里搭了灵棚，供亲友前来拜祭。虞宁初一身孝衣跪在母亲的棺椁前，每每想到母亲生前所受的委屈，包括与一个无情之人生下她这个女儿，便泪盈于睫。

沈三爷守在妹妹的棺椁前，陪着外甥女一起掉眼泪。

七日后，沈氏重新下葬，然而京城里因为此事传出来的关于昭元帝、沈氏与郑皇后的议论，还在继续。虞宁初待在家里，听不到那些议论，下人们也不会特意跑来告诉她，给她添堵。

四月十八这日，沈明岚、宋湘一块来了四井胡同。距离沈氏下葬已经过去数日，虞宁初又能在好姐妹们面前笑出来了。

看她这样，沈明岚、宋湘都松了口气，沈明岚道："阿芜，月底四哥就要动身去边疆了，他想出发前再与咱们兄弟姐妹聚一聚，打算趁后天大家都有空，一起去香山游玩。我们都答应了，包括大哥大嫂也会带着蕙姐儿同去，现在就差你了，你觉得如何？"

虞宁初犹豫片刻，答应了。她相信宋氏已经向沈阔解释清楚，如今他即将远行，看在大家的兄妹情分上，虞宁初也该露面，一起尽情玩一场。

转眼到了二十这日，虞宁初在家准备完毕，等着表姐、姐夫来接她，那日沈明岚已经跟她说好，她俩同车，曹坚骑马。

“姑娘，表姑娘到了。”小丫鬟进来通传道。

虞宁初朝外走去，因为表姐随身带着丫鬟与乳母，她又不需要太多伺候，便把微雨、杏花都留在了家中。与曹坚打一声招呼，虞宁初笑着上了马车。

车里沈明岚坐在主位，乳母抱着敦哥儿坐在一侧，丫鬟芳草跪坐在乳母脚下，方便随时照应。幸好宁国公府的马车足够宽敞，四个人坐在里面也不显挤。

等虞宁初坐好，沈明岚让车夫出发，去城门外与大家会合。

敦哥儿已经六个月大了，养得壮壮实实，虞宁初接到怀里抱了一会儿，她坚持着每日练枪，竟然还是被这小子累酸了胳膊。

乳母笑眯眯地接走敦哥儿，沈明岚笑话虞宁初：“现在知道带孩子不容易了吧，唉，我巴不得自己出门玩，是你姐夫在我耳边唠叨，说什么大哥大嫂都带着蕙姐儿，我们也该带敦哥儿出去见见世面，这么小的孩子，懂什么世面。”

她说话的时候，敦哥儿趴在乳母肩头，大眼睛骨碌碌地转着，看街边路过的树影看得目不暇接，分明正是在见世面。曹坚还去折了一根柳条，从窗户里递进来给敦哥儿玩。

等曹坚骑马走开，虞宁初低声与表姐道：“姐夫比你还喜欢敦哥儿呢，以后肯定是个像舅舅一样的好父亲。”

自己有一个不疼爱子女的父亲，所以虞宁初一直都很敬重沈家的三个舅舅，包括初为人父的姐夫。

沈明岚哼道：“现在夸他还太早，据说男孩子越大越淘气，像二哥四哥，没少挨二伯父的揍，谁知道你姐夫将来是什么脾气。”

刚说完，敦哥儿手里攥着柳条，晃来晃去突然扫到了沈明岚的脸。沈明岚瞪大眼睛，虞宁初偏头笑了。

马车出了城门，曹坚在外面道：“殿下与公主已经到了。”

沈明岚探头一看，恰好宋湘也探出头来，姐妹俩看见彼此，宋湘脑袋一缩，下一刻便从马车上跳了下来。跑到宁国公府的马车前，宋湘刚要上来，一抬头见里面挤了这么多人，顿时改了主意，招呼沈明岚和虞宁初去她那边。

沈明岚有点担心孩子，乳母笑道："夫人去吧，我跟芳草会看好少爷的。"

沈明岚看向敦哥儿，小家伙后脑勺对着她，还巴巴地往外瞅呢。

沈明岚便叫虞宁初下车。

虞宁初拿起帷帽，正要戴在头上，宋湘笑道："我们的马车就在旁边，几步路的工夫，阿芜这么怕晒呀？"

虞宁初不是怕晒，她是怕宋池看她，自己不小心露出什么痕迹来。无论是宋氏逼她做出的那个选择，还是那个雪夜宋池在她耳边说的话，都让虞宁初无法再若无其事地面对宋池。在宋湘、沈明岚揶揄的目光中，虞宁初坚持戴好帷帽才下了车。

端王府的马车果然就在对面，马车旁边，宋池一身玉色锦袍骑在马上，朝走过来的三人微微一笑。

哪怕戴着帷帽，虞宁初也没往他那边看，目光碰到马肚子就收了回来。宋池也是直到她上车，才朝她这边瞥了一眼。等了一会儿，沈琢等人也来了，韩锦竺与孩子坐在车里；沈琢、沈牧、沈逸、沈阔一人骑了一匹骏马。三队人马聚齐，一起朝香山的方向而去。

这时还是清晨，阳光明亮不晒，宋湘挑开两边的帘子，对离得不远的沈牧、沈逸、沈阔道："二表哥三表哥四表哥，我听姑母说，最近给你们仨说亲的媒婆都是成群结队地往国公府去，都快把国公府的门槛踩烂了，是不是真的？你们仨谁最抢手？"

沈牧笑得风流："自然是我，阿湘你可得抓紧点，别等我们都娶妻了，你还没嫁出去。"

沈逸微笑不语，沈阔往车厢里一看，可惜虞宁初坐在沈明岚与宋湘中间，坐得端端正正，没有被他瞧见。

见宋湘调侃自家哥哥，沈明岚便问宋池："池表哥，去你那边提亲的媒人更多吧，你准备何时给阿湘挑个好嫂子？"

宋池笑道："让表弟们先挑吧，我不急。"

宋湘与沈明岚对个眼色，都觉得宋池太擅长伪装，明明都有求而不得的心上人了，居然迟迟不肯告诉她们，不然她们也能想办法帮帮忙啊。虞宁初眼观鼻鼻观心，仿佛周围的一切都与她无关。

在敦哥儿睡了一小觉后，香山到了。沈明岚、韩锦竺都给孩子准备了小木车，车上还有遮阳的绸顶，防止孩子娇嫩的脸蛋被晒到。

香山有许多峰，各峰有各峰的风景，今日他们来的是适合打猎的观云峰。山上老树繁茂，山脚遍布桃花、海棠、梅花，山中花期未过，沈琢韩锦竺、曹坚沈明岚这两对夫妻直接带着孩子去赏花了，剩下的人则去登山狩猎。

虞宁初是被宋湘拉走的，沈明岚倒是想跟着，可惜一共就四个女子，她若丢下韩锦竺，便显得介意人家似的。

"明岚想去就去吧，我替你看着敦哥儿。"韩锦竺体贴道，她知道沈明岚喜欢与宋湘、虞宁初聚在一块。

见她这么好，沈明岚更不好意思走了，坐到韩锦竺身边，故作无奈道："不行了，我以前就不如她们体力充沛，生完孩子后更虚了，观云峰这么高，我可爬不动。对了嫂子，蕙姐儿多大开始喂粥汤什么的啊？"

两人便开始讨论起养孩子的事。

山路上，虞宁初拿着宋湘准备好的弓箭，前面是沈牧、沈阔兄弟俩，后面跟着宋池、沈逸，因山间树木繁茂且行人稀少，虞宁初没有了理由再戴着帷帽。

"表姐，我射箭不行，还是让我回去吧。"虞宁初仍然没有放弃回去的打算。

宋湘往山下看了一眼，笑道："人家成双成对的，你回那边做什么？再有，你的箭法是我亲手教的，空练那么久，今天该动点真格的了。"

虞宁初说不过她，余光瞥见宋池好像在看这边，忙偏过头去，目视前方，恰好沈阔回过头，目光复杂地看了她一眼。虞宁初顿时好像又看到了宋氏伸出来的大拇指与四根手指。

走了一段山路，前面的台阶慢慢消失，只剩一条猎人经常出入踩踏出来的小路。沈牧、沈阔带头，没走那条好走的小路，拐向了密林深处。

“咱们人多，脚步声杂，容易惊动猎物，要不要分成三组？”沈逸提议道。

沈阔第一个拒绝：“我都要离京了，就是想大家一块狩猎，不然我一个人过来也行，何必叫上你们？”

他要在阿芜面前大展风采，如果分组行动，阿芜肯定不愿意跟他一组，那还怎么让心上人改观？

沈牧教训弟弟：“怎么跟你三哥说话呢？”

沈阔一抿唇，歉然地朝沈逸点点头。沈逸多少看出了堂弟的心思，想到少年郎都要离京了，便没有计较。

分组不成，众人继续前行。突然，走在最前面的沈牧抬起手，示意大家停下。

虞宁初顺着他的目光朝前看去，看遍了每一处草丛，也没有发现猎物，身后突然传来宋池清越的声音：“啄木鸟。”

啄木鸟也是猎物吗？

这么想着，虞宁初终于在一棵老榆树的树干上发现了一只黑色背羽的啄木鸟，距离这边三丈左右。啄木鸟背对着他们，当当当地敲击着树干，导致它没有听到几人的脚步声。

沈阔很嫌弃：“啄木鸟有什么好猎的？”

别说啄木鸟，他连山鸡、兔子都看不上，只有猎到狼、狐狸、野猪才能显出他的本事。

沈牧真想敲弟弟一个爆栗，狐狸野猪是那么好找的吗？想要在阿芜面前表现，就要抓住所有机会，虽然他觉得喜欢不喜欢与这些没什么关系，就算弟弟射到凤凰，阿芜也未必愿意嫁他。

但是作为哥哥，沈牧不想过分打击弟弟。

“你先试试，如果你能射中，我就不再留意鸟类。”沈牧挑衅道。

沈阔哼了哼，看一眼虞宁初，开始抽箭搭弓。

就在他准备发箭时，黑色的啄木鸟突然扑打着翅膀往树梢的方向飞去。

“左翅！”随着沈阔的这两个字，利箭呼啸而出，准确地射中啄木鸟的左翅，向众人证明了他的武状元赢得名副其实，而非昭元帝对亲外甥徇私。尽管没把啄木鸟放在眼里，但成功命中，沈阔还是难掩兴奋地朝虞宁初看来。

虞宁初客气地笑了笑："四表哥好箭法。"

沈阔眼睛都亮了。

沈逸怕堂弟产生不该有的希望继续纠缠表妹，瞄准啄木鸟所啄的那棵榆树的树梢，笑道："阿芜、阿湘，三表哥请你们吃榆钱。"

榆树的树梢长了一串串浅绿色的榆钱，与碧绿色的树叶差别分明。

说完，沈逸的箭已经射出去了，只听咔嚓一声脆响，一根细枝断了，飘着朝下坠落，然而树梢枝叶太密，拦住了那根树枝。

沈牧朗笑三声，举弓道："等你们三表哥的榆钱掉下来，敦哥儿都会跑了，还是看二表哥的吧。"

于是，沈牧瞄准外侧的一根细枝，成功射了一串榆钱下来。无论树枝有没有射落，沈逸、沈牧这一出手，都把沈阔刚刚那一箭比了下去。沈阔气得眼睛都瞪圆了。

宋湘看戏似的问宋池："哥哥，表哥们都露了一手，你不试试吗？"

宋池笑道："我对榆钱没兴趣。"

沈阔听了，总算没有将宋池也怨上，光朝沈逸、沈牧射眼刀，什么从小一起长大的哥哥，对他还不如半路过来的表哥好。

为了挽回自己的风头，接下来再遇到猎物，每次都是沈阔抢着射箭。

宋湘气道："还是分组吧，猎物都被四表哥射了，我跟阿芜射什么？"

沈阔道："分组也行，咱们抽签。"也许他运气好，能抽中与阿芜同组。

沈逸却道："荒山野岭的，哪来的纸笔抽签，不用那么麻烦，我与池表哥陪阿湘、阿芜狩猎，以指导为主，二哥、四弟尽管往前，午饭就指望你们了。"

沈阔不愿意，被沈牧硬拉走了。离得远了，沈阔气冲冲地甩开兄长的胳膊，一个人靠着大树干瞪眼。

沈牧训他："你看你这样子，像小孩子似的，丝毫不见稳重，别说阿芜，就是我变成女子，也看不上你。"

沈阔压抑太久，终于道出了自己的不服："凭什么曹坚考上状元明岚就喜欢他，阿芜却不喜欢我？”

沈牧像是听了什么笑话：“与是不是武状元有什么关系？远的不提，我、你三哥，包括表哥，哪一个不比你武艺高长得好？也没见阿芜对我们流露出什么情意。唉，阿芜她跟别的女子不一样，从小吃了太多苦，可能她根本就不想嫁人，她好像也是这么对三叔三婶说的。”

沈阔想到虞宁初的身世，怜惜之下怒气也散了，随手扯下一根树枝，一片接一片地撕着叶子，半晌才道：“怎么能不嫁人？就算不嫁我，也该找一个喜欢的人，不然孤零零的，多可怜。”

沈牧道：“这个就不用你操心了，你少纠缠阿芜，不给阿芜添乱才算对得起你这番心意，不然你与那些只顾自己的纨绔子弟有什么区别？”

沈阔刚刚被现实打击，又听了哥哥的一番话，叹了口气，认命道：“罢了，去找猎物吧。”

另一头，少了醉翁之意不在酒的沈阔，虞宁初与宋湘终于可以专心狩猎了。虽然因为宋池在场，虞宁初还是略微不自在，但宋池毕竟是宋池，人前最为守礼，不会像沈阔那样，想什么都写在脸上，迫不及待地表现出来。

地面是厚厚的落叶，踩在上面嘎吱嘎吱地响，四人尽量都走得很慢。虞宁初的注意力都在寻找猎物上，突然听见有人厉声喊她“阿芜”，没等看清楚，一道玉色身影就风一般地朝她扑来。

虞宁初重重地倒在地上，厚厚的落叶与护在她脑后的手并没有让她受伤，只是身体被人一压，胸口很疼，当那股疼痛清晰地传到大脑，虞宁初终于看清了压在她身上的人——是宋池。

视线相对，没等虞宁初反应过来，宋池迅速拉起她闪到一旁。与此同时，沈逸收剑，看着地面上断成几截的青蛇，神色凝重地来到宋池、虞宁初面前，问：“是竹叶青，你们可有被咬伤？”

蛇？惊魂未定胸口还隐隐作痛的虞宁初脸色更白了。

宋池看向自己的右臂，玉色的绸缎上多了两个窟窿，他走远几步撩起袖子，检查过后，笑着对担忧不已的宋湘与沈逸道：“还好，里面还穿着一层，没有碰到皮肉。”

“我看看！”宋湘不放心，跑到他身边。

宋池训斥妹妹：“休要胡闹，成何体统。”

宋湘眼圈都红了：“不行，我必须亲眼看了才信，这些年你的手臂受了多少伤，万一你又逞强，真等毒发，你命都没了！”

宋池无奈，隐晦地瞥一眼虞宁初，侧过身，卷起袖子给妹妹检查。宋湘仔仔细细地检查了很多遍，确定哥哥没有拿另一条未遇袭的手臂糊弄自己，那条蛇也的确没有碰到他的胳膊，这才擦掉眼泪。

此时，虞宁初已经冷静下来，也看到了那条青得妖异的毒蛇。那时候她根本没有察觉，如果不是宋池扑上来，那蛇对准她的脖子咬过来，她定会中毒。

与沈逸对视一眼，虞宁初走到宋池兄妹面前，屈膝朝宋池行礼：“多谢殿下救命之恩……”

宋池看着她苍白的脸，笑着打断道：“表妹言重了，竹叶青的毒并没有那么厉害，很少危及性命。”

他声音温和，与平时在人前表现出来的温雅别无二致，仿佛他出手救人，只是君子所为，无关私情。

虞宁初的感激被他堵住，突然就忘了该怎么做，视线不由得往他遇袭的右臂上偏。

宋池咳了咳，越过她走向沈逸：“你帮我将那块衣料割去吧，上面应该留有蛇毒。”

沈逸点点头，叮嘱她们二人提防四周，翻出身上的匕首，帮宋池去割衣料。

虞宁初紧张地看着他的动作。

宋湘还在后怕，哥哥扑向虞宁初的画面一遍又一遍地在她脑海中闪现，闪现得多了，疑点也一个接一个跳出来。

哥哥扑过去的时候，唤的是“阿芜”？他不是走在自己后面吗，为何比跟着阿芜的沈逸表哥还提前发现了那条毒蛇？难道哥哥一直在悄悄留意阿芜？哥哥为什么要留意阿芜？为什么会奋不顾身地去救阿芜？视线落到虞宁初虽然苍白却越发我见犹怜的楚楚脸庞上，宋湘眼睛一亮！

她知道了，那位让哥哥求而不得黯然神伤的姑娘，正是虞宁初！为何求而不得，正是因为哥哥狠狠地得罪过阿芜，阿芜不待见他，所以才求而不得！

因为那条竹叶青，这次的狩猎是不可能再继续了，宋池、沈逸一前一后地将虞宁初、宋湘保护在中间，沿着原路往回走。宋湘亲昵地挽着虞宁初的胳膊，她并没有说什么，虞宁初却心虚，总觉得偶尔对视时宋湘眼中的笑，明明就是猜到了什么。

身后就是宋池的脚步声。距离那个雪夜已经过去四个多月，这么长时间宋池都没有再来找过她，再加上经常听宋湘念叨有媒人去端王府提亲，虞宁初难免会想或许时间长了，宋池会慢慢动摇对她的这份感情，试着认识其他名门闺秀，毕竟他是王爷啊，当今圣上颇为器重的亲侄子。没想到，这么久不曾接触，宋池还是会不顾危险地来救她。脑海里东想西想，虞宁初一脚踩进一个小小的坑洼，要不是宋湘挽着，可能就要摔倒了。

“阿芜还在后怕吗？”宋湘关心地问，眼中还是藏着笑。

虞宁初都快被她笑得不会走路了，而且上山时她没有挽自己，为何现在非要挽着？

“我自己走吧。”虞宁初从宋湘的胳膊里抽出手来。

宋湘没有再来挽她，往后看了一眼哥哥。宋池一副悠然赏景的姿态，仿佛并没有察觉两个小姑娘间的异样。

宋湘走到宋池身边，故意用虞宁初能听到的声音悄悄问：“哥哥，我有点想不明白，刚刚你明明走在我后面，是怎么发现阿芜那边的树上有蛇的？你跟我说实话，你是不是一直在偷偷看阿芜？”

宋湘嘴上说着话，目光盯着虞宁初微露的侧脸，然后就看见虞宁初的脸红了，耳垂也红了，红得那么快，简直就像一团无形的火突然包围了她。

这一幕，宋池自然也看到了，低声斥责妹妹：“休要胡说。”

宋湘继续嘀咕着，虞宁初听不下去了，快步追上前面的沈逸。

沈逸对刚刚的惊险心有余悸，他自己倒没什么，如果让表妹受伤，作为兄长，他难辞其咎，所以心思都在警惕两侧的树干，见表妹突然追上来，面红如霞，沈逸吃了一惊，停下脚步问："阿芜，你脸怎么这么红？"

莫非那条毒蛇咬中表妹了？沈逸脸色大变，拦在虞宁初面前，低头开始检查她的衣袖。身后传来宋湘不加掩饰的笑声，虞宁初恼羞成怒，绕过表哥朝前跑去。

宋池推了妹妹一把，别真把人气着了。他这一推，宋湘越发印证了自己的猜测，递给哥哥一个"回头再审你"的眼神，笑着去追虞宁初。

沈逸看看虞宁初，再看看宋池，明白过来了，再回想宋池刚刚那奋不顾身的一扑，沈逸心情复杂地问道："表哥对阿芜……"

如果宋池不喜欢表妹，又怎么会舍身相救？蛇毒难治，这荒山野岭的，果真被咬中，宋池未必能善终，妹妹不明白，但宋池肯定知道竹叶青的危险。可他既然喜欢表妹，为何不去提亲？还是说因为表妹家中的情况，他有所顾忌？

宋池见他眉峰紧锁，不知道想到哪里去了，失笑道："三弟不必胡思乱想，去年我便向三爷三夫人提过亲，是她当时恼我，没有同意。"

沈逸的愁容顿时变成震惊！

宋池叹道："原本不该告诉你，但今日之事，就算我不说，你可能也会猜到，与其让你误会，不如我直接告诉你。只是阿芜脸皮薄，若她依然不愿嫁我，你们去问她，她反而烦恼，所以三弟就当什么都不知道吧。"

见他光明磊落，沈逸便确定了他对表妹的心，只是为何表妹会拒绝？宋池又是何时喜欢上表妹的？沈逸有无数个问题想问，只可惜他与宋池的关系不如沈牧兄弟二人那么亲。

宋池拍拍他的肩膀："走吧。"

沈逸只好装着满腹疑惑跟着他继续前行。

虞宁初一口气跑出好远，可她心慌意乱的，还是被宋湘追上了。

"阿芜你别躲，你个大骗子，你早知道哥哥求而不得的那人是你，对不对？"宋湘从后面抓住虞宁初的手臂，两个姑娘脚步一乱，一起跌坐在地上，又因为刚刚的奔跑，都喘得脸颊通红。

不等虞宁初否认，宋湘一边抓紧虞宁初，一边瞪着她道："怪不得你平时躲着哥哥，言语间也不愿意多谈，上次我猜哥哥喜欢的人是青楼女子，你竟马上替他说起好话，其实你不是帮哥哥，是在恼我把你猜成那种人，你这个大骗子，亏我那么信任你！"回想起自己当时的傻样子，宋湘气急败坏地扑过来，按着虞宁初挠起了痒痒，"你快跟我说实话，不然我不放过你！"

宋湘与沈明岚玩闹时最擅长的就是这招，无论按人还是挠人都用得炉火纯青，虞宁初被她扑倒时就处于劣势，再也躲不开，笑得眼泪都掉出来了。

"你快老实交代！"宋湘对准虞宁初的腰窝不停地挠。

虞宁初受不了了："我说我说，我、我是对不住你。"

宋湘见她终于肯说实话了，暂停动作，坐在虞宁初身上，按着她的手继续问："我哥哥是什么时候开始喜欢你的？"

虞宁初目光一转，宋湘马上又朝她的腰间下手。

虞宁初忙道："别，我说还不行吗？你、你先让我起来。"

宋湘不起，朝后面看了看，道："放心，哥哥他们离得还远，够你回答我五个问题了，若你不配合，我就一直挠你。"

虞宁初能想象出自己现在的样子有多狼狈，这里又没有外人，宋湘不必顾忌什么，或许真能做出那种事。

宋湘开始提问："第一个问题，我哥哥是什么时候开始喜欢你的？"

虞宁初望着头顶茂密交错的树梢，望着高处的碧蓝天空，喃喃道："我也不清楚，他说他对我是一见钟情。"

宋湘一怔，一见钟情？也就是说哥哥喜欢虞宁初快三年了，她竟然一点都没看出来！

"第二个问题，他是什么时候跟你诉衷情的？"

虞宁初睫毛颤了颤，想到了去墨香堂寻灯的那个晚上："就是那晚，他第一次说会娶我，我以为他只是随口说说，以为他只是欺负人，并不曾信。"

宋湘暗暗咬牙，他居然是这样的哥哥，那晚她哭得那么伤心，他居然还抓住机会欺负阿芜，别说阿芜不信，她都不信，想来哥哥继续用这种不合规矩的手段欺负了阿芜很多次，于是阿芜越来越恼哥哥，他自酿苦果，这才求而不得。

“第三个问题，后来哥哥有没有履行诺言，向你提亲？”

虞宁初闭上眼睛：“提了，只是我介意他以前的无礼，没有答应。”

宋湘一听，虽然是哥哥做的坏事，但她也心虚，连忙把虞宁初扶起来坐着。见虞宁初发髻散乱，一头青丝垂落下来，上面还沾了几片枯叶，宋湘便跪坐在虞宁初身后，一边熟练地帮她整理头发，一边轻声道：“阿芜受委屈了，早知道哥哥那么坏，我肯定会帮你教训他，他虽然是我的哥哥，但我帮理不帮亲。”

虞宁初笑了笑：“我知道，我不想你难过，才没有告诉你。”

毕竟是兄妹，宋湘还是不太愿意相信哥哥是个彻头彻尾的浑蛋，小声问：“这么久了，哥哥就没有做过什么讨你喜欢的事吗？”怕虞宁初误会她想帮哥哥说好话，马上又补充道，“我的意思是，如果他没做过好事，居然还有脸去提亲，那脸皮也太厚了！”

虞宁初被她逗笑了，看着地上的青草与枯叶，顿了顿，如实道：“也有好的时候，他给我送过药，替我挡过剑，为我遮过雨……包括刚刚，他还救了我一命。”

宋湘松了一口气，还好还好，哥哥还是有可取之处的。

虞宁初忽然偏头，提醒道：“已经四个问题了，表姐说话算话，再问一个，以后都不要这么审我了，好吗？”

宋湘看着她低垂的长长睫毛，竟无法拒绝。

只剩最后一个问题了。余光中，宋池与沈逸的身影出现了，宋湘先加快手上的动作帮虞宁初重新插好簪子，扶她起来，再小丫鬟似的围着虞宁初替她拍去衣裙上的浮土。

虞宁初很不好意思，拦住她道：“我自己来吧，表姐别把我当小孩子。”

宋湘笑了，握住虞宁初的手，直视她的眼睛道：“我哪敢把你当小孩子，阿芜，我的最后一个问题，还请你看在咱们姐妹一场的分上，如实回答，可以吗？”

虞宁初看着宋湘清澈纯净的眼，点了点头。

宋湘眼睛一弯，凑在虞宁初耳边道：“那看在哥哥舍身相救的真心，看在咱们好姐妹情意的分上，如果哥哥再去提亲，你愿不愿意给我当嫂子？”

虞宁初的脸再次红透。

“阿芜，好阿芜……”宋湘撒娇般晃着她的手。

“阿湘，你又在闹什么？”宋池训斥妹妹。

宋湘瞪他一眼：“跟你没关系，你少多管闲事。”

这不是睁着眼睛说瞎话吗？她明明是在央求自己嫁给宋池。

眼看宋池走得越来越近，虞宁初不敢面对他，胡乱地点点头，拉着宋湘往前走了。

宋湘太高兴，跳起来抱住虞宁初，在她脸上亲了一口。

山脚，乳母单独坐在一棵海棠树下，敦哥儿在她怀里睡着了。蕙姐儿大一些，对山里的一切都很新鲜，沈琢亲自抱着女儿在周围走来走去。曹坚跟在沈琢身边，不时朝熟睡的儿子看去，一副恨不得儿子也快点走路，他好陪儿子好好玩的表情。

韩锦竺见了，对沈明岚道：“妹夫肯定会是个好父亲。”

沈明岚笑道：“阿芜也这么说呢，希望如此吧。”

提到虞宁初，韩锦竺奇道：“阿芜还没定好人家吗？”

沈明岚摇摇头，刚要说话，就见山路上走下来四道身影，领头的正是虞宁初与宋湘。

待大家坐到一起，沈明岚好奇地问：“不是去打猎吗？你们怎么这么快就回来了？”

沈逸道：“二哥与四弟去打猎了，我们没走多远碰到了一条竹叶青，怕有危险，提前下来了。”

沈琢与曹坚也走了过来，曹坚最先注意到宋池右臂衣袖上的两个破洞：“殿下，这……”

宋池笑道：“被蛇咬了，还好只咬破了衣裳，没有伤到皮肉。”

曹坚脸色变了变，转身去了乳母那边，提醒她看好儿子。

虞宁初在表姐身边坐下，目光频频看向宋湘，她跟宋湘约定好那些话不许对任何人提，就算要告诉宋池，也要等兄妹俩回到端王府再说。宋湘用眼神示意她放心。

姑娘们坐在一块说话，其他四人去另一棵树下坐着，如此休息了半个时辰，沈牧、沈阔提着两只山鸡下了山。沈阔幽幽地看了一眼虞宁初，随即去河边收拾山鸡，没有继续纠缠。

沈逸等人搭起篝火，用树枝串好两只鸡，兴致勃勃地烤了起来。金红色的火苗绵绵不断地炙烤着拔光毛的山鸡，鸡肉色泽渐渐变得金黄，诱人的香味散发开来，蕙姐儿坐在爹爹怀里，双眼亮晶晶地看着烤鸡，隔一会儿就流下一道口水，被沈琢温柔地用软软的棉纱巾擦去。

“没想到还能看见大哥慈父的一面。”沈牧调侃道。

沈琢笑了一下：“下一个就轮到你了。”

“那可未必。”宋湘突然插嘴道，“我哥哥还比二表哥大几个月呢，要成亲也是我哥哥先。”

别人不知道，但虞宁初一下子就听懂了宋湘的言外之意，忙从食盒里拿出一块酸甜可口的山楂糕，埋头吃起来。宋池坐在对面，目光越过火焰上方吱吱冒油的烤鸡，落到虞宁初微红的耳垂上。

“我看表哥不着急娶媳妇，倒是着急吃鸡。”沈牧见宋池盯着烤鸡看，揶揄道。

宋池目光微微下移，笑道：“嗯，确实饿了。”

野炊结束，众人准备回去，宋湘还是将沈明岚、虞宁初拉到了端王府的马车上。

一上车，虞宁初便装成困倦的样子，闭上眼睛假寐。宋湘看看沈明岚，决定先瞒着此事，等哥哥提亲成功，再去欣赏沈明岚目瞪口呆的样子。

入城前，沈明岚回到宁国公府的马车上，宋湘挽着虞宁初的胳膊，说她会把虞宁初送到家门口。反正他们同路，沈明岚就没有怀疑。

到了四井胡同，宁国公府的马车先过去，端王府的马车来到虞家门前。门房听到马蹄声，悄悄出来一看，在那辆气派的马车上发现了端王府的标记，心里一咯噔，端王殿下还真是锲而不舍，晚上来不管用，竟然白日公然登门？

紧跟着，骑马的端王从马车另一侧走出来，与此同时，车窗、车帘同时挑起，宋湘靠在窗口看着丫鬟扶虞宁初下马车。

"阿芜好好休息，回头我再过来玩。"宋湘喜笑颜开道。

虞宁初戴着帷帽，朝她点点头。

"告辞。"宋池朝这边一颔首，毫不留恋地掉转马头。

门房看见了，暗暗腹诽殿下还挺能装，有本事以后夜里再也别来。

巧的是，这天夜里，门房又在虞宅门外见到了白日才见过的端王殿下。月光如水，殿下穿了一件墨色锦袍，明明是很冷的颜色，可门房总觉得或许是因为初夏天气好，今晚的殿下反而是这几次夜访中神色最为温和的。

门房熟练地将人请到院中，再熟练地派小丫鬟去传话。

夏日天黑得晚，为了不被人发现，宋池来得也晚，虞宁初都睡下了，只是还没睡着而已。她又怎么能睡得着？宋湘肯定将两人的问答告诉宋池了。

脑海里全是宋池接下来可能会有的反应，好的坏的，任何一种虞宁初都想到了。初夏的夜晚清凉舒适又安静，她的脑海里却比京城最繁华的街道还要热闹，都可以提出来写好几个话本了。直到杏花跑过来告诉她宋池来了，虞宁初心中的纷乱才戛然而止，只剩下即将面对他的紧张。

"把帷帽拿来吧。"梳头时，虞宁初吩咐杏花道。

杏花不解："晚上为何戴帷帽？"

虞宁初垂眸梳头："去取就是。"

无论宋池将要说什么，戴着帷帽，她会自在很多。没见到他心都已经很慌了，真的面对面，虞宁初怕自己会昏倒。

前院厅堂，宋池坐在左边的客椅上，侧耳倾听着外面随时可能传来的脚步声。终于，她来了。宋池站了起来。门帘挑开，宋池看过去，却见她戴着帷帽走进来，灯光本就昏黄，再被白色的薄纱一挡，根本看不清她的脸。

宋池想笑，也真的笑了："阿芜是怕我再过了病气给你？"

说完，他以拳抵唇，轻轻咳了咳。

虞宁初惊道："你病了？"

宋池示意她去主位坐着，等虞宁初坐好，自己才坐下，凤眸幽沉地看着她道：

“风寒好了，被阿芜留下的心伤一直未能痊愈。”

虞宁初：“你再胡言乱语，我走了。”

宋池：“好，我不逗你，与你说些正经的。”

虞宁初双手放在膝盖上，洗耳恭听。

宋池看看自己的右臂，垂眸道：“今日事发突然，我不小心露出痕迹，害你被阿湘纠缠，你是不是又怨了我一笔？”

虞宁初回想起他扑过来的那一幕，攥着手指道：“你救我性命，免我被毒蛇所伤，我若再怨你，岂不成了是非不分的小人？”

宋池问：“那你可怨阿湘逼你回答那五个问题？”

虞宁初摇摇头：“表姐一直都很照顾我，这点小事算什么。”

宋池又问：“那你说愿意给她做嫂子，可是真的？”

虞宁初没有再回答，低下头，帷帽也朝下偏了偏。

宋池自嘲道：“我就知道，你那么恨我，怎么可能轻易答应，你应阿湘，不过是打发她的违心之举罢了。早知如此，我推开你后就该原地不动，让那蛇咬得再深一些，或许我将命赔给你，你才肯原谅我。”

虞宁初皱眉朝他看去：“我……”

宋池站起来，神色清冷地打断她：“阿芜放心，我会与阿湘说清楚，不会再让阿湘因为此事打扰你，告辞。”说完，快步朝门口走去。

“我没有！”

身后传来小姑娘微微颤抖的声音，宋池脚步一顿，缓缓偏过头。

虞宁初湿了眼眶，视线模糊地看着他靠近门口的背影：“我、我没有对表姐说违心话。”

宋池定定地看着她，然后转过身，一步一步地靠近。虞宁初紧张得全身都在颤抖，看着他停在自己面前，看着他抬起手来取她的帷帽。灯光再无遮拦地洒下来，虞宁初闭上眼睛，挂在睫毛间的泪倏然坠落。

宋池鬼使神差地接住了那对泪疙瘩，看着她可怜巴巴的样子，忍不住又逗起她来：“被你拒亲我都没哭，你哭什么？”

虞宁初听出他的笑意，立即把眼泪憋了回去。宋池单膝跪在她的椅子前，虞宁初睁开眼睛，看到他如此近的脸，连忙偏开头。

宋池哑声问：“你说你没有对阿湘说违心话，是我理解的那个意思吗？”

虞宁初紧紧抿着唇。

宋池仿佛已经被她折磨得失去耐心，突然握住她放在膝盖上的手，等虞宁初慌乱地看过来时，看着她湿漉漉的眼睛问：“所以，你愿意嫁我，是不是？”

虞宁初低着头，说不出口。

宋池笑了：“我给阿湘当了这么多年的哥哥，也曾在锦衣卫审过无数嫌犯，没想到还有偷师阿湘的时候。”

说着，他突然起身，双手按住虞宁初的腰。

“不要！”

虞宁初鱼儿一般跳起来，这一跳，正好跳进了宋池怀中。宋池抱紧她的腰，再抱着她站直。虞宁初怕他挠自己，抓着他的手要推开，可那双文人般白皙修长的手却纹丝不动，虞宁初推着推着，忽然反应过来，他根本没想挠她的痒。时间仿佛在此刻停滞，周围的一切都不见了，只剩他宽阔的怀抱和头顶温热的呼吸。虞宁初手足无措，完全呆住了。

宋池这才将人搂紧，薄唇贴上她的耳侧：“明日我再来提亲，好不好？”

那气息撩得虞宁初全身轻颤，可这个怀抱让她前所未有的安心。他或许不是京城最好的男子，却一定是在她遇到危险时，最奋不顾身来救她的那一个。

“嗯。”

月色怡人，终于听到虞宁初亲口承认愿意嫁给自己，轻轻的一声“嗯”好似一缕柔韧的丝线团团缠到心上，且暖且痒，宋池喉头一滚，捧起她的脸就要吻上去。

虞宁初心里亦有暖流涌动，更多的是一种感动与踏实，感动的是宋池舍身相护的情意，踏实的是他又要提亲了，她也可以再无顾虑地嫁了。

那是一种平和安宁的感觉，所以当宋池的大手贴上她的脸，灼热的气息落下来，虞宁初立即从那种平和的状态中惊醒，羞恼交加地推开他，连退数步，背对他道:“不早了，你该走了。”

什么人呀，动不动就想那些。

美人立在柔和的灯光中，白皙修长的脖颈微微低垂，手在前面不安地绞着，只露出一对绯玉般的耳垂，羞答答的，惹人怜爱。这样的她，宋池哪里舍得走，恨不得重新冲过去抱住她，将她从头到脚怜惜个遍。可惜宋池吃过不守规矩的苦，再想也得忍着，不然今晚惹恼她，明日她就敢再拒绝一次。

“好，我走了，明日上午我先去趟国公府，请三夫人来你这边走个过场，再正式安排媒人来纳采。”

通常两家说亲，都是先请媒人去说，等男女两家都同意了，媒人才会带上男方的礼物来女方家里正式提亲，也就是三书六礼的第一步，纳采。若是媒人没沟通好两边便大摇大摆地带着礼物上门，一旦被女方拒绝，男方家里可就要被人耻笑了。

提到国公府，虞宁初忽然想到沈阔，不由得有些担心，提醒他道:“我才拒绝四表哥，如果他知道我应了你……”

宋池笑道:“这个你不必烦恼，我会跟他解释清楚。”

虞宁初咬唇道:“你要如何解释？”

宋池道:“只说今日在山中遇蛇救了你，不可避免地有了肌肤之亲，我来提亲，乃君子所为。”

闻言，虞宁初想到当时的情形，两人的确又是抱又是压，这样也好，沈阔会更容易接受些吧。

翌日一早，宋池先去参加朝会，散朝后去昭元帝面前申请半日假期，昭元帝自然要问他去做什么。

宋池难掩笑意:“安排媒人提亲。”

昭元帝一怔，旋即笑了。虞宁初先前因为母亲怨他们这对伯侄，后来他出面化解了小姑娘的心结，如今四个多月过去，侄子总算哄软了小姑娘的心。

“去吧，去吧。”

“谢皇上。”宋池行礼告退，步履轻快，是年轻人的意气风发。

昭元帝一直看着，直到门帘落下，遮掩了侄子的身影。他默默坐了片刻，收起心底的羡慕与怅然，继续埋头批阅奏折。

护国公府，有官职的男人都去当差了，沈阔封了武状元，本该早早授官，去边疆护国公手下做事，可沈阔担心如果虞宁初愿意嫁给自己，他早早领了官职，岂不是耽误婚事？于是便跟昭元帝打了招呼，叫舅舅先别急着给自己授官。

哥哥们都去当差了，沈阔无所事事，赖在床上郁郁寡欢。长得好看没有用，皇帝亲外甥的身份没有用，考了武状元也没有用，阿芜就是不喜欢他。沈阔虽然已经决定不再纠缠，可心里终究难受。

宋池入府，先陪姑母宋氏坐了一会儿，禀明来意后便往沈阔的院子走来。下人们想去知会沈阔，宋池摆摆手，叫人都退下了，自己走了进去。

沈阔面朝里躺着，听到脚步声，还以为是身边的小厮又来催他起床吃饭，突然起身发作道：“说了不吃，你……”

这一起身，就见宋池穿了一件石青色锦袍，正笑着看自己。

沈阔讪讪地摸摸鼻子，奇怪道：“表哥怎么没去当差？”

宋池道：“有件事思来想去还是要跟你说一声，你收拾收拾，我去厅里等你。”

房间窗户未开，屋里弥漫着一股酒气，实在不怎么好闻。沈阔在表哥脸上看到一丝责备与嫌弃，对比表哥神仙一般的外貌，再看看自己这副邋遢的样子，哪里还好意思继续赖床，赶紧跳了下去。

因为头发沾了酒，乱糟糟地粘在一块，沈阔在内室耽搁了一刻钟才总算收拾得能见人了，匆匆赶了出来。

宋池请他在旁边的主位落座，瞥一眼门外，郑重道：“接下来我与你说的话，还请四弟保密。”

沈阔知道表哥前两年做了很多关乎性命的大事，还以为又有大事需要自己帮忙，立即道：“表哥放心，我都听你的，你尽管吩咐。”

宋池失笑：“你误会了，家事而已，说起来是表哥愧对于你。”

沈阔糊涂了。

宋池咳了咳，低声道:“昨日咱们分头狩猎，不久，我们遇到一条竹叶青……四弟，表哥知道你心悦阿芜，只是昨日我抱她躲开虽是形势所逼，可三弟与阿湘都看见了，阿芜素来守礼，若我明明与她有了肌肤之亲却不愿意负责，以后还如何面对三弟、面对三爷？因此我准备向阿芜提亲，以全君子之礼，还请四弟体谅。”

沈阔这才知道昨日虞宁初差点被毒蛇咬伤，后怕之余，想到表哥要娶虞宁初，心情又变得复杂起来。

宋池耐心地等着。

沈阔垂着眼，心烦意乱之际，发间残余的酒味不断冲入鼻子，他又瞥了一眼仪表堂堂儒雅俊美的表哥，心想，如果表哥去提亲，阿芜肯定不会拒绝吧？

“表哥去提亲，只是因为要做个君子吗？”沈阔幽幽地问，“如果你不喜欢阿芜，她就算为了名节嫁给你，你不对她好，她终究要受委屈。”

宋池沉默片刻，看着他道:“不瞒四弟，其实我早对阿芜有意，不然也不会舍身相救，只是知道你的心意，我不想因为她坏了咱们兄弟感情，之前便一直没有表现出来。如今她年岁渐长，去提亲的人只会越来越多，四弟既然已经放弃，我再不去争取，怕是要成全外人。”

沈阔抿唇道:“你怎么知道我放弃了？”

宋池笑道:“昨天晌午那只烤鸡，如果你没有放弃，肯定会抢着把最好吃的部位分给阿芜。”

沈阔无言以对，他的确是那种性子。

跟着他猛地想起展现箭法时，二哥三哥都抢了他的风头，唯独表哥没有出手，沈阔突然眼眶发酸。表哥对他太好了，因为他喜欢阿芜，表哥便藏起心中情意不与他抢，等他放弃了，表哥才决定试试。表哥如此看重他，他若介意表哥去向阿芜提亲，还算什么兄弟？

冷静下来，沈阔故意重重地叹了口气，双手抱住脑后往椅背上一靠，跷起二郎腿一边晃悠一边无奈道:“是啊，我是放弃了，阿芜一点都不喜欢我，我继续讨好她还有什么意思？表哥尽管去提亲吧，我不介意，只是我已经跟母亲商量好了，后日便动身去边疆，就算表哥提亲成功，我可能也喝不到表哥的喜酒了。”

宋池看着少年郎故作云淡风轻的侧脸，笑道："四弟放心，表哥家里藏了好酒，等你回京，想喝酒随时过来。"

沈阔摆摆手："行了，你有事自去忙吧，我继续睡觉去。"

说着，他打着哈欠站起来。

宋池笑着提醒他："到了边疆，四弟还是少喝酒吧，免得熏到边疆的美人。"

沈阔撇嘴："自古江南出美人，边疆能有什么美人，表哥少糊弄我。"

宋池但笑不语，等沈阔进去，他慢悠悠地喝了才端上来不久的茶水，然后去了西院。

三夫人得知宋池是来请她再去问问外甥女心意的，再看宋池温润含笑的脸，猜测事情有了转机，自然愿意跑一趟。到了四井胡同，才一照面，外甥女就羞红了脸，仿佛已经知道她是来做什么的，三夫人登时一喜。

"阿芜莫不是身体不舒服，脸怎么这么红？"三夫人故意问道，伸手要摸虞宁初的额头。

虞宁初一怔，难道舅母不是为了宋池来的？她悄悄去看舅母的眼睛，这一看，就看到了满眼笑意。虞宁初面如火烧，扭头跑了。

三夫人狠狠地打趣了外甥女一番，最后坐在床边，拉着虞宁初的手道："昨日你表哥回来提了殿下舍身救你的事，当时我就想，这么痴情的男子我家阿芜都不喜欢，难道是阿芜小小年纪眼神不好？今日一来，我总算松了口气，我们家阿芜眼睛还雪亮雪亮的呢。"

"舅母别说了。"虞宁初小声抗议道。

三夫人道："行行行，舅母不说了，舅母也不跟你多待，殿下还在家里等着呢，我这就去回他一声，让他赶紧去准备聘礼。"

虞宁初红着脸送走舅母。

三夫人绕路去了端王府，宋池、宋湘兄妹俩一起等着呢，终于从三夫人这里听到准信，宋池笑得温润，宋湘高兴得直跳。

三夫人揶揄道："看把阿湘美的，不知道的还以为是你要成亲。"

宋湘扫一眼哥哥，哼道："要不是我，阿芜能那么轻易答应他？可能我都嫁人了他还单着。”

宋池道：“嫁人这种话，亏你好意思说。”

三夫人听着兄妹俩互相调侃，喝完茶就准备离开，外甥女出嫁，全得她操持，还有的忙呢。

宋湘嘱咐道：“姑母先别告诉明岚，等媒人登门那日，我提前带她去阿芜那边玩，看她吃惊成什么样。”

三夫人摇摇头，笑着上了马车。

宋湘回头问哥哥：“你准备哪日派媒人过去？”

宋池道：“明日。”

大雁他都准备好了。

天未大亮，虞宁初就被窗外啁啾的鸟叫唤醒，自打天气暖和后，麻雀们也叫得越来越早。赖了一会儿床，虞宁初换上练功服。外间微雨正在铺床，见姑娘手里拿着枪，就先去厨房吩咐烧水。

窗下的花坛里种了芍药与月季，此时芍药正值花季，翠绿丛中开出粉粉嫩嫩的花，让人瞧了便心生欢喜。

虞宁初连着耍了两刻钟的梅花枪，她练得认真，杏花睡醒了来前边伺候，看到这一幕，不禁坐在门槛上托着下巴看起来。

虞宁初刚进京时，单薄孱弱，虽然貌美，却更像个小女孩，过于青涩。如今三年过去，她个子长高了一截，脸蛋仿佛花坛里的芍药，妩媚艳丽，就连身段也可着劲似的往妖娆了长，该丰的地方丰，该细的地方细，手持梅花枪往后下腰时，杏花可没心思看姑娘转出来的枪花，眼睛全被姑娘柔软的腰迷住。

真正的美人，无论男子还是女子，都喜欢看。

天色越来越亮，虞宁初收枪时，已经香汗淋漓。这时候是不能马上去沐浴的，虞宁初接过杏花递来的巾子，走到花坛旁一边擦汗一边赏花。

“等姑娘嫁给殿下，就可以天天与公主练枪了。”杏花笑嘻嘻道。

虞宁初瞋了她一眼：“休要胡说。”

杏花吐吐舌头，姑娘就是脸皮薄，这两日王爷就会派媒人正式登门提亲，到时候全京城都知道姑娘要嫁给殿下，她再打趣，姑娘也挑不出她的错。

休息了一盏茶的工夫，杏花跟着姑娘进了浴房，照例是先擦洗，再泡澡。

“姑娘真好看。”杏花比较话多，一边伺候一边嘻嘻笑道。

虞宁初瞪道：“你再多话，以后就不让你伺候我沐浴了。”

杏花连忙闭上嘴巴。

虞宁初泡到浴桶里，就让杏花出去了。水面撒了一些去年晒干的桂花，一簇簇不起眼的小黄花散发着绵绵不断的幽香，等虞宁初从浴桶里出来，那丝甜香仿佛已经浸入肌理，离她近些，便能闻到淡淡的桂花香气。

“姐姐好香。”过来用早饭的虞菱刚在虞宁初身边坐下便吸了吸鼻子，喜欢又羡慕道。

虞扬耳根发热，从桌子下面踢了妹妹一脚，哪有当着男孩子的面夸女孩子香的，即便姐弟之间也要避讳。

虞菱经常因为说错话被哥哥用瞪眼、扯袖子或饭桌下脚踢的方式提醒，挨了这一脚也没有吭声，只瞪了哥哥一眼。

虞宁初没说什么。

等两个孩子去读书了，虞宁初喊来虞菱身边的大丫鬟，交代她可以给虞菱讲一些女孩家的规矩了，有些话在什么场合能说，什么场合不能说。大丫鬟背后流汗，跪下认错。

虞宁初点点头，叫丫鬟退下。她想，等自己嫁了，就把温嬷嬷留在这边打理内宅，虞扬懂事又勤勉，是个读书苗子，将来真能考上功名，无论那时候姐弟关系如何，她栽培幼弟成才的好名声是少不了的。至于虞菱，就让温嬷嬷教她些规矩，凭虞菱的容貌，只要性情上没有大问题，以后的婚事应该不难。

她当初既然带了兄妹二人进京，就该负责到底，否则损害的是自己的名声。好在有温嬷嬷帮忙，虞宁初非常放心。

“姑娘，公主与表姑娘来了。”负责传话的小丫鬟前来通传。

虞宁初一听就知道宋湘与表姐是来揶揄她的，刚刚还在弟弟妹妹面前摆谱的虞宁初瞬间变得局促起来，只恨不能找个地方躲开。让她意外的是，表姐好像还不知道她与宋池的事，宋湘竟然也没有主动揭穿。

虞宁初心里藏了事，频频走神。宋湘看破不说破，三人加上微雨一块打牌，待到日上三竿，街上忽然传来人语喧哗，听着好像是有媒人要去提亲，吸引了百姓围观。虞宁初心中一动，看向宋湘，宋湘笑着朝她眨了下眼。

只有沈明岚歪头望着外面，有点心动："好像有热闹看。"

宋湘放下牌，拉起她的手道："咱们一块去看看吧，躲在门缝后瞧瞧。"

沈明岚在宁国公府要做端庄的少夫人，只有在这边能像出阁前那样贪玩任性，马上同意了。虞宁初躲进房间，不用看也能想象出表姐即将震惊、疑惑、不解的模样，之后表姐就会反应过来她的隐瞒，跑来收拾她。

除了媒人，自然还有宋池派来的礼部官员，一切按照王爷成亲的流程走。当一行人停在虞家门前，沈明岚听完媒人代端王来提亲的套话，看看媒人身后的礼部官员，看看那些围观的百姓，看看并不怎么意外的门房，再看看憋笑看着自己的宋湘，沈明岚像个终于清醒过来的傻子，扭头便往里跑。

"阿芜，你给我说清楚！"来到内室门前，发现门从里面关上了，沈明岚又笑又气地叫道，"你个臭丫头，我有什么秘密都告诉你，嫁人这种大事你竟然瞒着我，你气死我了！"

宋湘追上来，嗔道："阿芜与我哥哥大喜的日子，你少死啊死的，赶紧说几句吉利话！"

沈明岚见到宋湘更心塞了，凭什么大家都知道，只瞒着她！

"阿芜你快开门！"她继续拍门。

虞宁初知道躲不过，无奈地开了门。沈明岚扑过来就要挠她的痒痒，结果被宋湘从后面抱住，还提醒虞宁初来挠沈明岚。

沈明岚一边挣扎一边大叫："好啊，你们是姑嫂了，联合起来欺负我！"

虞宁初自知理亏，哪好意思去挠表姐，便劝说两人都住手，也不要再大声嚷嚷，让外人知道她与宋池早就有了牵扯可不好。沈明岚不再闹了，只是仍然生气。虞宁初、宋湘一块哄她，赔了许多好话，总算将沈明岚逗笑了。

温嬷嬷过来提醒虞宁初："姑娘，媒人他们还在厅堂等着呢。"

家中没有老爷太太当家，只能虞宁初自己露面应承媒人，毕竟婚姻大事，无法假手下人。沈明岚终于仗着娘家人的底气，丢下宋湘，陪着虞宁初去见客。

到了前院，虞宁初看到了小厮抬进来的纳采之礼，最惹人注目的就是那对大雁，体形健硕，毛发油亮，一雄一雌，不时啄啄对方的羽毛。大雁寓意着夫妻忠贞，乃提亲必备之礼。

见到媒人，问她是否愿意接受端王殿下的提亲，虞宁初自然应了。

礼部为端王筹备三书六礼，这事直到礼部官员跟着媒人去四井胡同提亲，宫里的郑皇后才得到消息。

郑皇后眼角的细纹更深了。去年腊月，她与儿女进京，过了一个年，正月时昭元帝终于下旨，封他们唯一的儿子宋澈为康王。康王……宋澈是唯一的皇子啊，为何不直接封太子？难道真如民间一些传闻所说，昭元帝想把大位留给侄子宋池不成？

有官员上书恳请昭元帝早立太子巩固国本，昭元帝却搬出正德帝在位时的太子谋反案，三言两语驳回了臣子的提议。后宫不能干政，郑皇后对此敢怒不敢言，可如今宋池娶亲这么大的事，昭元帝竟然没有跟她这个一国之母说一声，怎么，她不能过问政事，连侄子的婚事都无权知晓吗？

知道昭元帝午后会休息半个时辰，郑皇后便等昭元帝快用完午膳时来了乾明殿。昭元帝把碗里最后几口饭吃完，又喝了半碗汤，才让袁公公请郑皇后进来。

郑皇后入内后，先看向坐在桌案旁的男人。在太原城的时候她便难以见到昭元帝，入了宫，他醉心于政事，能见他的次数更少了，少到她都快要不认识自己的丈夫了。

"皇后找朕有事？"见郑皇后只是盯着他看，昭元帝捏了捏眉心问道。他困了，需要休息。

郑皇后领会到他这个动作的意思，笑了笑，道："方才听说端王要成亲了，这是喜事啊，皇上怎么也没跟我说一声，我好提前替端王准备一份大礼。"

昭元帝看她一眼，道："朕已经准备了，你不用再费心。"

郑皇后只是借礼物开个头而已，她走到昭元帝身边坐下，自然而然地问道："不知端王心仪的女子是谁？"

昭元帝看向袁公公。

袁公公弓着腰，替主子回答道："回皇后娘娘，准王妃乃护国公外甥女、新封贞淑夫人的爱女虞宁初。"

真是笑话，堂堂皇后，都知道端王提亲的消息了，能不知道女方是谁？还非要跑到皇上面前来问，既然如此，他便回得清清楚楚，免得皇后继续装糊涂，逼皇上亲口说出来。

袁公公说话时，郑皇后目不转睛地看着昭元帝，看着他因为政事繁忙而略显憔悴却依然雍容俊雅的脸上没有出现丝毫变化。

郑皇后仿佛为此较起真来："原来是这位虞姑娘，护国公的外甥女，身份也算尊贵，不知她父亲是谁，任何官职？"

此言一出，昭元帝终于抬眼朝郑皇后看来，目光幽沉，如暴雨来临前半空积聚的层层黑云。郑皇后保持着面上的疑惑，心中有恨，亦有戳痛他人伤疤的畅快。

再惦记又如何，再念念不忘又如何，他深深爱慕的女人还不是被一个寒门进士娶了，还不是替别人生了孩子？昭元帝不让她好过，那就互相折磨吧，反正为了青史留名，他永远都不会休她、废她。

虞宁初答应了宋池的提亲，消息传到沈阔耳中，他既怅然又觉得在意料之中，表哥长成那样，又从郡王升成王爷，同时身居高位，别说阿芜了，京城哪个闺秀会舍得拒绝表哥的提亲。也好，他也可以彻底死心了。

在京城百姓津津乐道端王要娶虞家女儿时，沈阔带上护卫告别家人，快马离开了京城。

二夫人一直将儿子送到城门外，看着儿子纵马疾驰的背影，心想西北的长风与兵营生涯一定会治好儿子的情伤。

第六章　成亲

在宋池的授意下，礼部紧锣密鼓地准备起了他的婚事。

五月初二，宋池带着不知提前了多久准备的聘礼，浩浩荡荡地来了虞家，此即六礼中的第四步——纳征，也就是民间百姓常说的订婚。

三夫人与沈明岚最近都住在虞宁初这边，帮忙操持订婚的宴席，幸好虞家在京城只有护国公府、宁国公府这两家亲戚，再加上三夫人的娘家，宴席相对简单，不然宋池将时间赶得这么紧，三夫人怕是要忙不过来。虞尚疯疯癫癫的，今日不可能露面，八岁的虞扬便作为虞宁初这边的男主人出面招待诸位男宾。该说什么该做什么温嬷嬷早已教过，虞扬虽然紧张，但大体并没有出错，小小少年已经有了几分担当。太夫人今日并没有来，说是身子不舒服，这几日都在床上躺着。

沈明岚悄悄与虞宁初道："你嫁得这么好，老太太曾经有多瞧不起你，现在估计就有多憋屈，嘿嘿，可就算她躲得了今日，将来还是有见面的时候，那时你已是王妃，她得向你行礼的。"

虞宁初还记得她与宋池同下扬州前，太夫人将她叫过去，直接警告她不要勾引宋池的那些话。太夫人不想她嫁得好，也不想沈氏嫁得好，大概在她眼中，庶女就该是低微的，不该越过嫡女，庶女所生的女儿更不能越过她的嫡孙女。但人的命真的有贵贱之分吗？单说沈家，虽然是京城的老牌勋贵之家，可最初那位让沈家发迹起来的先祖不也是个粗野农夫，因为有一身好力气，在战场上立了大功，才封了武官，带领沈家走上了勋贵之路？可见低微的人也能成为人上人，生来尊贵的，不好好做人，也会沦为阶下囚。

虞宁初从来不认为自己低微，她没争过什么，也没抢过什么，别人可以看不起她，却不能逼着她承认自己低微，她值得嫁给什么样的人，也不是别人说了算的。

前院，陪着宋池吃席的全是熟人，长辈们有沈二爷、沈三爷，同辈们便是沈琢、沈牧、沈逸、曹坚。

“我是真的没有想到，咱们家最漂亮的小表妹，最后会被表哥娶了去。”沈牧喝一口酒，啧啧地对着宋池调侃起来，“果然是知人知面不知心啊，想当年咱们兄弟当中最不待见阿芜的就是表哥了，谁知道都是装出来的。”

宋池纠正道：“我何曾不待见过表妹？只是守礼不曾亲近罢了。”

沈琢却记起虞宁初刚到京城的那场中秋夜游，宋池过于巧合地套中了虞宁初心仪的小瓷龙。现在看来，那时候宋池便对虞宁初动了心思吧。有的情意可能要日日相处形影不离才能生出来，有的情意，可能源自一见倾心。

曹坚对沈家兄妹在府里的相处不甚了解，但听沈牧揶揄宋池不待见虞宁初，不由得想起一件旧事，替宋池说话道：“二哥应是误会殿下了，我记得那年比武擂台上，我的剑被匈奴王子击落，不巧正朝着阿芜表妹飞去，幸好殿下及时出手替阿芜表妹挡住了，足见殿下爱护之心。”

沈牧眼睛一转，懂了：“表哥只是在我们兄弟面前装淡漠，一旦我们不在，便动心思去讨好阿芜。”

宋池笑而不语。

六礼的第五步是请期，男方挑出几个成婚的吉日，托媒人送到女方家里，两方商量着确定一个都满意的日子。端午过后没几日，媒人便再次来到四井胡同。

“姑娘，这是殿下亲手拟定的几个吉日，您瞧瞧吧。”媒人双手捧着一张红色笺书，笑眯眯地递给虞宁初。

虞宁初垂着眼，打开笺书，见红色的硬纸上用黑字写了六个吉日。

虞宁初从上往下看，越看脸颊越烫。现在已经是五月了，而宋池挑的吉日，一个在五月，两个在六月，两个在七月，还有一个在八月，且是八月初五！看似列了六个吉日，选择挺多，实际上无论哪个吉日都太早了，明眼人肯定能看出宋池的迫不及待。

想到这几个吉日肯定被礼部官员和媒人看过，虞宁初的脸便一阵烫过一阵，不想坐在这里叫媒人看笑话，她迅速合上笺书，小声道：“就八月那个吧。”说完，匆匆离去。

媒人刚离开不久，三夫人来了，得知媒人才请期离去，便问虞宁初：“定了哪天？”

虞宁初闷闷道：“八月初五。”

三夫人惊讶道：“这么快？”

虞宁初偏过头，想到她在长辈面前如此窘迫的源头都在宋池，便又记了他一笔。

三夫人瞧着她羞怯的样子，笑道：“快是快了点，不过也能理解，殿下少时来京，身边一直缺个暖心人，好不容易有了喜欢的，当然盼着早日成亲。这天底下又有哪个新郎官不盼着尽快把新娘子娶回家呢？”

虞宁初难为情道：“就怕传出去叫人笑话。”

三夫人拍拍她的手道：“笑话什么？殿下都多大了，家里还有个妹妹待嫁，正需要一位王妃帮他操持，婚期正是宜早不宜迟。再说了，他那边有礼部帮忙操持，你这边的嫁妆舅母从去年就开始准备了，别说你们八月初五成亲，就是六月初五，舅母也能准时给你备好整整齐齐的一百零八抬嫁妆，保证绝无仓促和不周之处。”

一提嫁妆，虞宁初看一眼舅母，惭愧道：“让您与舅舅破费了。”

三夫人轻轻地戳一下她的额头：“又跟舅母说这种见外话。首先，你这嫁妆有一半是你娘留下来的，基本都是大件，舅舅、舅母准备的都是一些需要新做却不值钱的小物件；再者，从你入京，舅母便把你当自己的女儿疼爱，你与明岚更是情同亲姐妹，我给自己的女儿准备嫁妆，天经地义。”

虞宁初不知何时靠到了舅母肩头，拿帕子擦掉眼泪。母亲生了她，是她的娘，舅母细心地照顾她，也是她的娘，她的这份嫁妆，是两位母亲一起帮她筹备的。

三夫人抱着她，一边轻轻地摇一边笑道：“八月成亲挺好的，天气不冷不热刚刚好，如果年前能怀上，正好明年也是八月左右生孩子，坐月子也舒服。”

虞宁初的什么感动啊眼泪啊，都被三夫人的这句话赶跑了。

六月底，宫里的尚衣坊将虞宁初的大婚礼服、王妃冠服送了过来，一套是大婚时穿的，一套是婚后进宫拜见时穿的，都是提前量了她的尺寸缝制的，穿起来非常合身。

得知礼服做好了，沈明岚、宋湘分别跑过来，要虞宁初穿给她们看。礼服层层叠叠分了好几层，又是炎炎夏日，每折腾一次，虞宁初都要出一身汗。

宋湘嘿嘿道：“等会儿我回去，故意去哥哥面前说看到你穿嫁衣的样子了，哥哥不知道要多羡慕我。”

虞宁初一边让微雨、杏花帮着取下这几层衣裳，一边轻声怨道：“你若再胡说，以后我再也不理你了。”

宋湘道：“你都给我当嫂子了，敢不理我，我就对外说你苛待小姑子。”

虞宁初忽然发现，宋湘与宋池不愧是兄妹，欺负起人来都理直气壮的。她后悔换嫁衣给宋湘看了，宋湘却得意扬扬地回了王府，跑去宋池面前炫耀。

宋池一副并不羡慕的神态，悠然道：“距离婚期只剩三十几日，我也只比你晚看三十几日罢了。”

宋湘撇撇嘴，走了。宋池坐在书房里，听妹妹的脚步声走远，移步去了内室。

八扇门的联排衣柜中，其中一个柜子中专门悬挂着他的大婚礼服。摸了摸礼服衣襟，宋池关上柜门，从一个小抽屉里取出一个白色药瓶，坐到床上。褪下上衣，宋池看看右臂，虽然抹了很久的药，上面还是留了一块微微凸起的疤，看起来十分碍眼。

抹好这边的药，左后肩的疤宋池看不到，只能摸到，形状和大小与右臂的疤痕差不多。动作艰难地涂了药，再看看手里的药瓶，宋池忽然苦笑一声。如果被她看见或摸到，多少还是会嫌弃的吧。

手指无意识地转动着药瓶，转着转着，宋池的视线定在药瓶上的仙鹤图上。

“阿默，叫阿风过来。”

“是。”

阿默应完便去找阿风。阿风是王爷栽培的心腹之一，专门负责打探消息，只是王爷即将大婚，这时又有何事？

八月初四的黄昏，出嫁前夕，虞宁初收到了三夫人送给她的一个小册子。可三夫人不知道的是，小册子上的内容虞宁初已经提前在另一本书上看过，那书还是新郎官亲自送到她面前的。

看完小册子已经很晚了，又胡思乱想了一阵，后半夜虞宁初睡得特别香，一大早，还没睡够的她被温嬷嬷带着杏花叫了起来。

看着还在揉眼睛的虞宁初，温嬷嬷笑道：“我也算听说过不少新娘子的趣事，姑娘还是第一个能在今日赖床不起的。”

经这一调侃，虞宁初登时不困了。王爷娶妻，宫里安排了妆娘来替新娘子化妆，昨晚就在虞宅住下了，这会儿已在外间等候，包括三夫人、沈明岚也都早早起来，赶来看虞宁初打扮。

虞宁初见过表姐嫁人，知道绞脸会痛，然而真的轮到自己，妆娘绞一下，她便吸一口气，等妆娘终于说好了，虞宁初睁开眼睛朝镜子看去，见里面的自己双眼含雾，水蒙蒙的，倒好像被人欺负受了好大的委屈似的。

沈明岚凑过来轻轻戳了戳她桃粉水嫩的脸，自己绞脸的时候只觉得好疼，现在看到表妹光滑细腻的脸蛋，引得她又想重新来一次了。

“疼。”虞宁初小声地抱怨着。

沈明岚笑了笑，趁无人时揶揄虞宁初：“这点疼你就怕了？晚上有你受的呢。”

虞宁初心里一咯噔，又想起当年沈明岚回门时对宋湘说的话，不由得问道："那年阿湘问表姐如何，表姐不是说也还好吗？"

沈明岚怔了怔，旋即反应过来，笑道："原来你偷听我跟阿湘说话！亏我还以为你真是个受不了半点失礼的人！"

虞宁初低下头，懊恼自己一时好奇竟露了马脚。沈明岚到底怜惜自己的表妹，凑到虞宁初耳边嘀咕了一些过来人的经验。然而时间有限，女客们很快又过来了，沈明岚只好站到一旁，留虞宁初若无其事地坐着，实则脑袋里想七想八。

黄昏时分，宋池来迎亲，因为端王府离四井胡同比较近，为了公告百姓端王的这桩婚事，为了彰显新郎官的风采，迎亲队伍特意去京城最繁华的街道绕了一圈。

时至今日，百姓们早都清楚宋池是铲除昏君奸臣的最大功臣，心里都敬重这位端王殿下，只是以前无缘得见。今日听闻端王成亲，百姓们都从家中赶了过来，铺子里的掌柜、伙计也都挤在门前，无论男女老少，个个踮着脚朝马背上张望。

宋池坐姿端正又轻松随意，唇角挂笑，眼里也是笑，目光在人群中扫过。男人们震惊于协助昭元帝登基的股肱之臣居然如此年轻，女子们则目不转睛地望着端王殿下俊美无双的脸，只恨不能钻进后面的花轿，取代那位虞姑娘去做端王殿下的新娘。这么俊的新郎，哪怕他家境贫寒亦无才学，放在家里赏心悦目也行啊。

离开繁华的街道，迎亲队伍终于朝四井胡同去了。等锣鼓声传进后院，媒人笑着将红盖头蒙到了虞宁初头上。

别看虞家没有什么男人，今日沈琢、沈牧、沈逸都是虞宁初的娘家人，三兄弟在前面设了一文二武三关考验宋池，虽然只是走走过场，并非存心刁难，但姑娘家出嫁，要的就是场面，好让看客们知道，新娘子娘家有人，并非无依无靠。闯过这三关，宋池才得以跨入厅堂，全福人去后面通知媒人，一起将新娘子领了过来。

新人离开前要跪拜父母，虞尚那个样子无法出来见人，温嬷嬷便将沈氏的牌位摆在主位，沈三爷、三夫人夫妻俩一左一右坐在两边。都说女子爱哭，今日三夫人还算稳得住，反倒是沈三爷这个亲舅舅，一看到由媒人扶着走过来的外甥女，眼眶就红了，怕被客人们笑话，正狠狠地憋着。

见丈夫这样子，三夫人便不指望他能说话了，抢着开口对虞宁初道："阿芜，今日出阁，以后你便是端王妃了，身为王妃，你当照顾好殿下，为他生儿育女，替他操持内宅，方不负殿下一片深情。"

盖头之下，虞宁初微微颔首，眼泪一颗一颗砸在地面上。

交代完外甥女，三夫人转向宋池，声音终于哽咽起来："殿下，阿芜小小年纪没了母亲，这些年过得不容易，今日我们做舅舅、舅母的亲手将阿芜托付给殿下，还望殿下怜她疼她护她，别再叫她受任何委屈。倘若阿芜有言行不妥之处，殿下尽管派人知会我，我做舅母的定会好好教她。"

宋池拱手道："舅父、舅母放心，此时此刻起，只有阿芜嫌我的，没有我挑她错的时候。我与阿芜夫妻一体，谁敢让她受委屈，便是与我过不去，无论何时，我都会护在阿芜身前。"

宾客当中，沈二爷、二夫人夫妻俩不约而同地点点头，这小子，关键时候还挺会说话。

天色渐暗，端王府里还有一波热闹等着，媒人便张罗着新郎新娘该出发了。

时下有父亲或兄长背新娘上花轿的习俗，半晌一声不吭的沈三爷垂首走到外甥女面前，小心翼翼地背起外甥女朝外走去。凤冠沉甸甸的，虞宁初不敢彻底趴到舅舅背上，双手撑着舅舅的肩膀，努力抬头不让凤冠掉下来。

尽管戴了凤冠，沈三爷还是觉得外甥女很轻很轻，恍惚之间，好像回到了妹妹嫁人的时候。那时候他还年轻，不够懂事，将妹妹送上花轿后对妹妹说的话，竟然是嘱咐她与虞尚好好过日子，莫再执着于从前。

花轿到了，沈三爷一手扶着外甥女，协助她坐进轿子。大红色的花轿中间，此时只有他们舅甥二人。

看着静静坐在那里只露出一双纤纤玉手的外甥女，沈三爷以袖拭泪，好像是对外甥女，又好像是在交代妹妹："嫁就嫁了，他若对你好，你便一心与他过日子；他若不好，你尽管回来……舅舅养你。"

言罢，沈三爷退出花轿，大步朝里面走去。

宋池看着沈三爷的背影，再看三夫人，见三夫人面露苦笑，一副替丈夫难为情的样子，宋池翻身上马，笑着对三夫人道："舅母先回吧，过两日我再带阿芜回来给舅舅、舅母敬茶。"

随着媒人喜气洋洋的一声"起"，轿夫们高高抬起花轿。迎亲队伍来四井胡同时绕了远路，现在回端王府可就近了，甚至来虞家吃席的客人都能听到新人抵达端王府时那边放起的鞭炮声。

沈二爷开玩笑道："我现在再以子渊姑父的名义去王府吃席，行不行？"

二夫人宋氏没好气地看了眼丈夫的肚子："吃吃吃，就知道吃，我都没去，你去什么？"

沈二爷摸了摸鼻子，偏头见三弟眼圈还红着，顿时觉得自己被妻子数落也没什么好丢人的。

端王府，一排排花灯将整个王府照得金碧辉煌，新郎新娘到了，先去大堂行礼。

夫妻俩的身世倒是惊人地相似：虞宁初母亲去世，父亲生病不能露面，只能拜沈氏的牌位；端王宋池的母亲也去世了，父亲在太原的寺庙里当和尚念经，得知儿子要成亲，只送了一封书信祝贺小两口，没有露面。不过端王府的客人比虞家那边多多了，别看宋池平时不与官员往来，这次成亲，他给五品以上的官员都下了请帖，官员们再带上家眷，席位都摆到花园那边去了。

宾客的贺喜声冲淡了双亲不在的冷清，一对新人拜过天地，终于移步去了新房。

虞宁初握着手中的红绸，透过盖头垂下的流苏能看到旁边宋池的衣摆，辞别舅舅、舅母时的伤感这会儿已经消散，只剩紧张。

还没跨进新房，虞宁初就听到了宋湘的声音："来了来了，可算来了！"

虞宁初窘迫中又有一丝好笑，今日开始她与宋湘可就真成了姑嫂，明明她还比宋湘小几个月。

"来来来，床在这里，王妃慢慢坐下。"媒人扶着虞宁初到新床上坐好。

腿得以休息，却更显得腰酸脖子酸，虞宁初开始盼着礼节快点结束，好轻松轻松。

该挑盖头了。眼看宋池朝她走来，虞宁初垂下眼帘。秤杆一挑，盖头离开凤冠，虞宁初心跳得更快了，哪里都不敢看。

在此观礼的女客无一不来自京城显贵之家，个个都是见过无数美人的人物，以前虞宁初很少出门做客，她们想不通炙手可热的端王为何要娶一个父亲疯了的小户人家的姑娘，此时见到红盖头下的美人，真好似去天上掳了一个娇滴滴的仙女下凡，这些贵妇人便都懂了，自古英雄难过美人关，端王也不例外呢。

宋湘笑盈盈地看着自己帮哥哥娶回来的嫂子，越看越满意。

宋湘身边站着昭元帝的女儿宋沁，郑皇后是个美人，继承了母亲所有优点的宋沁也是在一片赞誉声中长大的，尤其在太原的时候，她的地位与京城的公主无异，所有闺秀都奉承她、讨好她。宋沁一直以为，父王成了皇帝，她这个公主进京后，日子只会更风光，没想到父皇封了宋湘为公主，让她的公主身份不再独一无二。更让宋沁酸涩的是，她发现父皇似乎对宋湘更加疼爱，给宋湘的笑容也比她的多，且更宠溺。光是宋湘也就罢了，没想到还有个虞宁初，是那什么贞淑夫人的女儿！百姓们对父皇年轻时的风流韵事津津乐道，宋沁将此视为耻辱，怪不得父皇对母后一直冷淡疏离，原来都是因为这个贞淑夫人！

得知堂哥要娶贞淑夫人的女儿为王妃，公然令母后没面子，宋沁气得饭都吃不下去，今晚她来观礼，便是想瞧瞧贞淑夫人的女儿究竟有多美！见到虞宁初之前，宋沁对她充满不屑，然而当盖头挑开，虞宁初的脸露出来时，宋沁整个人都怔住了。女儿美成这样，那位贞淑夫人，是不是也是同样的美貌？这一瞬间，鬼使神差地，宋沁竟然有些理解父皇为何看不上母后了。

没人察觉宋沁的失态，女客们甚至都忘了郑皇后的女儿也来了这边，大家都打量着床上的新王妃，或是纯粹地欣赏，或是想发现美人身上的一二处不足，回头与亲朋好友谈起来也多些谈资。而虞宁初眼中，只有在她身边坐下的宋池。

要喝合卺酒了。淡淡的酒香扑面而来，他的目光也灼灼地看过来。虞宁初不知道是被他看慌了，还是被这酒香熏醉了，与他绕臂时，手竟然微微颤抖。

媒人站在旁边瞧着，有点担心新娘子把酒水洒出来。就在此时，端王殿下抬起左手，轻轻揽住新娘子的肩膀压向自己，如此，两人几乎手臂贴着手臂，酒碗转眼到了面前。宋池将红釉小碗里的酒一饮而尽，虞宁初被他突然的亲近弄得六神无主，下意识地学着他也将酒喝了个精光。

宋池一怔，旋即轻笑道："王妃好酒量。"

虞宁初的脸都要烧起来了。

这一幕落在女客们的眼中，大家都看出了端王殿下对王妃的喜爱与满意，谁又不羡慕这样的恩爱呢？

跟着是同心结发。媒人分别剪下新郎新娘的一缕细发，再交给新娘子打结。虞宁初手指纤细，十分灵巧，看着自己的发丝与宋池的缠在一起，结成后，忍不住朝宋池看去。

灯火如昼，宋池亦在看她。虞宁初复又低眸，眸光似水。

夜幕降临，周围的府邸安静下来，衬得端王府这边的动静更加清晰。取下厚重的凤冠，虞宁初重新梳头净面，这会儿脖子肩腰都舒服了，心跳却越来越快。

微雨、杏花去外面等着，留意着殿下何时过来，虞宁初在床上坐了一会儿，又去窗边坐了一会儿，转而又绕到摆放着喜烛的长案前。一左一右两根红烛，每一根都有敦哥儿的小胳膊那么粗，上面分别雕刻着栩栩如生的龙凤图案。据说，到明天早上，这对红烛都烧不尽。

金红色的火苗轻轻地跳跃着，一如虞宁初的心，突然，有什么东西蹭到了她的裙摆。"有老鼠"这个念头莫名地在脑海里冒出来，虞宁初全身僵硬，低头看去，大红的裙摆下探出一颗圆滚滚的猫脑袋——原来是宋池养的那只猫。

去年在端王府看到这只猫时它还是个幼崽，蜷缩起来小小的一团，一年多过去，猫崽长大了很多，也变得更漂亮了。百无聊赖又忐忑紧张的虞宁初终于找到了打发时间的办法，她蹲下去，试着去抱那只猫，它居然没有躲。

虞宁初便抱着猫坐到窗边，一下一下地给猫顺毛，再挠挠脖子。不知过了多久，乖乖趴在她腿上的白猫突然晃晃脑袋，趁虞宁初松开手的工夫，灵巧地跳落到地上，流光一般跑了出去。

虞宁初情不自禁地追了过去，一直跑出外间，左右一看，不见猫影。

“你们看见那只猫了吗？”虞宁初问站在门前的两个丫鬟。

杏花摇摇头，微雨突然看向走廊的方向，低声提醒道：“王妃，殿下来了。”

虞宁初惊讶地看过去，就见悬挂着对对花灯的走廊中，宋池一身红袍缓步走过来，目光遥遥相对，宋池笑了。

不知为何，别人都夸宋池温润如玉，可每次宋池对她笑，虞宁初都觉得他在调戏人。垂眸之间，她转身跨进门槛，快步躲回内室。

“殿下。”杏花、微雨齐齐朝走近的新郎官行礼。

宋池点点头，跨进门槛，不过他没有直接往里走，而是先关上了这边的门。

杏花愣愣地问微雨：“殿下这是不用咱们伺候了吗？厨房还温着醒酒汤呢，难道殿下不喝了？”

微雨心里笑着杏花单纯，面上一本正经道：“安心等着吧，如果殿下有吩咐，会叫咱们的。”

杏花“哦”了一声。

内室门前，宋池顿了顿才挑起帘子，进来后透过崭新的紫檀木红纱绣四季花鸟屏风，隐隐约约可以看到她垂首坐在床边的身影。屏风上的大雁、鸳鸯、仙鹤、孔雀都是成双成对，只有她形单影只，等着他这个新郎。

宋池笑着走过去，绕过屏风，自然无比地在她身边坐下。虞宁初却做不到他那么自然，几乎是宋池刚坐稳，她便往旁边挪了挪，头也偏向另一侧。

宋池最喜欢逗她，戏谑道：“以前你有地方躲，现在都嫁过来了，还能躲到哪里去？”

此时的虞宁初就像汤池表面的那一层水，只要再热一些，就能化成雾气升腾起来。宋池的调侃便成了将她烧成雾气的火，她再也坐不住，站起来想离开床边，换个凉快点的地方冷静冷静。

手腕被人攥住，一攥一拉，虞宁初跌进宋池怀里。她倒是没有挣扎，只是紧紧闭着眼睛，一张脸艳成了春日枝头的梅花。

宋池的指尖一一描过她的眉眼，俯身在她耳边道：“原想先陪你说说话，看你这样，话是说不成了。”

说完，他将怀里的新娘子轻轻放到里面的床上，起身去放红红的罗帐。趁他去放帐子，虞宁初抓起喜被将自己严严实实地蒙起来，连脚都盖住了。宋池的手在放帐子，凤眸一直看着她，看着她先把脑袋蒙上，两只白皙的手再亡羊补牢般东扯西扯。

这就是他日思夜想迫不及待娶回来的新娘子。

宋池脱了靴子，翻身上榻，再掀开一侧被子，完完全全地挤进去，原本只是平平的一层喜被，瞬间多了一个人的厚度。

没多久，两只大手抓着两只小手伸出来，小手挣来挣去，却怎么也挣不开大手的束缚。被子底下却出人意料地平静，好像两个人都睡着了，可是根据那双小手时而握拳又时而松开的动作，便知道新郎新娘肯定在忙着什么。

随着新郎官离开，端王府的宴席很快也散了，前院的下人们默默地收拾着残局，后院这边，杏花、微雨还在廊檐下候着。

杏花很小声地对微雨道：“我去那边看看，主子吩咐了你叫我。”说完，轻手轻脚地跑到通向前院的走廊拐角，忙了一天，她干脆趴在美人靠上打起盹来。

睡得迷迷糊糊的，突然被人推醒，杏花睁开眼睛，看见微雨站在她面前，急匆匆道：“快去水房唤水。”

杏花擦擦嘴角的口水，下意识地问：“什么时候了？”

微雨一边往回走一边道：“刚过二更初刻。”

杏花默默算了算，距离殿下进去，已经过去一个时辰了。她脚上没有耽误，很快水房派粗使婆子抬来热水，倒进西屋浴室里的香柏木浴桶中。

确定水温合适，微雨先叫水房的婆子们下去，再来到内室门前，回禀道：“殿下，水已经备好了。”

“嗯，你们都退下吧。”

微雨、杏花再次退到廊檐下，从外面将门带上。宋池挂好帐子，捡起落到地面上的大红嫁衣裹到虞宁初身上，抱着她前往浴室。

两人从中间的厅堂穿过时，烛光将他们的身影投到窗户上，修长挺拔的男子抱着小鸟依人的新娘，新娘埋首在他怀中，一双玉足没有穿鞋子，随着男人的步伐轻轻地荡着。

很快，影子消失了。

王府的浴室与虞宁初以前用的浴室布置差不多，都分为泡澡区与冲澡区，只是更为奢华讲究。冲澡这边同样围了一圈池子，水可以直接从池子底下流走，中间搭着一根香柏木的柱子，供人扶着，边缘再用香柏木绕了大半圈的美人靠，方便主子们坐靠。

宋池抱着虞宁初先来到冲澡这边的池子，虞宁初裹着嫁衣，一边试图让衣摆完全遮住自己的腿，一边低头对他道："我自己来，你去那边收拾吧。"

她希望宋池坐到能被香柏木柱子挡住的另一侧。宋池知道她脸皮薄，提起自己的水，笑着去了对面，背对她站着，脱下刚刚一直穿着的红色中衣。

虞宁初不好意思偷看，一手撑着嫁衣挡住自己，一手拿巾子快速将自己擦拭一遍，再忍着酸乏快步来到浴桶旁，鱼儿似的溜了进去。当温热的水重重包围自己时，看着水面上漂浮的片片花瓣，虞宁初暂且放松下来，一边庆幸微雨按照她的沐浴习惯撒了花瓣，一边长长地松了口气。

身后响起脚步声，虞宁初再次紧张起来，后背紧贴着光滑的桶壁，长长的睫毛低垂，眼观鼻鼻观心。宋池绕到她对面，跨入桶中，腰间围着一条干净的巾子。

"你没发现我身上有什么变化吗？"宋池忽然开口道，惬意地撩着水。

虞宁初偷眼看去，因为宋池很白，她一眼就注意到他右臂上方曾经受伤的地方多了一团青色的图案。

没等她看清，宋池朝她这边挪来："挨得近些，方便你看。"

因为这句话，虞宁初才没有躲开。宋池来到她身边，主动将右臂对着她。虞宁初不知不觉地转过来，仔细一看，那图案竟然是一条憨态可掬的小青龙。常见的龙都是狰狞威严的，这条小青龙却胖乎乎的，额头上的两只角也粗粗短短，眼睛细长，微眯似笑，毫无威严可说，却很讨女孩子喜欢。

虞宁初忍不住伸手摸了摸，宋池手臂的肌肉难以察觉地缩紧，旋即又放松下来，他主动解释道："那年的箭伤留了疤，怕你不喜欢，突发奇想文上刺青。武将们多喜欢虎豹雄鹰之类，狰狞可怖，我又怕吓到你，遂自己画了这个给刺青师傅。"

虞宁初听过刺青的方式，细细的眉皱起来："是不是很疼？"

宋池笑道："还好。左边背上也有，要看吗？"

虞宁初点点头。

宋池背过去，露出左后肩的一幅鲤鱼出水图，与那条小青龙异曲同工。这只鲤鱼也跟真的鲤鱼不一样，身形漂亮得更像传说中的鲛人，一双鱼眼笑眯眯的，弯成两条线。小鲤鱼周围的水纹与荷叶也都画出来了，虽然只是寥寥几笔，却可见丹青不俗。

虞宁初的手指触上去，很快就在中间碰到了被宋池刻意隐藏起来的伤疤，眼泪啪嗒掉进水中。因为怕她嫌弃，他竟然又白白吃了两次刺青的疼。人家大将军都刺虎豹雄鹰，他刺这么两样哄人的，若被将士们看到，还不笑掉大牙？

这一针一针、一线一线，都是为了她。闭上眼睛，虞宁初靠近他的肩膀，轻轻地吻上他的疤。比水波还要温柔的触碰让宋池全身一僵，就在他想回头看时，虞宁初的手抱上来，整个人都贴到他的背上。

宋池看着腰间的手，哑声道："你再不松开，我要误会了。"

那手瑟缩了一下，却没有离开。宋池猛地转身，将她重重抵在桶壁上。

上半夜没睡，下半夜虞宁初睡得特别沉，耳边传来轻轻翻身的声音，虞宁初忽然就醒了，睁开眼睛又被窗边透过来的光亮刺到，赶紧闭上。

熟悉的笑声传过来，带着一丝刚刚起床的喑哑。虞宁初往被子里缩了缩，闷声问他："什么时候了？"

宋池扒下挡住她的脸的被子，一手撑床，一手撑到她另一侧，整个人又覆了上来。

虞宁初慌乱地以手掩面，宋池便从她的脖子开始亲。

虞宁初不安地问："不是要进宫吗？现在不早了吧？"

宋池心不在焉地应着："朝会要开很久，开完朝会皇上还要单独召见一些大臣，咱们就是现在去了，也要在外面等一段时间，所以不急。"

虞宁初的呼吸已经急了，想去捂又被他按住手，一旦手被按住，她便彻底失去了制止他的机会。

前院，宋湘过来了，端王府里人不多，但新妇过门该有的礼仪流程不能少，宋湘迫不及待地想要给嫂子敬茶呢。

阿谨笑着将公主殿下请到厅堂，宋湘随口问道："殿下他们还没起吗？"

阿谨体贴地替主子找借口，道："昨夜殿下被人灌得酩酊大醉，今早可能要贪睡了。公主不如先回去，等殿下醒了，我再派人去知会公主。"

宋湘看看外面明亮的晨光，猜测哥哥就是贪睡也不会太久，继续在厅堂里坐着。阿谨去厨房端来一盘早点，宋湘一边吃一边留意外面的动静。一盘早点都吃完了，一对新人还没有出现，宋湘撇撇嘴，腹诽哥哥一顿，先回去了。

阿谨默默地擦了擦汗，真怕公主继续等下去，回头大家一起尴尬。

半个多时辰后，宋池将虞宁初从浴室抱回内室，率先走出新房，叫丫鬟们进去伺候虞宁初更衣，自己去前面做些安排。

微雨、杏花走进去时，虞宁初懒懒地躺在床上，两个丫鬟绕过屏风，靠近床榻，微雨轻声问道："王妃，要起了吗？"

虞宁初"嗯"了一声，垂眸问道："公主可曾来寻过我？"

微雨摇摇头："不曾来后院。"

虞宁初松了口气。

"扶我起来吧。"虞宁初若无其事地吩咐道，可惜绯色的耳垂泄露了她的心虚。

从床边走到梳妆台前，因要进宫，今早虞宁初的扮相十分隆重，宽大烦琐的王妃朝服让她在这个秋日的上午都热了起来。

往前院走去时，微雨双手托着她的冠帽，打算等用过早饭再戴上。到了厅堂，见宋池、宋湘兄妹俩都在，同时朝她看来。虞宁初及时避开视线，哪个都没看，怕宋池眼含深意，怕宋湘笑她。

宋池咳了咳，一本正经道："用饭吧，阿湘，等会儿我与你嫂子进宫，你先留在府里，等我们回来，你们姑嫂再说话。”

宋湘斜了他一眼：“怎么这么客气？我跟嫂子比嫂子跟你亲近多了，还用得着你教我们如何相处？”

宋池看向虞宁初，论亲近，以前他是不如妹妹，但经过昨晚，现在他才是与虞宁初最亲密的人。

虞宁初安静地坐着，听兄妹俩争论。

“我先敬嫂子茶。”宋湘笑嘻嘻地离开座位，端着早就备好的茶碗有模有样地递到虞宁初面前。

以前两人是闺中好姐妹，从现在开始，她们便是一家人了。虞宁初笑着接过茶，喝过后，从袖子里取出为小姑子准备的礼物，是一支特意去首饰铺子定做的金簪，簪头乃一对并蒂梅，花瓣用红玉做成，白珠与金线做蕊。

宋湘爱梅，接过簪子看了又看，很喜欢，猜测道：“既然是并蒂梅花簪，你那里是不是也有一支？”

虞宁初点头。

宋湘得意道：“咱俩有一样的梅花簪，回头一起戴上气明岚去。”

虞宁初低头笑了，其实表姐成亲时，她送了表姐一支并蒂菊花簪，并且准备在宋湘嫁人时定做三套一样的首饰，三人一人一套，作为姐妹情谊的纪念。

因为有宋湘在，虞宁初少了很多与宋池单独在一起时的尴尬，两人你一言我一语，完全当宋池不在。饭后，虞宁初漱过口，微雨替她戴好珠光宝气的王妃冠帽。准备妥当后，宋池叫妹妹自去练武，牵着虞宁初的手朝外走去。

马车已经停在王府门外，虞宁初与宋池并肩跨出正门，就在此时，余光里忽然出现了一道白色的身影。虞宁初偏头看去，虽然隔了半条巷子的距离，但她还是认出了沈明漪，只是眼前的沈明漪瘦得惊人，至于神色，隔得太远，看不清楚，但总归不是笑的样子。

宋池上前一步挡住她的视线，闲聊般解释道：“那边是安王府。”

说完，他的手放到虞宁初的背上，微微推着她走向马车。虞宁初心情复杂，上车之前，再次朝安王府的方向看去，沈明漪已经不见了。

沈明漪显然是故意等他们的，但虞宁初并不认为她是想以表姐的身份遥遥地为自己送上祝福。她还是没有忘记宋池吧？大家还是闺中姐妹时，沈明漪就一直担心虞宁初会勾引宋池，甚至跑去宋池面前质问他有没有喜欢她，如今她与宋池真的成亲，沈明漪却成了一个替疑似身世不明的王爷守寡的女人……

等宋池上了车，在她身边坐下，虞宁初低声问："安王究竟是不是……"

这个问题，可能只有亲自处理太子造反案的宋池最清楚，问别人都得不到准确的回答。

宋池笑道："为何不是？先帝从未否认太子与安王的血统。"

这分明是与外人交谈时的场面话，虞宁初忍不住埋怨了他一句："我诚心问你的。"

宋池仿佛才反应过来，俯身靠近。温热的气息落在耳上，脑海中顿时闪过好多亲密的画面，但为了听到答案，虞宁初只是攥了攥袖子，稳稳地坐着，等他悄声告诉自己。然而意料之中的答案并没有响起，倒被那不正经的王爷咬起了耳朵，虞宁初立即要躲开，宋池笑着揽住她的腰，另一只手托着她的后脑，免得弄乱发髻，肆无忌惮地亲了起来。

他几乎亲了虞宁初整整一路，快到宫门前才松开她。虞宁初早就把沈明漪的身影抛到了九霄云外，一边气息不稳地整理礼服，一边瞪了他一眼。宋池默默地看着她的一举一动，心情很好。

宋池对宫里的一切都很熟悉，带着虞宁初来到御书房外，如他所说，外面果然候着两位臣子，其中一位穿着红色官服，另一位穿着青色官服。本朝四品及以上官员穿红色官服，五至七品穿青色官服。

见到宋池，两位官员都躬身弯腰行礼。

宋池声音温润："免礼。"

两位官员直起身，红袍官员显然与宋池比较熟悉，落落大方，穿青袍的那个始终含胸缩背低着头，不知是胆小还是怎么回事。

"王爷王妃先请。"红袍官员请宋池二人站到他前面。

宋池笑道："本王与王妃不急，徐大人求见皇上是为了政事，耽误不得。"

虞宁初安静地站在宋池身边，还是第一次亲眼见到宋池与高级官员打交道，风度翩翩，温和谦让，颇有贤王风范。想到自己曾经误会宋池乃韩国舅、安王之流，虞宁初耳后便一阵阵火烧似的。

突然，她发现站在两人前面的青袍官员垂在身侧的手竟然在微微颤抖，这太奇怪了，虞宁初终于看向对方低垂的脸。毕竟见过，哪怕周既明有意掩饰，虞宁初还是认出了他。这下她更不解了，虽然不满周既明曾经短暂的失礼，可她并没有开口斥责，后来周既明高中探花，她还给周老包了十两银子庆贺，可周既明为何见到她如此害怕？

周既明哪里是怕虞宁初，他怕的是宋池。当初高中探花，他还为了要不要去向虞宁初提亲而痛苦挣扎，最终因为担心娶了虞宁初会成为皇后的眼中钉而舍弃了美人，没承想，没过多久，他居然听说了端王向虞宁初提亲的消息，而且这门亲事很快就成了！

周既明怕端王窥破自己的秘密，别人做不到，可端王曾经掌管锦衣卫，连老谋深算的韩国舅都死在了端王手里，要想查出他曾经对虞宁初的冒犯又有何难？再者，虞宁初送他贺礼，他却没去提亲，虞宁初会不会记自己一笔，找机会在端王面前说他的坏话？

各种念头在周既明的脑海里翻滚，他几乎要站立不住。

宋池的确认出了周既明，不过时至今日，他早已不把一个小小的探花郎放在心上。昨夜，阿芜可是主动亲了他的背，这世上再也不会有别的男人能让她这般。

御书房里，昭元帝与周既明说完话，问旁边的袁公公：“端王他们还没到吗？”

他还在惦记那碗侄媳妇茶。

袁公公笑道：“到了，方才徐大人请殿下先行入内，殿下说政事要紧，他与王妃不急，这会儿就在外面。”

昭元帝笑了，让袁公公去请夫妻俩进来。

虞宁初虽然见过一次昭元帝，可她毕竟是第一次进宫，宫内殿宇巍峨，处处彰显威严，尤其是刚刚那位穿红色官服的徐大人从里面出来时，好像是被昭元帝训斥了，脸色都是白的，一边擦汗一边匆匆离去，这样的一幕顿时让虞宁初明白，那晚她面上自轻实际却在怨恨昭元帝，其实冒了很大的风险，倘若昭元帝胸襟狭窄些，或是早已对母亲没有丝毫愧疚，他都有可能降罚于她。不过，当时虞宁初又哪有心情考虑那么多？所思所想都是发自肺腑地替母亲感到委屈罢了。

跟着宋池往里走，虞宁初暗暗告诫自己，已经冒犯过一次昭元帝了，以后再不可任性妄为，当时刻谨记伴君如伴虎。

昭元帝还在抓紧时间批阅奏折，待小两口进门，才停下笔，抬眼看去。最先看到的，还是虞宁初。虽然知道这个年轻的女子只是沈嫣的女儿，可母女俩太像太像了，纵使有心理准备，昭元帝还是失了神。

沈嫣出嫁得早，去世时不过二十五岁，还是花样年华。她短暂一生吃过的所有苦，都是因为他的一念之差。

“侄子拜见皇伯父。”宋池笑着行礼，率先打破沉默。

虞宁初马上跟着他拜道：“侄媳拜见皇伯父。”

宋池与昭元帝相处时大都是喊“皇上”，今日既然是来敬茶，遂改了口。

昭元帝收回飘远的神思，笑道：“好好好，你们两个早就相识，今日终于修成正果，朕很替你们高兴。”

虞宁初飞快地瞥了昭元帝一眼，四十出头的帝王，微笑起来温雅随和，真的很平易近人，任谁也想不到他年轻时会做出那种事。

袁公公命人铺好蒲团，虞宁初与宋池并肩跪在昭元帝面前分别敬茶。昭元帝作为长辈，自然是要给侄媳妇赐礼的，礼物早已备好，由袁公公亲自送到宋池与虞宁初面前。

袁公公笑眯眯地抽开一个长长的匣子的盖子，恰好阳光从琉璃窗外洒进来，匣盖一抽，虞宁初先被里面流转的光华闪了眼，袁公公及时调整位置，虞宁初这才看清匣子里是两套嵌宝石的头面。摆在左侧的一套首饰，每件都嵌了至少五颗宝石，红、黄、蓝、绿、紫，华光闪烁，雍容大气贵重；右边的一套也基本都嵌了一至两颗大宝石，再点缀米粒大的细碎宝石，造型别致典雅，更适合日常佩戴。一眼看过去，匣子里面的宝石根本数不清。

宋池示意袁公公盖上盖子，笑着对昭元帝道："皇伯父这份礼物太贵重了，侄子怕阿芜胆小，从此日夜都要守着这些首饰，以防被人偷了去。"

虞宁初配合他的话，羞赧地低下头。

昭元帝笑道："你是堂堂王爷，还能让小贼溜进府里不成？收下吧，这样的宝石宫中还有很多，将来你二弟娶妻或是你两个妹妹出嫁，朕也会赐给她们一份，谁也不偏。"

如此名贵的首饰，都是正德帝收藏的，他的后宫就郑皇后一个女人，她年纪大了用不着这些，若不分给小辈，便只能让这些宝石继续在帝王的私库里积灰，暴殄天物。他这么一说，宋池便替虞宁初收下了这份贵礼。

昭元帝闲暇不多，又闲话几句，宋池便与虞宁初退下了。

虞宁初对皇宫不熟，完全跟着宋池走，走着走着，她发现宋池竟然要带她出宫，不由得回望一眼，奇怪道："咱们不去给皇后娘娘请安吗？"

郑皇后于宋池，相当于韩氏于沈牧、沈阔、沈逸，便是没有皇后这个身份，侄子娶妻，也得给伯母敬茶的。

宋池笑了笑，靠近她一步，低声道："皇后对我不慈，我亦不想对她行孝。年前我已经求了皇上口谕，你我二人包括阿湘见到皇后都不必行礼，阿芜千万记住，以后莫要在皇后面前失了咱们端王府的气势。"

他说得轻飘飘的，虞宁初心里却掀起了风浪。宋池年前就求了昭元帝的口谕，那时候郑皇后才刚刚进京，也就是说郑皇后对宋池的不慈，犯在太原，犯在宋池还住在晋王府时。宋池进京时才九岁，是什么样的不慈会让宋池记恨十几年，甚至昭元帝也愿意纵容他对郑皇后的无礼？

虞宁初想到了宋池母亲的死，只是看着他若无其事笑容如常的脸，她问不出口。

虽然两人做了夫妻，成了天底下最最亲密的人，但那不代表她马上就可以打探他的秘密。宋池看起来也不像喜欢与她分享秘密的人，她只是因为沈明漪的出现，好奇之下询问他安王究竟是不是皇家血统，宋池都敷衍了过去，不肯对她说实话。毋庸置疑，宋池将她放在心上，甚至愿意为了照顾她的喜恶而在身上刺青，但他的心里有一间挂了锁的小房子，眼下她还没有获得能进去的钥匙。好在，虞宁初并不是非要刺探别人秘密的人。

回到马车上，宋池仿佛早已将郑皇后抛到脑后，打开昭元帝赏赐的匣子，目光一一扫过那些首饰，最后从里面取出一支中间嵌着荔枝大小的红宝石的金莲花簪子，再在虞宁初浓密如云的发髻中找到一处合适的位置，缓缓将金簪插进去。弄好了，他偏着头，目光在她发间与脸上辗转。

虞宁初很快就承受不住这般明晃晃的欣赏，偏过头，同时抬起手想取下这支过于贵重的金簪。

宋池握住她的手，笑道："回门那日咱们先去四井胡同，再去一趟护国公府，你就戴这支簪子。"

戴簪子肯定是显摆的意思，二夫人是他的亲姑母，三夫人是她的亲舅母，那么宋池希望她显摆的对象，自然就是太夫人。虞宁初心里也想气气太夫人，只是她嫁给宋池，宋池陪她去太夫人面前走一圈就够太夫人受的了，再戴一支明晃晃的宝石簪子就过于明显了，若叫大表哥和二舅舅看出来，倒显得她太没胸襟，跟长辈斤斤计较。

"还是算了吧，真把太夫人气出好歹来，大表哥他们该难受了。"虞宁初挣开他的手，小心翼翼地取下簪子。

宋池看着她黑润的眼睛，笑了笑："你叫大表哥一直叫得很亲，不像喊池表哥，次次都像被人强迫一样。"

周既明算什么？沈琢才是最让宋池在意的人，如果不是她进京时他已经定亲，做不来背信弃义之事，或许他就会向虞宁初提亲。

虞宁初一下子听出了宋池话里的酸气，恼了，她敬重沈琢不假，可谁让宋池不做让她敬重之事呢？

"我喊二表哥、三表哥一样很亲。"虞宁初绷起脸，既是证明沈琢、沈牧、沈逸与自己都是兄妹之情，又讽刺宋池之前的种种轻佻举动。

宋池笑道："亲才好，你若对我像对他们一样亲，反而显不出我的特别来。"

说着，他再次将虞宁初抵到车板上，按住她的手吻起来。虞宁初恼他的拈酸，不想配合，只是躲了几次终究躲不过，又被他亲了一路，且比去时更大胆，手也不老实，幸好宋池留了分寸，始终没有弄乱她的发髻。

当马车停在端王府门前，宋池替虞宁初系好王妃礼服的裙带，从后面抱着她，一边亲她的耳朵一边低声道："阿湘肯定会来找你，你陪她坐一会儿就是，不要耽搁太久。"

那声音哑哑的，如夜里的耳鬓厮磨，意思不言而喻。虞宁初真的怕他了，胡乱地点点头，先敷衍他。

下了马车，进了厅堂，宋池先陪虞宁初接受王府大小管事与仆人的拜见。宋湘过来看热闹，等仆人们都退下，宋湘自然而然地拉着虞宁初去了后院。

宋池无所事事，准备去书房看会儿书，吩咐阿谨道："公主走了，你来知会我。"

阿谨："是。"

后院，宋湘叫丫鬟们在外面待着，陪虞宁初来到内室。虞宁初怕她问些不该问的，佯装抱怨道："我还要更衣梳头呢。"

宋湘笑道："这个简单，我帮你换。"

虞宁初哪敢让宋湘帮忙更衣，连忙走到梳妆台前坐下，从镜子里看着她道："你帮我梳头吧，简单一点就好。"

宋湘笑着站到她身后，先把头上那堆发饰一一取下来。

"阿芜，我哥哥以前很坏，现在你嫁过来，他对你好不好啊？"梳头时，宋湘意味深长地问。

虞宁初装傻，垂眼道："才一日，哪能看出好不好，他总不能新婚期间就对我凶吧？"

宋湘忍不住轻轻捶了她一下。

虞宁初抢回自己的头发，一边胡乱地梳着一边嗔怪宋湘："阿湘，你为什么喜欢打听这个？一点都不像个女孩子。"

宋湘水汪汪的大眼睛转了转，终于还是与虞宁初分享了自己隐瞒许久的秘密，悄声道："因为我也在写话本，也会写到男女之情，我不想写得像那些男人一样，毕竟女子是什么感受，只有女子才清楚，可我又不能去问别人，只能找你跟明岚打听了。”

虞宁初总算明白了，笑着问：“你写的什么故事，写完了吗？”

宋湘挠挠头道：“早呢，两年前就有了想法，删删改改的，今年才确定究竟要怎么写。”

虞宁初问：“那你写了多少？可以给我看看吗？”

宋湘犹豫片刻，点点头，姑嫂俩亲昵地携手离去。

阿谨见了，去书房回话：“殿下，王妃随公主去晴芳堂了。”

宋池：“……”

宋池与虞宁初出宫时，十八岁的康王宋澈、十六岁的公主宋沁还在陪郑皇后等着夫妻俩来见礼。小太监在前面打探到消息，匆匆跑过来告诉了郑皇后身边的魏公公。魏公公弯着腰站在廊檐下，看看里面，已能想象出主子的愠怒。

魏公公非常不喜欢亲口向主子传递坏消息，朝小太监使个眼色：“走吧，你去回娘娘。”

小太监苦着脸，却不敢不从。很快，他战战兢兢地将端王、端王妃已经出宫的消息禀报给了皇后娘娘。

郑皇后抿紧嘴唇，修长的甲尖刺破手心，渗出一滴血珠。

宋沁愤怒地问道：“他们还没有给母后请安，怎么就走了？”

小太监哪里知道为什么，结结巴巴地猜测道：“可能、可能端王殿下临时有什么事吧。”

宋沁被气笑了，堂哥刚刚成亲，能有什么事，什么事又比给母亲请安重要？堂哥这么做，分明是没把母亲放在眼里！

“好了，走了就走了，你们两个也该做什么就去做什么吧。”郑皇后不想让孩子们看见她的愤怒，心平气和地说完，先离开了。

宋沁管不了母亲，对宋澈道：“哥哥，大哥这样太不成体统，既然他不给母后颜面，下次端王府请客，咱们也不要去了，除非他向母后认错，咱们都不要原谅他。”

当年宋池离开太原时，宋澈、宋沁都是小孩子，堂兄妹间本就没有处出多深厚的感情，便是有也早在漫长的岁月里淡忘了。宋沁眼中的宋池，虽有拥护父皇登基之功，却居功自傲，除了敬重父皇，对他们都不够尊重，眼高于顶。宋澈记得的，比妹妹多一些。

那年他六岁，有一天，他在花园里玩耍，忽然听到有丫鬟尖叫，好奇地跑了过去。王府里有一座工匠堆砌起来的小山，四面种植了不同季节的花树，从山脚到山顶，铺了几条石阶。当时枫叶正红，宋澈一路跑过去，在通向赏枫亭的台阶脚下，看到了倒在地上的二婶。那个平时笑起来又美又温柔的二婶一动不动地躺着，穿着一条绣枫叶的白裙，却有一片红色在二婶身下漫延开来，比山间随风轻摇的枫叶还要红。没等他看清楚，追上来的嬷嬷便捂住他的眼睛，将他带走了。

接下来，府里为二婶准备了丧事，没过多久，二叔走了，堂哥也带着堂妹走了，父王开始长住兵营。他哭着去问母亲究竟发生了什么事，母亲告诉他，是二婶身边的丫鬟没伺候好，害得二婶滚落山下，一尸两命。

母亲告诉他，堂哥不懂事，听信丫鬟的狡辩，诬陷是母亲推了二婶，所以才会离开。宋澈不知道该不该相信母亲，他也不知道那一日母亲与二婶之间究竟发生了什么，只是他偶尔会梦见二婶，梦见那片火红的枫林，也会梦见二婶身下的红。

“可能大哥真的有事吧。”宋澈看一眼义愤填膺的妹妹，心平气和地解释道。

如果事情真的是母亲做的，大哥该恨母亲。如果事情不是母亲做的，大哥只是误会了，那大哥终究是个可怜人，小小年纪就失去了父母关爱，包括一个尚未出生的弟弟或妹妹。

“我先出宫了，你也不小了，母后如果心情不好，你去她面前添油加醋只会加重母后的郁气。”宋澈嘱咐妹妹道。

宋沁恨铁不成钢地看着他：“听说大哥去你府上喝过酒？哼，我看你就是被他灌了迷魂汤，你可别忘了前太子和安王都是怎么死的，他们活着的时候，大哥与他们也情同手足。”

从父皇只封哥哥做王爷而不是太子开始，宋沁就无法再把宋池当成可以放心亲近的堂哥。父皇偏心，让她与宋湘同为公主，只有将来哥哥继位，她的地位才可能超过宋湘。宋沁在太原时便是官家闺秀们奉承巴结的第一人，没道理到了京城，父皇都当皇上了，她反而要被宋湘压制！

宋澈背对着妹妹往外走，嘴角浮现一丝苦笑。谋划帝位的大事，父皇从未让他参与，他每日只管读书，与普通人家的书生没什么差别，他也从来没有想过可以坐上那个位置，住在王府时不曾想，来京路上时也不曾想。储君之位，如果父皇希望他坐，他会勤勉学习，努力不辜负父皇的期待，如果父皇觉得大哥更适合，他……其实也是这么想的。

他怎么可能比得过大哥？同是九岁的年纪，大哥敢带着堂妹背井离乡前往京城，他却还在被母亲关心衣裳穿得暖不暖。同是十八岁的年纪，他才刚刚领了一份闲差，大哥已经潜伏在昏君奸臣身边图谋大事，命悬一线。

端王府，宋湘的院子叫晴芳堂。虞宁初以前常来这边做客，对一切都很熟悉，或许正因如此，她在晴芳堂待得悠然自在。

宋湘的话本已经写了半册，厚厚的一摞稿纸，说是一个行走江湖的侠女偶然救下一个手无缚鸡之力的文弱的俊美公子，文弱公子被继母派人刺杀，侠女要护送他回京继承家产，两人一路上互帮互助、协议成亲、假戏真做，联手将继母等人送进牢房的快意故事。当然，虞宁初看得没有那么快，是宋湘先讲了故事梗概给她听。

虞宁初看了几页，笑着问宋湘："这位侠女就是你，是不是？"无论身高、性情还是一些言论，都与宋湘对得上。

宋湘狡辩道："才不是我，一个人写自己的生平那叫自传，我这是话本，都是虚构的。"

虞宁初当然知道故事是假的，没有继续与宋湘较真。

"你觉得怎么样？"第一次展示自己的故事，宋湘有些紧张。

虞宁初看过的话本不多，印象最深的就是去年生辰时宋湘送的忘尘先生的新作，与忘尘先生的故事相比，宋湘无论在文字措辞、人物关系或是发展逻辑上都远远不及，不过大多数话本讲的都是男人的故事，女子只是附庸，所以宋湘这本书，是虞宁初第一次读一个女人的故事，感觉极其新颖。

“我很喜欢。”虞宁初由衷道，鼓励宋湘，“你可要快点写，我等着看完呢。”

宋湘见她神色认真，不似哄人，脸烧起来了，用嫌弃的语气道：“说你是外行你还真是外行，写故事哪里快得起来，前前后后要改很久呢，没看忘尘先生两年才出一个故事。”

虞宁初难得看见宋湘脸红，自然把握机会揶揄了一番。

时间不知不觉过去，宋池派杏花来叫两人去正院用午饭。虞宁初看看剩下的稿纸，再有一个时辰应该能看完。

“我把这个带回去看可以吗？”虞宁初问。

宋湘立即抢回稿纸，威胁道：“不可以，你也不可以对哥哥或其他任何人提我写书的事，否则我跟你恩断义绝，说到做到！”

虞宁初怕了她：“好好好，那我吃完饭再随你过来。”

看故事就是这样，平时想不起来，一旦看了，不看完就不舒服，心里老是惦记。

宋湘满意了，姑嫂俩手挽着手回了正院。

“去了这么久，你们做什么了？”厅堂里，宋池端着茶碗，微笑着问终于肯回来的新婚妻子。

虞宁初在他的眼里看到了危险，扭头去看宋湘，宋湘正警惕地看着她。

“就聊了聊家常，一不留神竟然都晌午了。”虞宁初只好编了个借口，好姐妹聊天，本来就能聊很久。

宋湘马上配合地点头。

宋池没有再审，丫鬟们端上饭菜。午饭非常丰盛，还有一道山药枸杞乌鸡汤，端王府的厨子深谙养生之道，知道新婚夫妻喝什么最好。微雨给王爷、王妃、公主各盛了一碗。

宋池看向虞宁初，虞宁初心慌意乱。

气氛还算融洽地吃了饭，虞宁初用眼神提醒宋湘，宋湘开口道：“哥哥，我那边还有点事要嫂子帮忙，我带嫂子过去啦。”

宋池笑道:“什么事?我现在也闲着,或许可以帮你们一起做。”

宋湘怕暴露自己的秘密,抢着道:“女红,你懂吗?”

说完,她拉着虞宁初转身就走。

被宋池盯着的时候,虞宁初心慌极了,一脱离宋池的视线,虞宁初又高兴可以继续去看故事了。

午后的阳光暖融融的,虞宁初坐在宋湘的床上看得津津有味,宋湘也陪她一起看,不时解释一下为何要这么写。看着看着,宋湘打了个哈欠,虞宁初也跟着打了一个,她的脑子还想继续看,可身体累了,昨晚她是真的没睡好。

“就在我这边歇晌吧。”宋湘收起稿纸,劝虞宁初道。

虞宁初擦掉眼角困出来的泪,想到回去了肯定要被宋池欺负,不假思索地同意了。

她这一睡,就睡到了黄昏。宋湘起得早,见她睡得香便没忍心打扰,拿着笔坐在窗边继续写书。

微风从窗外飘进来,虞宁初在沙沙的落笔声中醒了,透过薄纱罗帐,她瞧见宋湘收起笔,起身伸了个懒腰。

忽然,外面传来珊瑚的声音:“公主,殿下来了,说是来接王妃回去,王妃还没醒吗?”

宋湘看向床上,虞宁初睡得恍惚,一边坐起来一边问:“什么时候了?”

宋湘笑道:“快吃晚饭的时辰了,嫂子可算醒了,哥哥已经让丫鬟跑好几趟了,怕不是怀疑我把你弄丢了,这次干脆自己来了。”

虞宁初低眸咬唇,宋池也真是的,她不就是在这边歇个晌吗?也值得他催,白白叫她听宋湘笑话。

珊瑚伺候虞宁初净面梳头,就这么一会儿工夫,外面的天色明显暗了,虞宁初仿佛能看见西边那轮红日正在缓缓下沉。原来宋湘没有哄她,她是真的睡了一下午。梳妆完毕,虞宁初领着珊瑚去了前面,见宋池、宋湘兄妹俩在厅堂坐着。

夕阳在厅前洒落一片金红,当虞宁初出现在那片柔和的光晕中时,轻声交谈的兄妹俩都顿住了,目光不约而同地落在虞宁初被夕阳映红的芙蓉面上,少女如花，迎着光的侧脸与脖颈好似柿红色的琥珀，流转着令人目眩神迷的光泽。

直到虞宁初跨进来，宋池才端起旁边的茶碗，垂眸轻饮，仿佛刚刚并没有多看。

宋湘看了看外面明丽的夕阳，想象哥哥嫂子漫步其中的画面，笑着对二人道：“时候不早了，我懒得再跑，你们回去吧，我让小厨房开伙。”

虞宁初道：“那边饭都做好了，你何必再麻烦一回，一起去吧。”

宋湘朝她眨眨眼：“我还有事情忙呢，不想耽搁时间。”

虞宁初懂了，写故事需要灵感，宋湘现在肯定特别有写书的热情。

宋池始终默默听着，见形影不离的姑嫂俩商量好了，才放下茶碗道：“既如此，我与你嫂子先走了。”

宋湘将两人送到晴芳堂的院门外，带着丫鬟折返。晴芳堂在王府正院的东边，虞宁初与宋池往回走，恰好迎着夕阳。夕阳如此灿烂，映红了两旁的花树，也刺得虞宁初躲到宋池身后，借用他的肩膀挡住晃眼的阳光。

前面的“人墙”突然转过身来，虞宁初差点撞到他，刚要往后退一步，宋池突然伸手将她拉到怀中。虞宁初吓得左看右看前看后看，担心被府里的下人瞧见。幸好，王府里主子不多，下人也不是很多，整条路上都静悄悄的。

“故意躲我是不是？”欣赏完她小老鼠一样做贼心虚的可爱动作，宋池抬起她的下巴，黑眸看进她的眼睛，“刚刚嫁过来就把夫君晾在一旁，你莫非忘了出嫁前舅母的谆谆教诲？”

虞宁初被他说得耳尖发烫，垂下长长的睫毛，小声道：“没有，晌午真的有事要帮阿湘，后来……后来困了，想着在她这边睡两刻钟就回去，没想到一下子睡了这么久，可、可能是昨晚没睡好吧。”

她从来不是贪睡的人，这次意外睡了一下午，说起来都要怪他。虞宁初那最后一句话，就是提醒宋池反思自己的过错。

宋池果然反思了一下，然后靠近她，笑着问：“昨晚怎么没睡好？是新床不习惯，还是为夫伺候不周？”

短短三句，弄得小王妃脸红了脖子也红了，恼羞之下一拳捶在他胸口，真是一个字都不能再听下去。

宋池看见的，却是她酣睡一晌后越发娇美的脸和那对粉艳润泽的唇。他勒着她的腰往上提，热切地吻了上去。因为刚刚打他，虞宁初的双臂夹在两人之间动弹不了，只能被迫踮起双脚乖乖地给他亲。这一吻太长，绚烂的夕阳消失，夜幕降临。

虞宁初大梦惊醒般反应过来："你做什么呢！"

"人的耐性是有限的，谁让你让我独守空房一下午？"宋池一手揽着她的腰，在她耳边说着话，语气里混合着霸道与调侃及一丝担心她生气的哄求，所以声音越来越低，"别担心，不会有人过来，我说过的，从不会让你落到那般境地。"

有风吹过，头顶的花树落下两片树叶，周围是那么静，虞宁初甚至能听见王府花园那边传来的流水声，但渐渐地她什么都听不见了，耳边只剩宋池，心里也全被他塞满。

待到夜色吞噬一切，宋池终于将虞宁初放开，她无力地倚在他的肩膀，宋池亲亲她的脸，又热又烫，借着那微弱的一丝星光，他仔细观察她的神情，发现并无怒容或泪痕。

宋池长松一口气，抱着人保证道："只这一次，以后再也不在外面胡来。"

虞宁初往他的肩窝里缩了缩。其实，她最怕的是被人撞见，并没有很气他。

确定她还好后，宋池转身，让虞宁初趴到自己背上来："背你一会儿，到了正院再放你下去。"

虞宁初这会儿腿还软着，无意逞强，抱住了他的脖子。夜里起了一丝秋风，清清凉凉刚刚好，虞宁初趴在宋池宽阔的肩头，随着他沉稳的步伐，人彻底清醒过来，想到他的坏，虞宁初轻轻地咬住了他的脖子。

宋池深深地吸了一口气，知道小王妃是要与他算账了。

"不敢了，以后再也不敢了。"脖子还被她咬着，宋池不能转头，连声保证道。

虞宁初还是不松口，认识这么久，她会轻信他的话？

宋池只好道："回房换个地方给你咬，别咬脖子行不行？后日还要陪你回门，叫舅舅、舅母看到……"

话没说完，虞宁初放开他，一下一下地拧着他的肩，有的地方过于紧实拧不起来，她就专门找能拧动的地方。宋池一边吸气一边往前走，快到正院了，他放下虞宁初，哭笑不得道："你学过种地是不是，把我的背当地翻土是不是？"

虞宁初偏过头，藏起眼中的笑。

宋池当她还没有出够气，马上又把人抱到怀里，抓着她的手放到胸口，低声哄道："只要你喜欢，吃完饭前面也给你翻。"

虞宁初瞪他一眼，转身往前走去。

厨房等了很久，从黄昏等到天黑，主子们终于回来了，赶紧重新热了一遍饭菜，送到厅里来。在黑的地方虞宁初敢朝宋池发脾气，一到亮敞的地方，都不用宋池说话，只要他看过来，虞宁初便输了气势，眼前全是刚刚的那片宁静。明明是他无耻无赖，羞于见人的却变成了她，这大概就是天生的脸皮厚吧。

晚饭仍然有一道补汤，虞宁初喝完一碗，宋池又给她盛了一碗。虞宁初心想，这会儿知道装体贴了，真的会心疼人，有本事今晚他早点睡？

翌日，虞宁初直接睡到了日上三竿。宋池已经起来了，听杏花说他去前面练武了，虞宁初看看旁边的枕头，想到昨晚他说的那些话，终于明白他之前温柔的沉默都是装出来的，想也知道，婚前就敢一直偷偷摸摸欺负她的人，婚后怎么可能就变老实？他的轻佻只会变本加厉。真不知道究竟是所有男子都这样，还是独独是他如此。

"找表姐问问"的念头在脑海里一闪而过，旋即被虞宁初放弃，她没有宋湘那么大胆，不好意思问这些。

王府里没有长辈，虞宁初不用因为晚起而尴尬，刚收拾好，宋池过来了，陪她用早饭。外表君子如玉的男人，不管做了什么，都装得道貌岸然，这本事也不得不令人佩服。

虞宁初努力学习他的这个本领，瞥他一眼，若无其事地问道："阿湘过来了吗？吃没吃早饭？"

宋池笑道："昨日你歇晌时，我与阿湘打过招呼，平时我早起当差，你们姑嫂便一起用早饭，如果我休沐在家，她就晌午与晚上过来吃饭，早饭就免了，毕竟我难得休息，不想起太早，也不想她饿着肚子等。”

虞宁初无言以对，又瞪了宋池一眼。宋池摸了摸脖子，虞宁初下意识看过去，见他白皙的脖子上多了一块暗红，好像是她昨晚咬过的地方。

“下次注意点吧，别咬外人能看见的地方。”宋池煞有介事道。

虞宁初顿时想到了自己，发现被他带偏了思绪，虞宁初摇摇头，朝外吩咐微雨、杏花快快传饭。吃饭好，吃饭就能堵住宋池的嘴了。

饭后，阿谨、阿默分别抱着一个箱子过来，抬到次间就退下了。

宋池指着两个箱子朝虞宁初道：“这便是你夫君的全部家业，如今交给王妃，还请王妃费心打理。”

夫妻成婚，基本都是男主官场，妻子打理家务，虞宁初没什么好拒绝的。宋池陪她简单过了一遍，主要是介绍各处庄子、铺子的管事，之后就让丫鬟把账本抬走了。

虞宁初不解道：“我还没看完呢。”

宋池将人拉到怀里，笑道：“等我当差了，你有的是工夫看。”

虞宁初怕他又来，下意识地抓紧他的手。

宋池抵着她的肩膀闷笑，笑够了才牵着她站起来，道：“秋光不错，我陪你去花园逛逛。”

花园？想到昨晚那场胡闹，虞宁初更加抗拒了。

宋池捏捏她粉嘟嘟的脸：“想到哪里去了，咱们先去找阿湘，一起逛。”

虞宁初这才放心。三人一起逛了逛花园，然后在一处亭子里休息，宋湘像一只快活的小鸟，与虞宁初有说不完的话。

宋池看着妹妹，想到昭元帝赐给妹妹的公主府九月就能完工。他并不想妹妹嫁人，只是到了年纪，他再不帮着挑选夫婿，便不是一个好哥哥了。

第七章 赏月小楼

昨日晌午虞宁初躲了宋池，今天可不敢再避着他了。平心而论，宋池在外当官也不容易，平时都是早出晚归，难得成亲能休息两日，他想做什么就做什么吧，反正熬过明日回门，宋池就得乖乖上朝当差，想留在家里享乐都不成。

夫妻俩一进内室，两个丫鬟自觉地退了出去。虞宁初坐到梳妆台前，刚挪好椅子抬起头，就在镜子里看到了宋池。

“梳头吗？我帮你。”宋池站在她身后，见她默许，便先将她头上的首饰一件一件地取下来。这些事他以前虽然没有做过，但梳头难，通发却简单多了，只需动作轻些，别拉扯到她的头发就好，用不上其他技巧。

虞宁初拥有一头又细又软又浓密的秀发，散开后瀑布般倾洒下来，大部分都顺顺帖帖地垂落在背后，少部分微微卷曲，凌乱而慵懒。虞宁初下意识地想用手指捋顺那几缕乱发，宋池马上用牛角梳轻轻敲了敲她的手：“小的来，王妃只管坐着。”虞宁初抿唇在镜子里瞋了他一眼。

低眸待了一会儿，她悄悄看向镜中，见宋池一手托着她的发尾，一手拿着梳子缓缓地往下梳着，偶尔有卡到的地方就会耐心地解开。曾经被人误会杀人不眨眼的端王殿下，此时目光专注，神态温和，与他作画时的风雅很像。宋池从左到右将她的每一缕发梳得畅通无阻，圆润的梳齿轻轻触碰头部的各个穴位，虞宁初仿佛泡在汤池中，坐着都要睡着了。

终于，宋池将梳子放到台上，虞宁初睁开几欲合拢的眼，从椅子与梳妆台间绕出来，柔声问他："你要梳头吗？"

宋池笑道："束着更方便一些。"

虞宁初太困了，没深思方便是什么意思，绕到屏风后面褪下外裳。

宋池走过来，眼睛看着她，手开始熟练地宽衣解带。虞宁初故意转过去，两人各脱各的，脱好后，虞宁初穿着中衣爬到床上，面朝里躺好。宋池放下帐子，钻进被窝后，长臂一伸将她拉到怀里，与她说起正经事来："明日回门，给护国公府几房的礼我都备好了，只有你那对双胞胎兄妹，我拿不定主意，不如下午醒了，我陪你去库房，你自己挑？"

虞扬、虞菱与她同父异母，那个已经被虞尚休妻的继母也不是什么良善之辈，差点将虞宁初嫁给恶人，宋池不想将虞扬、虞菱当成正经的小舅子、小姨子相处，又担心虞宁初已经完全接纳了兄妹俩，万一他送的礼物太差，她会不高兴。

虞宁初明白他的意思，道："我来安排吧，那边的事无须你费心。"

虽然昭元帝登基，宋池不会再像以前为正德帝效力时那样时时刻刻处于危险之中，但他身为都察院的都御使，差事繁忙，虞宁初不想让自己家里的事耗费他的精力。

宋池亲亲她的耳后，道："你若喜欢他们，我便把他们当正经亲戚;你若不喜，我便随意些。"

虞宁初转过来，看着他的眼，含糊道："你先随意吧，我再观察观察。"

一个人究竟会变成什么样，要看他日后如何行事，虞扬、虞菱都还小，虞宁初没有把握。

第二天上午，宋池先陪虞宁初去了四井胡同。沈三爷、三夫人都早早过来了，与虞扬兄妹相比，他们才是虞宁初真正的娘家人。

新妇出嫁在夫家过得好不好，看气色就能知晓，三夫人一瞧虞宁初那粉嘟嘟的脸，宛如一朵粉牡丹饮足了水，开得娇艳鲜嫩，就知道小两口的日子十分融洽。

拜过舅舅、舅母，虞宁初对虞扬、虞菱道："天家有天家的规矩，往后你们在外面见到殿下，该守的规矩都要遵守，私底下可以自在些，唤姐夫就是。"

虞扬郑重点头，朝宋池行礼："虞扬见过姐夫。"

虞菱笑得更甜些："阿菱见过姐夫。"

宋池点点头，从微雨手中接过虞宁初亲自准备的礼物，给虞扬的是一方端砚，给虞菱的是一匣绢花，当然，兄妹俩每人还有一个红包，里面分别装了五片金叶子。金叶子是宋池准备的，再怎么说他也是个王爷，出手不能太寒酸。

沈三爷陪着宋池说话，虞宁初与三夫人去了后面。三夫人问了问她婚后这两日的情形，虞宁初只道都挺好的。两人说过私房话，虞宁初又把温嬷嬷叫过来，打听她不在家里时虞扬、虞菱都是什么表现。

温嬷嬷道："少爷还是像以前一样，勤勉读书，下了课也不贪玩，都是丫鬟提醒他活动活动筋骨他才出来走动。二姑娘定力差些，周老说她这两日课上听得不认真，我已经说过她了。"

三夫人道："是该管，虽说姑娘家不用考科举，可她现在是王妃的娘家人，怎么也得有些学问，明事懂礼，免得将来出丑连累王妃。"

温嬷嬷都懂，对虞宁初道："王妃尽管放心，我一定替您教好二姑娘。"

虞宁初道："有劳嬷嬷了，先前她在扬州，有一年多的时间没有人好好管教，难免有些小问题。"

护国公府那边还在等着，一行人很快就离开了四井胡同。因为今日虞宁初回门，周老便没来，虞扬、虞菱不用上课，送走姐夫、姐姐，兄妹俩就回房了。虞菱数过红包里的金叶子，戴上姐姐送的绢花，高兴地跑来找虞扬说话，虞扬正在看书。

"哥哥，姐夫对咱们真好，五片金叶子能换五十两银子呢。"虞菱开心地坐到哥哥身边，手里拿着那个红包。

虞扬看看妹妹，解释道:“殿下与咱们有何关系？对咱们好都是看在姐姐的面子上，你不要以为自己真就是贵人了，以后出门做客要谨小慎微，不要与别人家的闺秀小姐起争执，给姐姐与殿下添麻烦。”

虞菱朝哥哥翻一个白眼:“你想太多了吧，我能去谁家做客？京城我谁都不认识，姐姐也不带我出门。”

虞扬道:“那是因为姐姐也很少出门，父亲病了，无官无职，在京城亦无同窗好友。”

虞菱问:“那护国公府、宁国公府、端王府呢？姐姐经常过去走动，怎么不带咱们？”

虞扬道:“这三家都没有与咱们年龄相近的少爷小姐，我们过去能做什么？怎么，姐姐带咱们来京城，给咱们好吃的好穿的，还给咱们请教书先生，更有嬷嬷教导咱们规矩，你还不知足吗？”

虞菱嘟着嘴，低头道:“没有，我就是觉得待在家里太闷了。”

虞扬鼓励妹妹:“你先跟着嬷嬷学好大户人家的礼仪规矩，等你懂事了，姐姐肯定会带你出门。”

虞菱便又充满了希望。

护国公府，太夫人可以称病不去喝虞宁初的喜酒，今日端王携王妃亲自登门做客，她再称病不出，便是失礼了。她不但要出来，还得提前到护国公府的门口候着，并在宋池扶着虞宁初下车时低头行礼。

“臣妇拜见殿下、拜见王妃。”率领着沈家众人，太夫人恭声行礼。她的脸上涂着厚厚的粉，遮掩了难看的气色，可那如乌云蔽日的阴郁眼神泄露了她心中深深积压的郁气。

宋池递给虞宁初一个眼神，虞宁初笑着走上前，托住太夫人的手道:“外祖母免礼，都是一家人，您不必如此客气。”

太夫人僵硬地笑了笑，抬起头先看到了那张艳丽的脸，跟着便是虞宁初头顶的红宝石金莲花发簪。那宝石可真大啊，太夫人享了一辈子福，也没有用过这么大的宝石，这等极品货色，只有宫里的贵人有资格享用。太夫人自然不会因为一颗宝石忌妒得心口疼，但她认定虞宁初是故意用这种方式气她，于是就真的生气了。

虞宁初挨得那么近，能看到太夫人眼角的粉随着皱纹的加深而簌簌落下，她立即松开太夫人的手，回到了宋池身边。

韩氏也来了，她早已心如死灰，不在乎虞宁初是否高嫁，不过今日她看虞宁初的眼神却急切炙热，仿佛虞宁初那里有什么是她迫切渴望的。女眷们坐在一起时，韩氏直接恳请与虞宁初单独说话。虞宁初看向三夫人，有些担心，实在是韩氏的眼神让她有点发怵。

三夫人也不放心叫外甥女单独过去，劝韩氏道：“大嫂有什么事就在这边说吧，都是自家人，不会往外传的。”

韩氏紧紧抿着唇。

二夫人看看韩锦竺，两人先出去了，把厅堂留给虞宁初、三夫人与韩氏，至于太夫人，早就由嬷嬷扶走了。

韩氏知道三夫人不会走，犹豫片刻，为了女儿还是决定豁出去了，突然跪到虞宁初面前，流泪道：“阿芜，你跟明漪是一起长大的好姐妹，你也不忍心看她年纪轻轻便为了一个血统不明的人守寡一辈子对不对？你帮帮舅母，帮帮你明漪表姐，让殿下去皇上面前求求情吧，准了明漪归家好不好？”

虞宁初早在韩氏跪下时便闪到了一旁，听完韩氏的话，她的眼前浮现出那日匆匆一瞥的沈明漪消瘦的身影，可她更记得宋池的话。

“我明白大舅母的爱女之心，只是先帝不曾否认安王的血统，那安王就是名正言顺的王爷，明漪表姐还是名正言顺的安王妃，大舅母希望殿下去求情，总该有个能说服皇上的理由，不然岂不是让殿下为难？”

普通人家的男人去世后，妻子不想守寡，只要娘家人支持，基本就能顺利归家，但一个女子若做了皇家的媳妇，那就只有被休，不然没有自行归家的可能。昭元帝是很宠宋池，作为伯父，他有爱护侄子的责任，百官也不会过多议论，但安王与昭元帝是堂兄弟，哪有堂弟死了，堂兄做主替堂弟放妻的道理？无论从事理还是伦理的角度，昭元帝都不可能下旨准沈明漪归家。

“大舅母请起吧，此事牵涉天家威仪，阿芜人微言轻，恕难从命。”

午宴时，太夫人又出来了，韩氏却没有再露面。沈琢看向韩锦竺，韩锦竺回了他一个隐晦的眼神。宋池仿佛并未察觉什么，照常与沈二爷等人说话，时而回应一下沈牧的调侃。

饭后，夫妻俩不再多留，被沈府众人送上马车。车帘放下的一瞬间，虞宁初微不可察地松了口气。

宋池笑她：“怎么，应付长辈累了？”

虞宁初不知道该怎么形容那种感觉，沈府众人都是她熟悉的，还只是表姑娘时，她在长辈们眼中就是一个孩子，安静，不爱说话，长辈们也不勉强，径自聊着天，虞宁初在一旁听着也听得津津有味，并不会有被人冷落之感。而今她成了端王妃，长辈们开始将她当大人看了，又担心她受冷落，尽量将她带入谈话当中，一上午待下来，竟让她觉得单独与宋池在一起要更简单自在，好像她所有的样子都被宋池见过了，她也见过宋池君子与不君子的一面，谁也不用再伪装客气。

“我还好，你那边如何？”虞宁初反问。

宋池笑道：“我也还好，就是觉得有些虚度光阴，这是我最后一日婚假，竟有将近半日都没与新娘子在一起。”

才念过他不正经，马上就又来了，虞宁初偏过头，马车出发了，带着她的身体也跟着轻轻晃了一下。宋池的手扶过来，在她耳边道：“仔细摔着。”

虞宁初真是受不了，抬手去拍他的手，却被他拉到怀里，人马上倾了过来。

这两日两人已经不知道亲了多少次，一开始虞宁初还会害羞，出于矜持躲一躲，后来次数多了，便闭上眼睛配合，一双手慢慢攀上他的脖子，犹带几分笨拙，仿佛花丛里的一对蝴蝶绕着飞舞，翅膀碰到一起会避开，离得远了马上又挨过来，形影不离。

“我想到了咱们在扬州的时候，那时我碰一下你的手指，可能都要被你扇耳光。”一吻结束，宋池抓着她的手贴在自己脸上，好似在回味什么。

虞宁初垂着眼:“那也是你活该。”

宋池笑道:“是，是我活该，所以你打我也好，骂我也好，我每次都甘之如饴。”

虞宁初瞥他一眼，咬唇问道:“你、你欺负人那么熟练，当真没有与安王等人去过那种地方厮混？”

她认识的人有限，宋池稍微一想就知道这消息是亲妹妹透露给她的，去年腊月他还亲自登门找她澄清来着。

“安王无色不欢，我只是纸上谈兵，既然要与他们接近，总要话语投机，但我对天发誓，除了你，我没碰过别的女人。”

虞宁初心里是信的，只是不想表现出来让他得意。车帘低垂，挡住外面的一切，新婚宴尔的一对男女抱在一起，眼角眉梢都是炽烈的情意。

回到王府，正是午后歇晌的时候，确定宋湘没来找过二人，宋池便牵着虞宁初去了后院，微雨、杏花自动坐到院子里的美人靠上打盹。

半个时辰的歇晌结束，虞宁初乌黑的长发从肩头滑落，宋池用手指一下一下地帮她顺着，看着她楚楚可怜的脸，忽然问道:“大夫人是不是找你求情了？”

早在正德帝一朝时，随着韩国舅被处斩，韩氏侯夫人的诰命已经被褫夺，府上仆人都唤她大夫人。娘家显赫的贵女能嫁得更好，可一旦娘家没落，全靠娘家支撑的那些贵女终将失去荣耀。

虞宁初诧异地抬起头:“你怎么知道？”

她的眼尾还是红的，嘴唇水润亮泽，宋池点点她的唇，道:“她看你的眼神就像老鹰看到兔子，必是有所求，她不敢再以势压人，只能求你。”

虞宁初暗暗感叹，果然他在锦衣卫没有白待，什么都逃不过他的眼睛，便将韩氏所求告诉了宋池:“她这是强人所难，我没有答应。”

宋池“嗯”了一声:“不答应是对的，皇上可不是菩萨，他给岳母平反是因为心中有愧，沈明漪于他而言只是外人，为何要格外开恩？而且放沈明漪归家根本不合情理规矩，反而会招来御史臣子的反对和百姓的猜疑。大夫人自然明白这点，她不敢求我，不敢求姑母，只把你当软柿子捏。你若心软来我耳边吹风，我应了，于她们母女有利，我生气责备你，于她们母女也无害。”

虞宁初拒绝韩氏时没有想太多，后来看到二夫人宋氏，忽然就明白大夫人为何要求她了。归根结底，韩氏与太夫人一样，从来都看不起她，哪怕她做了王妃，在她们眼中，她依然是那个小地方来的姑娘。可小地方来的姑娘也是有脾气的，更不是傻子，白白给人当棋子。

心里不舒服，她不自觉地抿起嘴，宋池见了，突然将人往上一提。虞宁初惊呼一声，低头看他。

宋池亲亲她的下巴，笑道："不过大夫人很聪明，知道托你求我，除了这种强人所难的，但凡换一件事，只要你在我耳边吹吹风，我肯定会应你。"

虞宁初看向他的耳朵，她没有朝他吹过风，倒是宋池经常来呵她的耳朵，痒痒的。现在虞宁初没什么要求他的，却有点好奇。对视一眼，她低下头，轻轻地朝他的耳朵吹了口气。

宋池喉头一动，大手压着她的背道："你想求什么？"

虞宁初已经察觉朝男人吹耳边风的危险，爬起来就要跑出帐子，可她的手才碰到帐子，人便被他脸朝下地推到被子上，丝滑的纱帐从她手中溜走。

次日，宋池终于当差去了，想到这一整天都可以清清静静地过，虞宁初心情大好。

陪她一起吃早饭的宋湘看出端倪，奇道："哥哥去当差，我怎么觉得你好像很高兴？"

虞宁初差点被口中的粥呛到，咳了咳，拿帕子掩着嘴小声解释道："我一直都有点怕他，在他身边总是不自在。"

宋湘回想这两日虞宁初在哥哥面前的表现，的确还是有点躲的意思，可能刚嫁过来，还需要时间适应吧。

"你这几日都没练枪，等会儿咱俩过过招？"宋湘提议道。

虞宁初欣然应允。

姑嫂俩练了一会儿枪，再去看宋湘新写的书稿，一个上午就轻松愉快地过去了。下午休息过后，宋湘让人准备马车，要带虞宁初去她的公主府逛逛。端王府、安王府都在皇城东侧，这边已经没有空宅了，所以昭元帝在皇城西侧挑了一处废弃的高官府邸赐给宋湘做公主府，去年腊月赐的，今年开春动工修建，半年过去，公主府已然焕然一新，只差一些地砖铺整、涂漆晾晒的工程，重阳前肯定能完工。

马车停在公主府前，姑嫂俩相继下车，身后跟着杏花、珊瑚。这是虞宁初第一次来这边，宋湘倒是来过几次，不过以前到处都是乱糟糟的，她也不好意思邀请好姐妹过来参观。

从院子逛到花园，一圈下来，红日已经西下，主仆四人开始往回走。宋湘挽着虞宁初的手开玩笑道："不如我下个月就搬过来吧，免得打扰你跟哥哥恩爱。"

虞宁初红着脸道："胡说什么，当初是你要我看在与你的情分上嫁给殿下的，我刚嫁过来，你怎么能走？不许你走，等你定了驸马再搬也不迟。"

宋湘哼道："我的驸马还不知道在哪里呢。"

话音刚落，前院突然传来一声惊斥："哪里来的野狗？还不快快赶出去！"

有野狗？杏花、微雨立即一个站在主子们前面，一个站在后面，警惕地看着周围。没多久，一道穿青色官服的身影突然狼狈地穿过月亮门朝这边跑来，后面跟着一条说大不大说小也不算小的黑毛狗，瘦骨嶙峋，毛发也脏兮兮的，一看就是野狗无疑。

青袍官员一手扶着冠帽一手提着衣摆跑得狼狈，发现虞宁初四人的身影，似乎猜到了她们的身份，不敢将狗引过来，顺着一条岔路口拐弯往左跑了，边跑边叫嚷着让侍卫快来保护公主。

公主还未入住，府里每日只有工匠进进出出，侍卫并不多，也就门外安排了几个，现在还没有听到动静。

眼看那野狗快要追上青袍官员了，宋湘摇摇头，注意到前面摆放着一堆长条木板，宋湘叫虞宁初在这里稍等，跑过去抽出一条木板，快步朝那一人一狗追去。虞宁初不放心地带着丫鬟们跟着。

宋湘不愧是练过功夫的，跑得飞快，见青袍官员绊了一下摔倒在地，而那狗似乎要扑上去，宋湘立即大喝一声，野狗不认得公主不公主，却认得宋湘手里的木板，汪汪叫了两声，扭头跑了。

宋湘丢下木板，一边拍拍掌心的浮尘，一边看向坐在地上吓得不轻的男人，难掩鄙夷："你没事吧？"

那人长得不错，只是脸色苍白，见公主问话，忙改成跪姿，叩首道："工部营缮清吏司徐简拜见公主，下官管教不严，致使野犬擅闯公主府惊吓了公主，还请公主恕罪。"

宋湘好笑道："惊吓了我？我可没吓到。"

徐简低着头，宋湘看不见他的脸，只见他白皙的耳垂一点点地红了。宋湘收回视线，扫一眼自己的花园，还算满意："园子建得不错，我就不罚你了，不过你们看紧点，如果我住进来后还有野猫、野狗乱跑，那就别怪我不客气。"

"下官不敢，下官一定加强戒备，请公主放心。"

宋湘点点头，重新回到虞宁初身边，继续往回走。

直到听不见脚步声了，徐简才擦着汗抬起头，四处看了看，确定那只野狗跑了，才朝公主、王妃离开的背影望去。

主仆四人已经走得很远了，徐简仍然有些担心，远远地跟在后面，直到贵人们上了马车也没有再遇到那只野狗，才彻底松了口气。

回王府的路上，宋湘心情非常不错，从野狗嘴里救下一个人让她体验了一把做侠女的滋味，只恨当时手里没有枪或剑，抓个木板多少有些不雅。

见她引以为傲，虞宁初打趣道："可惜我没看清那男子相貌如何，只猜他应该不擅长拳脚功夫，若是个唇红齿白的俊面书生，不正合了你的故事？"

"唇红齿白的俊面书生"，是虞宁初从宋湘的话本里引用而来的，一字不差。

宋湘转身来挠她的痒："你再乱说，我以后再也不给你看了！"

虞宁初怕了她，连忙赔罪讨饶。宋湘狠狠地挠了虞宁初一阵，确定她不敢再拿话本编派自己，才赌气般坐到窗前，脑海里却鬼使神差地冒出了那个叫徐简的工部官员。别的不说，徐简确实唇红齿白，虽然被野狗追得四处跑，很没出息，但那股文弱俊秀又清贵的气度还真与她幻想中的书生公子对上了。

虞宁初理好衣衫，朝这边看来，见宋湘对着窗帘走神，美眸低垂，脸上多了一抹羞红。这可是宋湘从未在虞宁初或沈明岚面前露过的模样，仿佛一个只知道吃喝玩乐的少女突然被谁勾起了情思，难道那个青袍官员真的入了宋湘的眼？宋湘肯定不会承认，虞宁初也不知道那青袍官员的家境如何，有没有娶妻，就暂且没有拿话逗弄她。

姑嫂俩回王府没多久，宋池从都察院回来了。

“啧啧，以前哥哥勤于官务，天不黑很少归家，我怎么劝他爱惜身体他都不听，如今嫂子一进门，都不用嫂子多嘴，哥哥就乖乖按时按点地回家了。”想到自己费过的那些唇舌，宋湘毫不客气地揶揄自己的亲哥哥。

宋池笑着摇摇头，看一眼虞宁初，先去房间换常服。

他不怕妹妹调侃，虞宁初却被宋湘闹了个红脸，嗔道：“你再调侃我们，我就把你的秘密告诉你哥哥。”

宋湘道：“我调侃的明明是他，哪里说你了？难不成夫妻一体是这个意思？”

这话越说越让人浮想联翩，虞宁初找不到话辩回去，忍了又忍，终于小声道：“你且嚣张，等你嫁了人，看我怎么笑你。”

宋湘看着虞宁初娇滴滴的样子，才不信她能说出让自己害臊的话，就算她能想出那些词，也羞于开口。等宋池更衣回来，就见妻子与妹妹一人坐在一边，仿佛两只刚争执过的雀鸟，谁也不服气谁，暗暗较着劲。

饭后，宋湘回去了，宋池才问虞宁初：“你与阿湘怎么了？平时都是你们两个说话谁也不理我，今晚反倒要我来调和。”

虞宁初嫌弃他道：“都怪你，你若晚点回来，阿湘就不会笑了。”

宋池将人拉到怀里，抬起她的脸，一边亲一边低声道：“好狠心的妇人，竟想把自己的夫君当牛马使唤，不让他得闲归家。”

虞宁初年纪尚轻被他唤作妇人，本该不喜欢听的，可她是谁的妇人，还不是他的？由自己的夫君用暧昧的语气说出这两个字，竟比他唤她的闺名还叫人心头荡漾。

杏花、微雨一人端着一盆水走进来，宋池命丫鬟们将水放在屏风后便退下，等丫鬟们走了，宋池打湿一条巾子拧得半干，替虞宁初擦洗。等宋池将自己也收拾好，便钻进被窝抱住她，时候还早，还有的厮磨。

"早点睡吧，明天还要早起。"虞宁初推开他不老实的手，以体贴的口吻劝道。

宋池笑道："明日初十，休沐。"

既然他还不困，虞宁初抱着他道："下午我跟阿湘去公主府了，撞上一件很可笑的事。"

宋池十分享受这样的亲密，默默地听着，她的声音轻柔绵软，就适合夜间低语。

"虽然那青袍官员狼狈了些，可没准阿湘就喜欢那种文弱书生呢？所以我想托你先打听打听那人的情况，正好你心里也有个数。若你觉得好，我就问问阿湘的意思；若那人已经娶妻，或是有你认为不合适的地方，我也就不去阿湘面前多嘴了。"

宋池捏她的耳朵："你这是想把阿湘嫁出去了？我还以为你巴不得她一直不嫁，留在府里陪你，帮你躲着我。"

这副不正经的样子让虞宁初有点生气，推开他就要起来，宋池连忙将人搂紧，连声哄道："我逗你的，我平时太忙，阿湘也一直没心没肺的，这么久我都不知道她喜欢什么样的男子，幸好娶了你回来，可以替我留意些。被狗追着咬的青袍官员是吧？明早我就派人出去打听，天黑之前保证将他祖上的情况都打探清楚。"

虞宁初顿时记起他以前是锦衣卫的头领，虽然锦衣卫已经取缔，但以宋池的身份，手里肯定留了一些人。宋池就宋湘这一个妹妹，关系到妹妹的婚事，他能不尽心？

第二日，虞宁初一边陪宋湘待着，一边等待宋池的消息。

宋池上午还待在王府，下午不知为何出门了，等虞宁初歇晌醒来，发现宋池就坐在她身边，手里拿着一本书，封皮露了一半，正是宋湘送她的那套忘尘先生于去年面世的新作。

"你什么时候回来的？"虞宁初拢拢中衣，坐起来问。

宋池道："一两刻钟吧，是不是我翻书的声音吵到你了？"

虞宁初摇摇头，笑着问他："你怎么看起这个来了？"

宋池的目光微微变得复杂起来，他放下书，将人搂到怀里，抚着她的长发道：

“还记得你我去宫中面圣那日，在御书房外见到的那位红袍官员吗？”

虞宁初点点头：“你称他徐大人。”

宋池道：“嗯，他叫徐仁，是皇上新提拔起来的工部尚书，官居二品。先帝在位时，工部尚书另有其人，徐仁只是工部右侍郎，做什么都要看工部尚书与左侍郎的脸色。”

虞宁初猜测道：“原来的工部尚书与左侍郎都是德不配位吧，所以皇上登基后只提拔了这位徐大人？”

宋池亲了她一口：“确实如此。徐仁出身没落世族，自幼便展现出在房屋桥梁等工程建设上的天分。之前昏君奸臣当道，虽然提拔了很多阿谀奉承之辈，但也要留下一些能干实事的人才，徐仁便是其中之一。但巧妇难为无米之炊，工部做什么都需要银两，然而国库被昏君奸臣消耗，日渐亏空，倘若徐仁无法准时完工，轻则贬职罢官，重则斩首丧命。徐家并不富裕，无法填补工程银款的短缺，之所以能坚持到皇上登基，都是因为他有一个好儿子。

“徐仁有四子，第四子名徐简，文采斐然。亲眼看见徐仁终日为银两发愁后，徐简开始写书谋利，两年出一套，所得银钱全部交给徐仁修建工事，徐仁几次都是靠他渡过难关。”

两年出一套？虞宁初看看放在一旁的书，吃惊道：“徐简就是忘尘先生？”

宋池的神色更复杂了：“是，也是你们撞见的那个被野狗追咬的工部官员。”

虞宁初总算明白她让宋池去打探那个年轻官员的消息，他为何要从徐大人说起了，绕了这么大一圈，原来宋湘热心救下的文弱男子竟然就是她最敬仰的忘尘先生！

虞宁初先是震惊，跟着又笑起来，抓起那本书对宋池道：“阿湘那么喜欢忘尘先生，又对徐简有些意思，若让她知道这两人是同一人，不喜欢也要变喜欢了。对了，徐简多大了？可曾成亲？”

宋池对答如流：“二十五岁，尚未定亲。”

虞宁初又喜又忧：“都二十五了怎么还未成亲？”

宋池道：“十几年来，徐仁既不肯贪污受贿，从工程里捞油水，又要拿家里的银子贴补工事，乃京城最穷的三品大员，徐家众人个个节俭，徐简的三个哥哥能顺利娶妻已属不易。”

虞宁初道：“可今年不一样了，徐大人高升尚书，徐简至少也是七品官吧？”

宋池道：“他现在任正五品的工部营缮清吏司郎中，也算年轻有为了……”

虞宁初道：“何况他还是忘尘先生！”

宋池深深地看她一眼：“除了他们父子，除了锦衣卫及一个书商，没人知道他是忘尘先生。徐仁能弄到那么多钱，韩国舅早叫锦衣卫查过他，不过这种事传出来只会让百姓唾骂韩国舅逼官从商，便没有对外声张，只当不知。”

虞宁初也在心里唾骂了一遍昏君奸臣，继续问宋池：“如今去徐家提亲的人应该很多吧？”

宋池不太情愿地点点头：“徐简今年一直在忙差事，除了阿湘的公主府，还有别的工事要他监管，暂且没腾出时间。”

虞宁初不禁替宋湘着急起来，那般仰慕的男子若是被他人捷足先登，她都替宋湘痛惜。

“那你到底怎么想的？你想让徐简做阿湘的驸马吗？”

宋池不想，一个连野狗都对付不了的男人，以后怎么保护妹妹？可他又清楚妹妹对忘尘先生的痴迷，如果他真的让虞宁初瞒下此事，将来等妹妹得知真相，可能会记恨他一辈子。

沉默片刻，宋池垂眸道：“我怎么想的不重要，得看阿湘喜不喜欢。”

虞宁初在他俊美的脸上看到了对妹妹出嫁的不舍，抱住他道：“阿湘知道你这么疼她，肯定很开心。”

宋池一怔，旋即将她压到被子上，笑道：“羡慕了？我再疼妹妹，终究要送她嫁人，与你却还有几十年，一直疼你疼到你嫌烦为止。”

虞宁初面上一热，她只是安慰他而已，才没有羡慕！

鉴于徐简已经被各路媒婆盯上，说不定哪日他得空就会去相看门当户对的闺秀，虞宁初不敢耽搁，翌日早上便把宋湘拉去了书房。

宋湘还糊里糊涂的："你叫我来书房做什么？"

她与虞宁初有很多共同爱好，其中却不包括书，虞宁初看的都是正经书，宋湘却只爱看不正经的话本，包括忘尘先生的书，虽然并无俗滥的情节，却也不被长辈认可，小姑娘若是偷看，一旦被长辈发现，肯定要受罚。

虞宁初将宋湘送给自己的一套书抱到桌子上，轻轻拍了拍。

见宋湘还是不懂，虞宁初笑道："如果我说我知道忘尘先生是谁了，你会怎么样？"

宋湘被这个从来没有考虑过的问题问愣了。她能怎么样？不怎么样啊，她看了那么多话本，无论喜欢还是不喜欢，都只关乎话本本身，并没有想过写出这种话本的人家世如何、性情如何，包括她最敬仰的忘尘先生，敬佩归敬佩，她也只是惋惜他写得太慢太少，如果每年能出一套书就最好了。

认真思索过这个问题，宋湘回答道："我可能会去找他，问问能不能花钱从他那里定制一个故事，就是我给他银子，他马上写个故事给我看，让我不用等那么久。"

听到如此平静的回答，虞宁初呆住了："你不好奇忘尘先生是什么样子吗？"

宋湘想了想，猜测道："根据他在故事里展现的见解，应该是个学富五车的真才子，或许祖上风光过，只是家道中落，不得不写书谋生，气度或许有你舅舅的几分儒雅，容貌肯定没有你舅舅那么俊美，但感觉也不会太差，中上之姿吧。"

虞宁初附和地点点头："那你觉得忘尘先生年岁几何？"

宋湘看看手边的书，揣度道："能称呼自己'忘尘'的人，大概已经经历过人世坎坷，看淡红尘，都说三十而立，四十不惑，假如他四十岁沉淀下来开始写书，两年出一本，今年应该有四十六七？"

虞宁初再也忍不住了，笑道："人家才二十五岁。"

宋湘瞪大了眼睛："怎么可能！忘尘先生七年前就出书了，就算他当年写好马上就出，那也才十八岁，十八岁的人，能把官场看得那么透？"

忘尘先生的第一本书写的是一位书生的青云路，故事背景设置在前朝，将官场上的明争暗斗、尔虞我诈描绘得鞭辟入里，因为没有影射正德帝与韩国舅，也就没有得罪官府，顺利畅销多年，深受书客追捧，尤其是广大寒门学子，平时没有机会接触官场，都把那套书当成迈入官场前的必读之物。还有忘尘先生的第二套、第三套书，分别写了巨富商家、神探断案，哪个都不像二十出头的年轻人能写出来的。

“阿芜，你老实交代，你是不是糊弄我呢？你这几天天天跟哥哥腻在一起，哪有途径知道忘尘先生的身份？”

虞宁初自动忽略了中间那句，拉着宋湘在窗边坐下，笑着解释道：“前日咱们不是去你的公主府了吗？那天晚上我与殿下提起此事，殿下听闻那青袍官员监管不周竟然放了野狗进去，十分生气，昨日他让人查了查，想看看对方是不是玩忽职守之辈，结果这一查，却发现那个叫徐简的五品官员竟然是你最仰慕的忘尘先生。”

宋湘震惊地看着虞宁初，徐简？那个被野狗追得四处逃窜的白脸文官？

“不可能，他……”

“你先听我说完。”虞宁初便将徐仁徐大人被奸臣昏君逼得为银两发愁、徐简卖书为父解忧的事详详细细地解释了一遍，最终总结道，“殿下确认过的消息，肯定没错。”

宋湘别的方面可能会怀疑哥哥，论打探消息，掌管过锦衣卫的哥哥肯定错不了，她的心情一下子就复杂起来，凭什么徐简十七八岁就能写出那等好书，她却写得比练武还要艰难？

“对了，殿下还打听到今年去向徐简提亲的媒婆特别多，可能用不了多久，忘尘先生就要有一位忘尘夫人替他红袖添香了。”虞宁初故意泄露了这个最关键的消息。

宋湘无意识地皱起眉，旋即反应过来，瞪着虞宁初道：“他成亲不成亲与我有什么关系？总不能因为我喜欢他的书，你跟哥哥就误会我也喜欢他的人吧？”

虞宁初道：“误会也是情理之中，不过我们只是把这件事告诉你，你若对他有意，殿下便能趁早为你做主；你若对他无意，殿下便无须顾虑什么，回头治他一个监管不严的罪。”

宋湘急了："一条野狗罢了，也值得他小题大做，当日我已恕他无罪，你叫哥哥不用多管闲事。"说完，心烦意乱地跑了。

虞宁初没有去追，宋湘的性子她太了解了，风风火火的，如果宋湘真的对唇红齿白的忘尘先生有意，憋不了多久就会做点什么。

傍晚宋池回来，问虞宁初妹妹得知此事的表现，虞宁初如实道："一整天都待在晴芳堂，不知道在做什么。我觉得阿湘到底喜不喜欢小徐大人，得她自己慢慢想通，我若过去打扰，可能会乱了她的心神。"

宋池点点头，让阿谨派小丫鬟去请妹妹过来吃晚饭。过了一会儿，宋湘来了。虞宁初与宋池对视一眼，都没有再提徐简。

宋湘比平时安静多了，只管低头吃饭，快吃完了，她才看一眼宋池，小声嘀咕道："那件事，嫂子跟你说了吗？"

宋池看向虞宁初，虞宁初茫然地问宋湘："哪件事？"

宋湘脸上微热，道："就是不许我哥多管闲事的那件事。"

虞宁初顿时笑了出来。

宋池不高兴了，盯着妹妹道："什么叫多管闲事？我叫人查他是为了谁？"

宋湘受不了哥哥理直气壮的语气，顶嘴道："那是我的公主府，府里处处建得都合我心意，不过跑进来一条野狗，至于被你扣上监管不周的罪名吗？我知道你是担心我，可我不是小孩子，连条野狗都怕，更不用你因为护短，去针对一个好官。"

监管不周？宋池马上明白了。虞宁初让他去打探徐简的消息，是因为看出妹妹可能对徐简上了心，但这个理由妹妹未必能接受，所以他与虞宁初商量好，就说他是因为不满公主府里出现野狗才去查的徐简。

顿了顿，宋池淡淡道："不是小孩子就不怕野狗吗？有的男人都快三十了，照样怕野狗。"

一句话点出了他对徐简的两条不满，一不满其胆量，二不满其年纪大。

他这明晃晃的阴阳怪气，宋湘听出来了，气得放下碗筷，站起来道："怕野狗怎么了？胆小至少不会欺负人，不像有的人，看起来道貌岸然，实则连亲妹妹的闺中好友都欺负！”说完，气鼓鼓地跑了。

虞宁初第一次旁观兄妹俩拌嘴，有点紧张，也怕宋池责怪她，毕竟是她经不住宋湘的审问，透露了几桩他的恶人行径。

怕什么来什么，宋池果然朝她看来，严肃的神情里带着几分不满："我何时欺负过你？"

虞宁初狠狠地瞪了他一眼，看来宋湘都骂少了，这人何止道貌岸然，还厚颜无耻！挨了瞪，宋池反而笑了，笑着笑着叹了口气。

虞宁初还当他后悔惹怒妹妹了，劝道："阿湘很好说话的，等会儿咱们一起去看看她，你赔个不是她就不气了，何况你本来也没想治小徐大人的罪，何必为了一个借口置气？"

宋池解释道："我是感慨女大不中留，徐简喜不喜欢阿湘还难说，阿湘已经能为了他骂我道貌岸然了。"

虞宁初回想兄妹俩的争执，小声道："谁让你把话说得那么难听？小徐大人不会功夫，怕狗有何错？又不是人人都似你文武双全。"

她的重点是前面，宋池却只听到了后面，笑道："确实，似我这等文武双全之人，凤毛麟角。"

虞宁初也放下碗筷，去晴芳堂哄宋湘了，与宋池这种厚脸皮的人争吵，谁吵谁输。

到了晴芳堂，已经猜到宋湘心意的虞宁初绝口不提徐简，只不停地数落宋池。宋湘听得很舒心，心想不愧是自己求回来的嫂子，简直比亲哥哥还亲。哄好宋湘，虞宁初带着微雨告辞，宋湘出来送她，到了晴芳堂门前，就见对面的花树下站着一道修长挺拔的身影。

月色如水，宋池闻声抬眸，目光扫过虞宁初落到妹妹绷着的脸上，笑了笑，远远拱手赔礼。宋湘满意了，不再跟哥哥计较。

等宋池与虞宁初并肩离开，宋湘仍然站在门口，对着兄嫂的背影出神。她知道哥哥是来接嫂子的，给她赔礼只是顺便，月色这么美，哥哥与嫂子是天造地设的一对，回到房里不知道要多恩爱。其实沈明岚与曹坚也是一对恩爱夫妻，可他们住在宁国公府，宋湘很少亲眼看见，如今哥哥成亲，兄嫂日日在她面前眉来眼去，高兴之余，难免心生羡慕。她也想遇见一个会用哥哥看嫂子那样的眼神来看她的男人，她也想跟那样的男人一起赏月。

宋池早早去上朝，虞宁初多睡了小半个时辰才起，此时外面也才刚亮而已。宋湘过来用早饭，虞宁初仔细观察一番，发现她似乎已经忘了徐简的事，活泼开朗，有说有笑。

饭后，宋湘对虞宁初道："嫂子，我去书坊看看有没有新的话本，你自己在府里随便逛逛吧。"

八月十二了，虞宁初要准备给亲戚们的中秋节礼，这两日就得送过去，的确没有时间陪宋湘出门，可她总觉得宋湘的态度不太对劲，以宋湘的热情，通常都会邀请她一起出门。怀疑归怀疑，可虞宁初既没有时间跟着宋湘一起去，又不可能盘问什么。

宋湘的确到常去的书坊逛了一圈，随便挑了个话本就上了马车，然后吩咐车夫前往公主府。宋湘腰间多了一把佩剑，领着丫鬟珊瑚直接朝工匠们忙碌的地方而去。

珊瑚担心道："那边都是粗人，公主有什么事就叫监管的官员过来问吧。"

宋湘瞪了她一眼，不许她再多嘴，珊瑚只好寸步不离地守着自家公主。

宋湘在几处工匠聚集的地方都转了一圈，并没有发现那道青色身影，失望之余，便朝花园走去。

公主府的花园基本已经修建完工，很是清幽，宋湘漫无目的地逛了半圈，忽然发现前面有几个匠人的身影，正在往预留的树坑里移栽花树。当枝叶繁茂的大树被匠人们齐心协力地拉起来时，终于露出了宋湘暗暗寻找许久的青色身影。

宋湘停下脚步，等真遇到了，好像又不知道该说什么。她在这里打退堂鼓，那边指挥匠人种树的徐简发现了公主殿下，出于官员的职责，他快步赶过来，躬身朝宋湘行礼道："不知公主驾到，下官有失远迎，还请公主恕罪。"

宋湘定定地看着面前的人。上次见面，徐简在她眼中只是个俊秀胆小的男子，如今他俊秀不改，胆小也无所谓了，最大的变化是，他是忘尘先生。原来他写书，只是为了替徐大人补上工部的窟窿，明明动机不纯，怎么还写得那么好看？她单纯地想写故事，有时却绞尽脑汁也写不出一章来。

宋湘审视着徐简的脑袋，连从小伺候的珊瑚也不知道公主此时在想什么。

徐简拜见公主行的是大礼，腰身弯到几乎与地面持平，等了半晌却不见公主免礼，徐简心里没什么想法，腰却开始发酸。公主为何不让他起来？莫非公主府哪里建得不如公主的意？还是说公主要算那条野狗的账？

徐简忍不住微微抬头，宋湘被他的动作一惊，偏头道："免礼吧。"

徐简赶紧站直，腰背舒适了，俊秀的脸上自然也露出一丝舒适，平添了三分笑意，是非常温润且平易近人的面相。宋湘抿唇，仔细一看，这家伙长得还挺讨人喜欢的，如果不是以前徐家太穷今年他又太忙，可能早被哪个闺秀抢了去吧？

身为官员，徐简也在观察公主，等待公主吩咐或是打发自己离开，可没想到才悄悄观察两眼，就在公主眼中看到了不满。明明是位极美的公主，徐简却想起了美人手持木板飞速跑来的那一幕，如此凶悍，如果动起怒来……

明明没有冒汗，徐简还是紧张地擦了擦脸，回头看一眼栽树的匠人们，躬着身问："敢问公主可有吩咐？若无吩咐，下官还要去盯着他们种树。"

宋湘皱眉道："一棵树而已，还用你盯着吗？"

徐简更紧张了，忘了解释那棵树有多珍贵，伺候起来有多麻烦，下意识道："不用不用，下官全凭公主差遣。"

宋湘眼睁睁看着一滴汗从他额头滚落下来，更恼了："你这么怕做什么？本公主长得很吓人？"

公主的脾气阴晴不定，他已经完全不知道该怎么回答了，低着头不敢出声。宋湘也不知道事情怎么变成了这样，她明明仰慕他的才学，却莫名其妙地让他怕了自己。一个害怕，一个生气，却谁也没动，仿佛两棵树定在这里。

珊瑚傻了眼，见公主明明没有什么事却一直盯着这位徐大人，神色复杂变换，顿时也糊涂了。

僵持的时间太长，有工匠朝这边探头探脑，珊瑚小声提醒宋湘："公主，要不咱们去其他地方逛逛？”

宋湘不走，心思一转，对徐简道：“要中秋了，我想在湖边增建一座两层的小楼，专门用来赏月，此事交给你，你觉得多久能建好？”

徐简下意识地看向公主府的湖畔，整座公主府的布局也出现在脑海中，不禁愁道：“禀公主，您这园子里的一草一木都是下官精心设计的，哪怕临时搬走一块石头、移走一棵树都会破坏园子的整体布局，宛如一块美玉微瑕，突然加一座赏月小楼，楼易建，却失了雅致。”

宋湘道：“我既要赏月小楼，又要雅致，你再重新设计一遍，以赏月小楼为先，其他地方大不了拆了重建。”

徐简苦笑道：“公主说得容易，一拆一建，修建公主府所需的银两可能要翻倍，更不提耽误了工期，皇上怪罪下来……”

宋湘摸了摸下巴，思忖道：“工期我可以去皇伯父面前求情，不过既然你们耽误了工期，银两就不能再去找皇伯父要了，你好好算算，看看能不能从其他地方省下来一点。”

徐简是真的发愁：“公主，您也看到了，您的府邸马上就要建好了，户部也派官员核算过，根本没有多余的银子可以腾挪啊。”

宋湘很想知道如果她继续坚持，徐简是否会为了她去写书筹集银子，可转念一想，就算徐简那么做了，也是把她当成了韩国舅之流，又与情意有何关系？意识到这一点，宋湘突然没了继续逗弄他的兴致，摆摆手道：“我知道了，那就不盖了，按照原来的舆图修吧。”

徐简抬头，见刚刚看起来还很倨傲任性的公主此时长睫低垂，樱唇微抿，仿佛一只欢快活泼的小鸟突然之间蔫了下来。宋湘想走，离开之前，她没忍住再次朝徐简看去，因是侧身回眸，那眼尾上挑的丹凤眼好似飞出几许脉脉情思，全部飞入了徐简眼中。徐简心跳一快，等回过神来，公主已经走远了。

如果刚刚他没会错意，公主是不是难受得想哭了，因为他给不了她想要的赏月小楼？这日离开前，徐简在公主府花园的湖畔驻足良久。公主不是普通的公主，是一位救过他命的公主，她只是想要一座赏月小楼而已，他怎么就不能满足？

当天夜里，徐简来到书房，摊开公主府的舆图，对着花园里的各处景致冥思苦想，随即拿出一张画纸，重新画了一张舆图，再加以涂改。忙了整整一夜后，临睡之前，徐简又去点了点自己的家底。

宋湘昨晚没睡好，早上让珊瑚去与嫂子打声招呼，免得嫂子等她一起吃饭。

“公主是不是病了？”虞宁初问珊瑚。

珊瑚挠挠脑袋，道：“也不是病了，就是心情不太好。”

虞宁初惊道：“出了什么事？”

珊瑚也不清楚，这两天公主都奇奇怪怪的，好像变了个人。

虞宁初没问出什么，亲自去了晴芳堂，但是宋湘不想说，她自己也不知道为何就提不起精神来，她仰慕忘尘先生，可徐简根本不认识她，甚至还畏惧她，凭什么要对她特殊呢？

道理宋湘都明白，可就是心里堵得慌，开心不起来。

“咱们过过招吧！”越躺越烦，宋湘爬起来，拉着虞宁初去练枪。

然而宋湘的心不在这里，虞宁初就可怜了，被宋湘的枪戳了好几下，本就发酸的腰顿时雪上加霜。宋湘后悔极了，忙把虞宁初扶到房间，想检查嫂子有没有伤到。虞宁初紧紧捂着衣裳，无论如何也不叫她看。宋湘便笑起来，这一笑，胸口的闷气散开了不少。

姑嫂俩正闹着，门房突然派人来报，说是工部负责监管修建公主府的官员徐简有事求见公主。宋湘与虞宁初面面相觑，谁也猜不到出了何事。人还在等着，姑嫂俩分别换了衣裳，并肩来到王府客厅。

徐简只是求见公主，没想到王妃也来了，突然不知该如何开口。虞宁初看见了，马上找了个借口走开，实则躲在窗外偷听。看徐简的表情，肯定有秘密，她与宋湘之间还有什么秘密是她这个闺中好姐妹兼嫂子不能听的？

虞宁初这般安慰着自己不用心虚。珊瑚在对面看着王妃光明正大地偷听，也不敢阻拦，说起来她也纳闷徐简为何非要单独见公主。

厅内，宋湘同样被徐简弄糊涂了。徐简不敢耽搁，从袖子里取出一张舆图，恭恭敬敬地双手举到公主面前。

宋湘缓缓打开舆图，一眼就看到了花园湖畔的那座赏月小楼，她心头狂跳，故作不解地问："你这是什么意思？不是没银子吗？"

徐简低头道："禀公主，公主府快建好了，这是朝廷上下有目共睹的事，此时公主突然要改建，即便皇上愿意拨银子，御史也会反对，于公主的名声有损。下官虽作了此图，但建议公主等搬进去后，再以个人的名义请工匠重新改建。"

宋湘细细看着舆图中的修改之处，低声问："你改这图，花了多少时间？"

徐简咳了咳，道："还好，不知公主觉得如何？如果还有哪里不满意，下官回去再改。"

宋湘摸着画上的赏月小楼，喃喃道："你如此尽心，我已经很满意了，无须再改。"

徐简飞快地抬头看了一眼，见公主一心都在新制的舆图上，继续道："公主若信得过下官，下官愿遴选工匠替公主改建园子。"

公主府是他主管修建的第一座府邸，徐简不想留下任何遗憾，只有亲自监管，他才放心。

宋湘根本没想要什么赏月小楼，昨日只是找借口想跟他多说话罢了，此时听徐简考虑得那么远，不禁惭愧起来，声音更轻了："不必了，我、我与王爷手里没有那么多的银子，我就是随便想想，让大人费心了。"

徐简懂了，公主放弃盖赏月小楼，是因为囊中羞涩。

徐简的目光扫过公主裙摆上的精美梅花，将头垂得更低，道："公主救过下官，下官愿意出钱替公主改建，以报答公主救命之恩。"

宋湘过于震惊，脱口而出道："你哪来的那么多银子？"

徐简耳垂一红。他写第四套书时，正德帝在位，韩国舅也没死，等这对昏君奸臣都没了，他的书也写好了，虽然家里不用再填补工部的窟窿，他还是将书交给了书商。书一批批地卖出去，银票也一沓沓地收进手，父亲让他自己留着，等定亲了置办一份丰厚的聘礼，然而他都二十五了，婚事耽误久了，也就不在意了，不如拿出来成全公主的心愿。

身为大官，徐仁家的穷在京城官圈里很有名，既然这么穷，徐简如何解释自己手中的上万两白银？可若不说出自己写书一事，徐简怕公主怀疑父亲是贪赃枉法之辈，毕竟连王爷与公主都拿不出这么多闲钱。

徐简耳垂上的红色更加明显，垂着头，惭愧道："禀公主，下官、下官略通文墨，写过一些难登大雅之堂的话本，幸得书商赏识，攒下一些银钱，只是此事知之者甚少，还请公主替下官保守秘密，将来改建园子时，只说银两都是殿下所出。"

宋湘手里拿着他费心修改的舆图，心里喜着他愿意为自己耗费一笔巨资，如今又听徐简连写书的秘密都告诉她了，宋湘只觉得心里长了一朵花，正在灿烂的阳光下怒放，连带着她好似那盘旋在这朵花周围的蝴蝶一样，喜洋洋、甜蜜蜜，都快找不到东南西北了。

"是吗，你都写了哪些书？"宋湘看着他的窘迫，柔声问道，怕语气重了又惊吓到他。

徐简忙道："都是些不入流的，不敢污了公主的眼睛。"

宋湘眼波流转，手抚着舆图道："其实我很喜欢话本，常去书坊挑选，最喜欢的是忘尘先生的四套书，不知你的书与忘尘先生的书比，哪个卖得更好？"

徐简听到"忘尘先生"，突然被口水呛到，剧烈地咳嗽起来，咳得面红耳赤，急忙转过身去。

窗外，虞宁初捂着嘴，笑得眼睛弯弯，坏阿湘，不愧是宋池的妹妹，居然也会调戏人。

"徐大人这是怎么了？快喝口茶吧。"宋湘离席，拿起茶壶替徐简倒了一碗茶。

徐简连连摆手，咳得差不多了，他重新转过来，脑袋始终低着，转移话题道："总之，下官能帮公主改建花园，若公主认可这张舆图，下官便告辞了。"

宋湘心头正甜着，哪舍得叫他走，指着桌子上的茶碗道："我既已倒了茶给你，你不喝，便是抗命。"

虽然是在恐吓，但声音清脆娇甜，徐简哪遇过这种美人阵，不敢多说，弯着腰走过来，目不斜视地端起茶碗，微微抖着手喝了。

宋湘坐回椅子上，目不转睛地看着他，问："你很怕我吗？"

徐简低头道："不敢，下官是怕自己说错话，冒犯公主。"

宋湘哼道："放心吧，本公主没那么斤斤计较。话说回来，我只是帮你赶跑了一只野狗罢了，算什么救命之恩？真收了你的银子，倒好像挟恩图报。"

徐简解释道："公主有所不知，有的狗咬了人，只会让被咬之人受些皮肉之苦，但若那狗染了狂犬病，不但狗很快就会死去，被咬之人亦有可能发作，且无药可医。下官亲眼见过这种病人去世，所以惧怕狗，公主的善举，于下官便等于救命之恩，无以为报。"

宋湘明白了："照你这么说，我的确救了你的命。"

徐简默认。

宋湘卷起手中的舆图，转着眼道："可我不想花你的银子，现在的公主府我很喜欢，眼看都要建好了，我不忍心再劳师动众破坏重建。"

徐简诧异地抬起头，他还以为公主非常想要那栋赏月小楼，原来竟是可改可不改吗？念头一起，徐简蓦地红了脸，既然公主断了盖赏月小楼的念头，他巴巴地跑来又是献图又是献银子，公主会不会误会他别有居心？

"你脸怎么红了？"宋湘稀奇地问。

徐简擦擦额头的汗，惶恐地解释道："下官、下官很是惭愧，公主心怀臣民，不忍劳师动众，下官却以小人之心揣测公主，险些做出让公主被御史指摘的奢靡之事。"

宋湘笑道："都是小事，难得你有心，我还是很高兴的。好了，现在咱们来谈谈吧，既然赏月小楼不盖了，你该换一种什么方式报答我的救命之恩。"

徐简结巴了，上万两的银子公主都不要，他还能怎么报答？

"这……还请公主明示，凡是公主吩咐，下官赴汤蹈火，在所不辞。"冷静片刻，徐简郑重道。

宋湘用卷起的舆图敲了敲手心，忽然笑道："不瞒徐大人，我也在写一个话本，只是才学有限，写得磕磕绊绊，徐大人能靠写书攒下万两白银，可见深谙此道，所以想请徐大人协助我完成这个话本。"

徐简松了口气，别的不行，写话本他还是可以的，他继续请示道："不知公主想要下官如何协助？”

宋湘道：“这个嘛，接下来我每天都会去公主府，以找你询问修建事宜为由谈上两三刻钟，也许会问你该怎么写，也许会把我想写的东西告诉你，由你动笔，都不一定，看我心情。”

徐简道：“敢问公主已经写了多少，可否先交给下官带回去品读？好叫下官提前做些准备。”

宋湘犹豫片刻，站起来道：“你在这里等着，我去拿。”

她的书稿向来都是自己整理保管，除了虞宁初，连身边的大丫鬟都碰不得。丢下徐简，宋湘走出客厅，一偏头看到了藏在窗下的虞宁初，红云倏地爬满了脸，可宋湘是谁啊，羞恼过后马上就朝虞宁初做了一个挠痒痒的威胁手势，吓得虞宁初既想追上来调侃宋湘，又怕被宋湘逮住欺负。

怕徐简可能会走出来，虞宁初先去了后面。

徐简规规矩矩地站在客厅里，没敢四处乱走。公主在的时候他大气不敢喘，这会儿公主走了，他却忍不住回想着刚刚公主说的每一句话。公主竟然喜欢他的书，还是最喜欢，公主虽然娇蛮却仁善节俭，不要他的银子，也不忍心因一己之私把刚盖好的园子拆了重建。公主居然也喜欢写话本，还让他协助写书来抵救命之恩，公主美丽勇敢，不怕野狗……

正胡思乱想着，外面传来丫鬟朝公主行礼的声音，徐简马上掐断那些纷乱的念头，转身恭迎公主。

宋湘进来之前特意检查过，确认虞宁初没躲在周围伺机偷听，这才放下心，她将抱着的匣子递给徐简：“书稿都在这里，你仔细保管，明日去公主府等我。”

徐简连连点头，接过匣子，始终不敢往上看。

交接好了，好像也没有什么事了，就在徐简准备告退时，宋湘抿抿唇，忽然轻声问他：“徐大人成亲了吗？若、若你成亲了，我就不用你帮忙了，免得尊夫人介意。”

她的声音那么轻，轻得像羽毛落在徐简的心上，带起一阵痒。他不知道为何会这样，只是低着头，摇头道：“下官不曾娶妻。”

宋湘看着他的脸，又问："那你可有心悦之人，或是即将议婚之人？若有，我也不用你帮忙了。"

徐简还是摇头："下官忙着当差，一直没时间考虑婚事。"

宋湘故意问道："婚事讲究父母之命媒妁之言，徐大人年纪轻轻已官居五品，令尊与令堂没有为你操持吗？"

徐简不懂公主为何要问这个，如实答道："二老都提过，只是下官认为男女之间更该讲究两情相悦，如果一个女子我见都没见过，怎能只凭父母之命便定下婚事？"

宋湘很喜欢这个回答，转念又问："朝廷马上就要放中秋假了，连放三天，你是不是就有时间去看二老中意的闺秀了？"

徐简刚要摇头，突然记起母亲好像的确安排了一次，就在八月十五的灯会上，女方……女方是谁家的闺秀来着？

他还在想着，宋湘已经看出来了，好心情不翼而飞，一把抢走徐简怀里的匣子，冷声道："徐大人既然已经佳人有约，你我之间还是避嫌吧。珊瑚，送客！"

徐简被珊瑚瞪着走出端王府时，整个人都是蒙的，都定好由他协助公主写话本了，也定了明日在公主府见面，公主怎么就生气了？因为他要去见一个在这之前就约好的闺秀？

避嫌？确实，公主非常讲究礼法，问过他有没有娶妻。可徐简怎么也想不起来母亲让他去见的那个闺秀是谁，只是因为母亲一直催他成亲，他才答应去见见的。

徐简一走，宋湘又躲在晴芳堂不出门，她昨日只是闷闷不乐，今日已经变成了暴躁，拿着枪一个人耍得威风凛凛，一旦虞宁初多嘴要问，宋湘就拿枪威胁她。

从珊瑚那里也没有问出什么，虞宁初想哄小姑子都无从下手。傍晚宋池回来，虞宁初将徐简的到来及宋湘的变化都告诉了他。

"很奇怪，我偷听时还好好的，阿湘也很开心，结果我没偷听的短短工夫，不知怎么就出了变故。"

宋池大概猜到了，道：“今日我又让人去查了查，徐夫人与顺安伯夫人约好了中秋夜一起赏灯，徐夫人会带上徐简，顺安伯夫人会带上她的女儿。”

虞宁初惊道：“难道小徐大人看出了阿湘的心意，故意说出此事，好断了阿湘的念头？”

宋池的脸色已经不能用难看来形容了，妹妹都不介意徐简胆小如鼠，徐简竟然看不上妹妹，令妹妹伤心。

虞宁初被他的表情吓到了，忐忑道：“事情还不一定，你别轻举妄动，真伤了小徐大人，阿湘未必会高兴。”

宋池神色复杂地看着虞宁初：“在你心里，我是那种公私不分、仗势欺人的奸臣？”

他只是不满徐简，并没有要去报复。

虞宁初知道自己想多了，低下头，咬唇道：“还不都怪你，刚刚那样好像要杀人似的。”

宋池板着脸道：“那你再看看，我现在在想什么？”

虞宁初瞥他一眼，只看出了他很不高兴。

“我在想什么？”宋池将人拉到怀里。

动作还是亲昵的，虞宁初便敢说了：“气我把你想得那么坏？”

她歪着脑袋，双眸清盈，带着一丝讨好地看着他，宋池忽地笑了，抱住她亲了亲她的额头：“我在想，究竟是我不笑的时候太凶了，是真的吓人，还是阿芜太胆小，我只是生外人的气也会让你担心害怕。”

虞宁初马上道：“是你太凶了。”

宋池亲她的耳朵：“这样还凶吗？”

虞宁初推他：“阿湘那么难受，你还有心情做这个。”

宋池道：“也对，我先派人去打断徐简的腿。”

虞宁初自然不会上宋池的当，却没想到第二天，公主府的管事突然跑过来，说工匠移青石地砖时出现失误，砸伤了徐简的腿！

宋湘闻讯就往外跑，虞宁初心里咯噔一跳，该不会真是宋池设的局吧？

第八章 总算等到你肯为我着想的这一日了

虞宁初陪宋湘一起上了马车，她必须要去，一是徐简伤势不明，万一严重，宋湘一个人可能会吓到；二是宋湘显然对徐简有情，越是这样越容易露出痕迹被人察觉，进而传出闲言碎语，于宋湘的名声不利，虞宁初跟在身边，能帮忙遮掩一二。两人是姑嫂，更是相交多年的好姐妹，宋湘考虑不周的地方，虞宁初得替她想着。

特意叮嘱车夫不用走太快，坐好后，虞宁初看向宋湘，见她低头坐着，一双手不停地拧着帕子。

虞宁初拉住她的手，轻声道："阿湘，都这个时候了，你就不要瞒我了，快告诉我到底是怎么回事，昨日不是谈得好好的吗？小徐大人对你那么好，又是改图又是出银子，你怎么又气他了？"

宋湘并非扭捏之人，徐简的腿伤让她冷静了很多，闷声道："他对我好，只是为了报答救命之恩罢了，明日一放中秋假，他就要去见旁人。你说说，他真看上别人，我便错过他了，即便他没看上，但他明明已经见过我了还要去见别的闺秀，足以说明他对我无意。”

哥哥对嫂子就是一见钟情，曹坚对明岚也差不多，怎么她有了救命之恩在前，都迷不住徐简？这么一想，宋湘更郁闷了。

虞宁初听了，以为徐简真的是故意提及他与顺安伯府的约定来委婉拒绝宋湘，登时也替宋湘难受起来，她试着安慰道：“也许小徐大人对你有意，却碍于你的公主身份不敢高攀吧。”

宋湘抿抿嘴，徐简那家伙好像是很怕她，可怕不怕又如何呢，他都要去见别人了。宋湘是个很干脆的人，回想起昨日自己做的傻事，嫂子明明想关心她却被她气走了，就抱住虞宁初哼道：“随便他去吧，我也只是仰慕他的才学罢了，其实一点都不喜欢他的人。阿芜，这两天的事就当没有发生过，他在我的府里受了伤，我才要去看看，等这件事解决，我与他再无干系，你跟哥哥也不用再替我担心，下个月我就搬到公主府住。”

虞宁初不满道：“既然不着急嫁人，为何急着搬出去？”

宋湘哼道：“当然是不想在你跟哥哥面前碍眼，你不用急着辩解，每次咱们仨一起吃晚饭，我都觉得自己是个多余的，当然也不是你们故意挤对我，反正咱们仨在一起时怪怪的，跟我想象的不一样。打个比方，如果让你去宁国公府住，天天夹在明岚与曹坚中间，你自在吗？”

虞宁初想了一下，肯定会不自在，也就明白宋湘的意思了。

宋湘笑道：“你不用多想，公主府那么好，我一个人住多逍遥快活，你若想我了，就搬过来小住几日，咱们只撇掉哥哥。”

虞宁初回想起婚后这些日子宋池的各种纠缠，只怕她才在公主府住一晚，隔日宋池就要来接她回去。宋湘的开朗让车内的气氛轻松了许多，马车到了公主府，宋湘、虞宁初相继下车。

徐简是在需要铺砖的一处偏院受的伤，随从本想背他去医馆诊治，徐简却非要留在原地盯着工匠们继续铺砖。

宋湘还没傻到跑去工地上看他，命侍卫去传人。

得知公主来了，徐简老老实实地由随从背着过来，到了前院，他拍拍随从的肩膀想要下去。

随从道："您左边小腿都肿了，还能走路？"

背过去成何体统，徐简道："你扶着我，总不能在公主面前失礼。"

随从便把徐简放下来，架着他的肩膀往前走。

崭新的公主府客厅，宋湘与虞宁初并肩而坐，听见外面传来动静，她面无表情地看过去，见徐简一手由随从扶着，单脚跳了过来，好不狼狈。她默默地想，这种没出息的男人，不要也罢，不值得她喜欢。

徐简没料到端王妃也来了，挥挥手叫随从先退下，单手撑着门板，朝两位贵人行礼："不知王妃、公主驾到，有何吩咐？"

随从在外面听到这句话，面露不解，明明是大人一受伤就赶紧叫他去递消息给公主，那她们过来，自然是探望大人的伤势啊。

虞宁初刚要关怀一下，就听宋湘冷冷开口道："听说徐大人受伤了，伤得如何，该不会耽误公主府完工吧？"

冷冰冰的话，如一盆冷水让徐简的心凉了半截。昨日离开端王府后，他满脑都是公主的那句"徐大人既然已经佳人有约，你我之间还是避嫌吧"，想了一整日，天黑了躺在床上，徐简还在想。他根本不想去见什么伯府千金，更不想因为这种事再也见不到公主，他还欠着公主的救命之恩，答应过要协助公主写话本，他想看看公主写的话本，想再见到公主，即便公主只是要他帮忙，对他并没有别的想法。明明都知道，可亲耳听到公主只关心工期，对他的腿伤漠不在意，徐简仍然仿佛大冬天被人泼了一桶水。

"公主放心，公主府一定会准时交到您手上。"徐简低着头恭敬道。

宋湘看向他虚抬的左腿，红唇紧抿。

这时，一个侍卫把郎中请来了。虞宁初知道宋湘很在乎徐简的伤，便开口让珊瑚把郎中领过来，自己与宋湘先避到侧室，宋湘正躲在门帘后偷看。

郎中让徐简坐下，卷起裤腿，徐简担心地看向这边，宋湘避了一下，可她已经看到了徐简红肿的小腿。

过了一会儿，郎中有了诊断结果，说只是皮肉红肿，没有伤到骨头，休养几日就好。

等郎中退下后，宋湘与虞宁初走出来，淡漠地看了徐简一眼，道："既然徐大人没有大碍，公主府我就继续交给你了。嫂子，咱们走吧。"

她牵着虞宁初的手往前走去，就在跨出门槛之际，忽听身后那人忐忑道："公主留步，下官有事想单独禀报公主。"

宋湘心头一跳，虞宁初已经识趣地跨了出去，没打算偷听。

宋湘退回两步，面对着门外道："有话便说吧。"

徐简无声苦笑，看着她的裙摆道："下官欠了公主的恩情，还是想协助公主写完您的话本，避嫌之事，请公主不必担心，今晚下官便会以腿伤为由，请家母退了约定，且下官保证，公主的话本完成之前，绝不会再应下其他相看之约。"

宋湘又酸又气道："说得好像是我逼你拒绝人家姑娘……"

徐简忙道："不是，是下官自己毁约，与公主无关，下官根本不认识那位姑娘，纯粹是被家母催急了才随口应下的，本就失了诚意，千错万错都是下官的错，公主切勿自责。"

宋湘偏头看着他道："你轻易应了又轻易毁约，就不怕坏了名声，以后再也没有名门闺秀愿意嫁你？"

徐简深深地低着头道："无人愿意也无碍，下官原也不急，感情之事，冥冥中自有天意，强求不来。"

宋湘心情很复杂，她本该高兴徐简不会去赴约，可想到因为自己害得一位闺秀被徐简毁约，良心就过不去。

"不必那么麻烦，你只管去赴约吧，我会重新安排一个无须避嫌的差事让你报恩。"宋湘微微仰着脸，说完就要离开。

"即便如此，下官还是会推了这场中秋之约，不见任何女子。"无论她想不想听，在不在意，徐简都将心之所想说了出来。

宋湘脚步一顿，怔怔地问他："为何？"

徐简低着头道："下官说了，下官根本不认识那位姑娘，本就无意。"

宋湘道："也许你见了她就会喜欢了。"

徐简道："不会。"

宋湘问："你都没见过，怎么如此肯定？"

徐简没有回答，片刻后，恳请道："下官别无长处，除了监管园林修建便是写书，还请公主赐还书稿，以全下官报答之心。"

宋湘定定地看着这个唇红齿白的男人，他为了帮她写书不惜背信弃义，真的只是想报恩吗？短短两日，宋湘已经受够了猜来猜去的煎熬，再也不想对着一卷舆图患得患失。

"你还没有回答我的问题，你都没见过那位闺秀，为何敢笃定不会喜欢？"宋湘彻底转过身来，像审问犯人一样问道。

徐简被这种气势所惊，下意识地往后退，却忘了左腿肿痛，身体骤然失去平衡朝下倒去。宋湘急得来拉他，可她低估了徐简的重量，他虽然一副书生气度，却个子高。两声闷响，先是徐简仰面摔倒在地，跟着是宋湘被他所带，结结实实地摔在他怀里。

脚痛，胸也痛，徐简疼得直吸气。宋湘手忙脚乱地爬起来，见到的就是他龇牙咧嘴的样子。

宋湘也心疼也生气，站好后再来扶他，小声地抱怨道："问你话你就说，躲什么？"

徐简只管低着头，不敢回答。

他越这样，宋湘就越气，豁出去道："好，我换个问题问你，如果……如果你要去见的那个闺秀是我，你会喜欢吗？"

徐简的脸唰地红了，一直蔓延到脖子。

宋湘若再看不出他的心意，便是傻子了。刹那间，所有的阴霾都散去，她喜笑颜开，又升起戏弄他的兴致："好你个徐简，还不快如实招来，究竟是何时对本公主生了僭越之心？"

徐简泄露了心思，却一点都摸不准公主是如何想的，只当公主是真的动怒了，扑通跪下去道："下官该死，下官……"

还没说完，就被宋湘抓住一边胳膊使劲提了起来。

徐简忍着腿痛保持平衡，想看她又不敢，歪着脑袋。

宋湘烦死他这样了，拧着他一边的耳朵道："最后一次，你到底是何时喜欢我的？"

徐简的耳朵是真疼啊，一边吸气一边结结巴巴道："是、是……下官也说不清，只是昨夜彻夜难眠，一想到会再也见不到公主，就、就想出自伤的办法，好拒了中秋夜的约定。"

宋湘这才明白他的腿伤是自己折腾出来的苦肉计。

"看不出来啊，你胆子不大，心眼倒是不少。"宋湘松开他的耳朵，从头到脚又将徐简打量了一遍。

徐简想跪下，又怕重新被公主提起来，便只低着头。

大概是情人眼里出西施，他这副窝囊的样子，宋湘反而越看越喜欢，满意道："行了，你先把中秋夜的事处理好了，中秋假后我再过来找你谈话本。"

这一次，宋湘真的走了，脚步轻快，哪怕被虞宁初用眼神揶揄也浑不在意。

客厅里，徐简扶着墙艰难腾挪到门前，望着公主健步如飞的背影，心中杂乱。公主究竟是什么意思？知道他有了僭越之心，还要与他谈话本？

重新坐上马车后，宋湘的笑容别说是写在脸上了，就连绕在指尖的头发好像都在笑，快快活活地被主人把玩。

"这又是发生了什么？"虞宁初好笑地问。"感情"二字，真是叫人千回百转，宋湘这两日的表现便是最好的例子。

宋湘没有隐瞒，将徐简的那些话都告诉了虞宁初，略去了她的那些动手动脚。其实早在徐简送上那张改建的舆图时，宋湘就察觉了几分，只是不敢确定罢了。

虞宁初看着宋湘艳若蔷薇的脸，一点都不怀疑徐简的情意，如此至情至性的美人，谁不喜欢呢？

"接下来你打算怎么办？"

宋湘难得脸红了一下，看向窗外道："他好像还不知道我也喜欢他，让他先去回绝那位闺秀吧，然后我再与他一起把话本写完，若他能开窍，自会与哥哥提亲，他不开窍……"她就拧得他开窍。

虞宁初想了想自己与宋湘讨论话本时并肩而坐、低声细语的场景，换成徐简，这样相处半个来月，得多傻才不会开窍？

“阿芜，这些事你不要与哥哥说，只让他不要掺和就行。”快到王府时，宋湘好生交代虞宁初。她对虞宁初的称呼，总是在“嫂子”与“阿芜”间变来变去的。

虞宁初笑着应下，兄妹俩再亲，终究隔了男女差别，正如宋池不会告诉妹妹他以前经常欺负虞宁初，如今宋湘也不想告诉哥哥她的事情。

担心哥哥多嘴过问，宋湘提前与虞宁初打了招呼，说自己今晚不过去用饭了。

黄昏时宋池回府，没看见妹妹，眉头便是一皱：“她还在因为徐简的事不肯出门？”

虞宁初想的却是原来宋池也不是什么事都尽在掌握，他还不知道今日她们去过公主府。

“已经好了，就是不想见你。”虞宁初解释道。

宋池的眉头皱得更深了：“为何不想见我？”又不是他招惹了妹妹。

丫鬟们早已退出去了，虞宁初低声道：“姑娘家脸皮薄，感情上的事我问可以，你问她便不喜欢听，都是人之常情。”

宋池看着她秀美的脸，道：“你脸皮薄我是知道的，却不知道阿湘竟然也有脸皮薄的时候。”

虞宁初瞪着他道：“让阿湘听到你这话又要跟你置气了，阿湘比我还大一些，既然动了情思，你就不要再把她当小孩子看了。”

宋池不置可否，拉着虞宁初陪自己去更衣。

虞宁初拗不过他，只好不太熟练地帮他宽衣解带。成婚才几日，这种事之前都是宋池自己做的，她还没有经验。

屏风挡住外面的夕阳，宋池浑身只剩中衣，虞宁初将脱下来的官袍放在专门装待洗衣物的竹篓里，准备去柜子里帮他取长袍，才一转身，宋池就从后面抱了上来。

虞宁初的心猛地一跳，她发现宋池似乎特别喜欢白日里这样亲亲抱抱。

“都要用饭了，你别乱来。”她按着他的手道。

宋池笑道："我只是抱抱你，乱来是何意？"

虞宁初狠狠地踩了一下他的靴面。

宋池松开手，坐到床上，还在思考妹妹的事："徐简都要去见别人了，阿湘不会还没死心吧？"

虞宁初也不能什么事都瞒着宋池，让他这个做哥哥的干着急，于是一边挑衣裳一边道："今日公主府的工匠搬砖时意外失手，伤了小徐大人，我跟阿湘过去看了看，他们单独谈了一会儿话，后来阿湘告诉我小徐大人是故意受伤的，好回绝与顺安伯府的约定。"

宋池立即反应过来："徐简喜欢阿湘？"

虞宁初笑着默认了。

宋池却不太高兴："才见过一两面，他能对阿湘有多深的感情，该不会是看中阿湘的公主身份，故意与顺安伯府毁约？"

虞宁初反驳道："小徐大人若是这种心性，早就劝徐大人与韩国舅等人同流合污了，何必自己写书赚钱补工部的亏空？你不要关心则乱，将好人往坏了想，小徐大人一看就是淳朴憨厚之人，没有你那么多花花心思。"

宋池讥笑道："淳朴憨厚？真淳朴憨厚，能这么快想出苦肉计？"

虞宁初懒得与他辩解，小声嘀咕道："怎么样都比你憨厚。"

宋池耳力好，一字不落地听见了，等虞宁初抱着一套常服走过来，他连人带衣地揽进怀里。虞宁初红着脸挣扎，踢掉了一双软底绣鞋也没能甩开。幸好宋湘不会过来，夫妻俩腻歪多久都不用担心。

次日是八月十四，端王府的三个主子带上节礼一起去了护国公府，对虞宁初而言，沈三爷夫妻就像她的父母，对宋池兄妹而言，沈二爷、二夫人也是一样慈爱的长辈。沈明岚、曹坚也过来了，护国公府很热闹。

天气晴朗，阳光也好，与长辈们说过话，虞宁初、宋湘、沈明岚携手一起去花园里逛。虞宁初向沈明岚分享了宋湘的喜事，虽然宋湘试图阻拦，可有沈明岚护着虞宁初，今日她的威胁便无法得逞。

只是宋湘很不老实，平时她最喜欢缠着虞宁初和沈明岚打听这个打听那个，如今要被审的人变成她，她竟然仗着自己功夫好，鱼一般溜走了，跑得那么快，两人根本追不上，再说毕竟嫁了人，她们也不好意思放开手脚跑闹。

“让她跑，就算她回来咱们也不理她。”沈明岚捂着胸口，瞪着宋湘远去的背影，突然看见前面莲花池边有张长椅，沈明岚拉着虞宁初走过去，一边看鱼一边晒太阳。

“阿芜，池表哥对你怎么样？”宋湘是堂堂公主，又有宋池护着，沈明岚不担心她会吃亏，更想知道表妹婚后过得好不好。

虞宁初红了脸，两人成亲时日不多，还没经历过什么事，宋池早出晚归，回来便与她腻在一起。

见沈明岚了然地笑起来，虞宁初羞得偏过头。

沈明岚抱住她道：“不用不好意思，我刚嫁给你姐夫时也是一样，有丫鬟在时还规规矩矩得像个人，丫鬟们一走，他就成了狗。”

虞宁初明白，就是被表姐的比喻逗笑了。

沈明岚又以过来人的口吻嘱咐道：“你自己留意些，敦哥儿好多衣裳我都留着呢，回头给你们家的小世子穿。”

虞宁初还没有想那么远，不过孩子总是会有的吧。

八月十五的傍晚，昭元帝在宫中设家宴，宋池、虞宁初、宋湘都要参加，虞宁初终于见到了郑皇后及她的一双子女——康王宋澈、公主宋沁。

因为母亲与昭元帝的旧事，虞宁初下意识认为郑皇后不会喜欢自己，她想象中的郑皇后是个严肃的人，没想到真的见了面，才发现郑皇后竟然是一副菩萨相貌，鹅蛋脸，细长眸，微微笑起来简直就像画中的观音。康王宋澈更像昭元帝一些，导致他与宋池很像亲兄弟，宋沁则继承了昭元帝、郑皇后的优点，既有郑皇后的端庄雍容，又有昭元帝的昳丽过人。看起来帝后举案齐眉，膝下子女承欢，是很融洽的一家人。

朝昭元帝行过礼后，宋池便带着妻子、妹妹落座，视郑皇后为无物。郑皇后好像也习以为常，笑容不改。虞宁初暗暗心惊，郑皇后得有多大的胸怀，才能笑着面对一个不敬她的侄子、一个与丈夫有过深深牵绊的女人所生的侄媳？这样滴水不漏的郑皇后，要么是圣人，要么就是城府太深。

昭元帝径自与宋池、宋澈说起话来，郑皇后便问虞宁初："婚后的日子可还习惯？"

虞宁初应道："都很好，多谢娘娘关心。"

郑皇后多看了一眼虞宁初在月色下越发清艳绝美的脸，目光投到宋湘身上，笑道："眼看公主府要修好了，阿湘是不是也该挑个驸马了？"

宋湘自有心事，佯装害羞般低下头。

郑皇后继续与虞宁初道："阿湘害羞，我便与你说吧，阿沁也到年纪了，我与皇上商议要为她挑选世家公子做驸马，正好趁此机会也替阿湘挑一个，不知你与王爷意下如何？"

昭元帝朝这边看过来，他的确想为侄女和女儿各挑选一位好驸马。虞宁初则看向宋池，夫妻俩对个眼色，虞宁初心领神会，刚要起身回话，想起宋池对郑皇后的态度，便继续坐着神色歉然地回道："多谢皇上与娘娘的美意，只是关于阿湘的婚事，我与殿下已经有了人选，只待考察过对方品行，若无差错，便要请皇上帮忙赐婚。"

昭元帝喜道："是吗，你们看上了哪家才俊？"

宋池接话道："八字还没有一撇，等侄子确定了要他做妹婿，再来禀报您吧，现在说了，阿湘该急了。"

昭元帝便去看宋湘，见小姑娘果然一副不想叫任何人知道的羞急面容，笑道："好好好，朕先不问，阿湘放心，你哥哥嫂子的眼光肯定没错，定会为你挑个如意郎君。"

宋湘心想，才不是哥哥嫂子帮她挑的，是她自己看上的。

宋沁瞥一眼宋湘，心里有些乱，京城的世家子弟有限，堂兄又久住京城，万一他捷足先登，把最好的世家子弟抢走给宋湘怎么办？她才是真正的公主，难道在择婿上还要输给宋湘？

郑皇后却想到了沈牧。沈牧是长公主的长子，又封了世子，是未来的护国公，人也仪表堂堂，文武双全，宋湘与沈牧又是青梅竹马，如果宋池先与长公主商议好，她便不好再去抢了。

郑皇后笑着猜测道:“王爷看上的，该不会也是牧哥儿吧？”

一个“也”字，告诉众人，她先看上了沈牧。

昭元帝抿唇斜了郑皇后一眼，他还不知道郑皇后已经有了驸马人选。宋池、虞宁初、宋湘都没料到郑皇后会看上沈牧，可转念一想，如今京城尚未成婚的世家子弟，哪个能比得过沈牧?

宋湘急了，她虽然没想过要嫁给沈牧，但她与沈牧的兄妹情分是真的，宋沁明显不喜欢她，她可不想宋沁给自己做表嫂。

就在此时，宋池开口回道:“皇后多虑了，阿湘与表弟只有一起长大的兄妹情意。”

郑皇后马上给自己找了个台阶，笑道:“不是牧哥儿啊，真是奇了，京城难道还有比牧哥儿更优秀的世家子弟？”

这是个好台阶，只要宋池或虞宁初敷衍一下，事情就过去了，可宋池却正色答道:“作为哥哥，我更想替阿湘找一个情投意合的夫君，只要他有真心，是否出身世家，是否优秀，都不重要。”

情投意合、真心……这些字眼，像两把刀子先后扎进郑皇后的心脏。她习惯地维持着脸上的笑容，却要使出全身力气控制自己不去看身边的昭元帝或是故意戳她伤口的宋池。她嫁的是曾经的晋王府世子，是现在的皇帝，家世显赫无人能比，结果呢，她得到了什么?

就在众人因为不同的理由沉默之际，宋沁突然开口了，玩笑似的问宋池:“婚嫁素来讲究门当户对，大哥的要求未免也太低了，难不成随便来个寒门进士，大哥就要把湘姐姐嫁给他？”

宋沁并不清楚昭元帝与沈嫣的旧情有多深，她只是想讽刺一下虞宁初的出身，话说出口之时，宋沁认为自己的回应非常巧妙，如果宋池夸赞寒门进士，就会得罪妹妹，如果他否认寒门进士，则会得罪妻子。可就在她笑盈盈地等着看热闹时，昭元帝突然重重地放下手里的酒碗，沉着脸走了。

昭元帝都走了，这场因为人丁稀少而格外冷清的宫中家宴也就没有必要再吃下去了。宋池与宋澈对个眼色，带着妻子和妹妹离去。习习晚风拂面，满满一轮明月刚从天边升起，浅黄色的光晕玉般皎洁，如斯美景，很难叫人不开怀。

宋池心情很好似的邀请身边的两个姑娘："时候还早，咱们去街上逛逛灯会如何？"

虞宁初自然听他的，宋湘却瞥一眼二人，兴致寥寥道："年年都要逛灯会，我都逛腻了，你们去吧。"她才不想夹在兄嫂中间碍事。

虞宁初问："只有一辆马车，你如何回去？"

宋湘道："这有何难，你们先顺路送我回王府，再去逛灯会就是。"

虞宁初只是想说服她同行，没想到被宋湘看穿了自己的小心思，只能作罢。宋池但笑不语。

等马车停到端王府前，宋湘下了车，虞宁初才小声地埋怨宋池："你也不知道劝劝阿湘留下来，显得你做哥哥的并不想叫她一起去似的。"

宋池先吩咐车夫出发，然后将虞宁初抱到腿上，搂着她道："前面的十来年，只要我空闲，每年中秋都会陪阿湘赏灯，赏了那么多次，就算我没腻，她也腻了。"

言外之意，是他今晚的确更想只陪虞宁初逛灯会。

虞宁初靠在他怀里，轻声道："每年的灯会都差不多，你肯定也看腻了，若是只想陪我，不如去府里逛花园，还清静一些。"

她并不希望宋池为了她，做一些他已经做够了的事。

宋池道："腻不腻，要看身边的人是谁，等会儿到了街上，大不了你看灯，我只看你。"

虞宁初悄悄笑了，虽然他油腔滑调，但甜言蜜语确实动听。

"宫里的事，可有吓到你？"宋池捏捏她的耳垂，主动问道。

虞宁初想了想，道："皇后说要给阿湘挑驸马时我确实惊了一下，怕坏了阿湘的好事，后来皇上突然离开，我也慌了一下，不过见你稳如泰山，也就不怕了。"

经历过这么多事，在她心里，宋池几乎是无所不能的神人，有他在，她又何须害怕。对宋池而言，她这么说，相当于另一种甜言蜜语。他将虞宁初往上抱了抱，熟练地寻到那抹了蜜似的唇，一下一下地亲起来。

随着马车来到热闹的街市，窗外的喧哗声越来越大，宋池先下车，再来扶她。因为是参加宫里的家宴，宋池特意交代虞宁初穿常服就可以，此时两人穿得富贵，混在人群中却不十分扎眼，就算引人瞩目，也是样貌的缘故。宋池毫不掩饰地牵着虞宁初的手，虞宁初见有其他夫妻也这般牵手而行，才放松下来。

“其实你刚来京城那年的灯会上，我便一直在观察你。”宋池微微低头在虞宁初耳边道。

虞宁初似懂非懂地问：“观察我什么？”

宋池笑道：“观察扬州来的小表妹为何这么好看。”

当时被她的美貌吸引的男子又何止他一个，包括沈琢都难以免俗。

虞宁初故意道：“倘若我只是普通姿色，你是不是就不观察了？”

宋池道：“倘若我貌似先帝，你也不会轻易原谅我吧？”

虞宁初的脑海中顿时浮现出安王方脸厚唇的样子，虽然对死者不敬，她还是忍不住笑了出来。

“去吃些东西吧，刚刚都没怎么吃。”宋池牵着虞宁初朝一座酒楼走去。

今晚各大酒楼都人满为患，阿默掏出银子开路，顺利替两个主子订到了一个雅间。

点菜时，宋池先点了一道红烧扣肉，然后看着虞宁初道：“我还记得三弟特意为你点了一道扣肉，快把你感动哭了。”

这明显是胡说八道，她有那么没出息吗？虞宁初瞪了他一眼，转身看向窗外。

街上灯火如昼，行人来来往往，欢声笑语，这样的夜景，宋湘可能看多了，但她还很新鲜。宋池看见的则是虞宁初单纯憧憬的侧脸，虽然经历过人情冷暖，虽然已经嫁给他做妻子，但归根结底，她还只是一个因为无依无靠、不曾真正纵容自己玩乐的姑娘罢了。沈三爷与三夫人对她再好，她想的也是要懂事不能给长辈添麻烦，沈明岚和宋湘与她再亲密，她也不会主动提出要去做什么，都是随着好姐妹的兴致。

无论她笑得多好看，宋池的脑海里始终浮动着一幅画面，一个六七岁的小姑娘，可怜巴巴地趴在窗户前，想出去玩又没人肯带她，所以只能日复一日地困在窗户里，从懵懂无知的女娃娃，困成了一个处处谨小慎微的豆蔻少女。

“爱吃甜的吗？”看到一个菜名，宋池问。

见虞宁初点点头，宋池就点了一道蜜枣蒸山药。山药绵绵软软，浸了蜜枣的甜香，虞宁初非常喜欢。看她不好意思多吃时，宋池便夹给她。哪怕虞宁初已经渐渐适应与他的种种亲密了，还是被他接二连三的喂饭举动弄得窘迫起来：“这么吃下去，该变胖了。”

宋池笑道：“胖了有何不好，怕我抱不动？两个你我也抱得起来。”

虞宁初已经多次领教过他的臂力，垂眸安静吃饭。

在酒楼吃得心满意足，两人继续逛灯会，宋池给虞宁初买了一盏鲤鱼花灯，去套圈的地摊前为她套了一支银钗并亲手替她戴上，路过烤肉串的小摊时，又牵着她去排队，买了二十串边走边吃……

从小到大，虞宁初幻想过无数场灯会庙会，她期待过母亲会陪她去，期待过父亲会陪她去，然而所有的期待都落了空。等她来到京城，已经是大姑娘了，便是舅舅、舅母愿意陪她去，她也不可能像个女娃娃一样央求长辈给她买糖吃，也不可能高高地骑在长辈的肩膀上。可是今晚，宋池让她尝到了幻想中被长辈宠溺的滋味，他好像成了她的长辈或哥哥，温情相似，却又不同，因为她会被宋池凝神套圈时的俊美侧脸蛊惑，会想象街上的人突然都消失，又或盼着他将她拉进旁边无人的巷子，盼着他炽热的呼吸落到自己身上。每当这种念头冒出来，虞宁初都不敢再看他，怕被他发现自己竟然也有为色所迷的时候。

月亮越升越高，当行人们开始离去，宋池才牵着虞宁初回到马车上，尽兴而归。这时，虞宁初的手里还提着一包糖炒栗子。

“今晚玩得可开心？”宋池从旁边的小橱柜里取出茶具，一边倒茶一边笑着问虞宁初。

夜已转凉，虞宁初的双颊却红扑扑的，眼眸灿若星辰，轻轻跺跺脚道：“开心是开心，脚底好酸。”

宋池将第一碗茶递给她，虞宁初双手捧着碗，慢慢地都喝光了。

“回去我帮你按按，保证今晚睡个好觉。”宋池笑道。

虞宁初才不信他会老老实实地让她睡觉。

吃吃栗子，喝喝茶，王府也到了。街上一片静寂，虞宁初挑帘出来，见宋池紧紧地站在车前，目光相对时，他拍拍自己的肩膀：“不是走不动了？我背你。”

车夫低着头，阿默更是不知去了何处，王府前的侍卫也都看着脚下。虞宁初小心翼翼地趴到宋池背上，明月还在半空中，她歪着脑袋，看着月亮仿佛也在跟着宋池的脚步一晃一晃的。

“你累了吗？”看着月亮，虞宁初轻声问。

宋池道：“不累，怎么了？”

虞宁初微微抱紧他的脖子，道：“月亮很美，我还没看够。”

宋池懂了：“那咱们再去花园坐坐，假山上的碎雪亭正是为今晚而建。”

虞宁初点点头。

王府里的下人几乎都睡了，花园安静得连声鸟叫都没有，只有明月将两人的影子长长地投在地上。宋池背着虞宁初穿过花园小径，来到假山下，跨上通向山顶碎雪亭的石阶。无论脚下是平坦还是崎岖，他走得都很稳，气息也不曾乱过，还打趣虞宁初：“若你嫁个文人，文人能背你走这么远？”

虞宁初不想让他太得意，回嘴道：“武人有武人的好，文人有文人的好，你不要总是编排文人。”

宋池道：“那你说说，文人有什么好是我做不来的？”

毕竟他文武双全，虞宁初费了好些工夫才想到一个，道：“文人会写书，你会吗？”

宋池道：“这有何难，你等着就是。”

虞宁初只当他想拖延，反正时间长了，她就忘了。

碎雪亭到了，是一座重檐八角亭，往高看可赏月，往低看可览花树扶疏。亭外设回廊，内有环状门窗，纵使月色如水，若步入亭内，外人也休想窥见里面分毫。宋池将虞宁初放在回廊的美人靠上，陪她赏月。赏着赏着，两人的目光碰了一下，虞宁初率先低头。

宋池笑了，握住她的手道："此处迎风，不如去里面赏月。"

虞宁初胡乱应了一声，乖乖由他牵着进了里面。宋池关上门，月色自镂空的木窗间倾泻进来，亭内一半被月光照亮，一半昏暗难辨五指。

昭元帝在御书房坐了很久，快二更天时，去了郑皇后那边。

这是昭元帝登基后的第一个中秋，郑皇后不信昭元帝会让她独守空房，所以一直在等他。时至今日，她已经不盼着昭元帝的那颗心了，可她要守住自己身为皇后的体面，而且后宫现在只有她一个皇后，若这样的日子他都不过来，传出去臣子只会担心帝后不和，那绝不是昭元帝愿意见到的。

昭元帝带着袁公公一路沉默地走过来，见坤和宫里亮着灯，昏黄的灯光透过来，仿佛能看到郑皇后笃定他会过来的脸。昭元帝又看了一眼空中的明月，这才跨了进去。

"皇上。"见到昭元帝，郑皇后淡淡一笑，放下手里的书，起身行礼。

昭元帝点点头，吩咐一旁伺候的宫女道："备水吧！"

宫女们低头出去，过了一会儿端着铜盆进来，伺候帝后洗脚。昭元帝始终垂着眼帘，仿佛在思索什么事。

洗了脚，夫妻俩钻进被窝，一人一条被子，泾渭分明。

郑皇后仰面躺着，呆呆地看着黑漆漆的帐顶，不知过了多久，耳边传来昭元帝没有任何感情的声音："你想让阿沁嫁给牧哥儿？"

郑皇后的睫毛终于眨了眨，应道："是，我只有阿沁一个女儿，我想让她嫁给京城最好的世家公子，阿沁见过牧哥儿，我试探过她的意思，她也愿意的，还请皇上为阿沁赐婚。"

昭元帝道："还要看长公主与牧哥儿的意思，你先问问长公主，如果她同意，朕会赐婚的。"

郑皇后笑道："怎么会不同意，阿沁可是您唯一的女儿，长公主还能挑阿沁的错吗？"

这话夹枪带棒的，仿佛长公主敢拒绝便是看不上昭元帝的女儿，而不是因为两个孩子不合适。明明是很安静的夜，昭元帝的眉心却一突一突地跳起来，烦躁在脑海中如困兽咆哮，逼得他想亲手破坏些什么才能平静下来。

"睡吧。"他一个字都不想再听郑皇后说了。

郑皇后翻个身，闭上眼睛。

中秋一过，郑皇后就请宋氏来宫里坐坐。

"最近忙什么呢？也不进宫来陪陪我。"郑皇后亲昵地对宋氏道。

宋氏也和颜悦色的，笑道："咱们女人，不是操心丈夫就是操心孩子，牧哥儿年纪不小了，先前去边关历练耽误了两年，今年我就忙着给他挑媳妇。"

郑皇后目光微变："京城名门闺秀扎堆，你可是有了好人选？"

宋氏笑眯眯道："是啊，牧哥儿整日没正经的，我就专门留意那些端庄稳重的闺秀，挑来挑去看上了礼部尚书家的三姑娘玉芝，媒人我都挑好了，趁后日是个好日子，赶紧走个过场，把亲事定下来。"

郑皇后先前替儿子宋澈挑选王妃，早已将京城闺秀的情况摸了个遍，礼部尚书家待嫁的三姑娘温玉芝她也喜欢，出身、品性和容貌都是一等一的，只是她更看重镇南侯府郭家的兵权，所以选了郭家的姑娘做王妃，明年二月就要大婚了。

没想到儿子的婚事顺顺利利，看上的女婿却要没了，郑皇后夸了几句温家姑娘，聊得差不多了，便叫宫女送宋氏出宫。

宋氏一走，宋沁来了，打听母后与姑母谈得如何。郑皇后叹道："都怪娘，说晚了一步，你牧表哥已经挑好了人家，马上要定亲了。"

宋沁嘟嘴道："是哪家的闺秀？"

郑皇后如实道来。宋沁听说是礼部尚书家的姑娘，虽然不如她尊贵，但与护国公府也算门当户对，绝非姑母随随便便挑来敷衍她的，只能忍下。她认识沈牧的时间不长，情意也没有多深，更满意的不过是他的身份罢了。

"不知道宋湘究竟看上了谁，母后，反正咱们话先说清楚，我的驸马不能比她的差。"

郑皇后笑道："那是自然。"

宋氏从宫里出来后，顺路来了端王府，宋池兄妹俩在她身边长大，就像她的亲生子女。

宋池去当差了，见只有虞宁初出来迎接自己，宋氏奇道："阿湘呢？"

虞宁初笑道："公主府快修好了，阿湘心里欢喜，最近常去那边盯着，唯恐工匠出错耽误了交工。"

虞宁初当然知道宋湘醉翁之意不在酒，却碍于与她的约定，只能替她遮掩。

宋氏看着虞宁初水灵灵娇艳艳的笑脸，低声调侃道："阿湘就是懂事，知道自己大了，一直待在王府会妨碍兄嫂恩爱。"

虞宁初羞赧地低下头，手仍然挽着宋氏的胳膊，小声嗔怪道："原来阿湘的胡话都是跟姑母学的。"

宋氏装糊涂："阿湘跟你说什么胡话了？你告诉姑母，姑母替你教训她。"

论调侃人，虞宁初哪是宋家人的对手，赶紧转移话题，问宋氏是不是有什么事。

进了厅堂，喝了茶，宋氏才把宫中之行告诉虞宁初，轻笑道："皇后怕是看上你牧表哥了，可惜我已经替他定了一门亲事，你牧表哥是没机会做驸马了。"

郑皇后与大侄子不和，宋氏完全站在大侄子这边，跟虞宁初说这些，是想通过虞宁初告诉大侄子她的心意。虞宁初心中领情，打听起沈牧的未来妻子是谁。

宋氏夸过自己心仪的长媳后，转而说起宋湘的婚事来："皇后都替阿沁做打算了，阿湘可比阿沁还大一岁呢，你们做兄嫂的得抓紧了。"

虞宁初笑道："姑母放心，我与殿下都有数的。"

她并不怪宋氏催促，姑娘总要嫁人的，哪怕是公主，嫁晚了说出去也不好。

公主府，宋湘拿着自己的书稿坐在花园中一处已经修葺好的亭子里，身边只有珊瑚伺候。阳光暖融融的，宋湘托着下巴，目光在花园各处逡巡，等了好久，终于看见徐简朝这边跑来。

徐简跑了一路，再爬几段台阶，等站到宋湘面前时，便是俊脸红透、气喘吁吁的样子。宋湘默默地看着他，心里很稀奇，若是换个人她一定会嫌弃，怎么徐简这样她就喜欢呢?

她心里喜欢，面上却不悦道:“怎么来得这么晚？”

徐简一边擦汗一边道:“禀公主，今日官署事情颇多，下官在那边耽误久了，过来时听说公主已经到了，便马不停蹄地赶来，还请公主恕罪。”

宋湘朝珊瑚使个眼色，珊瑚就下去了。

宋湘倒一碗茶推到石桌靠近徐简的那侧，道:“先喝茶吧。”

徐简瞄着石桌另一头放书稿的匣子，咽了咽口水道:“下官不渴，还是先看书稿吧。”

宋湘挑眉道:“让你喝茶你就喝茶，少啰唆。”

徐简只好双手捧起茶碗，侧过身去以宽袖掩着，一口喝光。

宋湘好笑道:“女子喝茶才要避着，你怎么也这般犹抱琵琶半遮面？”

徐简耳垂通红道:“下官不敢在公主面前失礼。”

宋湘哼了哼，将书稿推过去道:“坐着看。”

徐简不敢违背公主的命令，慢吞吞地坐在石凳上，如对待圣旨诏书般神色虔诚地取出书稿，低头看起来。

故事一开场便是一位女侠在山中打死了一只猛虎，然后在山脚的客栈住宿时，听闻两个恶人要谋害一位欲回家奔丧的书生公子。徐简从未在书中见过招式如此勇猛、杀虎场面如此血腥的女侠，看得额头直冒汗，心想外表娇滴滴的公主，居然喜欢这样的人物?

“这场打斗，可以写得再利落潇洒一些。”徐简委婉地建议道。

宋湘双手托着下巴看着他:“怎么利落潇洒？”

徐简并未注意到她的姿态，沉吟片刻，出口成章，将一段血腥暴力的打虎场面改得潇洒利落，仿佛白衣女侠只是随意一剑，猛虎便已伏诛，而白衣女侠脚步却未曾停留，身上更是不染血迹。

宋湘听得如痴如醉。徐简念完自己的改编，抬头一看，对上一双专注清澈的美丽眼眸，慌得垂下头。宋湘笑着让他继续。

徐简多看了两页，看着看着，突然在那个遇到危险只会躲到女侠身后的文弱公子身上看到了自己的影子，而女侠鄙夷唾弃文弱公子的话，好像也是在骂他，于是徐简越来越惭愧，都不知道该怎么改了。他一时发现自己前面的修改也不合适，这位女侠风风火火，至情至性，口无遮拦，而他想象中的女侠过于清冷，不食人间烟火。

“公主的故事生动有趣，下官认为无须大改，公主只管随心而作，下官会替公主润笔。”徐简放回书稿，离席道。

宋湘眨眨眼睛，问：“那你觉得我的书拿到书坊去，会有人买吗？”

徐简道：“会，且众人追捧，一书难求。”

宋湘被这个马屁拍笑了。

徐简又道：“公主若无事，下官先告退了。”

宋湘眉头一皱：“怎么，你很不愿意与我说话吗？”

徐简连忙摇头：“下官不敢，只是工匠来来往往，下官怕坏了公主的清誉。”

宋湘哼了哼，没有理由挽留，只好叫他走了。

徐简抱着书稿离开不久，另一道身影朝这边走过来，还是珊瑚先看见的，急忙跑上来提醒公主。

宋湘放眼一看，哥哥已经到了山脚。她抿抿唇，等宋池上来后，先发制人道：“哥哥不去当差，来这边做什么？”

宋池让珊瑚先退下，珊瑚紧张地跑了。

宋池径直坐到妹妹对面，道：“你若喜欢他，下个月我就进宫去替你们求圣旨赐婚，但在成亲之前，你们都不要再见了。”

宋湘瞪着眼睛道：“为什么？”

宋池道：“于礼不合，被人撞见，反而不好。”

宋湘虽然懂这个道理，但还是气不过，小声嘟囔道：“只会说我，好像你没做过似的。”

宋池笑得毫无惭愧之意：“我能做得天衣无缝，你能吗？”

宋湘总算见识到了哥哥的厚脸皮，脸上一阵红一阵青，半晌才道:“他是真正的君子，才不像你！”

宋池道:“真君子就该明媒正娶，我先前有苦衷，不得已做了恶人，你们何必步我后尘？阿湘，哥哥是为你好，你想见他，成了亲有大把的时间。”

“我不跟你说了！”宋湘才不要听哥哥唠叨这些，提着裙摆跑下了山。

宋池扫一眼桌上的茶，等妹妹的身影不见了，这才离开花园去寻徐简，将妹妹送出去的书稿要了回来。

想看可以，成亲再看。

傍晚宋池回府时，将宋湘的书稿也带了回来，交给虞宁初，让她明日还给妹妹。

因为宋池跑去公主府坏好事，今晚宋湘又不过来用饭了，虞宁初替兄妹俩头疼，看着那书稿道:“这是阿湘托小徐大人润笔的，怎么到了你手里？”

宋池便说了白日之事。

虞宁初道:“你这不是火上添油吗？阿湘本来就怨你，你竟然还去小徐大人手里要书稿。”

宋池自有理由:“若徐简保管不周，书稿泄露，坏的是阿湘的名声，徐府人多眼杂，我不放心。”

虞宁初见他对妹妹爱护到如此地步，心头一时涌起各种滋味，敬佩他是个负责任的哥哥，羡慕阿湘有个好哥哥，又越发恼宋池先前对她的无礼，咬着牙道:“殿下考虑的是，阿湘尚未成婚，怎能与小徐大人私相授受？”

宋池看着她的白牙，觉得她在想象着咬他，那话里的讽刺更是闭着眼睛都能听出来。

“阿湘已经翻了一次我的旧账，你也来跟我翻吗？”宋池走到虞宁初身边，在她逃跑之前将人抓到怀里。

虞宁初踩他的脚，宋池笑着将人夹起来，一边往内室走一边低声道:“其实我是忌妒徐简，凭什么我私相授受，给你的东西都被你还了回来，他就能顺顺利利地带走阿湘的东西？阿芜莫非忘了，为了捡回那个镯子，我险些被你们仨当成疯子？”

扑腾挣扎的虞宁初顿时想起宋池不顾寒冷跳进冰窟窿的画面，虽然他是自作自受，但如今想来，虞宁初难免心疼他吃的苦头，那可是冰水。

“还有去扬州时，我送你的桑葚你也都分给杏花吃了。”宋池将她压到床上，开始细数她的不领情。

虞宁初没好意思说其实自己也吃了他的桑葚。

“如果不是我欲擒故纵，你及笄时我送的那支簪子，你也会还我，是不是？”

虞宁初惊道：“那时你说要与我了断，只是欲擒故纵？”

宋池笑道：“自然，当初一眼就看上的姑娘，怎么可能舍得放手？”

虞宁初已经懒得再跟他算旧账了：“你去见小徐大人都说了什么？总不能只是要回书稿吧。”

“我让他回去与家人商议好，若徐大人与徐夫人赞成他入赘公主府，他便可以来找我提亲。”

虞宁初心想，徐大人有四个儿子，交出来一个做驸马爷，应该是舍得的。

“阿湘的书稿还是先放我这里吧，等徐家来提亲了，我再还给阿湘，阿湘一高兴，也就不怨恨你这个哥哥了。”

宋池笑了，低头亲了亲她的唇：“你这个嫂子也够狡猾的。”

虞宁初瞪着他道：“我还不是为了你，不然阿湘气的又不是我。”

宋池又压上来，对着她一阵猛亲。

虞宁初道：“你发什么疯，该吃晚饭了！”

宋池亲了亲她的脸，看着她道：“我赖了你这么久，总算等到你肯为我着想的这一日了。”

虞宁初被这话击得心头一软。这些年宋池确实过得不容易，要谋划大事，还要想办法不让她嫁给别人，而她给他的，一直都是冷言冷语。若是换个人，可能早就放弃她了，另寻愿意给他好脸的女子去了。

“当时我那么不喜欢你，你都没想过放弃吗？”虞宁初摸着他俊美的脸问道。

宋池抓住她的手，从指尖亲到手背，道："你怎样我都喜欢，只要能见你一面，被你骂我也高兴，又怎么会放弃？"

虞宁初不信："我跳河那晚你也高兴？"

宋池突然咬了她一下，眸色沉沉地看过来："那晚快被你气死了，都要死了，哪还顾得生气不生气。"

虞宁初记得当时他的眼睛都气红了。

"以后不许再犯傻。"宋池拨开她腮边的一缕发丝，犹带后怕道。

虞宁初点点头，双手环上他的腰。曾经以为自己什么都没有，只剩气节可守，现在才明白，其实他从来都是真心的，她早就遇见了这世上对她最好的男人。

隔了一日是八月二十，休沐。上午虞宁初正陪着宋湘说话，徐府的媒人来了，宋池先得到了消息，派丫鬟来请虞宁初过去共同接见媒婆。

宋湘吃惊地看向虞宁初。

虞宁初笑道："殿下都要棒打鸳鸯了，小徐大人再不来提亲，哪还睡得着觉？"

宋湘又喜又羞，逞强地哼道："谁要他多管闲事了，我根本就没想这么早嫁给他。"

她还想多戏弄戏弄徐简呢，看徐简何时能明白自己的心意。

虞宁初挑出她话里的漏洞，问道："没想这么早嫁，那就是想过要嫁喽？这下好了，我与殿下直接应了媒人就是，都不用再来问你。"

宋湘懊恼自己失言，跑了。虞宁初领着丫鬟来到前院，宋池看到她，才叫阿谨把徐家的媒人请过来。

这纯粹就是走个过场，媒人走后，宋池对虞宁初道："你去陪阿湘吧，我进宫一趟，请皇上为他们赐婚。"

虞宁初点点头，她还得替宋池善后，还了宋湘的书稿。

宫中，大臣们休沐，昭元帝还在看正德帝在位时的旧折子，正德帝是个昏君，韩国舅打理政事也都是敷衍了事，昭元帝担心有些事没处理好，埋下隐患。

宋池跨进御书房时，阳光洒进窗，他竟然在昭元帝头上看到了几根银发。昭元帝才四十出头，正是壮年！宋池暗暗心惊，再去看昭元帝的脸，忽然发现他比去年刚进京时瘦了很多，也显老了很多。

仔细想来，此事也不奇怪，正德帝有多荒废政事，昭元帝就有多勤快，恨不得将睡觉外所有的时间都用于国家大事。别说他已经四十多了，就算让宋池来，也做不到常年如此勤勉。

“伯父，折子是看不完的，您也该注意休息，保重龙体。”见昭元帝放下奏折，宋池开口劝道。

昭元帝笑了笑，离开龙椅走到窗前，一边伸展手臂舒缓筋骨，一边打趣道：“难得休沐，你不在家里陪娇妻，进宫做何？”

宋池笑道：“有人登门提亲，求娶阿湘，我想请伯父帮忙参详参详。”

昭元帝立即来了精神，转身问他：“是谁？”

宋池道：“徐简，工部尚书徐仁的幺子，说来也巧，徐简升官后负责监管修建的第一座府邸便是您赐给阿湘的公主府。中秋前几日，阿湘去公主府闲逛，撞上徐简被一条野狗追赶，阿湘出手帮其解围，两人因此结缘。”

昭元帝咳了咳，道：“这个徐简连一条野狗都怕，还要阿湘出手相救？”

宋池道：“我也不满这点，奈何阿湘早就被忘尘先生的书所迷，一知道徐简就是忘尘先生，便看他处处顺眼。”

徐仁、徐简父子俩偷偷做过什么，昭元帝自然知晓，他亦欣赏徐简的才华与孝心，不然也不会提拔他。一个会写书，一个爱看书，又有美人救书生的缘分，简直是天作之合。

“既然阿湘喜欢，明日早朝朕便为他们赐婚。”昭元帝心情愉悦道，“好个徐简，朕让他给阿湘造公主府，最后竟是让他给自己盖房子。”

宋池道：“如此算来，徐简本就是您赐给阿湘的驸马，合该您来做媒。”

昭元帝笑出了声。

第九章　迟来的惩罚

昭元帝在朝堂上为宋湘与徐简赐婚之后，婚讯便长了翅膀般飞了出去。

宋沁第一时间听说了此事，跑来问郑皇后："母后，徐简是什么人物，你听说过吗？"

工部尚书自然是高官，但徐家并无爵位，这代做完尚书，下任尚书还不知道是谁，宋沁心目中的如意夫君一直都是头上有爵位传承的勋贵子弟。

郑皇后了解得比女儿多一些，但她从未考虑过徐家，一来工部尚书徐仁是个只知道做工程的耿直官员，这种人不会主动参与皇子争储，更不会因为有人威逼利诱就掺和进去，二来徐简已经二十五岁，大了女儿太多，徐家又素行节俭之风，郑皇后怕女儿嫁过去受委屈。简言之，徐简并不是什么好夫君人选。

宋沁听完母后的解释，奇怪道："既然如此，宋湘与端王看上他什么了？"

郑皇后笑了笑，意味深长道："徐简负责公主府的修建，可能宋湘过去时见过他，看对眼了吧。"

宋沁恍然大悟，回想起宋池在中秋家宴上的话，鄙夷道："原来见过，怪不得会情投意合。”

郑皇后看看女儿，告诫道：“这话你在我面前说说没什么，在外面切勿多言，否则传到你父皇耳中，他又要教训你了。”

提到这个宋沁就气不打一处来，母后老了，父皇不喜欢母后情有可原，可她与哥哥才是父皇的骨肉，为何父皇反而更偏心宋池兄妹？

郑皇后没忍心告诉女儿，既然有爱屋及乌，便也有厌屋及乌，昭元帝心里没她，又怎么会待见她生出来的孩子？孩子们不懂，只能她这个做母亲的替他们争了。

沈二爷、宋氏夫妻俩都很满意宋湘的这桩婚事，徐家家风正直，徐简又是入赘，小两口自己关起门来过日子，少了多少烦心事呢。

九月初一，宋湘的公主府正式交接到她手上，这是件大事，宋池、虞宁初、宋氏都来陪宋湘看宅子。为了避嫌，准驸马徐简没有露面，安排了另一位工部官员来主持今日的验收。

全府上下都检查过后，没有任何问题，一家人移步到厅堂休息。

“阿湘准备何时搬过来？”宋氏笑着问。

宋湘看一眼兄嫂，开玩笑道：“明日就搬，反正哥哥早看我不顺眼了。”

宋池只是摇摇头，并不做解释。

虞宁初替他说话道：“阿湘不要故意气你哥哥了，他比任何人都舍不得你搬走呢。”

宋湘撇撇嘴，一副不信的样子。

宋氏打圆场道：“过了重阳再搬吧，你明年三月大婚，算起来也就半年工夫，还有的准备呢。哎，你跟牧哥儿一个三月初娶妻，一个三月底迎驸马，我这半年是躲不了懒了。”

虞宁初笑道：“姑母尽管操持二表哥的婚事，阿湘这边有我呢。”

宋池忽然看过来，道：“二表哥？”

虞宁初一怔，宋氏笑着瞪宋池：“怕别人不知道阿芜已经嫁给你了似的，怎么，阿芜叫了三四年的牧表哥，才嫁你一个月就得改口喊二弟了吗？”

虞宁初这才明白宋池的意思，这是让她跟着改称呼呢。当着长辈的面计较这个，虞宁初也瞪了他一眼。

宋湘添油加醋，靠到宋氏身边撒娇道：“姑母你瞧瞧，这是在你面前，他还收敛了些，在王府的时候，他恨不得眼睛都长在嫂子身上，我继续赖在王府，可不是碍了他的事？”

宋氏拍拍她的手，笑眯眯道：“你不用冒酸气，等你成亲，自然也有人时时刻刻看你。”

宋湘的脑海里冒出徐简的傻样子，她才不信徐简敢一直盯着自己看。

九月十五是个吉日，宋湘正式迁居公主府，当日宴请亲朋好友。

虞宁初与宋池一直在公主府留到晚上，晚饭后，宋湘将兄嫂送到门外。虞宁初很舍不得，除了每月三个休沐日，宋池每日都是早出晚归，有宋湘在，她还有个伴，如今宋湘搬出来，偌大的王府就只剩她自己，怪没意思的。

宋湘挽着她的胳膊道：“你不用舍不得，我走了，你正好可以将全部心思都放在我哥哥身上，今日给他绣个香囊，明日给他做件衣裳，后日再琢磨给他洗手做羹汤，可做的事情多着呢，就是便宜哥哥了。”

宋池站在一旁，笑着看她们编排他。

宋湘不忘警告亲哥哥道：“阿芜是我帮你娶回来的，你敢趁我不在让她受委屈，我就把阿芜接到我这边来。”

宋池终于将虞宁初拉回自己身边，道：“不早了，我们该走了。”

虞宁初无奈地被他扶上马车。宋湘站在宋池旁边，手在哥哥后背拧了又拧，最后目送马车走远，兴高采烈地进去了。虞宁初可能会无聊，宋湘可不会，她的话本还没写完呢。

马车上，宋池将虞宁初抱到腿上搂着，掰着她的手指一件一件地数：“香囊、衣裳、羹汤，你准备何时做起来？”

虞宁初曲起指头，靠着他的肩膀小声道：“香囊不是早就送过了？”

宋池咬着她的耳朵："就那个香囊，你也好意思拿出手？"

虞宁初道："这么不喜欢，你还我啊。"

宋池道："我说过，还你会还你，但要你拿新的换。"

回到王府，虞宁初便拿出针线筐，假装要替他绣香囊。宋池并没有阻拦，反而叫微雨、杏花多拿来两盏灯，都放在榻上，自己隔着矮桌坐在虞宁初对面，看她扯出一截绸缎又量又剪，一双如玉的手动作熟练。

虞宁初一开始只是想逗他，见他看得那么认真，也就认真起来了。她性子静，本身就喜欢女红、看书这些一个人便能打发时间的事。绸缎剪好了，虞宁初穿针引线，便低头缝起来。灯光微微映红了她明丽娇艳的脸，随着手上灵巧的动作，她的睫毛轻轻颤动着，目光宁静而温柔。

宋池看了很久，目光落在她身上，脑海中却浮现出另一幅画面。

太原跟京城气候差不多，一入冬寒风呼啸，好动如他也不愿在外面逗留。这时他会去母亲屋里，有时候母亲闲着，就询问他的功课，有时候在做针线活，他就坐在母亲旁边，看她穿针引线。母亲比虞宁初话多，会一边缝一边与他说话，都是些家常琐碎。不知道从何时开始，宋池心里的冬天就该是这样的，有个女人温温柔柔地为他穿针引线，会陪在他身边。母亲在冬日去世，此后他再也没有过过一个真正的冬天，直到今晚，他身边又多了一个女人。他对这两个女人当然是不一样的感情，可她们给了他一样珍贵的东西，那个东西，名为家。

"白日再缝吧，晚上容易伤眼睛。"宋池忽然道。

虞宁初刚来了兴致，看着手中的料子道："再等会儿。"

宋池笑了笑，绕过矮桌来到她身后，一手圈着她的腰，一手扶着她的肩膀，在她颈后印下密密的吻。虞宁初哪里还能安心做事，匆匆将针别进线轴，再把整个针线筐推到矮桌下。

翌日一早，宋池照旧早起去当差，虞宁初也迎来了没有小姑的第一日。

虞宁初很不习惯，还特意去晴芳堂逛了一圈，这边只留了一个看门婆子与两个负责打扫的小丫鬟。虞宁初对着宋湘的屋子叹了口气，也不知道此时宋湘在做什么。

又去练了会儿枪，再处理一些庶务，然后虞宁初就去给宋池绣香囊了。香囊很小，不讲究的话半个时辰就能缝出来一个，比如当初宋池要求虞宁初做的那个，缝得就很快。然而现在讲究了，虞宁初先在脑海里想好绣什么，再拿纸画出来，几番修改后才真正落在绸缎上，但宋池养的那只白猫会跑过来捣乱，要么拿爪子钩她的线，要么就非要卧到她的腿上。

杏花道："这猫真黏人，也好会撒娇。"

虞宁初想的却是这猫其实很像宋池，只是她能应付猫，一旦宋池黏上来，她就只能顺着他。

下午还在继续捣鼓这个香囊，快收尾时，外面传来丫鬟朝宋池行礼的声音，虞宁初赶紧将香囊塞到针线筐最底下，抓着针线筐跳下地，塞进一个柜子里，再跑回临窗的榻上，面朝窗户躺好，假装在睡觉。

她几乎刚调整好呼吸，宋池就进来了。她一动不动地躺着，听见宋池脱了靴子，挪到她身边，在她身后躺好，胳膊搭了上来，虞宁初这才"醒来"，揉揉眼睛，看看窗外，意外地问他："今天怎么回得这么早？"

宋池端详她花朵似的脸，笑道："阿湘不在，怕你一个人不习惯，早点回来陪你。"

虞宁初领了情，但还是劝他："公务要紧，你年纪轻轻就升到那个位置，多少人盯着，还是不要授人以柄为好。"

都察院都御史是正二品的大官，其他二品大员最年轻也得四十岁了，宋池才刚刚二十一岁而已。其实虞宁初很替他担心，昭元帝将他放在这个位置，又不封康王为太子，民间早已传出各种谣言。虞宁初并不认为昭元帝会让宋池做太子，可宋池越能威胁到康王，就越危险。虽然宋池已经很厉害了，但他毕竟还太年轻。

宋池在她清澈的眼中看到了深深的忧虑，笑了笑，捧着她的脸道："我娶你回来是要你跟着我享福的，只要我在，你什么都不必担心。香囊呢，缝好了吗？"

虞宁初目光微转，骗他道："昨晚做做样子哄你的，你还当真了啊？"

宋池看着她，忽然按平她的肩膀压上来，问："再问一遍，香囊呢？"

若是香囊已经缝好，虞宁初肯定会乖乖交出来，可是还没缝好，于是她咬咬唇，闭上眼睛道："没有。"

宋池笑道："我不信，肯定被你藏在身上了。"

说完，他开始搜身。虞宁初捂得住领子捂不住裙带，时不时还要被他挠个痒痒。杏花和微雨守在洒满夕阳的院子里，听王妃一会儿笑一会儿求的，不禁想着公主一搬出去，王爷是越发肆无忌惮了。

夜里躺下后，宋池还是忍不住抱着小王妃亲了又亲。

虞宁初纳闷道："我没怀孕，你不着急吗？"

宋池不假思索道："不急，咱们才成亲多久，我巴不得你晚些怀。"

虞宁初便去拧他。

九月下旬的晚上已经很冷了，小两口躲在被窝里闹来闹去，不知要羡煞多少孤枕难眠的人。

过了几日，虞宁初开始筹备宋湘的嫁妆。公主殿下为了戏弄准驸马，曾在徐简面前暗示王爷手里没几个钱，实际上宋池手头宽裕着呢，也不知道是在正德帝一朝时为了做戏故意贪了许多银子，还是正德帝或昭元帝的赏赐积攒下来的，总之为宋湘准备一份嫁妆绰绰有余。

沈明岚、宋湘、二夫人、三夫人时常过来陪她，虞宁初也常去公主府、宁国公府、护国公府走动，日子竟然比她想象得充实多了。

十月中旬，沈明岚又诊出了喜脉。

宋湘调侃道："你与姐夫够厉害的，敦哥儿下个月才周岁，你们马上又给他准备好了弟弟妹妹，可省着他没伴了。"

沈明岚早已习惯这种调侃，笑道："你尽管编排我，等明年驸马爷进门了，看我怎么编排你，你脸皮厚，我可听说驸马爷脸皮薄得很。"

宋湘立即替徐简捏了一把汗。曹坚看似忠厚，其实很沉得住气，不怕她调侃，自家哥哥更不用说了，算来算去，就徐简的脸皮薄得像纸，与虞宁初有得一比。

宋湘看向虞宁初，见她瞧着沈明岚的肚子好像在出神，笑道："阿芜是不是羡慕明岚了，急着给我添个小侄子？”

虞宁初脸上一热，嗔道：“你还嫌表姐一个不够你应付是不是？”

宋湘连忙抱住她道：“好嫂子，咱俩是一伙的，你可千万不能助纣为虐。”

沈明岚抓起敦哥儿放在一旁的棉布老虎，轻轻地砸了宋湘一下。虞宁初看着那个棉布老虎，心思已经飞到等自己怀了也要提前给孩子缝个布老虎上了。

傍晚与宋池吃饭时，虞宁初分享了表姐的喜讯。宋池总觉得在王妃的眼里看到了一丝幽怨，怨他故意不给她孩子似的，宋池真心觉得冤枉。

“就这样想为我生孩子？”夜深人静，宋池撑在虞宁初身侧道。

虞宁初道：“不是为你生孩子，是生咱们的孩子。”

她说得那么认真，认真到宋池也盼着她早点怀上，免得她干着急，巴巴地羡慕别人。他最受不了她露出羡慕的情绪，她明明值得拥有一切。

转眼又到了虞宁初该来月事的日子，一直到月底，宋池突然反应过来，问她：“这次你月事是不是迟了？”

虞宁初难掩高兴，像写字写得太好被先生夸了一样，笑着点点头。

宋池怔了怔，开始不知所措。

虞宁初难得见他这样，柔声道：“明日我请郎中来看看。”

第二天宋池醒得特别早，吩咐阿默去京城最好的医馆请最擅长给妇人诊脉的郎中来。

等虞宁初睡醒，郎中已经在前面等候多时。宋池解释道：“若没个准信，我这一日都要牵挂你。”

虞宁初没想到他平时不急着要孩子，真到了这时候反而比她还紧张。梳妆完毕，虞宁初由宋池陪着去了前厅。

郎中先仔细询问过虞宁初近日的身体状况，再替她诊脉，一手扣着她的手腕，一手摸着自己的山羊胡，在宋池观察犯人一样的目光中，老郎中嘴角渐渐露出笑来，收回手道：“虽然王妃的脉象暂且还不明显，但八成就是喜脉了，还请王爷、王妃再耐心静候一段时日，月中老夫再来一趟，定能给出一个确切答复。”

虞宁初笑了出来，她有种预感，自己就是怀上了。

宋池看到她这个无比满足的笑，心底也涌起一股暖流，客客气气地对老郎中道：“那您请先回，月中还劳您再走一趟。”

除了礼遇，宋池还让阿谨包了十两银子给老郎中。老郎中知道，如果月中他能十成十地确定王妃的喜脉，端王殿下还会包更多的银子给他。

郎中走后，虞宁初主动走到还愣着的宋池面前，抱住他的腰，靠到他怀里。

宋池也抱住她，头低下来，蹭蹭她的发梢：“今日不去都察院了，一整天都陪你。”

虞宁初摇摇头，笑道：“便是真怀上了也用不着你这样，政事要紧，你别想偷懒，传出去人家该说我太娇气了。”

宋池道：“管他们如何说，我就是要你娇气。”

有人疼有人护的姑娘才会娇气，她年少时吃了那么多苦，他只恨没能早点认识她。最终，虞宁初还是将他推出了门。

两人一起盼了半个月，月中再请老郎中过来号脉，千真万确就是喜脉。宋池顿时忙了起来，先给几家亲戚报了喜讯，再吩咐阿风去寻找京城擅长照顾孕妇饮食起居的嬷嬷，他要提前选好嬷嬷入住王府，好一心一意地伺候虞宁初。除了嬷嬷，还要挑选一个长期住在王府的郎中，以前家里都是年轻人，很少生病，所以用不着，现在不一样了，无论虞宁初怀孕期间还是生完孩子，大的小的都需要精心护理。

沈明岚离得最近，先到端王府，跟着是二夫人、三夫人，宋湘离得最远，来得最晚。女眷们将虞宁初围在中间，宋池只能远远坐在一张椅子上，长辈们嘱咐虞宁初的话他也听得十分认真。

宋氏过了一会儿才发现侄子还在，立即撵他道：“我们妇人说话，你一个爷们坐在这里碍什么事，该干什么干什么去。”

宋池这才走了，临走之前看了虞宁初好几眼，那舍不得走的样子，虞宁初都没忍心看。

沈明岚感慨道：“之前阿芜还夸曹坚好，我看池表哥才是真正的好夫君，我刚怀孕时，曹坚什么都不懂，也没关心过这些，都是我不舒服了他才急着找郎中问的。”

三夫人对女儿道：“你就知足吧，我怀你们的时候你爹爹更傻，好好的比这个做什么。”

她是担心女儿羡慕虞宁初，回去朝女婿发小脾气，没事找事。沈明岚瞋了母亲一眼。

二夫人宋氏想的却是侄子从九岁起就开始照顾妹妹，事无巨细，长兄如父，当然更懂得如何疼人。一晃眼，时间过得真快啊，曾经可怜巴巴的男孩子如今都要做父亲了。

次日，宋池进宫，去御书房禀事完毕，顺便也将虞宁初有孕一事告诉了昭元帝。昭元帝由衷地替侄子高兴。等宋池退下后，昭元帝一手撑额抵在桌子上，闭上眼睛。孩子，孩子……当年沈嫣宁可嫁给一个寒门进士也不愿给他做妾，成全两人间的情分，他很生气，于是与郑氏有了第一个孩子。

当他从失去沈嫣的愤怒中冷静下来后，昭元帝便不再去郑氏的屋里了。他派人去了扬州，得知沈嫣迟迟没有孩子，还以为沈嫣不曾与虞尚圆房，心中又升起希望，甚至计划着去扬州见她。可后来沈嫣有孕，得到消息的他喝得酩酊大醉，于是与郑氏有了第二个孩子。

既然沈嫣铁了心与虞尚过了，他便撤了留在扬州的暗卫，也想过要与郑氏做正常夫妻，可是心都死了，他对任何女人都生不出兴趣，他也不想勉强自己，索性将所有的心力都放在图谋大事上。时间如流水，二十年就这么溜走了，连她的女儿都要做母亲了，可这一切，沈嫣看不到，也不会知道。

一滴泪从帝王憔悴的眼角滚落，他很后悔，后悔年轻时的冲动，后悔年轻时的犹豫摇摆。早知道她并没有忘了他，又因郁结于心而红颜早逝，他便是哪怕遗臭万年，也会将她从虞尚身边抢回来。

进入十一月，虞宁初开始害喜。每个人害喜的情况不一样，像沈明岚，她头三个月就喜欢酸口的饭菜，别的都吃不下，虞宁初反倒更喜欢辣一点的，只需要加一点辣，她的胃口就会好很多。

长辈之间流传着一句“酸儿辣女”的俗语，然而大多数人都盼着一举得男，所以宋氏、三夫人就不在虞宁初面前说这句话了，只当没有那回事。然而沈明岚第一次怀孕时，虞宁初在长辈口中听过这句话，因为顺口，就记住了。

这晚与宋池吃饭，天冷，厨房做了铜锅，调成了微辣的口味。虞宁初涮了一片羊肉，刚要吃，宋池叫她等一等，然后用筷子夹走了羊肉背面粘的一片碎辣椒。这么一件不值一提的小事，虞宁初却很喜欢。

缭绕的白雾从铜锅里不停升腾起来，厅里暖融融的，虞宁初吃了七分饱便自觉地停下筷子，看着宋池吃。男人嘛，吃得总是比女子多些，尤其是宋池，差事繁忙，越累就越容易饿。宋池长得俊，吃饭也自带一股风雅，虞宁初不知不觉就看了很久。

宋池又夹了一块肉，却朝她这边递来，虞宁初道：“我吃饱了，你自己吃吧。”

宋池笑道：“真饱了？我见你一直盯着我，还以为你也想吃。”

虞宁初瞪了他一眼，她想吃自己会夹，堂堂王妃，难道厨房还会缺了她的肉？

“王爷、王妃，下雪啦。”杏花欢快的声音从厚厚的门帘后传进来。

虞宁初让宋池慢慢吃，自己走到门前，挑起帘子一看，灯笼的光晕下果然有雪花纷纷扬扬落下来。今晚无风，雪花落得轻悄悄的，仿佛天上的仙子来人间玩耍，又不想惊动任何人。

“回来吧，等会儿披上斗篷再去看。”宋池担心她着凉，对着她的背影道。

虞宁初便放下帘子，重新回到他身边坐着。宋池似乎一点都不着急赏雪，优哉地吃着晚饭，吃好了，再仔仔细细地漱口，喝了半碗清茶，然后牵着虞宁初去了内室，亲手从衣柜里挑出一件今冬为虞宁初买回来的狐毛斗篷，再转过来替她披上。

“你也披一件。”虞宁初还记得去年冬天他几次去四井胡同找自己，穿得少得可怜，“你若染了风寒，便回前院睡。”

宋池看向她的肚子：“过河拆桥是不是？从我这里骗了孩子，便要将孩子爹踹到一旁？”

虞宁初背过去，不想听他说话。宋池笑着披好斗篷，牵着她的手一起去看雪。可能是刚刚吃完铜锅的缘故，两个人的手都热乎乎的，宋池从微雨手里接过一盏灯笼，带着虞宁初去院子里夜游赏雪。

这会儿地上已经铺了一层浅浅的雪，雪花不断落下来，落在虞宁初的兜帽上，落在兜帽边长长的狐毛上，落在她背后一直垂到脚踝的斗篷上，落在两人因为牵着手而重叠的袖子上，只有一两片雪花能侥幸落到虞宁初的鼻尖或脸上。

“还记得去年的那场雪吗？”宋池笑着问她，“若心里有了人，雪越美越想与那人一起看，所以那时候我不喜欢下雪。”

虞宁初看着他手里的灯笼，轻声道：“我喜欢，特别是京城的雪，大片大片的，叫人心里也痛快。”

宋池微微握紧她的手：“我与你谈情，你倒豪放起来了。”

虞宁初笑了出来，她才不会告诉他，她常常会在一场大雨来临时，想起与他下扬州时经历的那场雨。

在花园里逛了一刻钟左右，两人开始往回走，来时没有声音，此时鞋子踩在雪地上有了轻轻的嘎吱声。

虞宁初想了想，对他道：“都说酸儿辣女，我最近这么爱吃辣，可能是个女儿。”

宋池停下脚步，将灯笼放在一旁的石头上，双手将虞宁初抱到怀里，她扬起脸，他低下头，正好替她挡住纷纷扬扬落下来的雪。

“儿子也好，女儿也好，你最重要，只要你平安，就是生只猫生条鱼出来，我也会当宝贝一样养着。”

他的双眼亮如星辰，虞宁初听了前面心里甜甜的，听到后面就恼起来，瞪着他道：“不许胡说八道。”

她要孩子，才不要什么猫啊鱼的。

宋池笑着亲她一口，大手轻轻贴在她的腹部道：“距离出生还早，你先别操心孩子，多想想我。”

虞宁初问：“你有什么好想的？”

宋池便来咬她的唇。

可能中秋家宴扫了昭元帝的兴，今年的上元节宫宴，除了邀请皇亲国戚，昭元帝还点了几位朝廷重臣，让他们带上家眷一起来宫里赏灯。

此时虞宁初的胎已经坐稳，只是还未显怀，如果不是知道自己怀孕了，她根本察觉不到现在与以前有什么区别。

在宫里分开时，宋池将虞宁初托付给妹妹宋湘，再三叮嘱道："夜里灯火不明，你要寸步不离地守着你嫂子。"

宋湘笑道："放心吧，我就是自己摔了，也不会让嫂子有任何闪失。"

宋池又深深地看向虞宁初，虞宁初用眼神叫他放心。分别后，宋湘挽着虞宁初的胳膊去了后宫，今晚的宫宴由昭元帝、郑皇后各主持一边。护国公府众女眷也到了，席位就在虞宁初、宋湘旁边，其他女眷虞宁初也认得一些，有面生的，宋湘会给她介绍。这时，一位妆容华贵的妇人带着一个年轻美貌的姑娘，朝郑皇后走去见礼。

宋湘低声对虞宁初道："这就是准康王妃郭琳与她的母亲，镇南侯夫人。"

虞宁初点点头，二月康王就要大婚了，婚贴已经送到了端王府，只是这位郭姑娘虞宁初还是第一次见。在正德帝一朝时，镇南侯另有其人，但几次击退南边敌国进犯的大将其实都是郭琳的父亲。昭元帝登基后，官员们换了一批，勋贵们也倒了一批，郭将军也如蒙尘的明珠，终于得到赏识，封了镇南侯的爵位。可以说，现在的镇南侯乃昭元帝的心腹大将之一，地位并不比镇守西北的护国公沈策低。

郑皇后挑了郭家姑娘做儿媳妇，便是给康王找了一门强有力的妻族，反观宋池，在妻族这边什么帮衬也没有。

忽然，郑皇后朝虞宁初看来，虞宁初微微一笑，点头致意。郑皇后扫了一眼虞宁初的肚子，又看向跟着镇南侯夫人走向席位的准儿媳郭琳。还好，宋池成亲晚，宋澈马上也要成亲了，只要郭琳的肚子争气，她的孙子只会比宋池的孩子小一两岁，不会出现当时正德帝与老晋王的巨大悬殊。

郑皇后并不想眼下与宋池争，昭元帝正当壮年，宋池立了那么多功劳，昭元帝肯定要念着这份功劳，更看重宋池也在情理当中，然而时间长了，昭元帝的感激之情只会越来越淡，宋池在他心里的分量也会越来越轻，郑皇后相信，最终昭元帝的心还是会偏向自己的儿子。

上元节宫宴就这么过去，二月，康王大婚。虞宁初还是由宋湘陪着去康王府赴宴，而宋池作为康王唯一的堂兄，要一起去接新娘。

新人们还没回来，虞宁初笑着与宋湘说道：“最近的宴请可真够多的，今日喝了康王殿下的喜酒，三月初就要喝二表哥的喜酒了，到了月底，便是……”

还没说完，宋湘就来捂她的嘴。

虞宁初刚要拉下她的手，宋沁的声音从后面传过来：“下个月姐姐也要出嫁了，现在看着二嫂进门，姐姐有没有紧张呀？”

虞宁初与宋湘一起回头，看到了被四个宫女簇拥而来的宋沁。

宋湘淡笑道：“嫁人而已，有什么好紧张的。”

宋沁娇笑道：“也是，姐姐与驸马爷情投意合，说不定只嫌婚期太迟呢。”

不远处坐着一些官夫人，闻言都朝这边看过来。宋湘是个暴脾气，被宋沁的阴阳怪气一激就要站起来反驳，虞宁初及时按住她的手，笑着对宋沁道：“今年六月沁妹妹也要出嫁了，看沁妹妹这般从容大方，想来与李驸马也是情投意合，安心待嫁就是。”

宋沁抿起唇。

“阿沁又在调侃你姐姐了是不是？你自己也要嫁人了，休要再这般没大没小，快过来陪姑母坐坐。”宋氏突然招呼宋沁，她既是护国公府的二夫人，又是贵妇圈里最尊贵的长公主，别说是用亲昵的语气嗔怪宋沁，便是冷脸怒斥，宋沁这个小辈也只能受着。宋沁在太原骄傲惯了，又何曾被人数落过没大没小，偏偏对方是她的姑母，她只能忍着不快，挤出笑容走了过去。

宋湘还是憋着气，恨不得揍宋沁一顿。

虞宁初小声道：“她是忌妒你呢，我听殿下说那位李驸马虽然门第显赫，才华横溢，前程似锦，却是个重欲之人，身边的丫鬟个个貌美，因为被皇后看中做女婿，才不得不打发了所有侍妾，然而江山易改本性难移，你且瞧着，日后少不了他们夫妻争吵的时候，哪像你，一个眼神便将小徐大人震慑得服服帖帖。”

知道讨厌的人以后过得不会太顺心，宋湘才散了胸口的郁气，哼道："姓徐的敢偷腥，我就休了他。"

虞宁初笑而不语，徐简好不好色，宋池早叫人明察暗访过很多遍了，据说徐简从小就是个书呆子，见到家里年纪大些的姐妹都要避让。

康王府的喜宴接近尾声时，天已经黑了。

女眷这边还在聊着，一个小丫鬟突然穿过一桌桌宴席走到虞宁初身边，笑着行礼道："禀王妃，端王殿下喝醉了，问您吃好了没，若吃好了，就随他一块回府。"

虞宁初心中一惊，宋池平时都不喝酒的，今晚竟然喝醉了？

宋氏看看侄媳妇的肚子，猜到宋池应该是担心虞宁初累了才装醉的，笑道："既然子渊醉了，你快随他回去吧。"说完又让自己的丫鬟仔细扶着虞宁初离开。

虞宁初来到通向前院的月亮门前，见宋池与阿默正站在一侧等她。

虞宁初靠近宋池果然闻到了一丝酒气，并不浓烈，再看他的眼睛，目光清明，丝毫不像醉了的样子。

"真的喝酒了？"虞宁初低声问。

宋池笑道："一两口。"

以前他不喝酒，是担心醉了在外人面前说错话泄露大事，如今他只是不爱喝酒，少喝一些并无大碍。这里不是说话的地方，虞宁初安静地跟在宋池身边，夫妻俩离开康王府上了马车。

"康王殿下已经离开了吗？"坐好后，虞宁初打听道。这种宴席，基本都是新郎官去洞房了，男客们才会陆续散去。

宋池道："嗯，哪个新郎官今晚不急？"

虞宁初瞋了他一眼。

宋池习惯地将她抱到腿上，拥着她问："累了一日，有没有不舒服？"

虞宁初摇摇头，解释道："光说话了，大多时候都是一动不动地坐着。"

宋池轻轻地替她捏起腿来。虞宁初枕着他的手臂，脸正好面朝他仰着。

宋池与宋澈都貌似昭元帝，但这对堂兄弟又气质迥异，绝不会让人混淆。宋池更像一枚玉，穿官服时如被放在了阳光下，光彩照人，善良的百姓见了他会被他的光芒折服，心中有鬼的小人则会在这样的光芒下惶恐不安。待他换了常服，又仿佛美玉被置于阳光照不到的室内，光华内敛，温润雅致，人人都可与他亲近。而宋澈站在宋池身边，就变成了一本书，虽然温雅，却毫无光彩，很难让人注意到他。至少，虞宁初是这样觉得的。

“为何这样看我？”宋池一边为她捏腿一边问。

虞宁初咬咬唇，还是问了出来：“别人娶的都是名门闺秀，你娶了我这个毫无倚仗的小户之女，会不会羡慕？”

宋池知道她的脑袋瓜里在琢磨什么，低下头亲了亲她的脸：“别人娶的是女方的身份，婚后能不能做恩爱夫妻全靠缘分，只有我一开始娶的便是心仪之人，别人该羡慕我才是。”

虞宁初还是担心，不是担心宋池嫌弃她，而是担心他日后的路。他想争那个位置吗？想争，就意味着后面有无数风险，可她作为妻子什么忙都帮不上。如果不想争，他如今如此显赫，百姓只知道端王不知道康王，时间长了，不提郑皇后，便是昭元帝也会想办法收他的权吧？

后面这个念头，让虞宁初替宋池委屈起来，凭什么呢？帝位都是宋池冒死送给昭元帝的，他们一家又怎么能过河拆桥？虞宁初突然很想问问宋池，可她觉得这种大事宋池肯定不会告诉自己，虽然是出于为她好，怕她惴惴不安。

“你在羡慕别人的名门出身，是不是？”宋池抬起头，忽然认真地看着她。

虞宁初垂下眼，低声道：“不是羡慕，是遗憾我帮不了你什么，都说朝堂有人好做事，我这边若有父兄做官，如果你遇到什么麻烦，他们肯定会不遗余力地帮你。”

宋池抬起她的下巴，笑道：“你当我是那些无能之辈吗？我想要什么，自己会想办法，不需要借助妻族的势力，当然你也不用妄自菲薄，有你在，舅舅、舅母便会站在我这边，包括舅母的娘家。”

虞宁初眨眨眼，试探地问：“你会有需要他们站在你这边的时候吗？”

宋池眼中的笑意变深了，用指腹按了按她的唇："套我话是不是？我一早就知道，虞家的小表妹看似楚楚可怜，其实比谁都聪明。"

虞宁初抓住他的手指，等着他回答。

宋池将她往上抱了抱，在她耳边道："我又不傻，我养熟的瓜，怎会白白拱手让人？"

虞宁初的心猛烈地跳动起来，嘴唇几乎贴着他的脸问道："那……你有几分把握？"

宋池道："五成。"

五成？虞宁初不禁皱起眉头，没等她想太远，宋池笑着拉着她的手贴到自己胸口道："剩下的五成全在你，如果你让我身心舒畅，我便事事都能应对自如，如果你像成亲前那样冷着我折磨我，我哪有心力应对？"

虞宁初的心就好像随着秋千高高飞起又稳稳降落，难受死了，恼道："这种事你也敢拿来开玩笑。"

宋池收起笑，正色道："不是玩笑，你心里有我，我便无所畏惧，你心里没我，我便是坐到那个位置，又有何意义？"

他的父亲与伯父就是例子。无情的男人不胜枚举，身边少了哪个女人都不耽误他们享受权势富贵,但这世上总有一种男人会对最特别的那个女人情根深种，一旦情根断了，人也成了行尸走肉。母亲是父亲的情根，母亲没了，父亲落发为僧，再不入红尘。岳母是伯父的情根，岳母早逝，伯父也断了情欲，心中只剩江山百姓。

宋池以前不懂这两个姓宋的男人，遇到虞宁初后，忽然就懂了。

"总之一切有我，你什么都不用想，只想我与孩子就好。"

三月春风暖，护国公府的新世子沈牧娶妻设宴。虞宁初与宋池来喝喜酒，与舅舅、舅母单独坐着时，惊喜地得知舅母也替表哥沈逸看好了一位闺秀，只等沈牧成亲过后就去提亲。

虞宁初感慨道："真快啊，表哥们陆陆续续都要成亲了，府里也要越来越热闹了。”

三夫人看着她的肚子，笑道：“可不是，一拨人变老，一拨人从孩子变成大人，再生出一拨小孩子，世世代代就是这么传承下来的。”

来的宾客越来越多，虞宁初很快就与舅母分开了。

沈牧的妻子叫温玉芝，是礼部尚书府的闺秀，如宋氏当初夸的一样，温婉知礼，与风趣诙谐的沈牧性格大为不同。然而一物降一物，威严如沈琢都管不了沈牧，可一旦温玉芝在场，沈牧便自发收敛了那份轻佻，规规矩矩的，叫虞宁初、沈明岚、宋湘看着好不习惯。

“二表嫂比咱们都矮，身形娇小，调教夫君竟然很有一套，连二表哥都被她治服了。”私下聊天时，宋湘稀奇道。

沈明岚道：“这你就不懂了，二哥这般变化，与二嫂会不会调教夫君没有关系，纯粹是二哥心里喜欢二嫂，不想让二嫂看见他不老实的一面罢了。比如你在我们面前打听这个打听那个，若驸马爷来了，你还敢问吗？肯定会变得比二哥还规矩守礼。”

宋湘逞强道：“我才懒得装呢，我在你们面前是什么样，在他面前继续是什么样。”

虞宁初往沈明岚身边挪了挪，拆她的台道：“是吗？你在我们面前总是大手大脚，仿佛银子花不完，那日怎么在驸马爷面前装穷，损了你哥哥的威风？”

宋湘脸上一红，又想故技重施来挠虞宁初的痒，看见她已经显怀的肚子，却不敢乱来，气得直跺脚：“你等着，你们都等着，等你们生完了，看我怎么收拾你们。”

沈明岚算算日子，笑道：“等我们生完了，或许你又怀上了。”

宋湘捂着耳朵跑了。可沈明岚又怎么可能轻轻松松放过她，到了月底宋湘大婚的日子，前一日沈明岚来给宋湘添妆，趁着席后旁人都走了，只有她们三个好姐妹在，沈明岚从袖子里掏出一个小册子，递给宋湘：“这是我特别为你准备的另一份礼，你仔细看看。”

宋湘脸红地瞪着沈明岚：“你羞不羞！”

沈明岚捂着肚子笑道:“我都嫁过人了，当然不羞。”

宋湘空有一身好功夫，却不能朝同样大着肚子的沈明岚下手，只能催她快点回去。

沈明岚走了，虞宁初这几日却要住在公主府，包括宋池，夫妻俩要一起主持妹妹的婚事。

宋湘与徐简婚后会住在公主府，但婚礼还是要在徐府举行。虞宁初与宋池只能坐镇公主府，将公主妹妹嫁出去。

驸马爷来迎亲时，虞宁初终于再次见到了徐简，俊秀端雅的文官，着一身红袍，显得更俊美了，只是在一众亲戚面前有些拘谨紧张，尤其是不敢直视宋池。

虞宁初偏头看向宋池，他明明在笑啊，怎么把驸马爷吓成这样？不过这样的新郎官倒是让虞宁初觉得新鲜，她参加过好几场婚礼，从沈琢到曹坚到康王再到沈牧，包括宋池，这几位或稳重或游刃有余，只有徐简仿佛一匹青涩的骏马意外闯入凤凰窝，被凤凰窝里的气势震慑，不知所措。

媒人扶着一身嫁衣的宋湘走出来，徐简的神色更紧张了，垂眼注视着公主的裙摆。

其实直到今日，徐简还不明白公主到底喜不喜欢自己，那日在公主府，端王殿下突然出现向他索要公主赠予的书稿，还问他是否对公主有意，无意便该与公主保持距离，有意则应正式提亲，而非私下与公主接触。

徐简不敢欺瞒端王，更不想让端王误会自己存心引诱公主，便回府与父母商议提亲之事。他的提亲，更像是要给端王一个交代，否则他是绝对不敢贸然高攀公主的，哪怕他确实对公主动了心。没想到端王竟然应了他的提亲，还请皇上为他们赐婚。圣旨一下，徐简又喜又忧，他怕公主只是听从王爷的意思才嫁给自己的，怕公主并不喜欢自己，只是将就而已。

这种忐忑不安的心情持续了半年，徐简不敢问任何人，怕自己话多坏了公主清誉。这样糊里糊涂的，他竟然要把公主娶回去了。

“我只有阿湘一个妹妹，你要善待她。”宋池只对徐简叮嘱了这一句。

徐简垂首道："简必不负殿下所托。"

娶都娶了，他一定对公主唯命是从，公主愿意与他做夫妻，他会竭尽所能哄她开心，若是不愿意，他便睡在地上，绝不会冒犯公主分毫。新娘进了花轿，徐简爬上马背，出发之前，他回头深深看了一眼后面的花轿。

到了徐府，周围都是熟悉的亲戚，徐简却依然紧张，他怕公主不喜欢自己的家人，不喜欢那些此起彼伏的喧哗。新房这边总算安静一些，但也围满了来观礼的女眷，挑盖头时，徐简的手抖个不停，逗得女眷们笑出声来。

红色的盖头终于被掀开，耐心快要耗尽的宋湘抬起头便看到徐简脸上的汗，目光相对，他仿佛见了什么洪水猛兽，猛地低下头，脸也微微偏开，看得宋湘心中一片不安，难道她的妆容花了？宋湘再去看那些女眷，见女眷们都目不转睛地打量着自己，有个大概是徐简侄女的小姑娘竟然都看呆了，宋湘总算放下心来。

全福人将浑身僵硬的徐简按坐在新床上，与公主肩并肩。徐简眼观鼻鼻观心，一双手放在膝盖上，不像娶媳妇，倒像娶了一位徐尚书回来，正要对儿子耳提面命。与之相比，宋湘大大方方，众人纷纷感慨公主的气度就是与众不同。

"四叔好像是块木头。"徐简的侄女小声嘀咕道。

宋湘瞥向面前的徐简，觉得他的表现还不如木头，木头一动不动，至少显得稳重，徐简又是脸红又是冒汗，今晚他不洗澡别想近她的身。

不多时，徐简被请去宴席招待客人，宋湘朝自己的丫鬟抱怨道："这个徐简，胆子怎么这么小？"

珊瑚笑道："一样米养百样人，驸马爷做新郎是不如王爷沉稳，可公主也没有像王妃那样娇羞啊，依我看，沉稳的王爷配娇羞的王妃刚刚好，紧张的驸马配不紧张的您，也刚刚好呢。"

宋湘斜她一眼，面上露出得意，别说，徐简在她面前这么呆，她还挺喜欢的，她就喜欢捏软柿子，比如挠虞宁初的痒就比挠沈明岚更有满足感。如果徐简像哥哥一样厚颜无耻、油盐不进，她都要气死了，哪还有乐趣可言？

夜色渐深，徐简回来了，一左一右两个小厮架着他。宋湘再豪放，毕竟是第一次做新娘，还是紧张的，默默准备了各种开场话要与徐简说，没想到出去一看，徐简已经醉成一摊烂泥，都省了她的那些腹稿。

徐简的贴身小厮仿佛在美艳的公主眼中看到了一丝嫌弃，不禁替自己主子解释道："还请公主莫怪驸马，驸马自知酒量不行，平时都很少喝酒，可是今日客人太多，这个要敬酒那个又要敬酒，驸马根本招架不住，刚刚在外面吐得可难受了，还没忘记叫我们先扶他去收拾一番，就是不想在您面前失礼。"

宋湘再去看徐简的脸，说是红吧，又红得不正常，一副眉头紧锁果然很难受的样子。

宋湘让丫鬟们扶徐简进屋，两个小厮低头退下了。徐简被丫鬟们仰面放到床上，大红的喜被衬得他肤色更加白皙，嘴唇也红得仿佛涂了口脂，昏迷不醒地躺在那里，竟透出一股楚楚可怜来。

"公主，现在怎么办？"珊瑚为难地看向主子。

宋湘摆手道："既然驸马已经睡了，你们都退下吧。"

两个丫鬟便也走了。

宋湘站在床边看着徐简，站久了又坐下，突然徐简翻了个身，吓了宋湘一跳，然而新郎官只是改了下睡姿，面朝里睡得更香了。宋湘注意到他的礼服上东一块西一块地洒了酒水，她可受不了这身脏袍子，撸起双袖，用力将死沉的男人转过来，开始替他宽衣解带，费了好大力气总算将徐简的外袍成功脱了下来。

春末，大家穿得都少，外袍一脱，徐简只剩一身中衣。宋湘重新坐在床边，目光在徐简身上逡巡，确定他睡沉了，这才咬咬唇，伸出两根手指，悄悄提起徐简的裤腰。这时，徐简突然朝外翻了个身，胳膊一抬一放，正好将宋湘压在了胸膛下，宋湘一动不敢动，整张脸都红透了。

徐简终于被这种不舒服的睡姿弄醒，茫然地往下一看，看到一个戴着金簪珠钗的脑袋……徐简猛地坐起来，本能地往床里躲，一脸惊恐地看着宋湘："公主，我、我……"

宋湘不想他误会，一边转过去扶正珠钗，一边飞快解释道："你喝醉了，我想把你推到里面去睡，结果被你压了一下。"

徐简试着回想，只能想起自己被人灌酒及刚刚醒来的一幕，羞愧急了，手忙脚乱地爬到床下，低头朝宋湘行了一个大礼："下官醉酒失礼，还请公主恕罪。"

宋湘咳了咳，坐到床上道："无碍无碍，你又不是故意的，以后不要再喝那么多了。"

徐简连连点头，今晚是不好推辞，以后他一定不会任人灌酒。

宋湘见他还弯着腰，道："免礼吧，你我已是夫妻，不必如此客气。"

徐简耳朵一热，站直身子前悄悄看向公主，公主回避了他的目光，但面上并无嫌弃或不甘之色，徐简的心便扑通扑通跳起来。

"你要不要吃点东西？"沉默了很久，宋湘主动问道。刚刚那一瞥，她看到了他过于平坦的小腹，肯定是没吃饭。

徐简看向窗外，天都黑了，公主肯定已经吃过了，他还吃什么吃。

"多谢公主关心，下官已经用过饭了。"

宋湘攥了攥手，只好道："那便歇息吧。"说完先躺到了床里面。

徐简心慌意乱，僵硬地走去灭了屋里的灯，只剩一对喜烛。回到床边，他看着朝里侧躺的公主，小心翼翼地在外面躺下，没有去碰被子，他已经很热了，不需要盖被子。

宋湘默默躺着，躺了很久，听不到任何动静，还以为他又睡着了，扭头一看，见徐简可怜巴巴地紧挨着床边躺着，眼睛也睁着。宋湘赶紧又躺下，小声嘟囔道："为什么睡外面？"

徐简好像得了军令，忙掀开被子躺进去，只是仍然挨着床边。

宋湘知道他胆小，问："沐浴了吗？之前看你出了很多汗。"

徐简窘迫得要冒烟了，答道："洗、洗过了。"

宋湘"哦"了一声，过了一会儿又问："那你为何还不来抱我？不喜欢我吗？"

"不是，下官、下官是怕公主不喜欢。"徐简紧张得又想擦汗了。

宋湘哼道："我若不喜欢，为何还嫁过来？蠢死了。"

新婚第一晚就挨骂的驸马爷委屈了一会儿，随即狂喜起来，原来公主也喜欢他。他一点一点地靠近，紧张无比地抱住了公主。宋湘受不了他磨磨蹭蹭的劲，翻身扑过来，主动亲上了徐简的唇。

回门时，宋湘带着徐简来了端王府，沈二爷、宋氏及沈牧夫妻也过来了。

再见徐简，他已经没了迎亲时的紧张，反而多了几分羞赧，俊秀的脸上始终带着薄红。宋池看自己的妹婿是不会多顺眼的，沈二爷和沈牧也是差不多的心情，虞宁初与宋氏却都很满意徐简。

有宋氏在，再加上宋湘刻意躲着，虞宁初没找到机会审她。过了几日，等宋湘与徐简搬回公主府住了，趁徐简去工部当差，沈明岚叫上虞宁初，两人一块来公主府探望昔日的闺中好友，如今的新娘子。

沈明岚负责发问，虞宁初笑着在一旁听着，宋湘一副“随便你们问我什么都不怕”的模样。

最后，宋湘要求道：“只准再问一个，多了我也不答。”

沈明岚将这个机会让给了虞宁初。

虞宁初便问道：“妹夫知道你早就知道他是忘尘先生了吗？”

沈明岚恨铁不成钢地看着她：“她羞过你多少次，你就问这个？”

宋湘生怕虞宁初反悔似的，赶紧笑道：“他还不知道，过阵子我再逗逗他。”

然后又大大方方地分享了她与徐简之间的一些趣事。

沈明岚啧道：“这不就是池表哥与阿芜反过来了吗？真不愧是兄妹，一样不正经，就会调戏人。”

宋湘哼道：“至少我跟徐简已经是夫妻了，我调戏他也无伤大雅，才没有哥哥那么坏。”

虞宁初道：“好了好了，都是过去的事，不要再提了。”

从五月开始，天气一日比一日热起来，虞宁初与沈明岚的身子越来越重，不好出门，宋湘便常来端王府、宁国公府走动。郎中推测虞宁初会在七月中旬生，虞宁初便没有着急，身子虽然有些不适，却都在可以忍受的范围内。

宋池位高权重，差事繁忙，但每天早上他都会腾出时间，趁凉快陪虞宁初去花园散步，晚上回来则喜欢坐在她身边问她一日的饮食起居，还喜欢摸着她的肚子陪孩子说话。

五月底，宋沁派人送来喜帖，邀请夫妻俩于六月二十那日去公主府吃出嫁前的宴席。

宋池道："那日我自己去，你留在家里养胎。"

虞宁初道："还是去吧，左右都是坐着聊天，不用我做什么，而且康王妃也怀孕了，她肯定去的，她去我不去，显得我更金贵似的。"

宋池亲着她的脖子道："你就是比她金贵，千个百个她也比不上你。"

虞宁初喜欢听他这么夸自己，也喜欢他落在脖颈上的呼吸。

到了六月二十，因为前一日下过雨，今天还算凉快。宴席摆在公主府的水榭，一个个冰鼎放在案席前，小丫鬟们不停地扇着，送来一缕缕凉风。

"嫂子会不会觉得冷？"宋湘守在虞宁初身边，有些担心地问。

虞宁初笑道："哪里会冷，我还觉得有点热呢。"

宋湘这才放心。说话间，康王妃姗姗来迟，她二月嫁给康王，端午时传出喜脉，如今也才两个月左右，压根没显怀。

带着孩子来吃席的长辈们刻意都坐得远些，唯恐小孩子惊到两位怀了身孕的王妃。

既然都是王妃，虞宁初与康王妃被安排在了一桌。虞宁初基本没动筷子，也不觉得饿，微笑着听旁边席位上的女客聊天，偶尔也会与康王妃说上几句话。

"我去洗手，你们慢用。"酒席吃到一半，康王妃微微尴尬道。

虞宁初和宋湘点点头，康王妃由丫鬟陪着，朝净房的方向去了。

"是不是孕妇胃口都不好？我看你们两个都吃得好少。"宋湘小声道。

虞宁初想自己是不敢在外面乱吃东西，出发之前在家里先吃了七分饱，康王妃还在害喜的阶段，胃口大概是真的差。

过了一盏茶工夫，水榭里的欢声笑语突然被一声尖叫打断，众人纷纷停下筷子，有离净房近一些的女眷朝外面望去，忽然惊道："不好了，王妃摔倒了！"

一共就两个王妃，虞宁初好好地坐在这边，那摔倒的自然是康王妃。或是出于关心，或是想看热闹，众人急着朝外面拥去，虞宁初也想知道发生了什么，身份原因她也该去看看，于是挽着宋湘的胳膊，在前后都有丫鬟守着的情况下，慢慢地朝外走去。

还没看到什么，宋氏身边的丫鬟跑过来，对宋湘道："公主，长公主说了，让您陪王妃在席上坐好，别过去。"

虞宁初很懂事，不再去凑热闹。

两人刚刚坐下，康王、宋池、沈牧等与宋沁沾亲带故的男客都过来了，宋池与沈牧只是快步走着，康王直接跑了过来，一阵风似的从水榭外经过，奔着康王妃出事的地方而去。

康王与康王妃新婚宴尔，感情很好，康王妃又怀了孩子，听闻王妃出事，康王怎能不急？他一路跑过来，分过人群，终于看到了被一个丫鬟抱着坐在地上的康王妃。听到脚步声，康王妃神色痛苦地抬起头，朝康王望来。

康王最先看到了康王妃身下的血，她穿着一条白底的裙子，此时白裙已经被血染红了一片。仿佛有什么东西狠狠地将记忆深处的一处血淋淋的景象拉扯了出来，康王连连后退，突然双手捂住脑袋，往下蜷缩身子，有人想要扶他，被康王重重地推向一旁，紧跟着康王倒在地上，全身开始抽搐。

"快去宫里请御医！王爷常用的民医也请来！"宋池与沈牧一起按住康王，冷声喝道。

因为康王夫妻同时出事，公主府的宴席便提前散了，只剩宋池、虞宁初等皇亲国戚。

这时虞宁初已经知晓了事情经过，康王妃解手后，觉得有些反胃，想去水榭外面的树荫下散步，结果下台阶时身边的丫鬟光顾着盯着王妃的脚步，自己不小心踩到了王妃的裙摆，导致主仆俩一起摔了下去。康王的情况就复杂多了，受惊心痛可以理解，但谁也不知道他为何抽搐。

康王府常用的民医最先赶到，确定康王只是昏迷暂且没有大碍，便去为康王妃诊治。不幸中的万幸，康王妃只是动了胎气，孩子还在，接下来只要卧床小心休养一段时日，待胎象稳定，便可以恢复正常行动。

康王妃死里逃生，躺在床上偷偷掉眼泪，想去看看康王如何，又不能乱动。

很快，昭元帝、郑皇后带着两位御医赶过来。

“孩子如何了？”郑皇后焦急地问道。传信的人说不清楚康王的情况，而康王从小除了体弱，没有出过什么大毛病，所以郑皇后更关心儿媳妇腹中的孩子，甚至怀疑有人要陷害她的儿媳。当她看向宋池与虞宁初时，再焦急的目光也掩饰不住她眼中的敌意。

宋池恍若未觉，看着姑母走到昭元帝身边，详细地解释了这两场意外。

一位擅长保胎的御医重新给康王妃检查过后，结果与那位民医所说一致，康王妃有惊无险，安心保胎就好。那就只剩康王了。

另一位御医去给昏迷的康王诊脉，又仔细询问宋池、长公主宋氏等人康王发病的症状，然后皱了皱眉，拱手朝昭元帝、郑皇后道：“敢问皇上、娘娘，康王殿下以前可曾受过什么惊吓，又或者殿下是否表现出惧血？今日殿下的症状，与受了刺激后的惊厥十分相似。”

昭元帝皱眉道：“惊厥不是更多发生在孩童身上吗？”

御医颔首道：“皇上说的是，然而只要刺激足够严重，便是成年男女也会出现惊厥。”

昭元帝看向郑皇后，自从二弟一家出事，他大部分时间都在兵营，一双儿女都是郑氏照顾抚养。

郑皇后早在听到御医的问题时，脸色便变得苍白如纸。当年宋池的母亲一尸两命，被澈哥儿不小心撞见，她害怕儿子受惊，让乳母寸步不离地守着，确保他无事才放了心，难道儿子当时只是没有表现出来，其实一直都很害怕那一幕吗？

昭元帝看出了问题，不悦道：“阿澈到底受过什么惊吓？”

郑皇后不敢说，至少此时不能说，于是问御医：“就算是惊厥，对康王影响大吗？是不是以后不再受刺激就没事了？”

御医不敢直视帝后的眼睛，低头道：“这……臣不敢断言，惊厥之症发作起来没有规律，有时候没有刺激便会无事，有时候就算没有刺激也会突然发作。”

郑皇后的身体晃了一下。

昭元帝攥紧拳头，目光一一扫过在场众人的衣摆，忽然道：“除了皇后，其他人都退下吧，各回各府。”

宋氏跟着众人走出来，却没有离开，只叫小辈们先回去。

宋池扶着虞宁初慢慢往外走，关心地问：“有没有受惊？”

虞宁初摇摇头，刚得知康王妃可能小产时她也心慌，仿佛自己腹中的孩子也变得脆弱起来，后来御医说康王妃的孩子保住了，就没有那么难受了。

宋池紧紧地握着她的手道：“没事就好，谨慎起见，孩子出生之前你先别出门了。”

虞宁初点点头。走了一阵，她后知后觉地发现宋池的掌心很凉，以前不是这样的。她抬起头，夏日炎炎，宋池的脸却有些苍白，仿佛刚刚出事的人是她。

吓到了吗？没有怀孩子的人，往往更低估孕妇的承受能力。虞宁初挠挠他的手心，宋池意外地看过来。

虞宁初笑道：“今天手怎么是凉的？大热天握着还挺舒服。”

宋池看着她清澈似水的眸子，也笑了：“以后每晚睡觉之前我都泡个冷水澡，让你抱得更舒服。”

等上了马车，宋池的神色已经恢复如常。同一时刻，康王的病榻前，昭元帝还在等着郑皇后的答案：“阿澈究竟受过什么惊吓？”

郑皇后看着昏迷的儿子，抿唇不语。

胎儿、失血……昭元帝闭上眼睛：“弟妹出事时，阿澈看见了，是不是？”

郑皇后依然沉默。

昭元帝笑了，笑着笑着吐出一口血来。

报应，全是报应。

昭元帝这一吐血，把郑皇后吓了一跳，赶紧喊守在外面的御医进来，宋氏和宋沁也跟了进来，见郑皇后拿着帕子想帮昭元帝擦血，被昭元帝嫌恶地推开了。

觉察到宋氏的目光，郑皇后垂着眼，不再主动做什么。

御医扶着昭元帝坐下诊脉，道昭元帝只是一时气血攻心，这口血吐出来反而是好事，但以后切忌情绪躁动，大悲大喜都对身体无益。昭元帝沉默不语。

就在这时，床上忽然有了动静，郑皇后见昏迷许久的儿子终于醒了，关心地扑过去问："阿澈，你感觉怎么样？"

康王刚刚睁开眼睛，还没想起发生了什么，就看到了郑皇后苍白关切的脸。母子俩对视，康王的记忆突然回来了，倒在血泊中的婶母与裙上染血的王妃交替冲击着他的脑海，康王痛苦地抱住脑袋，很快又抽搐起来。

在场的五人，只有宋氏见过一次，其他四人都未曾见过康王惊厥发作，郑皇后被亲生儿子吓得连连后退，恐惧之后是钻心的痛苦，哭着喊御医："快快诊治我儿，快快诊治我儿！"

御医还算冷静，快步走到床边抱住康王抽搐的身体将其放平，同时温声哄着："王爷不用担心，王妃很好，孩子也保住了，只要王妃好好休息，母子都会平安……"

御医不停重复着这些话，渐渐起了效果，康王的抽搐越来越轻，只是仍然缩在御医怀里，不知是不想看郑皇后，还是不敢看。

御医抱着康王，回头对帝后道："皇上、娘娘，殿下现在最受不了刺激，身边也不宜留太多人，还请将殿下最熟悉亲近的侍女或太监叫来，由他们守着更加稳妥。"

御医深谙大户人家对子女的养育方法，骨血之情虽深，然而陪伴一个孩子时间最久的，其实是他们身边的侍者。

昭元帝第一个出去了，心知儿子绝不会在他面前放松下来。郑皇后仿佛丢了魂，站在康王看不到的地方，脑海中仍是儿子刚刚看她的眼神，恐惧害怕，仿佛她是个恶人。

"娘娘，咱们先出去吧。"宋氏低声劝道，再用眼神示意宋沁扶郑皇后出去。

宋沁心里也乱糟糟的，既担心母后与哥哥，又担心自己的婚事，明日她就要出嫁了，结果闹出这种事情来，会不会耽误什么？

几人各有心事，康王身边的小太监默默地走了进去，在御医的嘱咐下好生伺候着。

昭元帝站在窗边，一身苍凉。其实，他一直都没想好该立谁为储君。他知道侄子更合适，但宋澈毕竟是他的儿子，而且从来没有一个皇帝会在有亲生儿子的情况下立侄子为储君的先例，他真立了侄子为太子，天下百姓会疑惑宋澈到底哪里不好，亦会猜疑他与侄子究竟是不是伯侄关系，唯独不会轻易接受他只是认为侄子更适合做皇上这样的想法。

今日之前，昭元帝的计划是花几年时间好好栽培儿子，如果儿子能展现出匹配储君的能力，他就会立儿子为太子，命宋池好好辅佐，堂兄弟俩齐心协力治理大周江山。然而今日昭元帝目睹了儿子发病，惊厥这种病是基本治不好的，他又怎么能立一个随时可能会因为见血而惊厥的人做储君？又怎能将好不容易太平的江山交给这样的人？这是老天爷给郑氏的报应，也是给他的报应。如果他当年肯处置郑氏，给二弟一家一个公道，或许儿子也不会埋下这个病根。

到了黄昏，康王的病情基本稳定下来，还去探望了康王妃，只是目光一直回避着郑皇后。

宋氏对昭元帝道：“王妃暂且不好走动，便让他们夫妻在公主府暂住一段时日好了，明日阿沁的婚事照常举办，我会留下来照应，皇上与娘娘先回宫歇息吧。”

昭元帝点头道：“辛苦你了。”

宋氏笑道：“您跟我客气什么，都是一家人。”

昭元帝扯出一个笑，叫上郑皇后一起离开了。

宋氏一直将帝后送出公主府，此时天色已暗，宋氏目送马车离开，脸上的笑也慢慢消失。她想起侄子去照看康王时，始终背对着康王妃的方向，人人都关心康王夫妻俩，又有谁察觉端王心上的旧疤也裂开了？

宋沁的婚事并未因为兄嫂的意外而受影响，翌日还是顺顺利利地出嫁了，百姓们暂且不知道昨日发生了什么，只簇拥在街上看另一位公主风光出嫁。只是天下没有不透风的墙，过了几日，忽然有传言进入市井，说康王有癫痫的毛病，去亲妹妹的公主府吃席时突然发作，被多少贵妇人及身边的丫鬟都看见了。

其实康王是惊厥，然而抽搐起来，确实与癫痫有几分相似。

百姓间的闲言碎语还是传到了宫中，郑皇后去昭元帝面前大哭了一场，要求昭元帝彻查是谁别有居心散布谣言，一个皇子有惊厥之症，只要隐瞒严实，未必会影响他做未来的皇帝，可一旦此事传得天下皆知，康王与皇位就无缘了。

“皇上，一定是端王做的，他觊觎皇储之位，便借此机会诋毁咱们澈哥儿！”关系到儿子，这些时日本就忧心忡忡的郑皇后再也无法保持冷静，又哭又恨地跪在昭元帝面前，求昭元帝听她一次，赶紧处置宋池，让他们母子不必再担心惊惶。

昭元帝看着满脸是泪的郑皇后，沉默许久，终于道：“你放心，朕心里有数，澈哥儿也是朕的儿子。”说着，他拿起帕子替郑皇后擦去脸上的泪，看着郑皇后的目光也异常温和。

郑皇后呆住了，她已经忘了上次昭元帝如此温和地看着她是什么时候了。年轻时的昭元帝与如今的宋池一样，只要一出现就能俘虏所有闺秀的心。郑皇后刚嫁给昭元帝时知道他心里有别人，她也不期待他立刻能温温柔柔地对她，只要他能用对待陌生人那种温和的目光看过来，她就心满意足。

“皇上……”郑皇后哭着趴到昭元帝的腿上，说什么已经心如死灰，其实从未真正死过，只是不敢奢望才告诉自己不在意了，一旦他给个笑脸，那死灰又能燃起熊熊大火。

“别哭了，朕还有事，你先回去，晚上朕再过去陪你用饭。”昭元帝轻轻拍了拍郑皇后的肩膀。郑皇后慢慢止住眼泪，乖顺地走了。

回到坤和宫，等待昭元帝过来时，郑皇后想了很多很多，患得患失，她一会儿担心自己会错意，昭元帝只是想维护宋池，不想她怨恨猜疑宋池，才用这种办法哄她，一会儿又觉得昭元帝终究更看重自己的儿子，以前宋池掩饰得够好，昭元帝相信他，但这次宋池故意散播儿子有癫痫的谣言，触了昭元帝的逆鳞，彻底将昭元帝推到了他们母子身边。究竟是哪一种呢？郑皇后想，今晚就知道了，昭元帝是假装与她亲近还是真的疼她，她总会看出来的。

黄昏时分，昭元帝来到坤和宫，比郑皇后预料得要早。

郑皇后刻意打扮过，并不是那种浓艳的妆容，她年纪大了，浓妆只会令人腻味，郑皇后选择了一种更柔和的妆，显得人很温柔，衣裙也是清淡的颜色。昭元帝仿佛看到了一朵即将开败的花，花是美的，即将败落的花，多少会勾起人的怜惜之意。

昭元帝眼中的怜惜落在郑皇后眼里就成了柔情，当昭元帝亲自给她倒了一杯酒时，郑皇后笑着饮了。

歇下后，昭元帝抱着她，肯定了这些年郑皇后抚养两个孩子的辛苦：“我不是个好丈夫，也不是个好父亲，我这一辈子好像没有做对过任何事，反而对不起很多人。”

郑皇后的眼泪不断滚落，她想昭元帝是在向她道歉。郑皇后想安慰昭元帝，想亲亲昭元帝，困意袭来时郑皇后还不想睡，她睁大眼睛想看清昭元帝的样子。昭元帝还是将她抱在怀里，目光落在郑皇后身后的床幔上。

次日天未亮，昭元帝便起床准备早朝，宫人们见郑皇后还睡着，并没有进来打扰。不知过了多久，郑皇后醒了，眼皮沉得像灌了铅，她艰难地睁开眼，无力地扭头，发现昭元帝已经不见了。

郑皇后静静地躺着，试着回忆起一些甜蜜，可她努力地想啊想，只想起昭元帝说的那些自责的话，说他不是个好丈夫，说他对不起很多人。蓦地郑皇后渴了，想喝水，张了张嘴，却没有发出声音。身体的异样让郑皇后焦急起来，她胡乱地抓着床上的一切，终于将枕头推了下去。

宫人们进来后，见郑皇后仿佛病入膏肓般有气无力地躺在床上，赶紧去禀报昭元帝又去传御医。

昭元帝与御医一起赶到。在昭元帝的陪护下，郑皇后听见御医说她因为康王的病忧心成疾，以后只能卧床静养，以待转机。

郑皇后不信，她根本没有病，她焦急地看向身边的男人。

昭元帝的目光依然温和，待御医与宫人退下后，他握着郑皇后的手，低声道：“你放心，澈哥儿并无野心，朕会保他一生安乐。”

一个人若无野心，再无人在身边挑拨怂恿，必能安稳。

郑皇后遍体生寒，昭元帝先前给的那些温和与怜惜，在这一刻全部化为冰冷的利刃，于五脏六腑开始一刀一刀地凌迟着她，让她生不如死。

郑皇后的病好像来得很突然，但考虑到康王那日的惊厥抽搐，郑皇后作为母亲过于担心儿子，病了似乎也在情理之中。

为了让郑皇后安心养病，昭元帝下了口谕，只许长公主、王爷王妃、公主驸马等至亲进宫探望，其余臣妇就免了。

郑皇后的病讯传出来的当日，虞宁初与宋池一起进宫探望。此时是七月初，沈明岚刚生了次子，虽说虞宁初预计在月中生，但说不准会提前几日。

进宫时他们遇到了长公主宋氏与宋湘、宋沁两对夫妻。徐简早已见过，虞宁初便多看了几眼宋沁的驸马，那位贵公子李锡身材挺拔不输宋池，容貌虽然逊色几分，但仍然玉树临风，出类拔萃。

她打量对方时，李锡也飞快地看了她一眼，旋即收回视线，目光再不离开身边的宋沁。虞宁初也只是认个脸罢了，很快就不再关注对方。

宫女还在里面给郑皇后收拾，卧病之人难免有不得体之处，众人耐心地等着，宋沁突然看向虞宁初，讽刺地笑道："大嫂还真是孝顺，都快生了还来探望母后。"

她一开口，李锡自然而然地再次朝虞宁初看来。他眼中的虞宁初，虽然因为怀孕暂时失去了婀娜轻盈，可那张活色生香的脸实在鲜有男人不动心。李锡还想多看，宋池蓦地将目光对准他，李锡迅速避开。

虞宁初没有理睬宋沁的挑衅，宋氏警告地看了宋沁一眼，让宫人搬了一把椅子来给虞宁初坐。

椅子搬来后，虞宁初没有客气，大大方方地坐下了，宋池守在她身边，无意般挡住了李锡可能看过来的视线。

一刻钟后，郑皇后身边的公公请他们入内。

宋沁看他面生，皱眉问道："魏公公呢？"

那公公垂首道："魏公公自责没能伺候好娘娘，已经离宫了。"

宋沁觉得哪里不对，进去之后四处看了看，发现母亲身边的宫人竟然全换过了，没一个眼熟的。不过，很快宋沁就顾不得这些了，床上郑皇后奄奄一息动也动不了、话也说不出的样子让她心惊胆战，心疼不已。

"母后，您这究竟是怎么了？"充满药味的寝殿响起宋沁呜呜的哭声。

宋池、徐简、李锡都保持着距离，只让女眷们靠近郑皇后的床榻。郑皇后四肢无力，眼睛还能看，她没有回答女儿的问题，只死死地瞪着虞宁初，瞪着那边的宋池，如果目光可以杀人，郑皇后早已将虞宁初、宋池杀了千万遍。宋氏挡在虞宁初面前，无视郑皇后的敌意，柔声说了很多安慰的话。

郑皇后只能发出一些困兽般的沙哑声，这声音让虞宁初想到了自己的父亲虞尚，仔细想来，父亲与郑皇后其实很像，一个娶了不爱他的女人，一个嫁了不爱她的男人，不同的地方在于虞尚并不强求母亲的感情，自私凉薄，日子过得非常舒服，看郑皇后不符合年纪的老相，便知道她在昭元帝身边的日子大概是不顺心的。

“好了，娘娘还要休息，咱们都退下吧！”宋氏做主道。

宋沁不愿离去，宋氏也没有强求，与虞宁初、宋湘两对夫妻离开了。

“接下来就安心养胎吧，不用惦记外面的事。”在宫门外分开前，宋氏嘱咐虞宁初道。

虞宁初笑着应了，再与宋湘小两口告别，由宋池扶着上了马车。

端王府里人少事少，非常清静，在虞宁初随时可能生产的这个节骨眼，无论外面有什么谣言，都传不到她的耳中，府里的郎中每日早晚都会给虞宁初把脉，确保母子无虞。

不知不觉到了七月初十，又轮到宋池休沐。

早上夫妻俩都赖了床，人醒了，只是不想起。虞宁初靠着宋池的胳膊，有点担心：“你说这孩子该不会十五那日出生吧？”

宋池把玩着她的头发，问：“十五怎么了？”

虞宁初嘟着嘴，七月十五是中元节，因为要祭祀亡者，民间管它叫鬼节，怎么听都不吉利。

宋池笑道：“那都是无知之人的说法，最早的时候，七月半乃大吉之日，因为在秋收之季，百姓于这日祭祖并非为了怀念祖先，而是拿出五谷杂粮孝敬祖先，祈求保佑年年丰收。你想，人人都在庆贺秋收，高兴还来不及，与鬼怪有何关系？这孩子真能在七月半出生，那是他的福气，说明他一辈子都不会挨饿。”

虞宁初不知道宋池说的是真是假，但他那侃侃而谈的语气，十分令人信服。既然宋池不介意，虞宁初也就不在乎孩子到底哪天出生了。

七月十二这天早上，宋池刚离开王府，虞宁初的肚子突然疼了一下。她慢慢地坐到椅子上，没有惊动任何人。这种短暂的抽痛前几日也发生过，她以为要生了，整个王府都紧张地筹备起来，阿谨还派人去请了宋池回来，结果根本没事，弄得虞宁初怪不好意思的。

这一次，虞宁初耐心地数着，确定抽痛的规律对上了产婆所说的产前阵痛，这才让微雨去请府里预备的两个产婆过来，并且交代微雨先别急着去请王爷，据说生孩子要好几个时辰，也许黄昏时宋池回来了她还没生呢，请早了还耽误他的差事。三夫人与宋氏都来了，陪着虞宁初。

宋池得到阿谨的消息匆匆赶回来时，疾步跑进院子，只见丫鬟们在外间候着，里面一点声音都没有。微雨从里面出来，要去水房端水，一抬头看到正朝这边走来的王爷，平时清风朗月的王爷这会儿脸比蒸包子用的面还白，怪吓人的。

“殿下不必担心，王妃快生了，您在外面安心候着就是。”微雨下意识地安慰道。

宋池无法安心候着，继续往里走。宋氏听到声音走出来，让他先去换身常服，把手脸脖子洗干净再进来。

宋池以最快的速度完成一切，终于来到虞宁初身边。虞宁初的鬓发已经被汗水打湿，刚刚她并没有听见宋氏交代宋池的话，也不知道宋池已经回来了，才忍过一阵疼痛，突然看见宋池，两汪泪便下雨似的滚落下来。

宋池怔在原地，在她面前从来游刃有余的男人突然也有了不知所措的一刻，不知道该怎么哄她，不知道该怎么减轻她的痛苦。

“不怕，我会一直陪着你。”冷静片刻，宋池坐到三夫人让出来的小凳子上，握紧虞宁初的手。

她的手在抖，疼的时候抖，忍的时候也抖。宋池紧紧地握着她的手，知道她不能浪费力气说话，便主动给她讲今天都察院流传的一件趣事，说有个官员的妻子也怀孕了，怀的是第二胎，夜里妻子如厕，官员贪睡没有管，妻子在里面叫他也没有听见，直到被一阵洪亮的婴儿啼哭吵醒，原来他的妻子动作太快，如个厕的工夫就把孩子生下来了。

“邓大人说他的妻子一直因为此事埋怨他，他一气之下就给孩子起了‘阿臭’这个乳名。”

虞宁初不信，趁不那么疼的时候问他：“你胡编的是不是？”

宋池笑道：“我为何要骗你？你若不信，等咱们孩子摆满月酒的时候，我请邓大人一家过来。”

虞宁初还想再说，产婆大喜道：“要生了要生了！王爷先出去吧，别分王妃的心！”

虞宁初也不想让宋池看见自己狼狈的样子，将他撵了出去。宋池只好一步三回头地去了外面。

外间与内室明明只隔着一堵墙，宋池却觉得他与虞宁初隔了千万里，他试图去想一些好消息，期盼她与孩子都没事，可脑海里冒出来的全是让他浑身发冷的一幕。

产婆们一声接一声的鼓励听得他越发焦躁，宋池开始在外间转来转去，什么少年老成、什么权臣威严在这一刻全部离开了他，剩下的只是一个盼着爱妻幼子平安的年轻男人。

“生了生了！”

几乎产婆才喊完，一道中气十足的嘹亮婴啼便传了出来，那哭声之响亮尖锐，连宋池这个亲爹都觉得刺耳，却也高兴，孩子长得好才会哭成这样！

“哎哟，小郡主可真有力气，铜盆都差点踢翻了，不愧是皇家的千金！”

宋池情不自禁地笑了，这一胎原来是个女儿，可是他马上又担心起来，力大无比的女儿，难道脾气随了妹妹？罢了，随妹妹也好，傻是傻了点，舞刀弄枪的不会有男人敢来欺负，若像虞宁初，再遇到个他这样的，女儿就吃亏了。

东一个念头西一个念头，正胡思乱想着，宋氏抱着襁褓出来了。

“阿芜如何？”宋池急着问道。

宋氏笑道：“阿芜很好，再收拾收拾就可以进去看她了，先来抱抱咱们的小郡主吧。"

宋池这才看向襁褓，哭得中气十足的小郡主这会儿十分安静，乖乖地闭着眼睛。宋池一眼就在女儿的脸上看到了虞宁初的影子，初为人父的心几乎要化成了水。

当晚宋池陪在虞宁初身边，虞宁初问他给孩子起好小名没有。论文采，虞宁初自认不如宋池，所以对他寄予厚望。

宋池握着她柔软的手，想到了很多。她刚来京城时，两人与沈家的兄弟姐妹一同去赏月，朝月楼上，明月高悬如明珠，她也如一颗忽然出现在他人生中的明珠。而女儿出生的这日，七月十二的夜晚，天边的明珠又出现了。

"就叫明珠吧。"宋池亲了亲她的额头，"宁初、明珠，音相似，你是大珠，她是小珠。"

虞宁初一阵无语，放眼天下，叫明珠的姑娘不知有多少，宋池这位自负文武双全的爹爹，就给女儿起如此滥俗的名字？

"一样的名字放在不同的人身上意义自然也不同，等咱们女儿长大一些，任谁看了，都会认为这个名字名副其实。"宋池又亲亲她的鼻尖，显然对自己起的乳名十分满意。

虞宁初便也认可了这个名字，主要是明珠与宁初的确很像。

"话说回来，你的名字是谁起的？"宋池忽然问。

虞宁初道："我娘，大名乳名都是她起的。"

母亲虽然不亲近她，但她一直生活在母亲后面的院子里。

"第一次听到这个名字时，我便想起夜幕初降，天地间一片宁静的景象，很美。"宋池奉承自己的妻子。

虞宁初知道他只是在安慰自己，以前她也觉得自己的名字是宋池说的那个意思，很静，也符合她的性格，后来亲耳听到昭元帝解释他与母亲的情恨纠缠，虞宁初猜到了自己的名字真正的含义。

宁初，宁愿当初。只是宁愿当初什么？是宁愿当初给心爱的男人做妾，至少还可以一生厮守，还是宁愿当初根本没有遇见过那个男人，没有那么爱过恨过怨过？又或是宁愿当初没有冲动下嫁，选择留在京城，还是宁愿当初没有委屈自己与虞尚生下一个根本不曾期待的女儿？

太多的可能，大概只有母亲自己清楚当时想的是什么。

耳房突然传来女儿的哭声。虽然才刚刚出生，但那哭声确实太过响亮尖锐，仿佛她也知道自己是个小郡主，是父母手中的宝贝，一点委屈都不愿意受，就是要大声哭出来，让爹爹和娘亲知道，赶紧替她做主。

“我去看看。”宋池立即跳下床，披上外袍疾步而去。

几乎他才出门，女儿的哭声就停了，过了一会儿，宋池回来，笑着对虞宁初道：“拉臭了。”

这充满人间烟火气的三个字，瞬间将虞宁初心头盘旋的那抹怅然打消。她终究比母亲幸运多了，也会努力让自己的女儿更幸运美满。

明珠小郡主的出生让平时安安静静的端王府一下子热闹起来，虞宁初则度过了一段在她眼中很混乱的时期，身体的种种不适无药可解，只能默默忍耐，等待身体自己恢复如初，与此同时，她还要牵挂孩子，哪怕府里乳母郎中都在，但她仍然觉得女儿太娇弱了，必须时时刻刻留意着。

有的晚上虞宁初会让宋池陪着，有的晚上她会打发宋池去前院睡，更想自己一个人静一静。虽然有烦恼不适的时候，但她的心情整体还是好的。到了月底，身体的种种不适终于都消失了，在她的坚持下，微雨、杏花用温热的巾子将她全身都擦拭了一遍，头也洗过了。身上清爽舒适后，再看着镜中自己白皙光洁的脸，与生孩子之前并没有太大的差别，虞宁初的心情终于完全好了起来。

前段时间她阴晴不定，宋池每日回府都会小心翼翼地观察她的情绪，既要观察，又不能被她发现。这日黄昏回来，宋池才走到外间，就听到次间传来她的笑声。仿佛一块石头提前从胸口搬走，宋池也不自觉地露出笑容，挑帘走了进去。

虞宁初坐在临窗的榻上，乳母坐在她对面，小郡主的襁褓放在两人中间，乳母精心地折过襁褓的边角，使得明媚的夕阳能照到小郡主藕节似的双腿，却又刺不到她的眼睛。

前几日女儿身上还有些黄，虽然很多婴儿都这样，但虞宁初还是担心了很久，如今女儿终于变得白白净净了，眼睛也会追着大人的脸转动，虞宁初逗一逗女儿，开心了。

宋池一来，乳母与丫鬟识趣地出去了。宋池坐到乳母刚刚的位置，目光却一直落在虞宁初身上。她显然洗过头，乌黑的发又变得蓬松清新，他都能闻到熟悉的发露香。她的脸明艳娇美，耳朵上戴了一对红宝石的坠子，宝石只有红豆大小，是她喜欢的分量，更大的她会嫌重。随着她拉扯女儿小手的动作，那对红豆大小的宝石便轻轻地晃来晃去，晃得宋池口渴。

“你怎么不看看女儿？”见他一动不动，虞宁初觉得奇怪，抬起头问。

宋池看着她笑道：“光看你了，还没轮到她。”

八月初二，沈明岚、曹坚给他们家的次子毅哥儿庆满月。虞宁初还在坐月子，无法出门，宋池带着礼物去了。

小郡主还是吃了睡睡了吃，趁阳光好，虞宁初在院子里走了几圈，然后坐到榻上，看绣娘给女儿做的各种小衣裳。

门房派一个小丫鬟来传话，微雨听了，皱皱眉头，进来对虞宁初道：“王妃，安王妃来了，说是来探望你。”

虞宁初愣了一会儿才反应过来安王妃是谁——沈明漪。

微雨在心里算了算日子，解释道：“安王前年去世，说守丧三年其实只算二十七个月，安王妃确实该除丧了。”

虞宁初懂了，然而沈明漪除丧后想起的第一个人，竟然是她。虞宁初吩咐乳母抱女儿去耳房睡觉，等乳母走后，才让微雨去请沈明漪过来。

虞宁初看着榻上摆着的婴儿衣物，叫杏花暂时收了起来。沈明漪以前令人讨厌，这两年多又一直在守寡，或许性情变了，但终归是个可怜人，虞宁初不想过多地刺激她。当然，如果沈明漪还是以前的性情，以后虞宁初也不会再让她进门了。

“杏花，等会儿你什么都不用做，只管留意安王妃，如果她有异样的举止，你不用客气。”谨慎起见，虞宁初还是交代杏花道。

杏花连连点头。

王府大门离这边有些距离，一来一回，虞宁初等了一刻钟左右，终于看见微雨领着沈明漪进来了。

虞宁初坐在榻上，饶是做了心理准备，还是被眼前的沈明漪惊到了。沈明漪虽然脾气不好，但一直都是美艳的，可此时的她，年纪轻轻竟已瘦得颧骨凸显，显出几分狰狞阴森，仿佛这两年多一直活在阴间。

“姐姐请坐吧。”虞宁初用了旧称。

沈明漪仿佛没听见，目光直直地看着榻上的虞宁初。

这个扬州来的表妹，还是那么漂亮，鲜妍得不像一个刚刚生过孩子的女人，或者说，她变得更美了，再没有曾经的怯弱谨慎，那份从容与雍容，仿佛她才是沈家娇生惯养的嫡女，仿佛她天生就该做尊贵的王妃娘娘。

“你不是说对他无意吗？怎么还是嫁给他，还给他生孩子？”沈明漪死死地盯着虞宁初，掩在袖下的双手攥得紧紧，宛如鹰爪。

她不在乎做一个寡妇王妃，不在乎舅舅一家败落，也不在乎哥哥失去世子之位，然而当宋池的婚讯传来，得知他果然还是娶了自己曾经最提防的那个扬州表妹，沈明漪几乎疯了。宋池娶任何一个女子都行，为何偏偏是虞宁初！虞宁初有什么资格与她比！不等虞宁初回答，沈明漪扑过去就要抓虞宁初的脸！

杏花、微雨同时扑上去，一左一右死死拽住沈明漪的胳膊，以最快的速度将她拖出次间，到了外面再喊人，小丫鬟、粗使婆子蜂拥而来，阿谨也带着小厮赶过来，先用帕子堵住沈明漪谩骂的嘴，再用绳子将其捆起来，最后吩咐两个小厮将沈明漪抬回安王府，再派人去宁国公府给宋池报信。

宋池见到府里的小厮，先问王妃如何，得知虞宁初安然无恙，母女俩都没有受到惊吓，便让小厮先回去，自己回到宾客中间，仿佛什么事都没发生。今日是沈明岚夫妻俩的好日子，虞宁初绝不希望他坏了宴席气氛。

待宴席结束，宋池邀请沈琢、韩锦竺夫妻俩去端王府小坐。回府后，宋池请韩锦竺去陪虞宁初说话，自己与沈琢坐在厅堂，再让阿谨重复了一遍上午发生的事。沈琢听罢，脸色铁青。

宋池对他道："大哥，念在咱们往昔的情分，这次我不追究，如若再有下次，我会亲自动手，护我妻儿。"

沈琢顿时惭愧到连道歉的话都说不出口。

离开端王府，沈琢与韩锦竺坐上马车，前往安王府。

韩锦竺难受道："妹妹的执念怎么这么重？"

但凡沈明漪能忘了宋池，以后都能做个安享富贵的王妃。

"执念"二字，让沈琢鬼使神差地想到了虞宁初的母亲，他的那位姑母。妹妹向来不屑提及这位姑母，可没想到最后她变成了与姑母一样的人，都为了一个姓宋的男人陷入了执念，只是姑母为执念自暴自弃，妹妹却为执念怨恨得到宋池的人。

安王府到了。沈明漪已经被身边的下人松绑，披头散发地躺在床上。沈琢让妻子在外面等着，单独去里面见妹妹。

沈明漪抓起被子蒙住脑袋，不想见他。

沈琢直接道："你这样与二姑母有何不同？为了一个不爱你的男人，值得葬送自己的后半生，活成旁人口中的笑柄吗？"

沈明漪猛地坐起来，双眼发红地瞪着哥哥："你再说一遍！"

沈琢没有说话，只是目光悲哀地看着妹妹。

沈明漪也看着哥哥，看着看着突然泪流满面。

像吗？根本不像，至少昭元帝一直念着二姑母，宋池却自始至终都没将她放在眼里，哪怕没有虞宁初，宋池也不会多看她一眼。

沈琢这才走上前，轻轻拍着妹妹的肩膀道："皇后娘娘病了，不知道你听说没有，哥哥不想你也变成一个活死人，或是整日被关在屋里的疯子。明漪，你还年轻，有王妃的身份也有几辈子花不完的金银珠宝，只要你想，依然能过得矜贵快活，明白吗？"

沈明漪没见过郑皇后的情形，可她见过被关在房里的虞尚，瞬间仿佛有一条冰冷的鞭子狠狠甩在她身上，缠住她的腰，终于将她从那些疯狂的念头里拉出来。她不想变成那样，不想变成那样！

“哥哥，我现在去赔罪还来得及吗？”沈明漪紧紧地抓紧兄长的衣摆。

沈琢摸摸她的头，道：“不必去赔罪，哥哥用往日的情分替你求了情，只是从今以后，他是王爷，我是臣子，再无沈家的表兄弟，你若再执迷不悟，哥哥也救不了你。”

沈明漪又哭出了声。

第二日，趁宋池不在，韩锦竺带着女儿来到端王府，看起来只是亲眷间的走动，实则是再次来向虞宁初赔罪。其实最该赔罪的是沈明漪，可韩锦竺与沈琢都知道宋池与虞宁初根本不想再见到她，他们若是安排她过来，只会徒增宋池的怒气。

虞宁初敬佩沈琢，对韩锦竺也有好感，客客气气地招待了她。

韩锦竺赔罪后，低声道：“他昨日狠狠教训了明漪一顿，明漪已经知错了，我今日过来，一是向王妃赔罪，二是请王妃放心，以后明漪绝不会再以下犯上。王妃您信我，她这次不是口头悔改，是真的知错了，大概是她哥哥说了什么威胁的话震慑住她了。”

都是熟人，韩锦竺没有遮掩，若说是他们用言语感化了沈明漪，有谁会信？

虞宁初想到昨日透过琉璃窗看到沈明漪被下人们捆起来的样子，出阁前无论沈琢还是沈明岚都教训过沈明漪，但那更像兄妹间的口角，顶多露个凶脸以示严肃，沈明漪会不高兴，却不会真正害怕，所以一而再再而三地奚落虞宁初，可如今大家成亲的成亲出嫁的出嫁，身份不一样了，有些事也不能再用以前的方式解决。她是王妃，沈明漪意图行凶，绑起来送回去都是轻的。宋池肯定也对沈琢说了狠话，沈琢再去威胁沈明漪，已经吃过苦头的沈明漪自然知道如果再有下次，她承受的将远远重于皮肉之苦。

“我相信表哥表嫂会处理好这件事，也请表哥表嫂放心，安王妃是安王妃，你们是你们，以后咱们还是亲戚，该怎么相处就怎么相处，彼此不必见外。”虞宁初笑道，眉眼柔和。

韩锦竺看着这样的虞宁初，无法将眼前的人与她刚嫁进沈家时认识的那个虞家表妹联系到一起。曾经她拈酸吃醋拐着弯去套虞宁初的话，试探虞宁初与沈琢的关系，虞宁初小心应对，唯恐得罪她。如今，虞宁初贵为王妃，她却只是一个娘家有罪的普通妇人，承蒙丈夫的情意才能回归沈家。

傍晚宋池回来，夫妻俩一起逗女儿时，虞宁初轻声提了韩锦竺过来的事。

宋池脸色微沉，只要一想到昨日虞宁初差点被沈明漪所伤，他就怒不可遏，如果昨日他在府里，可能真的会动手。

“这次是看在沈家的情面上，再有下次，你替她求情也没用。”不想吓到虞宁初，宋池尽量平静道。

虞宁初知道他心里憋着怒火，故意调侃道：“她冒犯的是我，你该高兴才是，高兴有人如此爱慕你，念念不忘。”

宋池幽幽地看过来，道：“我只想被你如此爱慕。”

虞宁初被他的目光烫了一下，下意识地看向女儿试图掩饰。

宋池看着她低垂的脸，忽然很想知道虞宁初对自己的感情究竟有多深，还是说她嫁给自己只是因为两人已经有过诸多亲密举止，后来又相信了他的真心，便顺水推舟嫁了，顺水推舟做个温柔妻子，若是他不求娶，她也能心平气和地接受，心平气和地过着她的小日子，甚至嫁给别人。

夜里宋池抱着虞宁初，不放她睡觉。自从虞宁初回避了他的那句话，就感觉到宋池的眼里带着一丝幽怨。

宋池忽然问了一个才问完就后悔了的问题：“如果你嫁给别人，也会如现在这般？”

他后悔时，虞宁初一把将他推开，垂首坐了片刻，径自穿鞋，去桌边倒茶。

宋池飞快地披上外袍，从后面抱住她，低声道歉：“我错了，我不该这么问。”

虞宁初只是默默地喝茶。宋池不停地重复着“我错了”，低沉的声音不断传进虞宁初的耳朵。她看向梳妆台上的镜子，看见两人拥抱在一起的侧影，看见宋池下巴搭在她的肩头，垂着长睫，透出些落寞，好像一个纯粹质朴的少年向一个姑娘诉说灼灼情意，那姑娘却什么也没回应。

“不会，除了你，我不会嫁给任何人。”虞宁初放下茶碗，偏头蹭了蹭他的脸。

宋池抬头，一双眼亮如星辰。

虞宁初看着他的眼，喃喃道：“我心里也有你，只是如果将来你纳妾或休了我，我大概不会气疯到要去害人，也不会随随便便挑个人再嫁一次，我可能会……”

话还没说完，宋池便捧着她的脸吻上来，吻走了她落下的泪。他还什么都没做，她就委屈了，若是真做了，她该多伤心。宋池舍不得让她伤心。

“不会纳妾，更不会休你，这辈子就你一个，便是你想离开，我也会抓你回来。”

他认准的姑娘，从一开始就被他牢牢看住了，他宁可做个小人，也绝不给别人机会。

八月十二，端王府的明珠小郡主过满月。满月的小郡主脸蛋光溜溜的，睡着时很像虞宁初，醒了后那双偏狭长的丹凤眼却随了宋池，与姑母宋湘也很像。

宋湘尤其喜欢明珠，过个满月而已，恨不得带一马车礼物来。虞宁初不禁想，女儿光靠收长辈们的各种礼物都能攒下一大笔家业了。

两日后就是中秋，郑皇后病了，昭元帝想简单地过个节，让一双儿女、一双子侄共四对夫妻进宫团圆。

康王宋澈上次的惊厥恢复后，这两个月没有再发过病，康王妃卧床休养了一个月，胎象也稳下来，如今气色很好，开始显怀了。宋沁与驸马李锡才成亲两个月，暂且没有好消息，夫妻俩新婚宴尔，也没传出什么不和的消息。

宋湘嫁给徐简快半年了，同样没有好消息，她也不着急，经常拉上徐简出门游玩，有两次虞宁初对宋池提起他们小两口的逍遥，宋池当时神色复杂地看着虞宁初的大肚子，颇有懊恼妻子怀孕太早，耽误了夫妻享乐之意。

至于宋池与虞宁初，这次进宫，他们带上了小郡主，想让昭元帝也瞧瞧。

昭元帝接过襁褓，看到里面漂亮的女娃娃，笑得十分慈爱，问宋池：“明珠的大名想好了吗？”

宋池摇摇头，笑道："挑了一些，然而每个都不是很满意，左右也不急，慢慢选吧。"

昭元帝其实很想给侄孙女赐名，然而他暗示过侄子，侄子却不想把给孩子起名的机会让给他，他只好打消这个念头，将侄孙女交给乳母抱着，又关心了一下康王妃的身体。

吃过家宴，四对夫妻一起往外走。

宋沁这时才问宋湘："大嫂、二嫂都是婚后数月就诊出了喜脉，姐姐成亲快半年了，怎么还没动静？"

宋湘笑道："嫂子们盼着孩子，孩子就来得早，我还想多潇洒两年，孩子知道我的心意，愿意等，却不知妹妹急不急？若急，眼看妹妹成亲快三个月了，可得抓紧了。"

宋沁没想到宋湘的嘴皮子居然变得这么厉害，想再刺她两句，却不知该说什么。虞宁初见宋湘能应付来，就没有掺和。徐简斜了一眼宋沁的裙摆。

出了宫门，四对夫妻分别上了马车。宋沁还在懊恼，抿着嘴。李锡见了，笑道："我看你好像很不喜欢安乐公主，莫非你们以前有什么过节？"

宋沁嘟囔道："她算什么公主，都怪父皇偏心，非要破例封她。"

昭元帝对宋池兄妹的宠爱京城官民有目共睹，李锡并未否认，而且他也不在意宋湘是不是公主，他在意的是昭元帝对宋池的态度。

现在京城已经传开，说康王有癫痫，皇位怕是要落到宋池身上。郑皇后选他做女婿，看中的是李家的权势人脉，而他答应赐婚并忍痛遣散侍妾，为的全是宋沁的身份。李家赌的，是康王能做储君，如果最后康王与皇位无缘，宋沁就只是个普通公主，甚至可能因为频繁得罪宋湘而不被登基的宋池待见，他娶宋沁还有何用，白白约束自己不能纳妾，白白耽误前程吗？

李锡乃靖宁侯府世子，肩负爵位，因此宋沁虽然有公主府，婚后还是随李锡住在靖宁侯府。回到侯府后，李锡将宋沁送到后院，转身离开了。

回到前院的房间，李锡一个人躺在床上，脑海里却浮现出虞宁初与宋湘的脸，这两个美人共同的依靠，都是宋池，那个文质彬彬的徐简，不足为虑。

第十章　帝后恩爱

中秋一过，天便一日一日凉下来。

虞宁初老老实实地待在王府里，转眼到了重阳，天气温暖，宋池亲自抱着快满三个月的女儿，与虞宁初一起在花园里散步。

小郡主穿着一身桃粉的外裳，舒舒服服地靠在父王的臂弯中，父王将她举高看树梢的木芙蓉，她看得目不转睛，父王蹲下去让她看路边的秋月季，小郡主也看得津津有味，黑葡萄似的澄净眼珠映出远处的蓝天、近处的花草，还有一左一右守着她的爹娘。如此温馨的时光，小郡主却很快就睡着了，被父王交给乳母抱回房间睡觉。

丫鬟都退下后，宋池活动了一下双臂。

虞宁初看见了，笑话他："你不是文武双全吗？抱一会儿女儿胳膊就酸了？"

宋池道："半个时辰也叫一会儿？"

虞宁初没有与他争辩一会儿究竟该怎么算，继续逛起花园来。

宋池从花坛中摘了一朵粉月季，虞宁初凑近一看，见这朵月季开得分外好，层层叠叠的粉色花瓣片片新鲜娇艳，簇拥着中间嫩黄色的花蕊。

宋池突然按住她一边肩膀，不许她动，要把花别到她的发间。

这朵月季比虞宁初半边脸都大，戴上也太招摇了，她不想戴。

“园子里只有你我，怕什么？”宋池将花插进她的发间，粉粉嫩嫩的花衬着艳丽娇媚的人，宋池托起她的下巴细细端详片刻，靠近她的耳朵道，“果然还是人更美。”

虞宁初抬眸，在宋池眼中看到了自己的样子，也看到了他眼底涌动的情意。满园秋景似乎都失去颜色，宋池牵着虞宁初朝碎雪亭而去。

去年中秋，两人在碎雪亭度过了彼此都一生难忘的一夜，虞宁初当然也记得，只乖乖地跟着他走。然而宋池并没有带她去碎雪亭，而是在碎雪亭下方的假山群中寻了一处最隐秘的石洞。石洞周围的石壁密密实实，上面有孔洞，漏下阳光，使得里面的光线处于明暗之间，里面的人能看清彼此，然而外面的人哪怕走得再近，也找不到一丝缝隙窥探，除非爬到假山上面。

“修这园子时，我便时时想着你，想着终有一日与你在这园中私会。”

宋池牵着虞宁初来到一处石壁前，这里的山石朝内悬出一块，仿佛刻意建成的石桌，可供人伏案书写。

“你的脑子里就没有一件正经事。”虞宁初嗔骂道。

宋池亲亲她的颈侧：“与你在一起，才是正经事。”

突然“啪”的一声，有什么东西掉到了她面前的石桌上，吓得虞宁初差点叫出来，要不是宋池在后面堵着，她定要跳开。

虞宁初这才看清是那朵月季花从发间脱落下来，娇艳的花正对着她的脸，不知为何，虞宁初忽然不好意思再看，伸手将那月季拂了下去。

“怎么扔了，不喜欢？”宋池突然接住那朵花，重新戴在她头上。

虞宁初不吭声。过了一会儿，月季又掉了下来。耳边响起宋池的闷笑，虞宁初又想丢了那花，可宋池抢先一步，再次戴回她头上。

虞宁初恼羞成怒：“你有完没完？”

宋池笑道：“有完，劳烦王妃再戴一会儿。”

他故意加重了“一会儿”的音，虞宁初猛地记起自己嘲笑他没力气抱女儿的话，便明白宋池说的一会儿，怕是没那么快。

这个下午，虞宁初睡得特别沉，宋池等她睡着了才悄悄起来，穿好外袍去了书房。

阿风早已在此等候多时，见到宋池，低声禀报了一些消息，迟疑片刻，又道：“王爷，负责监视李家的暗哨发现最近有个小货郎经常在靖宁侯府前后两条巷子晃悠，那个小货郎竟然是咱们家驸马爷的眼线。”

宋池听了前面那么多消息都神色不变，此时终于露出一丝诧异，徐简？

阿风请示道：“王爷要不要与驸马爷说一声？咱们的人都在暗处，他的人若露出马脚被侯府的人绑了，恐怕会让侯府怀疑到王爷身上。”

宋池思忖片刻，问：“那货郎行事如何？”

阿风道：“倒还算伶俐，他担着的绢花首饰比较别致，周围府里的小丫鬟们都喜欢买，按理说并不值得怀疑。”

宋池道：“那就只当不知吧，看看驸马究竟想做什么。”

徐简没想做什么，他就是看不惯宋沁刻薄宋湘的嘴脸，当着他与端王夫妻的面，她都敢出言不逊，还不知道私底下只有女眷在一起时有没有做过更过分的事。宋湘心胸宽广没把宋沁的话放在心上，徐简却不想自家公主再受宋沁的气，所以派人去盯着李锡与宋沁。这对夫妻，一个恃才傲物、重欲好色，一个骄傲跋扈、不知礼数，迟早会给御史找点事做。

至于那个货郎，曾经是个乞丐，瘦瘦小小，连讨饭都要被其他乞丐欺负，若不是被徐简瞧见并给了他一份差事，可能早就被冻死了。这份差事也很适合他，徐简给他本钱，他就做了货郎，穿街走巷，谁家出了什么事都能探听一二，既赚了卖货钱，又赚了给徐简提供消息的钱。

小货郎对徐简忠心耿耿，即使被抓住也不会出卖徐简，而且徐简只是吩咐他多留意靖宁侯府的大小消息，并未告诉他这么做的原因，即使他被抓住、经不住严刑拷打供出徐简，徐简也有说辞，就说自己敬佩李锡的才学，想知道他平时都是怎么为人处世的，好借鉴学习一二，免得同为驸马，自己却比李锡逊色颇多。

这件事徐简没有告诉任何人，包括宋湘。

十一月中旬，徐简从工部回来的路上，看到了走在路边的小货郎。徐简目不斜视地骑马经过，第二日他提前半个时辰出门，绕路去了一个茶馆。这个茶馆是徐简母亲的嫁妆，曾因生意不佳差点被她卖了，但徐简从小喜欢来这边喝茶听人闲聊，她为了儿子便一直留着，后来干脆转手给了徐简。

茶馆后面有个小院子，徐简便经常在这里与小货郎见面。

“大人，昨日我打听出一个大消息。”小货郎见到徐简，行过礼后激动地说了起来，“李驸马身边现在有三个丫鬟，两个伺候起居，一个在书房伺候，其中一个伺候起居的丫鬟叫春燕，她喜欢在我这里买胭脂。昨日我在李家后面的巷子里晃悠，远远看见她出来，提着个小包袱像是要回家，我觉得奇怪，就凑过去跟她套近乎，她一开始不说话，后来就哭了，说她怀了李驸马的孩子，不知该怎么办，也不敢告诉李驸马，想回家跟她娘商量商量。我不知道该怎么劝她，就只管听着，后来她又说她爹刚死半年，她不敢告诉她娘，便又回侯府了。”

徐简默默听着，等小货郎说完，问道：“依你看，春燕想做姨娘吗？”

小货郎摇头道：“想当姨娘的人怀了孩子肯定高兴，她哭得那么伤心，八成是被李驸马强迫的，那李驸马也真不是人，娶的公主美得赛天仙，居然还祸害身边的丫鬟，不给人家踏实日子过。”

徐简瞥了小货郎一眼，心道宋沁算什么天仙。

“好了，接下来你不用去那边了，改去孙清孙御史家附近，想办法将这消息传到孙大人或其家眷耳中。”徐简给了小货郎一笔赏钱，细细交代道。

小货郎正替春燕打抱不平，一听这话，明白徐简是要为民除害，不收赏钱都愿意揽下这个差事。

端王府的暗哨一上报小货郎的去向，阿风就猜到了徐简的用意，赶紧来禀报宋池：“王爷，如今京城都在传您会做储君，您派人去盯着李家是怕李家图谋不轨，如果此时让御史参李家一本，会不会让皇上和朝臣猜疑到您身上，怀疑您要铲除康王一派的势力？”

宋池颔首，自以为聪明的人肯定会这么想，以为是他在针对李家。徐简虽然会写书，但归根结底都是纸上谈兵，过于书生意气，他本就不擅长此道，否则也不会在韩国舅等人逼迫徐大人时，只会埋头写书替父赚钱，白白去堵户部的窟窿，不过宋池很满意徐简对妹妹的心意，宋沁那么针对妹妹，徐简什么都不做才是叫他这个做哥哥的寒心。

宋池原本打算以后再收拾李锡，如今妹婿费尽心思要讨好妹妹，宋池当然愿意成全他，正好也试探一下昭元帝究竟是怎么想的。

御史孙清是出了名的耿直，正德帝在位时他就骂过正德帝，后来自己辞官在家种地，而正德帝之所以没让韩国舅为难他，是因为孙清的父亲长得长眉厚耳大肚，笑起来像个弥勒佛，像到正德帝都亲自召见过他老人家。正德帝再昏庸，心里还是敬佛的，看在孙清父亲的佛相上才没有赶尽杀绝。昭元帝登基后，恢复了孙清的御史官职，他曾在昭元帝追封虞宁初的母亲时表示反对，只因昭元帝坚称要用此诏鞭策自己别再犯错，孙清这才罢休。

在小货郎的努力下，孙清很快就听说了李锡欺凌丫鬟一事，等他派人去查探消息是否属实时，正好撞见春燕被一个婆子推出靖宁侯府的角门，春燕一手挎着包袱，一手捂着肚子，脸色苍白。孙清派去的人上前一打听，这才得知春燕因为孕吐的症状被靖宁侯夫人怀疑，今早就打发她回家。

下属直接将春燕带到了孙清面前。春燕身子苦心里也苦，想着自己这样回家要被母亲责骂，要被街坊指指点点，还不如配合御史大人，至少能为自己讨个公道，证明是驸马爷强迫她的。于是，次日早朝，孙清狠狠地参了驸马李锡一本，参他身为驸马竟然仗势欺人，欺侮一个还在为父亲服丧的丫鬟，败德辱行，为官有愧于民，为夫有愧于公主，为婿有愧于帝王。三个掷地有声的“有愧”，将李锡骂了个大花脸，一会儿白一会儿红一会儿青。

“皇上，臣冤枉！那丫鬟的确有了身孕，腹中的孩子却不是臣的，不知她在外面会了什么野男人又来栽赃于臣，图财而已，还请皇上明鉴！”李锡跪在殿上，朝昭元帝叩首道。

昭元帝看着李锡，难掩怒色。早在郑皇后提议将女儿嫁给李锡时，昭元帝就查过其为人，不赞同这门婚事，奈何郑皇后在他耳边拐着弯地说话，指责他从来没有关心过女儿，现在看似关心，其实是不想女儿嫁得比侄女好。一旦郑皇后这么说，昭元帝便会烦躁头疼，比身上承受皮肉之苦还要煎熬，多一个字都不想听。可郑皇后有一句话说得没错，他的确没怎么关心过子女，所以谈论儿女婚事时，郑皇后说由她来挑选儿媳女婿，昭元帝愿意尊重她的意思。

昭元帝清楚，如果郑皇后认定李锡，他便无法说服郑皇后换个人选，就像郑皇后从来无法更改他的主意一样。昭元帝便把决定权给了女儿，无奈女儿却与母亲一条心，就要嫁给李锡，并且相信她能让李锡回心转意，昭元帝这才同意了这门婚事。可现在两人成亲才多久，李锡就干出了这种事。

这算帝王家事，昭元帝暂且没有处置，散朝后，他高坐龙椅，只留下李锡父子与孙清，再派侍卫去请靖宁侯夫人、公主宋沁、丫鬟春燕进宫。宋沁根本不知道发生了什么事，她从未想过李锡都娶了自己居然还会对身边的丫鬟下手。

到了大殿上，宋沁站在一旁，看着婆母与丈夫咬定春燕腹中的孩子不是李锡的，又看着春燕哭成泪人，将李锡几次对她下手的时间与细节泣声道来。

这还不够，为了证明自己没说谎，春燕指着李锡道："皇上明鉴，除了我，秋燕、杜鹃也都被驸马收了，她们是不是清白之身请人查验便知，总不可能我们三个丫鬟个个都背着主子养野男人。驸马好狠的心，那是您的亲骨肉啊，那么小的一个孩子，驸马是要他也被人笑话吗？"

李锡脸都白了。

昭元帝面无表情地看着他，问："驸马可认罪？还是要朕派人去查验你身边的丫鬟？"

李锡全身发抖，汗水不断从额头冒出来，他想继续狡辩，可春燕能供出另两个丫鬟，那两个丫鬟自然也能替春燕证明，再否认就是明摆着把昭元帝当傻子。

"臣该死，都怪臣贪酒误事……"李锡还没说完，宋沁终于再也忍不住，冲上来狠狠甩了他一个耳光，指着春燕泪流满面地质问他："为什么啊？你到底看上她们什么，你就那么……"

她说不下去了，再说下去都恶心得想吐。愤怒也好，耻辱也好，宋沁哭着离去，直奔公主府。

宋沁走后，昭元帝宣布了对李家诸人的惩罚，李锡奸污良家婢女，革除官职并杖刑五十，不配再为驸马。靖宁侯教子无方，爵位从侯爵降为伯爵，并剥夺李锡的世子资格，李家当另择品行兼优之子再封世子。李锡仿佛被人抽走了脊梁骨，颓废地跪在那里。

靖宁侯擦擦额头上的汗，庆幸皇上还留了自己的官职与爵位，没有因为逆子否认了李家曾经的功劳，不过眼看康王继位无望，儿子不做这个驸马也好。

宋沁回到公主府，把自己关在房间里，哭得上气不接下气，一会儿哭李锡伤了她的心，一会儿哭李锡让她在京城丢了脸，往后她还怎么出去见人，但无论多么伤心愤怒，宋沁都没想过要休了李锡这个驸马。

谁知道昭元帝直接将替她休夫的圣旨送了过来，一道给宋沁，一道给李家。前一刻还将李锡骂成浑蛋的宋沁这会儿突然又想起了他的种种甜言蜜语，赶忙收拾妆容奔赴宫中，希望父皇能恢复李锡的官职和李家的爵位，更不要让她与李锡分开。

昭元帝看着哭哭啼啼的女儿，咳了几下才道："那种男人有什么好？你休了他，父皇自会重新给你找个好驸马。"

宋沁哭道："什么叫好驸马？女儿都嫁过人了，哪个男人还愿意娶我？就算对方愿意娶我，也是看在您的面子上，根本不会真心待我，我还不如继续跟李锡过。父皇，您就原谅他这次吧，只要您宽恕他，他以后肯定不会再犯，肯定会对我好，父皇，女儿求求你了……"

昭元帝不会原谅李锡。于私，他已经纵容郑皇后将女儿往火坑里推了一次，好不容易有机会将女儿拉出来，便是被她怨恨，他也不会再让她继续与李锡那种薄情郎过下去。于公，他已经决定让侄子做储君，此消彼长，儿子身后的势力越弱，侄子才会越放心，儿子的生活才会越安稳。

"来人，送公主出宫。"既然给不了女儿想听的答复，昭元帝也不想再听她为了那种人哭。

宋沁不想走，眼看宫女真的要来拉她，她突然站起来，退后几步，悲愤地望着昭元帝道："父皇，我才是您的女儿，您已封了姐姐做公主，让她抢走了原本该属于我的风光，现在您又休了女儿的驸马，让我沦为笑柄更低她一头，父皇，请您明示，女儿到底犯了什么错，您非要这么作践我？"

昭元帝震惊地看着女儿，这个他并不曾上心管教的女儿。女儿怨他，他能理解，但这一切与侄女何干？什么叫侄女抢走了她的风光？

侄子在正德帝身旁冒险时，同在京城的侄女也承担了一样的风险，更不提当年郑氏鬼迷心窍因忌妒二弟夫妻恩爱推了弟妹一把，致使侄子、侄女没了母亲，他如今补偿侄女一个公主的虚名，又有何错？

无论他对侄子、侄女多好，都没错，他错在不该辜负沈嫣，不该娶了郑氏又冷落她，不该让郑氏生了孩子又对两个孩子漠不关心。是他害死沈嫣，逼疯郑氏，连累了二弟一家。过去的错再也无法弥补，他唯一能做的，就是为这江山百姓选个明君。家事上已经糊涂了半辈子，国事上万万不可再糊涂。

驸马被休，此事在京城着实传了一段时间，不过随着年关将近，百姓们很快就淡忘了此事。

因为有皇上审理此案，那个可怜的丫鬟春燕从靖宁侯府拿到了五十两的赔偿，带着这笔银子回了家，母亲心疼女儿，买了药叫女儿好好调理身子。后来有一日，春燕听到熟悉的货郎叫卖声，出去一看，果然是经常在靖宁侯府附近晃悠的那个小货郎。小货郎偷偷塞给她一张五十两的银票，说京城有善人怜惜她的遭遇，特赠予她，希望她能安度余生。

五十两，足够春燕丰衣足食过一辈子了。大概是有银子傍身，春燕有了底气，出门再听见有人说些闲言碎语也不在乎了，过年上香时，她还默默地求菩萨保佑那位不知名的善人无灾无病，长命百岁。

今年端王府的宴请定在年前，腊月二十八。被迫休夫的宋沁称病没来，守寡的安王妃沈明漪压根就没收到请帖，不过虞宁初听沈明岚说她又开始与人交往了，或是去别人家做客，或是在自己的王府举办茶会，人也不再瘦骨嶙峋，打扮一下也恢复了曾经的美貌，只是少了那份骄傲。

虞宁初对沈明漪没什么想法，只要她别再来找麻烦，过得好与坏都与自己无关。

康王妃身子重，就没出门，只有康王来了。他的惊厥之症虽然没再发作，但人还是消瘦了很多，面上带着温和的笑。宋湘悄悄对虞宁初说，她以前幻想的忘尘先生就是康王这种沧桑却温和儒雅的气质，只不过年纪要再大上两轮。

虞宁初问:“那你到底满不满意你家里的忘尘先生？”

宋湘哼道:“不满意又怎样，还不是已经嫁了？”

虞宁初才不信她的，宋湘与徐简的恩爱早在京城传开了。

过了年，刚过完上元节，康王府送来消息，说康王妃生了个儿子。

虞宁初算了下时间，猜到康王妃是早产了，按理说该二月生的。好在孩子“洗三”时他们去庆贺，发现小娃娃并没有预料中那么瘦，与自家的小郡主出生时差不多，都是六斤半，可想而知，如果康王妃足月生，这孩子得有七八斤重。

她与宋池送上的贺礼是一块赤金的长命锁，把女儿也带来观礼了。六个月的明珠小郡主穿得很喜庆，还不会爬，但已经可以坐着了，虞宁初将她放到堂弟身边，小郡主目不转睛地看着弟弟，视线在弟弟身上各处逡巡，看着看着一道口水淌了下来，被虞宁初及时擦掉。

“明年这时候明珠就可以陪弟弟一起爬来爬去了。”虞宁初笑道。

小郡主好像听懂了一样，对着还在襁褓里的弟弟“呀呀”了两声。

康王妃靠坐在床头，看着这对漂亮得过分的母女，心中感慨万千。

宾客们都散了后，康王过来陪她，问:“来了这么多客人，累不累？”

康王妃笑着摇摇头，与丈夫聊了一会儿后提到了虞宁初母女，羡慕道:“我也想生个女儿，等她大了，就将她打扮得漂漂亮亮的。”

康王握着妻子的手，面上笑着，心里泛起浓浓的苦涩。不会再有别的孩子了，他不想妻子再出那种意外，也不敢再承受一次长达数月的担忧煎熬，更不想生下太多儿子，将来被宋池忌惮。一个就挺好的，他会好好抚养这个孩子，教他明辨是非，教他忠君爱国，教他甘为臣子。

郑皇后自去年卧病，身子便一日不如一日，康王之子满月后，夫妻俩抱着孩子进宫给郑皇后请安，郑皇后看着壮壮实实的胖孙子，再看康王时，眼神亮得吓人。康王迅速回避了母后的视线，郑皇后再去看儿媳，康王妃也避开了。

郑皇后开始发出呜呜声，似是十分激愤，康王妃赶紧抱着儿子躲到一旁，康王急忙让人去请御医，然而御医还没赶到，郑皇后便一动不动了，到死眼睛都死死地瞪着康王。康王跪在床前，泣不成声。

母后为何这么糊涂？他从来就没想过要与大哥去争那个本该属于大哥的位置，母后为何非要逼他去争，别说他得了一种随时可能发作的病，就算没有，他也不会去争。郑皇后死后，出乎众臣意料，昭元帝没有休朝以示哀悼发妻，而是宣布了一道罪己诏。

诏书中，昭元帝列了自己的三条罪责：

第一条，当年郑国公府全家蒙受冤屈被人处斩，郑皇后悲痛欲绝，而他作为丈夫没能给予郑皇后关怀，导致郑皇后性情大变，记恨小叔夫妻恩爱，冲动之下将端太妃推下台阶，一尸两命。此事，虽然罪在郑皇后，但昭元帝难辞其咎。

第二条，端太妃惨遭郑皇后毒手，昭元帝因为愧疚郑氏满门之死，不忍严惩郑氏，违心将端太妃之死定为意外，导致亲弟悲愤出家，侄子、侄女接连承受丧母父离之苦，此乃昭元帝之罪。

第三条，昭元帝自责因为虚荣，导致端太妃的真正死因被埋藏数年，并累及康王，埋下惊厥病根，他愧为伯父，也愧为人父。

罪己诏之后，昭元帝紧接着宣告了第二封诏书，称储君乃国之根本，不可长久空置，顾及康王身体有疾，而端王文韬武略、仁厚爱民，故封端王宋池为太子，择日举行册封大典。这两道诏书连着颁布，大臣们面面相觑，竟没有理由反对端王做储君。唯一反对的，是端王自己。

宋池跪在大殿中央，恳请昭元帝收回成命。

昭元帝看着侄子，笑道："端王不必推辞，康王身有疾且才干有限，唯有你，才能让我大周国运昌隆，国泰民安。"

宋池几番推辞不成，只好接下这道圣旨。

群臣反应过来，齐齐跪在地上，高呼皇上万岁、太子千岁。

虞宁初在端王府听到这两封诏书时，想的不是她的夫君要做太子了，而是婆母端太妃的真正死因。怪不得宋池不许他们一家人向郑皇后行礼，怪不得郑皇后都死了，宋池也违背礼法，不许她与宋湘进宫哭灵，原来婆母竟然是被郑皇后亲手害死的，还是一尸两命。

即使沈氏生前不曾亲近她，但母亲病逝后，虞宁初都哭了很久，婆母横死时宋池才九岁宋湘才五岁，兄妹俩又是何等伤心？

宋池人在宫中还没回来，宋湘来了，看到虞宁初便扑到她怀里，泪流不止。

"当年的事我都不知道，也没人跟我说母亲究竟出了何事，无论我怎么问哥哥，他都不肯说。"

"他是为了你好，不想你难过。"

"可我心疼他啊，他不告诉我，也不告诉姑父姑母，这么多年全是他一个人撑过来的，他还喜欢笑……"宋湘说不下去了。

虞宁初也无法再说出任何安慰的话，她的脑海里出现了一个九岁的宋池，背负着血海深仇带着妹妹来到京城，寄人篱下的滋味虞宁初比任何人都清楚，就算亲戚们对自己很好很好，但那终究不是家，始终要小心翼翼，察言观色，不说错一句话。宋池爱笑，是因为不得不笑，他住在姑母家，若整日阴沉着脸，像什么话？他当然也不能告诉妹妹这件事，妹妹那么小，知道真相又有何用，只会多一个人难过。

虞宁初又想到了自己初来京城时，宋池明明挨了她的冷脸，仍然悄悄为她准备的那包药。他说他对她一见钟情，那他看见她时，是否想到了他也寄人篱下，所以才会觉得她是特别的？

天黑了，宋池才回府。女儿已经睡下了，虞宁初在前院等他。下人们都自觉回避了，只有她一个人站在廊檐下，看着宋池一步步朝自己走来。

宋池好像什么事也没发生一样，朝她笑了笑，问："这么急着见我吗？"

他笑得出来，虞宁初睫毛一垂一抬，强忍的泪便掉了下来，等宋池走近，便投进他怀里。宋池熟练地抱住她。

虞宁初像宋湘一样哽咽道："你怎么都不告诉我？如果我早知道，一定不会那么对你。"

"与你有何关系？我总是欺负你，你怎么骂我都是应该的。"宋池笑着低头亲了亲她的发，"我只气你不喜欢我，从来没有怪过你。"

虞宁初不知该说什么，提起当年，只会让宋池重新记起失去母亲的痛苦与愤怒，不提，她又很心疼他，想让他知道她的心疼。

"帮我宽衣吧，你知道我最喜欢什么。"宋池在她耳边揶揄道。过去的都过去了，他不想她再难过。

"皇上除了罪己，对那人就没有惩罚吗？"虞宁初微微不甘地问。哪怕郑皇后这一生是个可怜人，但那也不是她因为忌妒就去害别人的理由。

宋池抚着她的长发，道："帝后分葬，不赐谥号，不刻铭文。"

对一个去世的皇后而言，这惩罚不算轻，乃记载于史的耻辱。可是人都死了，惩罚又有什么用？无辜的人便是沉冤得雪，红颜也已成枯骨，也早已家破人亡，有什么用呢？

她紧紧地抱住宋池。

端王封了太子，一家人就要搬到东宫去了。新太子宋池还是早出晚归，搬家的事宜就全部交给了虞宁初。其实也没什么大件可搬，东宫里的桌椅床柜乃至各种瓷器都是崭新的，只会比端王府现在用的更好，一家三口只要带走所有家产就好。

虞宁初先看着丫鬟们收拾好宋池的衣物，轮到书房时，丫鬟们就不能进去了，由阿默、阿谨两个宋池的心腹亲自将藏书、信件等装进箱子，虞宁初就坐在一旁看着他们忙忙碌碌。

她嫁给宋池一年多，几乎没怎么来过他的书房，这会儿东看看西看看，处处都觉得新鲜。阿默从一个抽屉里取出一只圆圆胖胖的小瓷龙，想了想，准备找个匣子将小瓷龙装起来再放进箱笼。他在那里物色合适的匣子时，一转身便让虞宁初看到了手里的东西。

虞宁初下意识地问道："那是什么？拿来给我看看。"

阿默立刻垂眸走过来，双手奉上这只一看就不怎么值钱却被王爷单独收藏的小瓷龙。

正是因为并不名贵，虞宁初才无比确定，这就是当年中秋她在京城某个套圈摊子上看中的小瓷龙，宋池身上文的那条小龙也脱胎于此。不过，这小瓷龙不该在宋湘那里吗，怎么被宋池收起来了？

虽然心里有疑惑，虞宁初看着小瓷龙的目光却无比温柔，唇角翘起，透出几分甜蜜。春光照进来，美艳的王妃坐在那片柔和的光晕中，这一笑，把阿默和阿谨都看愣了。

"这个我收着，你们继续忙吧。"欣赏够了，虞宁初霸道地扣下了小瓷龙。

王妃要王爷的东西，又有谁敢反对呢？阿谨更是猜到王妃属龙，那小瓷龙的来历或许与王妃有关，不然哪值得王爷这么珍视？

阿默无意间献宝逗笑了王妃，阿谨想了想，直接搬来一个长长的抽屉，对虞宁初道："王妃瞧瞧，这是王爷以前画的猫，画得多好。"

阿谨将抽屉放到虞宁初身边的桌子上，又忙去了。

虞宁初发现抽屉里是一沓厚厚的画纸，最上面的画纸铺着一层纱，她取开纱，看到一只坐在花轿里的猫。猫与宋池养的那只很像，可谁家的猫会坐花轿？再看画纸下方标注的年月，正是她出嫁的前一晚。

虞宁初怦然心动，抱过抽屉一页一页看起来，里面可能有上百张，每一张都画了一只猫，或是坐在船上，或是坐在马车上，或是在吃荔枝，或是在吃扣肉，或是在荡秋千，或是在赏牡丹……每一幅都能让虞宁初想到自己曾做过的事与当时所处的环境。看着看着，只剩最后一张。这张画的是沈家的那处飞瀑，画里的猫蹲在虞宁初曾经躲藏的地方，也是在这里，她无意间撞见宋池在飞瀑旁的青石上作画。原来早在那个时候，她就成了宋池心里的一只猫吗？

阿谨悄悄朝王妃看来，见王妃对着一抽屉的画露出了与刚才一样甜蜜的笑容，然后得意地看向阿默。阿默正在埋头整理箱笼，压根没察觉他做了什么。

傍晚宋池回来，逗逗女儿再吃个晚饭，进内室休息时，才在虞宁初的梳妆台上看到了那只熟悉的小瓷龙，再去看虞宁初，佯装梳头的王妃正从镜子里默默观察他。

宋池笑了笑，什么也没说，仿佛此事一点也不需要解释。

梳洗后，丫鬟们都退下了，见宋池竟然还想装睡，虞宁初坐起来半压在他身上，审问道："那龙怎么在你这里？"

宋池道："阿湘嫌丑又嫌重，回来路上丢给我了。"

虞宁初问："那你为何没丢了？你不嫌丑？"

宋池道："毕竟是我套中的，天赐的缘分不能违。"

虞宁初迟疑道："真是意外套中的？"

宋池捏了捏她的唇角，道："不是意外，是我发现有位虞家表妹喜欢它，我想如果我套中了送给她，她或许会对我另眼相看。"

虞宁初的心里便冒起甜蜜的泡泡，一串一串地冒个不停。

虞宁初换了个姿势，正面趴在他怀里，摸着他的下巴故意问："后来呢，那位虞家表妹有没有领你的情？"

宋池轻叹道："不曾，她冷冰冰的，害我日思夜想，夜不能寐。"

虞宁初的指腹挪到他的喉结，绕着那里转圈道："那肯定是因为你时时欺负她，她才不待见你。"

宋池箍着她的腰，哑声道："再不待见，最后还是落到了我手里。"

四月初，黄道吉日，宋池正式被册封为太子，虞宁初也被授为太子妃，身份更尊贵了，但因为住在宫里，不再方便出门，幸好宋湘还能时常过来陪她，家里的小郡主也越来越活泼可爱，就像一株小嫩芽，吸收着阳光雨露，从会爬到会扶着床边摇摇摆摆地走，从咿咿呀呀乱哼哼到可以清晰地喊出"娘"与"爹爹"。

与之相反，昭元帝日渐憔悴起来。郑皇后去世不久，昭元帝就病了，御医劝他休息，昭元帝从来不听，还是像以前一样忙碌，只是他批阅奏折时会叫上宋池一起帮忙，有时候他会拿出一封奏折，让宋池发表见解，有时候他会故意犯错，看看宋池能不能发现。

宋池或许年少有为，但终究还是太年轻，昭元帝难免有不放心之处，幸好宋池一次都没有让他失望。

偶尔宋池会抱着女儿来陪昭元帝吃饭，昭元帝再忙，只要看到小郡主，都会腾出时间像一个普通祖父那般陪她玩耍，直到小郡主玩够了要走了，昭元帝才会发一会儿呆，然后继续做事。

康王的儿子还太小，一家人又住在宫外，小郡主就成了昭元帝最宠爱的孩子。七月十二，明珠小郡主满周岁，昭元帝来东宫参加小郡主的抓周礼。

桌子上琳琅满目地摆了一堆东西，已经会走路的小郡主一会儿爬一会儿走，挑挑拣拣，最后选了一盒胭脂，选好后一屁股坐在那里，低头琢磨如何打开胭脂盒。宋湘在一旁帮她，打开之后，小郡主像模像样地用手指挖了一点胭脂，试探着点在自己脸上。

长公主宋氏笑道："哟，我们明珠这么小就知道美了，长大了肯定更美。"

小郡主喜欢听别人夸自己，一双眼都笑弯了。

昭元帝站在一旁，看着被众人包围的女娃娃，不知怎么想到了另一个人。他也曾送过她胭脂，她打开后挖了一点涂在手背上，觉得满意才收了，一副倨傲的神情。

昭元帝咳了咳，带着袁公公走了。次日早上，昭元帝没能起来，病来如山倒。昭元帝让宋池代理朝政，他做了快三年的皇帝，这会儿终于肯休息了。药吃着，人也休息着，但如同草木枯败，根已经坏了，浇再多的水也无济于事。中秋时，昭元帝还能坐在轮椅上陪小辈们吃一顿家宴，到了重阳，他已经不愿起来折腾了。

这一日，昭元帝突然有了些精神，让袁公公宣太子一家三口、康王一家三口、宋湘夫妻及宋沁进宫。

他先见的宋沁。宋沁没有眼泪，只是跪在昭元帝面前。父皇说母后害死了端太妃，一开始她不信，认为父皇已经彻底糊涂了，完全受宋池摆布才会这么说，直到哥哥找到她，证明那事确实是母后做的，她这才信了，才明白父皇为何一直对宋池兄妹那么好。但她无法原谅父皇对自己与哥哥的忽视，要么别生他们，生了却不养，不给他们应有的地位与待遇，这样的男人，算什么父亲？

昭元帝看着女儿冷漠的脸，苦笑道："父皇对不起你们，也不求你们原谅，只是你还年轻，父皇会交代你二哥，让他重新替你物色一个好夫婿，父皇希望你能遇到一个真心喜欢你的驸马，安安稳稳地过一辈子。"

直到昭元帝让她退下，宋沁都没有回应半个字。

昭元帝再见的是宋湘、徐简。宋湘有了身孕，昭元帝没让她下跪，也没有说太多，只嘱咐徐简好好照顾宋湘。再然后是康王一家三口，昭元帝又与康王单独说了几句话："你大哥是重情守义之人，只要你们认命，以后不做糊涂事，他不会苛待你们。"

康王叩首道："父皇放心，儿臣知道该怎么做。"

昭元帝很想问问儿子会不会怨恨自己，可问了又有什么意义。

接下来，昭元帝见的是宋池。昭元帝有些累，让宋池扶他躺下，歇了一会儿才道："子渊，江山交给你，朕很放心，只希望你看在伯父真心悔过的分上，善待阿澈、阿沁，尤其阿沁，她不懂事，若她犯了错，你……"

宋池接过话道："伯父，阿沁是您的骨肉，也是我的堂妹，无论她如何冒犯，我都会保她一生富贵，二弟亦是如此。"

昭元帝笑着点点头："叫她们娘俩进来吧，你也陪着她们。"

外面候着的小辈中，只有虞宁初与女儿还未进来过。宋池出去片刻，抱着女儿，引着虞宁初来到龙榻前。从虞宁初出现的瞬间，昭元帝的目光就落到她脸上，他默默地看着这张熟悉明丽的脸，直到泪水滑落，直到目光模糊，直到一切归于黑暗。

是日，在位仅三年的昭元帝因病早逝，太子宋池奉天承运，继位称帝。

昭元帝驾崩后，一个月的国丧解除时，京城下了一场大雪。瑞雪兆丰年，这是吉兆。

新帝宋池并没有昭元帝刚登基时那么繁忙。如果将大周的江山比成一棵树，正德帝留给昭元帝的是一棵长满蠹虫的树，随时都有可能轰然坍塌，而昭元帝在位的三年里，他几乎时时刻刻都在抓这些蠹虫，一边治虫一边修剪枝干，所以当昭元帝病逝时，他留给侄子宋池的，是一棵重新焕发出郁郁生机的参天大树，宋池只需要维护树的正常生长就好，不用再大动干戈。现下江山稳固，宋池又参与政事多年，虽然年轻却绝非朝臣可欺的无知新帝，他这番登基便如鱼得水，游刃有余。

朝臣们并不敢轻看宋池，兢兢业业地辅佐着新帝，只是宋池在政事上无可指摘，唯独后宫太冷清了，便陆续有大臣劝谏宋池选妃，充盈后宫。

宋池收着这些奏折，等积攒得差不多了，年前最后一次朝会上，宋池将它们都拿了出来，用一副与群臣闲聊家常的语气道："朕生于太原晋王府，朕的伯父是爱妻之人，从未纳妾，朕的父亲亦是痴情之人，太后去世，他老人家宁可自断红尘也不肯再娶。后来，朕长于护国公府，沈家有男子无后不得纳妾的家风，朕深以为然。故而，朕迎娶皇后时曾许下承诺，今生只她一妻，绝不纳妾，朕不愿做背信弃义之人，后宫之事，也请诸位爱卿不必再劝。"

大臣们闻言，不禁看向沈二爷、沈三爷。

沈二爷是沈家人，亦是长公主的驸马，在众臣复杂的注视下，摸着自己的便便大腹，颔首道："皇上所言不虚，先帝与太上皇都是痴情之人，我沈家男儿也从不纳妾，皇上耳濡目染，又与皇后伉俪情深，你们就不要再逼皇上逆心而为了，皇上无后宫之扰，才能全心全意地处理朝政。"

沈三爷是皇后的亲舅舅，不方便多言，反正话已经被兄长说了，就只是谦逊地垂眸而立。

那位曾经帮徐简出力揭发前驸马李锡丑事的御史孙清耿直出言道："话虽如此，皇后膝下无子，只有一位公主，为了皇家子嗣，皇后也该谅解皇上，主动劝说皇上纳妃，才为贤后之典范。"

沈三爷不爱听了，侧身对孙御史道："皇后与皇上成亲才三载，皇后无子这话，孙大人未必说得过早。”

见孙清还要再说，宋池抬手示意他不用多言，道：“朕还年轻，子嗣不急，况且朕心中只有皇后一人，若皇后劝我纳妃，便是要朕做不喜之事，一个时时给夫君添堵的妻子，又算什么贤后？如今皇后待朕温柔，呵护备至，朕见之便能展露欢颜，无琐事烦忧，在朕眼里，这样的皇后就是贤后，诸位以为如何？”

沈二爷第一个道：“皇上明鉴，皇后大贤！”

于是其他臣子也都附和起来，一边行礼一边口呼“皇后大贤”。孙清讨了个没趣，只好暂且压下这口气，寻思着过完年再来规劝皇上。

朝会结束，帝皇臣子都开始了为期一个月的年假。

“父皇！”乾明宫后殿，明珠小公主正在跟娘亲与宫女玩捉迷藏，看到宋池，便跑了过来。

宋池一把将女儿抱起来，冬天天冷，小公主穿得像个棉球，分量也加了不少，沉甸甸的。

“母后呢？”宋池扫一眼堂屋，问道。

小公主道：“藏起来了，去找！”

宋池抱着女儿去了殿内，最后在书房的门后找到了虞宁初。

“今天怎么这么早？”虞宁初意外地问宋池。

宋池道：“要过年了，大臣们都放假了，我这个皇上没道理还要继续忙。”

虞宁初其实很喜欢宋池这种做皇帝的态度，该忙的时候绝不沉湎享乐，该休息的时候也绝不勉强自己。昭元帝去世得太早，虞宁初真的怕宋池也学昭元帝那样过分勤勉，累出一身病。虽然如此，但宋池还是有些事情要处理，陪娘俩玩了一会儿就去御书房了，等吃午饭时再过来。

饭后，小公主乖乖地跟着嬷嬷去睡觉，宋池牵着虞宁初去了内殿，坐在舒适温暖的龙榻上，宋池脱了外袍，对虞宁初道：“肩膀有点酸，你帮我捏捏。”

做皇上肯定比做王爷辛苦，虞宁初不疑有他，脱了鞋子来到他身后跪好，调整力度帮他捏了起来。

宋池提到那些请他纳妃的奏折，以前他没有对虞宁初说过，其他人也不会主动告诉虞宁初给她添堵。虞宁初其实早有准备，只是没想到这类建议会来得这么早。

“你怎么说？”她若无其事地继续帮他捏着。

宋池侧身抓住她的手腕将人拉到怀里抱着，笑道：“你猜我怎么说的？”

虞宁初不猜，只是瞪着他。

宋池捏捏她鼓起来的腮，道：“我明告诉他们我这辈子就你一个，让他们不必多言。”

虞宁初问：“他们就都听你的了？”

宋池道：“有个御史还想反对，说你膝下没有儿子。”

虞宁初脸色微变，瞪他瞪得更凶了。

“我们早点生一个，堵住他们的嘴。”宋池凑到她耳边笑道。

原来他铺垫了那么多，最终是为了这个，虞宁初就知道，无论他是沈府的表公子，还是后来的端王，又或是今日的皇帝，该坏的时候还是那么无耻。

次年春天，虞宁初再次诊出喜脉。

驸马爷徐简请孙清大人去喝茶，劝他不要再盯着后宫的事。

孙清直接将茶碗一放，怒道：“本官身为御史，有监察朝事、规劝皇上之责，我也知道安乐公主与皇后交好，驸马莫非是受了公主与皇后的指使，来游说我？”

徐简板着脸，正色道：“我是因为与你有些交情，所以劝你不要坏了帝后恩爱，与公主、娘娘何干？大人休要以小人之心度君子之腹。”

孙清冷哼道：“我倒不知何时与驸马有了交情，罢了，话不投机，告辞！”说完，拂袖而去。

徐简生了一会儿气，又想通了，孙清这种人大概不懂情爱为何物，自己与他计较什么。

四月，虞尚的前妻、虞宁初的前继母陈氏来到京城，还没找到四井胡同，先听说了孙御史再次劝谏皇上纳妃被皇上置之不理一事。

“皇上真是宠爱皇后呢。”

“是啊，不过我可听说了，皇后娘娘貌美过人，据说全京城都找不到一个比她更美的人，皇上有了这种美人，又怎么看得上旁人？”

偷听的陈氏便想起了那张熟悉的脸，没有人比她更清楚虞宁初的美貌，那孩子七八岁时就出落得我见犹怜，很多次她都担心虞尚见了会心软重视长女，幸好他从来都不是心软的人。

打听出一双儿女如今都住在四井胡同，陈氏直接寻了过去，见到兄妹俩，她大哭了一场，说自己被虞尚休弃时是多么不舍，说虞尚病了那年她多想回到他们身边，又怕自己耽误了他们的前程，宁可装作狠心离去，也不想他们不能跟着长姐进京过上好日子。

虞扬面无表情地听着，他们兄妹在温嬷嬷这两年的教导下明白了很多道理，更明白当年母亲离开的原因并没有她说得那么好听。

“您不是改嫁了吗，现在又为何回来？”虞菱淡淡地问道。

十一岁的小姑娘，从小经历又复杂，此时的行事做派甚至比一些十四五岁的姑娘还要冷静。

陈氏没想到曾经极其依赖自己的女儿会这么与她说话，她此番过来，自然是听说了宋池登基虞宁初封后的事，她就想重新嫁给虞尚，哪怕嫁不成，她也终究是兄妹俩的亲生母亲，孩子们肯定会收留她的。眼下兄妹俩可是皇后娘娘的弟弟妹妹，以后有享受不完的荣华富贵，她跟着孩子们，怎么都比留在扬州做一个普通妇人强。至于她的第二任丈夫，短命早逝，也免了她要多费周折才能和离。

然而无论她如何巧舌如簧、悲伤哭泣，虞扬、虞菱都不想再认这个母亲。

温嬷嬷也十分鄙夷陈氏，真正为孩子着想的母亲是不会在这个时候来京城的，因为她的到来只会让兄妹俩在朋友面前抬不起头，可她又是兄妹俩的生母，若是真的将她赶走，外人只会说兄妹俩不孝。温嬷嬷索性进宫将此事禀报给虞宁初，请她拿个主意。

虞宁初已经很久没听人提过陈氏了，时过境迁，她已经激不起虞宁初的任何情绪，只是她的到来会给虞扬兄妹添麻烦。这些年，拜周老的教导与温嬷嬷的看顾，兄妹俩一个聪敏稳重，一个越来越有闺秀应有的端庄知礼，实在不该再受生母连累。

虞宁初的办法，是让陈氏给虞尚做妾，陪虞尚去郊外的一个庄子居住，对外只说庄子的环境更适合虞尚养病，如此陈氏随虞尚一起住在庄子，打扰不到任何人。如果陈氏答应，她可以支配虞尚的那笔银子并给她一份厚礼，如果陈氏拒绝，最终只会害得她的一双子女颜面尽失。无论如何，虞宁初对陈氏都很宽容了。

温嬷嬷将虞宁初的话传达给陈氏，陈氏不满意，她要的是富贵，要的是被人羡慕，她明明可以做皇后的继母养尊处优，为何要住去庄子见不得人？

温嬷嬷道："你再闹下去，害的是你的亲骨肉。"

陈氏笑道："只要皇后娘娘应了我重新嫁给老爷做正室，我自然不会闹。"

温嬷嬷看向虞扬、虞菱。

虞扬突然道："父亲已经休了你，绝不会再娶你，你若只是想与我们兄妹团聚，那好，我们随你回扬州。"

虞菱咬咬唇，虽然不甘，但若她是长姐，也绝不允许一个曾经差点害死自己的继母重新嫁给父亲，再以皇后继母的身份耍威风，她支持兄长的决定。他们兄妹已经欠了长姐很多，不该再因为这样的母亲而连累长姐。

陈氏急了，她想留在京城做贵妇人，才不要跟着儿女回扬州继续默默无闻。见儿女不肯妥协，陈氏豁出去了，找到那位据说一直针对皇后娘娘的孙御史，搬弄是非，痛斥皇后欺人太甚。

孙御史暗中调查一番，将陈氏的所作所为查得清清楚楚，无论是她作为继母坑害原配所出的女儿，还是作为生母在明明可以留在虞家的情况下狠心抛弃两个孩子而选择改嫁，她都成了今年孙御史最唾弃的人。

孙御史只是希望皇上延绵子嗣，对皇后本人并无任何不满，陈氏如今撞到他手里，他就在朝会上参了陈氏一本，要求皇上赶紧将这背信弃义、抛夫弃子如今又胆敢威胁皇后娘娘的人治罪。

宋池总算看孙清顺眼了些，陈氏抛夫弃子只是私德有损，但她拿名声威胁皇后娘娘便是大不敬，皇帝仁慈免了她的死罪，只罚其流放边疆。

陈氏虽然被罚，但她的出现多少还是影响了虞扬、虞菱。虞扬还好，只要他将来考取功名，娶个好妻子并不难，但虞菱是姑娘家，父亲已经疯了，如今母亲又上门来闹事比疯了还不如，估计以后名门之家都很难接受她做儿媳了。

如果虞宁初对虞菱热络一些，时常将她叫进宫中说话，旁人看在皇后娘娘的面子上大概也会接纳虞菱。可虞宁初对虞菱并没有多深的姐妹情谊，也不想强迫自己增进这种虚假的姐妹情，骨血是父母给的，但情谊是自己处出来的，在虞宁初心中，她只有两个好姐妹，一个是宋湘，一个是沈明岚。她当初将兄妹俩带到京城，给了他们栖身之地，给了他们一份好教养，已经尽了一个长姐的职责。

数年后，由虞宁初的舅母三夫人牵线，将虞菱嫁给了一位年轻官员为妻，男方家里三代为官，虽然官职不高，但配虞菱绰绰有余，更何况男方是个仪表堂堂的人物，无论谁见了，都会觉得这门婚事很好，没有委屈虞菱分毫。虞宁初将虞尚的家产分了一半给虞菱做嫁妆，自己也赐了一笔丰厚的嫁妆，送了虞菱一份体面。

虞菱已经出嫁，虞扬还要考功名，婚事暂且不急，这几年无须虞宁初牵挂。

宋池登基的第二年，改年号为承平，寓意承接昭元帝创下的太平盛世。

承平元年冬，虞宁初生下大皇子。

承平四年夏，虞宁初又顺利生下二皇子，两个皇子健康可爱，那位孙御史也总算消停了。

到了承平五年，给二皇子庆完周岁没多久，秋风一凉，不知不觉又是一年中秋。

八月十四的傍晚，宋池抱着二皇子，虞宁初一手牵着女儿明珠，一手牵着大皇子，一家五口简单地在宫里赏了一番花灯。

“父皇，我想去宫外赏灯。”逛了一圈，明珠眺望着京城几条繁华大街的方向，向父皇撒娇道。

宋池笑道：“明晚父皇带你们出去。”

明珠问：“为何不是今晚？”

宋池道："今晚来不及了，而且明日父皇还要做一些安排。"

明珠知道他们一家个个身份尊贵，出去一趟至少得安排两队侍卫暗中保护。唉，做公主就是麻烦。

等孩子们都睡下后，宋池牵着虞宁初来到内殿的衣柜前，取出一身常服递给她。

虞宁初不是很懂。

宋池笑道："宫里的灯确实没意思，咱们出去逛逛。"

虞宁初更困惑了："你不是答应明珠明晚再去吗？"

宋池意味深长道："明晚咱们一家五口同行，今晚只有你我。"

成亲这么久，孩子都生了三个，虞宁初竟然还是被宋池的目光烫到了，低眸道："都老夫老妻了……"

"你我均尚未三十，谈何言老？"宋池一把将自己的皇后拉到怀里，开始替她更衣。

虞宁初怕他乱来，抱着衣裳自己去换了。宋池也要更衣，就没去追她。不久后，帝后二人坐上一辆看起来普普通通的马车，由阿默亲自赶车，离开了皇宫。

虞宁初很久没出宫了，这趟临时出宫让她觉得自己好像又回到了以前，她还不是一个母亲，也不是宋池的妻子，只是虞宁初，一个尚未出嫁的姑娘，什么琐事都不用想，可以轻轻松松地好好逛一场。不过，与别的姑娘不一样的是，她还带了一位情郎。

"喜欢吗？"宋池从身后抱住她，温热的呼吸落在她耳上。

虞宁初点点头，轻声问："今晚要去哪儿？"

宋池蹭着她的脸，道："先去看看街上有没有套圈的摊子，再给你套个小瓷龙，成双成对。"

虞宁初心想，应该没有那么巧的事吧。

到了街上，两人牵着手恣意地闲逛起来，套圈的摊子也有，但没有那样圆润可爱的小瓷龙，倒是让虞宁初发现了一个木头制的小鸟哨子，身子胖嘟嘟的，哨嘴设在尾巴一端。

“睿哥儿肯定喜欢。”虞宁初指着哨子对宋池道。

宋池从摊主那里买了两个圈，一手扶着虞宁初的左肩，一手握着她的右手，借虞宁初的手扔圈。街上人来人往，周围还有百姓驻足，他这么贴上来，虞宁初怪不好意思的。

宋池在她耳边笑道：“娘娘都老了，脸皮还薄呢？”

他故意用虞宁初刚才说的“老夫老妻”调侃她。虞宁初恼得用脚踩他，她只是觉得两人的夫妻情分已经到了不必刻意私会的地步，才不是说自己老了。

笑闹间，竹圈飞出手，套中了那只哨子。宋池又握着她的手扔了一次，将旁边的一只哨子也套中了，回去后女儿和长子一人一个，老三还小，给了他也不会吹。

收获了两个哨子，宋池牵着虞宁初的手往朝月楼的方向而去。

自虞宁初进京，帝王已经换了两任，但朝月楼的规矩依然不变，想要登楼，得先让僧人在手背上盖个印有诗句的红泥小戳。

排队时，宋池低声问虞宁初：“你说，这次咱们还有缘吗？”

虞宁初想起刚进京的那次，她的诗句是“秋风吹不尽”，宋池的则是“总是玉关情”，她也不知道这次会不会还那么巧。

轮到他们了，她先。盖了戳，走出队伍后，虞宁初挡着手背，自己先看了印记，然后问宋池：“你的是什么？”

宋池笑道：“你先说。”

虞宁初道：“深林人不知。”

宋池便抬起手背给她看：“明月来相照。好巧，今夜我与阿芜亦是有缘人。”

两句诗，均出自王维的《竹里馆》，且是上下联句。

虞宁初看向那个盖戳的小僧，小僧一直低着头，没有仔细打量过他们，所以真的是巧合？

接下来还要等主持抽读朝月楼各层对应的诗词，结果出来后，顶楼的诗竟然是《竹里馆》。

虞宁初再不怀疑就是傻子了，审问宋池道：“都是你提前安排好的，对不对？”

宋池笑道:“天意而已。”帝王便是天，就算是他安排的，那也是天意。

虞宁初说不过他，不过她很喜欢宋池选的这首诗，让她想到了她与宋池之间发生的很多事，除了他们二人，只有明月知晓。

两人携手登上顶楼，宋池挑了朝皇宫的一侧，用斗篷罩住虞宁初，旁若无人地与她相拥，同楼的其他人自觉地没有过来打扰。

“冷吗？”宋池问。

虞宁初摇摇头。

宋池回忆道:“那年你便是在这里吹风受寒，第二晚烧得都快熟了。”

虞宁初赧然道:“多少年前的事了，你还记得这么清楚吗？”

宋池道:“当然，如果不是你在，我不会去沈家花园听戏，也幸好我去了，不然你可能人都烧没了。”

他略带责备的语气与责备之中暗含的关心，竟让虞宁初湿了眼眶。她也记得，当时自己病得很难受，可那样的日子，她一个初来乍到的小辈，哪敢给个个权贵的长辈添晦气？

“我最看不得你那副小可怜的样子，每次见了都想抱你。”宋池偏头吻走她滑落的泪。

虞宁初转过来，环住他的腰，将自己完完全全藏在他的斗篷下。以前没抱没关系，重要的是现在他抱了，她也在他怀里。

“宋池。”

“嗯？”

“我可能再也离不开你了。”

离不开这样温暖的怀抱，离不开这样温柔的人，他仿佛成了她身体的一部分，若是分开便疼得要命。

“那就别离开。”他将她的脸从斗篷里抬起来，轻轻亲在她的鼻尖和眉梢，“阿芜，你这辈子都休想离开。”

十年算什么，纵使百年千年，他与她都会在一起，生死不离。

番外一　徐简与宋湘

安乐公主与驸马爷大婚后，当夜，宋湘一点都不困，背对着徐简聊天道:“你还没告诉我，你都写过什么书？”

徐简很紧张，润了润喉咙才回答道:“都是一些俗书，不敢污了公主的耳朵。”

宋湘哼了哼，这家伙也有不老实的时候，继续问他:“我从二表哥那里看过一些话本，会写男女间有违礼法的举止，你写过吗？”

徐简道:“不曾。”

宋湘又问:“那你都写什么？给我讲讲。”

徐简不想讲，讲了就露馅了，若是让公主知道他就是忘尘，怕是要失望。

“我想听，你给我讲讲。”宋湘撒娇一般转到徐简那边，抱住他一条胳膊，人也依偎过来。

徐简浑身紧绷，只因本来就在床边实在没有地方可避，才没有躲开。来自公主的绵软娇语让徐简再也生不出拒绝之心，他大脑飞速旋转，临时编了一个故事讲了起来。

毕竟是忘尘先生，随便编的故事也让宋湘听得津津有味，伴随着清润的低语，宋湘困意袭来，在驸马爷身边睡着了。徐简偏头看到一张美艳又甜美的睡颜，其实他一直都没敢真正地打量过公主，每次见面，他都会被公主的美震慑到不敢冒犯，如今公主竟然成了他的妻子，就躺在他身边。借着柔和的烛光，徐简几乎目不转睛地看着自己的公主，一直看到脖子发酸，才恢复成仰躺的姿势，唇角悄悄上扬，心中被一种甜蜜的满足占据。

甜蜜了没多久，肚子突然咕噜噜地叫起来，徐简还没反应过来，宋湘被那声音惊动，身子动了动。徐简试图捂住肚子，但并没有用，肚子又叫了两声。宋湘彻底醒了，怔愣片刻，问徐简："是不是饿了？"

徐简无法否认。

宋湘看着他好像犯了错的样子，叹了口气，摇了摇枕边的铃铛。见珊瑚打着哈欠走进来，宋湘道："驸马饿了，看看厨房有什么能吃的，热一热送过来。"

珊瑚连忙去准备。

徐简穿着中衣坐起来，垂着眼对宋湘道："公主继续睡，我去外面等。"

宋湘揉揉眼睛，突然想起来，问："刚刚的故事讲到哪里了？等会儿你继续给我讲。"

徐简心慌意乱地应了，转身去了外面，等饭的工夫，徐简想也许公主已经重新睡着了。然而等他吃了满满两碗饭还喝了一碗补汤，仔仔细细漱过口走进内室，却见公主靠在床头，手里把玩着发丝，一副心情不错的样子。

"吃饱了吗？"看到他，宋湘带着一丝揶揄问。

徐简的脸一红，道："早知公主在等，我就早进来了。"

宋湘道："急什么，吃饱肚子才要紧，不然睡着了也要被你吵醒。"

徐简的脸就更红了。

翌日给徐家的长辈们敬过茶后，小两口又回到了他们的院子。见徐简呆呆的，不知道她喜欢什么想做什么，宋湘便主动提议道："我想去你的书房看看。"

徐简想到了自己的那些书稿，下意识地擦了擦汗，道："公主稍等，我先去收拾收拾，里面很乱。”

宋湘欣赏着他的傻样，同意了。

徐简几乎跑着去了书房，风卷残云般掩藏了所有能证明他是忘尘先生的证据，再回来请公主。

书房不大，藏书颇多，几排书架都摆满了，宋湘在书架里逛来逛去，走到最后一排，失望道：“怎么没看见你自己的书？能卖那么多银子，肯定出了不少册吧？”

徐简解释道：“自己的书，已经知道讲什么了，又何必收藏。”

宋湘哼道：“是不是你怕被我看见，故意藏起来了？”

徐简吞了一口唾沫，摇了摇头。

宋湘笑道：“你那么紧张做什么，我最喜欢忘尘先生，你就是写得好，我也觉得你远远不如他，你写得不好，也很正常，我亦不会失望。”

徐简在公主眼中看到了一种光，一种只有提到忘尘先生才会散发的光芒，那光芒让他自豪，自己竟被公主仰慕如斯，可那光芒也让他心里莫名发酸，仿佛忘尘先生是另一个男人，不是他。

“若我写一本书，能胜过忘尘，公主会如何？”徐简鼓起勇气问。

宋湘心中一动，笑道：“你真能超过忘尘，那我就最喜欢你。”

自此，徐简便开始着手准备新书，而搬进公主府后，少有人打扰，更适合他写书了，不过宋湘偶尔会跑到他的书房偷袭。为了提防公主，徐简离开书房时会给房门上锁，钥匙随身带着，公主在他写书时过来，一开始他只是试图劝公主离开，到后来则成了动手推公主离开。

“徐简你好大的胆子！”

“那……公主现在离开，我便放开公主。”

“我就不走，你能奈我何？”

驸马敢欺负公主吗？事实证明，有些时候驸马的胆子也是很大的，而且在公主的纵容下越练越大。

第二年，徐简背着公主以“紫金箫”为笔名出了一套新书，新书再次席卷京城各大书坊，名声一时超过了很久没有再出新书的忘尘先生。

徐简这才带着宋湘去逛书坊。宋湘买了一套他的书，坐在马车里就开始看，看得忘我极了，回到公主府饭也不想吃，也不许徐简来打扰。

直到全部看完，宋湘才趴在徐简怀里问："为何起了'紫金箫'这个名字？"

徐简看着她明亮的眼睛，道："八仙知道吧，紫金箫是韩湘子的法宝，我本想起名'韩湘子'，又怕被人联想到你。"

韩湘子，含"湘"的公子，宋湘竟也有被徐简弄得脸红的时候。

"公主觉得我的书与忘尘的书比，孰优孰劣？"徐简还在执着这个问题。

宋湘笑道："你们一样好。"

徐简微微皱眉道："必须选一个。"他想做公主最喜欢的人。

宋湘坚持自己的评价："你们就是一样好。"

徐简有些急了，又不忍对公主发脾气，等了半晌也等不到公主给一个真心的答案，他终于移开视线，长睫低垂，薄唇微抿，不知是在生气还是在拈酸。

宋湘笑了，凑到他耳边道："傻子，我嫁给你之前就知道你是忘尘了。"

徐简猛地看过来。

宋湘得意道："也不看看我哥哥是谁，不摸清你的底细，他会把我嫁给你？"

徐简很高兴，原来他一直都是公主最喜欢的人，可过了一会儿，他的心情又变得无比复杂，握着公主的手问："倘若我不是忘尘，只是一个无甚大出息的徐家公子，公主可还会下嫁于我？"

宋湘凝视着他的眼睛，笑道："没见过你之前，我只喜欢忘尘先生的书，对他这个人一点都没有兴趣，见到你之后，我就想这个忘尘先生挺可爱的，对我也够好，还愿意拿私房钱给我盖赏月小楼，所以得知他要去见别人时，我很生气，得知他为了我宁可自伤也不去赴约，我又很高兴，你说，我喜欢的究竟是忘尘先生还是徐家四公子？"

徐简喉头滚动，好像知道答案，又好像不是很确定。

宋湘便来拧他的耳朵："傻子，当然是你！"

徐简就笑了，抱着公主倾身吻她。

番外二　如果可以重来

扬州三月，春雨绵绵。

淅淅沥沥的雨声唤醒榻上沉睡的人，沈嫣猛地睁开眼睛，周围一片静谧，入眼是室内奢华却又死气沉沉的陈设，亦是她熟悉的一切，是她在扬州的家。

可就在刚刚，她做了一个梦，梦见自己缠绵病榻，入睡后就再也没有醒来，她的魂魄化成一团无形的烟飘散在空中，随着时间的流逝越来越淡，终于身边的丫鬟发现了，哭着去禀报温嬷嬷，温嬷嬷马上又把女儿虞宁初带了过来。七岁的女儿，平时并没有在她这里享受过多少母爱，当时却扑在她身上号哭不止，泪流满面。

到底是自己的孩子，沈嫣生出怜惜之心，想回到身体里再抱一抱女儿，却被一股突如其来的力量吸向别处，她苦苦挣扎，最终只有一缕残魂留在了虞家。

她眼睁睁地看着虞尚续娶陈氏入门，看着虞尚与陈氏恩恩爱爱地生下一双儿女，而她的女儿只能困在一座小小的偏院，连去外面看一场庙会都成了奢侈，她只能看着女儿生病时偷偷地哭着唤娘亲，身边却只有一个叫杏花的小丫鬟相依为命。

当嫂子终于过来接女儿离开时，她的那缕残魂也随之消失殆尽。

过于真实的梦境在这一刻结束，脸上有什么滑落，沈嫣伸手摸了摸，是泪，为女儿流的泪。她虽然为情所伤，但从小到大过的都是侯府小姐锦衣玉食的日子，父亲宠她，府里没有人敢给她脸色，连嫡母都奈何她不得，结果她的女儿却成了人人可欺的小可怜？

沈嫣知道，这一切的源头都在于自己沉浸情伤忽视了女儿，可她冷落女儿，不代表她能忍受别人来欺负女儿！

都说为母则刚，在经历过梦里的那一切后，沈嫣想，就算是为了女儿，她也要好好地活下去！

“来人，把扬州城最好的郎中给我请过来。”沈嫣咳了咳，决定先治好自己这一身病。

沈嫣开始调理身体后，除了吃药，便是陪伴女儿。自从生下女儿，沈嫣便与虞尚分院而睡，虞尚要如何，沈嫣也根本不在意，她让人将自己院子里的耳房收拾好，安排虞宁初住了进来。

小小的虞宁初，在被母亲冷落多年后，终于得到了期盼许久的母爱。

“娘，您今天身体好些了吗？”早上一睡醒，虞宁初便来给母亲请安。

沈嫣笑着点点头。她得的是心病，只要想开了，不再沉溺于旧事，心病也就好了，身子的虚弱经过三个月的调理，早已恢复如初。

“阿芜过来。”坐在梳妆台边，沈嫣柔声唤道。虞宁初乖乖地走了过去。沈嫣挽住女儿的肩膀，示意她看向梳妆台上的西洋镜。

虞宁初看到了两张相似的脸庞，美艳的那张是娘亲的，小两圈的是自己的。

“娘真美。”虞宁初仰慕道。她喜欢娘亲。

沈嫣笑了，点点女儿尚且青涩稚嫩的脸，道：“等阿芜长大了，会比娘亲还美。”

虞宁初不是很信。

沈嫣示意丫鬟继续给自己梳头，问女儿：“阿芜，你喜欢父亲吗？”

虞宁初抿了抿唇，头也低了下去。她以前喜欢父亲，想要父亲多陪陪自己，可父亲不喜欢她，每天早出晚归，眼里根本没有她，连生病了父亲也不会过来瞧瞧她。

沈嫣看懂了，笑道："不喜欢正好，那娘带你去京城住，你愿意吗？"

虞宁初惊讶地抬起头，问："娘，我们为何要去京城？"

沈嫣露出怀念的神色，道："因为那里是娘长大的地方，那里有你舅舅、舅母，表哥、表姐，他们都会很喜欢你。可是在扬州，娘与谁都不熟悉，只有咱们母女冷冷清清的。"

虞宁初想了想，试探着问："父亲也去吗？"

沈嫣收起笑，认真地对女儿道："他不去，娘不喜欢他了，他也不喜欢娘，我们会和离。和离的意思，就是以后他会娶别人做妻子，我也可能会嫁给别人，但阿芜不用怕，无论娘在哪里，你都会陪在娘身边，直到你长大嫁人。"

虞宁初靠到母亲怀里，紧紧地抱住母亲道："我不要嫁人，我要永远都与娘在一起。"

这是她好不容易盼来的娘，她才不想嫁人。沈嫣笑着摸了摸女儿的头。

沈嫣与虞尚和离这件事，办得非常顺利。

当年虞尚会娶沈嫣，图的是与她背后的平西侯府结亲，可如今平西侯府不但没有提携他，反而将他送到扬州做知县，远离京城且没有调他回去的意思。既然平西侯府不肯帮他，沈嫣也不想跟他过了，那他还扣着沈嫣做什么，不如再去结一门对自己有用的亲事。至于虞宁初这个女儿，虞尚更是没有任何留恋，小丫头长得太像她娘，他只要看见女儿就能想起沈嫣高高在上瞧不起他的样子，恨不得再也看不见她。

既已和离，从此便是路人，沈嫣让李管事去订近期北上的官船，身边的下人也忙忙碌碌地收拾着母女俩的箱笼。

沈嫣去了一趟库房。

这里有一整张橱柜，摆的都是骏马石雕。那人最喜欢马，这些年来，她也喜欢对着这些马回忆以前的点点滴滴。然而在梦中经历过一次生死后，沈嫣忽然觉得这些回忆根本不重要，早已消失的东西哪里比得过活人，那人能够放下过去，与人成亲生子，在西北做百姓称赞的晋王，她也能照顾好女儿，继续做那个骄傲恣意的沈家姑娘。

北上这件事，沈嫣并没有提前告知侯府众人，直到在京城的一处宅子里安顿下来，将一切都收拾妥当，沈嫣才带着打扮得漂漂亮亮的女儿回平西侯府省亲。

娘俩的到来，让侯府上到太夫人下到知晓沈嫣远嫁内情的奴仆都吃了一惊。

被问及为何回京，沈嫣大大方方道："我不喜欢虞尚了，便回来了。"

她自己的事，不需要解释太多，她也没想过要得到侯府众人的理解，兄长们若是还认她这个妹妹，她就与娘家保持走动，若是兄长们碍于名声不愿意认她，她便不再登门。

还好，平西侯、沈二爷都对她的归来表示欢迎，沈三爷是她的亲哥哥，更不会说什么。至于京城其他名门世家如何看待这件事，又或是外面在传些什么流言蜚语，沈嫣统统不在乎，她也会教女儿不在乎。

沈嫣与长辈们寒暄叙旧时，虞宁初被表姐沈明岚拉到花园里去玩，遇到了一对兄妹。

沈明岚指着二人给虞宁初做介绍，说那个清瘦俊美的少年郎叫宋池，今年十一岁，另一个与她年龄相仿的姑娘叫宋湘，兄妹俩是太原晋王与侯府二舅母的侄子侄女，乃皇家子嗣，身份尊贵。

待二人走近，虞宁初笑着唤道："池表哥，阿湘表妹。"

宋池面如冠玉，朝她笑了笑，道："原来是阿芜表妹。"

虞宁初被那个笑容恍了神，这位池表哥长得真俊呢。

刚认识宋池时，虞宁初还有点拘谨，毕竟她在江南没有兄弟姐妹，突然来到侯府，见到那么多表哥表姐，很不习惯，尤其是宋池，与她没有一丁点血缘关系，两人的表兄妹之称全是通过彼此的亲戚串起来的。

可是虞宁初很快就发现，宋池是一位非常好的表哥，他会在沈明漪欺负她时将她护在身后，会在沈阔抓虫子吓唬她时为她撑腰，有一次大家玩耍时她肚子饿了咕咕叫了两声，宋池居然听见了，从他随身佩戴的荷包里取出两颗酥糖，趁人不注意时给了她。

后来有一年，沈阔偷偷堵住她，向她告白。虞宁初不喜欢他，便低声拒绝了。

沈阔很不高兴地问："不喜欢我，那你喜欢谁？"

虞宁初不想说，扭头跑了，跑着跑着，旁边的竹林后突然闪出一道人影，抓着她的手腕强行将她拉了过去。

虞宁初刚想要叫人，忽然看清宋池那张俊美无双的脸，一下子就红了脸，问："池表哥？"

宋池松开她的手腕，揶揄道："为何要跑？有狼追你？"

虞宁初摇摇头，不好意思说实话，也不想让他知道沈阔喜欢她。

宋池却直接问了出来："阿芜不喜欢四弟，那你喜欢谁？"

他竟然与沈阔问了一样的问题。虞宁初脸红红的，转过去侧对着他，害怕被他看出心事。

宋池知道她害羞，靠近一步，低声道："阿芜，我不知道你喜欢谁，可我喜欢你，我说有朝一日会向你提亲，你信吗？"

虞宁初的心怦怦跳起来，在他幽幽的目光中，点点头，攥着手指道："我信。"

宋池神色复杂道："我会提亲，只是可能要你再等两三年，你可愿意等我？"

虞宁初既羞涩又不解，问："为何要等那么久？"

宋池苦笑道："现在还不能告诉你，如此，你可愿意？"

虞宁初从他的眼里看到了一丝孤寂，仿佛她拒绝了他会很难过。她不想宋池难过，因为他无微不至地照顾了她很多年，也是她默默喜欢了很多年的人。

"我愿意。"虞宁初坚定道，"无论多久，我都愿意等你。"

宋池笑了，抬手刮了下她可爱的鼻尖。

晋王宋玦入京登基那一年，沈嫣仍未嫁人，宋玦知道此事，因为自从沈嫣和离回京，他就一直派人暗中保护她们母女，免得她们被京城里的一些好色子弟伤害。

在侄子宋池的协助下，大事已成，来京路上，宋玦内心一片火热，可他分不清这火是因为即将到手的帝位还是即将到来的重逢。沈嫣，他唯一深爱却又深深伤害的女人，从前他太年轻，又受父母掌控，如今贵为天子，他与沈嫣之间再无阻碍。

这一晚，沈嫣都要睡下了，门房突然来报，说有位自称是故人的男子求见。

沈嫣住在京城，宋玦登基那么大的事她当然听说了，也猜到了门外的故人是谁。

想了想，沈嫣同意了。

宋玦微服出宫，穿着一身墨色常服，跟着下人来到厅堂，一眼就看到了坐在主位淡然喝茶的沈嫣。

岁月匆匆，当年分开时两人都还年轻，如今他已四十，她也三十多了，可是宋玦眼中的沈嫣仿佛一点都没变，还是那么美，还是那么明艳张扬。

沈嫣喝了一口茶，这才看向门外的宋玦。毕竟是故人，她也恍惚了一下，而她眼中的宋玦俊朗依旧，添了一份岁月留下的成熟与雍容。

平心而论，四十岁的宋玦还是很讨姑娘喜欢的，可沈嫣却早已放下，放下了宋玦留给她的美好回忆，认识了宋玦从未展示给她看的某一面，比如他明知道郑皇后害死了宋池的母亲却什么也没有做，逼得兄妹俩小小年纪投奔京城，比如他明明对不起宋池，竟然还狠心让宋池替他卖命。如果说当年宋玦的背叛和默许她被人非议伤透了她的心，那这些年他对宋池一家的所作所为是真的很让她恶心。

宋玦看到了沈嫣眼中的嫌弃，心中一痛，跨进来自嘲道：“阿嫣，你还恨我是不是？”

沈嫣闻言笑道：“有情才有恨，我早就不恨你了，只是没想到你居然还会来见我。”

宋玦更加痛苦地说：“你还是在恨我。”

沈嫣无奈道：“随你怎么想吧，不过天色已晚，你如果是为了男女私情而来，我与你没什么好说的，如果有别的事，还请开门见山。”

宋玦深深地看着她，知道她心里还系着疙瘩，便试图解开，过去是他错了，他狡辩不了也不想狡辩，但那些都不重要，重要的是以后，他可以补偿她。

沈嫣冷笑道：“你要如何补偿我？封我做皇后？”

宋玦脸色一变，在他心里，沈嫣就是他的皇后，可郑氏一家因晋王一脉而死，他对郑氏亦心中有愧。

沈嫣愕然道：“难道你还想让我给你做妾？”

宋玦解释道：“我可以封你为皇贵妃。”

沈嫣满脸嘲弄道：“贵妃再贵，终究还是妾，宋玦，我到底做过什么，让你觉得我会委屈自己给人做妾？”

宋玦垂下眼。

沈嫣叹道：“你是不是觉得我与虞尚和离回京，便是心里还有你？”

宋玦无法否认，他的确这么想过。

沈嫣道：“你错了，我是为了阿芜，为了我自己。曾经我钻进牛角尖，以为失去心爱的男人就没法活了，可后来我发现，这个世界上除了自己，没有人真正关心我，我喜欢的男人会因为不忍伤害家人而抛弃我，我的父亲可以为了名声把我嫁给我不喜欢的人，连我的亲哥哥也护不住我，只有我自己！我回京，是因为这里是我熟悉的故土，我这么多年都没有嫁人，是因为还没有遇到让我心动的男人，其他人我又不想将就。这一切真的与你没有半点关系，而且实话告诉你，这京城我已经住够了，等阿芜出嫁，我便会离开，我要趁着自己还年轻，游遍名山大河。宋玦，你的皇位得来不易，是无数百姓忠臣用血换来的，所以请你一心一意地做个明君，不用再浪费精力在我身上。或许将来我在外面的某个茶寮歇脚，能听到周围的百姓夸你一声，那时我虽然不喜欢你，至少还会敬佩你。”

说完，沈嫣丢下怔住的宋玦，翩然离去。

当她擦肩而过时，宋玦有一刹那的冲动，想要伸手抓住她，可是那只手终究还是没有伸出去。

也许再给她一段时间，她会原谅他，会心甘情愿地回到他身边。

然而宋玦并没有等到那一日。

沈嫣说到做到，虞宁初与宋池成亲不久，她便带着两个丫鬟、两个侍卫，轻装简行地离开了京城，只言片语都不曾留下。

宋玦上完早朝才收到暗卫的密报，沈嫣居然真的走了。他望向窗外，看到一片渐渐随风远去的云，一滴泪无声滑落，宋玦忽然苦笑起来。

他以为自己这根枯木还有逢春的机会，原来那不过是回光返照罢了，他的魂，早在当年就被沈嫣全部拿走。

明君是吗？

那就做个明君吧。

《韶光艳·下》完